Knaur

Von der Autorin ist außerdem erschienen:

Die Lichter von Dublin

Über die Autorin:

Kate Thompson wurde in Belfast geboren und studierte in Dublin französische und englische Literatur, bevor sie eine gefeierte TV- und Theaterschauspielerin wurde. 1989 gewann sie den Best Actress Award. Danach arbeitete sie neun Jahre lang für eine erfolgreiche irische Soap-Opera, bevor sie beschloss, etwas ganz anderes zu unternehmen: zu schreiben. Heute lebt sie mit ihrem Mann, ihrer Tochter und ihrer Katze in Dublin.

Der Himmel über Irland

Roman

Aus dem Englischen
von Christine Steffen-Reimann

Knaur

Die irische Originalausgabe erschien 1999 unter dem Titel
»More Mischief« bei New Island Books, Dublin

Besuchen Sie uns im Internet:
www.knaur.de

Deutsche Erstausgabe 2002

Redaktion: Ilse Wagner
Umschlaggestaltung: ZERO Werbeagentur, München
Umschlagabbildung: Stone, München/Walter Pfeiffer
Satz: Ventura Publisher im Verlag
Druck und Bindung: Clausen & Bosse, Leck
Printed in Germany
ISBN 3-426-61483-9

2 4 5 3 1

Danksagungen

Ein riesiges Dankeschön gebührt (in alphabetischer Reihenfolge oder so nahe dran wie möglich): Ashford Castle, dem Clarence Hotel, dem Great Southern Hotel in Galway und Quay Cottage für die wundervolle Szenerie; Lucy Bennett, weil sie Deirdre gefunden hat; dem Castlebar General Hospital dafür, dass es mir versicherte, ich hätte alles richtig begriffen; Tommy Cleary und Declan Collier für die Telefonate und Eileen Cleary, weil sie mich vor dem Wahnsinn bewahrte; Siobhan Collins für die Daten; Hazel Douglas für ihre Ansicht; Enya Egan dafür, dass sie mich einen Blick in ihr Büro werfen ließ; James Hickey, weil er mir erlaubte, an seinem Wissen teilzuhaben; Edwin Higel für die Ermutigung; Pauline Hutton, weil sie den Text nicht aus der Hand legen wollte; Marian Keyes, weil sie ihren Witz mit mir teilte; Romilly Larken für das Cottage; Francesca Liversidge für ihre Schlauheit; Felicity Rubinstein, Susannah Godman und vor allem Sarah Lutyens, weil sie sich mit all dem Kram des täglichen Lebens abgaben; Sadie Mayne für die detektivische Arbeit; Fiona O'Brien für den ganzen Frauenkram; Monica Frawley, Maureen McGlynn und Frances O'Rourke für ihre positive Haltung, nachdem sie Vorabdrucke gelesen hatten; Padraig Murray und meinem Vater Desmond Thompson für den architektonischen Rat; Deirdre Purcell, die mir zeigte, wie man's macht; Vincent Woods für seine außergewöhnlich großzügige Hilfe; und meinem Ehemann Malcolm und meiner Tochter Clara dafür, dass sie die wahren Stars der Show sind.

Für Sarah Henry

1

Am Morgen ihres fünfundzwanzigsten Geburtstags erhielt Deirdre O'Dare neun Glückwunschkarten, ein Päckchen und eine Postkarte aus Montana, USA. Die Karten waren von Freunden, das Päckchen – das einen hauchdünnen, handgemalten Seidenschal und ein Buch über die Geschichte der Seifenoper enthielt – von ihren Eltern und die Postkarte von ihrem Gelegenheitsfreund Rory McDonagh. Auf der Postkarte, auf der vorn ein Pferd durch eine Wüste galoppierte, wurde ihr Geburtstag nicht erwähnt. Es stand lediglich in Schwarz in Großbuchstaben WILDER WESTEN … in Liebe R. XXX darauf. Es war das erste Lebenszeichen, das sie seit Wochen von ihm erhielt. Schuft. Deirdre stellte die Glückwunschkarten auf den Kaminsims, band sich das Tuch ins Haar und warf die Postkarte in den Müll. Dann kochte sie Kaffee, schminkte sich, ging hinunter zum Vordereingang des georgianischen Gebäudes, in dem ihre Wohnung war, und pumpte ihre Fahrradreifen auf.

Als sie die Haustür öffnete, um ihr Rad hinauszuschieben, sah sie sich einem Aufsehen erregenden Strauß weißer Rosen gegenüber. Hinter den Rosen befand sich ein Bote, und hinter dem Boten stand ein Interflora-Lieferwagen, dessen Motor noch lief.

»Hallo, meine Gute«, sagte er. »Beantworten Sie mir Folgendes: Wohnt hier jemand namens Deirdre O'Dare?«

»Ja«, gab sie zur Antwort, »das bin ich.«

»Nun«, erwiderte der Bote, »dann sind die hier für Sie.«

Er blinzelte ihr zu. »Da müssen Sie aber wirklich das braunäugige Mädchen von jemandem sein, um Van the Man zu zitieren. Ich würde sagen, es sind im Ganzen um die vierzig.«
Sie nahm die Blumen in den Arm. Er hatte ihre Lieblings-Vendella-Rosen geschickt. »Oh, danke«, sagte sie. »Danke. Ich denke, ich stelle sie besser gleich ins Wasser. Sie sind schön.« Das Wort war nicht zutreffend, erkannte sie, als sie mit dem Strauß wieder nach oben lief und die beigefügte Karte abriss. Darauf stand: *Herzlichen Glückwunsch. Ich glaube, ich muss mir ein bisschen Urlaub von diesem Epos nehmen. Mach Dich auf einen Blitzbesuch gefasst und zieh die Agent-Provocateur-Unterwäsche an. R.*
Sie stellte die Rosen in eine Vase, zupfte ziemlich wirkungslos an ihnen herum und trat zurück, um sie zu bewundern. Sie schwebten auf ihren langen, eleganten Stielen wie ätherische Baisers. Schuft, Schuft, Schuft, dachte sie. Verdammter, schöner Schuft. Verdammt schöner, großzügiger, unverbesserlicher Schuft. Dann ging sie zurück in die Küche, holte die Postkarte aus dem Müll, wischte Kaffeereste davon ab und steckte sie vorsichtig zwischen die Seiten ihres Tagebuchs. Als sie die Wohnung verließ, fragte sie sich, wann sein Urlaub wohl sein würde. Sie war ein bisschen beschämt durch die Vorfreude, die dieser Gedanke in ihr hervorrief.

Deirdre hatte sich ausnahmsweise viel Zeit gelassen, um zur Arbeit zur kommen. Es würde ein geschäftiger Morgen für sie werden. Sie hatte einen Werbeauftritt im Radio hinter sich zu bringen, bevor sie in das Fernsehstudio radeln würde, wo sie fast die ganze Zeit arbeitete. Vor drei Jahren hatte sie eine Bombenrolle in *Ardmore Grove* ergattert, der wöchentlichen Soap auf RTE. Es war eine saisonale Soap, die vierzig Folgen jährlich sendete, und Deirdre hatte sich für jede Saison mindestens zwanzig gesichert, was für eine freiberufliche Schauspielerin kein schlechter Schnitt war. Amber, die Figur, die sie spielte, war in die meisten der sensationelleren Geschichten verstrickt und der Anlass für zahlreiche Berichte in der Regenbogenpresse gewesen. »Knisternd« war das Adjektiv, das am häufigsten verwendet wurde, um ihre Leistung auf dem Bildschirm zu beschreiben, dicht gefolgt von »schwül« und an dritter Stelle »verwirrt«. Die arme Amber sah sich ständig mit Katastrophen in ihrem Leben konfrontiert. Manchmal fragte sich Deirdre, ob man sie nicht deshalb für diese Rolle engagiert hatte.

Es regnete nun, während sie durch das Zentrum von Dublin radelte, doch es war ihr egal, dass sie nass wurde. Es war besser, als in einem Auto festzusitzen, *Timesaver Traffic* zu lauschen und sich darüber zu ärgern, dass man die südliche Umgehungsstraße hätte nehmen sollen anstatt den Weg über den Kanal. Sie war entschlossen, das Aufnahmestudio in der Herbert Street so schnell wie möglich zu erreichen – nicht nur um dem Regen zu entgehen, sondern auch weil sie wusste, dass es wichtig war, pünktlich zu sein. Studiozeit kostete das Geld des Kunden, und sie wollte diesem Kunden unbedingt gefallen. Als sie im letzten Herbst das erste Mal eine Werbesendung für Heeney Holidays aufgenommen hatte, war der Produzent des Werbeclips so angetan von ihrer Stimme gewesen, dass er dem Kunden einen Exklusivvertrag vorgeschlagen hatte. Ihre Agentin hatte einen Vertrag ausgehandelt, der ihr Arbeit für Heeney Holidays für ein Jahr garantierte, vorausgesetzt, sie war so anständig und lehnte Werbung für andere Reiseunternehmen ab, die an sie herantreten würden. Seit dieser ersten Aufnahme hatte sich jedoch der Stil der Werbeclips dramatisch verändert. Die neuen waren schwerer zu verkaufen – voller Betonungen und Ausrufezeichen und übertreibenden Adjektiven. Sie war ursprünglich engagiert worden, um auf sanfte Weise zu verkaufen, und sie wusste, dass ihre Stimme eigentlich für diese aufdringlicheren Werbeclips nicht geeignet war.

Am Vortag, als man wegen der Neun-Uhr-Aufnahme an sie herangetreten war, hatte sie gezögert. Das würde heißen, dass es unmöglich wäre, rechtzeitig zu der üblichen Neun-Uhr-dreißig-Probe zu RTE zu kommen. Doch die Werbeagentur hatte ihr gesagt, dass sie die Aufnahmen bis Mittag bräuchte und dass es ihre Pflicht sei, so entgegenkommend wie möglich zu sein. Exklusivität bedeutete eine Menge. Der Inspizient von *Ardmore Grove* war ein Schatz gewesen, als sie gefragt hatte, wie sie alles in ihren Zeitplan integrieren sollte. »Komm so pünktlich, wie du kannst«, hatte er gesagt. »Deine Szenen sollen erst gegen Viertel nach geprobt werden. Versprich mir, dass du nicht später kommst, oder du bringst die Reihenfolge durcheinander.«

Sie hatte es versprochen.

Sie kam fünf Minuten zu früh im Aufnahmestudio an. Sie kettete ihr Fahrrad an das Geländer draußen und ignorierte demonstrativ einen anerkennenden Kommentar von einem vorbeifahrenden Kurier, als sie sich über das Vorderrad beugte. Dann rannte sie die Stufe zur Tür des Studios hoch und klingelte; dabei schüttelte sie sich die Wassertropfen aus dem Haar. Als der Summer ertönte, stieß sie die Tür auf und rettete sich aus dem Regen nach drinnen.

»Hi«, sagte sie zu der Empfangsdame, die das Besucherbuch mit schläfrigem Blick überflog.

»Oh – hi, Deirdre.« Das Mädchen stand gähnend auf. »Kaffee?«
»Schon fertig? Du bist heute Morgen aber früh dran, Emer.«
»Eigentlich nicht. Ich dachte nur, ich sollte alles im Voraus gut organisiert haben für den Kunden aus der Hölle.«
Deirdre sah bestürzt aus. »O nein, Emer! Der Kunde wird doch nicht etwas dabei sein?«
»Tut mir Leid. Heute Morgen verderben zu viele Köche den Brei.«
Deirdre biss sich auf die Lippe. Sie wusste, dass, wenn der Kunde bei der Aufnahme dabei war, das Ganze doppelt so lange dauerte. Janine Heeney fielen ständig Ideen ein, die sie für besser hielt als die der Experten von der Agentur, die sie angeheuert hatte, um den Werbeclip zu machen, und sie bestand nicht nur darauf, das Drehbuch umzuschreiben, sondern ließ Deirdre auch noch Hunderte von verschiedenen Möglichkeiten ausprobieren, es zu lesen. Wenn sich die Studiotür schließlich hinter ihr schloss, rauften sich die »Kreativen« die Haare und schrien nach einem Schluck Whiskey.
»Verdammt«, meinte Deirdre. »Ich muss um zehn Uhr fünfzehn bei RTE sein.«
»Kannst du nicht dort anrufen und Bescheid sagen, dass du später kommst?«
»Ich habe schon dort angerufen. Sie machen mich fertig, wenn ich noch später komme. Für wie lange ist das Studio gebucht?«
Emer sah in ihrem Buch nach. »Zwei Stunden.«
»Zwei Stunden? Scheiße! Es sollte bei weitem keine zwei Stunden dauern. Ben hat mir den Text gestern Abend gefaxt. Es klang ganz unkompliziert, Emer.«
»Ja, aber sobald sie erfahren haben, dass Janine auftau-

chen würde, haben sie das Studio noch für eine Stunde länger gebucht.«
Deirdre setzte sich verzweifelt auf die große, samtbezogene Couch. Sie sah auf ihre Uhr. Es war genau neun Uhr. Es klingelte an der Tür, und sie und Emer wechselten Blicke voll stoischer Resignation.

»Lassen Sie sie es noch mal mit mehr Betonung auf dem Wort *verblüffend* machen.«
Es war fast zehn Uhr. Deirdre kam langsam, aber sicher ins Schwitzen.
»Deirdre?«, ertönte eine Stimme in ihren Kopfhörern. »Janine möchte, dass du es noch mal liest, mit ein bisschen mehr Betonung auf dem Wort *verblüffend*.«
»Sicher.« Deirdre versuchte, munter und gehorsam zu klingen, doch ihr Gefühl aufsteigender Panik machte das sehr schwierig. Sie hatte die letzte halbe Stunde damit verbracht, Papiertücher in Fetzen zu reißen und dabei ihre Hände unter dem Tisch zu verbergen, damit die Kundin ihre offensichtliche Nervosität nicht bemerkte. Sie wusste, wenn sie nichts mit ihren Händen täte, würde sich das Unbehagen in ihrer Stimme zeigen, und das wäre eine Katastrophe.
Der Toningenieur und die Leute von der Agentur waren Muster an Diplomatie gewesen. Sie hatten die ungeheuerlichsten Ideen der Kundin für »Verbesserungen« am Skript aufgenommen, ihre völlig unmöglichen Vorschläge korrigiert und mit mindestens einem Dutzend Hintergrundbändern experimentiert, bevor sie eines fanden, das auf Janine Heeneys Zustimmung stieß.
Deirdre räusperte sich zum x-ten Mal an diesem Morgen und wartete auf ihren Einsatz durch den Toningenieur. Sie fing seinen mitfühlenden Blick auf, als sich ihre Augen

begegneten, und die vollen Töne der hawaiischen Hintergrundmusik drangen an ihr Ohr.

»Genug von der Tretmühle?«, begann sie. »Des Wetters überdrüssig? Die Nase voll von Ihrem Zeitplan und reif für eine Erholung? Lassen Sie sich den Traumurlaub nicht entgehen! Wir von *Heeney* garantieren Ihnen *verblüffende* Rabatte bei unseren Sommerurlauben – aber schieben Sie es nicht auf! Profitieren Sie jetzt von diesen *überwältigenden* Sommerrabatten – es ist *nie* zu früh, Ihren Platz an der Sonne zu buchen! Lesen Sie unseren fantastischen Farbkatalog. Sie werden *verblüfft* sein von unseren Angeboten: Sie sind nicht nur unglaublich – sie sind *unerhört!* Ob Sie nach Nachtleben und Shopping suchen, auf Abenteuer und sportliche Aktivitäten aus sind oder einfach nur Sonne, Meer und Sand wollen – was immer Sie sich wünschen, Sie finden es – zwischen den Deckeln eines *Heeney-Holidays-Katalogs!*«

Sie lehnte sich auf ihrem Stuhl zurück und holte Luft. Es waren so viele Wörter zu bewältigen gewesen, dass sie sie in einem Atemzug hatte lesen müssen. »Wie lange war es diesmal?«, fragte sie.

»Dreißig Sekunden genau«, antwortete der Toningenieur.

Deirdre warf einen höflich fragenden Blick in Janine Heeneys Richtung. Der führende Kopf hinter der Heeney-Holidays-Werbekampagne saß auf der großen schwarzen Couch im Kontrollraum, die Beine übereinander geschlagen und die Arme auf der Lederlehne ausgestreckt. Ein in schicken Schuhen steckender Fuß wippte rhythmisch auf und ab, und die glänzenden Lycrastrümpfe um ihre Waden ließen Deirdre an glänzende, ungekochte Würstchen denken. Sie richtete ihre Aufmerksamkeit auf Janines Gesicht. Leuchtende Leguanaugen blickten aus der sorgfältigen Maske ihres geschminkten Gesichts: Ihr Mund war eine dünne rote Falle, und ihre Ohrringe bestanden aus der Art von Fliegenden-Untertassen-Clips, die Deirdre verabscheute.

»Für mich klang es ein wenig hektisch.« Janines Stimme drang blechern an ihr Ohr. »Lassen Sie es noch mal machen, aber etwas träger. Kann sie mich hören?«

»Ja, das kann ich.« Deirdre warf noch einen verstohlenen Blick auf ihre Uhr und sah dann wieder hoch; sie begegnete Janines herablassendem Blick durch die Glasscheibe der Aufnahmekabine.

»Sehen Sie, Deirdre, wir sprechen hier von *Urlaub*. Wir sprechen davon, wie man dem Stress und den Anstrengungen des Alltags entflieht und sich *entspannt* – wissen Sie, was ich meine?«

Damit konnte sich Deirdre identifizieren. »Ja«, antwortete sie.

»Könnten Sie es deshalb bitte ein bisschen lockerer nehmen? Wir fahren nämlich nicht mit Expresszügen in unseren Urlaub.«

Deirdre knirschte mit den Zähnen und zwang sich zu einem Lachen. »Ich hab begriffen, Janine«, sagte sie. »Aber es ist schwer, durch das Skript zu kommen, ohne ein wenig gehetzt zu klingen. Man muss eine Menge Wörter hinter sich bringen. Glauben Sie, wir könnten den Text etwas kürzen? Dann könnte ich eine etwas lässigere Wiedergabe schaffen.«

»Was meinen Sie, Janine?« Der Agenturtexter sah von Deirdre zu der Kundin. »Wissen Sie, Deirdre hat Recht. Da ist eine Menge in dreißig Sekunden zu lesen – das muss ja ein bisschen hektisch klingen. Ich weiß, Sie wollen unbedingt bei den Superlativen bleiben, aber sind sie alle wirklich notwendig? Die beiden Adjektive, die Sie vorgeschlagen haben – unglaublich und unerhört –, sind, nun

ja, sie sind fast eine Tautologie. Vielleicht könnten wir diesen Satz weglassen? Dann hätten wir viel Zeit übrig.« Deirdre konnte an Janines Gesicht ablesen, dass diese keine Ahnung hatte, was das Wort »Tautologie« bedeutete.
»Nein«, bestimmte Janine dogmatisch. »Jedes Wort ist wichtig. Es ist nur der *Eindruck* von Entspannung nötig. Können Sie Ihre Stimme nicht entspannter klingen lassen? Schließlich ist das Ihr Job.«
»Sicher.« Deirdre hätte an diesem Punkt allem zugestimmt, wenn sie nur hier herauskäme. »Ich probiere es.«

»Ich glaube, Deirdre steht ein wenig unter Zeitdruck, Janine«, sagte der Toningenieur nach weiteren zehn Aufnahmen.
Deirdre weinte fast. Es war jetzt halb zehn. Sie steckte tief in der Scheiße.
»Sie wird dafür bezahlt, hier zu sein, oder?«, ertönte die barsche Antwort. »Wir werden einfach weitermachen müssen, bis sie es richtig hinkriegt. Lassen Sie mich die letzte Aufnahme noch mal hören.«
Wieder begann die hawaiische Musik. »Genug von der Tretmühle?«, hörte Deirdre sich selber zum hundertsten Mal an diesem Morgen sagen. »Des Wetters überdrüssig? Die Nase voll von Ihrem Zeitplan und reif für eine Erholung?« *Ja, ja, ja!*, schrie eine Stimme in ihrem Kopf. *Die Antwort auf all diese Fragen lautet: ja!*
Die hawaiische Musik kam zu ihrem pfeifenden Ende, und Schweigen machte sich breit. Die Gesichter aller Teilnehmer an dieser Farce sahen grau aus bis auf das von Janine. Es zeigte einen nachdenklichen Gesichtsausdruck.
»Wissen Sie, Ben, vielleicht haben Sie Recht mit diesem Satz. Vielleicht sind ›unglaublich‹ und ›unerhört‹ einfach

ein winziges bisschen tautologisch – obwohl ich nicht glaube, dass die Leute schlau genug sind, um es zu bemerken. Aber vielleicht ist es eine gute Idee, noch einmal eine der früheren Aufnahmen anzuhören.«

»Von wie viel früher reden Sie, Janine?«

»Oh – bis zu einer Aufnahme, in der diese Tautologie nicht drin war.«

»Aber Sie haben diesen Satz in die dritte Aufnahme eingefügt, Janine, gleich zu Beginn der Arbeiten«, bemerkte Ben. Deirdre erkannte, dass er sich anstrengen musste, die Schärfe aus seiner Stimme herauszuhalten.

»Ja – das weiß ich.« In ihrem Ton lag nicht eine Spur von Entschuldigung. »Wir gehen zu den ersten beiden zurück, ja? Und schauen, ob sie etwas entspannter klingen?«

Aus Bens Haltung wurde offensichtlich, dass er sich auf Janine Heeney stürzen und ihr den Schädel einschlagen wollte. »Okay, Simon«, sagte er stattdessen zu dem Toningenieur. »Hören wir uns also Take eins und zwei an.«

Simon gehorchte. Die geheime Blicksprache zwischen ihm, Deirdre, Ben und dem Produzenten wurde jede Sekunde feindseliger bezüglich Ms. Janine Heeney.

»Genug von der Tretmühle?«, hörten sie wieder. »Des Wetters überdrüssig? Die Nase voll von Ihrem Zeitplan und reif für eine Erholung? Lassen Sie sich den Traumurlaub nicht entgehen! Wir von *Heeney* … bla bla bla …«

Deirdre konnte nicht mehr zuhören. Sie für ihren Teil hätte genauso gut Altägyptisch reden können.

»Hm«, meinte Janine nach einer Weile. »Das ist nicht schlecht. Das ist doch sicher entspannter, oder? Lass uns noch kurz Nummer zwei hören.«

Der zweite Take wurde zurückgespult. »Das ist es!«, rief Janine munter aus. »Gute Arbeit, ihr alle! Es ist im Kasten. Sagt man nicht so beim Fernsehen, Deirdre?« Sie ver-

zerrte ihr Gesicht zu etwas, was wohl der Versuch eines Lächelns sein sollte.
Deirdre fragte sich, wie Janine Heeney so offensichtlich die Tatsache ignorieren konnte, dass jede einzelne Person im Studio sie tot wünschte. Sie riss sich die Hörer vom Kopf, packte ihren Rucksack und stürzte durch die Tür der Aufnahmekabine; dabei widerstand sie dem Impuls, Janines glänzendem Schienbein einen Tritt zu versetzen.
»Muss los«, murmelte sie. Es war keine Zeit für den Austausch von Freundlichkeiten.
»Deirdre, du musst noch deine Papiere ausfüllen!« Der Agenturproduzent wedelte mit einem Formular vor ihrer Nase herum.
»Oh, verdammt, Matthew, könntest du es mir nicht einfach in die Post stecken?«
Er spürte ihre Eile. »Sicher. Viel Glück. Und, Deirdre?«
Sie drehte sich zu ihm um, während sie zur offenen Studiotür eilte. »Ja?«
»Danke.« Sie wusste, es kam von Herzen.

Draußen regnete es noch stärker. Es waren mindestens drei Meilen mit dem Fahrrad zum RTE – sie würde sich unverzeihlich verspäten. Sie sprang auf ihr Rad und fuhr in Richtung der zweispurigen Fahrbahn, als nähme sie an der *Tour de France* teil; sie verfluchte einen Bus, der um eine Ecke rumpelte, und kam eine gute Viertelmeile flott voran. Die Touristen spähten aus regennassen Fenstern auf ein graues Dublin und sahen so genervt aus, wie Deirdre sich fühlte.
Sie fragte sich, wie weit die technische Probe wohl schon sein mochte. Technische Proben waren mehr für das Team gedacht als für die Schauspieler und wurden deshalb als erheblich wichtiger angesehen. Die Szenen, die heute ge-

probt werden sollten, waren alles Außenszenen, die morgen gedreht werden sollten. Es würde wahrscheinlich wieder regnen, und Deirdre hasste den Regenmantel, der ihr von der Garderobe zugewiesen wurde. Amber war nicht nur »verwirrt«, sie war auch, was Eleganz anging, eine echte Herausforderung.

Es war vom Wetter her ein ekelhafter Winter gewesen, der nicht dazu beigetragen hatte, die Laune von Schauspielern und Team zu verbessern, die an grauen Tagen bis auf die Knochen nass am Drehort herumhängen mussten. Deirdre hatte seit Anfang Januar eine Erkältung. *Des Wetters überdrüssig?*, stimmte sie im Kopf an, während sie durch Donnybrook radelte. *Die Nase voll von Ihrem Zeitplan und reif für eine Erholung?* O ja, wirklich. Doch das Ende der laufenden Serie war noch mehr als zwei Monate weit weg. Sie musste vor Ende März noch acht weitere Folgen durchstehen. Und sie würde nicht an Urlaub denken können – nicht einmal an einen mit Heeny –, bis sie wusste, wie oft sie in der kommenden Saison eingebunden war. Wenn sie beschlossen, ihre Folgen zu reduzieren, wäre sie finanziell aufgeschmissen.

Es war fast elf, als Deirdre am Hauptgebäude des Fernsehsenders ankam. Sie kettete ihr Rad vor der Tonbühne an und ging geradewegs auf die Damentoilette. Sie musste unbedingt aufs Klo, bevor sie sich der Auseinandersetzung stellte, die auf sie wartete.

Als sie auf dem Klo saß, hörte sie die Tür zur Toilette aufgehen und jemanden hereinkommen. Zwei Frauen.

»Das hat mir jedenfalls mein Agent erzählt.«

»Ich dachte, die Besetzung steht schon?«

Schauspielerinnen.

»Nein. Schade, dass ich nicht zur Verfügung stehe.«

»Ich könnte vielleicht dort anrufen …« Das Geräusch

eines Reißverschlusses, und dann hörte Deirdre, wie jemand in einer Handtasche wühlte. »Hübscher Lippenstift, Sophie.«

»Mac.«

Sophie Burke. Die launischste Schauspielerin in der Serie seit Ann Fitzroys Abgang nach einem Nervenzusammenbruch vor drei Jahren. Sie war als eine Art Ersatz für Ann Fitz eingesprungen – wenn auch ein viel jüngerer. Die Rolle, die sie spielte – Fran, die hochmütige reiche Ziege –, war eine, die das Serienpublikum liebte und hasste. Es war Deirdre mehr als einmal in den Sinn gekommen, dass es die perfekte Rolle für Sophie war.

Kurzes Schweigen. Dann wieder Sophies Stimme.

»Oh, Cressida! Ich hätte fast einen wundervollen Klatsch vergessen. Weißt du, dass ich vor ein paar Wochen in L. A. war?«

Alle wussten, dass Sophie vor kurzem einige Zeit in L. A. verbracht hatte. Sie hatte in der letzten Woche über nichts anderes geredet. Doch Cressida McCormack war in der Folge von letzter Woche nicht dabei gewesen. »Nein«, antwortete sie, »Geschäft oder Vergnügen?«

»Ein bisschen von beidem«, kam die weltläufige Antwort.

»Egal. Rate mal, wem ich begegnet bin?«

»Wem?«

»Deirdre O'Dares Liebstem.«

»Rory! Wie geht es ihm?«

Deirdre war auf dem Klo fertig, doch sie blieb sitzen. Sie würde keine Gelegenheit verstreichen lassen, bei der sie Sophie belauschen konnte, vor allem, wenn das Gesprächsthema zufällig der Mann war, der ihr heute Morgen vierzig Rosen geschickt hatte.

»Amüsiert sich prima. Arbeitet an dem neuen Cameron-Film …«

»Wow!«
»Ja. Nette Sache. Ein paar Monate Verpflichtungen mit viel Freizeit. Er war gerade auf dem Weg nach Montana, als ich ihm begegnet bin. Ich hab ein paar interessante Fotos. Schau mal.« Mehr Geräusche von Wühlen in Handtaschen.
Nach einer Minute sagte Cressida: »Tolle Fotos, Sophie.«
»Pentax Espio.«
»Bitte?«
»Kamera erster Sahne.«
»Mensch, McDonagh sieht so sexy aus, nicht wahr?« Cressida lachte auf.
Sophie gab einen Laut des Desinteresses von sich. »Er hat nie was für mich getan.« Deirdre hatte Mühe, den äußerst boshaften Kommentar für sich zu behalten, der ihr einfiel.
Dann wieder Cressidas Stimme: »Oh – oh. Wer ist die Kleine?«
Ihr Einatmen war fast hörbar.
»Irgendein Hühnchen, das mit ihm bei dem Film arbeitet. Sie konnte die Hände nicht von ihm lassen. Ist ihm nach Montana gefolgt.«
»Gib ihr keine Schuld. Scheiße. Du hast McDonagh dort in einem Moment der Unachtsamkeit erwischt, Sophie. Wenn er gewusst hätte, dass du eine Kamera hattest, hätte er sicher den Film zurückgefordert. Lass die besser nicht Deirdre sehen.«
»Würden sie vielleicht ein bisschen schlauer machen.« Deirdre grub die Nägel ihrer rechten Hand fest in ihre Handfläche. »Wo ist die eigentlich heute Morgen? Ich wäre schon seit ewigen Zeiten fertig, wenn sie nicht wäre. Die ganze letzte halbe Stunde hing ich nur herum und hab darauf gewartet, unsere Straßenszenen zu proben.«

»Sie hat etwas über eine Radiosache gesagt. Es muss wohl länger gedauert haben. Hier, nimm deine Fotos, Sophie. Ist wohl am besten, sie nicht herumzuzeigen.«

Deirdre hörte das Zischen eines Parfümsprays und dann ein Klicken, als der Deckel wieder draufgesetzt wurde.

»Gut«, sagte Sophie, »ich bleib nicht mehr im Studio. Frank kann genauso kommen und mich in der Kantine holen, wenn Ms. O'Dare endlich geruht, aufzutauchen.«

Das Geräusch einer sich öffnenden Tür, die sich hinter den beiden Schauspielerinnen wieder schloss. Ihre Stimmen verebbten, als sie den Flur hinunterverschwanden.

Deirdre blieb auf dem Klo sitzen, erstarrt vor Schock. Rory bumste also ein Hühnchen in L. A., und sie musste das aus zweiter Hand von einer Superklatschbase erfahren. Das war's. Sie würde eher seine verdammten Vendella-Rosen mit Dornen und allem Drum und Dran fressen, bevor sie ihn diesmal wieder aufnähme.

Dornen und alles Drum und Dran. Das war keine schlechte Art, ihre Beziehung zu beschreiben, dachte sie mit bitterer Ironie. Sie hatten ein paar dornige Strecken hinter sich gebracht in den dreieinhalb Jahren, die sie zusammen waren. Tatsächlich hatte sich die erste Krise während der ersten Theaterproduktion ereignet, an der sie beide gearbeitet hatten. *Ein Sommernachtstraum.* Sie waren damals die sich streitenden Liebenden gewesen, doch wie die Liebenden im Stück gelang es ihnen immer, alles wieder zu klären. Die kalten Kriege, die sie sich manchmal lieferten, passten nicht zu ihrem Temperament; ihr Blut war zu heiß, um lange die Kaltblütigkeit von Duellanten zu bewahren, und sie fanden sich plötzlich wieder miteinander im Bett, ohne wirklich zu wissen, wie sie dorthin gekommen waren. Ihre körperliche Beziehung war so stark, dass Deirdre immer noch einen sexuellen *frisson* verspürte, wenn sie an das erste Mal dachte, als sie zusammen gewesen waren – im besten Sinne des Wortes.

Bis jetzt war es also »axiomatisch« gewesen, immer wieder zusammenzukommen. Rory hatte dieses Wort einmal benutzt, um ihre Situation zu beschreiben. Es war an einem Nachmittag gewesen, als sie zufällig in der Octagon-Bar im Clarence Hotel aufeinander getroffen waren und innerhalb einer Stunde ein Zimmer dort gebucht hatten. Als sie ihn gefragt hatte, was er damit meinte, hatte er das Wort nur immer wieder in ihr Ohr gehaucht, während er sie zum Höhepunkt brachte, und danach hatte er ihr geraten, im Wörterbuch nachzuschauen. »Gemäß einem anerkannten Prinzip«, bedeutete es, wie der *Concise Oxford* behauptete.

Doch die Situation, in der sie sich nun befand, war nicht axiomatisch – sie war unhaltbar. Dies musste der Strohhalm sein, der schließlich ihr schönes Tier mit zwei Rücken zerbrechen würde.

Deirdre zwang sich endlich hoch und schob den Riegel der Kabinentür zurück; wie betäubt beurteilte sie die Lage. Jetzt, da sie alles wusste, konnte sie nicht hinaus ins Studio treten. Sie konnte den Gedanken nicht ertragen, dass jede Schauspielerin in dem Gebäude wusste, dass Rory sie wie den letzten Dreck behandelt hatte. Cressida war offenbar die Letzte gewesen, die es erfahren hatte. Alle anderen wussten es wohl schon seit vergangener Woche.

Sie drehte den Wasserhahn auf, beugte sich über das Waschbecken und spritzte sich immer wieder kaltes Wasser ins Gesicht. Ihr war es egal, dass ihr Maskara verschmierte. Sie brauchte etwas, was sie aus ihrem Schockzustand herausriss. Sie richtete sich auf und betrachtete ihr Bild im Spiegel über dem Becken. Sie sah schrecklich aus – bleich und bedauernswert wie eine Art ausgeflippte Cartoongestalt. Diese Person, die sie da ansah, ähnelte in keiner Weise der Beschreibung, die sie von sich selbst kürzlich in einem Interview gelesen hatte, das sie einer Frauenzeitschrift gegeben hatte: *Die verwirrte und heimgesuchte Amber hat wenig Ähnlichkeit mit ihrer Person jenseits der Rolle. Im wirklichen Leben hat Deirdre boshafte haselnussbraune Augen, einen lächelnden, zum Küssen einladenden Mund und eine zerzauste* Coiffure, *die so glanzvoll ist, dass jeder heterosexuelle Figaro mit Freuden darin wühlen möchte* … Was für ein Quatsch. Im wirklichen Leben hatte Deirdre O'Hare Augen wie ein Pandabär, aufgesprungene Lippen und eine *Coiffure,* die so widerspenstig war, dass jeder warmblütige heterosexuelle Figaro sie mit Wonne abschneiden würde. Wieder und wieder spritzte sie Wasser in ihr Gesicht und wartete, dass die Kälte Wirkung auf ihr Hirn zeitigte. Langsam begann es, wieder zu funktionieren.

Sie konnte nichts anderes machen, als so zu tun, als ob nichts wäre. Sie hatte niemals dieses Gespräch zwischen Cressida McCormack und Sophie Burke mitgehört. Verdammt noch mal – Leute, die keinen besseren Gesprächsstoff hatten als das Privatleben anderer Leute, mussten ziemlich traurige Gestalten sein. Was für ein Prachtexemplar von einem ethischen Tiefflieger Sophie doch war! Was für eine Schlange. Was für eine kriecherische, schleimige, klatschsüchtige, hinterlistige kleine Höllenhexe. Deirdre O'Dare konnte es nicht zulassen, dass ein Reptil wie Sophie sie herunterzog. Sie würde sich darüber erheben. Wer war es noch, der gesagt hatte: »Es gibt nur eines auf der Welt, was schlimmer ist, als dass über einen geredet wird, und das ist, dass nicht über einen geredet wird?« Oscar Wilde. Der Inbegriff des Raffinements. Sie

konnte es schaffen: Sie konnte raffiniert sein. Sie würde sorglos und unbekümmert im Studio einschweben …
Nein, würde sie nicht. Sie musste zu Kreuze kriechen. Sie musste hingehen und Frank, den Bühnenmanager, um Verzeihung bitten, weil sie zu spät kam und die technische Probe verpatzt hatte. Sie würde sich beim Regisseur und dem gesamten Team und allen Mitspielern entschuldigen müssen, die in Szenen mit ihr spielten. Sie betrachtete sich im Spiegel und zog dem durchnässten Wesen eine Grimasse. Während sie in einem vergeblichen Versuch, ihm neues Leben zu geben, mit den Fingern durch ihr Haar fuhr, atmete sie tief durch und trat hinaus auf den Gang.
Wie es der Zufall wollte, lief sie am Bühnenrand direkt Frank in die Arme. Zumindest war niemand anderer in der Nähe, der sie am Boden kriechen sah.
»Frank, es tut mir so Leid! Es war eine höllische Tonaufnahme und dauerte viel länger, als ich es mir vorgestellt habe, und ich weiß, alle sind total sauer auf mich und …«
O Gott. Sie würde jede Minute anfangen, laut zu heulen.
»Ruhig Blut, Deirdre! Beruhige dich. Kein Problem, ich habe alles mit Keith geklärt und alle deine Szenen ans Ende des Plans verschoben.« Er legte ihr beruhigend die Hand auf die Schulter. »Hey, schau dich an – du bist ja nass bis auf die Haut. Wie könnte ich es an einer armen, getauften kleinen Maus auslassen? Vor allem, wenn man weiß, was für ein Tag heute ist. Warum gehst du nicht runter in die Kantine und holst dir einen Kaffee?«
»Bist du sicher, Frank?« Das war komisch. Sie war überzeugt gewesen, dass eine Standpauke auf sie wartete.
»Sicher. Beeil dich.« Er lächelte sie an und schob sie in Richtung Kantine, bevor er durch die Tür verschwand, die ins Studio führte.

Sie lief in die Kantine und bediente sich am Kaffeeautomaten, froh, dass keine Schlange anstand. Während sie vergebens den Deckel auf dem Becher festhielt, rannte sie zurück ins Studio und vergoss dabei Kaffee. Als sie durch die Tür des Vorraums zu Studio A glitt und in dem auf der Bühne aufgebauten Pub erschien, ertönte die vertrauten Klänge von »Happy Birthday«. Deirdre blieb wie angewurzelt stehen. Auf einem Teller lag ein Haufen Doughnuts, und im obersten steckte eine Kerze. Sie hatten herausgefunden, dass sie Geburtstag hatte! Sie ging auf den Doughnut-Berg zu, während das letzte »Happy Birthday to you« zu einem unmelodiösen Crescendo anstieg, und dann blies sie die Kerze aus.
»Danke, danke, vielen Dank …«, sagte sie immer wieder, als die Kollegen zu ihr kamen, sie umarmten und küssten. Als Keith, der Regisseur, einen Kuss auf ihre Wange drückte, sah sie ihn reuevoll an. »Es tut mir wahnsinnig Leid. Ich habe mich heute Morgen verspätet, Keith. Habe ich den Plan völlig durcheinander gebracht? Ich habe eine Riesenstandpauke erwartet.«
»Die hättest du auch bekommen, wenn Maeve uns nicht erzählt hätte, dass du Geburtstag hast. Wir haben beschlossen, dass eine *Entente cordiale* das beste Geschenk wäre, das du bekommen konntest. Keiner mag an seinem Geburtstag angeblafft werden.«
»Bis jetzt war heute so ein Scheißtag, dass ich tatsächlich alles vergessen habe«, sagte sie. »Von jetzt an kann alles nur noch besser werden.«
»Darauf würde ich nicht setzen«, mahnte Keith. »Es hat größere Drehbuchänderungen gegeben. Du hast morgen zwei neue Szenen. Tut mir Leid, Deirdre, aber es sieht so aus, als ob du den Rest deines Geburtstags damit verbringen wirst, druckfrische Dialoge zu lernen.« Er hob die

Augenbrauen und machte sich in Richtung Doughnuts davon.
»Frank?« Deirdre packte den Bühnenchef am Ärmel, der gerade vorbeiging. »Frank – Keith hat mir gerade gesagt, dass ich morgen in ein paar brandneuen Szenen bin!«
»O ja, das stimmt.« Frank blätterte durch ein Bündel gestapelter Blätter. »Hier haben wir sie. Für heute ist deine Arbeit klar, Mädchen. Wir werden proben, bis die Kühe nach Hause kommen.«
»Hat sich mein Arbeitsbeginn für morgen geändert?« Deirdre war entzückt gewesen, als man ihr mitgeteilt hatte, dass sie am Morgen nach ihrem Geburtstag erst um elf Uhr erscheinen musste.
»Lass mich mal sehen.« Frank fuhr mit dem Finger die geänderte Zeitliste entlang. »Ja, er hat sich geändert. Halb acht unten, halb neun am Drehort.«
Was für ein Mist! Es gab keine Möglichkeit, heute Abend auszugehen, wie sie es geplant hatte. Sie würde den ganzen Abend ihren neuen Dialog lernen müssen. Sie wandte sich ab und überflog die Seiten. Es waren mindestens zwölf.
»Hi, Deirdre. Alles Gute.«
Ein eingewickeltes Geschenk wurde ihr in die Hand gedrückt. Sie sah vom Drehbuch auf und erblickte ihre alte Freundin Maeve Kirwan, die sie anlächelte. Maeves ruhige Gelassenheit war der beruhigendste Anblick, den Deirdre sich wünschen konnte. Sie schlang die Arme um sie und hielt sie fest, versuchte, nicht vor aufgestauter Wut und Enttäuschung loszuheulen. Dann entließ sie ihre Freundin aus der Umklammerung.
»Tut mir Leid wegen dieser Rührszene«, sagte sie. »Ich bin so aufgedreht, dass ich das Gefühl habe, ich könnte

reinhauen. Ich habe fast der Kundin gegen das Bein getreten bei der Aufnahme heute Morgen.«

»Hau da drauf«, sagte Maeve und hielt eine Stoffpuppe hoch, die unpassenderweise auf der Theke lag.

»Nein«, erwiderte Deirdre nach einem Moment des Nachdenkens. »Es müsste mir ernsthaft schlecht gehen, wenn ich Barney schlagen würde. Er ist ein noch traurigerer Kerl als ich. Ich mache mein Geschenk auf. Das wird mich aufheitern.« Sie riss das Papier auf, und der letzte Roddy-Doyle-Roman kam zum Vorschein. »Oh, toll – danke! Ich wollte ihn unbedingt lesen.«

»Nun?«, meinte Maeve und hob die Augenbrauen. »Wirst du mir jetzt sagen, warum du den Kunden treten wolltest?«

»Der Kunde«, erklärte Deirdre mit einer Stimme, die vor Gift troff, »war Janine Heeny.«

»Keine weiteren Ausführungen mehr nötig.« Maeve nahm einen Stuhl und schwang mühelos ein Bein darüber, so dass sie rittlings darauf saß und die Arme auf die Rückenlehne stützte.

»Weißt du, was, Maeve? Dieser Geburtstag ist Scheiße«, sagte Deirdre, die auf einem Barhocker saß und Barney so hinsetzte, dass es aussah, als ob er sich betrunken an einer leeren Ginflasche festklammerte. »Und weißt du noch, was? Wir werden das Restaurant für heute Abend absagen müssen. Ich habe gerade gehört, dass ich morgen als erstes zwei neue Szenen habe. Und beide mit Sophie.«

»Szenen mit Sophie und keine Geburtstagsparty?« Maeve krümmte sich. »Autsch! Das ist hart, Deirdre.«

Deirdre seufzte und schüttelte den Kopf. »Es überrascht mich nicht wirklich, so wie der Tag heute läuft. Übrigens bist du eine Petze«, fügte sie hinzu. »Ich habe dich angefleht, nicht zu verraten, dass heute mein Geburtstag ist.

Zu hören, wie Leute für mich ›Happy Birthday‹ singen, gibt mir immer ein dummes Gefühl.«
»Als ich heute Morgen sah, wie sich die Dinge entwickelten, dachte ich, es wäre das Beste. Frank hasst es, auszuteilen, und er würde sich noch mehr hassen, wenn er entdecken müsste, dass er an ein verzweifeltes Geburtstagskind ausgeteilt hat.«
»Sehe ich wirklich verzweifelt aus?«
»Du siehst wirklich verzweifelt aus. Was ist los?«
Deirdre überlegte und wickelte eine feuchte Haarsträhne um ihren Finger. Sie wünschte sich sehr, sich Maeve anvertrauen zu können, doch Maeve war ebenso Rorys Freundin wie ihre, und sie konnte von ihr nicht verlangen, Partei zu ergreifen. »Oh, nur ein schlechter Tag, nehme ich an. Mich hätte mein Horoskop warnen sollen, als du es mir neulich vorgelesen hast.«
»Was stand drin? Etwas über schlechte Nachrichten aus dem Ausland, oder?«
»Du bist wirklich erstaunlich. Ich kann mir normalerweise nicht mal mein eigenes Horoskop merken, ganz zu schweigen von dem anderer Leute.«
Maeve hatte ihren aschblonden Haarvorhang zusammengerafft und in ihrem Nacken zu einem Chignon gebunden. »Und? Ist es passiert?«
»Die schlechten Nachrichten? Ja.«
»Haben sie etwas mit Rory zu tun?«
Deirdre biss sich auf die Lippe. Vielleicht konnte Maeve helfen – ihr raten, was sie tun sollte. Sie hatte ihr in der Vergangenheit schon oft geholfen. Die Versuchung, alles rauszulassen, war plötzlich zu stark, als dass sie widerstehen konnte. »Nun«, begann sie.
»Maeve?« Frank steckte den Kopf zur Tür herein. »Wir brauchen dich jetzt. Folge zweiunddreißig, Szene neun.«

Der Kopf verschwand. »Cressida, Jean-Claude?«, konnten sie durchs Studio rufen hören. »Ihr seid dabei.«
»Tut mir Leid, Deirdre. Schlechtes Timing«, meinte Maeve und stand auf. »Ich spreche später mit dir, okay?«
Deirdre sah zu, wie die Schauspielerin hinüber zu der nachgemachten Zeitungskiosktür ging, und bewunderte ihre Haltung. Sie wusste, es gab keine Möglichkeit, dass Maeve über Rorys Seitensprung Bescheid wusste. Maeve war die einzige Schauspielerin, der Sophie nicht begeistert den Klatsch erzählt hatte. Abgesehen davon, dass sie eine enge Freundin von Deirdre war, war Maeve an Garderobenklatsch nicht interessiert. Sie würde Sophie in der Luft zerreißen, wenn sie erführe, welche Gerüchte sie über Rory verbreitet hatte.
»Herzlichen Glückwunsch, Deirdre!« Plötzlich war Sophie da und küsste die Luft neben ihren Wangen. Wieder lag der Duft von Envy in der Luft. Deirdre erstarrte. Sophie und sie verkehrten niemals auf gesellschaftlicher Basis. Sie mussten regelmäßig zusammenarbeiten, achteten aber immer sorgfältig darauf, Distanz zu halten, nachdem die Szenen im Kasten waren. Zwischen ihnen gab es eine böse Geschichte. Die Tatsache, dass Sophie tatsächlich ein Gespräch mit ihr beginnen wollte, war ein ernstes Gefahrensignal. Die Schauspielerin trat einen Schritt zurück und verzog ihren auf Hochglanz bemalten Mund zu einem Lächeln, und Deirdre bereitete sich auf den Tiefschlag vor. »Weißt du, dass ich völlig vergessen habe, dir etwas zu erzählen? Ich kann mir nicht vorstellen, wie es mir entfallen ist! Hast du gehört, dass ich in L. A. Rory begegnet bin?« Sophies katzenhafte grüne Augen blickten sie unschuldig an.
»Wirklich?«, erwiderte Deirdre mit betonter Lässigkeit. »Er hat es in seinem Brief nicht erwähnt. Ich habe heute

eine Geburtstagskarte von ihm bekommen.« Sie konnte nicht widerstehen. »Und vierzig Vendella-Rosen.«
»Vierzig?« Sophie gelang es, anklingen zu lassen, dass ihrer Meinung nach vierzig Rosen ziemlich billig seien.
»Nun. Rory scheint es toll zu gehen. Ein erstaunlicher Durchbruch für ihn, nicht wahr? Er hat mir gesagt, dass er noch einen Monat länger oder so bleiben wird.«
»Hm.«
»Du vermisst ihn wohl sehr, oder?« Ein Ausdruck geheuchelter Sorge breitete sich auf Sophies hübschen Zügen aus.
»O nein, nein, wirklich nicht. Ich bin viel zu beschäftigt, um ihn zu vermissen.«
»Trotzdem – er ist doch schon seit über einem Monat weg, oder? Das ist eine lange Zeit, wenn man getrennt ist.«
»Ja, nun – Rory und ich haben eine sehr lockere Beziehung, weißt du? Wir binden den anderen nicht fest.« Tatsächlich taten sie es – ab und zu mit Seidenschals nach ein oder zwei Flaschen gutem Claret –, doch das würde sie Sophie nicht erzählen. »Wir lassen uns einfach treiben, weißt du!«
»Oh, Ben und ich sind ganz das Gegenteil. Wir sind völlig aneinander gebunden. Jedes Mal, wenn wir getrennt sind, fühle ich mich ganz sicher in dem Wissen, dass er eine andere Frau nicht mal ansehen wird. Wir gedeihen in einer Atmosphäre gegenseitigen Vertrauens.«
»Ja?« Deirdre hob zynisch eine Augenbraue, als ob sie die Vorstellung gegenseitigen Vertrauens nicht nur unfassbar, sondern ungefähr so anziehend wie mittelalterliche Körperfülle fände.
Genau in dem Moment schrillte wie aufs Stichwort Sophies Handy. »Oh! Verzeih mir, Deirdre!« Die Schauspielerin machte sich zurecht und summte die elektronische

Melodie mit, während sie das winzige Telefon aus ihrer Schultertasche holte. Deirdre bemerkte, dass die Farbe der Umhüllung nicht nur zum Leder der Tasche passte, sondern auch zum Leder von Sophies Mary-Jane-Schuhen.

»Ben!«, rief sie und warf Sophie einen spöttischen Blick zu, der sagen sollte: *Na! Hab ich's nicht gesagt?* Sie legte kurz die Hand auf den Hörer. »Er mag ein fantastisch toller und supercooler Typ sein, doch im Herzen ist er einfach ein Kätzchen«, sagte sie. Dann säuselte sie ins Telefon: »Hier im Studio ist es ein bisschen öffentlich«, sagte sie. »Lass mich dich nach draußen tragen.«

Als Deirdre an diesem Tag nach Hause kam, gab es nur zwei Nachrichten auf ihrem Anrufbeantworter. Eine war von ihrer Mutter, die ihr alles Gute wünschen wollte, und die andere von der Arzthelferin ihres Zahnarztes, die ihr mitteilte, dass es eine Absage gegeben habe und man sie nächste Woche einschieben könnte. Sie nahm ihren Kalender von seinem üblichen Platz neben dem Telefon. Während sie blätterte, um ihre Termine der nächsten Woche durchzusehen, flatterte etwas auf den Boden. Es war die Karte, die heute Morgen von Rory gekommen war. Sie stand eine Weile da und blickte durch das Fenster auf den säuberlichen Platz darunter, ohne ihn wirklich zu sehen. Dann nahm sie die Karte, trug sie in die Küche und ließ sie wieder in den Mülleimer fallen.

Als Nächstes die Blumen: Sie ging geradewegs ins Wohnzimmer, um die Rosen zu holen. Die würde sie, verdammt noch mal, auch wegwerfen. Wie konnte er es wagen, zu denken, er könne sie durch einen demonstrativ teuren Rosenstrauß für sich einnehmen? Sie nahm die Vase, in die sie sie gestellt hatte. Die leuchtenden Blüten erbebten.

Deirdre stellte die Vase wieder hin und hob eine Hand, um eine satinweiche Blüte zu berühren. Sie konnte es einfach nicht tun.
Sie erinnerte sich an das erste Mal, als er ihr Vendellas gekauft hatte, an ihrem zweiundzwanzigsten Geburtstag. Genau vor drei Jahren. Seitdem hatte sie an jedem Geburtstag Vendellas bekommen und noch viel mehr. Einmal hatte er ihr einen winzigen Bikini und einen Tiefseetauchkurs geschenkt, damit sie zusammen auf der Reise nach Australien tauchen konnten. Dann wieder hatte er ihr einen wunderbaren bodenlangen schwarzen Ledermantel gekauft und vorgeschlagen, sie solle die Grafton Street hinuntergehen, mit nichts weiter darunter als schwarzen Wolford-Strapsen und ihren schwarzen Lederstiefeln. Jener Januar war besonders mild gewesen, und sie hatte ohne mit einer Wimper zu zucken zugestimmt. Der Ausdruck auf Rorys Gesicht, als sie durch die Stadt schlenderten, sein Arm besitzergreifend um ihre Schulter geschlungen, war der seliger Dankbarkeit gewesen. Im letzten Jahr war er aus London – wo er an einem Fernsehspiel arbeitete – mit Bergen von Agent-Provocateur-Unterwäsche für sie zurückgekommen. Sie war im wahrsten Sinne des Wortes auf und ab gehüpft, als sie das Logo auf den Einkaufstüten entdeckt hatte, die er auf das Bett gelegt hatte. »Zieh das an«, hatte Rory gesagt, als sie unter der Decke hervor und ihm um den Hals sprang, »wir verbringen deinen Geburtstag im Bett.«
Als sie sich von den Rosen abwandte und mit einem tiefen Seufzer ihr Drehbuch aufnahm, erkannte Deirdre, dass dies einfach der schlimmste Geburtstag war, den sie jemals erlebt hatte.

2

Am nächsten Tag stand Deirdre um halb sieben auf, duschte schnell, überflog den Dialog, den sie die halbe Nacht gelernt hatte, und radelte dann hinaus zu RTE. Sie hätte auf Kosten des Senders ein Taxi nehmen können, doch es regnete nicht, und sie wusste, die körperliche Betätigung würde ihren Kopf freimachen. Sie war der einzige Passagier in dem Minibus, der sie am Eingang auflas, um sie zum Drehort zu bringen. Sophies Name stand auch auf der Transportliste, doch Sophie fuhr immer selbst in ihrem schicken kleinen Clio, den ihr Vater ihr zu ihrem fünfundzwanzigsten Geburtstag geschenkt hatte, weil er sich wahrscheinlich einbildete, sie sei genauso wie das neueste Renault-Mädchen in der Fernsehwerbung.

Sie würde heute ihren Verstand brauchen. Szenen mit Sophie waren immer eine Qual. Sophie neigte zu kleinen Streichen, zum Beispiel schob sie sich in Szenen zu zweit vor, so dass Deirdres Gesicht von der Kamera weggedreht war, oder sie stürzte sich plötzlich kurz vor der Aufnahme zum Aufwärmen in einen Redestrom, so dass Deirdre in ihrer Konzentration gestört wurde, oder aber sie reichte mitten in einer Szene die falsche Requisite. Die Kamera konnte nicht erkennen, dass Sophie Deirdre eine Nagelfeile überreichte statt des Kleingeldes, das im Drehbuch stand, doch Deirdre konnte es. Das letzte Mal, als sie ihr diesen Streich gespielt hatte, hatte Deirdre die Szene unterbrechen müssen. »Tut mir Leid«, hatte sie

gesagt. »Können wir es diesmal mit der richtigen Requisite machen?«
»Oh – tut mir Leid! Mein Fehler!«, hatte Sophie strahlend gesagt. »Ich konnte die Münzen in meiner Tasche nicht auftreiben, also habe ich das Erstbeste gepackt, was mir in die Hände fiel.«
Deirdre hatte ihr einen harten Blick zugeworfen.
Heute waren Maske und Garderobe in einem Hotel eingerichtet worden, das angenehm nahe am Drehort lag. Deirdre holte ihr Kostüm und brachte es in das Hotelzimmer, das den Schauspielerinnen als Garderobe zugewiesen worden war. Sophie war schon dort und wühlte eine Tasche mit Modeschmuck durch.
Sie blickte auf, als Deirdre zur Tür hereinkam. »Hi, Deirdre«, grüßte sie in ihrem üblichen überschäumenden Ton. »Was meinst du? Silber oder Email?« Sie hielt ein Paar Ohrringe an ihre Ohrläppchen.
»Silber.« Deirdre machte sich nicht die Mühe, beide genauer zu untersuchen. Sie warf ihr Kostüm über eine Stuhllehne und fing an, ihre Bluse aufzuknöpfen.
»Hm. Meinst du wirklich? Sie sind ein bisschen vulgär für meine Rolle. Ich glaube, ich entscheide mich für Email.« Sie hakte die Ohrringe fest und neigte den Kopf zur Seite. »Ja«, sagte sie zufrieden. »Die sind perfekt.«
Sie wandte sich zu Deirdre um und lächelte, dann verblasste ihr Lächeln, während ihre Augen an Deirdres Körper hinabglitten. »Oh …«, sagte sie.
»Oh, was?« Deirdre gefiel es nicht, wie sie gemustert wurde.
»Oh, nichts«, erwiderte Sophie beiläufig. »Es ist nur – o nein. Egal!« Sie blickte wieder auf ihr Spiegelbild und summte eine kleine Melodie, dann wandte sie sich sorgenvoll an Deirdre. Sofort schrillten Alarmglocken in

Deirdres Kopf. »Deirdre?«, sagte Sophie. »Ich hoffe, du bist mir nicht böse, wenn ich das sage, aber hast du in letzter Zeit ein bisschen zugenommen?«
»Gott, ich habe wirklich keine Ahnung, Sophie. Und um ganz ehrlich zu sein, es ist mir auch mehr als egal. Da gibt es weitaus Wichtigeres.«
»Verzeih mir, Deirdre. Aber ich glaube, du hast ein bisschen zugelegt. Nur ein kleines bisschen. Du müsstest nur – oh – ungefähr einen Monat Diät halten, um es loszuwerden. Ich hoffe, du hast nichts dagegen, dass ich dir das sage? Ich ziehe es immer vor, wenn die Leute bei solchen Dingen ehrlich zu mir sind, dann kann ich etwas daran ändern, bevor ich mich gehen lasse, du weißt, was ich meine?«
»Tatsächlich, Sophie, geht dich das gar nichts an, aber Rory mag mich lieber mit ein bisschen Bauch. Er hält nichts von den spindeldürren besessenen Aerobic-Tanten, und ich auch nicht.« Deirdre begann sich eine Strickjacke in einem unansehnlichen Braunrotton über den Kopf zu ziehen.
»Oh? Dann wird er ja gerne aus L. A. zurückkommen. Alle Frauen dort sind unglaublich schlank und gut gebaut. Natürlich halten sie alle Diät – viel Obst und frisches Gemüse, kein Alkohol …«
»Sophie.« Deirdres Kopf tauchte durch den Hals ihrer Jacke auf. »Würdest du, verdammt noch mal, den Mund halten?«
Sophie sah sie beleidigt an. »Oh! Ich bitte vielmals um Verzeihung, Deirdre. Ich hab nur freundschaftlichen Rat angeboten.« Sie stand auf und stürmte durch den Raum. »Wenn ich du wäre, würde ich ihn annehmen«, fügte sie Unheil verkündend hinzu, bevor sie durch die Tür entschwand.

Deirdre schloss die Augen, seufzte und sank aufs Hotelbett. Es würde ein harter Tag werden.

Viel, viel später saß sie neben Maeve in einem Pub in Donnybrook. Sie hatte einiges durchgemacht. Es hatte geregnet, Sophie hatte gestichelt, als Deirdres Mikro mitten in einer Aufnahme ausfiel, und sie hatte den ganzen Tag dabei sein müssen, nachdem sie mit ihren ersten beiden Szenen fertig war, nur um eine Zeile Dialog mit einem Schauspieler zu sprechen, der der älteste Mitwirkende der Seifenoper war.

»Ich bin kaputt«, sagte sie, während sie ihr Pint hinstellte. »Ich bin fix und fertig, und ich habe es satt.«

»In dem Fall wirst du dich freuen, zu erfahren, dass ich für Sonntagabend im Troc reserviert habe«, gab Maeve zurück. »Wir werden deinen Geburtstag mit ein paar Tagen Verspätung feiern. Nach einem freien Wochenende wirst du in besserer Form sein.«

Manche Mitglieder der Besetzung waren bei ihrem zweiten oder dritten Pint, andere fingen gerade erst an, im Pub einzulaufen. Einige Schauspieler waren in überschäumender Laune, andere sahen so müde aus, wie Deirdre sich fühlte. Es war das Ende einer langen Woche.

»Noch acht weitere Folgen«, stellte Deirdre nachdenklich fest. »Hat Sally schon mit dir wegen des Vertrags in der nächsten Saison geredet?« Sally Ruane war ihre gemeinsame Agentin.

»Ich komme in der nächsten Saison nicht mehr, Deirdre«, verkündete Maeve.

»Was?« Ungläubig drehte sich Deirdre zu ihrer Freundin um. »Warum?«

»Ich habe es erst gerade herausgefunden. Ich wollte

nichts dazu sagen, bis alles im Kasten war. Man hat mir einen Jahresvertrag mit der RSC angeboten.«

»O Maeve! Das sind tolle Nachrichten! Gute Rollen?«

»Ziemlich gute Rollen, ja. Olivia, Charmian, Nora Clitheroe.«

»Kein Scheiß. Du musst ja furchtbar aufgeregt sein.«

Maeve lächelte. »Du kennst mich, Deirdre. Ich werde wegen nichts furchtbar aufgeregt.«

»Wann bist du weg?«

»Nächsten Monat. RTE war wirklich anständig. Meine Rolle schleppte sich dem Ende zu, also haben sie sie in vier Folgen gezwängt und mich gehen lassen. Ich will richtige Ferien haben, bevor ich nach Stratford gehe.«

»Verdammt.« Deirdre wurde plötzlich traurig. »Ich werde dich wirklich vermissen, Maeve.«

»Ich dich auch, Deirdre.« Die beiden Schauspielerinnen lächelten sich an, und Deirdre beugte sich vor und küsste Maeve auf die Wange.

»Herzlichen Glückwunsch«, sagte sie.

»Danke«, antwortete Maeve. Sie trank einen Schluck aus ihrem Glas. Dann: »Was sagt man übrigens über die nächste Saison?«, fragte sie.

»Ich habe wirklich keine Ahnung«, erwiderte Deirdre. »Ich bin mir nicht sicher, dass sie noch viel mehr aus meiner Rolle rausholen können.«

»Amber ist irgendwie ausgebrannt, nicht wahr?«, fragte Maeve.

»Ja.« Deirdre begann einen Bierdeckel auszufransen. »Ich nehme an, es wird bald Verhandlungen geben. Ich muss Sally nächste Woche anrufen. Soweit ich weiß, steht mein Job auf dem Spiel.«

»Meiner nicht.« Sophie Burke setzte sich neben sie. »Einer der Drehbuchautoren hat mir gerade einen Hinweis gegeben. Ich werde mich in der letzten Minute anders entscheiden in Bezug auf die Abtreibung. In der nächsten Saison geben sie mir ein Baby, also bin ich endgültig wieder da.« Sophie ließ Süßstoff in ihre Kaffeetasse fallen. Auf ihrem Gesicht lag ein Ekel erregender, träumerischer Ausdruck. »Ich kann Fran schon als Mutter vor mir sehen. Ich glaube, ihr natürlicher Mutterinstinkt wurde durch ihre Hingabe an den Beruf sublimiert. Wisst ihr, dass sie vor kurzem Zuschauerumfrage gemacht haben?«, fügte sie hinzu. »Die Figur der Fran gehörte zu den fünf beliebtesten in der Serie.« Sie sah Deirdre an und lächelte. »Ich frage mich, an welcher Stelle du kamst.«

Deirdre blieb es erspart, auf Sophies hinterhältige Frage antworten zu müssen, da Jean-Claude Valentin gerade kam. Er war ein französischer Schauspieler, der vor zwei Saisons in die Seifenoper gebracht worden war, um ihr einen Schuss raffinierten Sexappeal zu verleihen. Er wurde allgemein als einer der erotischsten Männer im irischen Fernsehen angesehen. Er hatte Schlafzimmeraugen, einen erstaunlichen Körper, und er trug Paul Smith. Die Tatsache, dass er irgendwas Ende dreißig war, vergrößerte seine Anziehungskraft nur noch, da sie ihm einen Ausdruck von unwiderstehlichem *Savoir-vivre* verlieh.

Jean-Claude setzte sich auf einen Stuhl zwischen Deirdre und Sophie und lächelte in die Runde. »Es gibt keine bessere Art, den Tag zu beenden«, stellte er fest, »als in der Gesellschaft schöner Frauen.« Sophie bekam ein Grübchen, und Maeve lächelte und verdrehte die Augen zum Himmel. Deirdre sah ihn fragend an. Jean-Claude Valentin hatte den Ruf, ständig zu flirten. Er war außerdem ganz entschieden verheiratet. Deirdre hatte früh in ihrer Laufbahn eine katastrophale Erfahrung mit einem verheirateten Mann gemacht und geschworen, diesen Fehler nie wieder zu begehen.

»Du warst der Erste, Jean-Claude«, säuselte Sophie.

Er sah verwirrt drein. »Der Erste? Der Erste in was?«, fragte er.

»Der Erste in der Marktumfrage, welches die beliebtesten Figuren in *Ardmore Grove* sind.«

»Um Gottes willen. Was für ein unerwartetes Kompliment.« Der Franzose lächelte geringschätzig über seine eigene Person.

»Ich war Fünfte. Wirklich nicht schlecht. Und ich bin fast sicher, dass Frans Beliebtheit in der nächsten Saison noch steigen wird, denn sie werden mir ein …«

»Sophie«, unterbrach Deirdre, »da ist Ben.«

Sophies Freund winkte sie von der Pubtür zu sich.

»Oh! Verzeih mir, Jean-Claude, ich muss mich beeilen. Wir wollen nach …«

»Kann ich dir etwas zu trinken bestellen, Jean-Claude?«, fiel ihr Deirdre ins Wort. Sie wollte nicht hören, wohin Sophie und Ben wollten. Es musste etwas Hippes und Teures sein.

»Nein, nein, lass nur. Ein Pint Guinness, Deirdre?«

»Nun, ja. Vielen Dank.«

»Und noch einen Ballygowan für dich, Maeve?« Jean-Claude erhob sich.

»Nein, danke«, erwiderte Maeve. »Ich muss bald weg. Ich muss heute Abend noch eine Aufführung machen, das wisst ihr doch.« Maeve hatte im Moment zwei Jobs, tagsüber arbeitete sie in der Seifenoper und abends in einer Produktion des *Kaukasischen Kreidekreises*.

»Bist du sicher, dass ich dich und Ben nicht dazu überreden kann, bei uns zu bleiben?«, fragte Jean-Claude, während er sich leicht zu Sophie hin verbeugte und ihr bedeutete, sich vor ihm einen Weg durch die Menge zu bahnen.

»Ganz sicher, danke. Wir kommen schon zu spät. Weißt du, wir wollen nach ...«

Gott sei Dank wurde Sophies Stimme durch das Stimmengewirr übertönt, bevor Deirdre und Maeve mehr hören konnten. Die beiden Schauspielerinnen schauten ihr nach und tauschten Blicke.

»Igitt«, meinte Deidre. »Weißt du, was? Ich kann mir Sophies Figur einfach nicht mit einem Baby vorstellen. Sie ist aber offenbar entzückt von der Idee. Wahrscheinlich sieht sie sich in einer Art Madonna-und-Lourdes-Ciccone-Szenario, in dem sie, ausgestattet von Voyage, durch die Gegend schwebt.«

»Eine interessantere Rollenidee könnte der Stress einer allein erziehenden Mutter sein«, stellte Maeve nachdenklich fest. »Vielleicht wird die arme Fran nicht mit den Anforderungen zurechtkommen, wenn sie ihre anspruchsvolle Karriere mit der Sorge um ein neugeborenes Baby in Einklang bringen muss. Vielleicht lässt sie sich gehen und fängt an zu trinken. Vielleicht wird ihr Baby gar nicht wie Lourdes Ciccone sein. Vielleicht wird es ein greinendes, nervendes, affenähnliches Ding sein.« Sie sah Deirdre an und lächelte, und dann trank sie ihr Glas leer und stand auf. »Bei einer Seifenoper weiß man nie.«

Deirdre zog ein jämmerliches Gesicht und seufzte tief.

»Warum siehst du plötzlich so verzweifelt aus?«, fragte Maeve, während sie ihren Mantel anzog.

»Sehe ich schon wieder verzweifelt aus? Das ist das zweite Mal in zwei Tagen, dass du mir das gesagt hast.«

»Es ist das richtige Wort, um dich zurzeit zu beschreiben.«

»Es ist nur, dass ich jetzt allein mit Jean-Claude bleiben werde, und ich weiß nie, was ich zu so lächerlich gut aus-

sehenden Männern sagen soll. Die Art Blödsinn, die mir einfällt, ist noch banaler als alles andere.«
»Du könntest immer noch dein Französisch üben.«
»Mein Französisch ist Mist. Ich würde noch banaler klingen als in Englisch. *Bonsoir, Jean-Claude. Comment-allez-vous ce soir? Il fait beau temps, n'est-ce pas?*«
»Es ist kein *beau temps*, Deirdre. Das Wetter ist hier verdammt scheußlich. Egal, da drüben sitzen die Leute von der Sitcom, falls du dich langweilst. Du kannst immer noch zu ihnen gehen.«
Deirdre sah hinüber zu der Gruppe Schauspieler, die neben der Tür saßen. »Ja. Obwohl ich das Gefühl habe, sie sind ebenso verzweifelt wie ich. Muss auch für sie auf der Tonbühne ein harter Tag gewesen sein. Hey – vergiss dein Sandwich nicht.«Sie zeigte auf das klebrige Pubsandwich, das Maeve vorher bestellt hatte.
»Der Glamour, der Glamour. Tunfischsandwich in der Garderobe, heruntergespült mit lauwarmem Leitungswasser.« Maeve stopfte die Sandwiches in ihren Rucksack. »Ich freue mich auf rotes Fleisch am Sonntag.«
»Sonntag?«
»Im Troc. Acht Uhr. Dein Geburtstagsessen, erinnerst du dich?«
»Oh. Natürlich, danke. Bis dann. Viel Spaß bei deiner Vorstellung.«
»Viel Spaß beim Französischauffrischen. Nimm's leicht, Deirdre.« Maeve hängte ihren Rucksack über die Schulter und bahnte sich ihren Weg durch die Menge, blieb nur stehen, um Jean-Claude im Vorübergehen einen Kuss auf die Wange zu geben.
»Danke, Jean-Claude.« Deirdre schenkte dem Schauspieler ein breites Lächeln, als er sich auf den Stuhl neben sie setzte und ein Pint Guinness vor sie hinstellte. Sie trank

einen Schluck und wischte sich den kleinen Schaumbart auf der Oberlippe ab.
»Du hast was ausgelassen. Genau da.« Jean-Claude Valentin zeigte auf eine Stelle links von ihrem Mund.
»Danke.« Sie wischte sich ein zweites Mal übers Gesicht.
»Wieder verfehlt. Hier, lass mich mal.« Er zog ein blütenweißes Leinentaschentuch aus seiner Tasche und tupfte sanft den Schaum weg. Dann lehnte er sich zurück. »Das war eine harte Woche, nicht wahr?«
»Ja. Aber zumindest haben wir den Abend zur Erholung frei. Könntest du dir vorstellen, jetzt ins Theater zu gehen und spielen zu müssen? Arme Maeve, sie muss doppelt fertig sein.«
Er warf ihr einen fragenden Blick zu. »Du hast doch früher viel Theater gespielt, oder? Vermisst du das?«
Sie dachte das erste Mal seit einer Ewigkeit darüber nach. Sie sah sich im Moment mehr als eine Fernseh- denn als eine Bühnenschauspielerin. Ihre Agentin vermittelte sie immer noch ab und zu für ein Theaterstück oder einen Film, doch ihr Spielen in der Seifenoper bedeutete, dass potenzielle Arbeitgeber das Interesse verloren, wenn sie erkannten, dass sie sich ihrem Drehplan anpassen mussten. Sie hatte tatsächlich vor ein paar Monaten eine tolle Rolle in einem Stück von einem viel versprechenden Autor abgelehnt. Obwohl sie es gerne gemacht hätte, konnte sie es sich einfach nicht leisten. Die Schauspieler wurden an den Abendeinnahmen beteiligt, und da das Theater winzig war, wusste sie, dass sie am Ende der Woche mit einem Minus dastehen würde.
»Ich vermisse die Unsicherheit nicht. Aber, doch, ich würde es irgendwann gerne wieder versuchen. Vielleicht strecke ich die Fühler nach Arbeit aus, wenn die Saison vorbei ist.«

»Ende des Jahres kommt ein großer Film – Dreharbeiten im Westen, bei Galway. Ein Film über Grace O'Malley – du weißt schon, die Piratenkönigin?«
»Oh?«
»Ja. Er sollte schon vor ein paar Jahren gedreht werden, doch es gab ein großes Problem mit den Finanzen.«
Deirdre lächelte. Sie erinnerte sich daran, wie Sophie gekräht hatte, sie habe die Rolle der jungen Grace O'Malley ergattert, bevor bei dem Projekt erst mal die Handbremse gezogen worden war.
»Du solltest deine Agentin dazu kriegen, dich dafür vorzuschlagen«, meinte Jean-Claude.
»Wer macht das Casting?«
»Juliet Rathbone-Lyon.«
Jetzt lachte sie laut los. »Dann habe ich keine Chance. Ich hatte mal einen heftigen Zusammenstoß mit ihr.«
»Oh? Was ist passiert?«
»Ich habe ein Casting verlassen, das meine Agentin mit ihr vereinbart hatte.«
»Warum hast du das getan?«
»Sie hat mich wie Scheiße behandelt.«
»Das war mutig von dir.« Er sprach das Wort mit einer sonderbaren Betonung aus, so dass es unglaublich sexy klang.
Deirdre streckte sich. »Ich weiß nicht. Es war eigentlich ziemlich dumm von mir, aber ich war noch nie gut, wenn es darum ging, wegen Arbeit zu kriechen. Das einzige Mal, als ich es getan habe, landete ich in einem scheußlichen Job und musste für einen Cowboy aus Texas arbeiten.«
»Vielleicht solltest du ein Drehbuch schreiben«, schlug er vor. »Viele Schauspieler versuchen das heutzutage. Man kann viel Geld damit machen, wenn man Erfolg hat.«

»Es ist komisch, dass du das sagst!« Deirdre beugte sich, plötzlich begeistert, vor. »Ich habe eine Idee für ein Drehbuch. Tatsächlich habe ich in meiner Freizeit daran gearbeitet. Es ist mein Lieblingsprojekt.« Sie trank noch einen Schluck und sah weg; plötzlich war sie ein wenig schüchtern. Abgesehen von Rory hatte sie mit niemandem über ihre Drehbuchidee gesprochen.
»Oh?« Er lehnte sich auf seinem Stuhl zurück und sah sie interessiert an. »Erzähl mir davon.«
»Nun. Es ist – ähm …« Sie wollte nicht zu viel verraten, sonst würde sie sich vielleicht selbst blockieren. »Es ist im Augenblick noch ein wenig rudimentär.« »Rudimentär« war im Moment ihr Lieblingswort.
»›Rudimentär‹?« Jean-Claude sah sie belustigt an. »Mein Englisch ist nicht so gut, Deirdre. Was meinst du mit ›rudimentär‹?«
»Hm. Es bedeutet ›im Anfangsstadium‹, nehme ich an. Du weißt schon – etwas, was gerade erst begonnen hat. Das Einzige, was ich wirklich über meinen Film weiß, ist, dass er im Westen von Irland spielt und dass es eine Liebesgeschichte ist.«
»Dann bist du auf der Gewinnerspur«, meinte Jean-Claude. »Die besten Liebesgeschichten spielen im Westen Irlands.« Er lächelte sie schief an. »Du wirst viel Spaß bei der Recherche haben.«
»Ja, das stimmt. Ich würde mich gerne eine Zeit lang mit meinem Laptop in das Cottage meiner Oma zurückziehen.«
»Du hast ein Laptop? Ich bin beeindruckt. Dann muss es dir ernst sein mit der Drehbuchidee.«
»O ja. Nur dass der Laptop mir noch nicht wirklich gehört. Ich werde ihn ewig abzahlen müssen.«
»Deine Großmutter lebt also im Westen?«

»O nein. Sie ist vor ein paar Jahren gestorben, aber meine Mum und mein Dad haben das Cottage als Notnagel behalten. Ich fahre so oft dorthin, wie ich kann.«

»Wo liegt es?«

»Auf einer sehr weit entfernten Halbinsel namens Carrowcross in der Clew Bay.«

»Ein Paradies.« Er lächelte sie an.

»Ja, wirklich.« Deirdre erwiderte sein Lächeln. Er ist tatsächlich ein netter Mann, dachte sie. Sie hatte in den drei Jahren, die sie bei der Seifenoper arbeitete, niemals ein richtiges Gespräch mit ihm geführt – sie hatten kaum je gemeinsame Szenen gehabt. Ihre Szenen waren meist mit den kriminelleren Figuren. Schweigen entstand zwischen ihnen, und sie sah zur Seite. Als sie ihn wieder anschaute, konnte sie erkennen, dass er sie mit neuem Interesse betrachtete.

»Was haben sie in der nächsten Saison für dich in petto, Deirdre?«

»Das weiß der Himmel. Ich bin erst seit drei Jahren in der Sendung, aber ich scheine immer dort gewesen zu sein, alles getan zu haben. Schauen wir mal.« Deirdre begann an ihren Fingern abzuzählen. »Amber war drogensüchtig, hat Ehebruch und Ladendiebstahl begangen, Erpressung, man hat sie in Verdacht, abgetrieben zu haben – obwohl es auch eine Fehlgeburt gewesen sein könnte –, sie hat sich an Computern zu schaffen gemacht. Wie wär's mit Selbstmord? Platsch! Über dem Wasserfall von Powerscourt. Ich würde gerne den Dialog schreiben.«

»Probier's doch mal an mir aus.«

»Hm. Warte mal – wie wär's damit? O Gott, bitte hilf mir. Ich habe es so satt, diesen schrecklichen Regenmantel zu tragen, dass ich nicht weitermachen kann, und wenn ich noch eine Szene drehen muss, in der ich bedeutungsvoll jemanden über einen Teller Kekse hinweg ansehen muss, könnte ich etwas Übereiltes tun, wie mir das Leben nehmen.«

»›Nein, Amber, tu's nicht‹«, setzte Jean-Claude ein, der sich der Szene anfreundete. »›Das Leben ist wunderbar – es ist ein wundervolles Geschenk.‹«

»›Es ist zu spät. Hier stehe ich oben am Wasserfall und werde springen. O nein, was ist los? Ich glaube, ich ändere plötzlich meine Meinung. Gib mir deine Hand, schnell, ahhh …‹ Da geht sie hin«, stellte Deirdre befriedigt fest.

»Sehr gut«, lobte Jean-Claude. Es entstand wieder eine Pause, während der sie sich anlächelten, sich des angenehmen Kontakts bewusst waren, den sie zueinander hatten. »Ich habe auch mit Drogen, Ehebruch und Erpressung zu tun gehabt«, fügte er gleichmütig hinzu. »Aber ich bin noch nicht bereit zum Selbstmord, und für eine Fehlgeburt habe ich das falsche Geschlecht.«

Deirdre lachte. »Vielleicht sollte ich eine Zeit lang aussteigen, während es noch gut läuft«, meinte sie. »Mir hängt der ganze Pressekram ein bisschen zum Hals raus.«

»Wie beschreiben sie dich?«

»Du weißt schon – knisternd, lasziv, verführerisch, heiß, bla bla bla.« Sie tauschten Grimassen aus. »Du kriegst wohl auch eine Menge zu lesen, Jean-Claude. Was ist dein Lieblingsname für dich?«, fragte sie. »Nein, sag's nicht – lass mich raten. ›Latin Lover?‹«

»Du hat es gleich beim ersten Mal getroffen. ›Lüsterner Lothario‹ ist noch so einer.« Er trank einen Schluck von seinem Guinness. »Es kann manchmal peinlich werden«, stellte er fest. »Aber es ist ganz sicher besser, als arbeitslos zu sein.«

»Was war deine peinlichste Szene?«

»Warte mal. Es war wohl die Szene im Bad mit Cressida.

Es war damals für uns beide höchst peinlich, doch wir haben es geschafft, später darüber zu lachen. Und du?«

»Nun, erinnerst du dich, dass Amber nach der Abtreibung/Fehlgeburt zusammenbrach und der Hund der Familie sie am Strand finden sollte?«

»Ja?«

»Rex – oder wie immer er hieß – wollte nicht mitspielen, deshalb mussten sie mir Hundefutter ins Gesicht schmieren. Ich habe fast den ganzen Nachmittag dort in der Eiseskälte verbracht, während Rex seinen Hundeatem in mein Ohr schnorchelte und über meine Wange schlabberte.«

Jean-Claude lachte. »Betrachte dich als glücklich. Manche Schauspielerinnen müssen sich hinlegen, während mittelalterliche Schauspieler wie ich sie abschlabbern.«

»Da bist du nicht fair, Jean-Claude. Deine Leinwandküsse sind wunderbar, und du bist zu sehr Gentleman, um zu schlabbbern.«

Er schenkte ihr eines seiner sexy, belustigten Lächeln, und sie trank einen Schluck Guinness, um ihre Verlegenheit zu überspielen. »Lass mich dir noch etwas zu trinken holen«, schlug er vor und wollte aufstehen.

»Nein, nein – das ist meine Runde«, entgegnete sie hastig und legte ihm die Hand auf den Arm. »Bitte, lass mich.«

Er zuckte auf gallische Art die Achseln, während sie aufsprang und sich einen Weg zur Bar bahnte. Sie war ein wenig unsicher auf den Beinen, wie sie bemerkte. Zwei Pints Guinness auf leeren Magen waren keine gute Idee, und es war voreilig von ihr gewesen, noch eine Runde auszugeben. Doch es machte ihr Spaß, mit Jean-Claude zu plaudern. Sie hatte mehr Spaß, als sie seit einer Ewigkeit gehabt hatte.

Sie bestellte zwei Pints und lehnte sich an einen Barhocker, während sie wartete. Sie erblickte ihr Bild im Spiegel hinter der Bar und hob automatisch die Hand, um ihr Haar auszuschütteln. Sie sah wirklich nicht mehr verzweifelt aus, dachte sie. Tatsächlich sah sie ziemlich lebhaft aus. Es war erstaunlich, was die Gesellschaft eines amüsanten Mannes bei einer Frau bewirken konnte. Ihre Gedanken prallten zurück zu Rory. Sie fragte sich, wen er gerade amüsierte. Zur Hölle. Warum war er genau jetzt in ihre Gedanken eingedrungen? Er hatte kein Recht, sie so zu ärgern. Doch sie musste zugeben, dass er immer irgendwo in ihrem Hinterkopf da war, bereit, sich in den ungünstigsten Augenblicken bemerkbar zu machen wie ein Ausschlag. Sie fragte sich müßig, wann seine geheimnisvolle »Freizeit« stattfinden sollte. Was sollte das alles? Er würde kaum den ganzen Weg von L. A. zurückkommen, nur um sie zu besuchen, wenn er eine Beziehung mit einer tollen Frau dort drüben hatte.
Sie bezahlte die Pints beim Barkeeper und ging zurück zu Jean-Claude, begrüßte die Sitcom-Schauspieler, als sie an ihnen vorbeiging. Vielleicht hatte Sophie sich geirrt, als sie von Rory und dem Hühnchen erzählt hatte. Sie war so gut gelaunt, dass sie fast bereit war, wegen der Affäre ihres früheren Lovers ein Auge zuzudrücken. Schließlich hatte er ihr Vendellas geschickt. Und er hatte ihr tatsächlich nie versprochen, treu zu sein. Und wenn sie es recht überlegte, sie auch nicht.

Über eine Stunde später beschloss sie, es sei Zeit, nach Hause zu gehen.
»Du fährst doch nicht Auto, hoffe ich?«, fragte Jean-Claude.
»Nein, nein. Ich habe kein Auto. Ich bin mit dem Rad da«,

antwortete sie locker. Dann erinnerte sie sich an etwas. »Mist. Jemand hat mein Licht geklaut.«
»Dann solltest du besser nicht Rad fahren«, sagte Jean-Claude und stand auf. »Komm doch mit mir mit dem Taxi. Ich fahre in die Stadt.«
»Aber das heißt, dass mein Rad in Donnybrook bleibt«, protestierte sie. »Ich muss nach Hause radeln, sonst muss ich morgen den ganzen Weg hierher mit dem Bus fahren, um es zu holen.« Sie begann, in ihrem Rucksack nach den Fahrradschlüsseln zu wühlen. »Mach dir keine Sorgen. Es wird schon gehen. Ich bleibe auf dem Bürgersteig.«
»Nein«, erwidere Jean-Claude entschlossen. »Ich kann dich nicht die aufrechten Bürger von Dublin 6 überfahren lassen, während du dir deinen Weg auf ihren Bürgersteigen suchst. Zu ihrem Schutz tust du, was ich dir sage. Ich werde dem Taxifahrer sagen, er soll dein Rad in seinen Kofferraum packen.«
»Aber …«
»Kein Aber, Deirdre.«
»Okay«, antwortete sie gehorsam und zog sich die Jacke an. Sie fühlte sich warm und schläfrig und war Jean-Claude eigentlich ziemlich dankbar für sein Angebot. Sie hatte sich vor der Aussicht gefürchtet, in der Kälte und Dunkelheit nach Hause radeln zu müssen.
Während sie ihm zur Tür folgte, kam sie an dem Tisch vorbei, an dem die Sitcom-Schauspieler versammelt waren. »Sophie Burke hat mir erzählt, sie habe Warren Beatty am Rodeo Drive gesehen«, sagte einer gerade. »Und du wirst nie erraten, wen sie noch gesehen hat – oh.« Als sie Deirdre erblickte, verstummte die Schauspielerin und begann ohne viel Überzeugung zu improvisieren. »Ähm – ich meine, ihr würdet nie erraten, wer bei ihm war. Annette Benning!«

»Was ist daran so besonders?«, fragte ein anderer Schauspieler, der eindeutig unbeeindruckt von Sophies L.-A.-Klatsch war. »Schließlich sind sie verheiratet.«
»Ja. Nun. Sie hat nur gesagt, was sie für ein tolles Paar seien.« Als sich Deirdre abwandte, sah sie noch, wie die Schauspielerin ihrem verstörten Kollegen über den Tisch einen warnenden Blick zuwarf. Sie wusste, was dieser Blick bedeutete. Er hieß: *Lass uns das Thema wechseln, ich erzähl's dir später.* Offenbar war in der gesamten Schauspielergemeinde von Dublin das Gerücht bekannt, dass Rory McDonagh sich eine schöne Zeit machte, indem er in L. A. vollbusige Blondinen bumste, und war es nicht schrecklich, dass die arme Deirdre O'Dare nichts davon wusste?
Sie zog die Pubtür hinter sich mit einer Heftigkeit zu, dass Jean-Claude sie neugierig ansah. »Etwas nicht in Ordnung?«, erkundigte er sich.
»Nein. Doch. O Scheiße.« Zu ihrem Entsetzen fing Deirdre an zu weinen.
»Was ist los?«, fragte Jean-Claude besorgt. »Komm her.« Er streckte einladend den Arm aus. Deirdre stolperte auf ihn zu und ließ sich umarmen. »Na, na«, beruhigte er sie. »Was ist denn? Du bist ein bisschen – *qu'est-ce que c'est le mot juste?* Wie ist noch das Wort? Wenn die Leute nach einem Glas zu viel weinerlich werden?«
»Gefühlsduselig«, schluchzte sie. »Verzeihung. Es ist dumm. Es ist nur, dass ich gerade auf dem Weg raus aus dem Pub gehört habe, wie jemand über meinen Freund geredet hat. Es sieht so aus, als ob er eine Affäre mit jemandem in L. A. hat.«
»Ah«, antwortete Jean-Claude. Pause. »Es gibt zwei Möglichkeiten, damit umzugehen, Deirdre«, sagte er und blickte interessiert auf sie hinab.
»Ja?« Sie wischte sich eine Träne fort und war froh, dass

dieser keine weitere folgte. Die Tränen hatten fast so schnell aufgehört zu fließen, wie sie angefangen hatten. Es waren sturzflutartige, wütende Tränen gewesen wie eine Springflut – schnell begonnen und schnell beendet.
»Ja. Werd ihn los. Oder zahl es ihm heim.« Er hob eine Augenbraue, und ein halbes Lächeln umspielte seine Lippen. »Denk darüber nach«, sagte er. Dann wandte er sich ab und hob die rechte Hand. »Taxi!«, rief er mit gebieterischer Stimme.
Ihr Rad wurde im Kofferraum verstaut, nachdem ein Fünfer von Jean-Claude das Grummeln des Fahrers beendet hatte. Er öffnete ihr die Hintertür, und Deirdre glitt auf den Rücksitz, während ein leichtes Chaos in ihrem Kopf herrschte. Hatte sie es sich eingebildet, oder hatte Jean-Claude gerade eine indirekte Einladung ausgesprochen? Sie warf ihm einen Seitenblick zu, während er dem Fahrer sagte, wo er hinfahren sollte. Er war wirklich lächerlich attraktiv mit seinen von Falten umgebenen, humorvollen blauen Augen, dem kragenlangen, welligen schwarzen Haar und dem starken Kinn. Und dieser Akzent! Deirdre wusste, dass Frauen den Akzent unwiderstehlich fanden – sie hatte genug von seinen weiblichen Fans gehört, die an der Supermarktkasse oder beim Friseur von ihm schwärmten. Sie fühlte sich leicht geschmeichelt, weil so ein sexy, reifer und intelligenter Mann Interesse an ihr zeigte. Sie wünschte, Rory könnte sie jetzt sehen – wie sie in einem schnittigen Mercedes an der Seite eines der begehrenwertesten Männer des Landes dahinfuhr. Doch etwas sagte ihr, dass Rory nicht beeindruckt wäre. Schuft.
Sie wandte sich an Jean-Claude. »Ich habe darüber nachgedacht«, sagte sie impulsiv.
Er hob eine Augenbraue.

»Darüber, was du gerade gesagt hast«, fuhr sie fort. Dann atmete sie tief ein. »Ich werde es ihm heimzahlen.«
»Ich habe gehofft, dass du das sagen würdest«, erwiderte Jean-Claude Valentin. Er sah ihr tief in die Augen und streckte dann die Hand aus und fuhr ganz leicht mit dem Zeigefinger die Umrisse ihres Ohres nach. »Und wer soll dir dabei helfen, deine Rache auszuführen?«
»Du«, antwortete sie. »Das heißt, wenn du nichts dagegen hast.«
»Ich könnte mir nichts Schöneres vorstellen«, gab er zurück, bevor er sich vorbeugte und ihren Mund mit seinem berührte. Deirdre öffnete die Lippen, schloss die Augen und küsste ihn.
Als der Kuss endete, hatten sie fast den Platz erreicht, wo sie wohnte. Sie sah ihn bedeutungsvoll an.
»Ich werde nicht mit reinkommen«, erwiderte er als Antwort auf ihre unausgesprochene Frage. »Ich muss jemanden in der Stadt treffen. Gib mir deine Telefonnummer.«
Sie diktierte sie ihm, und er schrieb sie auf. »Ich rufe dich an«, versprach er. Sie nickte und beugte sich vor für einen letzten Kuss, bevor er ausstieg. »Ich rufe dich bald an«, wiederholte er. »Und, Deirdre?«
Sie wandte sich wieder ihm zu. »Ja?«
»*Tais-toi.*« Er legte einen Finger erst auf seine Lippen, dann auf ihre. Dann zog er die Autotür zu, und der Mercedes entfernte sich vom Bürgersteig.
»O Scheiße!«, rief Deirdre aus, hüpfte auf und ab und winkte wild mit den Armen. Ihr Rad ragte aus dem Kofferraum heraus.

Das Telefon klingelte, als sie die Tür zu ihrer Wohnung öffnete. Sie hob ab, bevor sich der Anrufbeantworter einschalten konnte.

»Deirdre.« Es war Jean-Claudes Stimme.
»Oh, hi! Jean-Claude, ich …«
»Du hast dein Rad im Taxi gelassen.«
»Ja. Was …«
»Mach dir keine Sorgen. Ich schicke den Fahrer damit zurück.«
»O danke, Jean-Claude. Ich bin ein Blödmann.«
»Du bist kein Blödmann.« Das Wort klang komisch bei seinem Akzent, und sie merkte, wie sie lächelte. »Du warst nur abgelenkt, das ist alles. Das waren wir beide.« An seiner Stimme konnte sie erkennen, dass er ebenfalls lächelte. »Ich rufe dich ganz bald an, okay?«
»Okay. Tschüss, Jean-Claude.« Sie legte auf und biss sich auf die Lippe. Was machte sie da, dass sie Avancen von einem verheirateten Mann akzeptierte? Das konnte nur mit Tränen enden. Es Rory heimzahlen, das wollte sie. Das war sehr, sehr kindisch von ihr. Doch da war etwas an Jean-Claude Valentin, dem man nur schwer widerstehen konnte. Er war so … beherrscht. Unerschütterlich – das war das richtige Wort, um ihn zu beschreiben. Es war ein schönes Gefühl, zu wissen, dass da jemand war, der die Dinge mit lockerem Selbstbewusstsein handhabte, anstatt wie sie durchs Leben zu wanken.
Es klingelte an der Tür. Sie packte ihr Portemonnaie und rannte die zwei Treppen hinunter, um dem Taxifahrer die Tür zu öffnen. Er hob ihr Rad gerade aus dem Kofferraum. »Vielen Dank«, sagte sie atemlos und holte einen Fünfer heraus. »Was macht das?«
»Schon bezahlt«, ertönte die brüske Antwort.
Deirdre steckte das Geld wieder in ihr Portemonnaie und rumpelte mit ihrem Rad die Stufen zu dem hohen georgianischen Gebäude hinauf und dachte an Jean-Claude Valentin. Und sie dachte, dass er an alles dachte.

Wieder in ihrer Wohnung, machte sie sich heiße Schokolade und nahm sie zusammen mit einem Buch mit ins Bett. Zu viel Guinness hieß, dass sie sich nicht richtig konzentrieren konnte, und als sie feststellte, das sie denselben Absatz immer wieder las, begriff sie, dass es Zeit zum Schlafen war. Sie taumelte ins Bad, um die Zähne zu putzen, und während sie auf dem Klo saß, merkte sie, dass überall Spuren von Rory waren. Seine Zahnbürste stand noch im Becher, sein Rasierzeug lag neben ihrer Körperlotion auf der klapprigen viktorianischen Kommode, eine Ausgabe des *Esquire* lugte unter ihrem Stapel *Marie-Claire* hervor. Sie würde diesen Kram morgen in den Müll werfen. Dazu hatte sie jedes Recht. Schließlich wohnte Rory nicht hier. Sie hatten einmal versucht, zusammenzuleben, und erkannt, dass es nicht funktionieren würde, da sie beide Raum für sich brauchten. Obwohl Rory die meisten Nächte hier blieb, kamen sie sich also nicht in die Quere. Deirdre schlief nicht sehr oft bei ihm, da sein Hund Bastard eifersüchtig auf sie war.
Sie spülte den Mund aus und nahm sich dann ein Paar flauschiger weißer Socken aus dem Schrank und zog sie an. Einen Pyjama brauchte sie nicht – sie schlief immer nackt –, doch die letzten Nächte waren sehr kalt gewesen. Ihre Füße waren so eisig gewesen, dass sie nicht hatte einschlafen können. Bettsocken waren die einzige Antwort darauf.
Sie glitt zwischen die Laken, stellte ihren Wecker, stellte ihn wieder ab, als sie sich erinnerte, dass sie morgen nicht aufstehen musste, und schlief sofort ein.
Sie träumte von Rory, wie immer. Es war ein wunderbar erotischer Traum, in dem Eiscreme vorkam, nur dass das Eis warm war. Rory sagte etwas in ihr Ohr mit einer Stimme, die so tief und heiser war, dass es fast kitzelte. Was sagte er? Sie fühlte sich so köstlich, dass sie sich nicht

konzentrieren konnte. *Keine Panik, Darling,* flüsterte Rorys Stimme. *Wach schön und leicht auf. Ich bin wieder zurück – du träumst nicht.* Dann zog er die Laken weg und strich mit der Hand über ihre Rippen und über ihren Bauch. Die Stimme tröpfelte in ihr Ohr. *Gott – du bist fantastisch. Ich hab dich wie verrückt vermisst.* Pause. Dann: *Wow. Weiße Socken. Du kannst sie anbehalten.*

»Rory?« Sie öffnete die Augen halb und lächelte ihn an. Er sah sie mit jenem halb interessierten, halb müßigen Ausdruck an, den sie so liebte. Dann schloss sie die Augen wieder und streckte sich genüsslich. Er glitt zwischen ihre Beine, und sie war sich bewusst, dass er angezogen war, während er einen Finger in sie steckte. »Wovon hast du geträumt, du böses Mädchen?«, fragte er, während er seinen Reißverschluss aufmachte. »Du bist ja schon bereit für mich.« Deirdre hatte einen Orgasmus, als er in sie eindrang. Sie konnte einfach nicht anders.

Am nächsten Morgen, als sie erwachte, lagen sie immer noch ineinander verschlungen da. Sie befreite sich vorsichtig und setzte sich auf; sie sah hinab auf sein schlafendes Gesicht. Seine Haut war leicht gebräunt, und sein Haar – das dunkelblond gewesen war, als sie ihn das letzte Mal gesehen hatte – hatte getreideblonde Strähnen von der Westküstensonne bekommen. Es war auch länger: Er hatte es fast bis zu den Schulterblättern wachsen lassen. Auf seinem Kinn war ein goldener Stoppelbart zu sehen. Sie streckte die Hand aus und fuhr mit der Handfläche darüber, achtete dabei darauf, dass die Berührung federleicht war. Dann fuhr sie die Linie seiner Lippen mit dem Zeigefinger nach und hoffte, dass er ihren Finger in seinen warmen Mund nehmen würde. Er lächelte im Schlaf. Schuft, dachte sie und lächelte zurück. Sie wollte ihn wecken,

damit sie sich wieder lieben könnten, doch er sah aus, als wäre er für die Welt tot. Wahrscheinlich Jetlag.
Deirdre glitt aus dem Bett und trottete in die Küche, auf dem Weg dorthin zog sie einen Bademantel über. Sie trug immer noch ihre weißen Socken. Während sie versuchte, so wenig Lärm wie möglich zu machen, damit sie ihren Schlafgenossen nicht weckte, setzte sie den Kessel auf und steckte Tomatenbrot in den Toaster. Aus der Wohnung nebenan hörte sie Musik. Bart, ihr Nachbar, ein freiberuflicher Schauspieler, der im Augenblick arbeitslos war. Das bedeutete, dass sie Tag und Nacht zu jeder Stunde *Radiohead* ausgesetzt war. Rory hatte seine Tasche auf dem Küchentisch gelassen, zusammen mit einer Tüte zollfreier Ware. Sie wagte einen Blick hinein. Ein paar Flaschen guten St. Emilion und ein Nachfüllspray ihres Diorissimo. Süß von ihm, dachte sie, während sie Kaffee in die Maschine löffelte.
Sie schauderte ein wenig vor Lust, als sie sich an die Art und Weise erinnerte, wie Traum und Wirklichkeit letzte Nacht so nahtlos miteinander verschmolzen waren, und als sie einen Schluck rosafarbenen Grapefruitsaft trank, bemerkte sie, dass ihr Mund angeschwollen war von den gierigen Küssen, die sie getauscht hatten. Sie musste zugeben, dass sie tatsächlich ein wenig erleichtert war, dass Rory sie überrascht hatte. Wenn er sie nicht verführt hätte, als sie noch schlief, hätte sie ihn auf keinen Fall in ihre Nähe gelassen – nicht, da er sie betrogen hatte. Aber was sollte sie nun tun?
Nachdem sie Toast und Kaffee auf die pockennarbige Kiefernfläche des Küchentisches gestellt hatte, setzte sie sich hin, um nachzudenken. Sie hatte sich in eine äußerst peinliche Situation manövriert. Sie nahm an, sie müsste ihn wissen lassen, dass sie von seiner Affäre in L. A. erfahren

hatte. Sie befürchtete, dass diese ihm nicht viel bedeutete. In der Vergangenheit hatte es einige Ausrutscher gegeben, die er gebeichtet hatte – und wahrscheinlich noch mehr, die er nicht gebeichtet hatte –, und sie hatte ihm immer verziehen. Es war nicht immer lustig, wenn man mit einem Luxustypen wie Rory zusammen war. Es war leider Fakt, dass er Frauen anbetete, und dies machte ihn sexuell unwiderstehlich. Frauen jeden Alters flirteten mit ihm – selbst wenn sie dabei war –, und er fand es meistens undenkbar, nicht zu reagieren. Dies entschuldigte natürlich nicht sein Verhalten, machte es jedoch leichter verständlich.

Während sie die Kaffeemaschine abwusch, hörte sie, wie die Schlafzimmertür aufging. Ihr teuflischer Liebhaber marschierte in den Flur, während er den Reißverschluss seiner Jeans hochzog. Er trug sonst nichts, und plötzlich musste sie an Cressidas Reaktion auf die Fotos denken, die Sophie ihr gezeigt hatte: *Gott – McDonagh sieht so sexy aus, nicht wahr?* Sie konnte das Lächeln nicht erwidern, das er ihr schenkte.

»Morgen, Sauerbär«, sagte er und küsste sie auf den Kopf. »Was soll das Schmollen? Ich bleibe die halbe Nacht auf mit der Katze, die von der Sahne genascht hat, und wenn ich aufwache, finde ich dies hier vor.« Er sah sie fragend an. »Kein sonniges Lächeln für den zurückgekehrten Ritter?«

Sie konnte seine Affäre jetzt nicht erwähnen. Es war nicht der richtige Zeitpunkt. Sie würde es später tun – beim Abendessen oder so. Sie stellte die Füße auf ihren Stuhl, umschlang ihre Beine und ließ das Kinn auf den Knien ruhen. Das Lächeln, das ihr gelang, kam ihr schief vor.

»Willkommen zu Hause, Rory«, sagte sie. »Was bringt dich so unerwartet zurück?«

»Dein Charme natürlich, unwiderstehliche Sirene.« Er

warf ihr über die Schulter ein Lächeln zu, während er gähnend zum Kühlschrank taumelte und ihn öffnete. »Und Juliet Rathbone-Lyon.«

»Juliet Rathbone-Lyon? Du bist den ganzen Weg zurück nach Dublin wegen eines Gesprächs für den Grace-O'Malley-Film gekommen? Das ist Quatsch, Rory.«

»Ich bin nicht zum Vorsprechen gekommen. Ich bin hier, um einige Schauspielerinnen zu testen. Man hat mir die Rolle des Dónal O'Flaherty – Grace' erstem Mann – angeboten, und ich habe großmütig angenommen, und Juliet muss ein paar potenzielle junge Graces mit mir ausprobieren.«

»Aber das ist eine der Hauptrollen!«

»Ja. Ich bin hip und im Kommen, Deirdre. Ein Interview mit *GQ* kann nicht in allzu weiter Ferne liegen. Abgesehen davon natürlich, dass ich Uma Thurman bumse. Ein Scherz, Liebling.« Wieder gähnte er und streckte sich, und Deirdre versuchte, ihn nicht zu offen zu bewundern. »Du hast, seit ich weg bin, dich eifrig um deine Ernährung gekümmert, wie ich sehe«, bemerkte er, während er den Inhalt des Kühlschranks inspizierte. »Weißwein, Miller Lite, Eis, schimmeliger Käse, Hummus, dessen Verfalldatum seit einer Woche verstrichen ist.« Er nahm die Tüte Grapefruitsaft aus der Kühlschranktür, trank sie aus und ließ sie in den Müll fallen. Dann wurden seine Augen schmal, und er sah sie von oben bis unten an. »Wie schaffst du es nur, in Bettsocken sexy auszusehen, O'Dare? Ist dir danach, zurück in die Falle zu gehen?«

Ihr war ziemlich danach, doch das würde sie ihn nicht wissen lassen. »Nein. Ich bin wund«, sagte sie. »Trink lieber Kaffee.« Er bediente sich mit einem Becher aus dem Schrank und setzte sich ihr gegenüber hin. »Wann hast du von dem Film erfahren?«, fragte sie.

»Letzte Woche.«
»Das ist alles sehr schnell gegangen.«
»Sally hat sie gewarnt, dass Columbia herumschnüffelt. Es war keine Zeit für die üblichen Spielchen.«
»Gutes Geld?«
»Sally ist glücklich, also bin ich es auch.«
»Wer spielt noch mit?«
»Es ist ziemlich illuster. Eva Lavery spielt die ältere Grace. Stephen Rea spielt ihren zweiten Mann. Liam Neeson ist wegen der Rolle des Dubhdara O'Malley angesprochen worden, den Vater der jungen Grace. Mehr weiß ich bis jetzt nicht.«
»Klasseschauspieler. Scheiße, Rory. Bist du auf dem Weg in die Stratosphäre?«
»Meine Füße bleiben am Boden, Baby.« Er küsste seinen Zeigefinger, beugte sich über den Tisch und rieb damit über ihren Mund. »Wie ist es dir ergangen?«
»Okay. Viel zu tun.« Sie informierte ihn über die neuesten Ereignisse und passte auf, dass weder Sophies noch Jean-Claudes Name vorkamen.
»Aber du wirst wie immer im April frei sein, oder?«, fragte er, als sie fertig war. »Warum bittest du Sally nicht, dich in dem Film unterzubringen?«
»Ach, Rory. Du weißt doch, es kommt nicht in Frage, dass Juliet Rathbone-Lyon mich für eine Rolle in Erwägung ziehen würde. Nicht nach dem letzten Debakel. Das wäre ziemlich unwahrscheinlich.«
Rory zuckte die Achseln. »Das muss doch allmählich Schnee von gestern sein. Juliet ist zu clever, um sich von persönlichen Gefühlen von der richtigen Besetzung abhalten zu lassen.« Er trank einen Schluck Kaffee. Und streckte sich wieder. »Ich kann nicht sagen, dass ich mich darauf freue, die unglückseligen Kandidatinnen zu

testen. Es gibt nichts Schlimmeres, als widerspenstige Schauspielerinnen abzuknutschen.«

Deirdre argwöhnte, dass nur wenige der Kandidatinnen widerspenstig sein würden.

»Weißt du, wer sich bewirbt?«

»Ungefähr ein Dutzend Möchtegerns. Ich kenne nur Sophie.«

»Sophie *Burke*?«

»Ja. Ich fürchte mich davor. Das letzte Mal, als ich Sophie auf der Bühne abknutschen musste, war sie ungefähr so biegsam wie Barbie.«

»Sie ist zu alt für die Rolle.« Deirdre wusste, dass sie gereizt klang. »Und sie würde nicht gut zu Eva passen. Das Einzige, was sie rein äußerlich gemeinsam haben, ist, dass sie beide blond sind.«

Rory zuckte die Achseln. »Sie haben beide tolle Titten«, bemerkte er.

Deirdre warf ihm einen vernichtenden Blick zu. Dann fragte sie beiläufig, während sie sich noch mehr Kaffee einschenkte: »Ich glaube, Sophie ist dir in L. A. begegnet?« Sie wusste, sie hätte das Thema nicht anschneiden sollen, doch sie konnte nicht anders. Es war, als ob man versuchte, nicht an einem Insektenstich zu kratzen.

»Ja. Manche Leute wird man einfach nicht los.« Rorys Ton klang so nebensächlich wie ihrer, doch ihr fiel auf, dass er ihrem Blick auswich. Er schob die zollfreien Tüten über den Tisch. »Hab dir Parfüm mitgebracht«, sagte er und wechselte geschickt das Thema.

»Diorissimo! Danke«, antwortete sie, froh, dass sie von dem Thema Sophie abgelenkt war, auch wenn sie wusste, dass sie es nicht immer umgehen konnte. »Oh – toll. Auch noch St. Emilion. Wollen wir ihn heute Abend zum Essen trinken?«

»Nicht, wenn du kochst«, gab Rory zurück. »Lass uns auswärts essen.«

Er führte sie ins Clarence, U2's Hotel in Temple Bar. Sie beschlossen, früh zu essen, da Rory unter Jetlag litt und kaputt war – doch er war nicht zu kaputt, um sie ein weiteres Mal zum Orgasmus zu bringen, bevor sie die Wohnung verließen. Gegen sieben betraten sie das Restaurant, und Deirdre kam sich durch die Überdosis an Sex triefäugig und weich in den Knien vor.
Sie liebte das Clarence. Es war, was sie betraf, das schickste Lokal auf der Welt. Jedes Mal, wenn sie durch die Tür trat, fühlte sie sich, als ob etwas von seinem Glanz auf sie abfärbte – es gab ihr das Gefühl, etwas ganz Besonderes zu sein.
Sie wurden von einem leise sprechenden Italiener zu ihrem Tisch zwischen eleganten, deckenhohen Fenstern geführt. Nachdem sie die Karte angeschaut hatte, lehnte sich Deirdre zurück und genoss die Atmosphäre. Personal in Uniform glitt mit mühelos scheinender Tüchtigkeit von Tisch zu Tisch, nahm Bestellungen auf und brachte Speisen. Louis Armstrong spielte leise vom Band. Es gab große Zen-Anordnungen von Paradiesvogelblumen, die in Abständen entlang der eichengetäfelten Wand standen, die den langen Raum teilte.
Plötzlich erstarrte Deirdre. Sie traute ihren Augen nicht. Bono schlenderte mit der Lässigkeit des Besitzers durch das Restaurant. Er trug schwarze Jeans und ein enges schwarzes T-Shirt und sah im wirklichen Leben noch sexier aus. Unwillkürlich quietschte Deirdre vor Aufregung auf.
»Was ist mir dir?«, fragte Rory und blickte von der Karte auf.

»Da ist Bono!«, antwortete sie in Bühnenflüstern. »Da – an der Bar. Schau bloß nicht hin!«, zischte sie und warf hinter der Karte verstohlene Blicke auf Bono.
»Das wollte ich auch nicht«, meinte er, empörend unbeeindruckt von der Nähe des Rockstars. »Und du auch nicht. Du weißt doch, wie du es hasst, wenn *Ardmore-Grove*-Fans dich anstarren.«
Natürlich hatte er Recht. Deirdre legte die Karte hin und konzentrierte sich angestrengt darauf, nicht zu Bono hinzuschauen.
Rory sah auf die Uhr und gähnte. »Es ist Zeit für die Bestellung, Deirdre«, mahnte er.
Sie nahm als Vorspeise das Käsesoufflé und dann gegrilltes Masthähnchen. Rory entschied sich für Leberwurst und gebratene Lammkeule und bestellte eine Flasche ausgezeichneten Claret. Deirdres Augenbrauen schossen in die Höhe, als sie den Preis erfuhr, doch Rory sagte nur: »Warum nicht? Ich habe gerade einen tollen Vertrag unterzeichnet. Wir feiern.«
Tatsächlich waren sie so in Feierlaune, dass in der Mitte des Hauptganges eine zweite Flasche bestellt wurde. Im Laufe des Abends fühlte sich Deirdre immer weniger in der Stimmung, seinen Seitensprung in L. A. anzusprechen. Sie amüsierte sich zu gut mit ihm und war zu entspannt, um unangenehme Dinge wie Untreue anzusprechen. Zur Hölle – sie liebte den Schuft, der ihr gegenübersaß, und lächelte, während er warme Bananen- und Vanillemousse in ihren Mund löffelte. Doch Sophies Worte nagten immer noch an ihr wie das Summen eines Insektes, und während der Pegel des Weins in der zweiten Flasche sank, rückte der Ärger in ihren Gedanken wieder nach vorn.
»Rory«, sagte sie, nachdem der Kellner zwei doppelte

Espressi vor sie gestellt hatte, »ich muss dich etwas fragen.« Sie atmete tief ein. »Hast du in L. A. jemanden gebumst?«
Er rührte einige Sekunden in seinem Kaffee und sah sie dann an. »Ja«, antwortete er. Er hatte einen Gesichtsausdruck reiner Ehrlichkeit. »Ich habe jemanden gebumst. Ich nehme an, Sophie hat es dir erzählt.«
Sie sah weg. Eine Minute lang konnte sie nicht sprechen. Dann sagte sie: »Nein, eigentlich nicht. Es war noch schlimmer. Sophie hat es mir nicht erzählt, aber sie hat es allen anderen in der Stadt gesagt. Ich habe mitgehört, wie sie eines Tages die Nachricht verbreitet hat.«
»Es tut mir Leid«, entschuldigte sich Rory.
»Was? Dass du irgendeine *Baywatch*-Blondine gebumst hast oder dass ich es von der verdammten Sophie Burke erfahren habe?«
»Beides«, erwiderte Rory mit gleichmütiger Stimme. »Sie war außergewöhnlich schlecht im Bett.«
»Du Schuft.«
»Ja«, stimmte Rory. Dann sagte er noch einmal: »Es tut mir Leid.«
Eine Weile saßen sie schweigend da. Schließlich: »War es das?«, fragte er.
Deirdre wusste nicht, was sie sagen sollte. Die Situation hatte jetzt etwas grausam Unausweichliches an sich. Sie wünschte, sie könnte die Uhr zurückdrehen. Sie wünschte, sie hätte das Thema nie aufgebracht. Es war wirklich egal, dass Sophie Burke wusste, dass Rory sie betrogen hatte – es war wirklich egal, ob es die ganze Welt wusste. Sie konnte nicht mit der Vorstellung fertig werden, Rory McDonagh nicht mehr in ihrem Leben zu haben. Sie sah ihn an und räusperte sich. Sie konnte kaum die Worte glauben, die aus ihrem Munde kamen.

»Das war es«, hörte sie sich sagen. Dann stand sie auf. »Vielleicht bestellst du mir ein Taxi. Ich gehe aufs Klo.« Sie verbrachte zehn Minuten dort. Als sie wieder zurückkam, war die Rechnung bezahlt, und ein Taxi wartete draußen vor der Tür. Rory hielt ihr die Autotür auf. »Deirdre«, sagte er, »ich glaube, wir sollten darüber reden.«
»Es gibt nichts zu reden«, kam das mechanische, uralte Klischee.
»Wie du willst. Doch ich muss mit zu dir kommen.«
»Glaube nicht, dass du heute Nacht bei mir bleibst.«
»Ich habe nicht die Absicht, bei dir zu bleiben, in der Stimmung, in der du bist. Ich brauch nur meine Tasche.« Rory glitt auf den Rücksitz neben sie, und sie rückte sofort weiter nach rechts und hielt ihren Blick aus dem Fenster gerichtet. Der Taxifahrer legte den Gang ein und fädelte sich in den Verkehr ein, der am Kai entlangfloss.
Nach einigen Minuten brach Rory das Schweigen. »Es ist nicht die Tatsache, dass ich untreu war, nicht wahr, Deirdre? Das ist hier nicht das eigentliche Thema. Es ist die Tatsache, dass Sophie Burke Teil der Gleichung ist, oder?«
Deirdre sagte nichts.
»Ich kenne dich, Liebling«, fuhr Rory fort. »Manchmal denke ich, ich kenne dich besser als du dich selbst. Wenn ich gebeichtet hätte – was ich früher oder später sowieso habe tun wollen –, hättest du es nicht so schlecht aufgenommen, oder? Du kannst nur den Gedanken nicht ertragen, dass Sophie etwas über dich weiß. Willst du damit das zerstören, was zwischen uns läuft?«
Deirdre schwieg hartnäckig und starrte weiter aus dem Fenster.
»Weißt du, was? Du benimmst dich wie die Deirdre, die ich vor dreieinhalb Jahren kennen gelernt habe. Die Deirdre, die blöde und nervige Beziehungsspielchen spielte.

Ich habe die kleinen Tricks nicht vergessen, die dir eingefallen sind, Liebling. Die Energie, die du hineingesteckt hast, zu ignorieren, was vor deiner Nase war …«
»Zum Beispiel?«, unterbrach sie ihn und hasste sich selbst, weil sie so kindisch klang.
»Zum Beispiel die Mühe, die du dir gegeben hast, vor dir selber zu leugnen, wie verknallt du von Anfang an in mich warst.«
»Dein Egoismus ist verblüffend, Rory McDonagh.«
»Ich bin nicht egoistisch. Ich stelle nur die Wahrheit fest, schlicht und einfach. Ich habe nie abgeleugnet, dass ich ebenso verknallt war.«
»Wie erwachsen von dir«, spottete sie.
»Das ist ein gutes Wort, O'Dare. Erwachsen. Ich dachte, du hättest die emotionale Pubertät inzwischen geschafft. Warum bestehst du darauf, dich wie ein verwöhntes Balg aufzuführen?«
Sie stürzte sich auf ihn. »Ich will nicht, dass du andere Frauen fickst, sobald ich dir den Rücken zugekehrt habe.«
»Das tue ich nicht«, warf er lakonisch ein.
»Und ich will nicht zum Gespött werden.«
»Und wer spottet? Sophie Burke? Na und? Was zählt es, was andere Leute denken? Du machst dir all diesen Kummer wegen einer unglückseligen Affäre, die ich in einem anderen Land hatte, zum Teufel noch mal. Ich habe es zugegeben. Ich habe gesagt, dass es mir Leid tut, und ich meine es auch so.«
Deirdre sah auf ihre Hände im Schoß hinab. Dann schaute sie wieder Rory an. Er lehnte sich zurück, den rechten Arm auf der Rückenlehne – nach außen hin entspannt, doch er sah wachsam aus. Plötzlich sehnte sie sich nach seiner Berührung, doch er machte keinen Schritt auf sie zu. Dann sagte er: »Wir sind da.«

Rory zahlte den Taxifahrer, während sie mit dem widerspenstigen Haustürschloss kämpfte. Er trat zu ihr auf die oberste Stufe, gerade als die Tür aufsprang, und sie verspürte Erleichterung, als er ihr folgte. Als sie die Treppe zur Wohnung hochstieg, war sie sich schmerzlich seiner Nähe hinter ihr bewusst, doch er berührte sie immer noch nicht.

Als sie den Flur ihrer Wohnung betraten, drückte sie automatisch auf den Wiedergabeknopf ihres Anrufbeantworters und ging dann weiter ins Wohnzimmer, um die Vorhänge zu schließen, die Lampen anzuschalten und die Heizung einzuschalten. Sie war froh über die banalen Tätigkeiten – sie gaben ihr Zeit, während sie scharf nachdachte. Was war in sie gefahren, dass sie so unglaublich unnachgiebig gewesen war? Was hatte sie beweisen wollen? Er hatte sich entschuldigt. Was konnte sie noch von ihm verlangen? Er hatte Recht. Sie benahm sich kindisch, und der Wein hatte noch dazu beigetragen. Sie zögerte eine Weile und fragte sich, wie sie am besten zu einer Annäherung kommen könnte. Sie wusste nur, dass sie wollte, dass er jetzt gleich mit ihr ins Bett ging.

Im Flur war die gedämpfte Nachricht auf dem Anrufbeantworter zu Ende. Sie schloss die Augen und probte schnell die Rede, von der sie wusste, dass sie sie halten würde. »Lass es uns vergessen, Rory. Ich liebe dich, und ich verzeihe dir. Noch einmal.« Deirdre atmete tief durch und begab sich in den Flur. Rory stand da mit der Hand auf der Klinke, seine Tasche über die Schulter geworfen.

»Wohin gehst du?«, fragte sie unsicher, als er die Wohnungstür öffnete.

»Ich habe dir doch gesagt, dass ich nur meine Tasche holen wollte«, erwiderte er. Dann hielt er inne. »Ich wusste immer, dass du eine rachsüchtige Art hast, Deirdre. Aber ich habe dich nie, niemals für eine Heuchlerin gehalten.«

»Wovon redest du?«

»Hör doch mal die Nachricht auf deinem Anrufbeantworter ab. Tschüss, Süße.«

Hinter ihm fiel die Tür zu.

Sie stand da und schaute auf die Stelle, an der er noch kurz vorher gestanden war, zu schockiert, um sich zu rühren. Wie war das passiert? Wie hatte sie das passieren lassen? Sie hätte im Taxi die Hand nach ihm ausstrecken sollen, sie hätte ihm gestehen sollen, dass, ja, sie getroffen gewesen war, weil sie die Nachricht von Sophie und nicht von ihm gehört hatte. Stattdessen hatte sie dagesessen, sich in Schweigen ergangen, hatte armselige, schnippische Einzeiler an ihm ausprobiert und gewartet – worauf genau gewartet? Darauf gewartet, dass Rory McDonagh sie anbettelte? Sie lachte fast über diese absurde Vorstellung. Rory konnte geduldig sein. Er konnte ihr viel Zeit lassen, ihm zu verzeihen, und er würde sie in der Zwischenzeit so meisterhaft umwerben, dass sie am Ende wusste, sie hätte keine andere Wahl, als ihm zu verzeihen – doch er würde niemals betteln. So viel wusste sie von ihm.

Und wie gut kannte er sie? *Ich kenne dich besser als du dich selbst …* hatte er im Taxi gesagt. Und dann, gerade eben: *Ich wusste immer, dass du eine rachsüchtige Art hast, Deirdre. Aber ich habe dich nie, niemals für eine Heuchlerin gehalten.*

Was hatte er damit gemeint? Ihr Blick fiel auf das rote Licht am Anrufbeantworter, und als sie es anstarrte, überkam sie eine furchtbare Vorahnung. Zögernd streckte sie die Hand aus, drückte auf den Rückspielknopf und schlang dann die Arme um sich selbst, während sie auf die Nachricht wartete.

Jean-Claude Valentins sanfte Stimme glitt durch den Lautsprecher: »Deirdre. Man hat mich eingeladen, eine Ausstellung mit Bildern von einem Freund von mir am Samstag in Belfast zu eröffnen. Ich dachte, es wäre die ideale Gelegenheit, zusammen der Stadt zu entfliehen. Diskret. Ich werde ein Hotelzimmer buchen, sobald ich von dir höre. Meine Telefonnummer ist …« Man hörte ein plötzliches Stocken und dann ein leichtes Lachen. »Wie unachtsam von mir. Natürlich rufe ich dich an. *A bientôt.*« Dann nichts mehr.

3

In den nächsten Tagen bekam sie Rory nicht aus dem Kopf. Sie konnte nicht mal ihr Geburtstagsessen im Trocadero genießen. Wenn sie abends heimkam, hörte sie die Nachrichten auf ihrem Anrufbeantworter an und betete, dass eine von ihm dabei wäre. Sie ging oft ins Meagher's, ein Pub, den er häufig besuchte, überzeugt, dass sie ihn dort sehen würde. Sie machte sogar einen Umweg, um an seiner Wohnung vorbeizugehen und ihm zufällig zu begegnen. Immer wieder nahm sie den Hörer und wählte seine Nummer, ließ ihn dann wie eine heiße Kohle fallen, wenn sie seine Stimme vom Band hörte. Was konnte sie zu ihm sagen? Sollte sie sich entschuldigen? Wofür entschuldigen? Sie hatte nichts, wofür sie sich entschuldigen musste.

Im Lauf der Zeit merkte sie, wie sie immer empörter wurde. Sie hatte ihm absolut keinen Grund geliefert, dass er ihr die kalte Schulter zeigte. Sie hatte ihn nicht betrogen, indem sie mit einem anderen ins Bett ging, so wie er sie betrogen hatte. Doch eine kleine Stimme in ihrem Kopf erinnerte sie daran, dass sie in gewisser Weise genauso viel Schuld hatte wie er. Sie hatte Jean-Claude Valentins Vorschlag zugestimmt, dass sie sich durch ihn an Rory rächen würde, sie war so weit gegangen, im Taxi mit dem Schauspieler zu knutschen – und sie wusste, sie hätte ihn in jener Nacht eingeladen, wenn er nicht woanders hätte sein müssen. Der Gedanke, dass Rory sie *in flagrante delicto* erwischt hätte, wenn Jean-

Claude mit ihr ins Bett gegangen wäre, ließ sie erschreckt den Atem anhalten.

Sie sah Jean-Claude die ganze Woche nicht. Er war mit Innenaufnahmen beschäftigt, während ihre Szenen sich alle draußen abspielten, deshalb verzahnten sich ihre Drehpläne nie. Sie hörte auch nicht von ihm und war ziemlich erleichtert darüber. Sie war sich nicht sicher, ob sie eine Nacht in einem Hotel in Belfast mit einem verheirateten Mann verbringen wollte – sogar mit einem, der so sexy und erwachsen war wie Jean-Claude Valentin. Es war egal, sein Vorschlag, dass es eine Möglichkeit wäre, sich an ihrem Freund zu rächen, war nicht mehr gültig. Im Moment gab es keinen Freund, an dem sie sich rächen konnte.

Am folgenden Dienstagmorgen saß sie am Küchentisch und kämpfte mit dem Text von Folge dreiunddreißig, als das Telefon klingelte. Sie warf in der Eile ihre Kaffeetasse um, doch als ihr klar wurde, dass sie schrecklich uncool klingen würde, wenn sie in diesem Zustand den Hörer abnähme, ließ sie es noch ein paarmal klingeln, bevor sie abhob. »Hallo?«, hauchte sie mit einer Stimme, die sie so schleppend klingen ließ, wie sie es nur vermochte, um beeindruckend uninteressiert zu wirken. Doch es war nicht Rory. Es war die Stimme ihrer Agentin am anderen Ende.

»Deirdre? Geht es dir gut? Deine Stimme klingt sehr merkwürdig.«

»Oh, hi, Sally. Ja – mir geht es gut.« Sie versuchte ein kleines Husten. »Es kitzelt mich im Hals, das ist alles.«

»Hör mir zu. Bist du daran interessiert, für einen Film vorzusprechen?«

Ein Film? O ja. Ja, das war sie.

»Ja. Das bin ich«, antwortete sie.

»Okay. Es fängt Mitte März an, doch du würdest vor April nicht viel gebraucht werden. Wir könnten RTE bitten, flexibel zu sein, wenn ein oder zwei Termine sich in die Quere kommen.«

»Worum geht es, Sally?«

»Hast du gehört, dass der Grace-O'Malley-Film wieder ansteht?«

»Ja.« Deirdre empfand eine leise Beunruhigung.

»Willst du Probeaufnahmen machen?«

Ihre Unruhe wuchs. »Aber Juliet Rathbone-Lyon macht das Casting. Sie würde mich doch nie in Erwägung ziehen!«

»Ihre Assistentin legt die Probeaufnahmen fest. Sie weiß nichts über den Zusammenstoß, den du mit Juliet hattest. Egal, Deirdre, das war vor über drei Jahren. Juliet ist schlau genug, nicht nachtragend zu sein. Es liegt nicht in ihrem Interesse, unnachgiebig zu sein.«

»Was für eine Rolle?«

»Die junge Grace.«

Deirdres Herz rutschte bis in die Magengrube. Sie würde zusammen mit Rory Probeaufnahmen machen. Auf keinen Fall konnte sie das tun. Was aber sollte sie Sally sagen? Sie versuchte, sich eine Ausrede auszudenken, doch es fiel ihr nicht schnell genug eine ein. Sie würde einfach ehrlich zu ihrer Agentin sein müssen. »Sally, da gibt es ein kleines Problem. Ich werde die Probeaufnahmen mit Rory machen müssen.«

»Deirdre – ich hätte gedacht, dass dies ein Vorteil sein könnte. Denk an die Chemie.«

»Leider nicht. Wir haben uns getrennt.« Nun, da sie sich diese Worte zum ersten Mal aussprechen hörte, wusste sie mit schrecklicher Klarheit, dass es die Wahrheit war.

»Nicht schon wieder«, war Sallys ungläubige Antwort.

»Doch.« Plötzlich war ihr nach Weinen zumute. Bis zu

diesem Augenblick hatte sie sich irgendwie erfolgreich eingeredet, dass sie und Rory wieder zusammenkämen, bevor er zurück nach L. A. musste.

Am anderen Ende der Leitung seufzte ihre Agentin. »Dein Timing ist wirklich klasse, Deirdre!« Deirdres gedämpfte Zustimmung hatte Sally wohl ihren Ton mäßigen lassen, denn als sie fortfuhr, klang sie sehr viel mitfühlender. »Scheiße. Es tut mir wirklich Leid, das zu hören. Keine Chance auf eine Versöhnung?«

Deirdre hatte lange und genau darüber nachgedacht. Sie wusste, dass Rory wohl kaum den ersten Schritt machen würde. Die einzige Möglichkeit, ihn jetzt wieder zu kriegen, wäre, auf den Knien zu ihm gekrochen zu kommen, und sie war beim Betteln nicht besser als er. »Nein. Diesmal ist es endgültig.«

»Das habe ich schon mal gehört«, sagte Sally mit einem Hauch von Skepsis.

»Ich weiß«, stimmte Deirdre zu, die sich bemühte, einen entschuldigenden Ton in ihre Stimme zu bringen, doch das ließ sie nur niedergeschlagen klingen,

»Oh, arme Deirdre«, meinte Sally. »Was für eine scheußliche Lage. Ich würde dir gerne sagen können, nimm dir vierundzwanzig Stunden, um nachzudenken, aber ich muss es Juliets Assistentin so schnell wie möglich wissen lassen, damit sie einen Plan aufstellen kann. Sie stehen unter dem Druck, alle Probeaufnahmen in dieser Woche im Kasten zu haben – McDonagh wurde früher nach L. A. zurückgerufen, als er dachte.«

»Oh.« Deirdre hatte das Gefühl, dass man sie mit einem Messer gestochen hätte. »Wann fliegt er?«

»Donnerstagnachmittag. Wenn du zu Aufnahmen bereit bist, würdest du morgen oder spätestens am Donnerstagmorgen aufgerufen werden.«

»Ich kann es nicht, Sally.«
Sally klang resigniert. »Okay, ich rufe sie an und sage, dass du nicht frei bist. Schade.«
Der Geist der jungen Grace O'Malley erstand vor Deirdres innerem Auge. Es war eine Rolle, für die man sterben konnte, und sie hatte schon in der ersten Runde verloren. Nun musste sie auf eine andere Gelegenheit warten. Oder? Ach was, sie konnte doch nicht zulassen, dass der Schuft von einem Exfreund ihr im Wege stand! Wie konnte sie auch nur einen Gedanken daran verschwenden, keine Probeaufnahmen zu machen? Sie wäre verrückt, wenn sie diese Chance nicht wahrnehmen würde.
»Scheiße – nein. Was sage ich da? Ich mache es«, entschied sie sich.
»Wunderbar. Ich informiere sie sofort.«
»Warte aber noch eine Sekunde, Sally. Wenn Eva Lavery die ältere Grace spielt, warum wollen sie dann mich sehen? Wir haben äußerlich absolut keine Ähnlichkeit miteinander. Ich bin dunkel, sie ist blond. Sie ist klein und wohlgerundet, ich bin schlaksig. Sie ist klasse, ich bin nur …« Was war das richtige Wort für sie? »Ich bin nur *normal.*«
»Ich kenne den Grund nicht, Deirdre. Mir ist der Gedanke auch gekommen, dass du weit entfernt davon bist, rein äußerlich ideal zu passen. Ich weiß nur, dass sie nach dir gefragt haben. Und übrigens, du bist weder schlaksig noch normal. Du bist grazil …« Auch Rory hatte dieses Wort in Bezug auf sie benutzt, als er sie das erste Mal geliebt hatte. »Und du bist viel zu unkonventionell, um normal zu sein.«
»Wirklich?«, meinte Deirdre. »Dann muss es Spaß machen, konventionell zu sein. Mein Leben ist in letzter Zeit Scheiße.«

Ihre Probeaufnahme war für halb zwölf am Donnerstag festgelegt worden. Sie war sich verdammt sicher, dass sie sehr gut aussah. Dies waren Vorproben – es würde weder Kostüme noch Maske geben –, doch Deirdre gab sich Mühe, sicherzustellen, dass ihr Tages-Make-up makellos war. Nachdem sie eine Schicht Lip-cote aufgelegt hatte (sie wusste aus Erfahrung, dass ein Festiger nötig war, wenn Leinwandküsse gefordert wurden), lehnte sie sich zurück und betrachtete sich im Spiegel, dabei fragte sie sich, ob sie sich all die Mühe für Rory oder die Leute vom Casting machte. Sei nicht dumm, ermahnte sie sich, während sie aus ihrem Bademantel schlüpfte und ihre Unterwäscheschublade durchwühlte. Natürlich für die Leute vom Casting. *Oh!*, sagte die leise, ärgerliche Stimme in ihrem Hinterkopf. *In diesem Fall stellt sich die Frage, warum du nach deiner Agent-Provocateur-Unterwäsche suchst.*

Um Viertel nach elf betrat sie das Behelfsstudio, in dem die Probeaufnahmen gemacht werden sollten. Eine Schauspielerin, die Deirdre nicht kannte, wartete am Empfang. Sie betrachtete Deirdre argwöhnisch, als sie sich neben sie setzte.

»Hi«, grüßte Deirdre und versuchte, munter zu klingen. »Sind Sie im Plan?«

»Nein. Zu spät«, erwiderte das andere Mädchen kurz angebunden und richtete ihre Aufmerksamkeit wieder auf die Textseite, die sie studierte. Deirdre holte ihren eigenen Text aus dem Rucksack. Sie war an die leichte Feindseligkeit gewöhnt, die in solchen Situationen zwischen Schauspielerinnen herrschte.

Sally hatte ihr nach ihrem Anruf am Dienstag ein paar Seiten Text gefaxt. Die betreffende Szene sollte Grace und ihren neuen Mann zeigen, wie sie sich an ihrem Hochzeitstag das erste Mal begegneten. Ihre gegenseitige Anziehungskraft sollte von dem Augenblick an offensichtlich sein, als sie sich das erste Mal erblickten, und die Szene gipfelte in einem Kuss. Es gab wenig Dialog, doch der war gut geschrieben und leicht zu lernen. Deirdre hatte ihn studiert, bis sie ihn vollkommen auswendig konnte, und versuchte, sich nicht Rory vorzustellen, der ihr die Stichworte lieferte. Sie hoffte, dass sie nicht ins Stottern geriete, wenn sie mit ihm vor die Kamera trat.

Die Tür zum Studio öffnete sich, und eine Assistentin trat heraus, gefolgt von einer sehr jungen, sehr schönen rothaarigen Schauspielerin. Deirdre hatte sie vor kurzem in einer Vorstellung im Phoenix-Theater gesehen und war beeindruckt gewesen. Plötzlich kam sie sich lächerlich alt und entschieden unattraktiv vor. Die Schauspielerin sprach leise mit der Castingassistentin, die Einzelheiten auf ein Blatt Papier kritzelte.

»Danke«, sagte Juliet Rathbone-Lyons Assistentin, als sie fertig war. »Ihre Agentin wird in ein paar Wochen von uns hören.« Sie richtete ihre Aufmerksamkeit auf das Mädchen neben Deirdre. »Sind Sie die Nächste? Ich rufe Sie in ein, zwei Minuten«, sagte sie, bevor sie sich umdrehte und zurück ins Studio ging.

»Hi, Lauren!«, flötete die Rothaarige und strahlte das Mädchen auf der Couch neben Deirdre an. »Wie geht's?«

»Hi, Iseult«, antwortete die Schauspielerin namens Lauren.

Lauren! Iseult!, dachte Deirdre verzagt. Schon ihr Name gereichte ihr zum Nachteil.

»Ich bin tatsächlich ein bisschen nervös«, fuhr Lauren fort. Deirdre bemerkte, dass das Mädchen wirklich zitterte.

»Oh! Dazu besteht kein Anlass«, beruhigte sie Iseult. »Er ist göttlich!«

»Zum Angucken oder zum Arbeiten?«, wollte Lauren wissen.
»Beides«, antwortete Iseult mit einem bedeutungsvollen Lächeln. »Noch nie bin ich so geküsst worden. Und sicher nicht auf der Leinwand.«
Schuft. Verdammter, verfluchter Schuft.
Iseult begann ihren Mantel zuzuknöpfen. »Weißt du, was?«, fragte sie mit einer übel erregend sexy Stimme. »Ich würde die Rolle auch umsonst spielen, falls das heißt, dass ich mit so einem Mann Bettszenen drehen darf.« Dann schüttelte sie den Kopf ein wenig, als versuchte sie, sich aus einer Träumerei aufzuwecken, und ging zur Tür. »Hals- und Beinbruch, Lauren!«, fügte sie hinzu und klang dabei, als meinte sie es auch so.
»Dir dasselbe, Iseult!«, gab Lauren mit ebensolcher Wärme zurück und erhob sich, als die Assistentin sie ins Studio winkte.
Deirdre blieb allein zurück und kochte innerlich. Es war nicht richtig, dass andere Frauen solche Gefühle in Bezug auf ihren Mann hatten! Und wie grob, es auch noch so zu verkünden! Nur dass er nicht mehr ihrer war, erinnerte sie sich. Zur Hölle! In was für einer albtraumhaften Situation war sie da gelandet! Sie würde es nicht ertragen können – das wusste sie. Sie sah auf die Uhr. Es war halb zwölf. Ihre Probeaufnahme stand als Letzte auf dem Plan – Sally hatte ihr erzählt, dass Rory Mitte des Tages wegmusste, wenn er seinen Flug nach L. A. kriegen wollte. Vielleicht sollte sie einfach den Schaden begrenzen und sich verkrümeln. Sally würde es verstehen, wenn sie kniff. Doch die verdammte Juliet Rathbone-Lyon nicht, und Sally konnte sie nicht schon wieder in der Scheiße sitzen lassen. Ihre Agentin hatte sich schon genug Ärger auf den Hals geladen wegen des letzten Zusammenstoßes

mit der Castingchefin. Deirdre hätte in der Minute, als sie der Probeaufnahme zustimmte, erkennen müssen, dass es keinen Rückzug gab.

»Tut mir Leid«, sagte die Castingassistentin, die gerade zur Tür hereinkam. »Sie sind nicht auf meiner Liste, und ich habe strikte Anweisungen, niemanden auszuprobieren, der nicht durch einen Agenten avisiert wurde. Sie haben Ihre Zeit verschwendet, indem Sie heute hergekommen sind, und mehr noch, Sie haben mich verärgert, weil Sie auch meine Zeit verschwendet haben. Ich schlage Ihnen vor, das nächste Mal die Regeln einzuhalten, anstatt auf subversive Taktiken zurückzugreifen, um gesehen zu werden.«

Das Mädchen namens Lauren lief schmollend hinter der Castingassistentin her und sah so gedemütigt aus, dass sie Deirdre Leid tat. Sie glitt durch die Tür und warf einen verstohlenen, mörderischen Blick zurück.

»Deirdre O'Dare?« Juliet Rathbone-Lyons Assistentin sah sie mit hochgezogener Augenbraue an. Es lag etwas Gebieterisches in ihrer Art. Deirdre brauchte sich nicht zu fragen, wer ihr Vorbild war. »Ich bin Katie, Juliets Assistentin. Würden Sie mir folgen?«

Sie ging voraus und wartete nicht auf eine Antwort. Deirdre nahm ihren ganzen Mut zusammen und trat durch die Tür ins Studio, versuchte elegant, lässig, locker und sorglos auszusehen. Was für eine Leistung!, dachte sie.

Rory saß auf einem Tisch am anderen Ende des Raums und ließ die Beine baumeln. »Hi, Deirdre«, grüßte er sie. »Ich sehe, du bist die Letzte auf der Liste.«

»Hi, Rory«, erwiderte sie. »Ich höre, du fliegst heute zurück nach L. A.«

»Oh – Sie beide kennen sich, nicht wahr?«, fragte Katie. »Das macht alles leichter.«

Tut es nicht, dachte Deirdre. Sie hatte den Verdacht, dass Rory genau dasselbe dachte.
»Möchten Sie eine Probe, bevor wir Sie aufnehmen?«, fragte Katie.
»Ich glaube nicht, dass das nötig sein wird«, meinte Rory und sprang vom Tisch. »Außer du möchtest lieber eine Probe, Deirdre?«, fügte er hinzu und neigte höflich den Kopf in ihre Richtung.
»Machen wir keine Umstände«, entgegnete sie und erwiderte sein weltmännisches Lächeln. Je weniger oft sie dieses groteske Szenario durchgehen musste, desto besser.
Katie warf einen fragenden Blick auf den Videokameramann.
»Läuft«, sagte er.
»In Ordnung.« Katie setzte sich an die Linie des Spielbereichs. »Wir machen eine Nahaufnahme von Ihnen, Deirdre. Sind Sie sicher, dass Sie die Szene nicht ein-, zweimal spielen wollen, bevor wir aufnehmen? Ein kleines Vorspiel, wenn Sie wissen, was ich meine?«
O Gott! »Ich bin sicher, danke.«
»Gut. Dann also los, wenn Sie so weit sind.«
Deirdre neigte den Kopf und wartete darauf, dass Rory mit dem Dialog begann.
»Sie sind noch viel schöner als Ihr Porträt.«
Sie hob den Blick zu ihm. Sein Gesichtsausdruck war wachsam, doch es lag auch ein Hauch Belustigung darin.
»Und Sie sehen Ihrem gar nicht ähnlich«, erwiderte sie. Sie war erleichtert, als sie entdeckte, dass sie ihm unbefangen in die Augen sehen konnte.
»Freut mich zu hören. Es ist ein scheußliches Porträt.« Er bewegte sich auf sie zu. »Was sollen wir nun tun?«, fragte er.

»Was ist das übliche Benehmen von frisch Verheirateten nach der Zeremonie?«
»Sie verbringen viel Zeit mit Bumsen. So hat man mir gesagt.« Rory hatte seinen Blick nicht ein Mal von ihrem Gesicht abgewendet. Er hatte den Text abgeändert. Die Zeile im Drehbuch lautete »Lieben« und nicht »Bumsen«.
»Wir sind uns heute das erste Mal begegnet, Dónal.« Sie hielt seinem Blick stand. Grace O'Malley würde bei dem Wort nicht zusammenzucken, und sie auch nicht. »Es ist wohl kaum Sitte, jemanden zu bumsen, dem man kaum vorgestellt wurde.«
»Ich stimme zu, dass es zwar nicht Sitte ist, dass Bekannte sich fleischlich kennen lernen, doch zwischen Mann und Ehefrau ist das nicht so unerhört.«
»Stimmt. Und es ist auch nicht unerhört bei Leuten, die Lust füreinander empfinden.«
»Empfindest du Lust für mich, Grace?« Er fuhr mit dem Finger seitlich an ihrem Gesicht herab. Dann nahm er ihre Hand, hob sie zum Mund und leckte ihr über die Handfläche.
Deirdre lächelte ihn an. »Ich habe mir noch nie gewünscht, mit einem Mann intim zu sein, Dónal. Ich bin nicht sicher, dass ich weiß, was Lust ist. Vielleicht könntest du mir beibringen, sie zu erkennen, sollte ich sie je – zufällig – erfahren?«
»Was fühlst du jetzt?« Er strich ihr das Haar aus dem Nacken und küsste sie leicht auf ihr Schlüsselbein. Deirdre stockte der Atem.
»Ich fühle mich seltsam.«
»Warm?«
»Ja.«
»Glühend?«
»Das auch.«

»Gibt es ein besseres Wort, um zu beschreiben, was du fühlst?«
»Ja.« Deirdre streckte die Hand aus, nahm Rorys Gesicht in ihre Hände und küsste ihn auf den Mund. »Ich stehe in Flammen.«
Rory lachte. »Du bist so schamlos, wie du aussiehst, Grace. Ich glaube, ich werde es genießen, mit dir verheiratet zu sein.« Er sah sie einen Augenblick belustigt an, dann beugte er den Kopf vor und küsste sie.
Deirdre spürte, wie sich ihre Lippen öffneten, als ihre Münder sich trafen. Der Kuss, den sie tauschten, war sanft, fast vorsichtig. Wie es sich für einen ersten Kuss zwischen Liebenden gehörte. Rory begann ihren Mund mit genießerischer Zunge zu erforschen, und plötzlich wurde er drängender. Sie merkte, wie sie sich an ihn klammerte und ihn mit einer Leidenschaft zurückküsste, die sie überraschte.
»Schnitt.«
Rory und Deirdre küssten sich weiter.
»Äh – Schnitt.«
Er brach den Kuss ab, hielt sie aber weiterhin in den Armen und sah sie fragend an.
»Hm. Das war sehr gut.« Der Castingassistentin fehlten offenbar die Worte. »Sie beide haben eine – wunderbare – äh – Beziehung.«
Deirdre machte sich aus Rorys Umarmung los. Sie wusste, dass sie ziemlich rot geworden war.
»Vielen Dank, Deirdre.« Katie war aufgestanden und nahm ihr Klemmbrett und ihren Stift. »Ich muss noch ein paar Einzelheiten aufnehmen, bevor Sie gehen. Kommen Sie doch zum Empfang, ja?«
Deirdre folgte der Castingassistentin und tat geschäftig so, als ob sie einen Knopf an ihrem Ärmel zumachte.

»Tschüss, Deirdre.« Rory stand immer noch da, wo sie ihn verlassen hatte. »Viel Glück«, sagte er.
»Danke, Rory. Viel Spaß in L. A.«
»Ich schicke dir eine Postkarte«, versprach er.
»Sie sind bei Sally Ruane, nicht wahr?«, fragte Katie. Deirdre richtete ihre Aufmerksamkeit wieder auf die Castingassistentin, die sie zur Tür winkte.
»Das stimmt.«
»Und Sie sind frei, oder? Wir ziehen keine Schauspielerinnen in Erwägung, die in Terminkonflikte geraten können.«
Verdammt, dachte Deirdre, als sie das Studio verließ. Wenn Deirdre O'Dare zusammen mit Rory McDonagh spielen sollte, würde es davon viele geben.

An diesem Abend bekam sie einen Anruf von Jean-Claude Valentin.
»Hallo, Darling. Was machst du so?«
»Nicht viel«, antwortete sie erbärmlich. »Ich versinke in Text.«
»Ich weiß, wie du dich fühlst. Marc hat seine Rede nächste Woche, und ich habe Riesenprobleme damit.«
»Marc? Wer ist Marc?«
»Die Figur, die ich in *Ardmore Grove* spiele, Deirdre.« Jean-Claude klang belustigt.
»Oh – ja. Mein Gott – wie dumm von mir! Ich denke wirklich nicht mehr klar.« Tatsächlich hatte sie den ganzen Abend damit verbracht, über Rory nachzudenken. Sie hatte einfach nicht aus ihrem Kopf verdrängen können, was Iseult, die kleine rothaarige Schauspielerin, an diesem Morgen über ihn gesagt hatte. *Noch nie bin ich so geküsst worden … Ich würde die Rolle auch umsonst spielen, falls das heißt, dass ich mit so einem Mann Bettszenen drehen darf.*

Er hatte sich offenbar in den letzten Tagen prächtig amüsiert und sich einem stellvertretenden Sexleben mit einigen der attraktivsten Schauspielerinnen von Dublin hingegeben.

»Für mich klingt es so, als bräuchtest du eine Pause, Deirdre. Hast du darüber nachgedacht, mit mir nach Belfast zu kommen?«

»Ich – nun, ich werde nicht …«

»Bitte fühl dich nicht unter Druck. Ich dachte nur, es wäre die ideale Gelegenheit für uns, uns ein bisschen besser kennen zu lernen.«

»Du hast etwas über eine Ausstellungseröffnung gesagt?«

»Ja, das wird aber nur eine Stunde dauern. Man hat mich eingeladen, meinen Freund später zum Abendessen zu treffen, doch ich werde ihm sagen, dass ich zurück nach Dublin muss. Dann können wir irgendwohin entwischen – uns ein ausgiebiges Mittagessen gönnen. Ich kenne ein wundervolles kleines Restaurant außerhalb der Stadt. Es ist sehr diskret, und das Essen ist ausgezeichnet. Und so viel Champagner, wie man trinken kann. Cristal, glaube ich, für dich.«

Cristal. Der Champagner der Zaren. Das Bild, das er da entwarf, klang sehr verheißungsvoll. Zur Hölle. Sie konnte eine Pause vertragen. Doch sie war sich immer noch nicht sicher über die sexuelle Seite der Sache. Was, wenn sie beschlossen, dass sie doch nicht viel gemeinsam hatten?

»Jean-Claude – ich – weiß wirklich nicht, wie ich es ausdrücken soll. Was, wenn …«

»Was, wenn du nicht mit mir ins Bett willst? Das wird kein Problem sein, Deirdre. Ich habe eine Regel, dass ich nie mit einer Frau schlafe, wenn ich spüre, dass sie zögerlich ist.«

»Ich würde nicht sagen, dass das ein großes Problem für dich ist, denn jede Frau im Land findet dich unwiderstehlich.« Sie schmeichelte nicht seinem Ego. Beeindruckt von seiner Direktheit, versuchte sie nur, es ihm gleichzutun.

»Das ist nett von dir. Es gibt natürlich eine bemerkenswerte Ausnahme.«

»Oh?«

»Meine Frau. Oder ich sollte sagen, meine baldige Exfrau.«

»Ihr lasst euch scheiden?«

»Ja. Wir leben schon zu lange mit einer Lüge. Ich habe beschlossen auszuziehen.«

»Aha. Wohin?«

»Ich bin im Augenblick auf Wohnungssuche. Die letzte Zeit war ziemlich unangenehm für mich.«

»Armer Jean-Claude.«

»Ja. Deshalb – *merde*. Ich höre die Wohnungstür. Sie ist wieder da. Hör zu, Deirdre. Kommst du mit oder nicht? Keine Verpflichtungen sind damit verbunden. Ich organisiere getrennte Zimmer für die Nacht, wenn dich das glücklicher macht.«

»Ich bin wirklich nicht …«

»Ich stehe unter Druck, Deirdre. Soll ich dich am Samstagmorgen gegen neun Uhr bei dir abholen?« Seine Stimme klang drängend.

»Ich … nun, Jean-Claude, okay, aber …«

»Sehr gut. Danke, dass du das für mich erledigt hast, Frank.« *Frank?* Oh, natürlich. Seine Frau musste in Hörweite sein. »Bis bald«, sagte er hastig. »Auf Wiedersehen.«

»Wiedersehen, Jean-Claude«, erwiderte sie unsicher. Dann legte sie auf und fühlte sich ein wenig aufgeregt.

Was tat sie da? Das war klassisches Revancheverhalten. Da sie eine Abfuhr von Rory erhalten hatte, manövrierte sie sich geradewegs in die Arme eines anderen Mannes. Und nicht irgendeines Mannes – eines verheirateten Mannes. Es war egal, ob er behauptete, dass seine Ehe kaputt sei – sie war noch nicht vorbei.

Sie ging zum Kühlschrank und nahm sich eine Dose Miller heraus. Sie kümmerte sich nicht um ein Glas, sondern zog den Verschluss auf und hielt die Dose an die Lippen. Dann holte sie eine Dose Pringles aus dem Schrank und setzte sich wieder an den Küchentisch. Miller und Pringles, dachte sie. Es war wirklich verdammt traurig. Sie fantasierte sich in die intime Atmosphäre eines kleinen Restaurants in Belfast, wie sie am Champagner nippte und mit Jean-Claude Valentin Hummer aß. Zum Teufel. Sie würde fahren. Er selbst hatte gesagt, es gäbe keine Verpflichtungen; er buchte getrennte Zimmer. Es gab keinen Druck.

Sie stand auf, um zum Klo zu gehen, und erblickte dabei ihr Bild in dem Spiegel über dem Waschbecken. Sie blieb stehen und betrachtete sich, bemerkte, dass sich eine kleine Falte der Unsicherheit zwischen ihren Augenbrauen gebildet hatte. Rory hatte ihren Kopf immer in seine Hände gekommen, wenn er sie entdeckt hatte, und ihr Stirnrunzeln mit einem Kuss geglättet. Seine Zahnbürste stand immer noch im Becher neben dem Waschbecken.

Sie ging in die Küche und zog eine Mülltüte aus einer Schublade. Dann wanderte sie durch die Wohnung und ließ seine Habseligkeiten in die Tüte fallen; so wurde sie systematisch jede Spur ihres Ex los. Das Einzige, was sie nicht wegwarf, war ein Foto, das sie für ihn gerahmt hatte und das irgendwie in ihrer Wohnung gelandet war. Es war aufgenommen worden, als sie Urlaub im Westen Irlands gemacht hatten, und obwohl es keine besonders gute Aufnahme von Rory war – sein Gesicht lag halb im Schatten –, sah er toll aus. Sie ließ es, wo es immer stand – auf ihrem Nachttisch.

4

Jean-Claude klingelte pünktlich um neun Uhr am Samstagmorgen bei ihr. Sie war fertig und bereit und hinterließ letzte Anweisungen für Bart, den Schauspieler von nebenan, was das Füttern der Katze anging. Betty Grable hatte in letzter Zeit sehr zugenommen, und sie bekam spezielles Diätfutter für Katzen, das sie hasste. Deirdre warnte Bart, ihrem Flehen nicht mehr nachzugeben, egal, wie sehr es auch von Herzen kam. Sie musste die Stimme senken, als sie diese Anordnungen gab, da sie Betty Grable entdeckte, die sie argwöhnisch beäugte.

Bart hatte einen Pfiff von sich gegeben, als sie ihm die Tür geöffnet hatte. »Du siehst besonders elegant aus«, hatte er festgestellt. »Wohin fährst du? Und mit wem? Und weiß es McDonagh?«

Deirdre hatte sich an die Nase getippt. »Ich habe ein heißes Date in Belfast, du Schnüffler. Und McDonagh und ich sind Vergangenheit.«

»Schon wieder?« Bart hob zynisch eine Augenbraue. Sie wusste, sie würde sich an diese Standardantwort zu den neuesten Entwicklungen in der McDonagh-Affäre gewöhnen müssen. »Ich habe euch letztes Wochenende gehört, als ihr die Treppe heruntergekommen seid, und ihr habt wie zwei Turteltäubchen geklungen.«

Das musste der Samstag gewesen sein, an dem sie im Clarence waren.

»Ich habe nicht gelauscht«, fügte Bart hinzu, der den Blick wahrnahm, den sie ihm zuwarf. »Ihr wart beide in so

übermütiger Laune, dass es unmöglich war, es nicht zu hören. Was ist passiert?«
In dem Moment hatte es geklingelt. »Ich habe keine Zeit, es dir jetzt zu erklären, Bart«, sagte Deirdre und schwang ihre Übernachtungstasche über die Schulter. »Ich lade dich nächste Woche zum Abendessen ein und erzähle dir alles, ja?«
»Okay. Aber lass mich kochen, okay?«
Deirdre lächelte ihn an, als sie die Treppe hinuntereilte. »Abgemacht. Ich bringe den Wein mit.«
Jean-Claude stand am Fuß der Treppe und wartete auf sie. Er hob warnend die Hand, als sie sich auf die Zehenspitzen stellte, um ihn zu küssen. »Vorsicht. Vorsicht, Deirdre«, sagte er und hielt die Beifahrertür seines Porsches für sie auf. »Wir wollen nicht beobachtet werden.«
»Tolles Auto«, bemerkte sie, als sie auf den Sitz glitt.
»Ich habe beschlossen, nett zu mir zu sein. In meinem Alter verdient ein Mann ein paar Streicheleinheiten. Diese Reihe der Rasierwasserwerbung hat dafür bezahlt. Er ist nicht neu, wie ich wohl kaum hinzufügen muss.«
»Ist doch egal. Er ist trotzdem klasse. Bekommst du viele bewundernde Blicke von schönen Frauen?«
»Ja, tatsächlich.«
»Das überrascht mich nicht.«
»Nun. Nicht so sehr ich als vielmehr das Auto«, stellte er mit seinem charmanten Lächeln fest.
Als der Porsche vor dem Haus wegfuhr, blickte Deirdre hoch und sah Bart, der sie von seinem Esszimmerfenster aus grüßte. Sie versteifte sich ein wenig. Doch Bart war ein sehr guter Freund. Wenn er Jean-Claude erkannt hatte, so wusste sie doch, dass sie ihm vertrauen konnte, dass er den Mund halten würde.
Die Fahrt in den Norden dauerte über zweieinhalb Stun-

den. Jean-Claude war ein äußerst angenehmer Begleiter. Er brachte sie oft zum Lachen, machte ihr weitschweifige Komplimente, und er hatte einen ausgezeichneten Musikgeschmack. Deirdre merkte, dass im Laufe der Fahrt jeder Zweifel, den sie gehabt haben mochte, ob sie das Richtige tat, in sich zusammenfiel.

Jean-Claude informierte sie über seine gescheiterte Ehe. Er hatte sehr jung geheiratet – als er und seine Frau noch Teenager waren. Er hatte zwei Kinder, eines auf dem College in Frankreich und eine Tochter im letzten Jahr in der Schule in Dublin. Sie waren beide alt genug, um zu begreifen, dass die Beziehung ihrer Eltern in die Brüche gegangen war und dass das schon lange so war. Im Gegenzug erzählte Deirdre ihm von Rory, von seiner zwanghaften Flirterei und wie diese in eine Affäre zu viel ausgeartet war.

Jean-Claude reagierte souverän. »So ist es am besten, da bin ich sicher«, sagte er. »So ein Mann – ein Mann, der ständig die Frau betrügt, die er liebt – ist schlecht, Deirdre. Stimmt doch, oder?«

Sie nickte.

»Früher oder später wird er dir das Herz brechen, und dann wirst du seine Gefangene sein – du wirst ein Opfer der Liebe werden. Keine Frau sollte sich so behandeln lassen. Eine Frau, die ein Opfer ist, ist etwas Trauriges.«

»Ich glaube nicht, dass zu befürchten ist, dass ich jemals zum Opfer werde, Jean-Claude. Ich hatte schon immer eine widerspenstige Ader.« Das Bild von Rory, wie sie ihn zuletzt gesehen hatte, kam ihr plötzlich in den Sinn. Sie sah wieder seinen forschenden Blick, den er ihr zugeworfen hatte, als sie sich nach ihrem leidenschaftlichen Filmkuss aus seiner Umarmung gelöst hatte.

»Manchmal frage ich mich, ob ich zu widerspenstig bin.

Das ist typisch Steinbock. Was bist du übrigens für ein Sternzeichen?«
»Skorpion«, antwortete er.

Sobald sie in Belfast waren, bekam Deirdre die Aufgabe, die Karte zu lesen. Sie waren beide schon vorher im Norden gewesen, doch keiner von ihnen war jemals mit dem Auto ins Zentrum von Belfast gefahren. Deirdres Orientierungssinn war zu Hochzeiten nicht einwandfrei, doch in einer fremden Stadt war sie mehr als unfähig.
Seufzend fuhr Jean-Claude auf den nächsten Parkplatz und sah selber auf die Karte. »*Merde*«, murmelte er. »Mittag. Ich komme zu spät. Die Galerie ist gleich um die Ecke, aber wegen des Einbahnstraßensystems muss ich mindestens einen Kilometer Umweg fahren. Und im Verkehr. So komme ich noch später.« Er warf einen letzten Blick auf den Plan, faltete ihn zusammen und steckte ihn ins Handschuhfach. Dann wandte er sich an Deirdre. »Es ist wahrscheinlich leichter, wenn ich das Auto hier lasse und zu Fuß gehe. Ich rufe dich vom Handy aus an, wenn ich fertig bin, und dann können wir uns hier wieder treffen.«
»Was meinst du damit?«
Jean-Claude sah sie fragend an. »Was meinst *du*?«, fragte er.
»Nun, warum müssen wir uns hier wieder treffen? Warum kann ich nicht mit dir kommen?«
»O Liebling – ich hätte gedacht, das sei offensichtlich!« Jean-Claude nahm ihre Hand in seine. »Ich hätte mir nie träumen lassen, dass du erwartest, mit mir heute Morgen in die Galerie zu kommen. Ich dachte, es wäre lustiger für dich, ein paar Stunden mit Stöbern in den Läden zu verbringen. Es würde sehr schlecht aussehen, findest du nicht, wenn ich zu einer Ausstellungseröffnung

mit einer schönen Frau an meinem Arm erschiene, die nicht meine Frau ist?«
»Aber wir sind Kollegen!«
»Deirdre, Deirdre! Wir mögen Kollegen sein, aber du weißt doch, wie sehr die Leute Klatsch lieben. Wenn ich eine Schauspielerin zu einem gesellschaftlichen Ereignis begleite, bringt das nur Ärger – vor allem, wenn diese Schauspielerin den Ruf hat, knisternd, sexy, lasziv und verführerisch zu sein.«
Er lächelte auf sie herab, und sie erwiderte mit Mühe sein Lächeln.
Warum akzeptierten manche Leute nie, dass es so etwas wie eine nicht sexuelle Beziehung zwischen Männern und Frauen geben konnte? Warum zog jeder automatisch seine Schlüsse? Obwohl sie in diesem Fall wahrscheinlich die richtigen Schlüsse ziehen würden, gab sie widerstrebend zu. Zweieinhalb Stunden gemeinsam in diesem engen Auto hatten nur dazu beigetragen, die sexuelle Spannung zwischen ihnen zu erhöhen.
»Siehst du, Liebling, die Dinge zwischen mir und Chantal sind in einem kritischen Stadium. Wenn man ihr zutrüge, dass man mich in der Öffentlichkeit mit einer äußerst begehrenswerten jungen Frau gesehen hat – puh! Unsere Scheidungsverhandlungen würden völlig unschön werden. Das verstehst du doch, oder?«
Sie zog eine zweideutige kleine *moue* und zuckte die Achseln. Das hatte sie einfach nicht vorausgesehen. »Ich werde also in der Stadt herumlungern, bis du fertig bist?«
»Herumlungern ist kein gutes Wort, Deirdre. Einkaufen. Belfast ist voller wunderbarer Läden.«
Belfast mag voll von wunderbaren Läden sein, dachte sie düster, doch ihre Kreditkarte würde ihr absolut nicht von Nutzen sein. Sie hatte schon wieder überzogen.

Jean-Claude löste seinen Sicherheitsgurt und streckte sich. »Ich werde mich so sehr beeilen, wie ich kann«, sagte er und warf ihr einen dankbaren Blick zu. »Ich werde ihnen Bescheid sagen, dass ich eine sehr wichtige Verabredung habe und leider nicht lange bleiben kann. Wie ist deine Handynummer?«

»Ich habe kein Handy.«

»Kein Handy? Das macht alles ein bisschen schwieriger.« Seine gerunzelte Stirn ließ ihn sogar noch sexier aussehen. »Lass mich nachdenken. Eine Stunde sollte reichen. Vielleicht eineinhalb, um auf der sicheren Seite zu sein. Ich treffe dich wieder hier um halb zwei.« Er beugte sich zu ihr hin und gab ihr einen leichten Kuss auf den Mund. Deirdre widerstand dem Drang, den Arm auszustrecken und ihn an sich zu ziehen. »Viel Spaß beim Einkaufen«, fügte er lächelnd hinzu, als er sich zurücklehnte und ihr die Beifahrertür öffnete.

Sie schlüpfte aus dem Auto und schlug ihren Mantelkragen hoch. Es war kalt, und es fiel ein leichter Nieselregen.

»Hast du genug Geld zum Einkaufen?«, fragte Jean-Claude sie, als er abschloss. »Wenn du nicht genug hast, kann ich dir was geben.«

»Ist schon okay.« Deirdre hatte einige Pfund Sterling: nicht viel, doch das würde sie Jean-Claude nicht verraten. Aus seinem Ton entnahm sie, dass er von einem Geschenk sprach und nicht von Leihen, und sie kannte ihn nicht gut genug, um ihm etwas zu schulden.

»Gut. Genieße den Rest des Morgens, Liebling.« Ein letztes Lächeln, und er wanderte die Straße hinunter. Sie steckte die Hände in die Taschen und wandte sich in Richtung Stadtmitte, bereitete sich aufs Herumlungern vor.

Zur vereinbarten Zeit ging sie zu der Stelle zurück, wo Jean-Claude das Auto zurückgelassen hatte. Ihre eineinhalb Stunden Herumlungern hatten zwei Erwerbungen hervorgebracht: ein dünner Band Kurzgeschichten von Anaïs Nin und ein Lion Bar. Sie war einige Zeit über einem Cappuccino in einem hippen kleinen Café gesessen und hatte drei der Kurzgeschichten gelesen, und die intensive Erotik der Geschichten hatte sie verblüfft. Anaïs Nins Latin Lover waren wirklich heiß, und sie entdeckte, dass sie sich mit mehr als nur einem aufgeregten Flattern im Magen auf den Abend freute. Was war es nur, das Männern vom Kontinent diesen unverwechselbaren sexuellen Reiz verlieh?

Jean-Claude wartete im Porsche auf sie. Deirdre war beeindruckt von seiner Pünktlichkeit. Sie hatte halb erwartet, dass er zu spät käme – ihr war klar, wie schwer es für eine Berühmtheit war, von Eröffnungen und Einweihungen wegzukommen. Sie hatte einmal bei einer Modenschau als Moderatorin fungiert, und alle hatten etwas von ihr gewollt. Schließlich hatte Rory ihr ein Ultimatum gestellt: Er hatte sich zu ihr gebeugt und geflüstert: »Ich werde dich eine Woche lang nicht vögeln, wenn wir nicht in fünf Minuten im Pub sind.« Sie waren in vier Minuten dort gewesen.

»Hallo, Liebling«, begrüßte sie Jean-Claude, als sie die Beifahrertür öffnete und einstieg. »Was? Keine Tüten?«

»Ich habe nichts gesehen, was mir gefiel«, log sie. Die Läden im Stadtzentrum waren tatsächlich voll von begehrenswerten Sachen gewesen, und sie hatte sich wegen ihrer überzogenen Kreditkarte verflucht.

»Ach so. Ich habe etwas für dich, und ich hoffe, es wird dir gefallen.«

»Ein Geschenk?«

»Hm. Ich sah es in einem Laden an dem Tag, nachdem du zugestimmt hast, mit mir nach Belfast zu kommen, und ich kam auf die Idee, es zu kaufen. Ich wusste es einfach, es war für dich.«

»Jean-Claude, das hättest du nicht tun sollen!«, protestierte sie schwach. Sie liebte Geschenke. »Was ist es?«

Er tippte ihr mit einem Finger auf die Nase und lachte. »Eine Überraschung. Ich gebe es dir später.« Dann ließ er den Wagen an und bog nach rechts, weg vom Zentrum.

»Fahren wir nicht ins Hotel?«, fragte Deirdre

Sie hatte angenommen, dass sie vor dem Mittagessen einchecken würden.

»Ich habe für zwei Uhr einen Tisch im Restaurant reserviert«, sagte er. »Wenn wir rechtzeitig dort sein wollen, fahren wir besser los.« Er hielt an einem Fußgängerübergang, um eine junge Frau mit einem Kinderwagen die Kreuzung überqueren zu lassen, und nahm ihr dankbares Lächeln mit einer galanten kleinen Neigung des Kopfes zur Kenntnis. Deirdre fühlte sich unwillkürlich ein bisschen stolz, wie sie da neben diesem tollen Franzosen in seinem Porsche saß. »Ein Spaziergang an der Küste danach wäre schön, nicht wahr? Das Restaurant liegt nicht weit weg von Carrickfergus; dort gibt es ein paar schöne Stellen zum Laufen. Ich bin mal mit den Kindern dort gewesen.«

Deirdre mochte es nicht sehr, wenn sie an Jean-Claudes Kinder erinnert wurde. Dass er verheiratet war, traf bei ihr auf einen empfindlichen Nerv. »Wir sind für einen Spaziergang auf dem Land wirklich nicht angezogen, Jean-Claude.« Zweifelnd blickte sie an sich herab auf ihre hochhackigen Schuhe von Russell and Bromley.

»Keine Sorge. Wir bleiben auf der Straße.«

Das Restaurant war vollkommen. Die Atmosphäre war intim, das Personal freundlich, doch unaufdringlich. Es gab Champagner in Kristallflöten, richtige Leinentischdecken und Servietten auf dem Tisch und frische Blumen in einer kleinen Silbervase. Nat King Cole war über Lautsprecher zu hören. Jean-Claude aß Austern und Deirdre Hummer. Sexessen – und sexy Gespräche dazu. Jean-Claude brachte sie zum Lachen, und wenn Deirdre O'Dare lachte, blühte sie regelrecht auf.
Sie amüsierten sich köstlich, während sie sich unsinnige Szenarien für ihre Seifenoperfiguren ausdachten, und Jean-Claudes unvollkommenes Englisch machte die Dialoge, die ihnen einfielen, noch absurder. Sie entdeckten, dass sie beide insgeheim Tschechow hassten – »Ich weiß nicht, wie eine lebende Schauspielerin den Satz ›Ich bin eine Möwe‹ herausbringen kann, ohne zusammenzubrechen, meinte Deirdre –, und sie stimmten darin überein, dass Sam Beckett der beste und witzigste Stückeschreiber des Jahrhunderts war. Sie sprachen über die französischen Impressionisten und darüber, wie sie das Wort »abgedreht« hassten, und sie sprachen darüber, woran sie der Geruch von frisch gebackenem Brot erinnerte. Einmal nahm der Schauspieler ihre Hand, um geschmolzene Butter von ihren Fingern zu lecken, und Deirdre fiel fast in Ohnmacht.
Als sie fertig waren, nahm sich Jean-Claude eine der Blüten aus der kleinen Silbervase und steckte sie ihr hinters Ohr. »Gehen wir spazieren«, schlug er vor.
Der Spaziergang war eine ausgezeichnete Idee. Er gab ihnen die Gelegenheit, Lebensgeschichten auszutauschen. Deirdres war natürlich viel kürzer als seine, weil sie noch nicht so lange auf der Welt war und nicht so ein ereignisreiches Leben geführt hatte wie er. Je mehr er ihr über die

Tragödie seiner lieblosen Ehe erzählte, desto mehr erwärmte sie sich für ihn – und desto mehr lockte sie der Gedanke, ihn zum Geliebten zu nehmen. Sie blieben einmal stehen, so dass sie sich an ein Tor anlehnen und ihm ihre ungeteilte Aufmerksamkeit schenken konnte, und Jean-Claude küsste sie zum ersten Mal seit der Nacht im Taxi richtig. Als der Kuss zehn Minuten später endete, war der Gedanke, ihn zum Geliebten zu nehmen, nicht mehr nur verlockend, er war unwiderstehlich.

Auf der Fahrt zurück nach Belfast umriss Jean-Claude den Zeitplan für ihren Aufenthalt. »Wir müssen – wie sagt man? – unauffällig sein. Unauffällig, während wir hier sind, Deirdre. Wir können nicht das Risiko eingehen, unverhofft jemandem zu begegnen. Deshalb habe ich etwas abseits ein Lokal für unser Mittagessen gewählt. Ich weiß, ich kann den Leuten im Restaurant vertrauen, dass sie diskret sind.«

Sie fragte sich, woher er das wusste.

»Dir ist doch klar, dass, wenn wir irgendwo in der Stadt zusammen hingehen, die Leute das bemerken werden, oder?«, fuhr er mit einem schiefen Lächeln fort. »Jemand könnte es sogar sensationell genug finden, um es der Regenbogenpresse zu stecken.«

Sie würde sich nie daran gewöhnen, zum öffentlichen Eigentum zu gehören. In einer Seifenoper zu spielen hieß, dass die Leute einen bemerkten. Manchmal fragte sie sich, warum die Leute sie anstarrten, bis ihr einfiel, dass sie fast jede Woche in ihre Wohnzimmer ausgestrahlt wurde. Deshalb war es klug, vorsichtig zu sein – aber nicht immer leicht. Eines der Blätter war so tief gesunken, dass es inkognito einen Schreiberling in ein Restaurant geschickt hatte, wo eine befreundete Schauspielerin ihren Junggesellinnenabschied feierte, und die Party – die alles andere als wild gewesen war – wurde in der Sonntagsausgabe über alle Maßen übertrieben dargestellt. Sie hatten Deirdre als »sexy und sensationell leicht bekleidet« beschrieben, obwohl sie tatsächlich von Kopf bis Fuß in Klamotten von Ghost gehüllt gewesen war.

»Glaubst du, wir könnten für den Rest unseres Aufenthaltes mit Zimmerservice auskommen?«, fragte er. »Ich kann uns später etwas aufs Zimmer schicken lassen.«

Deirdre bemerkte, dass er den Singular verwendete. »Unser Zimmer? Ich dachte, du wolltest zwei Zimmer reservieren, Jean-Claude, nur für den Fall, dass wir …«

»Tut mir Leid, Liebling. Habe ich es nicht erwähnt? An diesem Wochenende ist eine Konferenz – das Hotel ist ausgebucht. Ich hatte Glück, überhaupt so kurzfristig noch ein Zimmer zu bekommen.«

»Oh.«

Also war es ein *fait accompli*.

Jean-Claude checkte allein ein, während Deirdre im Hotelshop herumlungerte. Er hatte ihre Tasche genommen, mit der Begründung, es würde auffallen, wenn sie mit einer Übernachtungstasche in den Aufzug stiege, und er hatte darauf bestanden, dass sie diskrete fünf Minuten verstreichen ließ, bevor sie ihm hinauf aufs Zimmer folgte. Sie verbrachte die Zeit damit, so zu tun, als ob sie an den Zeitschriften interessiert wäre. Als sie sich zum Aufzug begab, merkte sie, dass diejenige, die sie sich schließlich zu kaufen verpflichtet gefühlt hatte, explizite Ratschläge zu Sexpraktiken enthielt. Auf dem Weg nach oben überflog sie die Tipps für Fellatio. Warum hatte Rory ihr nicht gesagt, dass sie es all die Jahre falsch gemacht hatte? Nun, zur Hölle – er hatte sich nicht beklagt –, und was für ein armer Kerl musste seinen Lebensunterhalt

damit verdienen, dass er Zeitungsartikel über Fellatio schrieb?
Sie steckte die Zeitschrift in ihren Rucksack und zog ihn zu, gerade als der Aufzug im sechsten Stock ankam. Sie klopfte leise an die Tür des Zimmers 609 und warf einen wachsamen Blick über die Schulter. Keiner da, um sie zu beobachten, und wenn es so gewesen wäre, hätte er kaum ihre Anwesenheit wahrgenommen, denn Jean-Claude war wie der Blitz an der Tür und zog sie ins Zimmer.
»Entschuldige«, sagte er. »Ich telefoniere gerade mit dem Zimmerservice. Eine Minute, Liebling, ja?«
Deirdre ließ ihren Rucksack auf den Boden fallen und sah sich um. Die Hotelbroschüre beschrieb die Zimmer als »luxuriös«. Tatsächlich entsprach das Zimmer Standard. Bequem, makellos sauber mit gestreifter Regency-Tapete. Reproduktionen von Renoir hingen über dem King-Size-Bett, über dem eine schiefergraue Tagesdecke lag. Sie schlenderte zum Fenster hinüber, zog den Netzvorhang beiseite, der die Scheibe bedeckte, und sah hinaus auf die graue Stadtlandschaft.
»Veuve Cliquot, also«, sagte Jean-Claude gerade ins Telefon. »Ja. Danke.« Er legte auf, und sie drehte sich zu ihm um. Er hatte den Anzug, den er vorher getragen hatte, ausgezogen, und trug nun Jeans und ein Sweatshirt. Er sah sie schweigend und eindringlich eine Minute lang an. Sie fand das außerordentlich sexy. Dann lächelte er. »Sie haben leider keinen Cristal, Liebling. Komm her.«
Und Deirdre tat, was ihr gesagt wurde. Er nahm sie in die Arme und berührte mit den Lippen ihr Ohr. »Ich habe die ganze Woche daran gedacht«, hauchte er, und sein Akzent klang französischer denn je. Seine Zungenspitze kräuselte sich hinter ihrem Ohrläppchen und glitt dann an ihrem Hals entlang bis zu ihrem Schlüsselbein. Seine

Hände glitten ihren Rücken hinab und zogen sie eng an sich. Sie entdeckte ganz unerwartet ihr Spiegelbild in dem Kommodenspiegel, und aus irgendeinem Grund erinnerte sie sich daran, wie sie ihm gesagt hatte, was für ein wunderbarer Filmküsser er war. Ganz sicher entsprach er jetzt seiner Rolle mit seinem dunklen Kopf, der sich über ihren Hals beugte, und seinen um sie geschlungenen Armen. Dann hob er den Kopf, sah sie fragend an, und sie konnte sich nicht mehr im Spiegel sehen. Als sein Mund auf ihren traf, war sie bereit.

Die Küsse, die sie tauschten, wurden immer leidenschaftlicher, als es plötzlich an der Tür klopfte. Jean-Claude beendete sofort die Umarmung.

»Einen Augenblick bitte«, rief er mit seiner gebieterischen Stimme. Dann ging er schnell zur Badezimmertür, hielt sie auf und winkte Deirdre eilig hinein. »Hier rein«, zischte er.

Einen Moment war sie völlig aus der Fassung gebracht, und dann erinnerte sie sich an die Heimlichkeit ihres Stelldicheins. Sie glitt durch die Tür und kam sich ziemlich blöd vor, als sie die Tür hinter sich zuwarf. Zu ihrem Missfallen schloss die Tür nicht mit dem Türrahmen ab, und als Jean-Claude ging, um die Zimmertür zu öffnen, erkannte sie, dass die Badezimmertür wieder aufschwang. Wenn sie sie schloss, würde dies der Kellner sicher bemerken. Sie trat noch weiter in den Raum zurück und blieb dann wie angewurzelt stehen, als sie entdeckte, dass der Badspiegel sich direkt gegenüber von der Tür befand. Jean-Claudes Hand lag auf dem Türknauf. Sie konnte nur eines tun. Schnell trat sie in die Badewanne und zog den Duschvorhang zu, gerade als Jean-Claude sagte: »Danke. Bitte stellen Sie ihn dorthin.«

Man hörte das Geräusch von klirrendem Eis und von

Münzen, die überreicht wurden. Deirdre zuckte zusammen, als sie spürte, wie ein Tropfen von der Dusche auf ihrer Schulter landete. Dann hörte sie den Kellner ein diskretes »Danke« murmeln, und schließlich vernahm sie ein leises dumpfes Geräusch, als die Tür geschlossen wurde. Sie konnte wieder atmen.

Sie zog den Duschvorhang zurück und entdeckte Jean-Claude, der im Bad stand.

»Was machst du da?«, fragte er.

»Mich verstecken«, antwortete sie.

Er lachte, als ein weiterer Tropfen auf ihren Kopf fiel, und sie war ein wenig sauer. Schließlich hatte sie es für ihn getan. Sie war nicht so sehr von dem Gedanken besessen, ertappt zu werden, wie er. Schließlich war er verheiratet.

»Komm raus«, sagte er und streckte die Hand aus, um ihr zu helfen, aus der Wanne zu steigen. »Bevor du dich wegen all der Tropfen noch erkältest. Da ist Champagner«, fügte er hinzu und ließ sie zurück ins Zimmer gehen, »aber nur ein Glas. Deshalb muss ich mit dem Zahnputzbecher vorlieb nehmen.« Er warf ihr ein galantes Lächeln zu und griff nach einem der Gläser, die auf dem Badezimmerregal standen.

Er entkorkte die Champagnerflasche. Eine Feder aus Schaum stieg aus dem Flaschenhals auf wie ein Irrlicht, während er einschenkte. Er hielt die Flasche schräg, damit das Schäumen nachließ, und schenkte dann mit offensichtlicher Kennerschaft weiter ein. »*Santé*«, sagte er, reichte ihr die Champagnerflöte und hob sein Glas.

»*Santé*«, echote sie. Es entstand eine Pause, in der Jean-Claude sie bedeutungsvoll ansah. Sie trank einen Schluck und stellte die Flöte auf dem Schreibtisch ab; plötzlich fühlte sie ein leises Prickeln der Besorgnis. Sie täuschte eine Lässigkeit vor, die sie nicht empfand, nahm den Ho-

telführer in die Hand und begann ihn durchzublättern. »Lass uns schauen, was dieses Haus zu bieten hat«, sagte sie. »Ich liebe es, zu sehen, was für Dienste die verschiedenen Hotels anbieten.« Tatsächlich war sie noch nicht in vielen Hotels gewesen. Diejenigen, in denen sie auf den wenigen Theatertourneen in Irland übernachtet hatte, waren Klitschen gewesen. Das einzige Mal, dass sie in einem richtigen Hotel gewesen war, war, als sie ein Fernsehspiel für Granada gedreht hatte, die sie im Stakis in Manchester untergebracht hatten.
»Haben sie eine Masseuse?«, fragte Jean-Claude.
»Nein«, antwortete sie und überflog die Liste. Sie war bei der Speisekarte des Zimmerservice angelangt. Plötzlich hatte sie Hunger. Ihr Mittagessen hielt nicht mehr vor, und die Seeluft, die sie durchgeweht hatte, als sie an der Küste entlanggewandert waren, hatte ihren Appetit verstärkt. Sie sehnte sich nach der Art Sandwiches, wie Hotels sie so gut machten – weiches Weißbrot, von dem die Kruste abgeschnitten war, und dazwischen Scheiben von Hühnerbrust, serviert mit Kartoffelchips und etwas Salat. »Jean-Claude«, sagte sie. »Meinst du, wir könnten ein paar Sandwiches bestellen? Ich habe plötzlich großen Hunger.«
Er warf ihr einen nachsichtigen Blick zu. »Natürlich, Liebling. Was für eines?«
»Hühnchen, bitte.«
»Also Hühnchen. Ich bestelle aber besser nur eines. Wenn ich zwei bestelle, wird das Hotelpersonal entweder zu Recht argwöhnen, dass ich in meinem Zimmer einen illegalen Fremden beherberge, oder aber sie denken, ich bin ein echter Vielfraß. Sie glauben wahrscheinlich sowieso schon, dass ich ein chronischer Alkoholiker bin, weil ich eine ganze Flasche Champagner für mich allein bestellt

habe. Ich muss auch Perrier bestellen, für den Fall, dass wir später Durst bekommen.« Er schenkte ihr sein sexy Lächeln, während er die Nummer wählte.

Deirdre setzte sich auf den nachgemachten Regency-Stuhl am nachgemachten Regency-Schreibtisch und blätterte weiter die Hotelbroschüre durch. Eine Karte mit Frühstücksmöglichkeiten fiel heraus. Wie würden sie das mit dem Frühstück machen?, fragte sie sich. Sie würden auffliegen, wenn sie Frühstück für zwei bestellten, und mit einem Orangensaft und einem popeligen »kontinentalen« Frühstück würden sie nicht weit kommen. Sie würden eine große Portion Gebratenes bestellen und es teilen müssen. Vorher hatte sie sich vorgestellt, wie sie zusammen im Bett saßen, mit Kaffee und Räucherlachs und Sahnekäse, während eine blassrosa Rose in einer Minivase sich auf dem Tablett vor ihnen entfaltete. Sie hatte sich sogar eingebildet, es stünden Mimosas auf der Karte, an denen sie zwischen ihren Küssen nippen könnten. Die Wirklichkeit sah eher nach Frühstücksspeck und Würstchen, labberigem Toast und Marmelade aus. Wie leicht doch die Luft aus ihrem Idyll herausgelassen worden war. Man sollte meinen, dass sie inzwischen wusste, dass das wirkliche Leben und die Fantasie nicht zusammenpassten. Sie blätterte zur nächsten Seite, auf der alle Fernsehkanäle standen.

Jean-Claude stand auf und kam zu ihr herüber. Er begann, sie leicht auf den Nacken zu küssen, während er über ihre Schulter die Broschüre studierte. »Puh«, pfiff er. »Das ist ein ganz schön hoher Tarif für den Erwachsenenkanal, nicht wahr?«

»Weiß ich nicht. Ich habe noch nie den Erwachsenenkanal angeschaut.«

Er hob eine Augenbraue. »Oh? Du überraschst mich. Vielleicht sollte ich ihn dir später vorstellen. Ich glaube, du wirst herausfinden, dass er – interessante Einblicke gewährt.«

Aus irgendeinem Grund funktionierte sein sexy Lächeln diesmal nicht so gut.

Wieder blätterte sie um. »Hm. Schwimmbad, Sauna, Jacuzzi«, las Jean-Claude. »Schade, dass wir kein Badezeug mitgebracht haben. Ich sähe dich gerne in einem sexy kleinen Bikini. Das erinnert mich an etwas. Du wartest sicher auf dein Geschenk.«

Deirdre hatte es tatsächlich schon vergessen.

Jean-Claude stand auf und ging hinüber zum Schrank am anderen Ende des Zimmers. Sie bemerkte, dass der Anzug, der er vorher angehabt hatte, an der Stange hing. Er befand sich nun in einer Plastikumhüllung. Andere diverse Kleidungsstücke waren so säuberlich gefaltet, dass Benetton beschämt gewesen wäre, und seine auf Hochglanz polierten Schuhe standen akkurat nebeneinander auf dem Boden des Schranks. Er griff zum obersten Regalbrett und zog eine in glänzendes Geschenkpapier eingewickelte Schachtel herunter.

»Hier«, sagte er und überreichte ihr die Schachtel mit einer förmlichen kleinen Verbeugung. »Ich hoffe, es gefällt dir. Ich habe die letzten Tage damit verbracht, darüber nachzudenken, wie du darin aussehen wirst. Mir würde der Gedanke gefallen, dass du es mir später vorführen wirst.«

»Danke, Jean-Claude.« Deirdre lächelte ihn ein wenig unsicher an, während sie an dem breiten Band zupfte, das die Geschenkverpackung zierte. Es gab sofort nach, und das Papier raschelte zu Boden und enthüllte eine rote Pappschachtel, auf deren Deckel in auffallender schwarzer Schrift »Skandalöse Slips« stand. Deirdre ließ die Schachtel sinken. Auf einem Bett aus schwarzem Seidenpapier lag eine rote Satincorsage mit schwarzen Spitzenstrumpfhaltern, dazu ein passender roter Satin-G-String mit schwarzem Spitzenbesatz sowie ein Paar glänzender, mit schwarzer Spitze besetzter Strümpfe. Sie nahm alles heraus und starrte es mit offenem Mund und völlig verblüfft an.

»Schön, nicht wahr?«, fragte er und streckte eine Hand aus, um den schwarzen Spitzenbesatz an der Corsage zu befingern. »Ich nehme doch an, dass du nichts gegen die ziemlich intime Art des Geschenkes einzuwenden hast? Du weißt doch, dass wir französischen Männer es lieben, Wäsche für Frauen zu kaufen. Hier. Schau dir das an. Ich hatte die Qual der Wahl.« Er tauchte unter das Seidenpapier und holte einen Katalog hervor, auf dem in schwungvoller Schrift »Skandalöse Slips« stand, die sich über eine Frau zog, die einen schwarzen PVC-Overall mit Reißverschluss und schenkelhohe Stiefel trug. Sie spielte mit dem Griff einer Peitsche.

»Scheiße, Jean-Claude. Magst du diesen Kram? Ich werde nicht ...«

»Es mag nicht alles nach deinem Geschmack sein«, unterbrach er sie geschmeidig. »Ich bin auch nicht an diesem Domina-Zeug interessiert, Liebling. Natürlich ist es nicht so sehr das Ganze selbst als vielmehr die Frau, die es trägt.« Er schenkte ihr ein bedeutungsvolles Lächeln und begann den Katalog durchzublättern. »Einige der Ensembles sind eher zauberhaft, wie du mir sicher zustimmen wirst. Dieses, zum Beispiel.«

Er hielt auf einer Seite inne, die die Überschrift »Hochzeitsnacht« trug. Ein schmollendes Weib mit zerzausten Locken und Schlafzimmeraugen wälzte sich auf einem Satinlaken und saugte viel sagend an einem Finger. Sie trug ein hauchdünnes Nylonspitzenmieder, ein weißes, spitzengesäumtes Korsett und ein durchsichtiges Spitzenhöschen. Das *pièce de résistance* war der »Brautrock«. Auch er war aus hauchdünnem weißen Nylon, reichte bis zur Schenkelmitte und war bis zum Schritt offen. »Ich glaube, es kombiniert irgendwie genau den richtigen Hauch von Sex mit einer hübschen *naïveté*, findest du nicht? Ich war in Versuchung, es für dich zu kaufen, aber die Korsage ist ein bisschen – wie heißt *le mot juste?* Raffiniert, Deirdre. Ich nehme an, dass du eine sehr raffinierte junge Dame bist. Ich habe das gleich beim ersten Mal angenommen, als du mich geküsst hast.«

Deirdre steckte die Kleidungsstücke wieder unter das Seidenpapier und versuchte, normal zu atmen. Jean-Claude glaubte tatsächlich, dass diese Schnalle im Brautkleid *naiv* aussah? Er hielt diese schäbige Satincorsage für *raffiniert?* Wie hatte er sie nur so falsch einschätzen können? Wie hatte sie ihn nur so falsch einschätzen können? Sie hatte einen großen Fehler gemacht. Es war Zeit, ihm das zu verstehen zu geben.

In dem Augenblick klingelte das Telefon.

»Entschuldige mich.« Jean-Claude neigte höflich den Kopf und nahm den Hörer ab. »Ah.« Es gab ein Stocken, bevor er etwas anderes sagte. Dann: *»Hallo? Oui. Oui, ça va. Oui. Bon. J'étais sur le point de descendre pour dîner. Oui. Oui. Oui. Bon.«* Es folgte ein langer Strom in Französisch, was Deirdre nur mit Mühe verstand. Sie konnte jedoch erkennen, dass derjenige am anderen Ende der Leitung höchstwahrscheinlich Jean-Claudes Frau war. Er sprach so leise, wie er konnte, und sie bemerkte, dass all diese *ouis* und *bons* so steif und unnatürlich klangen, dass sie als Hinhaltetaktik zu verstehen waren. Offenbar versuchte er, so wenig preiszugeben wie möglich, und Deirdre nahm an, dass er dies nicht nur wegen seiner Frau tat, sondern auch wegen seiner vermeintlichen Geliebten. Er spielte sie beide gegeneinander aus, und sie hatte plötzlich den Gedanken, dass Jean-Claude Valentins Ehe doch nicht so unglücklich war. Er zog ein entschuldigendes Gesicht in ihre Richtung, zuckte die Achseln und formte »Tut mir Leid« mit seinen Lippen. Dann sagte er: *»Oui, oui, moi aussi. Il faut que je te dise ces mots? Eh bien – oui, oui – je t'aime, moi aussi.«* Der letzte Satz kam so eilig heraus, dass Jean-Claude klang, als würgte man ihn. Dann legte er mit dümmlichem Gesichtsausdruck den Hörer auf.

»Deine Frau.« Sie bemühte sich nicht, es als Frage klingen zu lassen.

»Ja.« Er bemühte sich nicht, zu lügen.

»Ich bin gleich weg.« Deirdre griff nach ihrem Rucksack, als es gerade noch einmal an der Tür klopfte.

»*Merde!* Zimmerservice!«, stöhnte Jean-Claude. Dann hob er die Stimme, damit der Kellner ihn hören konnte. »Einen Moment bitte!« Er wandte sich an Deirdre. »Hör mir zu, Deirdre, es ist nicht, wie du denkst. Ich kann alles erklären. Lauf nicht weg, ohne mir die Gelegenheit zu geben, dies aufzuklären. Bitte.«

Seine Vorführung als der frustrierte Ehemann war nicht mehr überzeugend.

»Lass es, Jean-Claude«, sagte Deirdre genervt.

»Schau mal. Hör zu.« Er wedelte mit den Armen. »Bleib wieder im Bad, ja? Ich werde den Kellner reinlassen, und wir können reden, wenn er weg ist.«

Deirdre hätte fast gesagt: »Es gibt nichts zu reden«, bevor ihr klar wurde, dass, wenn sie mit dieser Repertoireantwort käme – der Repertoireantwort, die sie Rory gegenüber an jenem schicksalhaften Abend im Clarence benutzt hatte –, sie genau in derselben Klischeesprache redete, die er benutzte. *Es ist nicht so, wie du denkst. Ich kann alles erklären.* Wofür hielt er sie? Für eine völlig verblödete Gans? Sie wollte sich jedoch nicht gerade den spöttischen Blicken aussetzen, die der Kellner ihr sicher zuwerfen würde. Resigniert ging sie in Richtung Bad und warf Jean-Claude einen verächtlichen Blick über die Schulter zu.

»Warte!« Jean-Claude stürzte sich auf die Stelle, wo die Schachtel mit der Wäsche auf dem Bett lag, und warf sie ihr in die Arme. »Das darf nicht herumliegen.«

»Ich sehe nicht ein, warum nicht«, erwiderte Deirdre gleichmütig. »Er wird nur annehmen, dass du dir gerne Frauenkleider anziehst und auch ein Vielfraß und ein Alkoholiker bist.« Dann machte sie auf dem Absatz kehrt und ging mit so viel Würde, wie sie aufbringen konnte, ins Bad; dabei vergewisserte sie sich, das dieses Mal die Tür hinter ihr fest geschlossen blieb.

Sie setzte sich auf den Klodeckel und schäumte innerlich. Was für ein Fiasko!

Hinter der Tür konnte sie Jean-Claudes weltgewandten Ton hören, als er den Kellner anwies, wohin er das Tablett stellen sollte.

Schleimscheißer, dachte sie. Kriecherischer französischer Scheißer. Sie stach durch die Schichten aus Seidenpapier und untersuchte noch mal das Mieder, das sie für ihn tragen sollte. Wie hatte er sich vorstellen können, dass sie ein gehorsames kleines Mädchen war, das sich seinen dreckigen Fantasien unterwarf, indem es Hurenunterwäsche trug? Sie rieb den Stoff der Corsage zwischen Zeigefinger und Daumen. Zumindest war es echte Seide, nicht irgendein billiger, maschinell hergestellter Stoff. Das wäre ein noch größerer Schlag für ihre Selbstachtung gewesen. Der Gedanke daran ließ sie schaudern. Oje! Was für zu-

künftige Szenarien mochte er für sie im Kopf gehabt haben, wenn sie ihm dieses Mal nachgegeben hätte? Das Kleid eines französischen Kammermädchens?
Plötzlich dachte sie daran, wie Rory sie mit der Agent-Provocateur-Unterwäsche überrascht hatte. Das war wirklich schön, wirklich teuer und wirklich sexy. Zumindest hatte Rory Geschmack.
Während sie dem Klirren von Tellern und Besteck lauschte, kam ihr ein furchtbarer Gedanke. Sie warf einen Blick auf ihre Uhr. Es war Viertel vor acht. Wann fuhr der letzte Zug nach Dublin? Die Aussicht, in Belfast gestrandet zu sein, erfüllte sie mit Schrecken. Sie stand auf und drückte das Ohr an die Tür. Gott sei Dank. Jean-Claude gab dem Kellner Trinkgeld. Sie konnte innerhalb von Sekunden aus diesem Hotelzimmer draußen sein.
In dem Augenblick, als sie hörte, wie sich die Tür schloss, stürzte sie aus dem Bad und ergriff ihre Sachen.
Jean-Claude wollte sie zurückhalten, als sie zur Tür ging. »Deirdre – bitte. Ich habe dir doch gesagt, dass ich es erklären kann. Ich bin nicht der Typ Mann, für den du mich fälschlicherweise hältst. Ich …«
Deirdre lachte hohl. »O doch, das bist du, Jean-Claude. Du bist, verdammt noch mal, das wandelnde Klischee von dem Typ Mann, für den ich dich halte. Lass dir die Sandwiches schmecken«, fügte sie hinzu und öffnete die Tür. »Und versuche, deine Frau dazu zu überreden, diese Nuttenklamotten zu tragen. Wenn sie dazu bereit ist, ist deine Ehe offenbar nicht so am Ende, wie du mich hast glauben machen. Tschüss.« Sie wandte sich ab und rannte den Hotelflur entlang; dann hämmerte sie mit der Faust auf den Knopf, um den Lift zu rufen.
Sie trat von einem Fuß auf den anderen vor Ungeduld, während sie auf ihn wartete, und sobald sie die Halle er-

reichte, stürzte sie zum Empfang. »Verzeihen Sie«, sagte sie atemlos. »Können Sie mir sagen, wann der letzte Zug nach Dublin fährt?«
»Sicher«, kam die glatte Antwort. »Er fährt um zehn nach acht.«
Sie hatte noch zwanzig Minuten. Sie wusste, es war nicht weit zum Bahnhof, doch sie war sich nicht sicher, wie sie dorthin kam. Sie würde ein Taxi rufen müssen. »Danke«, antwortete sie der Frau hinter dem Tresen und wartete das automatische »Bitte« nicht mehr ab.
Ein Taxi war gerade in der Auffahrt vor dem Haupteingang des Hotels vorgefahren, doch ein Mann stieg ein. Verzweiflung verlieh ihr Mut. »Verzeihung«, sagte sie und berührte ihn leicht am Arm. »Ich frage mich, ob es Ihnen sehr viel ausmachen würde, wenn ich Ihr Taxi haben könnte? Wenn ich nicht gleich eines kriege, werde ich nicht rechtzeitig zum Bahnhof kommen, und dann bin ich völlig verloren.«
Der Mann sah sie an. »Steigen Sie ein«, forderte er sie auf. »Da will ich auch hin. Ich wäre entzückt, ein Taxi mit so einem bezaubernden Wesen teilen zu dürfen.«
O Scheiße. Nicht noch so ein Scheißkerl. Sie würde einfach lächeln und es ertragen müssen.
»Nach Dublin?«, fragte er zu beiläufig, als er ihre Taschen auf den Rücksitz zwischen sie legte.
»Stimmt.« Sie zeigte gehorsam ihre Grübchen.
»Ich auch. Vielleicht gehen Sie mit mir in der ersten Klasse zum Essen?«
Sie war so hungrig, dass sie fast in Versuchung geriet. »Tut mir Leid«, sagte sie und legte in ihre Stimme ein Bedauern, das irgendwie sogar echt klang. »Ich würde gerne, aber leider treffe ich meinen Freund in der zweiten Klasse.«

Ihr Abendessen bestand aus einem Tunfischsandwich mit einem Brot, das schmeckte, als sei es aus Polyester.
Am Ende der Fahrt schloss sie sich den Leuten an, die auf ein Taxi warteten, und versuchte, den Mann zu meiden, mit dem sie das Taxi in Belfast geteilt hatte. Tatsächlich erkannte sie bald, dass es nicht nötig war, ihn zu meiden, da er ihr offensichtlich auch aus dem Weg ging. Er verweilte am anderen Ende der Auffahrt, wo die Taxis in einer Reihe standen, und weigerte sich, in ihre Richtung zu schauen. Der Grund für sein reserviertes Verhalten wurde deutlich, sobald ein BMW-Cabrio heranrauschte und ihn mitnahm. Die Fahrerin war eine makellos gepflegte Blondine um die dreißig.
Deirdre stieg in das nächste Taxi, das vorfuhr, und lehnte sich mit einem müden, erleichterten Seufzer zurück; sie hoffte, dass Bart zu Hause wäre, wenn sie ankam. Sie hatte das dringende Bedürfnis, mit jemandem zu reden.

5

Als sie die Haustür aufschloss, konnte sie Radiohead irgendwo im zweiten Stock dröhnen hören. Bart war da, was für ihn an einem Samstagabend ungewöhnlich war. Bart war ein Partylöwe, und an den meisten Samstagabenden tanzte er hinunter ins Meagher's, dem Schauspielerpub in der Stadtmitte, um Action zu haben. Wenn er abends im Theater arbeitete, brachte er oft die Party mit nach Hause, was für Deirdre schlecht war. Sie konnte dem Drang nicht widerstehen, nach nebenan zu gehen, um mitzumachen, was hieß, dass sie bis morgens aufblieb – katastrophal, wenn sie am nächsten Morgen früh arbeiten musste. Dann schlich sie blass und mit Tränensäcken unter den Augen in die Maske und entschuldigte sich bei der Maskenbildnerin für die Extraarbeit, die sie mit ihrem Gesicht hatte.

Deirdre hüpfte im Takt der Musik die Treppe hinauf und hoffte, dass ihr Freund niemanden bei sich hatte. Sie war nicht in der Stimmung, an diesem Abend gesellig zu sein, und Barts neueste Freundin bedeutete harte Arbeit. Sie war eine norwegische Studentin mit geringen Englischkenntnissen, und Deirdre musste ihr ständig alle Witze erklären. Wenn sie dann mit dem Erklären fertig war, war der Scherz nicht mehr lustig.

Sie musste laut an die Tür klopfen, bevor Bart sie über dem Dezibelstand seines CD-Players hörte. Er sah zweimal hin, als er schließlich die Tür öffnete.

»Was machst du hier?«, fragte er. »Ich dachte, du hättest ein heißes Date in Belfast.«

»Du weißt doch, wie es heißt«, erwiderte sie und wanderte in Barts Flur, wo sie ihre Taschen auf den Boden plumpsen ließ. »Wenn du die Hitze nicht ertragen kannst, geh raus aus der Küche.«
»Belfast war die Küche?«
»Ja. Oder vielmehr ein Hotelzimmer in Belfast war die Küche.«
»Ich dachte, du hättest inzwischen gespeist und getrunken und seist nun im Bett.« Er hob eine Augenbraue. »Französische Männer sollen doch Experten in der Kunst der Verführung sein, oder?«
»Du hast also rausgekriegt, wer er ist?«, erkundigte sich Deirdre.
Bart nickte. »Keine Angst. Meine Lippen sind versiegelt. Armes Kind. Bist du schlimm verbrannt worden?«
»Nur ein bisschen versengt.« Sie gähnte und sah dann in Richtung von Barts Küche. »Apropos Küche, ich sterbe vor Hunger. Was ist das für en wunderbarer Geruch?«
»Meine eigene hausgemachte französische Bauernsuppe.«
»Ich würde sterben für eine. Sie hatten im Zug nichts außer Tunfischsandwiches.« Plötzlich blitzte das Bild von Jean-Claude Valentin in ihrem Kopf auf, der verloren in einem Hotelzimmer mit einem Teller Hühnersandwiches und einer Schachtel billiger Unterwäsche saß. Sie lachte los. »O Bart – du wirst nicht glauben, was für einen Katastrophentag ich hatte!«
Er sah sie skeptisch an. »Da ich dich kenne, Deirdre, denke ich, ich könnte es dir doch glauben. Komm in die Küche und erzähl mir alles.«
»Bist du heute Abend allein?«
»Ja. Birgitta ist in einem Grieg-Konzert in der NCH. Dieser Tanz der Trolle verursacht mir Kopfschmerzen.«

»Und Radiohead nicht?« Sie folgte ihm und fiel fast in Ohnmacht, als er den Deckel vom Topf hob und das Aroma der Suppe sich ausbreitete.
»Setz dich. Schenke dir Wein ein.« Er stellte ein riesiges Weinglas auf den Küchentisch.
Sie setzte sich auf einen Bugholzstuhl und schenkte sich großzügig Rotwein ein, danach füllte sie Barts halb leeres Glas auf. Bart löffelte ein kleines Meer aus Suppe in eine Schüssel und holte Brot vom Regal. »Hier«, bot er ihr an, »iss das.«
»Danke«, antwortete sie, brach ein Stück Brot ab und bestrich es dick mit Butter. »Oh, du hast keine Ahnung, wie tröstlich das ist! Du kochst die beste Suppe, die ich kenne. Du könntest Koch werden, wenn du die Schauspielerei aufgäbst, Bart.«
»Ich weiß, liebe Deirdre, ich weiß. Manchmal glaube ich, dir ist nicht klar, wie viel Glück du hast, im selben Stockwerk wie ein Mann zu wohnen, der fähig ist, mehr zu machen als nur Bohnen auf Toast. Jetzt erzähl mir von deinen Sorgen.«
Deirdre stürzte sich auf die Suppe und begann gleichzeitig mit ihrer Geschichte; zwischen den Bissen fütterte sie Bart mit Häppchen ihrer Geschichte. Als der Teller leer war, bogen sich beide vor Lachen. Als sie schließlich wieder ernst war, legte Bart aufs Neue los.
»Skandalöse Slips!«, sagte er. Allein die Erwähnung der armseligen Unterwäsche ließ die beiden sich biegen vor Lachen. Betty Grable betrat den Raum, setzte sich vorsichtig auf ein winziges Stück Papier auf dem Boden und sah beide missbilligend an.
»Ach, lach doch mal, Betty«, sagte Bart. »Setz doch dieses verdammte ›leichte‹ Katzenfutter ab, Deirdre! Sie ist völlig humorlos geworden, seit du sie auf Diät gesetzt hast.

Außerdem ist sie kuscheliger, wenn sie fett ist. Du eigentlich auch. Iss noch einen Teller Suppe.«
»Eine kleine. Die letzte Portion war riesig. Danke, Bart. Du bist ein echter Kumpel.« Deirdre trank ihren Wein und leerte die Flasche in Barts Glas.
»Ich mache besser noch eine auf«, schlug er vor.
»Nein. Jetzt bin ich dran. Ich hole eine von nebenan.« Sie stand auf. »Bin gleich zurück.«
Sie eilte über den Gang in ihre eigene Wohnung und untersuchte ihr traurig leeres Weinregal. Es gab nur noch hausgemachten Holunderwein, den ihre Mutter ihr geschenkt hatte, und eine Flasche ziemlich peinlichen Weißwein. Jemand hatte sie ihr zu einem Brunch mitgebracht, den sie veranstaltet hatte. Sie gab selten Partys, da ihre kulinarischen Fähigkeiten so beschränkt waren, doch der Brunch war essbar gewesen. Sie hatte einfach nur Bagels und geräucherten Lachs auf Teller geworfen und sichergestellt, dass alle viel zu trinken hatten.
Dann erinnerte sie sich an den Claret, den Rory ihr mitgebracht hatte. Er legte den Wein immer in einen dunklen Schrank, während sie die Flaschen gerne auf ihrem tollen Habitat-Regal ausstellte. »Dir ist nicht zu helfen«, hatte er zu ihr gesagt. »Wein sollte an einem kühlen, trockenen Ort aufbewahrt werden und nicht in einem Regal an der Wand direkt über der Heizung.«
»Es ist der einzige Platz, an den das Regal richtig passt«, hatte sie erklärt.
»Was für ein Blödsinn. Du meinst, es ist der einzige Platz an der Wand, an dem deine Flaschen vorteilhaft ausgestellt werden können, Deirdre, so dass Besucher, die in deine Küche kommen, denken: ›Oho. Deirdre O'Dare ist ja eine richtige Weinkennerin.‹ Du stellst besser sicher, dass sie nicht die Möglichkeit bekommen, die Etiketten

zu studieren, und herausbekommen, dass ihr erster Eindruck doch nicht richtig war. Diesen Rat gebe ich dir, Süße.« Er hatte ihr einen Kuss auf den Nacken gedrückt. »Mein Claret bleibt im Schrank, okay?«

»Okay, okay.« Und sie hatte ihm einen zornigen Blick zugeworfen, während sie eine Flasche mittelmäßigen Chardonnay ins Regal schob und im Geist vermerkte, Eisbeutel in den Eisschrank zu legen. Sie vergaß es oft, und das hieß, dass sie manchmal Weißwein trinken musste, der ekelhaft lauwarm war.

Rorys Claret stand noch im Schrank. Sie nahm die Flasche, und dann fiel ihr Blick auf Betty Grables Gourmetkatzenfutter, das sie verwendete, um ihr von Zeit zu Zeit, an den Tagen, bevor sie sie auf Diät setzte, etwas Gutes zu tun. Zur Hölle – sie würde nachgeben und der Katze eine Überraschung gönnen. Sie suchte eine Dose schottischen Lachs in Gelee aus und ging dann wieder hinüber in Barts Wohnung.

»Hervorragender Claret«, lobte er, als er das Etikett studierte, während er die Folie abriss. »Wie hast du es geschafft, die Temperatur richtig hinzukriegen?« Er blickte sie an, und sie sah weg. »Oh. Ein Erbe von McDonagh, oder?«

»Ja.« Deirdre begann Betty Grables schottischen Lachs in Gelee zu öffnen. Die Katze begriff sofort, dass ihre Diät endlich vorbei war. Sie stand auf, schnurrte laut und wand sich um die Füße ihrer Herrin, gerierte sich so geschmeidig, wie es eine übergewichtige Katze nur kann.

»Ich nehme an, du weihst mich auch in diese Seite deines Lebens ein, oder?«

»Es gab eine andere Frau.« Sie versuchte, nicht zu kurz angebunden zu klingen.

»Eine andere Frau? Eine ernsthafte andere Frau?«

»Er behauptet, nicht.«
»In L. A.?«
»Ja.«
Bart zog den Korken heraus und schenkte ein. Dann setzte er sich an den Tisch und sah zu, wie sie Katzenfutter in Betty Grables Schale löffelte. Er wartete, bis sie fertig war, und sagte dann: »Rorys andere Frauen sind nie was Ernsthaftes, Deirdre. Das weißt du doch. Für ihn ist es nur einfach unmöglich, ihnen zu widerstehen, wenn sie sich ihm aufdrängen. Ich weiß, es kann nicht leicht für dich sein, aber er ist nun mal nicht aus monogamem Stoff gebaut. Ich dachte, du hättest dich inzwischen irgendwie damit ausgesöhnt.«
Deirdre gab ein unverbindliches Geräusch von sich und stellte das Katzenfutter auf den Boden. Betty Grable quietschte unwürdig und machte sich daran, es zu verschlingen.
»Ich meine, er könnte der Serienverführer sein, wenn er wollte«, fuhr Bart fort. »Aber er hat seine Indiskretionen sehr diskret gehalten, wenn du meiner verschlungenen Logik folgen kannst. Und soweit ich weiß, gab es gar nicht so viele. Er hat seine eigene, persönliche Note der Integrität, weißt du. Er hat nicht mit einer Wimper gezuckt, als er mich dabei erwischt hat, wie ich mit dir bei deiner Geburtstagsparty geknutscht habe.« Deirdre und Bart hatten sich an diesem Abend einer trunkenen Knutscherei hingegeben und waren unmittelbar danach zu ihrer platonischen Beziehung zurückgekehrt. Die Knutscherei war eine Verirrung gewesen. Bart war ein äußerst attraktiver Mann, doch Deirdre war einfach nicht in ihn verknallt, und sie wusste von seiner Neigung zu wohlgeformten Blondinen.
Sie ging zum Tisch und setzte sich. Sie hob ihr Wein-

glas und nippte versuchsweise an dem Claret. Er schmeckte reif, reichhaltig und seidig. Woher hatte Rory diese Kenntnis, genau zu wissen, welchen Bordeaux er kaufen sollte? Plötzlich wurde sie traurig.

»Ach, Scheiße, Bart. Ich bin wirklich dumm gewesen.«

»Was meinst du damit?«

Deirdre atmete tief durch und informierte ihn über die Hintergründe ihres Bruchs mit Rory. Sie war ihm gegenüber vollkommen ehrlich. Sie erzählte ihm, wie sehr ihr Ego gelitten hatte nach Sophies indiskreten Enthüllungen über Rorys Affäre in L. A. und wie ihr dummer Stolz verantwortlich gewesen war für das Ende ihrer Beziehung. Sie erzählte ihm, wie sie sich auf die vertrackte Affäre mit Jean-Claude eingelassen hatte, und gab zu, dass ihr Hauptmotiv darin bestanden hatte, Rory eins auszuwischen. Sie erzählte ihm, wie geradeheraus Rory gewesen war, als sie ihn mit dem Mädchen vom Dreh konfrontiert hatte, und wie nahe sie einer Meinungsänderung gewesen war, als jede Hoffnung auf eine Annäherung durch Jean-Claudes belastende Nachricht auf ihrem Anrufbeantworter hinfällig geworden war.

Bart saß da und lauschte geduldig dem Monolog, der ohne Pause gewesen wäre, wäre er nicht in regelmäßigen Abständen durch Schlucke vom Claret unterbrochen worden. Als sie fertig war, füllte er ihr Glas neu.

»Warum schreibst du ihm nicht einen Brief, in dem du das erzählst, was du gerade mir erzählt hast?«

»O nein, nein, nein, Bart. Das könnte ich nicht. Er würde mir nicht glauben.«

»Das ist unwichtig. Er würde dir verzeihen. Da bin ich mir sicher.«

»Nein. Ich würde eine Riesenbeichte ablegen und ihm von dem höllischen Vorfall im Hotel mit dem Scheusal

Jean-Claude erzählen und von der Unterwäsche, und er würde einfach nur triumphieren.«
Bart zuckte die Achseln und lehnte sich auf seinem Stuhl zurück. »Wann soll er zurückkommen?«
»Irgendwann im März. Er fährt direkt nach Galway wegen des O'Malley-Films.« Deirdre trank noch einen Schluck von ihrem Wein. Sie wusste, er war zu gut, um ihn einfach so runterzukippen, doch sie sehnte sich nach der betäubenden Wirkung des Alkohols. »Ach Scheiße, Bart. Mein Leben ist hoffnungslos schief gelaufen. Und ich hasse Heeney Holidays«, fügte sie noch hinzu.
Bart zog eine mitfühlende Grimasse. »Wie lange musst du noch bei der Seifenoper arbeiten? Und außerdem an der Suppe. Du hast deine zweite Portion nicht angerührt.«
»Tut mir Leid. Mir ist plötzlich der Appetit vergangen.« Sie schob die Schüssel beiseite und zog ein entschuldigendes Gesicht. »Warten wir ab. Es sind noch ungefähr acht Wochen bis zum Ende der Saison.«
»Warum gehst du nicht in den Westen?«
»Nach Carrowcross?«
»Ja. Hier hält dich doch nichts, oder? Außer es taucht Theaterarbeit auf. Ich glaube, du solltest dir eine Pause gönnen. Eine richtige.«
»Ich hatte schon daran gedacht«, gab sie zu. »Ich – ich habe eine Idee für ein Theaterstück, Bart.«
Er legte den Kopf schief und hob fragend eine Augenbraue.
»Bitte stell keine Fragen. Es ist noch im Embryozustand. Aber ich würde da unten gerne daran arbeiten.«
»Fantastisch! Tu es, Deirdre.«
»Vielleicht. Das Timing müsste dann auch gut sein. Ich hätte Angst, um diese Jahreszeit hinzufahren, selbst wenn

ich könnte. Die Stürme am Atlantik sind furchtbar. Im April werden sie sich gelegt haben.«

»Mach dich auf in den Westen Irlands. Du bist ein Glückskind. Stell dir nur vor, wie du nach einem langen Tag, an dem du an einem heißen Stück gebastelt hast, dahinschlenderst, Deirdre. Deine Katze folgt dir auf den Fersen, das Gras ist noch feucht von einem Regenschauer, die Vögel sind wie verrückt am Nestbauen, blitzende Wellen tanzen in der Bucht, der Rauch von Holzfeuern liegt in der Luft.«

Sie stützte ihr Kinn auf den Händen ab und lächelte ihn an. »Das klingt gut. Mach weiter.«

»Du trägst nicht den vorgeschriebenen Fischerkittel oder eine selbst gestrickte Jacke oder einen hippymäßigen Blümchenrock. Du wärst doch nicht so konservativ, Barbour oder grüne Gummistiefel zu tragen. Nein – nicht etwas so Gewöhnliches für die kleidungsmäßig nicht einschätzbare Deirdre O'Dare. Nichts anderes wird ihr genügen als ihre elegantesten skandalösen Slips!«

Deirdre hatte gerade einen Schluck Claret getrunken. Er schoss ihr wieder aus dem Mund heraus und bespritzte die *Irish Times* auf dem Tisch mit einem ansehnlichen, rot gestreiften Muster. Sie lachte und lachte, und dann dachte sie an den armen Jean-Claude, der ganz allein Hühnersandwiches aß und sich den Erwachsenenkanal anschaute, und sie musste noch heftiger lachen. Als es ihr schließlich gelang, die Beherrschung wiederzuerlangen, erkannte sie, dass sie einen schrecklichen Schluckauf hatte. Sie sah hinab auf die *Irish Times* und sagte ziemlich traurig zwischen den Schluckaufs: »Was für eine Verschwendung des guten Claret.«

»Schau dorthin«, sagte Bart. »Betty Grable ist schon fetter. Sie hat die ganze Portion weggeputzt.«

Deirdre sah hinüber zu der Stelle, wo Betty Grable sich auf einer Matte auf dem Küchenboden niedergelassen hatte. Sie sah aus wie eine besonders dicke Henne, die auf ihren Eiern saß. Ihre Augen waren geschlossen, und sie lächelte. »Die fette Katze saß auf der Matte«, stellte Deirdre fest. »Zeit, zu gehen.« Sie gab Bart einen Kuss auf die Wange und stand dann auf und hob Betty Grable hoch. Betty riss die Augen vor Überraschung weit auf und quiekte empört. »Sei still, du«, mahnte Deirdre. »Bart bekommt dich heute Nacht nicht. Du wirst dich in mein Bett kuscheln, Betty. Und kein Schnarchen.«

»Sie hat vergangene Nacht wie ein Schwein geschnarcht«, erzählte Bart. »Das letzte Mal, dass ich so ein Schnarchen gehört habe, war, als ich den großen Fehler beging, mit Sophie zu schlafen.«

»Was?« Deirdres Kinnlade fiel so tief herab, dass sie fast auf Betty Grables Schädel aufschlug. »Du hast mit Sophie Burke geschlafen, Bart? Das glaube ich nicht.«

»Scheiße. Ich weiß nicht, wie mir das rausrutschen konnte. Zu viel Rotwein, nehme ich an.« Bart sah echt betreten aus. »Sag es niemandem, Deirdre, versprochen? Ich habe es noch keiner Menschenseele gegenüber erwähnt, und ich bin mir ziemlich sicher, sie auch nicht. Sie würde es nie riskieren, dass Ben es herausfände.«

»Wie ist das passiert?« Deirdre setzte sich wieder an den Tisch.

»Ich weiß es eigentlich nicht. Es war damals, als du in Manchester warst. Einige von uns sind eines Abends hergekommen, nachdem wir im Meagher's rausgeschmissen worden waren, und aus irgendeinem Grund kam Sophie mit. Frag mich nicht, warum. Sie hatte wohl an diesem Abend Lust aufs Primitive. Egal, es dauerte ewig, bis das Taxi kam, und als es dann kam, waren alle anderen weg,

und irgendwie waren wir plötzlich beim Knutschen. Also schickten wir das Taxi weg.« Bart breitete die Hände aus. »Was soll ich noch sagen? Ich bin ein Mann mit Blut in den Adern.«
»Wo war Ben?«
»Bei Dreharbeiten für einen Werbefilm in West Cork.«
Deirdres Mund fing an, sich langsam zu einem Lächeln zu verziehen. »Du und Sophie? Gott, Bart – und sogar Rory würde bei Sophie einen Schlussstrich ziehen!«
»Ich weiß, ich weiß. Du musst es mir nicht noch hinreiben. Es war völlig hirnrissig. Doch sie sah an diesem Abend verdammt sexy aus in so einem Trägerkleid, bei dem man die BH-Träger sehen konnte, und damals kam es mir wie eine gute Idee vor. Ich war blau«, fügte er unnötigerweise hinzu.
»Wie war sie?« Deirdre konnte dieser Frage nicht widerstehen.
»Deirdre! Du überraschst mich.«
»Okay, du brauchst nicht zu antworten.« Sie biss sich auf die Lippe und sah auf den Tisch hinunter. Dann hob sie die Augen wieder und schenkte ihm ihren besten bettelnden Blick.
Bart lachte. »Gott, Deirdre, du bist unverbesserlich.« Er sah sie fragend an und gab schließlich nach. »Also gut. Sie war irgendwie künstlich. Als ob sie sich in einem französischen Kunstfilm sähe – ganz befangen ›sinnlich‹, wenn du weißt, was ich meine.«
Deirdre nickte entzückt. Sie hatte die Gänsefüßchen zur Kenntnis genommen.
»Hm. Warte mal. Wie soll ich sie am besten beschreiben? Ich weiß – wie eine der Schauspielerinnen aus der Antonioni-Wim-Wenders-Zusammenarbeit. Weißt du, welchen Film ich meine?«

»*Beyond the Clouds?*«
»Genau der.«
Sie umschlang sich mit den Armen. »Und dann hat sie geschnarcht?«
»Leider.«
»Ha!« Deirdre lachte vor unverhüllter Freude.
»Schau her, Deirdre, wenn dies weitergetragen wird als bis zu dir und mir, ist unsere Freundschaft für immer beendet, okay? Meine Glaubwürdigkeit wäre dahin, wenn die Leute wüssten, dass ich mit Sophie geschlafen habe.«
»Ich verspreche dir, dass ich es nicht erzählen werde, Bart.« Sie sprang vom Tisch auf und gab ihm noch einen Kuss auf den Kopf. »Oh, du bist der allerbeste Freund! Nun, abgesehen von Maeve, aber sie geht bald weg. Du fütterst mich mit Suppe, lässt mich betrunken und sentimental werden, und dann erzählst du mir den besten Witz, den ich jemals gehört habe! Ich schulde dir was, Bart.«
»Ich werde dich daran erinnern.« Er stand auf und ging zur Tür. »Ich trage deine Taschen rüber, ja? Du schaffst sie nicht zusammen mit dieser ernsthaft übergewichtigen Katze.«
Deirdre dachte einen Augenblick nach und drückte ihm dann Betty Grable in seine Arme. »Du kannst sie heute Nacht haben«, sagte sie entschieden. »Du verdienst eine Belohnung, weil du mich vor einem ernsten Anfall von Depression gerettet hast.« Sie nahm ihre Taschen dort auf, wo sie sie im Flur hatte fallen lassen, und tanzte zur Tür hinaus. »Nacht, Bart. Ich liebe dich.«
»Nacht, Deirdre. Ich dich auch.«
Als sie später im Bett lag, musste Deirdre immer noch lächeln.

In den nächsten acht Wochen behielt sie einen kühlen Kopf. Ihre Agentin hatte ihr eine Radioserie vermittelt, so dass sie dort mit der Seifenoper und der schrecklichen Werbung für Heeney Holidays zu beschäftigt war, um oft an Rory zu denken. Weder ihr noch Sophie Burke war es gelungen, die Rolle der jungen Grace O'Malley zu ergattern, so wusste sie zumindest, dass sie nicht mit ihm in dem Film arbeiten würde. Sie hatte sich detektivisch betätigt, um herauszufinden, wer die Rolle bekommen hatte, doch keiner schien es zu wissen. Sie war nicht an die kleine Rothaarige gegangen, die Deirdre an dem Tag aus dem Studio hatte kommen sehen, als sie die Probeaufnahmen gemacht hatte. Es schmerzte sie immer noch, wenn sie daran dachte, wie die Schauspielerin geschwärmt darüber hatte, wie Rory sie geküsst habe. Die Dreharbeiten sollten im März in Galway beginnen. Wenn sie Barts Rat befolgte und sich eine Weile in Carrowcross verkroch, wäre sie weniger als fünfzig Meilen entfernt.

Eines Morgens trank sie zufällig mit Sophie und ein paar anderen der *Ardmore-Grove*-Besetzung Kaffee in der Kantine. Sophie hatte gemault, wie unfair es sei, dass jemand anders die Rolle der jungen Grace O'Malley bekommen hatte, wo man sie ihr doch eigentlich schon beim ersten Mal vor drei Jahren angeboten hatte.

»Ich bin erst fünfundzwanzig, verdammt noch mal. Und das macht mich zu alt? Was Erfahrung angeht, habe ich doch ganz sicher einen Vorteil.« Sie betrachtete schmollend ihre sorgfältig manikürten Nägel. »Wer ist sonst noch dabei?«

»Nun, natürlich Rory«, antwortete Cressida. Alle am Tisch vermieden es sorgfältig, Deirdre anzusehen, was sie wirklich nervte. Es war offenbar inzwischen allgemein bekannt, dass sie sich unwiderruflich getrennt hatten. Sie

schickte giftige Gedanken in Sophies Richtung und fragte sich, ob die Schauspielerin ahnte, dass sie ein wichtiges Instrument bei der Zerstörung der Beziehung gewesen war.
»Und Maeve Kirwan hat eine hübsche kleine Rolle bekommen.« Deirdre war froh, dies fallen lassen zu können. Zwischen Maeve und Sophie gab es keine Liebe.
Sophie sah jetzt gleichzeitig erschreckt und sauer aus. »Maeve? Ich dachte, sie sei fürs nächste Jahr an die RSC gebunden?«
»Die Sendung wird wiederholt«, erklärte Deirdre locker. »Offenbar konnte sie mit den Daten jonglieren, so dass sie auch ein paar Tage für den Film einplanen konnte. Bart ist neulich Jacqueline begegnet, und sie hat es ihm erzählt.« Jacqueline war Maeve Kirwans Partnerin.
»Bart? Bart Walsh?«
»Ja. Er ist ein sehr guter Freund von mir. Tatsächlich ist er mein Nachbar.« Deirdre sah Sophie direkt mit einem unergründlichen Gesichtsausdruck an. Sie war entzückt, dass Sophie den Anstand besaß, ziemlich rosig und erschrocken auszusehen. Vielleicht wäre sie in der Zukunft diskreter mit ihren Verleumdungen.

Gegen Anfang April näherten sich Deirdres Verpflichtungen langsam ihrem Ende, und sie schaffte es schließlich, mit ihrer Mutter darüber zu sprechen, das Cottage für ein paar Monate zu mieten.
Rosaleen hatte überrascht geklungen, als Deirdre das Thema angeschnitten hatte. »Für *Monate,* Deirdre? Bist du sicher, dass du das schaffst? Carrowcross ist nicht gerade das gesellschaftliche Zentrum der Welt, wie du weißt. Glaubst du nicht, dass du dich furchtbar einsam fühlen wirst?«
»Nun, Galway ist nur eine Stunde Busfahrt entfernt, wenn

ich den Trubel vermisse. Und Eleanor wohnt um die Ecke, falls mir nach menschlicher Gesellschaft ist.« Eleanor war eine enge Freundin von Deirdres Großmutter gewesen. Sie war Malerin – eine elegante Frau in den Siebzigern, deren Einstellung zum Leben die eines viel jüngeren Menschen war und die einen boshaften Sinn für Humor besaß. Sie und Deirdre hatten sich immer verstanden.

»Wie wirst du es finanziell schaffen?«

»Bart hat jemanden gefunden, dem ich die Wohnung untervermieten kann, so dass ich keine Miete bezahlen muss. Und die guten alten Heeney Holidays schulden mir noch was bis zum Herbst – ich werde für ein paar Aufnahmen nach Dublin fahren müssen. Ich habe nicht viel Geld, aber ich sollte es wohl schaffen können. Ich habe etwas zur Seite gelegt, seit mir das erste Mal der Gedanke kam – das hat eine scheußliche Wirkung auf mein gesellschaftliches Leben gehabt, das kann ich dir sagen. In den letzten Monaten war es praktisch nicht existent.«

»Gut, Deirdre. Endlich entwickelst du echte Überlebensfähigkeiten.« Sie konnte das Lächeln in der Stimme ihrer Mutter hören. »Wenn du wirklich pleite bist, kannst du mich anpumpen.«

»Danke, Mum. Ich hoffe, das wird nicht nötig sein. Ich habe mich irgendwie an ein kärgliches Leben gewöhnt.«

»Wirst du im Zug dein Rad mitnehmen?«

»Ja. Ich werde richtig fit werden, wenn ich in die Stadt radele und wieder zurück. Und wenn ich einkaufen muss, bin ich sicher, dass mich Eleanor mitnehmen wird.«

»Worüber geht dein Drehbuch?«

»Hm. Es ist eine Liebesgeschichte. Und eine Komödie. Im Augenblick noch ein bisschen im Anfangsstadium. Aber ich hoffe auf mehr Inspiration, wenn ich dort bin.«

»Das klingt alles ein bisschen vage, Deirdre. Bist du sicher, dass du das Richtige tust? Glaubst du nicht, es wäre eine bessere Idee, hier zu bleiben und die Fühler nach Schauspielarbeit auszustrecken?«
»Es passiert nichts, Mum. Und außerdem wird meine Agentin das tun. Wenn etwas auftaucht, wird sie es mich wissen lassen. Ich kann genauso gut meine freie Zeit nutzbringend verwenden, indem ich in Carrowcross an einem Drehbuch herummurkse. Wenn ich hier bleibe, werde ich nur abgelenkt.«
»Gut. Ich hoffe, es funktioniert, Liebes.«
Deirdre konnte erkennen, dass es dem Ton ihrer Mutter an Überzeugung mangelte. Vielleicht hatte sie Recht – vielleicht war ihre Idee, in den Westen von Irland zu fliehen, völlig hirnrissig. Vielleicht hatte Bart ihr nur ihren Willen lassen wollen, als er sie an jenem Abend, als es ihr so schlecht ging, ermutigte.
»Übrigens«, fügte Rosaleen hinzu, »ich versuche, einige Reparaturarbeiten an dem Haus zu organisieren. Ein Teil der Begrenzungsmauer ist beschädigt, und ich habe Eleanor gefragt, ob sie jemanden empfehlen könnte, der sie repariert. Sie sagte, sie würde sich erkundigen, aber ich erwarte nicht, so bald von ihr zu hören. Trockenfäule in Mauern zu reparieren ist nicht gerade die Art von Fähigkeit, der man jeden Tag begegnet. Du könntest sie vielleicht daran erinnern, wenn du dort bist.«
»Das werde ich.«
»Wenn du nach Galway fährst, könntest du dich erkundigen. Irgendjemand muss ja etwas wissen.«
»Okay.«
Es entstand eine kurze Pause, und dann fragte Rosaleen: »Habe ich nicht irgendwo gelesen, dass Rory der Star in einem Film ist, der dort gedreht wird?«

»Ja.«
»Es könnte eine Möglichkeit sein, ihn zu sehen?«
»Mum, ich habe dir doch gesagt, dass Rory und ich uns getrennt haben.«
Rosaleen seufzte resigniert. »Ich weiß. Aber ich dachte, du hättest vielleicht über die Sache – oh, wie soll ich es ausdrücken – etwas reiflicher nachgedacht?«
»Nein.«
»Schade«, stellte Rosaleen fest. »Ich habe Rory immer gemocht. Dein Vater auch. Er hat gerade neulich nach ihm gefragt und war sehr bestürzt, als ich ihm erzählt habe, dass du Schluss gemacht hast.«
»Ich habe nicht Schluss gemacht, Mum. Es war eine gemeinsame Entscheidung.«
»Ich kann mir nicht vorstellen, dass über diese ›gemeinsame Entscheidung‹ nachgedacht wurde, oder?«
»Doch. Wir haben schon ewig darüber nachgedacht«, log Deirdre.
Sie legte den Hörer auf und fühlte sich plötzlich ein wenig verunsichert. Ihre Mutter war vernünftig gewesen, als sie sie daran erinnert hatte, wie isoliert Carrowcross lag. Vielleicht würde sie es nicht schaffen? Ihr Vater verbrachte oft Wochen im Cottage, doch er war der selbstgenügsamste Mensch, den sie kannte. Er brauchte nicht mal ein Radio zur Gesellschaft. Er war ganz zufrieden mit seinem Boot, seinem Hund, seiner Angel und seinen Büchern. Er hatte sich hartnäckig geweigert, einen Fernseher aufzustellen, als Deirdre es vorgeschlagen hatte, und als sie ihm berichtet hatte, sie könnte bei einem Sender günstig einen ergattern, hatte er ihr einen seiner äußerst seltenen, ärgerlichen Blicke zugeworfen. Rosaleen hatte nur gelacht.
Zur Hölle – wenn es nicht klappte, dann klappte es eben nicht. Zumindest hätte sie es aber versucht.

Sie war abfahrbereit. Hatte gepackt, und alles war fertig.
»Mensch«, sagte Bart, als er ihr Gepäck erblickte. »Dein Ruf auf der Straße ist jetzt ernsthaft in Gefahr, Deirdre. Du siehst aus wie ein ekelhaft fitter Tourist auf einem Radurlaub.«
»Du kannst sagen, was du willst, Bart. Es ist die einzige Möglichkeit, wie ich es schaffen werde.« Sie zog einen Reißverschluss von einer ihrer Radpacktaschen zu, in der sie ihren Laptop verstaut hatte. »Egal, auf dem Land braucht man keinen guten Ruf auf der Straße. Und irgendwie glaube ich nicht, das meiner jemals sehr überzeugend war.« Sie zuckte die Schultern. »Ein guter Ruf auf der Straße ähnelt zu sehr harter Arbeit.«
»Jean-Claude dachte, du hast einen bestimmten Ruf.« Bart grinste sie an.
»Nein, dachte er nicht. Er hielt mich für *raffiniert*, Bart. Das ist wieder was anderes.«
Bart half ihr, die Taschen auf den Gepäckträger zu hängen. »Warum investierst du nicht in eine alte Klapperkiste. Das würde dein Leben viel leichter machen.«
»Ich bin Schauspielerin, erinnerst du dich? Ich kann mir die Versicherung nicht leisten. Der niedrigste Satz, den ich bekommen könnte, ließ mich fast hyperventilieren. Egal, bei meinem sprichwörtlichen Glück würde die Klapperkiste mir in meiner ersten Woche unter dem Hintern wegsterben. Ich fahre gerne Rad.«
Bart sah zweifelnd drein. »Deirdre, ich glaube, du hast irgendeine verrückte Vorstellung, dass du mediterranen Himmel über dir haben wirst, während du dort bist. Rad fahren im Westen Irlands ist kein Scherz.«
»Ach, Bart. Sei nicht so ein Pessimist. Die langfristige Wettervorhersage ist wunderbar.« Deirdre hob Betty Grable hoch und gab ihr einen Abschiedskuss. »Pass auf Betty

auf. Lass sie nicht zu fett werden.« Sie hatte mit dem Gedanken gespielt, Betty mitzunehmen, bis Bart ihr erklärt hatte, dass es nicht in Frage käme, den Katzenkorb auf dem Gepäckträger zu balancieren. »Ich werde dich vermissen, Bart. Und noch mal danke, dass du den Untermieter für mich besorgt hast. Du wirst alle Probleme lösen, nicht wahr?«

»Sicher. Aber ich werde nicht diesen ollen Kessel flicken, wenn er noch ein einziges Mal seinen Geist aufgibt. Ich besorge dir einfach einen neuen.«

»Okay. Du vergisst doch nicht, mir meine Post nachzuschicken? Ich erwarte jetzt täglich Schecks von Heeney Holidays und muss sie so schnell wie möglich bei der Bank einlösen.«

»Heeney Holidays? Ist das der Spot, den du für diese Kundin machst, die alle Werbetexte umschreibt?«

»Genau. Janine Heeney, an der eine Regisseurin und eine Autorin verloren gegangen sind. Weißt du, was sie zu mir gesagt hat, als ich ihr gegenüber dummerweise erwähnte, dass ich nach Westen gehen wollte, um an einem Drehbuch zu arbeiten?«

»Was?«

»Sie schenkte mir dieses völlig herablassende Lächeln und fragte: ›Wollen wir das nicht alle, meine Liebe?‹«

»Autsch«, machte Bart.

Fünfeinhalb Stunden später hatte Deirdre O'Dare ihr Rad aus dem Waggon am Anfang des Zuges geholt und radelte fröhlich die schmalen, sich windenden Straßen des County Mayo entlang, eine warme Brise wehte in ihrem Haar, und sie war sehr glücklich.

6

Die kleine Siedlung, die unter dem Namen Carrowcross bekannt war, lag ungefähr sechs Meilen außerhalb der Stadt Westport, weit weg von allen ausgetretenen Pfaden. Zunächst genoss Deirdre das Fahrradfahren. Das Land war genau so, wie Bart es in seinen bukolischen Fantasien ausgemalt hatte. Das Gras war nass von dem Schauer, der kurz zuvor niedergegangen war, Vögel bauten eifrig ihre Nester, blitzende Wellen tanzten in der Bucht, es lag Rauch von Holzfeuern in der Luft. Und es war diese wundervolle, zu Kopf steigende Westirlandluft, die einem das Gefühl gibt, man habe ein Pint Guinness getrunken, und die einen abends mit einem Lächeln im Gesicht einschlafen lässt. Sie schlief hier immer besser als in Dublin.

Doch nach ein paar Meilen wurde die Fahrt anstrengender. Die meiste Zeit ging es bergauf, und Deirdre fing bald an, zu schwitzen und ein wenig ärgerlich zu werden. Die Aussicht, alle paar Tage beladen mit Lebensmitteln von der Stadt zurückzuradeln, erfüllte sie mit Schrecken. Sie würde sofort mit Eleanor in Kontakt treten müssen und herausfinden, wie oft sie die Fahrt mit ihrem kleinen Volkswagen machte. Vielleicht würde Eleanors Versicherung auch sie einschließen, und sie könnte von Zeit zu Zeit das Auto ausleihen.

Während sie dahinradelte, bemerkte sie, dass mehr und mehr brandneue Häuser an den Seiten der Landstraßen auftauchten – die meisten davon waren Ferienhäuser reicher Stadtbewohner, wie sie annahm. Viele waren hässli-

che, angeberische Bauten, und Deirdre wurde noch ärgerlicher. Sie hielt dies hier für ihr exklusives Terrain, es war der Ort, den sie am meisten auf der Welt liebte. Sie hatte als Kind jeden Sommer im Cottage verbracht, in dem ihre Großmutter gelebt hatte, damals, bevor der Westen Irlands als Ferienziel im Trend lag. Sie hoffte, dass die geheime Halbinsel, auf der das Cottage lag, noch nicht entdeckt worden war, und fragte sich, wie lange das noch so bleiben würde.
Als die Steigung noch steiler wurde, war sie gezwungen, abzusteigen und das Rad zu schieben. Sie war völlig verschwitzt, und die Brise, die aufgekommen war, kühlte sie nur wenig ab. Sie brummte von Zeit zu Zeit vor sich hin, und die Kühe auf den Weiden beiderseits der Straße beäugten sie mit rinderhaftem Misstrauen.
Bei der letzten Biegung kam das Cottage in Sicht, und ihr Herz wurde ein wenig leichter, sank aber sogleich wieder, als sie die Gestalt eines Mannes wahrnahm, der gerade um die Kurve bog. Es gab nur zwei Häuser an diesem Weg – ihres und Eleanors. Die Leute erforschten ihn nur selten, da er ganz offensichtlich eine Einbahnstraße war. Die Hauptstraße – wenn man sie so nennen konnte – führte zu einem weißen Sandstrand, der zwei Meilen weg lag, und dorthin fuhren Urlauber eher.
Der Mann bewegte sich in ihre Richtung. Er hatte einen Hund dabei und schwang einen Stock, mit dem er ab und zu auf Nesseln in der Hecke eindrosch, die am Rand der schmalen Straße stand. Als er näher kam, erkannte Deirdre, dass er einen Arbeitsoverall und schwere Stiefel trug. In die Stirn hatte er eine marineblaue Wollmütze gezogen. Sie bekam blitzartig Angst. Was machte dieser seltsame Mann hier, der da auf ihrem Weg herumlief?
Zum ersten Mal wurde ihr bewusst, wie verwundbar sie

sein würde, in einem Cottage auf einer entfernten Halbinsel festsitzend, und dabei nur eine ältere Frau in der Nähe zu haben, an die sie sich um Hilfe wenden könnte, falls etwas schief ginge. Sie hatte hier nie viel Zeit allein verbracht. Tatsächlich hatte es nur eine Gelegenheit gegeben, bei der sie das Cottage allein besucht hatte, und zwar als sie es nach einem langen Winter wieder hergerichtet hatte. Rory hatte nicht mitkommen können, da er mit einer Abbey-Produktion von *Endstation Sehnsucht* beschäftigt war, doch sobald die Serie vorbei war, war er zu ihr gefahren. Irgendwie hatte das Wissen, dass er bald kommen würde, die beiden Tage erhellt, die sie allein verbracht hatte, und sie hatte sich auch nicht im Entferntesten unsicher gefühlt. Doch nun war ihr auf unangenehme Weise bewusst, was für mögliche Gefahren hier lauerten. Zur Hölle, Deirdre, reiß dich zusammen, ermahnte sie sich. Wenn du dich schon am ersten Tag deiner ländlichen Idylle ins Bockshorn jagen lässt, kannst du genauso gut gleich nach Dublin zurückfahren. Denk an Eleanor. Sie lebt schon seit Jahren da unten an dieser Straße, und keiner hat sie bisher belästigt.
Es gelang ihr, sich zu beruhigen. Kurzfristig. Als der Mann weiterging, sah er sie an, und ihre Selbstsicherheit brach in sich zusammen, als sie seinem Blick begegnete. Es waren die schwärzesten Augen, die sie je gesehen hatte, und sie hatten einen leicht wachsamen Ausdruck, der sie sofort noch mehr alarmierte. Langes schwarzes Haar quoll unter seiner Wollmütze hervor, er hatte einen Zweitagebart, und über seine Wangenknochen zog sich eine Narbe. Ein seltsamer Ohrring hing an seinem linken Ohrläppchen, und seine Arbeitsklamotten waren abgetragen und schmutzig.
Er warf ihr einen undurchdringlichen Blick zu, als er an

ihr vorbeiging. »Guten Abend«, grüßte er. Dann räusperte er sich, wie es Leute tun, wenn sie lange nicht mehr gesprochen haben, und fügte hinzu: »Es ist ein milder.« *Es ist ein milder* war die Art der bäuerlichen Iren, zu sagen: *Gott sei Dank bläst kein Sturm, und es regnet nicht.* Deirdre wusste, es war allgemeine Höflichkeit auf dem Land, Grüße auszutauschen, doch sie hatte wirklich nicht den Wunsch, diesen Mann zu ermutigen.
Dann hatte sie plötzlich einen Geistesblitz. *»Guten Abend!«,* sagte sie auf Deutsch. Wenn sie so täte, als wäre sie Ausländerin, bestände keine Notwendigkeit für weitere Höflichkeiten. Hatte Bart ihr denn nicht gesagt, sie sähe aus wie eine Touristin im Fahrradurlaub?
Doch als sie das Rad an ihm vorbeischob, fragte sie sich, ob sie richtig gehandelt hatte. Er könnte ja ein Ortsansässiger mit einer Abneigung gegen Touristen sein. Viele der Leute hier mochten die reichen Fremden nicht, die sich in der Gegend in schönen großen Häusern niedergelassen hatten und nun irischer als die Iren selbst aussahen, gekleidet in Aran-Jacken und Hosen, die mit *crios* gehalten wurden. Als sie die Biegung des Weges erreichte, der zu ihrem Cottage führte, ohne dass ihr Beschimpfungen oder Dolche hinterhergeschleudert wurden, blickte sie über die Schulter zurück. Der bäuerisch aussehende Kauz lag, auf die Ellbogen gestützt, im hohen Gras des Grabens neben der Hecke und beobachtete sie. Sein Hund saß zwischen den ausgebreiteten Beinen seines Herrn und beobachtete sie ebenfalls, während ihm seine rosa Zunge aus dem Maul hing.
Deirdre musste noch stärker schwitzen. Sie wollte nicht um die Ecke biegen, während dieser Mann sie beobachtete. Wenn er sie in Richtung ihres Cottage verschwinden sähe, würde er höchstwahrscheinlich daraus folgern –

und mit Recht –, dass sie dort allein wohnte. Sie würde ein wunderbares Opfer für – im schlimmsten Fall – Vergewaltigung und Mord abgeben; im besten Fall könnte ein Ziegelstein durch ihr Fenster fliegen. Sie verlangsamte, während sie im Geist fieberhaft nach einem Ausweg aus ihrer Zwangslage suchte, und dann wurde sie wieder schneller, als sie geradeaus an der Abbiegung vorbeiging und diese nicht beachtete. Sie war eine Touristin auf dem Weg zum weißen Sandstrand.

Nach ein paar hundert Metern wurde die Straße flach und war gut zu befahren. Sie blieb stehen, bevor sie sich wieder aufs Rad schwang, und sah über ihre Schulter zurück, ob der Mann noch da war. Er war es, und obwohl er sich nicht mehr für sie zu interessieren schien, wusste sie doch, dass sie nicht umdrehen und zurückradeln konnte, bevor die Luft wirklich rein wäre. Sie trat weiter in die Pedale und verfluchte den schwarzäugigen Kerl. Jede Drehung des Pedals wurde härter; sie war jetzt ernsthaft erledigt. Nach weiteren fünf Minuten der Qual warf sie verstohlen noch einen Blick zurück. Er war, Gott sei Dank, endlich weg.

Deirdre vollführte eine ungeschickte Kehrtwendung und fuhr die Straße zurück. Zumindest ging es diesmal bergab. Sie kurvte um die Ecke und schaffte einen langen Endspurt, bevor das Cottage hinter einer Biegung im Pfad in Sicht kam – und dann blieb sie abrupt stehen.

Dies war ein Anblick, bei dem ihr Herz immer wieder anfing zu jubeln. Da lag Carrowcross Cottage in dem grünen Hohlweg am Fuß der langen Einfahrt, umgeben von blühenden rosafarbenen Weigelien und uralten Kiefern, die so vom Wind gepeitscht worden waren, dass sie sich gekrümmt hatten. Es war Flut, und die Oberfläche des Wassers war wie bedeckt von munteren weißen Pferden, die kräftig von der steifen Brise gepeitscht wurden, die hinter dem felsigen Festland hervorkam. Weiße Wolken jagten über einen unglaublich blauen Himmel hin zu dem Mittelpunkt der Szenerie: Dort, auf der anderen Seite der Bucht mit ihren dreihundertfünfundsechzig Inseln – eine für jeden Tag des Jahres – stand Croagh Patrick, der geheimnisvollste Berg Irlands.

Deirdre hatte ihn einmal mit Rory bestiegen, an einem Tag, an dem plötzliche dicke Wolken den Berg verhüllt hatten, so dass es sich angefühlt hatte, als stiegen sie durch einen Traum. Auf dem Gipfel hatte sie sich an ihren Geliebten gelehnt, müde, doch sehr, sehr glücklich trotz der Tatsache, dass der Blick auf die Bucht unter ihnen durch Wolken versperrt worden war. Als sie danach in einem kleinen Pub saßen und einige Guinness tranken, hatten sie beschlossen, dass sie das Ganze noch einmal an einem hellen Tag mit blauem Himmel machen würden, damit sie mit dem Anblick belohnt würden, der Thackeray dazu bewogen hatte zu schreiben: *Es ist ein wahres Ereignis im Leben, diesen Ort gesehen zu haben, so schön ist er und so anders als alle anderen Schönheiten, die ich kenne.* Jetzt fragte sich Deirdre plötzlich, ob sie dies jemals sehen würde – ob es die Mühe wert wäre, mit jemand anderem noch einmal zum Gipfel zu steigen.

Sie stieg ab und öffnete das Tor, durch das sie den steilen Abhang zum Cottage hinunterfahren musste. Sie war nicht mehr mit einem Rad diesen Abhang hinabgefahren, seit sie mit neun Jahren ausgerutscht und über den Kies geschlittert war, so dass sie sich heftig auf die Zunge gebissen hatte. Sie hatte so viel Blut verloren, dass sie ohnmächtig geworden war. Nun war sie vorsichtiger und hatte die linke Hand fest um die Hinterradbremse gelegt. Die Auffahrt führte zwischen Feldern auf beiden Seiten hindurch zu einem weiteren Tor am Fuß des Abhangs, das dazu da war, Rinder davon abzuhalten, den Rasen um das Cottage herum zu zertrampeln. Der Rasen war verwildert – seit langem war niemand dort gewesen, um sich um den Garten zu kümmern –, und das überquellende, saftig grüne Gras war fröhlich getupft mit Gänseblümchen und Löwenzahn.

Als Deirdre das Tor zum Garten öffnete, bemerkte sie, dass die Grenzmauer, die ihre Mutter erwähnt hatte, stellenweise repariert war. Steinstapel lagen in Abständen am Fuß der Mauer, und ein Senklot hing von einer Gabelung in der winzigen Kastanie, die ihr Vater vor zwei Sommern gepflanzt hatte und die kämpfte, um trotz des Ostwindes zu wachsen, der in den kalten Monaten vom Atlantik herblies. Eleanor hatte wohl jemanden gefunden, der die Mauer instand setzte.

Deirdre lehnte ihr Rad an die Hintertür des Hauses und wanderte außen herum zur Vorderseite, um hineinzugehen.

Die Vorderseite des Cottage blickte über die Bucht; sie hatte eine Glasveranda, auf der Deirdres Großmutter gerne stundenlang gesessen mit dem Blick auf das, was ihre Großmutter als »Perpetuum mobile« beschrieben hatte, da es von Minute zu Minute niemals derselbe Anblick war. Sie blieb stehen, bevor sie den Schlüssel ins Schloss steckte, und drehte sich zum Meer um. Dann stand sie ganz still. Ein Rotkehlchen hockte in einem der Büsche und beobachtete sie aus nächster Nähe mit schief gelegtem Kopf. Es sah sie missbilligend an, als ob sie ein Eindringling wäre. Sie nahm an, dass sie das auch war. Seit fast zwei Jahren hatte sie keinen Fuß mehr in diesen Garten gesetzt.

»Hallo«, flüsterte sie.

Das Rotkehlchen neigte den Kopf auf die andere Seite und sah sie mehrere Sekunden genauestes an, bevor es davonflog und in der Sicherheit des Weidenbusches wieder auftauchte, der mitten auf dem Rasen wuchs. Es landete auf einem Zweig und schimpfte sie aus, bis sie durch die Haustür verschwand. Sobald sie drinnen war, wanderte sie von Zimmer zu Zimmer, öffnete Fensterläden und Fenster. Das Haus hatte den leicht muffigen Geruch, der in Gebäude kriecht, die eine Zeit lang unbewohnt waren. Das Cottage war innen und außen aus Holz gezimmert. Es war kein richtiges Cottage, obwohl die Familie es immer als solches bezeichnete. Es war mehr ein Bungalow, doch seit dem Bungalowboom im Westen Irlands in den letzten zehn Jahren widerstrebte es ihr, es so zu nennen. Es entsprach ganz sicher der stereotypen Vorstellung von einem Bungalow. Es war ein schrulliges Gebäude, das Deirdres Großvater vor Jahren als Hochzeitsgeschenk für ihre Großmutter gebaut hatte, und war eigentlich als Ferienhaus gedacht. Nach dem Tod von Deirdres Großvater hatte sich ihre Großmutter ganz nach Carrowcross zurückgezogen.

In dem kleinen Haus gab es sechs Zimmer. Vom Hauptraum gingen eine Küche, ein Bad und ein Schlafzimmer nach hinten ab, und zwei weitere Schlafzimmer lagen vorn. Jedes Zimmer hatte zwei Fenster, und dies und die cremefarbenen Wände verliehen dem Haus ein wunderbar luftiges Gefühl. Es war bequem und völlig unprätentiös ausgestattet mit den alten Möbeln von Deirdres Großmutter. Manchmal träumte Deirdre davon, es nach irgendeinem Vorbild umzugestalten, das sie in einer Trendzeitschrift gesehen hatte, doch ihre Mutter hatte sich schlichtweg geweigert, als sie dies vorgeschlagen hatte, und insgeheim wusste Deirdre, dass sie Recht hatte.

Sie holte ihre Taschen aus der Küche und stellte sie in das cremefarben gestrichene Schlafzimmer auf der Vorderseite des Hauses. Sie wollte abends beim Geräusch des Meeres einschlafen. Das Erste, was sie auspackte, war ihr kostbarer Laptop. Welches Zimmer sollte sie als Arbeitszimmer benutzen? Sie trat auf die Veranda. Der Gedanke, ihren Laptop dort auf dem Tisch aufzustellen, war ungeheuer verführerisch. Sie setzte ihn ab und blickte zum Fenster hinaus.
Zu ihrem Entzücken schwamm ein Otter unten an der kleinen Mole vorbei, die, wie sie bemerkte, von Algen überwachsen war. Sie würde sie ausreißen müssen, wenn sie schwimmen wollte. Ein Reiher landete schwankend direkt unterhalb von ihr und flog dann über die Bucht wieder davon. Sie konnte das Geräusch seiner Schwingen hören, als er zu der Insel schwebte, die als Mad-eyed-Maura's-Island bekannt war. Maura hatte dort in herrlicher Isoliertheit jahrzehntelang gelebt und war nur zum Festland gerudert, wenn sie Vorräte brauchte. Der schrille Schrei eines Brachvogels wehte über das Wasser.
Hier konnte sie nicht arbeiten. Es gab so viele Ablenkungen, dass sie wusste, sie würde sich nie konzentrieren können. Widerstrebend nahm sie ihren Laptop und ging in das Zimmer auf der Rückseite des Hauses.

Später an diesem Abend saß sie in dem alten Chintzsessel auf der Veranda und beobachtete das Perpetuum mobile über der Clew Bay: Die Sonne ging über dem Festland unter und ein orangefarbener Mond im Osten wie ein Himmelskürbis auf. Sie hatte zu Abend Tomatencremesuppe, Tunfisch aus der Dose und ein paar alte Kekse gegessen. Sie würde morgen in die Stadt fahren müssen, um ihre Vorräte aufzustocken. Es war Wein in dem Regal in der Vorratskammer gewesen; sie hatte sich aus einer Flasche bedient, deren Etikett am wenigsten eindrucksvoll wirkte, und beschlossen, sie morgen zu ersetzen. Sie wollte nicht, dass ihre Eltern für ihre Vorliebe für Wein aufkommen mussten. Bevor sie ins Bett ging, rief sie ihre Mutter an, um sie wissen zu lassen, dass sie gut angekommen war.

»Hi, Mum. Ich habe schon früher versucht, anzurufen, doch du warst nicht da.«

»Wir waren bei der Vernissage von Eithne. Ihre neuen Arbeiten sind noch toller. Wie ist es da unten?«

»Wie im Himmel. Wie auf einem von Eithnes Gemälden.«

»Ich bin neidisch. Du hast doch keine Angst ganz allein, oder?«

»Nein, komischerweise nicht. Ich dachte, ich wäre ängstlich, aber ich bin so heiter wie ein Schwein.«

»Sind Schweine heiter?«

»Absolut. Das Ausbessern der von Trockenfäule befallenen Mauer ist im Gange, wie du sicher mit Freuden hören wirst.«

»Gut. Wer macht es?«

Deirdre stellte plötzlich die Verbindung zwischen dem Senklot, das von der kleinen Kastanie hing, und dem Mann in Arbeitskleidung her, an dem sie auf der Straße vorbeigekommen war. »Ich bin mir nicht sicher. Jemand aus dem Ort, wie es aussieht. Er war weg, bevor ich kam. Ich werde Eleanor morgen fragen.«

»Finde heraus, wie viel er bekommt, ja? Du wirst ihn bezahlen müssen. Ich ersetze es dir dann.«

»Ich habe nichts dagegen, einige Kosten zu übernehmen, Mum. Ich bin dir was schuldig. Du bist ein echter Kumpel, dass ich dieses Haus haben darf.«

»Du bist mehr als willkommen, mein Schatz. Ich hoffe, du

schaffst viel. Gib ganz Carrowcross Küsse von mir, ja? Und grüße Eleanor von mir.«
»Mach ich. Gute Nacht, Mum.«
Erst nachdem sie den Hörer aufgelegt hatte, fiel ihr etwas ein, was sie vor Verlegenheit erröten ließ. Wenn der Typ in Arbeitsklamotten wirklich derjenige war, der verantwortlich für die Reparatur der Mauer war, wie sollte sie ihm dann ihr merkwürdiges Verhalten von heute Nachmittag erklären? Ihr dummer Versuch, sich als deutsche Touristin auszugeben, würde ziemlich blöd aussehen. Zur Hölle – vielleicht würde sie gar nicht mit ihm reden müssen. Sie würde deutlich machen, dass sie hier war, um ernsthaft zu arbeiten, und nicht, um gesellig zu sein. Sie würde ihr Verhalten niemandem erklären müssen.
Doch die Vorstellung von dem schwarzäugigen Mann, der hier herumhing, verursachte ihr plötzlich Unbehagen. Sie vergewisserte sich, dass alle Türen und Fenster sicher verschlossen waren, bevor sie an diesem Abend zu Bett ging.

Am nächsten Morgen rief sie Eleanor an.
»Deirdre! Wie schön, deine Stimme zu hören!«
»Du wirst sie vielleicht schneller leid sein, als du denkst, Eleanor. Ich bin für eine Zeit lang hier und werde dich nerven, wenn ich in die Stadt und zurück mitgenommen werden will.«
»Jederzeit. Ich fahre heute Abend hin. Ich habe um sechs Uhr einen Termin beim Arzt. Hilft dir das irgendwie?«
»Das wäre cool. Ich mache einen Großeinkauf, während du beim Arzt bist, und dann lade ich dich auf ein Pint ein.«
»Ich habe eine bessere Idee. Ich habe gestern einen großen Scheck von einer Versicherung bekommen. Lass mich

dich zum Essen ausführen, um zu feiern. Dann kannst du mir alle Neuigkeiten erzählen.«
»Eine wunderbare Idee. Wohin gehen wir?«
»Quay Cottage. Wohin sonst?«

Deirdre schaffte an diesem Tag nicht viel. Sie werkelte im Haus herum, erledigte ein wenig Hausarbeit und erfand endlos Ausreden, um auf die Veranda zu treten und die Aussicht zu bewundern.
Ein neuer Punkt in der Landschaft machte ihr sehr wenig Vergnügen. Eine Scheune war auf Mad-eyed-Maura's-Island gebaut worden. Es war eine wacklige Angelegenheit aus Wellblech, Kohlenlöschsteinen und unbehauenem Holz. Als sie sie durchs Fernglas betrachtete, erkannte Deirdre, dass darin die Reste der Heuballen vom letzten Herbst lagen. Lange schwarze Plastikbahnen hingen von behelfsmäßigen Balken und flatterten traurig im Wind wie die Rockschöße einer Vogelscheuche.
Deirdre wusste, dass ein Bauer aus der Gegend auf der Insel Weiderechte besaß, doch sie bezweifelte stark, dass er auch die Erlaubnis hatte, so ein armseliges Gebäude zu planen. Trotzdem glaubte sie nicht, dass sie sich um diese Dinge hier kümmern würde. Wenn ein Außenseiter wie sie etwas wie Planungserlaubnis erwähnte, würde sie nur einen Ziegelstein durchs Fenster herausfordern. Das war es einfach nicht wert.
Gegen fünf Uhr legte sie Syd Fields Buch über die Grundlagen des Drehbuchschreibens beiseite. Den Nachmittag hatte sie mit Wiederholen verbracht – oder zumindest hatte sie sich selbst davon überzeugt, dass sie das tat. Wenn sie ehrlich zu sich selbst war, wusste sie, dass sie alles hinausgeschoben hatte. Früher oder später würde sie ihren Laptop öffnen und anfangen müssen.

Sie ging ins Schlafzimmer und betrachtete die Kleider, die sie mitgebracht hatte und die nun im Schrank hingen. Sie war beim Packen so sparsam gewesen wie möglich, da es in einem Rucksack und zwei Packtaschen einfach nicht genügend Platz zum Tragen gab. Trotzdem hatte sie für den Fall der Fälle ein anständiges Kleid mitgenommen. Es war ein hübsches, leichtes nilgrünes Kleid, das mit Seidenblumen durchsetzt war. Dafür entschied sie sich. Quay Cottage war nicht aufdringlich chic, doch Eleanor zog sich immer gut an, wenn sie ausging, und Deirdre würde sie nicht enttäuschen. Sie hatte die kurze passende Strickjacke, die sie meistens zu dem Kleid trug, in Dublin gelassen. Schade. Dann würde sie eben mit ihrer Leinenjacke auskommen müssen.

Sie trug Lippenstift auf und ging in die Vorratskammer, um eine Flasche guten Wein als Mitbringsel für Eleanor auszuwählen. Das war das Mindeste, was sie tun konnte, wenn ihre ältere Freundin schon die Abendessenrechnung zahlen wollte. Blumen wären auch eine gute Idee. Während sie mit der Gartenschere zur Hintertür hinausschlüpfte und sich an die Weigelie machte, bemerkte sie, dass das Senklot, das sie am Vortag entdeckt hatte, immer noch von der Gabel der kleinen Kastanie herabhing und dass der Steinstapel unberührt geblieben war. Der Typ, der wegen der Trockenfäule gekommen war, war heute gar nicht erst aufgetaucht. Mit einiger Erleichterung erkannte sie, dass sie seit dem Vorabend nicht mehr an ihn gedacht hatte. Gut. Sie wollte ihm nicht die Macht einräumen, sie durcheinander zu bringen.

Eleanor, die auf sie wartete, sah in ihrem blasstürkisfarbenen Mantelkleid sehr elegant aus. Sie nahm den Wein mit Freuden und die Weigelie mit überschwänglichem

Dank an, und Deirdre wusste, dass beides völlig echt war. Eleanor war ein Gartenfan, und sie und Rosaleen konnten Stunden damit verbringen, Gartengeschichten auszutauschen. Eleanor bedauerte nun, da sie älter wurde, vor allem, dass sie im Garten nicht mehr viel selbst tun konnte.

Die Fahrt in die Stadt dauerte im Auto ungefähr zehn Minuten. Deirdre rechnete düster, dass es mit dem Rad wahrscheinlich dreißig wären, und vierzig oder mehr, um den Anstieg nach Hause zu bewältigen. Eleanor setzte sie am Supermarkt ab, bevor sie weiter zu ihrem Arzt fuhr; sie verabredeten sich für eine halbe Stunde später. Der Tisch im Restaurant war für sieben Uhr reserviert.

Deirdre erledigte ihren Großeinkauf und legte sich so viele Dosen zu wie möglich. Sie wollte keine Zeit mit Kochen verschwenden, während sie hier war. Sie hoffte, Eleanor würde nicht mitkriegen, wie viele der Tüten Weinflaschen enthielten. Die Spirituosenabteilung im Supermarkt bot ein beeindruckendes Angebot. Deirdre hatte sich vor allem für ihren üblichen, annehmbar teuren Chardonnay entschieden, doch aus irgendeinem Grund ertappte sie sich dabei, wie sie auch einige Flaschen von einem ziemlich teuren Claret in ihre Wahl mit einschloss. Nur für den Fall, dass jemand zu Besuch kommt, argumentierte sie mit sich selbst, als sie den Scheck ausstellte. Schließlich fuhren Leute aus Dublin ständig am Wochenende zur Erholung nach Westport.

Sie stand auf dem Parkplatz des Supermarktes und bewachte ihren Wagen, in dem sich die Tüten hoch türmten, als Eleanor auftauchte.

»Um Gottes willen, Deirdre – du planst ja wohl, lange zu bleiben. Du siehst aus, als ob du dich auf eine Belagerung einrichtest.«

»Ich bin entschlossen, keine Zeit mit Radeln in die Stadt zu vergeuden, Eleanor. Ich bin zum Arbeiten hier.«
Während sie die kurvige Straße entlangfuhren, die zum Restaurant führte, informierte Deirdre Eleanor über ihre Absicht, ein Drehbuch zu schreiben.
»Ich finde, das ist eine hervorragende Idee. Alle Schauspielerinnen sollten noch etwas anderes tun. Ich wünsche dir allen erdenklichen Erfolg dabei.« Das Auto bog um eine Kurve und fuhr auf den Kai, an dem das Restaurant lag, und Eleanor steuerte an den Rand neben den kauernden, halb verrotteten Bug eines lang verlassenen Bootes.
»Ich hoffe nur, dass es dir nicht zu einsam wird. Du bist doch im Herzen ein Herdentier, oder?«
»Ich nehme dich als Vorbild, Eleanor. Ich habe deine Selbstgenügsamkeit immer bewundert.«
»Ich würde nicht so weit gehen, mich als selbstgenügsam zu bezeichnen. Ich bin im Herzen nur ein unerträglich ungeselliger alter Knochen.« Sie stiegen aus dem Polo aus, und Deirdre hängte sich bei Eleanor ein, als sie zum Restaurant schlenderten. »Der einzige Mensch, für den ich Zeit habe, ist deine Mutter«, fuhr die alte Dame mit Nachdruck fort. »Und du natürlich.«
»Warum, frage ich mich? Man sollte doch meinen, bei unserem großen Altersunterschied würden wir uns gar nicht verstehen.«
»Du bringst mich zum Lachen, Deirdre«, erwiderte Eleanor einfach. »Du lässt mich wieder jung fühlen.«
Deirdre lächelte sie an, während sie ihr die Tür aufhielt und Eleanor ein Zeichen gab, ihr ins Restaurant voranzugehen.
Eine freundliche Kellnerin brachte sie zu einem Tisch am Fenster, und als Deirdre den Blick über die Karte wandern ließ, merkte sie, dass sie richtig hungrig war. Sie

hatte heute wieder Tunfisch und Kekse gegessen und statt Tomatensuppe Minestrone aus der Dose.
Sie bestellte als Vorspeise Muscheln und als Hauptgericht Seezunge in Zitronensoße. Eleanor bestellte Meeresfrüchtesuppe, Lammkotelett und eine Flasche Burgunder.
»Was für ein guter Anfang für meine Ferien«, stellte Deirdre fest. »Doch ich sollte es eigentlich nicht als Ferien bezeichnen, oder?«
»Du solltest dir auch Zeit nehmen, es dir gut gehen zu lassen, Deirdre. Nimm die Dinge leicht ... Ich kann mir vorstellen, du arbeitest verdammt hart in der Stadt.«
Die Kellnerin kam wieder mit dem Wein, entkorkte ihn geschickt und schenkte ein. Sie hoben ihre Gläser.
»Auf dich, Eleanor. Danke für das Abendessen.«
»Auf dich, Deirdre. Viel Glück bei deinem neuen Plan.«
Während die Gläser mit einem angenehmen Geräusch aneinander stießen, ging die Tür zum Restaurant auf, und eine aufregend schöne Frau trat ein. Sie hatte ein wunderbares präraffaelisches Gesicht; ihr glattes dunkles Haar war im Nacken zu einem Chignon zusammengerollt, und sie war lässig, aber teuer in Jeans und ein weiches, toffeefarbenes Wildlederhemd gekleidet. Deirdre musste sie einfach anstarren. Die Frau sah aus, als stamme sie aus italienischem Adel.
Plötzlich senkte sich Deirdres Blick in ihren Schoß. Der Mann, der der *principessa* durch die Tür folgte, war der Mann, an dem sie gestern auf der Straße vorbeigegangen war. Deirdre geriet in Panik, als er da in der Tür stand und den Raum überblickte. Sie warf ihre Serviette zu Boden und tauchte unter den Tisch, wobei sie sich viel Zeit ließ, um sie aufzuheben. Als sie schließlich den Mut aufbrachte, ihr Gesicht wieder zu zeigen, wurden die *principessa* und ihr Begleiter gerade zu einem Tisch auf der an-

deren Seite des Raumes geleitet. Die Frau setzte sich auf einen Platz, von dem aus sie den Saal im Blick hatte, und der Mann nahm ihr gegenüber mit dem Rücken zu Deirdre Platz.
Eleanor beobachtete sie verblüfft.
»Was, um Himmels willen, ist los, Deirdre? Du bist ja hochrot geworden.«
Deirdre trank einen Schluck Wein und wischte sich den Mund mit einer Serviette ab. »Eleanor? Tu mir einen Gefallen, ja? Tu so, als ob du dieses Stück Treibholz anschaust, das an der Wand auf der anderen Seite des Raums hängt, und guck dabei heimlich zu dem Paar, das gerade hereingekommen ist.«
»Warum?«
»Ich muss wissen, ob du sie kennst.«
Eleanor tat, wie ihr aufgetragen worden war, drehte beiläufig den Kopf, als ob sie ihre Umgebung studierte. Dann wandte sie sich wieder Deirdre zu. »Sie kenne ich nicht«, berichtete sie. »Aber ich kenne ihn. Er heißt Gabriel Considine.«
Deirdres Blick kehrte zu dem Mann zurück, den Eleanor Gabriel genannt hatte. Sie sah ihn im Profil; er strich sein schwarzes Haar aus der Stirn, so dass er die Karte betrachten konnte. Sein Gesicht wäre so aristokratisch wie das seiner Partnerin erschienen, wäre da nicht die Narbe auf seinem Wangenknochen gewesen. Er trug ein lockeres Hemd aus Moleskin, lässige Leinenhosen und Timberlands. Er hat sich heute rasiert, bemerkte Deirdre. Tatsächlich sah er nicht annähernd so gefährlich aus wie gestern. Sie konnte kaum glauben, dass dies dasselbe rau aussehende Individuum war, das sie auf der Straße gesehen und das mit einem Stock auf Nesseln eingeschlagen hatte.

»Warum bist du so interessiert, Deirdre?« Ein Hauch von Belustigung lag in Eleanors Stimme.
»Ich habe ihn gestern auf dem Pfad gesehen und habe mich gefragt, was er dort getan hat.«
»Deine Mutter hat mich gebeten, jemanden zu suchen, der eure Grenzmauer repariert. Mein Gärtner hat Gabriel empfohlen.«
Deirdre war erstaunt. »Er sieht nicht aus wie ein Arbeiter. Ich meine, gestern, ja, als ich ihn in Arbeitskleidern gesehen habe, aber heute ist er ganz anders.«
»Er ist kein Arbeiter. Er ist Architekt.«
Deirdre sah skeptisch drein. »Er muss ein ziemlich unfähiger Architekt sein, wenn er sich dazu herablässt, Gelegenheitsarbeiten wie Mauerreparaturen zu machen.«
Eleanor lachte. »Im Gegenteil. Er ist offenbar ein ungewöhnlich talentierter Architekt und sehr gefragt. Das Reparieren von Mauern, die von Trockenfäule befallen sind, ist seine private Leidenschaft. So entspannt er sich. Ich habe mit ihm geplaudert, als er letzte Woche vorbeikam, um zu fragen, welches Cottage es sei. Er ist ein durch und durch charmanter und gut erzogener junger Mann.«
Deirdre warf einen heimlichen Blick auf Gabriel Considine und seine schöne Begleiterin. Um die beiden lag eine Aura von beherrschter Selbstsicherheit – und doch war nicht im Entferntesten etwas Gehemmtes an ihnen. Die Frau stellte der Kellnerin eine Frage. Mit einem Lächeln dankte sie ihr und stand dann auf, offenbar auf dem Weg zur Toilette. Deirdre dachte plötzlich besorgt, wie sie es vermeiden sollte, dass Gabriel, der Kauz, sie entdeckte, sollte er sich entschließen, aufs Klo zu gehen. Sie konnte ja nicht ständig unter den Tisch tauchen. Sie musste sich eben so unauffällig wie möglich geben, und mit ein wenig

Glück würde sie an diesem Abend jede Art von peinlicher Begegnung vermeiden.

Als seine Partnerin an ihrem Tisch vorbeiging, fing Deirdre den schwachen Hauch eines teuren Parfüms auf. Die Augen der Frau trafen kurz auf ihre, und Deirdre schaute weg, entdeckte jedoch vorher noch das diskrete Vuitton-Logo auf der Ledertasche, die von ihrer Schulter hing.

Sie sah über den Tisch Eleanor an. »Sie sind reich«, sagte sie in ehrfurchtsvollem Ton.

Eleanor erwiderte ihr Lächeln. »Sein Vater ist ein britischer Adliger. Lord Considine. Deshalb ist Gabriel ein zukünftiger Lord.«

»Wow.« Deirdre war beeindruckt. »Woher hast du diese ganzen Informationen, Eleanor?«

»Carrowcross ist ein kleiner Ort. Und mein Gärtner ist eine tolle Informationsquelle. Die Leute hier haben Spekulationen über Mr. Considine angestellt, seit er Carrowcross House in Besitz genommen hat.«

»Er lebt in Carrowcross House?«

»Ja.«

»Seit wann?«

»Oh, ungefähr seit einem Jahr. Er hat es von irgendeinem entfernten Onkel geerbt, und er wohnt im Pförtnerhaus, während er es renoviert.«

»Oh.« Deirdre hatte seit ihrer Kindheit, als sie das Gelände erforscht hatte, Fantasien über Carrowcross House gehabt. Sie hatte davon geträumt, eines Tages reich genug zu sein, um es zu kaufen und ihm seinen früheren Glanz wiederzugeben. Es war ein großes Haus, im frühen neunzehnten Jahrhundert erbaut und in den Zwanzigern verlassen, als das Land von politischen Unruhen erschüttert worden war. Es war von den Leuten der Gegend geplündert worden und hatte seitdem unbewohnt dahinvegetiert. Es war erstaunlich, dass das Haus noch stand – die meisten großen Häuser, die zu der Zeit dem Landadel gehörten, waren von Brandstiftern dem Erdboden gleichgemacht worden.

»Ich bin überrascht, dass deine Mutter ihn nicht erwähnt hat«, fuhr Eleanor fort.

»Mum kümmert sich nie um Klatsch«, stellte Deirdre bedauernd fest. »Das ist einer ihrer größten Fehler.«

»Ich habe mich auch nie darum gekümmert«, sagte Eleanor seufzend. »Aber zurzeit habe ich wenig anderes, um mich abzulenken. Alt zu werden ist ein Fluch.«

»Hier drin bist du noch nicht alt, Eleanor.« Deirdre lächelte und tippte sich an die Stirn, während die Kellnerin mit den Vorspeisen erschien.

Als sie sich an ihre Muscheln machte, wanderten ihre Blicke immer wieder zurück zu Gabriel Considine. »Was weißt du noch über ihn? Was für ein Architekt ist er?«

»Er hat den Auftrag erhalten, irgendein öffentliches Gebäude in Castlebar zu entwerfen. Und ich habe ein Gerücht gehört, wonach er verantwortlich sein wird, den alten Getreidespeicher bei der Louisburg Road zu restaurieren. Er ist in Wohnungen umgewandelt worden.«

»O nein!« Deirdres Stimme klang empört. »Nicht noch mehr verdammte Ferienwohnungen!«

»Ich habe einen Freund in der Planungskommission, der mir erzählt hat, seiner sei der sympathischste und umweltfreundlichste Entwurf von allen gewesen, die sie in Betracht gezogen haben. Es gab ernsthafte Konkurrenz um dieses Projekt. Natürlich gab es viel Gemurre, weil der Auftrag an einen Außenseiter ging. Ich glaube, er hat hier Kontakte gehabt.«

Ein Außenseiter. Ein Außenseiter, der Carrowcross beanspruchte. Deirdre verspürte plötzlich eine absurde Abneigung, weil ihr geliebter Kindheitstraum ihr weggeschnappt worden war. Sie würde nun nicht mal mehr auf dem Gelände spazieren gehen können. Es war immer der Ort gewesen, an den sie am ersten Ferientag als Erstes gerannt war. Obwohl die Gärten überwuchert waren und unter Unkraut erstickten, war die ursprüngliche Anlage noch sichtbar unter dem wirren Unterholz. Wenn man auf der zusammenbrechenden Terrasse stand, die sich über die ganze Länge hinter dem Haus erstreckte, konnte man die Geografie der hundert Jahre alten Gärten erkennen – die Wege, die um die Beete herum und dazwischen hindurchgeführt hatten und der Landschaft ihre typische Symmetrie eingegraben hatten. Der Brunnen, der der Mittelpunkt gewesen war, war nun ausgetrocknet und verstopft mit Müll und die zart geschwungene Sonnenuhr verrostet. Die Wände des zerbröckelnden Sommerhauses waren mit Graffiti bedeckt.

Ein Lieblingszeitvertreib von Deirdre als Kind war es gewesen, durch die Lücken in den zugenagelten Fenstern des Hauses zu spähen und sich vorzustellen, wie die Zimmer früher ausgesehen hatten, als die Besitzer Wochenendpartys, Jagdfeste und Bälle abgehalten hatten. Sie hatte sich die Frauen vorgestellt, die in Kleidern aus Musselin durch die Räume schwebten, die Männer in Reithosen, die, ihre Pints neben sich, an den riesigen Kaminen lehnten, die Kinder, die die Fenstertüren aufstießen, um lachend in den Garten hinauszustürmen.

Sie hatte davon geträumt, einmal dieses Schmuckstück wieder aufzubauen. Entweder würde sie ein unglaublich reicher Filmstar werden, der Millionen Dollar für jeden Film einstrich, oder (und dies war das wahrscheinlichere Drehbuch) sie würde im Lotto gewinnen. Dann würde Carrowcross dank Deirdre O'Dare wie Phönix aus der

Asche seines verblichenen Glanzes wieder auferstehen. Sie hatte sogar einmal darüber fantasiert, die Ställe in ein Theater zu verwandeln, damit sie und ihre Freunde die aufwendigen Kostümstücke aufführen könnten, die sie immer hatte spielen wollen, und sie würde ihre Lieblingsrollen spielen: Rosalind, Viola, Miranda.

»Warum siehst du plötzlich so nachdenklich aus?« Eleanors Stimme riss sie aus ihren Träumen.

Deirdre blickte auf. »Ach, nichts Besonderes!«, erwiderte sie und bemühte sich, locker zu klingen. Sie konnte nicht zugeben – nicht mal Eleanor gegenüber –, dass sie sauer auf Gabriel Considine war, weil er ihre jugendlichen Pläne vereitelt hatte. Und *jugendlich* war das richtige Wort, gestand sie sich resigniert ein. Wann würde sie endlich ins wirkliche Leben einsteigen und aufhören, in einer Fantasiewelt zu leben? Maeve hatte ihr einmal erzählt, sie sei über Nacht erwachsen geworden, doch das war vor drei Jahren gewesen. Seit damals musste sie wohl wieder Rückschritte gemacht haben.

Die Kellnerin kam und räumte ihre Vorspeisenteller ab und füllte ihre Gläser nach.

»Für mich nichts mehr, danke«, sagte Eleanor und legte die Hand über ihr Weinglas. »Ich muss fahren. Du kannst den Rest haben, Deirdre.«

»Bist du sicher? Er ist schrecklich gut.«

»Ich bin mir ganz sicher. Ich vertrage nicht mehr so viel. Früher konnte ich einiges runterkippen, als ich noch jünger war, genau wie du.«

Deirdre sah schuldbewusst drein. »Oh. Ich kippe also?«

»Nein, nein – so habe ich das nicht gemeint. Amüsiere dich nur.« Eleanor seufzte zufrieden auf. »Es ist schön, zur Abwechslung mal in Gesellschaft zu sein. Ich treffe zurzeit so wenig amüsante Leute. Natürlich sterben, wenn man in mein Alter kommen, die Freunde weg wie die Fliegen. Meine Lieblingscousine ist letzten Monat gestorben.«

Deirdre wollte nicht, dass Eleanor deprimiert war. Sie gab sich große Mühe, ihre Freundin zu unterhalten. Als sie mit dem Essen fertig waren, war Eleanor wieder in Hochform.

»Das machen wir bald wieder, Deirdre.«

»Das nächste Mal bin ich aber dran.«

»Nein, es würde mir nicht im Traum einfallen, mir von einer arbeitslosen Schauspielerin die Rechnung zahlen zu lassen.«

»Das ist lieb von dir, Eleanor, aber ich kann es nicht zulassen, dass du mich mehr als einmal einlädst. Wenn ich die Rechte an dem Drehbuch verkauft habe, führe ich dich todschick aus. Zum Beispiel nach Ashford Castle.«

Ashford Castle war ein schrecklich schickes Landhaushotel, ungefähr zwanzig Meilen von Westport entfernt und eine Million Meilen entfernt von Deirdres Möglichkeiten.

Plötzlich kam ihr ein Gedanke. »Eleanor? Glaubst du, dass dieser Considine Carrowcross House in so ein Landhaushotel verwandeln will?«

Eleanor wirkte zweifelnd. »Ich nehme an, ja. Ich habe nie daran gedacht. Ich muss meine Freundin in der Planungskommission fragen, ob sie etwas weiß.«

Deirdre seufzte tief und verärgert auf und trank dann den restlichen Wein aus. »Gott!«, sagte sie wegwerfend. »Das würde noch fehlen, oder? Stell dir doch nur vor: Carrowcross überlaufen mit Leuten in BMWs und Mercedes.«

In dem Moment kam die Kellnerin mit zwei Gläsern Brandy.

»Ich habe keinen Brandy bestellt«, wandte Eleanor ein. »Sie sind am falschen Tisch, meine Liebe.«
»Nein«, gab die Kellnerin lächelnd zurück. »Mr. Considine hat mich gebeten, Ihnen zwei Remy Martin VSOP zu bringen, meine Damen.«
»Wie freundlich von ihm.« Eleanor sah über ihre Schulter und hob ihr Glas in Gabriel Considines Richtung.
Deirdre biss sich auf die Lippen und folgte ihrem Beispiel. Das war's, dachte sie, als er vom Tisch aufstand und zu ihnen kam.
»Wie hat Ihnen das Essen geschmeckt, Mrs. Devereux?«, fragte er. Seine Stimme war leise, sein Akzent klang gebildet, doch nicht unnötig chic.
»So hervorragend wie immer, Mr. Considine«, antwortete Eleanor.
»Gabriel«, korrigierte er sie mit einem Lächeln.
»Gabriel«, echote Eleanor. Deirdre bemerkte, dass sie Grübchen bekam. »Nun, vielen Dank für den Brandy.«
»Es war mir ein Vergnügen«, erwiderte er. Dann richtete er seine verwirrend schwarzen Augen auf Deirdre und sagte auf Deutsch: »*Guten Abend, Fräulein. Habe ich Sie nicht gestern Abend durch Carrowcross Fahrrad fahren sehen?*«
Deirdre war vor Staunen stumm. Sie war sich bewusst, dass Eleanor sie beide über den Tisch hinweg anstarrte, als ob sie meschugge wären. Es gab keinen Ausweg.
»Tatsächlich bin ich keine Deutsche«, platzte sie heraus.
Gabriel Considine sah verwirrt drein. »Oh? Ich hätte schwören können, dass Sie mir einen *Guten Abend* auf Deutsch gewünscht haben, als wir uns auf der Straße begegnet sind.«
»Ach ja?«, fragte Deirdre dümmlich. »Nein – es war, hm –, ich glaube, ich habe so etwas gesagt wie ›Gutes Wetter ha-

ben wir.‹« Mit Absicht verzerrte sie ihre Stimme, so dass der Satz zweideutig klang.
»Aha.« Er warf ihr einen Blick zu, in dem deutlich Skepsis zu lesen war.
»Gabriel.« Eleanor lächelte zu ihm auf. »Das ist Deirdre O'Dare – Gabriel Considine.«
Gabriel nahm ihre Hand, und sie spürte seinen Griff. Er war perfekt. Sie hoffte, dass ihre Hand nicht zu heiß war.
»Deirdre wohnt in dem Cottage gleich eine Straße weiter von mir. Sie arbeiten gerade an ihrer Mauer«, fuhr Eleanor fort.
Gabriel sah sie wieder an.
»Nun, eigentlich ist es die Mauer meiner Eltern«, erklärte Deirdre. »Ich leihe mir nur für eine Weile das Cottage von ihnen.«
»Sie sind gestern angekommen?«
»Ja.«
»Sie sind nicht sehr vertraut mit den Örtlichkeiten, nicht wahr? Sie haben die Abbiegung verpasst. Wie haben Sie es denn geschafft, das Cottage dann doch noch zu finden?«
»Oh, ich – äh, tatsächlich habe ich sie nicht verpasst. Ich – äh – mir war danach, an den Strand von Carrowhead zu radeln.«
»An den Strand von Carrowhead?«, wollte Eleanor wissen. »Ich dachte, du kämst niemals in die Nähe von diesem Strand, Deirdre.«
»Nun – ich dachte, es wäre es wert, nachzusehen, wie voll er um diese Jahreszeit ist.«
»Und war er es?«; fragte Eleanor.
»War er was?«
»Voll.«
»Oh. Na ja, so einigermaßen, du weißt schon. Nicht rich-

tig voll. Aber tatsächlich zu voll für meinen Geschmack. Und zu kalt zum Schwimmen.«
»Aber du schwimmst doch nie dort. Du schwimmst doch immer unten am Steg, beim Cottage«, beharrte Eleanor.
»Ja, ich weiß. Ich dachte nur, es wäre einen Blick wert. Es ist so lange her, das ich dort war.«
Sie war sich unbehaglich Gabriel Considines undurchdringlich schwarzer Augen bewusst.
»Ein langer Weg zum Radeln, wenn man Gepäck hat«, bemerkte er.
Eleanor war verblüfft. »Du meinst, du bist gestern Abend den ganzen Weg zum Strand von Carrowhead geradelt, ohne dein Gepäck erst abzuladen, Deirdre? Was, um Himmels willen, ist denn in dich gefahren?«
Deirdre zuckte die Achseln auf eine Art, von der sie hoffte, dass sie lässig aussähe. »Ach, du kennst mich doch, Eleanor. Ich bin ziemlich impulsiv.«
Eleanor sah sie zweifelnd an. »Ich weiß, dass du impulsiv bist, Deirdre, aber ich dachte nicht, dass du dafür so viel auf dich nehmen würdest. Diese Fahrt mit dem Rad nach Carrowhead muss ja furchtbar anstrengend gewesen sein.«
»Ja. Das war sie«, antwortete sie und zuckte noch einmal lässig die Achseln. Sie trank einen Schluck von dem samtigen Brandy und versuchte verzweifelt, das Thema zu wechseln. »Danke für den Absacker, äh, Gabriel«, brachte sie heraus.
Er neigte den Kopf, und sie sah weg. Sie wollte seinen Gesichtsausdruck nicht sehen. Er musste sie für eine arme Irre halten. Dann wandte er sich an Eleanor. »Es war mir ein Vergnügen, Sie wieder zu sehen, Mrs. Devereux.«
»Ganz meinerseits. Guten Abend, Gabriel.«
Er drehte sich um und schlenderte durch das Restaurant

an seinen Tisch zurück, wo die Präraffaelitin auf ihn wartete. Sie lächelte zu ihm auf, als er zu ihr kam. Dann blieb er plötzlich stehen und sah zurück zu Deirdre. »Ich werde Sie wahrscheinlich morgen sehen, Deirdre«, sagte er. »Ich möchte ein wenig an der Grenzmauer arbeiten.«
»Oh, sicher. Sicher. Wann immer Sie wollen.«
Er nickte ihr zu, bevor er sich wieder setzte. Deirdre bemerkte, dass seine Partnerin ihre elegante Hand auf seine legte, als er über den Tisch nach dem Käsebrett griff.
Eleanor saß sehr aufrecht da und sah sie über den Tisch mit einem Ausdruck nachsichtiger Belustigung an. »Ist er nicht einfach himmlisch?«, fragte sie.
Diesmal war Deirdres Achselzucken unverbindlich. »Nicht mein Typ«, gab sie zurück. Sie nahm sich das Milchkännchen und goss einen dünnen Strahl in ihren Kaffee.
»Du meinst, du stehst nicht auf den großen, dunklen, gut aussehenden Typ?« Eleanor klang überrascht.
»So gut aussehend ist er nun auch nicht«, log Deirdre. »Und immer wenn ich mit großen, dunklen, gut aussehenden Männern zu tun hatte, endete das in einer Katastrophe.«
Dies waren die ersten wahren Worte, die sie gesprochen hatte, seit sie Gabriel Considine vorgestellt worden war.

7

Am nächsten Tag machte Deirdre sich an die Arbeit. Sie war überrascht von ihrer Selbstdisziplin. Nach einem raschen Frühstück, bei dem sie den Blick von der Veranda bewundert hatte, nahm sie ihre Kaffeemaschine mit in das hintere Schlafzimmer, wo sie ihren Laptop auf einen Tisch unter dem Fenster gestellt hatte, und gestattete sich keinen weiteren Aufschub mehr. Bis zum Mittagessen arbeitete sie, dann machte sie sich etwas Käse auf Toast und bewunderte wieder die Aussicht. Heute Abend würde sie sich belohnen, indem sie eine Flasche Wein aufmachte und sich auf der Veranda mit ihrem Buch vergnügte. Sie las wieder einmal *Sturmhöhe* und wurde wunderbar hineingezogen in die aufflackernde Leidenschaft, die die beiden Liebenden verzehrte. Wie war es wohl, jemanden so zu lieben, wie Cathy Heathcliff liebte?, fragte sie sich – mit so einer einzigartigen egoistischen und verzehrenden Intensität? Dann erkannte sie, dass sie auch einmal jemanden so geliebt hatte. Die Erinnerung an Rory brachte sie fast zum Weinen.

Sie lenkte sich ab, indem sie ihren leeren Teller in die Küche trug und sich wieder an die Arbeit machte.

Am späten Nachmittag tippte sie die Worte ÜBERBLENDUNG ZU und lehnte sich dann zurück; sie war zufrieden mit sich. Sie hatte ziemlich gute Fortschritte gemacht. Fünf Szenen waren an diesem, ihrem allerersten Tag vollendet worden, an dem sie sich ernsthaft ihrem Lieblingsprojekt gewidmet hatte. Als sie am Bildschirm die Seiten durchblätterte, hielt sie von Zeit zu Zeit inne, nahm kleine Veränderungen vor und achtete darauf, jedes Mal auf *Speichern* zu klicken.

Ein plötzliches Geräusch ließ sie beim Lesen des Textes innehalten. Es war das schwache Schaben eines Riegels, der am oberen Tor gezogen wurde. Dann hörte man das Geräusch von Stiefeln auf dem Kies. Jemand kam ihre Auffahrt herunter. Deirdre erstarrte, als sie hörte, wie ein weiterer Riegel gegen seine Eisenhülle schabte. Diesmal war es das Gartentor. Sie stand auf und trat ein wenig ins Zimmer zurück; dabei hielt sie den Blick auf den Garten hinter dem Fenster gerichtet. Ein schwarzer Labrador kam ins Blickfeld, gefolgt von einer männlichen Gestalt. Deirdre huschte nach links, um nicht gesehen zu werden. Es war Gabriel Considine.

Er näherte sich einem der kleinen Sandsteinhügel, die im Gras verstreut lagen, und blickte nachdenklich darauf hinab. Er blieb ein paar Minuten völlig reglos stehen, den Kopf gesenkt und die Hände in den Taschen seines Overalls. Sein langes schwarzes Haar hob sich ein wenig in der Brise, die vom Meer herkam, doch sonst hätte Gabriel Considine genauso gut aus dem Stein gemeißelt sein können, den er gerade betrachtete. Dann nahm er ein Band aus einer Tasche, fasste sein Haar im Nacken zu einem lockeren Pferdeschwanz zusammen und setzte sich, um den Steinstapel zu durchwühlen. Deirdre sah zu, wie er die großen Steine in die Hände nahm, sie hochhob, mit den Handflächen darüber strich und die Form untersuchte, bevor er geschickt einen davon in die Mauer einfügte. Ab und zu verwarf er einen zugunsten eines anderen, doch ein Instinkt schien ihm zu sagen, welches diejenigen Steine waren, die fast nahtlos in die Geometrie der Mauer passen würden.

Der Labrador lief in ihr Blickfeld hinein und wieder hinaus und folgte dabei einer Million sich kreuzender Hasenspuren. Einmal brachte er seinem Herrn einen Stock. Gabriel legte dem Hund die Hand auf den Kopf und rieb ihm geistesabwesend die Ohren. »Später, Junge«, hörte Deirdre ihn leise sagen, und der Hund legte den Stock zu seinen Füßen ab und sprang gehorsam davon.

Sie blieb ein paar Minuten still stehen und beobachtete ihn interessiert. Sie erkannte, dass er völlig in dem aufging, was er tat. Etwas Entspanntes lag in seinem Verhalten, was völlig anders war als die harte körperliche Arbeit, die er verrichtete. Obwohl entspannt eigentlich ein falsches Wort war, um ihn zu beschreiben; Zen kam eher in Frage.

Das Rotkehlchen – wahrscheinlich dasselbe, das sie gestern Abend ausgeschimpft hatte – tauchte auf einem Ast über Gabriels Kopf auf und sah neugierig auf ihn hinab. Dann hüpfte es auf die Mauer nicht weit weg von der Stelle, an der er arbeitete, und betrachtete ihn mit frecher Sorglosigkeit.

Gabriel hielt in seiner Arbeit inne, um eine Haarsträhne aus seinem Gesicht zu streichen und sich die Stirn mit dem Ärmel abzuwischen. Dann öffnete er den Reißverschluss seines Overalls und zog ihn aus. Darunter trug er Jeans und ein verblichenes indigofarbenes T-Shirt. Er ruhte eine Weile aus, blickte, eine Hand auf der Hüfte, zum Hügel hinauf, mit der anderen schützte er seine Augen vor der Sonne. Die Haare auf seinen gebräunten Unterarmen waren so schwarz wie das Haar auf seinem Kopf. Er war körperlich in Bestform, bemerkte Deirdre – schlank und muskulös. Sie rief sich fast sofort zur Ordnung. Was tat sie da – sich wie eine der armseligen Frauen aus der Diet-Coke-Werbung aufzuführen?

Sie wandte sich vom Fenster ab und ging ins Wohnzimmer. Sie wollte in die Küche gehen, um sich ihre Belohnung – eine eiskalte Flasche Chardonnay – aus dem Kühlschrank zu holen, doch sie wusste, wenn sie das tat, würde sie Gabriel Considine zur Kenntnis nehmen müssen. Es gab keine Möglichkeit, in der Küche herumzuwirtschaften, ohne dass er sie sähe. Vielleicht könnte sie sich einfach auf ihrer Veranda erholen, ohne ein Glas Wein? Zur Hölle, so stellte sie sich den Spaß nach einem harten Arbeitstag nicht vor. Sie würde es Mr. Considine nicht erlauben, ihre Pläne zu durchkreuzen.

In der Küche öffnete sie einen Schrank und nahm ein Weinglas heraus. Nach kurzer Überlegung nahm sie noch ein zweites. Dann drehte sie sich zum Küchenfenster und öffnete es. »Hi!«, rief sie fröhlich. »Wie wär's mit einem Glas Wein?«

Gabriel hockte über einem Haufen Steine. Er hatte in jeder Hand einen Stein und schätzte Gewicht und Form. Er legte beide ab, als er Deirdres Stimme hörte, und stand langsam auf.

»Hi. Cider oder Bier wäre mir lieber. Diese Arbeit macht durstig.« Er rieb sich die Hände an seinen leinenumhüllten Hüften sauber.

»Tut mir Leid«, erwiderte sie. »Es steht nur eine alte Flasche alkoholfreier Kram in der Vorratskammer, aber sonst habe ich nur Wein.«

»Wein ist schon in Ordnung.« Er lächelte sie an, und Deirdre fragte sich, wie sie jemals hatte annehmen können, dass er gefährlich aussah.

»Kommen Sie auf die Veranda«, forderte sie ihn auf.

Als sie durchs Wohnzimmer zur Vorderseite des Hauses ging, schielte sie in den Spiegel, der auf der alten Kommode stand. Sie plusterte ihr Haar auf und bemerkte, dass sie ein wenig blass aussah. Es war leider zu spät, daran etwas zu ändern. Sie würde sich damit abfinden müssen, dass sie wie eine teiggesichtige Stadtbewohnerin aussah, die in Arkadien gelandet war.

Er kam, als sie den Korken herauszog. »Setzen wir uns hierher oder auf die Stufen?«, fragte sie.

»Die Stufen. Es ist ein schöner Abend.« Er ließ sich auf der hölzernen Stufe der Veranda nieder und streckte seine langen Beine vor sich aus. »Ich werde langsamer«, stellte er fest.

»Es ist sehr nett von Ihnen, dass Sie Zeit erübrigen, um das für uns zu tun«, meinte Deirdre, während sie Chardonnay in die Gläser goss.

»Mir macht es Spaß«, antwortete er. Deirdre reichte ihm sein Glas, und er hob seines, bevor er daraus trank.

»Zum Wohl«, sagte Deirdre. Sie holte zwei Kissen von der Verandacouch und setzte sich dann zu ihm auf die Stufen. »Die meisten Leute würde diese Arbeit für eine Höllenarbeit halten«, bemerkte sie. »Warum ist es für Sie anders?«

»Es ist meine Therapie«, antwortete er.

»Wie meinen Sie das?« Deirdre ließ sich neben ihm auf ihrem Kissen nieder.

Er runzelte kurz die Stirn. »Das ist schwer zu erklären. Ich nehme an, es ist, als ob man ein Puzzle in Stein machte – die Kombination von körperlicher und geistiger Arbeit.«

»Befriedigend für den Geist und erfreulich für den Körper? Oh, warten Sie – ist das nicht eine Werbung für irgendwas? Irgendeine Art von Aromatherapieschönheitsbehandlung?«

Er lächelte sie an. »Keine Ahnung«, erwiderte er. »Für diese Seite des Lebens bin ich kaum ein Spezialist.« Er streckte die Hände aus, um ihr den Beweis für seine harte körperliche Arbeit zu zeigen. Sie waren feingliedrig und gepflegt – die Hände eines Mannes, der seinen Arbeitstag hinter einem Reißbrett verbrachte –, doch sie sahen auch stark aus. Das schwarze Haar auf dem Handrücken war mit feinem Staub von den Steinen überzuckert, und unter seinen Nägeln war Erde. »Egal«, fuhr er fort, »als ich gehört habe, dass Ihre Mutter jemanden sucht, der ihre Mauer reparieren würde, war ich froh über die Gelegenheit, meine Hände wieder schmutzig zu machen.« Er ließ seine Hände entspannt zwischen seinen Schenkeln herabhängen und lächelte sie wieder an. Aus irgendeinem Grund sah sie weg. »Was machen Sie beruflich, Deirdre?«, fragte er.

»Ich bin Schauspielerin«, antwortete sie. »Aber im Augenblick arbeite ich nicht.«

»Oh. Sie ruhen sich aus?«

Schauspieler hielten diesen Euphemismus für Arbeitslosigkeit für ziemlich unangebracht und benutzten ihn selten, doch Deirdre war zu höflich, ihm das mitzuteilen.

»Nun, nein, eigentlich nicht. Ich schreibe an einem Drehbuch. Deshalb bin ich hergekommen, weit weg von den Ablenkungen der Stadt.« Sie trank einen Schluck Chardonnay und sah hinaus auf die Bucht. »Leider gibt es auf dem Land auch viele Ablenkungen«, fügte sie hinzu. »Ich musste mein Arbeitszimmer in das Hinterzimmer verlegen, weil ich wusste, ich würde nie eine Arbeit zustande bringen, wenn ich diesen Anblick andauernd vor mir hätte.«

»Ich dachte, ich hätte Sie vorhin dort gesehen.«

Scheiße. Sie hatte angenommen, sie sei unbeobachtet gewesen. Sie hoffte, dass er nicht auf den Gedanken käme, sie hätte ihm nachspioniert. Denn genau das war es, was sie, wenn man darüber nachdachte, getan hatte. Das alte Sprichwort flatterte ihr durch den Kopf. *Man kann manche*

Leute manchmal an der Nase herumführen, aber man kann nicht alle Leute dauernd an der Nase herumführen. Wieder Scheiße. Warum konnte sie, Deirdre O'Hare, nie jemanden an der Nase herumführen?
Schweigend saßen sie ein, zwei Minuten da und betrachteten die Bucht. Wolkenbänke sahen aus wie Schlagsahne am Horizont. Eine halbe Meile über ihnen sang eine Feldlerche. Es war das einzige Geräusch, das man hören konnte. Ein plötzlicher Platscher ließ sie beide nach rechts sehen. Ungefähr vierzig Meter draußen konnte sie gerade noch die dunklen Umrisse eines Otters ausmachen, der unter den Wellen verschwand.
»Oh!«, rief Deirdre und sprang auf. »Mein Otter!« Sie ergriff das Fernglas, das auf dem Tisch hinter der Verandatür lag, und richtete es auf das Stück Wasser, in das der Otter getaucht war. Er tauchte fast sofort wieder auf, und Deirdre rief wieder, als noch ein kleiner Kopf durch die Wasseroberfläche brach. »Es sind zwei!«, sagte sie ehrfürchtig, senkte kurz das Fernglas und blickte Gabriel verwundert an. »Ich habe noch nie ein Paar in der Bucht gesehen!« Als sie das Fernglas wieder auf das Paar richtete, konnte sie sich nicht zurückhalten, ihre Aufregung kundzutun »Oh – schauen Sie, Gabriel! Sie spielen!«
Die Otter sprangen, umschlangen sich und küssten sich auf die Gesichter. In der einen Minute flogen sie aufeinander zu, schickten Schauer aus farbigen Tropfen in die Luft, und in der nächsten tauchten sie zurück unter die Wellen und schlugen mit ihren Schwänzen auf das Wasser, bevor sie wieder nach oben schwammen. Sie klammerten sich aneinander, trennten sich dann wieder und spielten Verstecken in dem Tang, der auf den Felsen am Fuß der kleinen Insel lag, auf die sie sich zubewegten.
»Sie sind schön«, hauchte Deirdre. Dann senkte sie das

Fernglas und zog eine entschuldigende Grimasse. »Ach, wie egoistisch von mir«, meinte sie. »Ich habe es in Beschlag genommen. Schauen Sie doch mal, Gabriel.«
Sie reichte ihm das Fernglas, und er suchte die Wasseroberfläche ab, bis er die Otter entdeckt hatte. Sein Mund verzog sich zu einem Lächeln. »Sie sind verliebt«, bemerkte er. »Sie können die Pfoten nicht voneinander lassen.« Er sah zu, bis sie wieder untertauchten. Diesmal tauchten sie einige Minuten nicht wieder auf. Als sie es schließlich taten, entdeckte Deirdre sie.
»Da sind sie – an der Landspitze. Sehen Sie?« Sie zeigte auf die beiden Köpfe, die durch das tiefe Wasser jenseits von Maura's-Island glitten. Sie waren nun kaum mehr sichtbar, da sie so weit draußen waren.
Gabriel legte das Fernglas ab, schaute aber weiter zum Horizont. »Ich fühle mich privilegiert, weil ich sie gesehen habe«, sagte er.
Deirdre sank auf das Kissen zurück und schlang die Arme um sich. Sie lächelte immer noch. »Ich liebe diesen Ort mehr als jeden anderen Platz auf der Welt«, gestand sie. »Es ist seltsam, wenn ich daran denke, dass ich als Teenager jedes Mal einen Wutanfall bekam, wenn meine Eltern mich hierher schleppten. Jetzt wünschte ich, ich könnte das ganze Jahr hier leben.«
»Warum tun Sie es nicht?« Er lehnte am Türrahmen der Veranda und sah auf sie hinab.
»Es gibt keine Arbeit für Schauspieler in Mayo. Dublin ist das Zentrum, was Beschäftigung angeht.« Sie seufzte tief und hob ihr Gesicht zur Sonne, während sie die Augen gegen das Licht schloss. Als sie sie wieder öffnete, lehnte Gabriel immer noch am Türrahmen und sah auf sie herab. Sie fühlte sich unbehaglich unter dem Blick seiner schwarzen Augen und schaute hinaus auf die Bucht.

»Der Fleck am Horizont«, sagte sie, um das Thema zu wechseln, und zeigte auf den Schandfleck von einer Scheune auf Maura's-Island. »Es gibt immer einen, nicht wahr?«
Er folgte ihrem Blick. »Es ist wirklich ziemlich hässlich«, stimmte er zu und setzte sich wieder neben sie.
»Ich wette, er hat nicht mal eine Baugenehmigung dafür. Noch Wein?«
»Danke.«
Sie griff nach der Flasche Chardonnay und goss beide Gläser nach. »Ich wünschte, jemand würde sie niederbrennen.«
»Vielleicht fängt sie ja spontan Feuer.«
»Wie Granny Godkin in *Birchwood*.«
»*Birchwood?*«
»Ja.« Sie merkte, dass er den Bezug zu dem Roman von Banville nicht herstellte. Rory hatte darauf bestanden, dass sie ihn las, nachdem sie ihn während einer ihrer Urlaube in Mayo auf dem Gelände des damals leeren Carrowcross House herumgeführt hatte. »Es ist ein Roman, der in einem großen, weitläufigen Herrenhaus spielt, und die Großmutter explodiert im Sommerhaus.« Sie wand sich. Sie hatte eines der schönsten Werke der irischen Gegenwartsliteratur wie ein von einem Idioten erzähltes Märchen klingen lassen.
»Ich habe nicht mehr viel Zeit zum Lesen. Seit ich hergekommen bin, hat sich für mich in puncto Arbeit alles ziemlich schnell entwickelt. Ich würde gern wieder langsamer treten, doch ich scheine meine ganze Zeit damit zu verbringen, mich entweder von einem Rechenschieber versklaven zu lassen oder aber mich mit einem Helm auf Baustellen herumzutreiben.«
Sie musste ihn einfach wieder anschauen, diesmal mit neu erwachtem Interesse. Sie fand den Gedanken an Ga-

briel Considine mit einem Helm ziemlich anziehend. Er hatte sich von ihr abgewandt und griff nach dem Fernglas. Der Stoff seines T-Shirts spannte sich über seinem Rücken, und sie konnte die Linien der Muskeln an seinen Schultern erkennen. Irgendwo in ihr spannte sich auch etwas an. Sie identifizierte das Gefühl sofort als sexuelle Spannung, und während ein Teil von ihr sagte, sie solle vernünftig sein, fragte sich ein anderer, ob es ihm auch so ging. Wahrscheinlich nicht, nahm sie an und erinnerte sich an die *principessa* vom Vorabend. Aber vielleicht war es ja einen Versuch wert.

Sie stand auf und ging hinüber zur Seemauer, blieb mit dem Rücken zu ihm stehen. Sie trug nichts wahnsinnig Provokatives – nur Hosen und ein T-Shirt, das den Vorteil hatte, zu eng zu sein –, doch sie wusste, was mit Körpersprache alles zu erreichen war. Sie streckte sich genüsslich und beugte sich dann über die taillenhohe Steinmauer und stützte sich mit den Ellbogen darauf, so dass ihr Kinn auf den Händen ruhte. Nach einigen Minuten, in denen sie demonstrativ die Aussicht bewundert hatte, drehte sie sich zu ihm um und stützte sich wieder auf die Ellbogen. Sie wusste sofort, dass es keinen Sinn hatte, ihm das Lächeln zu schenken, das sie vorbereitet hatte. Gabriel sah durch das Fernglas, das auf etwas links von ihr gerichtet war. Ihr Versuch, den sexuellen Status quo einzuschätzen, hatte sich als nichtig erwiesen.

Sie war ein wenig verstimmt, setzte sich auf die Seemauer und fing an, mit den Beinen zu schlenkern. Ein Traktor knatterte irgendwo in der Ferne. Sie suchte die Inseln ab und erblickte ihn dann, wie er gerade über dem Hügel auf Mad-eyed-Maura's-Island in Sicht kam. »Wie ist der dorthin gekommen?«, fragte sie und wandte sich wieder zu Gabriel um.

»Er muss bei Ebbe hingefahren sein, über den Damm auf der anderen Seite.«
»Ich wusste nicht, dass es einen Damm gibt. Zu Mauras Zeiten gab es keinen. Diese Insel war nur mit dem Boot erreichbar.«
»Wer ist Maura?«
Sie informierte ihn über die Geschichte der alten Frau, die dort gelebt hatte.
»Den Damm gibt es, seit ich hier lebe«, sagte Gabriel. »Der Bauer muss ihn gebaut haben, als er die Weiderechte erwarb.«
»Ich wette, er hat sich auch nicht um die Baugenehmigung dafür geschert«, sagte Deirdre. »Gott, wie ich diese Scheune hasse. Brenn, brenn, brenn.«
»Sie sind offenbar eine Pyromanin, Ms. O'Dare«, bemerkte Gabriel, stand auf und sah auf seine Uhr. »Danke für den Wein.«
»Trinken Sie doch noch ein Glas«, bot sie ihm an.
»Ich muss leider gehen. Mir war nicht klar, wie spät es schon ist. Dieses turtelnde Pärchen hat mich völlig abgelenkt.«
»Was für ein turtelndes Pärchen?« Deirdre war einen Moment lang verblüfft.
Gabriel lachte über ihren erstaunten Gesichtsausdruck. »Ihre Otter«, erklärte er. In dem Augenblick surrte das Handy, das er an seinem Gürtel befestigt hatte. Er sah sie entschuldigend an, als er danach griff. »Tut mir Leid.«
Deirdre schenkte ihre Aufmerksamkeit wieder dem Panorama der Bucht, während er ins Telefon sprach.
»Die kleine Rosa?«, sagte er. »Wie schlimm steht es um sie? Okay. Hast du es geschafft, einen Flug zu bekommen? Geht von Knock ab? Sicher. Ich bin auf dem Weg.«
Er befestigte das Handy wieder an seinem Gürtel. »Meine

Schwester«, erklärte er ihr. »Sie muss zurück nach England. Ihr kleines Kind ist krank geworden.«
»Oh. Ich hoffe, nichts Ernstes?«
»Eine Ohrenentzündung. Arme Rosa. Meine Lieblingsnichte hat schon immer Probleme mit den Ohren gehabt.« Er runzelte die Stirn und sah dann wieder auf die Uhr. »Schlechtes Timing. Sarah muss ihren Urlaub abbrechen. Ich beeile mich lieber, wenn ich sie rechtzeitig zum Flughafen bringen will.«
»Wer ist Sarah?«
»Meine Schwester. Sie war gestern Abend mit mir im Restaurant.« Gabriel hob seinen Overall auf und hängte ihn sich über die Schulter. »Noch mal danke für den Wein, Deirdre.« Er warf ihr wieder jenes Lächeln zu, das Lächeln, das ihn nicht mehr gefährlich aussehen ließ, und dann war er fort. Sie hörte, wie der Riegel am Gartentor vorgeschoben wurde, und dann ertönte ein durchdringender Pfiff. Eine Sekunde später sauste ein schwarzer Schatten an ihr vorbei und um die Hausecke und warf fast ihr Weinglas um, als er auf seinen Herrn zurannte.
Deirdre goss ihr Glas voll und ging zur Seemauer. Sie blieb noch einige Minuten auf der glatten Steinfläche sitzen und sah mit einem sehr nachdenklichen Gesichtsausdruck aufs Meer hinaus.

Am nächsten Tag rief Eleanor an, um ihr mitzuteilen, dass sie in die Stadt fuhr, und fragte, ob Deirdre mitkommen wolle. Tatsächlich brauchte Deirdre eigentlich nichts aus der Stadt, doch sie dachte, es würde Spaß machen, für eine Stunde hinzufahren und dort spazieren zu gehen. Sie war lange nicht mehr durch Westport gelaufen, und sie wusste, dass es viele neue Läden zum Angucken gab. Vielleicht würde sie noch Bier oder Cider kaufen. Es wäre

schön, von Zeit zu Zeit ein Glas Bier zum Mittagessen zu trinken.
Eleanor ließ sie an der Mall aussteigen, und sie ging über die Brücke und die Haupteinkaufsstraße der hübschen kleinen Stadt. Da es ein Wochentag war, waren die Wege nicht überfüllt, doch auf der Fahrbahn standen die Autos Stoßstange an Stoßstange. Die Stadt war nicht für den Verkehr des einundzwanzigsten Jahrhunderts entworfen worden, und Urlauber, die dem Stress und dem Verkehrswahnsinn von Dublin entfliehen wollten, waren erstaunt, wenn sie merkten, dass es in manchen Teilen des westlichen Irlands genauso überfüllt war.
Es war wieder ein sonniger Tag. Der Frühling war in diesem Jahr so unerwartet gekommen, dass man sogar schon sonnenverbrannte Haut entdecken konnte. In den Auslagen der Drogerien in der Bridge Street gab es ungewöhnlich viele Sonnenschutzmittel, und die Schaufensterpuppen der Bekleidungsgeschäfte waren alle mit Sommerkleidung angezogen. Deirdre ließ sich von dem Mittelpunkt im Schaufenster einer kleinen Boutique anlocken. Es war ein altmodischer Sonnenhut, eingehüllt in meterlange Gaze – etwas für einen Bienenzüchter. Sie trat ein und warf einen Blick auf das Preisschild. Zu teuer. Sie brauchte sowieso nicht noch einen Hut. Sie hatte Dutzende Hüte daheim in Dublin, die sie alle impulsiv gekauft und niemals getragen hatte, weil eine kleine schlaue Stimme in ihrem Kopf sie warnte, dass sie eigentlich dumm damit aussähe.
Es war ein seltsamer Laden, angefüllt mit Tand und kleinen alten Kunstgegenständen sowie Kleidern. Sie wühlte sich durch die Ständer, ohne große Hoffnung, etwas zu finden, das ihr gefiel und das sie sich auch leisten konnte. Die meisten Sachen waren Retrostücke in guter Qualität,

die aus den dreißiger und vierziger bis zu den siebziger Jahren stammten, doch es waren auch einige gebrauchte Stücke aus der Gegenwart da. Sie wandte schließlich und realistischerweise ihre Aufmerksamkeit der Ausverkaufsabteilung zu. Eine Seidenbluse, ein Rock in dem schrecklichen Grau der letzten Saison, ein Paar Hüfthosen in dem furchtbaren Braun der vorletzten Saison und ein aquamarinblaues Stück von Nicole Farhi. Sie konnte es kaum glauben. Sie hatte es vor einigen Saisons bei Brown Thomas gesehen und über den Preis gelacht. Obwohl es *ihr* Kleid war und ganz sicher nicht das von irgendjemand anderem, hatte sie es nicht mal anprobiert. Zu diesem Preis hatte es einfach keinen Sinn. Sie biss sich auf die Lippe und griff nach dem Schild. Es war nicht nur ein- oder zweimal, sondern gleich dreimal heruntergesetzt worden. Sie konnte es sich leisten. Sie stürzte sich in die winzige, mit einem Vorhang abgetrennte Umkleidekabine hinten im Laden und schlüpfte aus ihrer Hose und in die blaue Seide. Es fühlte sich perfekt an, doch sie musste nachsehen, ob es auch so gut aussah, wie es sich anfühlte. Sie trat aus der Umkleidekabine, um sich in dem großen Spiegel an der Wand zu betrachten.

»Das sieht toll aus«, sagte die schick angezogene Frau hinter dem Ladentisch. Deirdre konnte an ihrem Ton erkennen, dass sie das nicht nur sagte, um ihr zu schmeicheln, und ihre eigenen Augen bestätigten es ihr. Das Kleid saß wie angegossen über ihren Hüften, und der knöchellange Rock war schräg geschnitten, so dass er sich mit ihr bewegte, und als sie sich umdrehte, hob er sich und enthüllte genügend Bein. »Sie haben einen hervorragenden Blick«, fuhr die Frau fort, die sich auf den Ladentisch aufgestützt hatte und Deirdre abschätzend beobachtete. »Sie würden nicht glauben, wie viele Kundinnen dieses Kleid von der Stange genommen und gleich wieder hingehängt haben, ohne sein Potenzial zu erkennen. Deshalb ist es sooft heruntergesetzt worden. Es ist eins von diesen Kleidern, die am Bügel völlig formlos aussehen, doch erstaunlich sind, wenn man sie angezogen hat – wenn man die Figur dafür hat. Ich hätte es schon seit einer Ewigkeit geschnappt, wenn es in meiner Größe da wäre. Ich müsste einen Monat Diät halten, um hineinzupassen.«

»Es ist eine Schande wegen des Slips«, bemerkte Deirdre und ging ins Licht, das durch das Ladenfenster fiel. Das Kleid war leicht durchsichtig, und der Saum ihres Slips war sichtbar.

»Lassen Sie ihn weg«, riet ihr die elegante Frau nüchtern. »Bei solchem Wetter brauchen Sie keine Unterwäsche – vor allem nicht unter etwas, das Ihre Knöchel berührt.«

Deirdre lächelte sie an. An ihrem Verhalten konnte sie erkennen, dass der Laden der Frau gehörte. »Sie haben Recht. Es ist ein zu gutes Schnäppchen, um es mir entgehen zu lassen.« Sie warf noch einen Blick auf ihr Spiegelbild. »Tatsächlich glaube ich, dass ich es anlasse«, erklärte sie. »Es ist zu toll, um es auszuziehen.«

Sie tauchte in die Umkleidekabine und holte ihre alten Sachen. »Könnten Sie die für mich einpacken?«

»Natürlich.«

Während Deirdre den Scheck ausstellte, fiel ihr Blick auf einen Stapel Quittungen neben der Kasse, der von einem merkwürdigen Schmuckstück gehalten wurde. Er hatte die Form eines schlafenden Löwen und war aus Alabaster. »Mir gefällt Ihr Briefbeschwerer«, sagte sie.

»Schön, nicht wahr? Ich habe ihn ungefähr vor einem Jahr bei einer Auktion erstanden, als ich den Laden ausgestattet habe. Den meisten Kram, den Sie hier sehen, habe ich bei Versteigerungen entdeckt. Ich bin wie eine Elster. Ich

liebe alte Sachen, vor allem alte Sachen mit einer Geschichte.«
»Welches ist die Geschichte hinter dem hier?«, fragte Deirdre, die den Briefbeschwerer nahm und ihn sich genauer ansah.
»Sie haben gesagt, er stamme aus Carrowcross House. Kennen Sie es?«
Deirdre sah die Frau mit plötzlichem Interesse an. »Ja«, antwortete sie.
»Ich denke, viel von dem Kram hier kommt von dort. Die Leute von hier müssen einen Glückstag gehabt haben, als sie das Haus geplündert haben. Die Hälfte der Cottages in Mayo sind wahrscheinlich mit Möbeln von den Considines ausgestattet, und ihre Besitzer wissen nicht, dass sie auf verdammt heißen Antiquitäten sitzen. Zwei Heppelwhite-Essstühle wurden letzten Monat in einem Nebengebäude auf einem Bauernhof gefunden.«
»Es ist irgendwie traurig, wenn man darüber nachdenkt.«
»Traurig für die Considines. Nicht für Leute für mich. Ich nehme an, Gabriel Considine wird versuchen, eine Menge Sachen aufzuspüren, nun, wo er wieder da ist, um sein Erbe zu beanspruchen.«
»Gabriel Considine? Der Architekt? Kennen Sie ihn?«, fragte Deirdre mit so viel Unaufrichtigkeit, wie sie aufbringen konnte. Aus irgendeinem Grund war sie daran interessiert, herauszufinden, was diese Frau für einen Eindruck von Gabriel hatte.
»Ich kenne jemanden, der an ihn herangetreten ist, weil er für ihn ein Sommerhaus auf einem Grundstück in der Nähe von Doo Lough entwerfen soll«, erklärte die Frau, die sichtlich entzückt war, eine Gelegenheit zu haben, Klatsch über den geheimnisvollen Besitzer von Carrowcross House zu verbreiten. »Er ist offenbar ein sehr

zurückgezogen lebender Mensch, doch meine Freundin sagte, sie fand ihn ganz charmant.«

»Oh?«

»Hm. *Von stillem Charisma* – so beschrieb sie ihn. Sie hat ihn mir gezeigt, als wir letzte Woche eines Abends im Quay Cottage gegessen haben. Er sieht wahnsinnig aristokratisch aus. Und auch noch sexy.« Die Frau lächelte und zog dann ein bedauerndes Gesicht. »Überflüssig, zu sagen, dass er mit einer sehr schönen Frau zusammen war.«

»Dunkelhaarig? In den Dreißigern? Das ist seine Schwester.« Deirdre freute sich, ein Stück eigene Information beisteuern zu können.

»O nein«, kam die unerwartete Reaktion. »Diese Frau war nicht dunkelhaarig. Sie sah eher aus wie Gwyneth Paltrow.«

Als sie später an diesem Tag ihre Arbeit beendete, sah Deirdre auf die Uhr. Es war zwanzig nach fünf. Gabriel würde bald kommen, rechnete sie, wenn sie sich nach ihren vorherigen Begegnungen mit ihm richten konnte. Es schien ihm gut zu passen, seine »Therapiesitzungen« an der Grenzmauer in den Spätnachmittag zu legen. Sie hatte ihr neues Kleid nicht ausgezogen, weil dieses sich bei dem ungewöhnlich warmen Wetter so wunderbar kühl anfühlte. Als sie in die Küche ging, überlegte sie, ob sie ein Glas Chardonnay oder eine Dose Bier trinken wollte. Sie hatte am frühen Nachmittag den Kühlschrank mit Bud aufgefüllt, als Eleanor sie zu Hause abgesetzt hatte. Wenn sie genauer darüber nachdachte, war es noch ein bisschen früh für Alkohol. Sie würde warten, bis Gabriel hier war.

Sie musste lange warten. Gabriel tauchte weder an diesem Nachmittag noch am nächsten noch am übernächsten auf. Sie hatte keine Telefonnummer von ihm, und obwohl sie sie von Eleanor hätte bekommen können, entschied sie sich dagegen. Was sollte sie zu ihm sagen? Bitte kommen Sie und beenden Sie die Reparatur an meiner Grenzmauer? Es war ja nicht so, dass er irgendein Gelegenheitsarbeiter war, der die Arbeit machte, um sich etwas dazuzuverdienen. Er war ein bekannter Architekt, der ihr einen Gefallen tat.

Er tauchte am späten Freitagnachmittag auf, als sie die Hoffnung fast aufgegeben hatte. Sie hatte diese Woche ihr Haar jeden Tag gewaschen, nur für alle Fälle, doch da es keinen Sinn zu haben schien, sich zu große Mühe zu geben, trug sie nur ihre üblichen Hosen und ein T-Shirt. Zumindest war ihre Haut nicht so winterweiß wie beim letzten Mal, als er sie gesehen hatte. Es war ihr gelungen, die Anfänge einer Bräunung zu bekommen, da sie mittags zum Essen und abends nach der Arbeit vor der Tür gesessen war. Sobald sie seine Schritte in der Auffahrt hörte, griff sie nach ihrem Diorissimo und sprühte sich schnell ein, bevor sie sich lässig an ihren Laptop neben dem offenen Hinterzimmerfenster setzte.

»Hallo, Deirdre.«

Sie zuckte ein wenig zusammen und hoffte, dass ihr ziemlich erschrecktes Lächeln den Eindruck vermittelte, dass er sie überrumpelt hatte. »Oh – hi, Gabriel.« Ein Blick auf ihre Uhr. »Mein Gott! Ist es schon so spät?«

»Sie haben offenbar zu schwer gearbeitet«, bemerkte er. Sein Labrador sprang an ihm hoch und versuchte, ihn abzulenken.

»Ja. Ich habe mich so konzentriert, dass ich keine Ahnung habe, wie spät es ist.«

»Lassen Sie sich von mir nicht stören.« Er lächelte sie an

und neigte den Kopf, bevor er sich abwandte und mit seiner Arbeit fortfuhr.
Verdammt, dachte Deirdre. Sie würde warten müssen, bis er mindestens eine Stunde da war, bevor sie ihm einen Drink anbieten könnte. Ihre eigene Arbeit war in den letzten Tagen etwas zu kurz gekommen, dass es ihr nicht schaden würde, noch eine Stunde zu arbeiten. Doch es war schwierig, sich auf den Bildschirm ihres Laptops zu konzentrieren. Gabriel hatte sich bis zur Taille ausgezogen, und sie fühlte sich immer mehr wie eine der Frauen aus der Werbung für Diet Coke. Der Hund nervte ihn, um seine Aufmerksamkeit zu gewinnen, doch als sein Herrchen immer mehr in der ernsten Aufgabe seines Steinpuzzles aufging, gab er es auf und trottete davon.
Fünfzehn Minuten oberflächlichen Schreibens später (sie ertappte sich tatsächlich dabei, dass sie einmal immer wieder »Backe, backe Kuchen« eintippte, weil ihr nichts anderes einfiel) gab sie auf und schaltete von ihrem Schreibprogramm auf Computerspiele um. Es würde immer noch so aussehen, als ob sie arbeitete. Gabriel konnte nicht wissen, dass sie tatsächlich ein Solitaire-Spiel nach dem anderen spielte.
Nach einem Zeitraum, den sie für angemessen hielt, gähnte sie, streckte sich und sagte: »So, ich lasse es für heute gut sein. Ich bin fertig. Wollen Sie ein Bier?«
Gabriel sah auf. »Haben Sie welches? Ich hoffe, nicht extra für mich.«
»Nein, nein«, antwortete sie sorglos. »Ich habe Leute erwartet, doch sie mussten in letzter Minute absagen.«
»Ich würde gerne eines haben.«
Sie holte Bier und Wein aus dem Kühlschrank, setzte sich dann auf die Verandastufen und wartete darauf, dass er sich zu ihr gesellte. Nach ein paar Minuten, als immer

noch nichts von ihm zu sehen war, nahm sie seine Dose Bud von der Stufe und ging hinten ums Haus herum. Er arbeitete immer noch. Sie wusste nicht, ob sie ihm die Dose anbieten oder ihn fragen sollte, ob er zu ihr nach vorn kommen wollte.
Gabriel löste diese Frage, indem er ihr die Dose abnahm. »Danke«, sagte er. Er zog die Lasche ab und trank einen großen Schluck. Dann lächelte er ihr zu und ging wieder an seine Arbeit.
Deirdre kehrte zurück und kam sich dämlich dabei vor. Sie setzte sich auf die Veranda und nippte an ihrem Wein, hielt ab und zu inne, um mit dem Fernglas die Bucht abzusuchen. Sie hatte an dem Tag, als sie mit Eleanor mitgefahren war, in der Stadt ein paar Oliven gekauft und war damit beschäftigt, sie zu essen und die Kerne in den Hortensienbusch zu spucken, als Gabriel wieder auftauchte. Er überraschte sie. Da sie sich langweilte, weil sie an diesem Abend nichts besonders Aufregendes entdeckte, amüsierte sie sich damit, die Dinge durch das falsche Ende des Fernglases zu betrachten und dabei das Thema aus einer besonders blöden Werbung für irgendein Desinfektionsmittel vor sich hin zu summen, das sie am Morgen gehört hatte – eines, das sie nicht mehr aus dem Kopf bekommen hatte. Sie war bei ihrem zweiten Glas Wein und hatte den Mund voller Oliven.
»Danke für das Bier«, sagte Gabriel. Die Dose lag zerquetscht in seiner Hand.
Deirdre sprang auf. »Trinken Sie doch noch eins«, murmelte sie so fröhlich, wie sie es mit den Oliven im Mund zustande brachte.
Er sah unsicher drein. »Ich kann doch nicht Ihren ganzen Alkoholvorrat trinken«, meinte er.
»Es gibt genug. Ich habe eine ganze Bande Freunde aus

Dublin erwartet, die mich überfallen wollten«, behauptete Deirdre.
»Warum haben sie sich anders entschieden?«
»Oh, sie mussten alle zum Vorsprechen gehen.« Verdammt! Um ihn abzulenken, beschwor sie einen imaginären Zaunkönig in der Weide herauf. »Oh – schauen Sie nur, da, ein Zaunkönig!«, rief sie aus.
Er blickte in die Richtung, in die sie zeigte. »Wo?«
»Sie haben ihn verpasst. Er ist irgendwie in den Baum gestürzt.«
Er setzte sich auf die Stufe. »Ich würde Ihnen gerne dabei helfen, das Bud Ihrer Freunde zu trinken«, bemerkte er.
Deirdre tanzte in die Küche, spuckte einen Schwall Kerne in den Mülleimer und war blitzartig mit noch einer kalten Dose wieder zurück.
Er betrachtete die Bucht durch das Fernglas und sah auf, als sie durch die Verandatür trat. »Heute Abend ist nichts von Ihren Ottern zu sehen«, sagte er und nahm die Dose, die sie ihm hinhielt. Sie spürte einen leichten Schauer, als sein nackter Arm den ihren streifte.
»Nein«, gab sie zurück. »Ich habe seitdem keine mehr gesehen. In der Seemauer wohnt aber ein Wiesel. Ich bekomme es von Zeit zu Zeit zu Gesicht.«
»Ich hatte eine Zeit lang eine Wieselfamilie in dem alten Stall wohnen. Ich glaube, Tinkerbell hat sie schließlich alle erledigt.«
»Wer ist Tinkerbell?«
»Meine Katze.«
»Oh! Sie haben eine Katze! Aus irgendeinem Grund hielt ich Sie für einen Hundemenschen.«
»Tinkerbell hat nie wirklich mir gehört. Sie hat meiner Frau gehört.«

Deirdre war so bestürzt, dass sie nicht bemerkte, dass er die Vergangenheitsform benutzte. Sie sah ihn erstaunt an. »Sie sind verheiratet?«

Gabriel senkte den Kopf. Ein Vorhang aus schwarzem Haar fiel über sein Profil und verdeckte sein Gesicht. Er atmete tief durch, hob dann den Kopf und sah blicklos auf die blaue Schönheit der Bucht. »Meine Frau ist vor drei Jahren gestorben.«

»O Gott. O Gott – das tut mir Leid.«

»Das weiß ich.« Er blieb ganz still sitzen und starrte auf den Punkt am Horizont, an dem die Otter an dem Abend verschwunden waren, als sie ihr Hochzeitsritual vollzogen hatten.

»Wie – wie ist es passiert, Gabriel?« Deirdre wusste nie, was man in so einer Situation sagen sollte. Nichts kam ihr je passend vor. Doch sie wusste, dass ein steifes Schweigen noch schlimmer wäre.

»Ein Autounfall«, antwortete er.

»O Gott. O Gott – wie grauenhaft.«

»Ja. Das war es. Unsagbar grauenhaft. Wir hatten gerade erst entdeckt, dass sie unser Kind erwartete.«

»Oh!« Es war wie ein körperlicher Schlag für sie. Sie fand es schwierig, wieder Luft zu holen. »Oh, das ist so verdammt schrecklich.« Sie spürte, wie Tränen der Wut in ihr aufstiegen. »Das ist so verdammt unfair.«

Er nickte. Dann pflückte er einen Grashalm und schlang ihn sich geistesabwesend um den Finger. »Daisy wollte dieses Baby so sehr. Mehr wollte sie vom Leben nicht, nur Kinder kriegen. Eine bezaubernd altmodische Vorstellung, nicht wahr?« Er drehte sich zu ihr um, und als er ihre Tränen erblickte, wischte er eine mit dem Daumen weg. »Keine Tränen um Daisy. Oder um mich. Ich habe sie niemals weinen sehen. Sie lachte sich durchs Leben.

Sie sagte immer, sie wolle, dass ihr Begräbnis ein Fest sei. Wir spielten ihr Lieblingsstück von Gershwin.«

Deirdre fand keine Worte. Eine Zeit lang saßen sie da, ohne zu sprechen, und lauschten dem Wasser, das über den Kies unter ihnen schwappte. Ein Brachvogel zerstörte die Stille. Sein flötender Ruf drang zu ihnen und schwebte über das Wasser wie das Lied eines Geistes.

Gabriel schüttelte den Kopf, als wollte er einen Traum abschütteln. Sein Haar roch nach irgendeinem Kraut. Rosmarin? Um sich zu erinnern. Ophelias Zeilen aus *Hamlet* fielen ihr ein: *Da ist Rosmarin – um sich zu erinnern …* Mehr als drei Jahre waren vergangen, seit sie die Rolle gespielt hatte. Rory hatte ihren Bruder gespielt. Rory McDonagh. Sie hatte mindestens zwei Stunden nicht an ihn gedacht. Wie seltsam das Leben manchmal war – wie unvorhersehbar. Wenn sie und Rory sich nicht getrennt hätten, wäre sie niemals zum Schreiben hierher gekommen. Sie würde in der Stadt festsitzen, von der Arbeitslosenhilfe leben und Jobs suchen. Nun war sie hier, saß inmitten eines der schönsten Panoramen der Welt und lauschte einer der traurigsten Geschichten, die sie jemals gehört hatte.

»Es ist doch seltsam, wie sich die Dinge manchmal entwickeln, nicht wahr?«

Sie sah ihn erschreckt an, leicht beunruhigt, da sie dasselbe gedacht hatten.

»Wenn Daisy nicht gestorben wäre, wäre ich niemals hergekommen. Ich hätte Carrowcross unbesehen verkauft. Es hätte mich kein bisschen interessiert. Nun ist es meine *raison d'être.*« Er trank einen Schluck aus seiner Dose.

O Gott. Armer Gabriel. Es war alles einfach zu furchtbar traurig. Deirdre konnte den Ausdruck seiner Augen nicht ertragen, als er über die Bucht blickte. Sie wollte helfen. Sie wollte seine Traurigkeit vertreiben, wollte das Lachen wiederherstellen. Sie lehnte sich zurück, und ein schwaches Lächeln umspielte ihre Lippen. » Ich muss ein Geständnis machen«, sagte sie. »Als ich ein kleines Mädchen war, fantasierte ich, dass ich dieses Haus kaufen und herrichten würde.«

»Wirklich?« Er erwiderte ihr Lächeln.

Sie dachte, sie könnte einen neuen Funken Interesse in seinen Augen entdecken. Ein winziger Funken, aber genug, um sie zu ermutigen. Es funktionierte.

»Es tut mir Leid, dass ich derjenige war, der Ihren Kindheitstraum durchkreuzt habe«, sagte er in einem lockereren Ton. »Was waren denn Ihre Fantasien?«

»Oh – das Übliche, wissen Sie? Hauspartys mit schönen Menschen, die die Räume betreten und verlassen, Nachmittagstees, Cocktails um sechs, Kinder, die im Garten spielen ...« Sie wünschte, sie hätte keine Kinder erwähnt. Sie nippte an ihrem Wein, um ihre Verwirrung zu verbergen. Wie konnte sie nur so ungeschickt sein? Man hörte ein Platschen in der Bucht.

»Da sind sie.«

Sie sah auf und entdeckte Gabriel, der aufs Meer hinauszeigte.

»Die Otter. Sehen Sie sie?«

»Nein«, antwortete sie, plötzlich lebhaft. »Wo?«

»Folgen Sie der Richtung meines Arms«, sagte er. Er legte seine linke Hand auf ihre Schulter und zeigte mit dem rechten Arm auf eine Wasserfläche direkt vor ihnen. Deirdre reckte den Hals und versuchte, den Fleck auszumachen, wo er die Otter gesehen hatte. »Sie sind weg«, sagte er. »Nein, da sind sie wieder! Haben Sie sie gesehen?«

Ein blitzender Regen aus Tropfen sagte ihr, wo sie waren. Sie sprangen gleichzeitig in die Luft, wanden ihre gekrümmten Körper umeinander und nagten an ihren Gesichtern, bevor sie mit einem fröhlichen Platschen wieder ins Wasser fielen. Deirdre und Gabriel blieben reglos stehen und warteten, bis sie wieder auftauchten, doch als die kleinen Wellen, die ihr Eintauchen verursacht hatte, sich weiter hinaus in die Bucht ausbreiteten und allmählich mit der ruhigen Wasseroberfläche verschmolzen, erkannten sie, dass sie Zeugen des letzten Reigens des Abends geworden waren.

Deirdre bewegte sich als Erste. »Sie sind fort«, sagte sie und drehte sich zu ihm um. Sein Gesicht war ganz nahe. Wieder spürte sie im Innern diese Angespanntheit. Er wandte seinen Kopf nach links. Ihre Münder berührten sich fast. Dann beugte er sich zu ihr vor und nahm ihre Unterlippe ganz, ganz zart zwischen seine Zähne. Deirdre atmete nicht. Er zog sich zurück und sah sie an, und sie fühlte sich, als ob sie in seinen schwarzen, schwarzen Augen ertränke. Dann nahm er sie in die Arme und legte seinen dunklen Kopf an ihre Schulter. So blieb er lange Zeit. Deirdre regte sich nicht. Sie wollte mit aller Macht über sein Haar streichen, doch sie hatte den Verdacht, dass, wenn sie ihn streichelte, sie sich nicht zurückhalten könnte, seinen Kopf in ihre Hände zu nehmen und ihm einen ernsthaften Kuss zu geben. Und ein Instinkt warnte sie, dass er das nicht bei ihr suchte.

Langsam machte sich Gabriel los und drückte dabei einen zarten Kuss auf ihre Schlüsselbeingrube. Sie wäre fast ohnmächtig geworden. Als er schließlich die Hand von ihrer Schulter nahm und aufstand, fühlte sich die Stelle, auf der sie gelegen hatte, leer an.

»Zeit, zu gehen«, stellte er fest.

»Wann kommst du wieder?« Sie konnte nicht anders.

»Morgen. Ich mache nicht so große Fortschritte mit deiner Mauer, wie ich möchte. Das wirkliche Leben kommt mir in die Quere. Ich war in den letzten Tagen geschäftlich in London.«

»Oh.«

»Es hat aber doch keine Eile, oder?«

»Nein, nein – keine. Nimm dir alle Zeit, die du willst.« Sie schenkte ihm ihr schönstes Lächeln.

»Sobald ich fertig bin, werde ich ein anderes Projekt finden müssen, um mich abends zu beschäftigen. Ich mache mich vielleicht an den Garten in Carrowcross House. Es ist eine beängstigende Aufgabe, aber sie muss erledigt werden.«

»Ich könnte dir helfen.«

»Verstehst du was von Gartenarbeit?« Er sah zweifelnd drein.

»Nein. Aber ich könnte es lernen.«

Er lächelte sie seltsam an.

»Ich könnte es! Ich wette, ich könnte es sogar schaffen, eine Mauer mit Trockenfäule zu reparieren, wenn du Zeit erübrigen würdest, es mir beizubringen.« Noch als sie die Worte sagte, konnte sie sich die Reaktion ihrer Freunde auf so eine Behauptung vorstellen. Deirdre O'Dare und eine Mauer bauen! Sie würde es schon für eine Herausforderung halten, eine Mauer aus Legosteinen zu bauen.

Gabriels Lächeln war verschwunden. Er sah sie merkwürdig an, als ob er sie schon einmal gesehen hätte, und versuchte, sich zu erinnern, wer sie war. »Daisy war genauso«, bemerkte er. »Wollte immer etwas Neues lernen.«

Die Erwähnung von Daisys Namen weckte in Deirdre den Wunsch, den Blickkontakt abzubrechen, doch sie merkte, dass sie das nicht konnte. Schweigend sahen sie sich eine lange Minute an. Dann sagte sie: »Ich war seit Jahren nicht mehr heimlich in deinem Garten. Ich würde ihn gerne sehen, ohne das Gefühl zu haben, dass ein

Wildhüter sich auf mich stürzt und mich einsperrt. Das war etwas, vor dem ich mich immer gefürchtet habe, als ich noch klein war.«

»In Ordnung.« Er lächelte sie wieder an. »Ich führe dich herum. Du möchtest doch wahrscheinlich das Haus auch sehen, oder?«

»O ja – das würde ich gerne! Ich bin noch nie drinnen gewesen.«

»Ich hoffe, du wirst nicht enttäuscht sein. Es ist sehr karg eingerichtet. Aber es ist Zeit, dass ich einziehe. Bald kommt ein Mieter, um ins Pförtnerhaus einzuziehen.« Er trank seine Dose aus und stellte sie auf der Stufe ab. »Danke für das Bier. Ich sorge dafür, dass Wein im Kühlschrank ist, wenn du zu Besuch kommst. Auf Wiedersehen, Deirdre.«

»Auf Wiedersehen, Gabriel«, sagte sie.

O Scheiße, dachte sie, als sie zusah, wie er verschwand. Sie war schon wieder verliebt.

8

Sie gewöhnten sich eine Art Routine an. Gabriel tauchte an den meisten Tagen gegen sechs Uhr auf, immer begleitet von seinem Hund, der, wie sie herausfand, Indigo Jones hieß. Ab und zu brachte er ihr als Geschenk eine Flasche wirklich guten Wein mit, um ihr all das Bud zurückzuzahlen, das er auftrank. Nachdem er ungefähr eine Stunde an der Mauer gearbeitet hatte, kam er zu ihr zur Vorderseite des Hauses, und sie betrachteten die Bucht und redeten.

Deirdre war fasziniert von Gabriels Familie und quälte ihn mit Fragen darüber, wie es gewesen war, in dem großen Haus in Buckinghamshire aufzuwachsen. Es kam ihr alles so wahnsinnig romantisch vor und auch faszinierend kompliziert, was die Abstammung anging.

Sie fand heraus, dass er der zweite Sohn eines Barons war. Er hatte einen älteren Bruder gehabt, der drogenabhängig gewesen war und sich an seinem einundzwanzigsten Geburtstag erhängt hatte, und einen jüngeren Bruder, Hugo, der von zu Hause weggegangen war, um Franziskanermönch zu werden. Gabriels Vater behauptete, dass der Selbstmord seines ältesten Sohnes zu dem Verfall und frühen Tod seiner Frau geführt habe, und er hatte alle Fotos von ihm zerstört. Als Hugo seine Absicht erklärt hatte, ins Kloster zu gehen, hatte ein vor Wut dem Schlaganfall naher Lord Considine ihm verboten, jemals wieder einen Fuß ins Haus zu setzen. Gabriel war der einzige seiner Söhne, der seiner Ansicht nach das Richtige getan hatte. Er vergötterte seinen zweiten Sohn.

»Meine Kindheit war normal und glücklich«, meinte Deirdre entschuldigend. »Deine ist wie aus einem Gespensterroman.« Sie saß auf der Stufe und hatte die Arme um die Beine geschlungen. Auf ihren Armen hatte sich eine leichte Gänsehaut gebildet. Es war etwas kühler gewesen, doch das hatte sie nicht davon abgehalten, ihr Nicole-Farhi-Kleid anzuziehen.

»Es kam mir nicht wie in einem Roman vor, als ich es erlebt habe«, entgegnete Gabriel. »Es fühlte sich alles nur allzu wirklich an. An dem Tag, an dem mir klar wurde, dass ich den Titel erben würde, den mein Bruder hätte bekommen sollen, wurde ich schnell erwachsen.«

»Diese Verantwortung!«, rief Deirdre aus und wickelte sich eine Haarsträhne um den Zeigefinger. »Ich nehme an, da du der zweite Sohn warst, hattest du nie daran gedacht, zu erben?«

»Nein. Ich war völlig unvorbereitet.«

»Nun, ich bin beeindruckt. Da stehe ich hier, eine einfache Bäuerin, und spreche mit einem echten Adligen!« Sie ließ ihr Haar los, so dass es wieder zu einer Locke auf ihrer Stirn wurde.

Gabriel lächelte sie an. »Sei nicht zu beeindruckt«, warnte er sie. »Es gibt nicht so viel zu erben. Nur verdammt viel Möbel und ein bisschen Schmuck.«

»Was ist mit dem Haus in England?«

»Das verfällt. Wir können es uns nicht leisten, es richtig zu erhalten, und der Alte muss ständig Teile des Landes verkaufen, um alles am Laufen zu halten. Ich werde es wahrscheinlich verkaufen, wenn er stirbt. Er wird nichts dagegen haben, solange der Titel weiterlebt. Das ist ihm wichtig. Das ist das Zeichen seiner Ehre.«

»Es ist so *englisch*«, meinte Deirdre. »Dieser ganze Kram mit dem Erbadel. Sitzt er im Oberhaus?«
»Na klar. Er ist auch ein eiserner Verfechter der Monarchie.«
»Und du?«
»Nein. Aber ich lasse meinem Vater seinen Willen. Es kostet mich nichts, ihn glücklich zu machen, und er hat eine harte Zeit durchgemacht, als meine Mutter starb.«
»Wie alt warst du damals?«
»Sechzehn. Ich wurde am Tag nach der Beerdigung zurück ins Internat geschickt.«
»O mein Gott!« Deirdre seufzte. »Das ist ja barbarisch!«
»So wollte es mein Vater. Er wollte, dass ich Rückgrat bekäme.«
»Und hast du das?«
Es entstand eine Pause, während der Gabriel seine Knöchel betrachtete. »Ich weiß es nicht. Ich habe ein Talent zum Überleben entwickelt, glaube ich. Die Schule, in die ich ging, war ganz groß, was Gedankenspiele anging. Manchmal glaube ich, es hilft.«
»Wie? Nimm dir noch Oliven.« Die Oliven lagen in einer Schale zwischen ihnen auf der Stufe.
»Danke.« Er nahm eine und kaute nachdenklich darauf herum. »Wie Gedankenspiele helfen? Nun, ich nehme an, ich dachte nie, dass ich so viel mit anderen Leuten zu tun haben würde in dem Beruf, den ich gewählt habe. Ich habe Architektur immer für ein einsames Geschäft gehalten, und das hat mich ziemlich angezogen. Mir gingen ein wenig die Augen auf, als ich entdeckte, wie viel von meiner Zeit und meiner Energie ich dafür aufwenden muss, um Egos zu massieren.«
»Du meinst, du sitzt nicht nur an einem Schreibtisch und zeichnest den ganzen Tag?« Deirdre zielte auf eine Blüte

und spuckte einen Olivenkern darauf. »Scheiße. Daneben.«
Gabriel folgte ihrem Beispiel. Er traf sein Ziel, und die rosafarbene Blüte erbebte. »Leider nein«, antwortete er. »Es ist viel praktische Arbeit dabei.«
»Zum Beispiel?«
»Nun, die Leute neigen dazu, sehr unterschiedliche Ideen zu haben in Bezug auf das, was sie bei einem Projekt wollen, und manche davon sind schlicht und einfach dumm. Ich bin der Experte. Ich muss sie überzeugen, dass meine Art die beste ist, und manchmal bedeutet das, dass man unglaublich diplomatisch sein muss. Bei diesem Spiel muss man ziemlich viel rumschleimen. Ich hasse es, aber um langfristig erfolgreich zu sein, ist es unbedingt nötig.«
»Bist du sehr ehrgeizig, Gabriel?«
Er dachte einen Augenblick nach. »Ja. Ich glaube schon«, antwortete er dann. »Ich bin mit Leidenschaft bei meiner Arbeit – ich bin leidenschaftlich, was schöne Gebäude angeht. Deshalb habe ich so viel Geld in Carrowcross House gesteckt.«
»Es muss furchtbar teuer gewesen sein. Beim letzten Mal, als ich es gesehen habe, war es praktisch verfallen.«
»Der Großonkel, der mir das Haus hinterließ, hinterließ mir auch eine anständige Summe. Es war in Ordnung – ich wäre nie in der Lage gewesen, ohne das Geld das Haus wieder herzurichten. Ich fühle mich privilegiert, dass das Haus in meine Hände gefallen ist. In gewisser Weise war es Schicksal. Ich wäre erstickt, wenn ich weiter in England hätte leben müssen.«
»Wo hast du gelebt, bevor du hergekommen bist?«
»In London.«
»Oh.« Deirdre schauderte kurz. »Dann kann ich verste-

hen, warum du das Gefühl hattest, du musstest da raus.«
Sie streckte ihre Beine vor sich aus und wackelte mit den Zehen. Die Seide glitt in Wellen zwischen ihre Beine, und die Linie ihrer Schenkel, die sanfte Erhebung ihres Venushügels und die Wölbung ihres Bauches waren klar sichtbar. Sie wusste, dass er sie genau betrachtete, noch bevor sie den Blick zu ihm hob.
»Du hast eine Gänsehaut.« Gabriel fuhr mit dem Finger sanft über ihren Arm. Sie blickten sich an, und ihre Augen spiegelten plötzlich die Glut unverhüllten Begehrens wider. »Ich möchte mit dir ins Bett, Deirdre O'Dare«, sagte er, und es war fast ein Flüstern. »Willst du mir das gestatten?«
O Gott. Sie sah auf ihren Schoß. Sie konnte es nicht mehr aushalten, ihn länger anzuschauen. »Ja«, antwortete sie ebenso leise.
Er legte einen Finger unter ihr Kinn und hob es an, so dass sie ihn ansehen musste. Er schaute sie so eindringlich an, dass sie das Gefühl hatte, zu schmelzen. Als er wieder sprach, erkannte sie am Ton seiner Stimme, dass das, was er zu ihr sagte, von äußerster Wichtigkeit war. »Hör mir zu, Deirdre«, begann er. »Ich habe mit keiner Frau mehr Liebe gemacht, seit Daisy gestorben ist. Ich habe rumgevögelt, das gebe ich zu, aber ich habe mit keiner geschlafen, für die ich echte Gefühle hatte.«
O Gott, o Gott. Sie konnte kaum glauben, was sie da hörte.
»Ich will nicht mehr rumvögeln. Ich will wieder Liebe machen.«
Sie schluckte mühsam. Alles tat ihr weh vor Anspannung.
Er beugte sich zu ihr und streifte ihr Ohrläppchen mit den Lippen. »Du bist schön«, sagte er. Beim Klang seiner Stimme in ihrem Ohr zuckte sie beinahe zurück. Wenn er sie noch weiter berührte, würde sie sterben. Er hob den

Haarvorhang an, der ihr über die Schultern fiel, und entblößte ihr Schlüsselbein. Deirdre spürte seinen Atem warm an ihrer Haut und dann die leichte Rauheit seiner Zunge. Sie streckte die Hand aus, nahm seine und führte sie zu ihrer Brust. Eine leichte Brise hob ihr Seidenkleid ein wenig an. Sie fühlte, wie es sich wie das Streicheln in einem Traum an ihren Beinen bewegte.

Plötzlich ertönte ein ohrenbetäubender Schrei in der Bucht. Sie sahen beide abrupt hoch.

Ein Paar schwarzköpfiger Möwen tauchte kopfüber nach etwas im Wasser. Sie sahen ein Platschen und nasses Fell, als ein Otter sich aus dem Wasser und auf einen Felsvorsprung auf der Insel gegenüber hievte. In seinem Maul hatte er einen glitzernden silbernen Lachs, der fast so groß war wie er selbst. Der Lachs wand sich hin und her, während das Tier ihn zu einem grasbewachsenen Überhang schleppte, wo er sicher vor den plündernden Vögeln wäre. Die Möwen kreisten und schrien weiter in dem blauen Himmel über ihnen, und dann schloss sich ihnen ein Reiher an, der von der Insel heranflog und aufs Festland zuschwebte. Sein typischer Schrei machte die Kakophonie vollkommen. Es war unmöglich, den Lärm zu ignorieren.

Der Zauber des Augenblicks war gebrochen. Die Stimmung war dahin. Sie verfluchte den Otter, als Gabriel sich erhob und den Horizont absuchte.

»Wo ist seine Partnerin?«, fragte er. »Wo ist sie hin?« Es war nichts von dem Weibchen zu sehen. Noch eine Minute lang betrachtete er ausführlich den Horizont. Der Ausdruck in seinen Augen war nicht zu deuten. Dann sah er zu Boden. Deirdre erinnerte sich an die Art, wie er an dem Abend in ihrem Garten gestanden war, als sie Freunde geworden waren und sie ihn sich in Stein ge-

hauen vorgestellt hatte. Als sich Gabriel endlich zu Deirdre umdrehte, lag in dem Blick, den sie tauschten, etwas Vielsagendes. Er war voll gegenseitigen Einverständnisses. Dann fragte er: »Darf ich morgen kommen?«
Sie nickte.
Gabriel ging auf die Stelle zu, wo sie auf der Verandastufe saß. Er beugte sich herab und küsste sie leicht auf die Stirn. Dann hob er die Hand und ließ einen Finger langsam über die Kurve ihres Nackens gleiten, dabei betrachtete er ihren Gesichtsausdruck. Er fuhr mit zwei Fingern weiter hinab in das Tal zwischen ihren Brüsten und hörte dann auf, ohne ihr unausgesprochenes Flehen, weiterzumachen, zu beachten. »Ich sehe dich also morgen«, sagte er. Und Gabriel Considine drehte sich um und verließ den Garten.
Viele Minuten später stand sie auf, zeichnete seine Berührung mit ihren eigenen Fingern nach, während sie wie eine Schlafwandlerin auf die Meeresmauer zuging. Das abrupte Aufstehen ließ das Blut in ihren Kopf steigen, und sie stützte sich mit den Händen an der bemoosten Oberfläche ab, froh darüber, sich anlehnen zu können.
An der Mauer sackte Deirdre O'Dare zusammen, und das Moos war angenehm kühl auf der brennenden Haut ihrer Wange.

Am nächsten Tag schrieb sie wie von Dämonen getrieben. Sie wagte es nicht, auf die Uhr zu sehen. Sie wusste, dass, wenn sie es täte, sie den ganzen Tag damit verbringen würde, auszurechnen, wie viele Minuten noch vergehen müssten, bevor sie Gabriel wieder sähe, und darunter würde dann ihre Arbeit leiden.
Als der Schatten der kleinen Kastanie die doppelte Länge erreicht hatte, wusste sie, dass es fast Zeit war. Schnell ließ

sie an sich vorüberziehen, was sie geschrieben hatte, und war erstaunt darüber, wie viel sie geschafft hatte. Als sie auf *Shut down* klickte, klingelte das Telefon.

Sie wollte sofort zum Hörer greifen und zwang sich dann zur Zurückhaltung. Sie wartete bis zum vierten Klingeln, bevor sie abnahm. Es war Gabriel.

»Deirdre? Tut mir Leid – ich werde es heute Abend nicht schaffen.«

Vor Enttäuschung erstarrte sie. »Oh. Ist schon okay.« Aus ihrem Ton wurde offensichtlich, dass es nicht okay war.

»Ich werde meine Dose Bud vermissen. Ich würde viel lieber auf den Stufen deiner Veranda sitzen und den Ottern beim Flirten in der Clew Bay zusehen, als Kunden zum Essen auszuführen.«

»Oh! Das machst du also heute Abend?« Sie war auf absurde Art erleichtert, dass es Geschäft und nicht Vergnügen war, das ihr Rendezvous verhinderte.

»Ja.«

»Wohin gehst du mit ihnen?«

»Newport House.«

»Oh – toll! Ich habe schon immer dort essen wollen, aber ich konnte es mir nie leisten.«

»Ich gehe mal mit dir hin.«

Ja! Deirdre stand auf Zehenspitzen und vollführte kleine Tanzschritte. »Kommst du morgen?«, fragte sie.

»Auf jeden Fall.« Es lag etwas in der Art, wie er das sagte – etwas so Bedeutsames –, dass ihr Herz einen Sprung machte. Es dauerte einen Moment, und dann sagte er: »Erzähl mir, was du anhast, Deirdre.«

Sie holte hektisch Luft. »Meine Trainingshose.« Sie hatte das Kleid noch nicht angezogen, das sie angezogen hatte, um ihn zu verführen, das Kleid, das sie gestern Abend getragen hatte.

»Zieh sie aus. Keine Sorge, ich fang am Telefon nicht an zu stöhnen. Ich habe den Reiz von Telefonsex nie begriffen. Ich will mir nur deine nackten Beine vorstellen.«
Sie glaubte ihm. Sie tat, wie ihr geheißen wurde, klemmte das Telefon zwischen Schulter und Kopf und fummelte an ihrem Reißverschluss herum, bevor sie ihre Hose auf den Boden schüttelte und herausstieg.
»Ich bin so weit.«
»Trägst du dein weißes T-Shirt?«
»Ja.« Die Antwort war nur ein Flüstern.
»Einen BH?«
»Nein.«
»Leg die Hand auf deine Brust.« Wieder gehorchte sie. »Fühlt sich das gut an, Deirdre? Wenn nicht, will ich nicht, dass du es tust.«
»Es fühlt sich gut an.« Tatsächlich fühlte es sich mehr als gut an. Und es fühlte sich irgendwie sexy an.
»Gut. Ich habe dich im Geiste fotografiert. Ich werde das Foto in meinem Kopf speichern und herausholen, wenn meine Kunden mich zu lange mit den Einzelheiten von Planungsbestimmungen belästigen.«
Sie lachte. »Bin entzückt, zu Diensten gewesen zu sein«, sagte sie. Plötzlich war sie aufregend glücklich.
»Ich sehe dich morgen«, versprach er.
»Ich werde Eleanor fragen, ob sie in die Stadt fährt, denn ich werde mehr Budvorräte kaufen müssen.«
»Mach dir keine Umstände, Deirdre«, sagte er. »Ich bringe Champagner mit.«
Deirdre legte den Hörer auf und sang ein Lied, während sie in die Küche hüpfte. Erst als sie den Chardonnay entkorkte, erkannte sie, dass das Lied, das sie sang, das Thema für diese schreckliche Desinfektionsmittelwerbung war.

Es war später, als sie gedacht hatte. *Sturmhöhe* hatte sie gepackt und nicht mehr losgelassen. Es war eindeutig Zeit zum Schlafen. Als sie aus ihrem Lieblingssessel auf der Veranda aufstand und sich genüsslich streckte, stieg ihr der beißende Geruch von etwas Verbranntem in die Nase. Sie schob die Vorhänge zur Seite und suchte den Horizont ab, nur um das Feuer sofort auszumachen. Eine dicke Rauchsäule stieg in den Himmel über der Bucht. Die Scheune auf Maura's-Island stand in Flammen.

Sie ließ *Sturmhöhe* auf den Boden fallen und tat einen Schritt vorwärts, mit einem Gesichtsausdruck, der halb erschreckt, halb ungläubig war. Das Feuer war großartig. Deirdre nahm das Fernglas und ging hinaus in den Garten zum besten Aussichtspunkt an der Seemauer. Während sie zusah, nahm der Brand an Intensität zu. Selbst aus dieser Entfernung konnte sie das Knistern von brennendem Heu und Holz hören. Die Brise fachte die Flammen an, und das Feuer reagierte wie auf einen Blasebalg. Als eine große violette Flammenzunge in den nächtlichen Himmel schoss und sich über die Milchstraße ausbreitete, erkannte sie plötzlich, dass es furchtbar nachlässig von ihr war, dazusitzen und zuzusehen, wie die Scheune abbrannte, als ob sie einem besonders verschwenderischen Feuerwerk beiwohnte. Sie sollte die Feuerwehr anrufen. Sie lief zurück ins Haus, packte das Telefon und tippte die 999 ein, dabei sah sie weiter durch die offene Tür dem Brand zu, während sie auf eine Verbindung wartete. Sie wurde sofort durchgestellt.

»Danke für den Anruf, Madam«, sagte der Mann am anderen Ende, als sie von dem Feuer erzählt hatte. »Es wurde dem schon nachgegangen – es sind schon mehrere Berichte eingegangen. Die Insel ist unbewohnt, deshalb denken wir nicht, dass es Grund zum Alarm gibt. Aber

ein Wagen ist auf dem Weg, um nachzusehen, eine Routine.«
Sie legte den Hörer auf und rollte sich in einem Sessel zusammen, froh, das Schauspiel nun, da sie ihrer Bürgerpflicht genügt hatte, verfolgen zu können. Als sie ihr Fernglas auf Maura's-Island richtete, fielen ihr wieder die Worte ein, die sie neulich in der Nacht gesagt hatte: *Brenn, Scheune, brenn.* Was für ein außergewöhnlicher Zufall, dass ihr Wunsch in Erfüllung gegangen war, weniger als eine Woche nachdem sie ihre Wut auf die Scheune Gabriel gegenüber geäußert hatte! Ein Gedanke kroch in ihr Hirn und schlug dort langsam Wurzeln. War es möglich, dass Gabriel diesen Vorfall inszeniert hatte? Sie hatte ihre Abneigung gegenüber dem hässlichen Gebäude mehr als einmal geäußert, seit sie Freunde geworden waren, und sie wusste, dass er genauso empfand. Der willkürliche Haufen aus Betonblöcken, rohem Holz und Blech musste sein Architektenauge einfach beleidigen.
Sei nicht dumm, Deirdre, ermahnte sie sich. Als das Feuer ausbrach, saß Gabriel wohl in Newport House und hat seine diplomatischen Fähigkeiten ausgeübt. Die Vorstellung, er könnte Heuballen mit Benzin übergießen und Streichhölzer in der Gegend herumwerfen wie ein verrückter Brandstifter, hätte sie fast zum lauten Lachen gebracht. Doch der Gedanke war hartnäckig. Das Feuer war einfach ein zu großer Zufall. Vielleicht hatte er jemanden bezahlt, um es zu tun? Sie wusste, dass es solche Gehässigkeiten die ganze Zeit gab: Ländliche Politik konnte genauso übel sein wie ihr städtischer Cousin. Es hatte genug Leute gegeben, die nur allzu gerne für ein paar Pfund die Scheune in Brand gesetzt hätten, ohne dass Fragen gestellt wurden.
Es lag etwas aufregend Romantisches in der Vorstellung,

dass Gabriel die Vernichtung ihres Lieblingshassobjektes angeordnet hatte. Sie stellte ihn sich hinter dem Schreibtisch in der Bibliothek vor – es gab sicher eine Bibliothek in Carrowcross House –, wie er einem Typen, dem das Haar in die Stirn fiel, einen Umschlag mit Geld überreichte, ihm männlich fest die Hand drückte und ihm sagte, sicherzugehen, dass niemand verletzt würde. »Keine Sorge, Sir«, würde der Typ mit der Stirnlocke sagen. »Diese Scheune muss weg. Sie war eine arrogante Nichtbeachtung von Baugenehmigungen in diesem Gebiet. Wir Leute von hier sind sie gründlich satt.«
Deirdre sah sehr nachdenklich aus, als sie die Hand nach der Weinflasche ausstreckte und sich den restlichen Inhalt ins Glas schüttete. Nicht dass es noch viel zu schütten gab, wie sie erkannte. Sie hatte heute Abend mit dem Chardonnay wirklich übertrieben. Sie schluckte ihn herunter, stand, den Kopf voller Träume, auf und warf einen letzten Blick auf die brennende Scheune. Das Feuer hatte nun nachgelassen, und die Scheune war eine glühende Silhouette vor dem schwarzen Tuch des Himmels. Es würde nicht lange dauern, bis die wilden Atlantikstürme das umwehen würden, was immer da noch stand, und dann würde die Natur ihren Lauf nehmen. Nächstes Jahr um diese Zeit wäre die Stelle überwuchert. Der Schandfleck in der Landschaft wäre für immer verschwunden. Deirdre tastete sich lächelnd ins Bad.

Am nächsten Tag hielt der leichte Kater, den sie verspürte, sie nicht von ihrer Geschäftigkeit ab. Sie rief Eleanor an, um zu fragen, ob es eine Möglichkeit gab, in die Stadt mitgenommen zu werden, doch es antwortete niemand. Sie würde also mit dem Rad fahren müssen. Sie hatte wirklich nichts dagegen. Es war wieder ein schöner Frühlings-

tag, und sie konnte die sportliche Betätigung brauchen. Sie hatte so lange an dem laufenden Laptop gesessen, dass ihr Hintern wohl noch dicker geworden war.
Die Radfahrt machte Spaß. Carrowcross war in Hochform und zwang sie, all die üblichen Klischees über das Land im Frühling zu beachten. Die Felder wiesen mindestens neununddreißig Schattierungen von Grün auf, und wollige weiße Lämmer hüpften und tollten auf dünnen Beinchen herum. Sie kam an zwei weißen Kälbern vorbei, die so winzig waren, dass sie einfach »Aaah« sagen musste, als sie sie mit ihren großen Babyaugen anstarrten. Sie begrüßte jeden, der ihr entgegenkam, was genau zweimal passierte.
In der Stadt kaufte sie teuren Chablis, einen Laib knuspriges braunes Brot, einen Klecks Landbutter, Räucherlachs und Zitronen und das erotischste Essen, das sie im Supermarkt finden konnte: Feigen, rosarote Pfirsiche, eine Melone, Trauben. Sie hätte gerne noch frischen Hummer gekauft – Hummer war wirklich Sexessen –, doch der Gedanke, die armen Dinger in einen Topf kochenden Wassers zu schmeißen, ließ sie schaudern. Was, wenn sie versuchten herauszuklettern?
Im Zeitungsladen schenkte sie sich selbst eine Ferienlektüre und nahm eine Ausgabe der *Irish Times* mit, als sie sah, dass ein großer Artikel über Eva Lavery und den Grace-O'Malley-Film drinstand, der seit einigen Wochen in Galway gedreht wurde. Deirdre ging in ein Café, um einen Cappuccino zu trinken und ein Doughnut zu essen, und las den Artikel. Es gab ein großes Bild von Eva im Kostüm der älteren Grace O'Malley.
Als sie auf das Bild ihrer Freundin in der Zeitung starrte, bekam Deirdre schreckliches Heimweh. Eva war ein wichtiger Teil ihrer Geschichte. Sie empfand immer noch

Stolz, wenn sie daran dachte, was für eine Rolle sie dabei gespielt hatte, dem Filmstar ihr verlorenes Glück zurückzubringen, vor fast vier Jahren, als sie beide eine Saison lang Shakespeare am Phoenix-Theater gespielt hatten. Was war das für eine turbulente Zeit gewesen! Sie hatte Eva jetzt seit fast einem Jahr nicht mehr gesehen. Als sie sich das letzte Mal getroffen hatten, war Eva hochschwanger gewesen und strahlte vor Glück. Endlich war sie mit dem Baby gesegnet worden, nach dem sie sich gesehnt hatte, seit dem Tag, an dem sie mit ihrem Geliebten, David Lawless, wieder vereint worden war. Sie lächelte, als sie das Foto ansah. Die Geschichte dieser leidenschaftlichen, bewegenden Liebe zwischen der schönen Schauspielerin und dem hinreißenden Theaterdirektor besaß immer noch die Macht, ihr Herz zum Schmelzen zu bringen.

Der *Irish Times*-Artikel brachte noch ein Foto, diesmal von Eva, wie sie auf einem Regiestuhl aus Leinen saß – offenbar am Drehort – und ihr Baby an der Brust hielt. Sie bemerkte, dass der leere Stuhl zu ihrer Rechten den Namen »Cait Murray« trug und dass auf dem zu ihrer Linken »Rory McDonagh« stand. Sie versuchte, das unbehagliche Gefühl zu ignorieren, das dieser Name in ihr hervorrief, und sah sich das Bild genauer an. Evas kleines Baby! Sie hatte ihr ein Geschenk geschickt, nachdem die Kleine geboren war, doch sie hatte noch nicht die Gelegenheit gehabt, sie kennen zu lernen. Eva verbrachte im Augenblick die meiste Zeit in London. Vielleicht sollte sie für einen Tag mit dem Bus nach Galway fahren? Sie würde Eva gerne wieder sehen, bevor die Dreharbeiten zu Ende waren und sie mit der kleinen Dorcas nach London entschwand.

Deirdre sah auf die Uhr und stopfte sich den letzten

Doughnut in den Mund. Es war fast vier Uhr. Sie sollte sich beeilen. Sie würde nach dem steilen Heimweg eine Dusche brauchen, und sie hatte noch einige Vorbereitungen für das Stelldichein am heutigen Abend mit Gabriel Considine vor sich.

Deirdre hatte geduscht und sich einparfümiert. Sie saß auf der Seemauer und bewunderte die Aussicht; dabei versuchte sie das aufgeregte Flattern in ihrer Magengrube zu ignorieren. Sie hatte den Chablis in den Kühlschrank gestellt und Brotscheiben und Räucherlachs auf den hübschesten Teller gelegt, den sie finden konnte. Das Obst in der Schale sah hinreichend verführerisch aus, und ein Krug voller Glockenblumen stand in der Mitte des Tisches auf der Veranda. Auf ihrem Nachhauseweg hatte sie sie gepflückt. Sie trug natürlich ihr Nicole-Farhi-Kleid und sonst gar nichts.

Er überraschte sie. Sie hatte erwartet, dass Indigo Jones in den Garten gerannt käme und seine Ankunft und die seines Herrn mit aufgeregtem Bellen verkündete, wie er es sonst auch tat. Nichts hatte sie auf die Intensität des *frisson* vorbereitet, den sie empfand, als Gabriel sich hinter sie stellte und sanft die Masse ihres Haares teilte und ihren Hals auf genau die gleiche Art küsste, wie er es am letzten Abend getan hatte, als sie ihn gesehen hatte.

Sie drehte sich mit einem seligen Lächeln zu ihm um und hob ihr Gesicht zu seinem, wie eine Blume sich zur Sonne streckt, und genoss die Wärme seines Blicks.

»Gott, du siehst toll aus. Ich habe am Tor gestanden und dir eine Ewigkeit zugeschaut, bevor ich mich gerührt habe.«

»Ich habe das Tor gar nicht gehört.«

»Ich bin drübergesprungen. Lautlos. Wie ein Einbrecher.«

Sie lachte, und er förderte hinter seinem Rücken eine Flasche Champagner zu Tage.
»Besser als Bud«, bemerkte sie.
»Ich weiß nicht. Ich habe so manchen angenehmen Abend mit dir und Budweiser verbracht.« Er hielt die Flasche an die leicht gebräunte Haut ihres Arms, und sie keuchte auf.
»Gut gekühlt«, meinte er. »Genau wie ich es haben will.«
»Ich hole Gläser«, sagte sie und wollte schon von der Mauer herabgleiten.
»Rühr dich nicht«, befahl er. »Du siehst vollkommen aus. Ein Teil der Landschaft. Ich will mich hinsetzen und Champagner trinken und dich ansehen, Deirdre O'Dare.« Er lächelte sie an und verschwand im Haus; sie blieb mit ihrer aufkeimenden Lust zurück.
Als er wiederkam, hatte sie die Falten ihres Kleides so natürlich wie möglich um sich herumdrapiert. Es sah aus, als ob sie in einem Teich aus Seide säße. Der linke Träger war ihren Arm herunter»geglitten«, und sie zog ihn langsam wieder über die Schulter hinauf, gerade als Gabriel mit der Champagnerflasche in einer Hand und zwei Weingläsern in der anderen die Stufen zur Veranda hinaufstieg.
»Tut mir Leid, dass ich keine Flöten habe«, entschuldigte sie sich, nahm ein Glas von ihm entgegen und hielt es ihm so hin, dass er einschenken konnte.
Er goss sich selber eines ein, trat dann zurück und hob es hoch, dabei sah er sie aus ernsten schwarzen Augen an.
»Auf die Otter«, sagte er.
»Die Otter«, echote sie.
Zu ihrer Enttäuschung setzte er sich nicht neben sie auf die Mauer, sondern ging zu seinem üblichen Platz auf der Veranda. Er betrachtete sie schweigend, bis sie das

Gefühl hatte, etwas sagen zu müssen. Deirdre hatte zu viel Schweigen schon immer als entnervend empfunden. Als irgendwie unangenehm.
»Wie lief dein Essen gestern Abend?«, fragte sie.
»Das Essen war ausgezeichnet«, antwortete er. »Die Gesellschaft war entschieden langweilig. Ich war froh, dass ich ein geistiges Foto von dir hatte, das ich von Zeit zu Zeit anschauen konnte.« Er lächelte sie an, und Deirdre spürte, wie sie rot wurde. Sie trank einen unklug großen Schluck Champagner und dann noch einen und fühlte, wie er ihr direkt zu Kopf stieg.
»Es ist erstaunlich, dass Champagner eine sofortige Wirkung hat, nicht wahr?«, fragte sie und schüttelte ein wenig den Kopf, in dem Versuch, das plötzliche Gefühl von Schwindel abzuschütteln. »Es ist fast so, als wäre es intravenös, so schnell wirkt er.«
»Das ist das Moussieren.«
»Oh?«
»Die Perlen helfen, ihn schneller ins Blut gelangen zu lassen.«
Er sah sie auf eine Weise an, die in ihr den Wunsch weckte, zu ihm zu taumeln und sich ihm zu Füßen zu legen. Stattdessen riss sie ihren Blick von ihm los und ließ ihn hinüber nach Clew Bay wandern. Der Croagh Patrick trug einen Kranz aus dünnen weißen Wolken. »Oh, schau dir den Berg an!«, rief sie aus. »Er sieht aus, als ob er ein Haarteil trüge!«
Gabriel lächelte. »Haarteil?«, meinte er. »Was für ein hinreißend altmodisches Wort.«
Deirdres Blick wanderte weiter über die Bucht, bis Maura's-Island ins Blickfeld kam. Die schwarzen Überreste der ausgebrannten Scheune lagen wie ein Betrunkener auf einem grünen Samtkissen.

»Oh, ich habe vergessen, es dir zu erzählen!«, rief sie. »Heute Nacht ist die Scheune abgebrannt.«
»Welche Scheune?« Gabriel stand auf und kam müßig zu ihr herübergeschlendert. Sie dachte, es läge etwas zu Beiläufiges in seinem Verhalten. War er unaufrichtig?
»Du weißt schon – mein Hassobjekt. Die Scheune auf Maura's-Island. Trinken wir darauf.« Sie nahm noch einen Schluck Champagner und warf ihm einen verstohlenen Blick über den Rand ihres Glases zu, um zu sehen, ob ihn sein Gesichtsausdruck verriete, doch er blieb undeutbar. Er hob das Fernglas und pfiff leise. »Wow«, sagte er. »Das ist wirklich einen Toast wert. Hast du es gesehen?«
»Ja. Es war ziemlich spektakulär.« Wieder nippte sie am Champagner und begann dann den Saum ihres Kleides zu glätten. »Gabriel?«, wagte sie sich vor.
»Hm?«
»Das warst doch nicht du, oder?«
»Was war nicht ich?« Er betrachtete weiter die ausgebrannten Reste durchs Fernglas. Deirdre hatte den Eindruck, dass er nur widerstrebend ihrem Blick begegnete.
»Das warst doch nicht du, der – du weißt schon ...« Sie war plötzlich unsicher. »Der sie angezündet hat?«
»Angezündet hat?« Gabriel senkte das Fernglas und sah sie seltsam an.
»Ja. Du weißt doch – weil du gewusst hast, dass ich – wir – sie so sehr hassten.«
»Tut mir Leid, Deirdre«, sagte Gabriel langsam. »Ich habe hier ein kleines Problem. Fragst du mich gerade, ob ich die Scheune niedergebrannt habe?« Er sah sie fragend an, als ob er versuchte, sich in sie hineinzuversetzen.
»Nun – ja. Oder vielleicht nicht ganz. Ich meine – hast du vielleicht jemanden gebeten, es für dich zu tun?«
Er legte das Fernglas auf die Mauer und lehnte sich mit

verschränkten Armen dagegen. »Warum sollte ich das tun?«

»Weil – nun, weil du vielleicht gedacht hast, dass ich Anspielungen darüber gemacht habe, dass es eine gute Idee sei. Du weißt schon, als ich dauernd gesagt habe, dass ich sie gerne dem Boden gleichgemacht sähe, weil sie mir die Aussicht verdarb?« Eine Spur Verzweiflung hatte sich in ihre Stimme geschlichen. Gabriel sah sie an, und Unglauben stand ihm ins Gesicht geschrieben. Dann brach er in Lachen aus.

»Warum lachst du?«, fragte sie unsicher.

»Oh, Deirdre! Wo kommst du nur her? Du glaubst doch nicht wirklich, dass ich so etwas tun würde, oder?«

»Du meinst, du warst es nicht?«

Er schüttelte den Kopf und lachte immer noch. »Nein, Deirdre, ich war es nicht.«

Sie kam sich völlig lächerlich vor. »Aber du hast sie auch gehasst!«, protestierte sie.

»Ja, das stimmt. Ich habe sie für äußerst unansehnlich gehalten. Aber das heißt doch nicht, dass ich mich deshalb wie ein irrer Pyromane benehme, ich bitte dich.«

Sie war so durcheinander von ihrer eigenen Blödheit, dass sie eine Zeit lang brauchte, um zu reagieren.

»Du lebst wirklich gerne in einer Parallelwelt, nicht wahr, Deirdre?« Gabriel sah sie mit zärtlicher Belustigung an. »Ich beneide dich. Es muss Spaß machen, so, wie du es kannst, in ein Fantasieland zu entfliehen. Ich nehme an, deshalb bist du Schauspielerin geworden? Heben Schauspieler bei Fantasien ab anstatt im wirklichen Leben?«

Auf den Boden kommen. Komm auf den Boden, Deirdre. Wie oft im Leben hatte sie diese Worte schon gehört? Man hätte glauben sollen, dass sie inzwischen gewirkt hatten, dass sie etwas über das wirkliche Leben gelernt hatte. Sie biss sich auf die Lippe. Sie würde sich doppelt anstrengen müssen, um Gabriel Considine zu beweisen, dass sie kein Volltrottel war. »Ich bin ein Blödmann«, gab sie zu und schenkte ihm jenes Lächeln, dem die meisten Männer nicht widerstehen konnten. »Bitte beachte zukünftig meine merkwürdigen Anwandlungen nicht mehr. Ich verfange mich manchmal dermaßen in einem Fantasieleben, dass ich alle möglichen dummen Dinge glaube.«

»Nenn mir ein Beispiel.«

»Nun. Warte mal.« Sie dachte einen Moment nach. »O ja!, ein gutes: Ich war ewig überzeugt, dass der Mann in der Wohnung auf der anderen Seite des Platzes, an dem ich wohne, ein Spion sei. Er hat mir furchtbar Angst gemacht. Ich war drauf und dran, ihn dem Verteidigungsministerium zu melden, bis mein Nachbar mir erzählt hat, was er wirklich war.«

»Und was war er?« Gabriel sah sie mit einem unergründlichen Gesichtsausdruck an.

»Ein Voyeur. Er hielt sein Fernglas auf das Haus neben meinem gerichtet. Eine Prostituierte empfing dort ihre Kunden.«

Diesmal empfand sie sein Lachen als angenehm. »Kein Wunder, dass du mit dem Stückeschreiben angefangen hast«, sagte er. »Du hast die Art Intellekt, der Tausende von Drehbüchern vom Stapel lassen kann.«

»Ich hätte lieber die Art Gesicht, das Tausende von Schiffen vom Stapel lässt.«

»Das hast du auch.«

Sie lächelten sich an, und der Blick in Gabriels Augen erinnerte sie daran, warum er heute Abend gekommen war. Es war Zeit für ihr aphrodisierendes Festmahl. »Warte dort«, befahl sie ihm. Sie raffte ihr Kleid und sprang von

der Mauer. »Trink noch was«, sagte sie und schenkte Champagner in sein Glas. »Ich habe etwas zu essen in der Küche. Ich hoffe, du magst Räucherlachs?«
Gabriel nickte ihr zu, als sie im Haus verschwand. »Ja«, antwortete er. »Ich mag Räucherlachs.«
In der Küche geriet sie ein wenig in Panik. Diese Wirkung hatten Küchen immer auf sie. Ein, zwei Minuten stolperte sie sinnlos umher, nahm etwas in die Hand und stellte es wieder hin. Dann gab sie sich in Gedanken einen Klaps aufs Handgelenk. Bleib ruhig, Deirdre, sagte sie sich. Es gibt nichts weniger Verführerisches als ein Hühnchen, das völlig aus dem Häuschen ist. Was hatte Gabriel vorhin gesagt? Dass er wollte, dass der Abend wie der Champagner würde – perfekt gekühlt. Irgendwie musste sie etwas finden, das sie besänftigte. Was?
Musik. Natürlich! Musik würde schneller als alles andere Stimmung schaffen.
Sie stand auf und holte ein altes Radio oben aus dem Schrank. Es gab keinen CD-Player im Cottage und keinen Kassettenrecorder. Sie würde Vertrauen haben müssen, dass es etwas Besänftigendes im Radio gab. Sie schaltete es ein. Björk plärrte los. Deirdre brachte sie mit bebenden Fingern zum Schweigen. Björk würde niemals passen. Sie drehte am Knopf und presste ein Ohr ans Radio. Sie wollte Classic FM oder Radio Three.
Es ertönte eine Menge zischender Geräusche, als sie zwischen den Sendern herumwanderte, bevor sie den richtigen Sender fand. Etwas Jazziges und Fröhliches ertönte. Fröhlichkeit hatte sie eigentlich nicht im Sinn, doch es war besser als Björk. Langsam drehte sie es lauter, und die Musik schwoll dementsprechend an. Während sie den Räucherlachs aus dem Kühlschrank nahm und begann, das durchsichtige Papier vom Teller zu schälen, merkte

sie, dass sie die Melodie mitsang. Sie musste sie irgendwo vorher schon mal gehört und im Unterbewusstsein abgespeichert haben. Ihr Vater hatte das Stück wahrscheinlich. Er begeisterte sich für klassische Musik und hatte Hunderte von CDs.

Sie schnitt die Zitronen in Spalten und drapierte sie künstlerisch auf den Teller mit dem Räucherlachs. Als sie zurücktrat, um zu bewundern, wie hübsch der Teller aussah, bemerkte sie, dass die jazzige Musik nicht mehr fröhlich, sondern sexy klang. Das passte besser! Sie klemmte sich das Radio unter den Arm und ging hinaus in den Garten; während sie den Teller mit dem blassrosafarbenen Fisch betrachtete, fragte sie sich, ob sie Kapern hätte kaufen sollen, um sie darüber zu streuen, wie man es manchmal in Restaurants machte. Ach, das war nicht wichtig, sagte sie sich. Sie hasste Kapern sowieso.

Sie tauchte ins helle Sonnenlicht. Gabriel saß auf der Mauer, den Rücken zur Landschaft gewandt und den Kopf in den Händen vergraben. Sie zögerte, bevor sie den Teller und das Radio abstellte. »Gabriel?«, fragte sie, als sie vorsichtig einen Schritt auf ihn zu machte. »Geht es dir gut?«

Der Blick in seinen Augen, als er den Kopf hob, ließ ihren Atem stocken. »Schalte das Radio aus, Deirdre«, sagte er. »Tu es jetzt. Bitte.«

Es lag etwas in der Art und Weise, wie er es sagte, das sie wissen ließ, dass es wichtig war. Sie drückte auf den Aus-Knopf des Radios. Die Stille war tonnenschwer. Sie drehte sich um, um ihn anzusehen. Er war zum Gartentor gegangen.

»Es tut mir Leid«, sagte er. »Ich muss gehen.«

»Was ist los?«, fragte sie. »Was habe ich getan?«

»Die Musik«, erwiderte er. »Es ist *Rhapsody in Blue.* Es tut mir Leid.«

Rhapsody in Blue. Daisys Beerdigungsmusik. Nun vergrub Deirdre das Gesicht in den Händen. Als sie schließlich wieder aufschaute, war Gabriel Considine fort.

9

Tage vergingen ohne ein Lebenszeichen von Gabriel. Die Mauer blieb unvollendet.

Deirdre machte sich voller Wut an ihr Drehbuch. Es war die einzige Möglichkeit, sich davon abzuhalten, an Gabriel Considine zu denken, und es war die einzige Möglichkeit, ihrem eigenen Selbsthass zu entfliehen. Sie stand jeden Morgen früh auf, um zu arbeiten, und machte weiter bis zum Abend – manchmal bis neun Uhr. Sie beendete die Szene und überarbeitete den Text, und dann schrieb sie alles neu und feilte noch einmal dran herum. Sie hatte im Ganzen nur eine Woche daran gearbeitet.

Als sie das Drehbuch durchlas, projizierte sie es im Geist auf eine Leinwand. Es sah ziemlich gut aus, dachte sie. Jean-Claude Valentin hatte Recht gehabt, als er gesagt hatte, dass die besten Liebesgeschichten im Westen Irlands spielten. Sie lachte über ihre eigenen Witze und hoffte, dass sie nicht der einzige Mensch auf der Welt wäre, der sie lustig fände, und weinte über die traurigen Stellen. Am besten bezeichnete man es als bittersüß, nahm sie an. Das Einzige, worüber sie sich unsicher war, war, ob das Ende glücklich oder traurig sein sollte. Ihr Instinkt riet ihr zu einem Happy End, doch eine Stimme der Vernunft irgendwo in ihrem Kopf sagte ihr, dass, was die Logik anging, die Sache für ihren Helden und ihre Heldin nicht gut ausgehen sollte. Im wirklichen Leben tat es das kaum je, und sie wollte ihr Drehbuch im wirklichen Leben verankert wissen, egal, wie verführerisch es war, ins

Reich der Fantasie zu entschwinden. Sie ging auf Nummer sicher, indem sie zwei Schlussszenen schrieb – eine glückliche und eine traurige.
An dem Abend, an dem sie fertig war, lehnte sie sich erschöpft zurück. Was sollte sie nun tun? Sie streckte ihre vom Sitzen steifen Glieder und fuhr ihren Laptop herunter. Es fühlte sich seltsam an, fertig zu sein, und noch seltsamer, keinen physischen Beweis ihrer harten Arbeit zu haben. Sie war jetzt in einem Stadium, in dem sie alles ausgedruckt wissen wollte, um zu schauen, wie es auf Papier und nicht auf dem Monitor ihres Laptops aussähe. Das war der einzige Nachteil, so weit weg von Dublin zu arbeiten. In Westport gab es keine Möglichkeit, ihre Diskette auszudrucken. Sie hatte sich schon am ersten Tag erkundigt, als Eleanor sie in die Stadt gefahren hatte, und man hatte ihr mitgeteilt, dass sie für diesen Dienst nach Galway fahren müsste. Zur Hölle. Sie würde sich jetzt darüber keine Sorgen machen. Sie würde das Problem auf morgen verschieben – denn ihr Kopf würde zerplatzen, wenn sie heute Abend anfinge, zu versuchen, hinter die Triebkräfte der Kompatibilität, der Übertragung von Dokumenten und den ganzen Computerkram zu kommen.
Steif und gähnend stand sie auf und schlenderte durch die Küche zur Rückseite des Hauses, wo die Steinstapel immer noch an der Grenzmauer lehnten. Das Rotkehlchen sang im Gebüsch, die Sonne warf lange, geheimnisvolle Schatten, und die Landschaft lud sie zu einem Spaziergang ein.
Sie ging den Weg hinauf und bog dann auf einen Schafspfad ab, der sie hoch zur Landspitze führen würde. Schafe stoben bei ihrem Näherkommen auseinander, zierliche Hufe trommelten auf dem Boden. Das einzige andere Ge-

räusch war die Lerche, die den ganzen Tag über ihre Lieder gesungen hatte.
Es war ein zäher Anstieg, doch er war es wert. Die Brise, die vom Atlantik herwehte, blies aus ihrem Kopf alle Selbstzweifel und allen Selbsthass und all den anderen Müll, der sich dort in der letzten Woche angesammelt hatte.
Als sie die Bergkuppe verließ, fühlte sie sich so gut wie seit Tagen nicht mehr.
Clew Bay und seine Inseln erstreckten sich zu ihren Füßen, eingetaucht in jenes seltsame, bernsteinfarbene Abendlicht, das so typisch für Irlands Westen ist. Sie konnte das Dach ihres Cottage unten zu ihrer Linken sehen; zu ihrer Rechten das Dach von Eleanors kleinem Haus. Auf der anderen Seite der schmalen Landzunge, die die Halbinsel mit dem Festland verband, konnte sie gerade noch die Schornsteine von Carrowcross House ausmachen, die über den Bäumen aufragten, die es umgaben.
Der Abstieg war leicht. Ihre Beine liefen mit ihr davon, stolperten und schlugen Hasen in die Flucht. Als sie am Fuß des Hügels angelangt war, war sie außer Atem, und ihr war schwindlig. Sie hatte Seitenstechen und versuchte, wieder zu Atem zu kommen. Zwischen den Bäumen auf der anderen Seite der schmalen Bucht konnte sie Glas aufblitzen sehen. Carrowcross House hatte endlich Fenster. Sie zog eine gelbe Iris aus einem Flecken Sumpfland, wo diese Blumen blühten, und steckte sie sich ins Haar. Dann machte sie sich entschlossen auf in Richtung der Landzunge, die sie zur anderen Seite der Bucht führen würde, wo Gabriels Haus stand.
Sie musste zehn Minuten lang stramm marschieren, bis sie dort war. Die Tore waren verschlossen. Durch das ausgeklügelte kunstvolle Schmiedeeisen konnte Deirdre die

Vorderseite des Pförtnerhauses sehen, in dem, wie Eleanor ihr erzählt hatte, Gabriel hauste. Sie rüttelte an den Toren, doch sie waren versperrt. Eine dicke Kette mit einem Schloss war um den rostigen Riegel geschlungen, der sie zusammenhielt. Doch sie wusste, dass es noch einen anderen Weg hinein gab. Einen Weg, den sie als kleines Mädchen benutzt hatte.

Die Mauer war so überwuchert, dass sie einige Zeit brauchte, bis sie die Stelle fand, an der sie abgebröckelt war und so leichten Zugang auf das Gelände des großen Hauses gestattete. Als sie sie schließlich entdeckte, waren ihre Hände wund vom Zurückschieben der Zweige und harten Stängel wirren Efeus. Sie kletterte hindurch und zerkratzte sich dabei den nackten Arm an einem rauen Stein, der durch den dichten Baldachin aus grünem Laub hervorstach und ihr an der Seite eine Hosentasche wegriss.

Drinnen war es kühl und grün. Die Lautstärke der singenden Vögel wirkte unwirklich. Sie schob sich durch grellrosafarbenen Rhododrendron und tauchte dort auf, wo früher einmal eine Auffahrt gewesen war, heute aber nur noch ein überwucherter Weg existierte. Zu ihrer Linken schlängelte sich der Weg hinauf zum großen Haus; zu ihrer Rechten wand er sich hinunter zum Pförtnerhaus. Sie wandte sich nach rechts und machte sich mit klopfendem Herzen auf den Weg.

Es gab keine Türglocke. Ein alter, stumpf gewordener Messingklopfer in Form eines liegenden Löwen war an die Tür geschraubt. Sie klopfte. Noch als der Klopfer mit dem Holz in Berührung kam, wusste sie, dass niemand antworten würde, doch das hielt sie nicht davon ab, es noch einmal zu versuchen, diesmal fester. Nach ein, zwei Minuten trat sie ein paar Schritte zurück und sah hoch.

Das Haus wirkte unbewohnt. An manchen Fenstern im ersten Stock waren die Läden geschlossen, andere waren nur halb geschlossen. Sie kam sich wie ein Eindringling vor und ging herum zur anderen Ecke auf der Rückseite des Hauses; sie schaute vorsichtig durch ein Fenster in einen Raum, der offenbar die Küche war, und war ein wenig entsetzt von der Unordnung, die darin herrschte. Ungewaschene Frühstücksteller standen auf dem Küchentisch neben einer halb leeren Kaffeemaschine. Eine Dose Hundefutter mit einem Löffel darin stand auf der Abtropffläche neben einer offenen Milchtüte. Aus der offenen Tür der Waschmaschine quollen Kleidungsstücke in einen Wäschekorb auf dem Boden. Post lag verstreut auf einer Theke unter einem Nachrichtenbrett voller Dokumente. Er muss ziemlich spät zur Arbeit geeilt sein, nahm Deirdre an. Sie trat vom Küchenfenster zurück und ging zur Vorderseite des Hauses, spähte dabei kurz ins Fenster und fand das Gefühl, zu spionieren, unangenehm, das dies in ihr hervorrief.

Die Zimmer waren spartanisch möbliert – eine Couch, ein Tisch, ein paar sehr elegante Stühle mit Lederrücken. In dem kleinen Wohnzimmer auf der Vorderseite des Hauses gab es nichts als eine Chaiselongue, eine Großvateruhr und einen türkischen Teppich auf dem Boden. Auf dem Teppich lagen eine Ausgabe der *Irish Times*, deren Seiten ziemlich willkürlich herumlagen, als ob jemand eilig nach etwas gesucht hätte, eine Rotweinflasche, ein paar Hochglanzbücher über Architektur, eine Schere und ein Glas. Deirdres Augen suchten den Raum nach einem zweiten Glas ab, und sie fühlte sich auf absurde Weise erleichtert, als sie keines finden konnte.

Sie konzentrierte sich auf die Zeitung, die auf dem Boden liegen gelassen worden war, fragte sich, ob es die von heute oder von gestern war, und war nicht übermäßig optimistisch, was ihre Fähigkeit, das zu beurteilen, anging. Sie hatte in der letzten Woche den Nachrichten nicht viel Aufmerksamkeit geschenkt. Doch es war etwas merkwürdig Vertrautes an dem Layout der Seite. Dann klickte es bei ihr. Es war die *Irish Times*, die sie vor einer Woche gekauft hatte: Sie erkannte Evas Foto, das den Kulturteil beherrscht hatte. Deirdre hatte sich nicht die Mühe gemacht, an jenem Tag den Rest der Zeitung zu lesen – es hatten sie zu viele andere Dinge beschäftigt –, doch das hätte sie offenbar tun sollen. Auf einer der Seiten fragte eine dicke Schlagzeile: »Das Ende vom Lied für Ardmore Grove?«

Verdammter Mist! Das was das Erste, was sie hörte. Zumindest seit letztem Jahr. Jedes Mal, wenn die Soap das Ende ihrer saisonalen Staffel erreichte, gab es in der Presse Spekulationen darüber, ob sie auch das Verfallsdatum erreicht hätte. Was für Gerüchte kursierten, seit Deirdre fort war? Sie würde dies herausfinden müssen, wenn sie wieder im Cottage war – sie wusste, dass die Ausgabe der *Irish Times* noch irgendwo herumlag. Nun ja. Wenn die Soap in den Fleischwolf kam, war sie arbeitslos. Sie runzelte ein wenig die Stirn und überlegte. Aus irgendeinem Grund störte sie diese Erkenntnis nicht sehr. Amber hatte sich sowieso abgenutzt.

Deirdre wollte vom Fenster weggehen, als etwas sie innehalten ließ. Unter der Schlagzeile war ein Rechteck aus der Zeitung geschnitten worden. Sie fragte sich, welches Interesse Gabriel Considine wohl an den Machenschaften um eine Soap haben mochte, und dann ermahnte sie sich, sich zusammenzureißen. Offensichtlich hatte es auf der Rückseite der Seite einen Artikel gegeben, den er ausgeschnitten hatte.

Sie ging weg vom Pförtnerhaus in Richtung auf das große Haus und kam sich immer noch wie ein Eindringling vor. Als das Haus hinter der Biegung der Auffahrt in Sicht kam, blieb sie wie angewurzelt stehen.

Das war Carrowcross House, wie es sein sollte – wie sie es sich seit ihrer Kindheit vorgestellt hatte. Ziegel waren gesäubert und ersetzt worden, ein neues Dach war aufgesetzt worden, und georgianische Scheiben waren in die anmutigen Doppelfenster eingesetzt worden, wo einst gähnende Löcher gewesen waren. Die niedrigen Mauern, die die Stufen zum Haus hinauf flankierten, waren repariert worden, und Efeu rankte sich an den Säulen auf beiden Seiten der großen Eingangstür empor. Kamine, die einst zerbrochen und bröcklig gewesen waren, standen nun stolz da, ihre blassen Einsätze aus Terrakotta färbten sich rosa in dem Sonnenlicht, das hinter dem hohen, sich neigenden Dach verschwand. Die symmetrische Schönheit des Hauses brachte Deirdre fast zum Weinen. Sie machte wieder einen Schritt vorwärts, hoffte zu entdecken, was hinter den dunklen Brettern lag, bis sie erkannte, dass jede weitere Erforschung nutzlos wäre. Alle Fenster waren mit Läden verriegelt. Sie blieb stehen, unentschlossen, ob sie zur Rückseite gehen sollte, wo die Terrasse hinunter zu den alten Gärten führte, und dann entschied sie sich dagegen. Die Schatten waren erheblich länger geworden, und es war kalt unter den überhängenden Bäumen, die die Auffahrt säumten. Wenn sich hier irgendwelche Geister herumtrieben, würden sie jetzt aufwachen. Sie schauderte, schlang kurz die Arme um sich, um sich zu wärmen, drehte sich dann um und ging über die überwucherte Auffahrt zurück; dabei stellte sie sich das Geräusch von Kutschenrädern vor, das einst auf dem Kies widergehallt hatte.

Es war dämmerig, als sie zurück zum Cottage kam. Während sie die Küchentür aufschloss, klingelte das Telefon. Zu spät stürzte sie hin. Wer immer es gewesen war, hatte aufgelegt. Deirdre war ernsthaft ärgerlich. Sie hätte gerne ausgiebig mit jemandem geplaudert. Wie wäre es mit Maeve in Stratford? Nein. Sie stand wohl gerade auf der Bühne. Vielleicht sollte sie später Bart anrufen. Sie dachte daran, bei Eleanor vorbeizuschauen, und entschied sich dann dagegen. Ihre Taschenlampe hatte keine Batterien mehr, und der Gedanke, im Dunklen nach Hause zu stolpern, gefiel ihr gar nicht.

Sie holte ihren größten und bequemsten Pullover aus dem Schlafzimmer und schlüpfte hinein. Sie hatte sich angewöhnt, ihn jeden Abend anzuziehen, da kaum noch eine Chance bestand, dass Gabriel auftauchen würde. In der Küche öffnete sie den Kühlschrank, um sich ein Glas Fusel zu genehmigen, und bemerkte, dass der Chablis, den sie gekauft hatte, um ihn mit Gabriel zu teilen, immer noch auf einem Regal stand. Ich verschwende meine Zeit, dachte sie. Gabriel und sie würden niemals zusammen im Bett lümmeln, an kaltem Chablis nippen und Trauben essen. Zur Hölle – sie würde ihn nun aufmachen. Sie hatte ihr Drehbuch fertig – sie sollte feiern.

Sie nippte am Chablis, während sie ein Abendessen aus Pasta mit fertiger Pestosauce zusammenwürfelte und sich wünschte, sie könnte es sich leisten, die ganze Zeit teuren Wein zu trinken. Der beste Wein, den sie je getrunken hatte, war ein Meursault gewesen, den Eva Lavery für sie geöffnet hatte, als sie Freundinnen geworden waren. Es war während jener schicksalhaften Produktion von *Ein Sommernachtstraum* gewesen, als sie von der Rolle der ersten Fee zur jugendlichen Hauptrolle der Fermia befördert worden war und ihre Karriere begonnen hatte. Sie war wirklich ins kalte Wasser geworfen worden, und Eva hatte ihr enorme moralische Unterstützung geboten. Sie war so froh gewesen, dass eine Schauspielerin vom Format einer Eva Lavery sie unter ihre Fittiche genommen hatte! Der Gedanke an Eva erinnerte sie an den Artikel in der *Irish Times* und an den Artikel darüber, dass *Ardmore Grove* den Bach hinunterging, den sie hatte lesen wollen. Sie rührte die Sauce in die Pasta und ließ sie auf dem Tisch auf der Veranda stehen, während sie losging, um sie zu holen. Sie lag unter einem Stapel alter *Vanity Fairs* auf einem Regal im Wohnzimmer. Sie klemmte sie sich unter den Arm, holte ihr Weinglas aus der Küche und ließ sich in ihrem Lieblingssessel nieder, um beim Essen zu lesen. Sie blätterte die Zeitung durch und aß dabei mit der freien Hand Fusilli. Als sie zu der Seite kam, nach der sie suchte, erstarrte ihre Hand mit der vollen Gabel. Unter einem Foto stand: »Schauspielerin Deirdre O'Dare: Ihr Text gehörte zu den umstrittensten in der Geschichte der Langzeitserie.« Es war nicht eines ihrer Lieblingsfotos. Der Fotograf hatte sie aufgenommen, ohne dass sie es wusste – bevor sie Zeit gehabt hatte, ihm ihren besten Blick zuzuwerfen –, und er hatte sie mit einem halben Lächeln auf halb geöffneten Lippen und einem völlig ungeschützten Ausdruck im Gesicht erwischt. Er hatte sie am Ende einer Aufnahme fotografiert, ihr Lippenstift war ein wenig verschmiert und ließ sie aussehen, als ob sie gerade jemanden abgeknutscht hätte. Der Fotograf hatte ihr geraten, sich für diese letzte Aufnahme zu entscheiden, doch sie hatte seine Empfehlung ignoriert und stattdessen ein halbes Dutzend Abzüge ihres persönlichen Lieblingsfotos bestellt – eines, auf dem ihre Wangenknochen wirklich hervorstachen und eine Augenbraue in einer Art zynischem Fragezeichen hochgezogen war. Deirdre nahm an, dass dieses Foto echte Klasse hatte und dass ihr Gesichtsausdruck darauf sehr deutlich den gegenwärtigen »ironischen« Zeitgeist wiedergab. Der Fotograf hatte trotzdem ein paar von den anderen abziehen lassen und sie umsonst zu denen, die sie bestellt hatte, gesteckt. Die Werbeabteilung von RTE hatte offenbar keine Abzüge mehr von ihrem Lieblingsfoto, so dass sie sich mit diesem hatten behelfen müssen.

Gabriel hatte also ihr Bild ausgeschnitten. Ein erregendes Gefühl durchlief sie, und sie seufzte vor Erleichterung fast laut auf. Sie war ihm also wichtig genug, dass er ihr Foto behalten wollte! Vielleicht hatte er es in seine Brieftasche gesteckt oder an das Brett geheftet, das sie in der Küche gesehen hatte. Vielleicht hatte er es gerahmt? Sie dachte sofort über diese Möglichkeit nach. Nein. Der Gedanke, dass Gabriel Considine liebeskrank aufseufzte, während er ihr gerahmtes Foto anstarrte, war wirklich alles andere als glaubwürdig.

Sie erinnerte sich an Gabriels Wohnzimmer, wie es ausgesehen hatte, als sie durchs Fenster gespäht hatte. Sie erinnerte sich an die Zeitung, die auf dem Boden lag, und an das leere Rechteck auf der Seite, wo das Bild gewesen war, und an die Schere – und plötzlich war sie sich nicht ganz sicher, wie sie sich fühlte. Ihr kam es in den Sinn, dass dies etwas war, was Verrückte in Filmen taten.

Deirdre faltete die Zeitung zusammen, ohne den Artikel über *Ardmore Grove* zu lesen. Ihr Kopf war zu voll mit wirren und abstrusen Gedanken, als dass sie sich darauf hätte konzentrieren können. Sie sah auf die Pasta in ihrer Schüssel und dachte, dass sie noch nie so etwas Unappetitliches gesehen habe. Sie schob sie weg, lehnte sich in ihrem Sessel zurück und blickte müde auf den dunkler werdenden Himmel. Kein Wunder, dass sie paranoid und unglücklich war. Sie hatte vergessen, wie kaputt sie war. Und sie war auch einsam, erkannte sie. Sie vermisste ihre abendlichen Sitzungen mit Gabriel, obwohl sie versucht hatte, sich von dem Loch abzulenken, das er hinterlassen hatte, indem sie wie wild arbeitete. Wie seltsam das Leben doch war. Gabriel Considine war aus dem Nichts aufgetaucht und war genauso unerwartet wieder verschwunden, wie er gekommen war. Er war nicht lange dagewesen, doch es war ihm gelungen, einen nachhaltigen Eindruck bei ihr zu hinterlassen. Plötzlich wollte sie dringend mit jemandem sprechen. Sie griff zum Telefon und wählte Barts Nummer. Scheiße. Es war besetzt. Sie legte das Telefonbuch wieder auf die *Irish Times*, die gefaltet auf dem Tisch lag. Eva Laverys lächelnde Augen blickten sie an. Das würde sie tun! Sie würde Eva anrufen.

Sie stand auf und holte ihr altes Filofax aus ihrem Arbeitszimmer. Es war voll mit Papierfetzen mit Telefonnummern und Notizen darauf und mit Quittungen von Dingen, an die sie sich nicht mehr erinnern konnte. Auf einem der Notizzettel stand: *Könnte einer von ihnen allergisch auf Schokolade gewesen sein? Das würde die Tatsache erklären, warum es nur vier verschiedene Mousse gab.* Sie hatte keine Ahnung, was das bedeutete. Offenbar irgendeine Anfangsidee, die sie irgendwann mal für ein Drehbuch gehabt hatte.

Sie durchsuchte die Seiten, die mit L anfingen, und fand Evas Handynummer mit einem danebengekritzelten Smiley. Eva verlor ständig ihre Handys. Ihr Versuch zu wählen gab ihr Recht. Als sie die Nummer eintippte, hörte sie die warme Stimme von Tara Flynn, der gegenwärtigen Königin der Werbeaufnahmen. *Dies ist eine Ansage der Esat Digiphone*, hörte sie. *Die Nummer, die Sie ge-*

wählt haben, ist nicht in Betrieb. Sie müssen für diesen Anruf nicht bezahlen. Dies ist eine Ansage der Esat Digiphone. – Danke, Tara, dachte sie, als sie den Hörer aufknallte.

Sie fühlte sich auf absurde Weise enttäuscht. Nun, da sie die tolle Idee gehabt hatte, Eva anzurufen, war sie entschlossen, sich nicht davon abhalten zu lassen. Sie überlegte rasch. Der Grace-O'Malley-Film wurde an verschiedenen Orten im County Galway gedreht, doch die Produktionsgesellschaft hatte wahrscheinlich irgendwo in der Stadt ihre Basis. Wo würde Eva ihre Zelte aufschlagen, wenn sie in Galway war? Dies war klar: das Great Southern Hotel am Eyre Square – das älteste und eleganteste Hotel im Herzen der Stadt.

Deirdre holte das Telefonbuch, fand die Nummer des Hotels und wählte. Während sie wartete, fragte sie sich, ob sie durchgestellt wurde, wenn Eva überhaupt da war. Sie nahm an, dass das Hotel die Privatsphäre der Schauspielerin schützen würde: Schließlich war Eva ein echter Filmstar, selbst wenn sie eine Freundin von dem kleinen Soap-Opera-Starlet Deirdre O'Dare war. Vielleicht hätte sie eine bessere Chance, Eva zu erreichen, wenn sie ihren Namen angab. Dann würden sie nicht fälschlich annehmen, sie sei ein Fan oder eine verrückte Verfolgerin.

Das Telefon am anderen Ende wurde abgenommen. »Guten Abend – Galway Great Southern Hotel – was kann ich für Sie tun?«, ertönte die höfliche Begrüßung.

Deirdre legte in ihre Stimme eine Sicherheit, die sie bei weitem nicht empfand. »Guten Abend. Hier ist Deirdre O'Dare, ich möchte bitte Eva Lavery sprechen.«

»Einen Augenblick bitte.«

Als die Pausenmusik einsetzte, kam sich Eva dumm vor Verlegenheit vor. Eva wohnte wahrscheinlich nicht mal dort. Sie konnte ebenso gut schon fertig mit dem Film sein und nach London zurückgekehrt. Vielleicht hätte sie es stattdessen unter der Londoner Nummer versuchen sollen? Doch vielleicht hätte David Lawless abgenommen, und sie war immer ein bisschen schüchtern, wenn sie mit ihm sprach. Sie hatte nie die Zeit vergessen, als sie sich zum totalen Narren gemacht hatte, indem sie ihn bei der Premierenparty von *Ein Sommernachtstraum* angemacht hatte.

Als die Musik abbrach, erwartete Deirdre wieder die Stimme der Empfangsdame, die ihr sagte, dass es keine Eva Lavery bei ihnen gäbe.

Stattdessen: »Deirdre!«, hörte sie Evas vertrautes kehliges Schnurren. »Was für eine schöne Überraschung!« Und Deirdre lächelte das erste Mal seit einer Ewigkeit wieder. Nun – immerhin seit einer Woche.

»Hallo, Eva! Wie geht's?«

»Alles ist wunderbar – und noch wunderbarer, wo ich mit dir rede. Ich bin glücklich, dass du angerufen hast. Wer hat dir erzählt, wo du mich finden kannst?«

»Ich habe es irgendwie selbst herausgefunden.«

»Natürlich, du schlaues Ding. Und dein Timing ist so unfehlbar wie immer – ich bin gerade eben von der Arbeit zur Tür hereingekommen. Warte eine Sekunde, ich will dir jemanden geben.«

Ein gewinnendes Gurgeln ertönte am Telefon, gefolgt von einem lauten Rülpsen. »O Eva!«, rief Deirdre aus. »Ist das Dorcas?«

»Nun, das war sicher nicht ich. Obwohl ich bekannt dafür bin, dass ich nach ein paar Gläsern Wein zu viel auch so klinge.«

»O Eva – ich sterbe dafür, sie zu sehen!«

»Sie auch dafür, dich zu sehen. Ich habe ihr alles über dich erzählt und nur die allernettesten Dinge gesagt. Ich hoffe,

sie wird dich als Patin wählen, weißt du, wenn sie alt genug ist.«
Deirdre war verwirrt. »Was meinst du – mich wählen? Hast du nicht die Paten schon ausgewählt?«
»Guter Gott, nein. Ich denke nicht im Traum daran, ihr meine Wahl aufzuzwingen – vielleicht würde sie dann am Ende die armen Kerle hassen. Es hat sowieso keine Taufe gegeben – ich werde ihr auch das nicht aufzwingen. Aber ich werde sie ganz sicher nicht der Möglichkeit berauben, jemanden ungeheuer Weisen auszuwählen, der sie durchs Leben geleitet …«
»Eva. Wenn das deine Absicht ist, bin ich kaum die richtige Kandidatin.«
»Ich weiß, Liebes, aber du musst ihr nicht Nuklearphysik beibringen, weißt du, oder Hauswirtschaft oder Buchhaltung oder sonst irgendeinen Unsinn aus dem richtigen Leben. Du kannst ihr einfach all die grundlegenden Dinge sagen, die sie wissen muss und die sie ihre weißhaarige Mutter nicht fragen kann.«
»Du bist nicht alt, Eva.«
»Noch nicht, Liebes, noch nicht. Doch ich werde es schließlich werden. David und ich werden glücklich und zufrieden in einem Vororthaus mit gepflegtem Rasen leben. Er wird Golfspielen anfangen und ich Bridge. Und natürlich werde ich feste Schuhe tragen und mich würdig benehmen.«
»Nein«, entgegnete Deirdre.
»Ich nehme an, du hast Recht, Liebes«, seufzte Eva. »Ich könnte niemanden täuschen, oder? Egal, lass uns dieses schmerzlich deprimierende Thema abschließen.« Eva klang nicht im Entferntesten deprimiert. »Wie steht's in Dublin?«
»Ich bin nicht in Dublin. Ich bin in Carrowcross.«

»Wo, in Gottes Namen, ist Carrowcross?«
»Das ist eine kleine Stadt – sehr abgelegen – ungefähr sechs Meilen von Westport entfernt.«
»Westport? Dann sind wir ja praktisch Nachbarinnen, um Himmels willen! Du musst nach Galway kommen und dein eventuelles Patenkind kennen lernen. Wenn sie dich sieht, wird sie wissen, dass du diejenige welche bist. Du kannst sie auf deinem Knie tanzen lassen und ihr Geschichten vorlesen.«
»Aber sie ist erst sechs Monate alt, Eva! Sie wird kein Wort verstehen!«
»Natürlich wird sie das, Liebes. Ich habe ihr Geschichten vorgelesen seit dem Tag, an dem sie empfangen wurde. Sie ist unglaublich intelligent – sie versteht alles. Sie hat Davids Genie und mein Aussehen geerbt, Gott sei Dank. Es wäre eine Katastrophe gewesen, wenn es andersherum gewesen wäre.«
Deirdre lachte. »Ich will sie unbedingt kennen lernen, Eva«, wiederholte sie. Ein Gedanke nahm in ihrem Kopf Gestalt an. »Ich werde sowieso bald nach Galway kommen müssen, um etwas ausdrucken zu lassen.«
»Oh? Was denn?«
Deirdre war immer noch zurückhaltend, was ihr Drehbuch betraf. Sie zögerte ein wenig, bevor sie sagte: »Nun, ich habe eine Art Drehbuch geschrieben.« Sie trank einen großen Schluck von ihrem Chablis und biss sich auf die Lippe.
»Ein Drehbuch?« Eva klang ehrfurchtsvoll. »Wow. Ich habe immer gewusst, dass du ein schlaues Mädchen bist. Ich bin praktisch sprachlos vor Eifersucht. Ich wollte immer eines schreiben, so dass ich tolle Rollen für alle meine Freunde hineinschreiben und alle meine Feinde für langweilige Rollen besetzen könnte. Du weißt schon – zweite

Hure mit Röteln, fetter und langweiliger Minister – diese Art von Figuren.«
»Aber Eva, du hast doch keine Feinde!«, protestierte Deirdre.
»O doch, die habe ich – Hunderte«, widersprach Eva fröhlich. »Also, wann kommst du?«

Es war später, als sie gewollt hatte, als Deirdre an diesem Abend ins Bett ging. Sie würde am nächsten Morgen früh anfangen müssen. Sie hatte die Abfahrtszeiten der Busse nach Galway herausgesucht und entdeckt, dass einer um fünf vor halb zehn abfuhr. Sie wollte so früh wie möglich ankommen, damit sie ihren ganzen Kram erledigt bekäme und den Rest des Tages mit Eva und Dorcas verbringen könnte. Sie gestattete sich keinen Gedanken an Rory McDonagh. Es war sowieso höchst unwahrscheinlich, dass er im Great Southern wohnte. Er hatte Familie in Galway, und die McDonaghs waren ein ziemlicher großer Clan.
Sie sah sehnsüchtig auf ihr Nicole-Farhi-Kleid, das auf einem Bügel im Schrank hing, als sie ihre Kleidung für den Morgen zurechtlegte – ausnahmsweise wollte sie einmal gut organisiert sein. Es gab keine Möglichkeit, in *dem* Kleid nach Westport zu radeln, um den Bus zu kriegen. Es würde sich in den Speichen verfangen und zerreißen oder sich um die Kette wickeln.
Ihre Hosen waren zerrissen und schmutzig, da sie auf dem Gelände von Carrowcross House durchs Gebüsch gekrochen war. Sie hatte Jeans, doch sie wollte morgen etwas Mühe auf ihr Aussehen verwenden.
Vielleicht sollte sie das kleine Etuikleid tragen, das sie im Quay Cottage mit Eleanor angehabt hatte? Es war ein bisschen gestylt, doch die Leinenjacke brachte genau die

richtige Nuance von Understatement. Es würde auch ein bisschen kühl sein – sie hatte bemerkt, dass das Wetter endgültig zum Schlechten umschlagen würde –, doch das hatte sie noch nie abgehalten. Sie nahm das Kleid vom Bügel und hielt es vor sich, während sie ihr Bild im Spiegel betrachtete. Unbedingt. Sie würde daran denken müssen, auch noch genug Zeit zum Haarewaschen einzuplanen. Das Letzte, was Deirdre auf den Stuhl neben ihr Bett legte, war die Agent-Provocateur-Unterwäsche.

10

Am nächsten Morgen schaukelte sie in einem ratternden Bus nach Galway und kam sich in ihrem kurzen Kleid mit den Seidenblumen und ihren silbernen Sandalen ein bisschen blöd vor. Alle anderen Fahrgäste trugen feste Jacken oder Anoraks. Sie hatte ihr Buch mitgebracht, war aber nur ein paar Seiten weit gekommen, da es ziemlich langweilig war. Also starrte sie stattdessen aus dem Fenster und gab sich einer äußerst jugendlichen Fantasie hin, in der sie und Joseph Fiennes an einem nicht näher bezeichneten Drehort intelligente Anweisungen von Neil Jordan entgegennahmen. Natürlich in historischen Kostümen.

Die Landschaft in der Nähe von Galway war nicht der Rede wert – flach und staubig, überall standen Bungalows herum und ab und zu ein palastähnliches Haus. Eines hatte an einer Seite einen Lehmanbau und an der anderen ein viktorianisches Gewächshaus, vorn dorische Säulen und Rollläden an den Fenstern. Sie hätte gerne Gabriel davon erzählt. Als sie ins Zentrum von Galway kamen, hatte Deirdre Joseph Fiennes verlassen, während er gerade über eine witzig ätzende Beobachtung lachte, und betrachtete durch das Busfenster entsetzt die Aussicht. Abgesehen von einem kurzen Besuch, um eine Druidenausstellung zu sehen – bei dem sie über die Straße von Dublin gekommen war –, war sie seit Jahren nicht mehr in Galway gewesen. Sie war nicht vorbereitet auf die hässlichen Randbezirke, durch deren dichten Verkehr sich der Bus langsam wie eine Schnecke schlängelte. Die Straße war gesäumt von Industriegebieten, Großmärkten, Supermärkten, einem Riesenkinokomplex. Sie konnte nicht glauben, wie billig es geworden war. Vielleicht liegt der Grund darin, dass ich mich daran gewöhnt habe, mit der schönsten Aussicht der Welt zu leben, dachte sie. Vielleicht werde ich so etwas nicht mehr bemerken, sobald ich mich wieder an das Leben in einer Stadt gewöhne.

Der Bus ließ sie am Eyre Square raus, und sie schwang ihren Rucksack über die Schulter und bog um die Ecke zum Great Southern; dabei fühlte sie sich von seinem grandiosen Eingang ein wenig eingeschüchtert. Sie stieg die Stufen hoch und bewältigte die Drehtüren, hoffte, sie sähe aus, als ob sie jeden Tag ihres Lebens in schicke Hotels schlendern würde.

Hinter dem Empfang stand ein Angestellter mit blauen Augen und lockigem dunklen Haar. Als sie näher kam, sah er auf. »Hallo«, grüßte sie, »ich bin hier, um Eva Lavery zu besuchen. Sie erwartet mich.«

»Ah. Lassen Sie mich nachsehen, sind Sie …« Der Angestellte griff nach einem Stapel Umschläge und blätterte sie durch. »Sind Sie Deirdre O'Dare?«

»Genau.«

»Ms. Lavery hat dies für Sie hinterlassen.« Er reichte ihr einen Umschlag, auf den ihr Name mit violetter Tinte gekritzelt war. Deirdre erkannte Evas schwungvolle Handschrift.

»Danke«, sagte sie und nahm den Umschlag mit einem leichten Zögern entgegen. Was sollte das bedeuten? War Eva unerwartet irgendwohin gerufen worden? Sie riss den Umschlag auf und las schnell die Nachricht durch, die Eva ihr hinterlassen hatte:

Hi, Deirdre! Der blöde Plan ist wieder geändert worden, damit es den Herren McDonagh und Rea passt. Ihre Szenen sollen zuerst im Kasten sein. Bin zum Drehen in Clarenbridge. Ich habe ein Auto organisiert, damit Du rauskommen und mit mir zum Mittagessen gehen kannst. Wie ich Dich kenne, könntest Du sicher ein herzhaftes Mahl vertragen, und das Catering ist ausgezeichnet. Rede einfach mit Robert, dem göttlichen Wesen hinter dem Empfang, und sage ihm, er soll meinen Fahrer anrufen.
Bis bald.
In Liebe, Eva.

Deirdre sah auf und bemerkte, dass der blauäugige Mann sie mit erwartungsvollem Gesichtsausdruck anschaute.
»Sind Sie Robert?«, fragte sie.
»Ja«, lautete die Antwort. Deirdre bemerkte, dass er sie anlächelte. Sie lächelte zurück.
»Hm, Ms. Lavery hat Sie gebeten, ihren Fahrer anzurufen, um ihn wissen zu lassen, dass ich hier bin.«
»Kein Problem. Möchten Sie sich setzen, um zu warten?«
»Danke.«
»Darf ich Tee oder Kaffee für Sie bestellen?«
»Nein, danke.« Sie schenkte ihm noch ein Lächeln und schlenderte weiter durch die Lobby, blieb stehen, um die ländlichen irischen Landschaftsbilder zu bewundern, die in Abständen vor einer blassgoldenen Tapete hingen, und fühlte sich glücklich, wenn sie den Künstler erkannte, ohne auf die Signatur schauen zu müssen. Ein älteres amerikanisches Paar saß auf einer Couch in einem Alkoven beim Morgenkaffee; sie wirkten entspannt und locker in der behaglichen Atmosphäre des alten Hotels. Deirdre setzte sich in den Alkoven gegenüber und hörte zu, wie

sie überlegten, wie sie den Rest der Woche verbringen sollten, nun, da eine Wetteränderung vorausgesagt worden war.
Sie las noch einmal Evas Nachricht, während sie wartete. *Der blöde Plan ist wieder geändert worden, damit es den Herren McDonagh und Rea passt. Ihre Szenen sollen zuerst im Kasten sein.* Das konnte nur eines bedeuten. Drehpläne wurden nur nach den Wünschen der Schauspieler geändert, wenn sie unter dem Druck standen, eilig woanders sein zu müssen, und wenn es eine entsprechende Klausel in ihrem Vertrag gab. Rorys Agentin musste etwas anderes für ihn aufgetan haben.
»Ms. O'Dare?« Robert sprach sie an. Überrascht sah sie auf. Die Leute nannten sie kaum je Ms. O'Dare. »Ihr Wagen wartet auf Sie vor dem Hotel.«
»Oh!« Deirdre sprang auf und folgte Robert. »Das ging schnell.«
»Ja. Der Fahrer kam direkt hierher, nachdem er Ms. Lavery heute Morgen in Clarenbridge herausgelassen hat. Schönen Tag.«
»Danke, Robert.« Sie schenkte ihm ein letztes Lächeln, glitt durch die Drehtür und blieb wie angewurzelt stehen. Am Fuß der Hoteltreppe stand eine wirklich glamouröse Stretch-Limo mit getönten Scheiben.
»Ms. O'Dare?«
»Ähm – ja.«
»Steigen Sie ein.« Der Fahrer öffnete die hintere Beifahrertür für sie, und sie schlüpfte hinein und kam sich wahnsinnig wichtig vor und wünschte, sie könnte hier drinnen fotografieren. Sie war noch nie in einer Limo gefahren.
Es war nicht weit nach Clarenbridge, und die Fahrt führte durch eine Landschaft, die viel schöner war als das öde

Gelände, das im Norden der Stadt lag. Das Auto fuhr wie ein geschmeidiges schwarzes Tier die sich windenden Straßen entlang. Sie wusste, dass sie ziemlich schnell fuhren, doch sie kamen so glatt voran, dass Deirdre das Gefühl hatte, dass sie eher getragen als gefahren wurde. Was für ein Unterschied zu ihrer rumpelnden Busfahrt von Westport hierher! Sie zog ihre Leinenjacke aus und lehnte sich zurück; sie legte die Arme auf die Lehnen des Ledersitzes und genoss das Gefühl an ihrer nackten Haut. Sie musste ein wenig angeben und fragte sich, ob die Leute, an denen sie vorüberfuhr, sich wunderten, wer wohl die VIP hinter den getönten Fenstern sei. Es war gut, dass niemand sie sehen konnte. Sie glaubte nicht, dass sie irgendjemanden hinters Licht führen könnte, dem es gelingen sollte, einen Blick auf sie zu erhaschen.

Ungefähr zwanzig Minuten hinter der Stadt sah sie die ersten Anzeichen für den Drehort. Durch Lücken in der Hecke, an der sie vorbeifuhren, erblickte sie Reihen von Autos, Lastern und Wohnwagen. Ihr Fahrer bog nach rechts zu einem Feld ab und blieb dann stehen, um eine Limo vorbeizulassen, die in die entgegengesetzte Richtung fuhr. Die beiden Fahrzeuge kamen gleichzeitig ein paar Meter voneinander zum Halten, und die Hintertür des anderen Autos öffnete sich in genau dem Moment, in dem Deirdre in das blasse Sonnenlicht trat. Sie schluckte schwer.

Der Passagier des anderen Autos stand da und sah sie mit einem neugierigen Gesichtsausdruck an und Augen, die grüner waren, als sie sie in Erinnerung hatte. Es war Rory McDonagh.

»Ja, ja«, sagte er in jenem ärgerlichen Tonfall, den sie so gut kannte. »Wenn das nicht Deirdre O'Dare ist. Guten Morgen, Deirdre.«

Er beugte sich vor und küsste sie auf die heiße Wange. Sie war völlig sprachlos. »Du siehst blöd aus, wenn du aus einer Limo steigst«, hörte sie sich sagen, während sie seine ziemlich schmuddeligen Jeans zur Kenntnis nahm.
»Dasselbe kann ich von dir nicht behaupten, Ms. O'Dare.« Es war das dritte Mal, dass sie an diesem Morgen Ms. O'Dare genannt wurde. »Du siehst ganz wie ein kleiner Filmstar aus. Hübscher BH«, fügte er hinzu und zeigte mit einem Kopfnicken auf den zarten Spitzenträger, der ihr die Schulter heruntergerutscht war. »Habe ich dir den gekauft?« Er streckte die Hand aus und begann, den Träger wieder ihren Arm hochzuschieben.
Seine Finger versengten sie. »Rühr mich nicht an!«, sagte sie.
Rory zog seine Hand zurück und breitete seine Handflächen in einer versöhnlichen Geste aus. »Tut mir Leid. Ich hatte vergessen, dass ich bei dir *persona non grata* bin.« Er schenkte ihr seinen besten Blick aus schmalen Augen. »Es ist wirklich schade. Ich habe dich immer gerne angefasst. Außer dir kenne ich kein Mädchen, das ich so gerne anfassen möchte.«
Einen Herzschlag lang herrschte Schweigen. Deirdre blieb hartnäckig stumm. Noch ein Herzschlag verging. Und noch einer. Sie hielt seinem Blick stand. Sie würde ihm nicht die Befriedigung gönnen, dass sie ihren Blick senkte.
Rorys Augen wurden immer schmäler. Schließlich neigte er den Kopf auf höfliche Art und lächelte sie an. Er trat ein paar Schritte zurück. »Nun denn. Sayonara, Süße. Evas Wohnwagen ist übrigens dort drüben«, fügte er hinzu und zeigte auf einen silbernen Wohnwagen, der ein wenig weiter unten am Feld parkte. »Ich kann nur annehmen, dass du sie besuchst und nicht mich. Ein Jammer. Du

siehst zum Anbeißen aus. Im wahrsten Sinne des Wortes.« Dann drehte er sich um und ging fort.
Deirdre öffnete ihren Rucksack und wühlte ein paar Minuten darin herum. Tatsächlich suchte sie nach nichts. Sie wollte nur etwas zu tun haben, um sich zu fangen, während sie sich von den emotionalen Schlägen erholte, die sie erhalten hatte. Was für eine Ironie, dass der erste Mensch, auf den sie am Drehort getroffen war, ausgerechnet der Mensch war, den zu treffen sie am meisten auf der ganzen Welt fürchtete! Der Schuft hätte es nicht besser planen können, wenn er es versucht hätte. Sie versuchte das Bild auszuradieren, das sich vor ihrem geistigen Auge festgesetzt hatte: Rorys grüne Augen, die in ihre drangen, und das schockierende Gefühl, das sie empfunden hatte, als seine Hand ihre Haut berührt hatte, und sie erkannte voller Elend, dass es hoffnungslos war.
Sie wusste auch, dass ein Teil von ihr gewollt hatte, dass dies passierte. Wenn sie ganz ehrlich zu sich selbst sein wollte, musste sie gestehen, dass sie nicht nur nach Galway gekommen war, um Eva und ihr Baby zu sehen oder um ihr Drehbuch auszudrucken. Sie war auch in der Hoffnung gekommen, Rory zu sehen.
Sie zog ihren Rucksack wieder zu und trottete über das Feld in Richtung Wohnwagen, auf den er gezeigt hatte, dabei achtete sie nicht auf die neugierigen Blicke, die sie trafen. Sie wusste, sie sah ziemlich unpassend unter all den Filmleuten mit ihren Timberlands und dicken Jacken und Gürteln mit Werkzeug daran aus. Doch das war ihr egal. Sie wollte unbedingt Eva sehen. Eva hatte sie immer aufheitern können, wenn sie down gewesen war. Und sie war im Moment eigentlich nicht down. Sie fühlt sich schlichtweg unterirdisch.

»Komm rein!« Evas Stimme erklang aus dem Wohnwagen, als Deirdre anklopfte. Sie öffnete die Tür und wurde von einer Wolke von Eau D'Issey getroffen, die sich mit dem Duft von frischem Kaffee vermischte. Eva saß auf einer Bank am anderen Ende des Wohnwagens und trug einen langen, cremefarbenen Leinenrock und einen dazu passenden Turban. Sie hatte die Füße auf einen Couchtisch gelegt, ein Drehbuch im Schoß und ein Baby an der Brust.

»Deirdre! Mein liebes Mädchen!« Eva streckte ihren freien Arm aus, so dass sie Deirdre umarmen konnte. Deirdre küsste sie auf die Wange. »Schau mal!«, sagte Eva und zeigte mit stolzem Lächeln auf das Baby. »Meine allerbeste Produktion!«

»Oh – Eva! Du schlaues Ding!« Deirdre blickte auf das winzige Wesen, das sich an Evas Brust klammerte, während seine Mutter ihre Brustwarze von dem kleinen Rosenknospenmund befreite, um Deirdre einen besseren Blick zu ermöglichen. Das Baby quäkte protestierend und blinzelte. Dann richtete die Kleine einen neugierigen Blick auf Deirdres Gesicht und betrachtete sie feierlich. Es waren die erstaunlichsten Augen, die Deirdre jemals in einem Babygesicht gesehen hatte. Sie waren bernsteinfarben – leuchtend, schräg und mit Wimpern, die in einer Werbung für Maskara passend gewesen wären. »O nein! O Gott! Sie ist das schönste Baby, das ich je gesehen habe, Eva! Es ist, als ob man eine Miniaturausgabe von dir mit Davids Augen sähe!«

»Ja – nicht wahr? Es ist, glaube ich, eine ziemlich aufregende Kombination. Man erwartet immer, dass blonde Babys große blaue Augen haben, oder?« Eva lächelte das Baby in ihren Armen nachsichtig an und reichte es dann an Deirdre weiter. »Möchtest du sie mal halten?«

»Ich habe eigentlich noch nie ein Baby gehalten. Keine von meinen Freundinnen hat bis jetzt eines bekommen.«

»Oh, das ist leicht. Sie ist viel robuster, als sie aussieht, musst du wissen. Ich trage sie überall mit rum.«

Eva legte das Bündel in Deirdres unbeholfene Arme, und Deirdre blickte hinab auf den Minifilmstar mit ihren weichen platinfarbenen Locken und Wangen, die zum Küssen waren. Dann passierte etwas Erstaunliches. »Oh! Eva – sie lächelt!«

»Hab ich doch gesagt, dass sie dich mögen wird«, sagte Eva und bedeckte ihre Brust. »Nichts mehr für dich, fette Dorcas. Sie würde den ganzen Tag an meiner Brust hängen, wenn ich sie ließe.« Eva stand auf und streckte sich; dabei sah sie sich in dem großen Spiegel gegenüber an. »Der große Vorteil beim Stillen ist, dass man tolle Titten kriegt. David kann die Hände nicht davon lassen – ich muss ihm dauernd auf die Pfoten hauen und ihn daran erinnern, dass er kein Exklusivrecht an ihnen mehr hat.«

Deirdre lächelte Eva an und schenkte ihre Aufmerksamkeit dann wieder Dorcas. Dorcas reagierte mit einem weiteren Lächeln, und Deirdre gurrte. »Hey, sie weckt wirklich den Wunsch in einem, loszuschnurren, oder? Ich dachte, das wäre in Filmen mit Babys nur ein Klischee.«

Dorcas rülpste, und Deirdre fiel fast in Ohnmacht. »Wow. Sogar ihre Rülpser sind süß. Weißt du, was, Eva? Ich habe bis jetzt nicht geglaubt, dass ich eine mütterliche Seite an mir habe.«

»Komm nicht gleich in Brütlaune. Ich habe irgendwo gelesen, dass, wenn man sich in Brütlaune fühlt, die Hormone verrückt spielen und du mit größerer Wahrscheinlichkeit empfängst.«

Deirdre zog ein düsteres Gesicht. »Keine große Chance bei mir, was das betrifft.«

»Kein Mann in deinem Leben?«
»Nein.«
Eva sah sie schräg an. »Rory hat mir erzählt, du gingst mit einem Franzosen.«
»Er hat dir erzählt, dass wir uns getrennt haben?«
Eva nickte. »Er hat sich an einem Abend im Neachtain ziemlich betrunken und wurde ziemlich weinerlich. Hat gesagt, ihr seid euch beide untreu geworden.«
Deirdre sah Eva betroffen an. »Er hat alles falsch verstanden, Eva. Wir haben aneinander vorbeigeredet.«
»Er geht bald weg, Deirdre.«
O Gott. Plötzlich kam sich Deirdre unwirklich vor, als ob sie in einem Film wäre und Unheil verkündende Musik eingesetzt hätte. »Was meinst du damit? Wohin geht er?«
»Nach L. A. Er hat einen großen Vertrag mit Amblin bekommen.«
»Die Spielberg-Firma?«
»Ja. Deshalb sind alle seine Szenen vorgezogen worden. Wir liegen weit zurück bei diesem Drama, und er muss so schnell wie möglich frei sein. Er fliegt Ende der Woche.«
»Oh.« Deirdre sah auf das Baby in ihren Armen. Dorcas' Augen fielen zu. Ein winziges Schnarchen entfloh ihrem rosafarbenen Schmollmund.
In dem Moment klopfte es an der Tür, und ein lächelndes Mädchen betrat den Wohnwagen. Sie hatte ein sommersprossiges Gesicht und rote Haare, die sie mit einem hellen Wollfaden zurückgebunden hatte. »Eva? Jamie hat mich gebeten, dir zu sagen, dass sie bereit sind für dich.«
»Ich bin auf dem Weg. Dein Timing ist unfehlbar, Mairead. Dein Schützling braucht einen Windelwechsel. Ich wollte es gerade tun, bevor du gekommen bist.«
»Sicher.« Der Rotschopf lächelte Eva skeptisch an, und Deirdre konnte ihr keinen Vorwurf machen. Etwas sagte

ihr, dass Windelnwechseln nicht der Teil des Mutterseins war, den Eva am anziehendsten fand.
»Deirdre – das ist Mairead. Sie ist mein Kindermädchen. Oder vielmehr ist sie Dorcas' Kindermädchen.«
»Manchmal fühle ich mich auch wie deines, Eva«, sagte Mairead. »Hi, Deirdre – schön, Sie kennen zu lernen. Möchten Sie mir das intelligenteste, bravste, schönste Baby reichen, das jemals von einer Frau auf diesem Planeten oder in der Geschichte des Universums geboren wurde?«
»Tatsächlich mit Vergnügen«, erwiderte Deirdre. »Sie fängt an ein wenig zu stinken.«
Mairead nahm das Baby von Deirdre entgegen, holte eine Tüte mit Windelwechseluntensilien aus einem Schrank und legte sie auf den Tisch; mit erfahrenen Händen zog sie verschiedene Dinge mit einer Hand aus der Tüte, während sie mit der anderen das Baby auf ihrer linken Hüfte balancierte. Dorcas beäugte die Windeltüte misstrauisch, und ihr Mund wurde so schmollend, dass er mehr nach einer Rosenknospe aussah denn je.
»O nein, nein, nein, nein, nein, Mairead! Warte, bis ich weg bin, ja, bitte? Ich bin gleich draußen. Lass mich nur diesen blöden Hut richten.« Eva stand vor dem Spiegel und stupste an dem Turban herum, der auf ihrem Kopf saß. »Ist das nicht das lächerlichste Teil, das es gibt?«, fragte sie, als sie Deirdres Blick im Spiegel begegnete. »Ich werde meine Agentin dazu bringen, eine Klausel in meinen nächsten Vertrag zu setzen: ›Unter keinen Umständen wird Ms. Lavery einen Hut tragen. Sie sieht zu blöd damit aus.‹«
»Ich finde, du siehst sehr elegant aus, Eva.«
»Danke, Liebes. Ich finde, er sieht aus wie ein Wischlappen. Oh, warte – in diesem Winkel sieht er wirklich nicht zu schlecht aus, oder? Irgendwie verwegen. Mir gefällt

das.« Eva hatte ihren Kopfschmuck zerdrückt, so dass er schief auf ihrem Kopf saß. Befriedigt lächelte sie ihr Spiegelbild an. »Nun, Deirdre. Komm und leiste mir Gesellschaft. Sei ein Engel und höre mich ab! Sie schreiben das Drehbuch ständig um.«

»Okay. Tschüss, Mairead«, sagte Deirdre, während sie dem Star folgte.

»Tschüss, ihr beiden«, erwiderte Mairead, während sie eine sauer dreinblickende Dorcas auf ihre Decke legte. Als Deirdre die Wagentür hinter sich schloss, hörte sie, wie das Kind eine Art Brummen von sich gab.

Eva lächelte sie hinterhältig an. »Was für ein unglückliches Timing für Mairead«, sagte sie und reichte Deirdre eine einzelne Textseite. »Nun – wann bin ich dran? Ach ja, unter der alten Eiche. Oder ist es eine Kastanie?« Eva hakte sich bei Deirdre unter, und sie schlenderten über das Feld, dabei begrüßte Eva jeden, an dem sie vorbeikamen. Deirdre fühlte sich geehrt, in so illustrer Gesellschaft zu sein.

»Mit wem spielst du die Szene?«, fragte sie, während sie die Seite überflog.

»Mit Stephen Rea. Ich habe Glück. Er spielt Grace' zweiten Mann.«

»Und Rory spielt Nummer eins – Dónal O'Flaherty?«

»Ja.«

»Hast du Szenen mit ihm?«

»Guter Gott, nein. Ich würde neben Rory wie eine alte, verschrumpelte Fledermaus aussehen. Seine Szenen sind alle mit der jungen Grace.«

Deirdre biss sich auf die Lippe und schaute wieder hinunter auf das Blatt. »Warum arbeitest du denn an einer Szene, bei der Rory nicht dabei ist, wenn sein Kram doch oberste Priorität haben soll?«

»Stephens auch. Sie müssen das heute abdrehen – er haut morgen zu irgendeinem exotischen Drehort ab. Da ist er.« Eva winkte Stephen Rea zu, der an einem Baumstamm lehnte und mit jemandem vom Team sprach. Er trug ein Kostüm aus jener Zeit, was die Sonnenbrille, die er aufhatte, äußerst anachronistisch wirken ließ. Deirdre fragte sich, ob sie die Möglichkeit haben würde, ihn kennen zu lernen. »Es ist toll, mit all diesen berühmten Schauspielern zu arbeiten«, fuhr Eva fort. »Sie haben praktisch eine Filmproduktion nach der anderen. Bei mir ist nichts in Sicht außer ein äußerst schlecht bezahltes Hörspiel.« Sie klang nicht im Geringsten besorgt.

»Das ist ungewöhnlich für dich, Eva.«

»Ich verrate dir ein Geheimnis, meine Liebe. Ich habe es so gewollt. Ich will mehr Zeit haben, um für meine geliebte Dorcas Mama zu spielen.«

Sie näherten sich der Stelle, an der das Team sich eingerichtet hatte. Deirdre blieb stehen und wandte sich ihrer Freundin zu. Es gab eine Frage, die ihr schon seit einiger Zeit ein Loch ins Hirn brannte. »Eva?«

»Hm?« Die Schauspielerin blieb ebenfalls stehen und betrachtete mit düsterem Gesichtsausdruck den Drehort. »Da ist Deborah, die Garderobiere. Sie wird die nächsten zehn Minuten damit verbringen, an meinem schrecklichen Hut rumzuzupfen, und versuchen, ihn gerade zu ziehen.«

»Eva«, fing Deirdre wieder an. »Wie ist Caít Murray als junge Grace?«

Eva zog eine Grimasse. »Es tut mir Leid, dir das sagen zu müssen, Liebes, aber sie ist tatsächlich ziemlich gut.«

»Das dachte ich mir.« Sie probierte ein stoisches Lächeln. »Weißt du, was mich wirklich verwirrt? Ich habe für die Rolle vorgesprochen und habe keine Ahnung, warum.

Zuerst mal bin ich zu alt – Grace war erst fünfzehn oder sechzehn, als sie Dónal O'Flaherty heiratete, oder? Und ich habe absolut keine Ähnlichkeit mit ihr. Ich habe, verdammt noch mal, nicht für die Rolle gepasst.«

Eva antwortete lange Zeit nicht. Deirdre war nicht daran gewöhnt, Eva mit so einem ernsten Gesichtsausdruck zu sehen. »Deirdre?«, sagte sie mit feierlicher Stimme. »Wenn ich dir ein Geheimnis verrate, versprichst du mir, es Rory nicht zu sagen?«

Deirdre war verwirrt. »Was, um Himmels willen, hat Rory damit zu tun?«

»Ich werde es dir nicht verraten, wenn du es mir nicht versprichst.«

Deirdre biss sich auf die Lippe. »Okay«, stimmte sie dann zu. »Ich verspreche es. Ich werde Rory nie verraten, was du mir erzählen willst.«

»Er hat die Probeaufnahme arrangiert. Er hat die Leute vom Casting überredet, dich anzusehen. Er hat gesagt, es sei falsch von ihm gewesen, falls du dir Hoffnungen machen solltest, eine Rolle in dem Film zu kriegen, aber er konnte einfach nicht widerstehen. Er dachte, es könnte eine Möglichkeit für euch beide sein, wieder zusammenzukommen.«

Deirdre blieb abrupt stehen und sah Eva ungläubig an.

Eva nickte. »Es stimmt. Es war am selben Abend, als er mir von eurer Trennung erzählt hat. Er hat etwas ganz Großartiges über dich gesagt, Liebes – und du weißt doch, was man über *in vino veritas* sagt. Er hat gemeint, dass, als er dich während der Probeaufnahme geküsst hat, er wusste, wie es sich anfühlte, ein Drogenabhängiger zu sein, der seinen Stoff bekommt. Er sagte, dass er die ganze Zeit, während ihr getrennt wart, an Entzugserscheinungen gelitten habe. Dass er diese Probeaufnahme arrangiert hat, war die einzige Möglichkeit für ihn, dich wieder küssen zu können.«

»Das hat Rory gesagt? Bist du dir sicher?«

»So einen Satz könnte ich nicht mal im Traum erfinden, Liebes. Aber eine Warnung noch. Pass auf Caít auf. Seit Drehbeginn benimmt sie sich, als ob Rory ihr Privatbesitz wäre.«

»Oh.« Deirdre atmete tief ein und sah Eva dann gleichmütig an. »Hat sie ihn gevögelt?«

Die andere Schauspielerin zog eine kleine Schnute. »Ich befürchte, ja. Sie hat sich ihm sozusagen auf dem Silbertablett angeboten, und du weißt ja, wie schwer es für Rory ist, einer Frau etwas abzuschlagen. Und wie leicht eine Filmromanze sich zu einer Affäre entwickelt, die außerhalb der Leinwand weitergeht. Rory hatte schon immer eine Schwäche für seine Hauptdarstellerinnen. Du warst schließlich lange Zeit sein Hauptlicht, auf der Bühne und danach.«

Sein Hauptlicht. Nicht mehr. Er war wie Quecksilber. Sie hatte ihn einmal zu oft durch ihre Finger gleiten lassen.

Sie sah ihn bis Mittag nicht. Wegen irgendeiner technischen Störung hatte es länger gedauert als vorgesehen, die kurze Szene mit Eva und Stephen Rea zu drehen, und Deirdre hatte den Morgen damit verbracht, am Rand des Sets zu sitzen, der Arbeit zuzuschauen und von Zeit zu Zeit über die Schulter zu blicken; sie saß wie auf Kohlen, weil Rory sie jede Minute unvorbereitet erwischen könnte. Mairead kam einmal vorbei mit einer kriegerisch aussehenden Dorcas, die ihr Mittagessen suchte, und Eva hatte sich unter einen Baum gesetzt und das Baby gestillt, während die Scheinwerfer abgeschaltet wurden und die Frau aus der Maske ihr die Nase puderte. Eva lieh sich einen Puderpinsel von ihr und kitzelte die Wangen des Babys, während sie stillte. Deirdre dachte, dass sie die Schauspielerin noch nie so glücklich erlebt habe.

Kurz nach ein Uhr war die Szene im Kasten. Der erste Assistent verkündete, dass Mr. Rea den Drehort verlasse, und Mitwirkende und Team applaudierten – ein üblicher Vorgang, wenn ein Schauspieler mit einem Film fertig war. Eva lud Deirdre ein, mit ihr nach vorn in die Schlange zu kommen, die zum Mittagessen anstand, und Deirdre war enttäuscht, als sie erfuhr, dass sie keine Chance haben würde, den Ko-Star kennen zu lernen – er wurde sofort zum internationalen Flughafen von Knock gefahren.

Die beiden Schauspielerinnen gingen zum kalten Büfett. Deirdre häufte sich verschiedene Salate auf das Nest aus grünen Salatblättern, das sie auf ihrem Teller gebaut hatte. Es gab geräuchertes Huhn, gemischte Bohnen, Artischockenherzen und Mozzarella mit Kirschtomaten, Bulgur mit Aprikosen, Babykartoffeln und etwas, das Eva *Chouchouka* nannte. Und später gäbe es *Tarte Tatin*.

Sie gingen zu einem der auf Böcken stehenden Tische, die in einer Ecke des Feldes unter dem Laubdach einer Buche aufgestellt waren. Als Deirdre gerade die beste Mahlzeit anging, die sie seit einer Ewigkeit gegessen hatte, ertönte hinter ihr eine vertraute Stimme. Sie musste sich nicht umdrehen.

»Haben die Damen etwas dagegen, wenn ich mich anschließe?«, fragte Rory.

Deirdre konnte Evas Blick auf sich spüren. Es war offensichtlich, dass die Hauptdarstellerin unsicher war, wie willkommen Rory wirklich war, doch Deirdre erwiderte ihren Blick nicht. Sie hielt ihre Augen entschlossen auf den Teller gesenkt.

»Bitte«, sagte Eva nach ein, zwei Minuten ziemlich verlegenen Schweigens.
Rory schlenderte zur anderen Seite des Tisches und stellte sein Tablett ab. Deirdre wagte es, ihn verstohlen anzusehen. Er trug ein Kostüm, das dem von Stephen Rea ähnelte – das Zubehör eines irischen Anführers aus dem sechzehnten Jahrhundert. Er hob einen schweren Wollumhang von seinen Schultern und warf ihn über die Lehne eines Klappstuhls. Darunter trug er enge Kammgarnstrumpfhosen, ein safranfarbenes Leinenhemd mit weiten Ärmeln und ein Wams aus Leder. Ein Dolch hing ihm locker von der Hüfte.
Eva sah ihn bewundernd an. »Ich werde nie darüber hinwegkommen, wie gut du in dieser Montur aussiehst, Rory«, stellte sie fest.
»Findest du nicht, dass das Hemd ein bisschen nach Michael Flatley aussieht?«, fragte Rory, während er seine Pasta aß.
»An dir nicht, Darling. Außerdem ist Leinen sowieso viel sexier als Satin. Es wirkt irgendwie so rau und grob. Ich ziehe auch Leinenlaken denen aus Satin vor. Satin ist billig.« Sie spießte eine Kirschtomate auf. »Was haben sie heute Nachmittag für dich vorgesehen?«
»Ich galoppiere durch den Wald mit meinem treuen Wolfshund an der Seite meines treuen Pferdes. Dann galoppiere ich durch den Wald mit meinem Mädchen im Sattel vor mir. Dann galoppiere ich durch den Wald mit meinem Falken auf der Hand.«
»Doch nicht derselbe, der dich letzte Woche gebissen hat?«
»Genau der. Er ist ein böser Kerl, dieser Vogel.«
Eva steckte die Kirschtomate in ihren Mund. »Irgendwelche Dialoge?«

»Später ziemlich schmalzigen Kram.«
»Auf dem Pferd?«
»Wahrscheinlich.«
Deirdre empfand einen Hauch von Eifersucht, als sie die Schauspieler über ihren Beruf reden hörte.
»Also? Wie geht's meinem wunderbaren Baby?«, fragte Rory schließlich
Deirdre warf ihm einen Blick zu, doch er sah sie nicht an, sondern konzentrierte sich auf seine Pasta.
»Oh – ihr geht es gut«, beantwortete Eva die Frage. »Sie schläft nach ihrem Mittagessen im Wohnwagen.« Er hatte Dorcas gemeint. Absurderweise tat ihr Herz bei dieser Erkenntnis einen Sprung.
»Ich werde das Baby vermissen. Sie hat einen boshaften Sinn für Humor. Ich kann es nicht erwarten, zu sehen, wie sie in sechzehn Jahren sein wird.«
»Du wirst viel zu alt für sie sein, Rory, und ein äußerst schlechter Einfluss. Außerdem würde David dir das Gesicht zerschmettern, wenn du sie nur anrührtest. Er denkt schon daran, sie in eine Klosterschule zu schicken.«
»Klosterschülerinnen können zu äußerst unerwarteten Dingen fähig sein, Eva«, meinte Rory mit Kennermiene. »Du warst doch Klosterschülerin, oder, Deirdre?«
»Nein – das war ich nicht.« Sie schenkte ihm einen Blick, von dem sie hoffte, er könnte als vernichtend gedeutet werden, und merkte dann, dass sie nicht wegsehen konnte. Er schenkte ihr sein berühmtes Lächeln.
»Wie geht's mit dem Drehbuch?«, fragte er.
»Woher weißt du, dass ich damit angefangen habe?«
»Ich habe neulich Abend in deiner Wohnung angerufen.«
Was? Warum? »Ich habe gleich Barts Nummer gewählt, als irgendein Blödmann abgenommen hat. Bart hat mir

erzählt, dass du Schriftstellerin und Eremitin in Carrowcross geworden bist. Wer war der Blödmann?«
»Ach – niemand«, antwortete sie schnell. »Nur jemand, der meine Wohnung übernommen hat, solange ich glücklich damit bin, Schriftstellerin und Eremitin in Carrowcross zu sein.« Sie sah ihn wachsam an und erwiderte dann sein Lächeln. »Er ist schwul.«
»Seine sexuelle Neigung interessiert mich nicht, Deirdre.« Aber jetzt lächelte er sie wirklich an.
Plötzlich schob Eva ihren Teller von sich. »Nun«, sagte sie munter, »ich gehe in die Maske, um mein Filmgesicht abzuwischen.«
»Aber, Eva, du hast doch kaum etwas gegessen!«
»Ich hatte zum Frühstück einen Riesenteller Gebratenes, Liebes. Ich habe keinen Platz mehr.« Sie stand vom Tisch auf und sah Rory an. »Außerdem«, sagte sie, »platzen meine Titten. Dorcas muss wieder gestillt werden.«
»Mein Gott, Lavery«, stöhnte Rory. »Manchmal denke ich, du hast keine Ahnung, was du einem Mann antun kannst.«
»Im Gegenteil, Darling«, erwiderte sie und schenkte ihm ein katzenhaftes Lächeln. »Im Allgemeinen habe ich eine ziemlich genaue Ahnung. Bis später.« Sie winkte mit den Fingern und war fort.
Deirdre und Rory blieben allein und sahen sich an. Deirdre aß zu Ende, obwohl sie keinen großen Hunger mehr hatte.
»Wie ist Carrowcross?«, erkundigte sich Rory.
»Schön.«
»Hast du schon viel gearbeitet?«
»Ja. Ich bin fertig.«
»Schlaues Mädchen.« Rory sah sie bewundernd an. »Ich würde es gerne mal lesen.«

»Das ist einer der Gründe, warum ich nach Galway gekommen bin. Um alles auszudrucken.«
»Du hast es auf Diskette?«
»Ja.« Sie stach in ein Stück Kartoffel und steckte sie sich in den Mund.
»Hast du sie jetzt dabei?«
Sie nickte und schluckte die Kartoffel herunter, ohne sie zu schmecken.
»Gib sie mir. Ich lass sie für dich ausdrucken.«
»Wie?«
»Trish im Produktionsbüro schuldet mir noch einen Gefallen.«
»Vielleicht.« Sie sah ihn an und dann wieder auf ihren Teller. »Aber *du* schuldest mir keinen Gefallen, Rory. Ich lasse es irgendwo in der Stadt machen.«
»Sei kein Sturkopf, Deirdre. Du wirst den halben Nachmittag damit zubringen, einen Druckerladen zu finden, und dann noch mehr Zeit dort beim Ausdrucken. Trish kann ohne Probleme ein paar Kopien für dich ausdrucken, und es wird dich nichts kosten.«
Sie stach in noch eine Kartoffel und dachte nach. »Okay. Danke.« Sie war immer noch ein wenig zögerlich, sein Angebot anzunehmen, und sie wusste, warum. »Du wirst es nicht anschauen, ja, Rory?«
»Nicht, wenn du es nicht willst«, erwiderte er und betrachtete sie interessiert. »Aber glaubst du nicht, es ist Zeit, ein Feedback von jemandem zu bekommen?«
Sie wusste, dass er Recht hatte. Früher oder später würde sie es jemandem zeigen müssen. Und an Rory hatte sie von Anfang an gedacht. Wenn sie es jemandem zeigen musste, sollte er es sein. »Du wirst nicht darüber lachen, ja?«
»Ich dachte, es sollte eine Komödie sein?«

»Ja – ich weiß – aber ich meine … Du wirst nicht höhnisch darüber lachen, oder?«
»Ich verhöhne niemals Leute, die tapfer genug sind, etwas Neues zu probieren, Deirdre. Gib mir die Diskette.«
Sie nahm sie aus einer Tasche in ihrem Rucksack, wo sie sie sicher verstaut hatte, und schob sie über den Tisch. Als er sie nehmen wollte, zögerte sie plötzlich. Er streckte die andere Hand aus und löste sanft ihren Griff. »Keine Sorge, Süße. Ich werde sie mit meinem Leben schützen. Das weißt du doch.« Seine rechte Hand schob die Diskette in einen Beutel an seinem dicken Ledergürtel. Seine linke Hand blieb auf ihrer liegen. Sie drehte die Hand, so dass die Handfläche nach oben zeigte. Rory zog die Konturen mit einem Finger nach, und unwillkürlich erschauerte sie. Dann lächelten sie sich an.
»Rory!« Eine zierliche Blondine schob sich durch das Labyrinth aus Tischen zu ihnen. Sie trug geblümte Shorts und ein kleines Baumwolltop mit einem Perlensaum. Eine Jacke hing um ihre Schulter, und ihre Füße waren nackt. Deirdre entzog Rory ihre Hand und funkelte ihn an.
»Scheiße!«, brummte er leise. Dann atmete er tief ein und stand auf. »Hi, Caít, wie …«
Die Begrüßung blieb unvollendet. Caít Murray stürzte sich auf Rory wie ein verspielter Welpe, bevor sie seinen Kopf zu ihrem Gesicht herunterzog und ihn vor der gesamten Filmmannschaft abknutschte. Man hörte Gelächter und die eine oder andere zotige Bemerkung. Als sie ihn schließlich losließ, knickste sie mit strahlendem Lächeln vor ihrem Publikum.
Deirdres Augen trafen auf den Blick ihres einstigen Geliebten, und sie sahen sich einen Augenblick hilflos an, bevor sie aufstand. »Muss los«, sagte sie. »Es war nett, dich wieder zu sehen, Rory. Viel Glück in L. A.«

»Willst du mich nicht vorstellen?« Caít sah Deirdre aus glockenblumenblauen Augen an. Sie trug kein Make-up, ihre Mähne aus ungebleichtem goldenen Haar war aus ihrem perfekt herzförmigen Gesicht zurückgebunden, und ihr voller, sinnlicher Mund war zu einem – zweifellos – aufrichtigen Lächeln verzogen. Caít Murray war fantastisch.

Rory machte mit schlaffer Hand eine flüchtige Geste. »Deirdre O'Dare – das ist Caít Murray. Caít – Deirdre.«

Caít streckte die Hand aus. »Hi, Deirdre. Es ist so cool, Sie kennen zu lernen! Ich bin schon seit Jahren ein Fan von Ihnen.«

»Hi. Danke.« Deirdre erwiderte den Händedruck und fragte sich, seit wie vielen Jahren genau Caít Murray ein Fan sein konnte. Nicht seit vielen. Sie war die lebhafteste junge Schauspielerin, der Deirdre jemals begegnet war. Sie war wie die Blüte einer Frucht, die reif war, gepflückt zu werden. Kein Wunder, dass Rory in Versuchung geraten war, sie zu pflücken. Er hatte Deirdre früher an diesem Morgen als zum Anbeißen beschrieben, doch dieses Mädchen machte einem wirklich den Mund wässrig.

Deirdre wusste, wann sie eine Niederlage anerkennen musste. »Hm. Tut mir Leid – ich will nicht unhöflich sein, aber ich muss los. Tschüss.«

»Deirdre – warte!« Rory trat vor und legte eine Hand auf ihren Arm. Sie schüttelte sie ab, als sie Caíts blaues Blinzeln wahrnahm. »Wie lasse ich dir dein Manuskript zukommen?«

»Schicke es ins Cottage nach Carrowcross«, antwortete Deirdre. Dann drehte sie sich um und lief über das Feld dorthin, wo Evas Wohnwagen stand, und hoffte, dass sie nicht stolperte.

Eva zog gerade den Reißverschluss ihrer Blue Jeans zu,

als Deirdre zur Tür ihres Wohnwagens hereinkam. Ihr Kostüm hing an einem Plastikbügel.
»Deirdre! Was ist los?«
Deirdre setzte sich auf die Bank und barg den Kopf in den Händen. »Ach Eva!«, schluchzte sie. »Ich glaube nicht, dass ich das ertragen kann. Ich glaube nicht, dass ich den Gedanken ertragen kann, dass Rory weggeht, ohne dass wir alles zwischen uns klären konnten. Ich liebe ihn so sehr, Eva. Ich halte es nicht aus.«
Sie fühlte, wie Evas Arme sie umschlangen.
»Es ist wie ein körperlicher Schmerz. Ich kann es nicht ertragen, ihn niemals wieder zu sehen. Ich kann den Gedanken nicht ertragen, dass es keinen Rory mehr in meinem Leben geben soll. Ich kann den Gedanken an ihn und dieses total tolle Ding nicht ertragen ...« Sie konnte nicht weitersprechen. Sie legte den Kopf in Evas Schoß und weinte und weinte, während Eva ihr übers Haar strich und murmelte. Einige Minuten lang weinte sie aus vollem Herzen, und als sie spürte, wie Eva einen Stapel Tücher in ihre verkrampfte Hand drückte, erkannte sie, dass ihr Schluchzen nachließ. Sie schauderte und putzte sich die Nase und weinte noch ein bisschen weiter. Sie fragte sich gerade, wie sie jemals aufhören sollte zu weinen, als ein ohrenbetäubender Schrei von der anderen Seite des Raumes her ertönte. Abrupt setzte sie sich auf und sah sich völlig desorientiert um.
»Das ist Dorcas«, erklärte Eva, die mit einem entschuldigenden Gesichtsausdruck aufstand. »Tut mir Leid – ich bin nur kurz weg.« Dorcas Lautstärke stieg ständig. »Ich staune dauernd darüber, wie so ein winziges Wesen so einen Lärm erzeugen kann«, sagte Eva, während sie im Gehen mit geschickten Fingern ihr Hemd aufknöpfte. »Sei ruhig, du«, sagte sie. Dorcas dockte an, und wie durch ein

Wunder hörte das Geschrei auf. »Nun. Das hat bei einer von euch beiden funktioniert, aber das wird ganz sicher nicht bei beiden funktionieren.«
Unwillkürlich musste Deirdre auflachen.
»Ich weiß aber, was bei dir funktionieren würde, Deirdre.«
Deirdre hob einen tränenverschleierten Blick zu der Stelle auf der anderen Seite des Wohnwagens, wo Eva stand und sich im Rhythmus des saugenden Babys wiegte. »Oh? Was denn?«
»Komm wieder in mein Hotel, und wir gönnen uns einen Abend mit Zimmerservice. Du kannst die Minibar plündern. Ich würde gerne helfen, aber ich muss aufpassen. Dorcas mit einem Kater ist schlimmer als eine Migräne.«
Deirdres Heulanfall hatte ihren Verstand eingenebelt. »Dorcas mit einem Kater?«, fragte sie dümmlich. »Wie kann Dorcas einen Kater kriegen?«
»Der Alkohol gelangt durch die Milch zu ihr«, erklärte Eva. »Ich muss aufpassen. Das ist der einzige Nachteil beim Stillen. An dem Tag, an dem dieses Baby abgestillt ist, werde ich eine Magnumflasche Champagner aufmachen. Streich das. Lass uns eine Nebukadnezar nehmen.«
Sie warf Deirdre ein komplizenhaftes Lächeln zu, und Deirdre wusste, dass die Schauspielerin ihr Bestes gab, damit sie sich besser fühlte. »Manchmal erlaube ich mir ein paar Gläser Portwein vor dem letzten Abendstillen. Dadurch schläft sie dann mit einem Lächeln im Gesicht ein. Nun?«
»Nun, was?« Deirdre fühlte sich betäubt und ziemlich verschnupft.
»Lass uns dummen Frauenkram anstellen.«
»Das würde ich gerne, Eva, ehrlich, ich könnte mir keine bessere Möglichkeit vorstellen, den Abend zu verbrin-

gen – aber ich muss den letzten Bus nach Westport bekommen. Er fährt um halb sechs.«
»Warum musst du zurück?«
Sie dachte an ihr fertiges Drehbuch. Sie dachte an die unfertige Mauer. Sie dachte an Gabriel Considine. Sie wollte nicht an Rory denken. »Muss nicht«, antwortete sie.

Später an diesem Abend lagen sie, Eva und Dorcas auf Evas großem Bett im Great Southern Hotel, lackierten einander die Zehennägel und sahen sich MTV auf einem Riesenbildschirm an. Dorcas konnte beim Nägelanmalen nicht mitmachen, ließ sich aber ihre anmalen und gurgelte jedes Mal, wenn Ronan Keating auf der Leinwand erschien. »Sie ist verrückt nach ihm«, erklärte Eva. »Ich kann es ihr nicht verübeln. Der einzige andere Mensch, bei dem sie so kokett wird, ist Rory. Und natürlich ihr Dad.«
»Wann muss Rory weg?«, fragte Deirdre, froh, dass sie die Frage endlich stellen konnte, ohne sich wie die Niagarafälle aufzuführen.
»Hm. Warte mal«, antwortete Eva und streckte die Zunge ein wenig heraus, während sie sich darauf konzentrierte, Deirdres mittleren Zehennagel in zartestem Pink anzumalen. »Was für einen Tag haben wir heute? Dienstag?«
»Hm.« Deirdre überflog die Zimmerservicekarte und trank Wein aus der Minibar.
»Nun, er arbeitet morgen den ganzen Tag, gemäß Drehplan. Ich bin frei – ha! Und dann muss er noch eine Synchronisation am Donnerstagmorgen drehen, und dann ist er fertig. Am nächsten Tag fliegt er in die Staaten.«
»Freitag.«
»Ja.« Eva blickte zu ihr auf und zuckte die Schultern, als wollte sie sagen: *Halt durch, Liebes, c'est la vie*. Dann wech-

selte sie geschickt das Thema. »Was wollen wir essen?«, fragte sie.
Deirdre richtete ihre Aufmerksamkeit wieder auf die Karte. »Was würdest du empfehlen? Du kennst die Karte wahrscheinlich auswendig.«
»Krebsscheren sind gut und auch das Clubsandwich.«
»Okay. Ich nehme das. Und du?«
»Rippensteak, bitte. Und Cannelloni. Und selbstverständlich Tod durch Schokolade. Willst du bestellen? Ich bin gerade bei einem entscheidenden Teil an deinem kleinen Zeh.«
Als Deirdre die Hand nach dem Telefon auf dem Nachttisch ausstreckte, klingelte es.
»Hallo – Ms. Laverys Zimmer«, sagte Deirdre in den Hörer.
»Das ist doch nicht Ms. Lavery, oder?«
»Äh – nein.« Die Leute am Empfang hatten sich offensichtlich an Evas honigsüßen Ton gewöhnt.
»Würden Sie bitte so freundlich sein und Ms. Lavery ausrichten, dass Mr. Lawless für sie am Telefon ist?«, fragte die Stimme am anderen Ende.
»Natürlich.« Deirdre bedeckte den Hörer mit der Hand. »Eva? Es ist David.«
Es war, als ob jemand einen Schalter in Evas Gesicht umgelegt hätte. Plötzlich strahlte sie. »Danke, Liebes«, sagte sie und ließ Nagellack auf Deirdres Zeh tropfen, während sie ihr Pinsel und Flasche hinhielt. »Machst du bitte zu?« Dann nahm sie den Hörer von Deirdre entgegen und stürzte sich in einen Strom aus Kosenamen.
Deirdre steckte den Nagellack zurück in Evas ziemlich chaotischen Kosmetikkoffer und sah sich nach etwas um, mit dem sie sich beschäftigen konnte, während die Schauspielerin telefonierte. Sie schlenderte ins andere Zimmer und rollte sich auf einem der gelben Polstersofas zusam-

men, die sich um den Glastisch in der Mitte des Zimmers gruppierten; sie sah hinüber zu Eva, die auf dem Bauch auf der blau-gelben Tagesdecke lag. Sie streichelte Dorcas' blonde Locken mit einem entrückten Gesichtsausdruck, und Dorcas blickte immer noch Ronan Keating im Fernsehen mit einem ebenso entrückten Ausdruck an. Das Zimmer war im Hinblick auf das Baby gewählt worden, hatte ihr Eva erzählt. Man hatte ihr einige imposantere, traditionellere Suiten gezeigt, bevor sie sich für diese mit der hellen Ausstattung und dem luftigen Ambiente entschieden hatte.

Auf dem Tisch vor ihr befanden sich eine Obstschale und ein Stapel Zeitschriften. Deirdre griff sich ein paar Trauben und blätterte ohne großes Interesse die Zeitschriften durch – bis sie auf ein spiralgebundenes A4-Dokument stieß. Es war Evas Skript. Sie winkte der Schauspielerin zu, um ihre Aufmerksamkeit auf sich zu ziehen. »Kann ich mal reinschauen?«, formte sie mit dem Mund. Eva lächelte und nickte und wandte ihre Aufmerksamkeit dann wieder dem Telefon zu. Deirdre blätterte langsam durch das Manuskript, studierte die Dialogfolge, um sie mit ihrer zu vergleichen. Das interessierte sie jetzt ungeheuer. Sie hatte so viele Drehbücher wie möglich gelesen, bevor sie mit ihrem eigenen angefangen hatte, um sich mit dem Aufbau vertraut zu machen.

Bei einer Seite hielt sie den Atem an. Es war die Szene, die sie mit Rory an dem Tag gespielt hatte, als sie Probeaufnahmen gemacht hatte. *Was sollen wir jetzt tun?*, las sie. Es war Dónals Frage an Grace.

Wie ist denn das übliche Verhalten für frisch Verheiratete nach der Zeremonie?

Sie verbringen viel Zeit damit, sich zu lieben. Das hat man mir wenigstens gesagt.

Deirdre schluckte schwer und blätterte um.
Was fühlst du jetzt?, waren die nächsten Worte, die sie las.
Ich fühle mich seltsam.
Warm?
Ja.
Glühend?
Das auch.
Gibt es ein besseres Wort, um zu beschreiben, was du fühlst?
Ja, ich fühle mich entflammt.
Du bist genauso schamlos, wie du aussiehst, Grace. Ich glaube, ich werde es genießen, mit dir verheiratet zu sein.
Sie küssen sich. Abblende …
Deirdre hörte auf zu lesen. Sie konnte sich die Szene jetzt nicht mehr vorstellen, ohne dass sie Caít Murray sah, die ihre schönen Arme um Rorys Hals schlang und ihn hingebungsvoll küsste, wie sie es heute am Drehort getan hatte.
Sie legte das Skript zurück auf den Tisch und ging zu einem der Fenster, die auf den Eyre Square und über die Stadt führten. Er wimmelte von Menschen auf dem Weg in Pubs und Clubs und ins Kino. Der Himmel wurde dunkler, doch statt des tiefen, samtigen Dunkelblaus, das sie an den meisten Abenden sah, wenn die Sonne hinter dem westlichen Festland versank, hing ein gelblicher Nachthimmel schlaff über der Stadt. Alle Sterne waren durch das grelle Licht der Straßenbeleuchtung verwischt worden.
Hinter ihr lachte Eva ins Telefon – ein leises, kehliges, sexy Lachen –, und plötzlich fühlte sich Deirdre unerträglich und herzzerreißend einsam.

11

Deirdre verbrachte den nächsten Tag und den nächsten Abend, indem sie sich von Eva verwöhnen ließ und mit Dorcas flirtete. Sie nahmen alle drei ein ausgiebiges Frühstück im Bett ein, und dann brachte Deirdre Dorcas hinauf in den Swimmingpool und schwamm mit ihr, während Eva am Rand saß und sich durch einen Stapel Drehbücher arbeitete, die am selben Morgen angekommen waren. Ihr Handy ertönte so oft, dass die Schauspielerin es mit einem erregten »Ach, Schnauze, du schreckliches Ding!« ausschaltete. Dorcas sah mehr denn je wie ein Minifilmstar aus, als sie – getragen von Armflügeln – ins Wasser sank, ihr lockiges Haar umschwebte dabei ihren Kopf wie ein goldener Heiligenschein.

Eva schlug vor, an diesem Abend zum Essen auszugehen, doch Deirdre fragte ziemlich kleinlaut, ob sie sich nicht wieder für den Zimmerservice entscheiden könnten. Die Clubsandwiches am vorigen Abend seien so gut gewesen, dass sie sie gerne noch einmal probieren würde, fügte sie wenig überzeugend hinzu. Tatsächlich war der wahre Grund, warum sie sich nicht auf die Straßen von Galway wagen wollte, der, dass sie es einfach nicht riskieren konnte, Rory und Caít Murray zu begegnen.

Am nächsten Morgen setzte Evas Fahrer Deirdre an der Busstation ab, bevor er die Schauspielerin zum Drehort fuhr. Sie kam sich ein bisschen lächerlich vor, als sie der Limo entstieg und in den Bus einstieg. Die Leute starrten her, als der Filmstar auftauchte, um sich zu verabschie-

den. Dorcas streckte ein fettes Fäustchen vor und packte ein paar von Deirdres Haaren, als ob sie entschlossen wäre, ihre neue Freundin nicht gehen zu lassen.
»Das besiegelt es«, stellte Eva fest. »Du bist jetzt die offizielle Patin von Dorcas Daíre Lavery-Lawless.«
»Daíre?«, fragte Deirdre. »Ich wusste nicht, dass Dorcas noch einen zweiten Namen hat.«
»Nein? Ich dachte, ich hätte dir erzählt, dass ich sie nach dir benannt habe?«, erwiderte Eva.
»Daíre?«
»Hm. Wegen O'Dare. Ich wollte sie nicht Deirdre nennen – ich hoffe, du hast nichts dagegen. Ich bin nämlich abergläubisch, was Namen angeht. Ich weiß, Deirdre war eine legendäre irische Schönheit, aber es führt nun mal kein Weg daran vorbei, dass ihr voller Name ›Deirdre von den Sorgen‹ war.«
»Ha! Das bin ich wohl wirklich, nicht wahr? Tut mir Leid, Eva.«
Eva lächelte. »Ich habe mich selbst mal an deiner Schulter ausgeweint, erinnerst du dich? Ich bin froh, dass ich dir auch helfen konnte, als du mich gebraucht hast. Egal, ich kenne dich gut genug, um zu wissen, dass du dich wieder aufrappeln wirst. Du bist aus unverwüstlichem Stoff gemacht, Deirdre.«
»Übrigens, was bedeutet eigentlich Dorcas?«, fragte Deirdre, während sie die Wange des Babys mit einer Hand streichelte und mit der anderen versuchte, ihre Haare aus Dorcas' Finger zu lösen.
»Gazelle. David hat ihn ausgesucht. Dorcas ist eine unbedeutende Figur in *Ein Wintermärchen*. Eine Schäferin.«
Deirdre war es gelungen, die Stufen zum Bus hinaufzusteigen, nachdem sie ihre Haare aus Dorcas' hartnäckigem Griff befreit hatte, und nun suchte das Baby nach et-

was anderem, um sich zu amüsieren. Sie hatte begonnen, an dem dünnen Stoff des Kleides über Evas Brust zu zerren. »Manchmal glaube ich, Porcas hätte besser gepasst«, seufzte Eva, während sie resigniert die Knöpfe öffnete. »Grüß David von mir.«

»Das tue ich. Ich hoffe, alles wird gut, Liebes. In jeder Hinsicht.« Eva stand auf Zehenspitzen und küsste sie auf die Wange. »Wir hören uns.«

Der Motor erwachte bebend zu Leben, und Deirdre sprang die letzte Stufe des Busses hoch. »Tschüss, Dorcas. Tschüss, Eva. Danke für alles.« Sie winkte aus dem Fenster, bis der Bus um die Ecke fuhr, und sank dann auf ihrem Sitz zusammen; sie wickelte ihre Jacke eng um sich, um sich zu wärmen als auch zum Trost.

Als der Bus sich um den Eyre Square schlängelte, kam er an einer weiteren langen schwarzen Limo vorbei. die für den Grace-O'Malley-Film gebraucht wurde. Deirdre sah hinunter auf das schwarz getönte Beifahrerfenster und sofort wieder weg. Sie hatte den unbehaglichen Eindruck, dass, wer immer auf dem Rücksitz des Autos saß, ihren Blick erwiderte.

Der Bus fuhr zehn Minuten zu spät in Westport ein. Als Deirdre ihr Rad von dem Zaun losmachte, an den sie es vor zwei Tagen angebunden hatte, wurde der Himmel dunkel von den Unwetterwolken, die man Anfang der Woche vorausgesagt hatte. Sie radelte so schnell sie konnte die Main Street hinunter und hinaus auf die Straße nach Newport, denn sie hatte es eilig, nach Hause zu kommen, bevor es zu regnen anfing. Niemand sonst war auf der Straße. Das Vieh auf den Feldern der Umgebung ruhte am Boden, und Möwen flogen ins Landesinnere – beides sichere Zeichen für schlechtes Wetter. Es war Unheil verkündend still – bis eine Sturmdrossel anfing, ihr melancholisches Lied im Wald oben am Hügel zu singen.

Deirdres Beine waren kalt, doch sie konnte Schweiß auf ihrer Oberlippe und unter den Armen spüren. Sie fuhr weiter, bis die Steigung zu steil wurde, und dann stieg sie ab. Als sie ihr Bein über den Sattel schwang, fühlte sie den ersten Tropfen auf ihrem Schenkel. Er landete mit einem deutlichen Platschen. Sie sah hinauf zu dem düsteren Himmel über ihr, und noch ein Tropfen traf sie auf der Wange und ließ sie blinzeln. An diesem Regen gab es nichts Zögerliches; es würde kein sanftes, allmähliches Nieseln geben, das die Ankunft schlechten Wetters ankündigte, er würde in Strömen vom Himmel herabkommen. Irgendwo über der Bucht grollte Donner, und dann zuckte ein Blitz, während der Regen schwer auf das Dach aus Laub über ihrem Kopf zu prasseln begann.

Es dauerte weniger als eine Minute, bis sie bis auf die Haut durchnässt war. Sie sah aus, als ob sie gerade voll angezogen aus dem Meer aufgetaucht wäre. Ihr Haar klebte wie nasses Gras an ihrem Gesicht, und ihre grobe Jacke fühlte sich auf ihrem Rücken und auf ihren Schultern schwer vom Regen an. Ihr dünnes Kleid klebte an ihren Schenkeln, und das Gehen wurde dadurch erschwert, dass ihre nackten Füße ständig auf dem Leder ihrer Silbersandalen rutschten. Bäche strömten ihr das Gesicht herab und in ihren offenen, keuchenden Mund. Sie sah sich in der triefenden Landschaft um und schob nasse Zweige aus ihren Augen. Es gab nichts in der Nähe, wo sie sich unterstellen konnte. Es hatte sowieso keinen Sinn, das zu tun, sie würde nicht trocknen. Sie konnte nur weitereilen.

Der Landrover überraschte sie. Er fuhr mit dem Geräusch nasser Räder an ihr vorbei, und sie fiel praktisch in die

Hecke. Etwas weiter vor ihr fuhr das Fahrzeug an den Straßenrand, dann erleuchteten Rücklichter die nasse Straße, und der Rückwärtsgang heulte auf, und plötzlich war er neben ihr. »Steig ein«, forderte sie Gabriel Considine auf.

»Mein Rad …«, sagte sie. »Ich kann nicht …«

Er stand neben ihr auf der Straße, packte den Lenker und schob sie sanft in Richtung der Beifahrertür. »Das kommt nach hinten«, erklärte er.

Deirdre kletterte in den Landrover und landete schwer auf dem Beifahrersitz. Die Scheibenwischer arbeiteten auf Hochtouren. Hinter ihr konnte sie hören, wie Gabriel ihr Rad verstaute. Als er sich wieder auf den Fahrersitz setzte, war er fast so nass wie sie. Er sah sie an, bevor er schaltete. »Was, um Himmels willen, ist in dich gefahren, Deirdre O'Dare, dass du bei einem Sturm in einem kleinen Partykleid radelst? Du siehst aus wie die Herrin des Sees.«

»Oh«, erwiderte sie müde, »es hat keinen Sinn, das zu erklären zu versuchen.«

»Ist das noch ein Beispiel für das impulsive Benehmen, das dich dazu gebracht hat, an deinem ersten Tag auf deinem Rad zum Strand von Carrowhead zu fahren? An dem Tag, an dem du den glorreichen Einfall hattest – aus Gründen, die nur dir bekannt sind –, mich in teutonischer Sprache anzureden?«

Sie lachte plötzlich. Die Situation war zu lächerlich, um es in Worten auszudrücken. »Ach Gabriel! Ich lande aber auch immer in den absurdesten Situationen. Danke, dass du mich gerettet hast.«

Der Landrover glitt vom Straßenrand weg und fuhr gleichmäßig in Richtung Carrowcross. Sie lehnte sich auf dem Beifahrersitz zurück und fühlte sich jetzt sicher und trotz ihrer nassen Kleidung behaglich. Die Heizung war angeschaltet, etwas Klassisches spielte auf dem CD-Player, und der schwache Geruch nach Rosmarin lag in der Luft: wahrscheinlich von der Seife oder dem Shampoo, das Gabriel benutzte.

Ein Auto, das in entgegengesetzter Richtung fuhr, hupte freundschaftlich, und Gabriel hob grüßend die Hand.

»Wer ist das?«, fragte Deirdre.

»Das ist Gladys«, sagte er. »Meine Haushälterin. Sie hat das Pförtnerhäuschen für den neuen Mieter sauber gemacht.«

Deirdre drehte sich um, um nach dem Auto zu sehen, erkannte aber nichts. »Dein Rückfenster ist ganz beschlagen«, bemerkte sie. »Dein Entfrosterer geht wohl nicht, Gabriel.«

Er betätigte einen Schalter am Armaturenbrett und sah sie belustigt an. »Du meinst meinen Entfroster«, verbesserte er sie.

»O ja. Natürlich. Gott«, sagte sie und streckte sich und gähnte, »ich kann es nicht erwarten, in mein Cottage zu kommen.«

»Ich bringe dich nicht dorthin. Ich bringe dich nach Carrowcross House.«

Verblüfft sah sie ihn an. »Aber warum denn?«, fragte sie.

»Denk mal darüber nach. Du bist eine Zeit lang nicht zu Hause gewesen. Wird es heißes Wasser geben?«

»Nein.«

»Im Haus gibt es jede Menge. Du musst so bald wie möglich ein warmes Bad nehmen, Deirdre.« Sie wandte den Blick von ihm ab und sah durchs Fenster hinaus in die durchnässte Landschaft. Er hatte Recht. Das Cottage würde kalt und feucht sein. »Außerdem«, fuhr er fort, während er den Landrover durch eine Über-

schwemmung steuerte, die mehrere Meter der Straße unter Wasser gesetzt hatte, »ist es allmählich Zeit, dass du Carrowcross House in all seiner wieder erstandenen Größe siehst, nicht wahr?«
»Aber ich dachte, du wohnst im Pförtnerhäuschen?«
»Nicht mehr. Mein Mieter kommt heute an. Ich bin ins Haupthaus gezogen.«
Sie kam sich plötzlich vor, als ob eine Lerche in ihrem Herzen gefangen gehalten würde. »Oh«, sagte sie. Schweigen entstand, und dann fiel Deirdre etwas ein. »Woher wusstest du, dass ich nicht im Cottage war, Gabriel?«
»Ich bin gestern Abend hingegangen. Ich habe eine Ewigkeit gewartet, bevor ich aufgab und wieder in das Heim meiner Väter zurückkehrte. Du bist nicht gekommen, dafür aber die Otter.«
»Oh!«
»Wo warst du?«
»Ich habe die Zehennägel meines Patenkindes in Galway angemalt. Und du?«
»Hab mich um Rosa gekümmert.«
»Rosa?«
»Meine Nichte in England. Sie ist sehr krank geworden.«
Deirdre warf ihm einen erschreckten Blick zu. »Was ist passiert?«
»Keiner weiß es wirklich, aber als das Wort ›Meningitis‹ fiel, musste ich sofort hin. Es gab eine bedrohliche Verschlechterung, und dann plötzlich hat sie sich erholt, und jetzt geht es ihr gut.«
»Wann bist du hingefahren?«
»Am Tag nachdem ich dich zum letzten Mal gesehen habe. Ich bin erst spät am Montagabend zurückgekommen.«
Deshalb war er also seit dem Abend ihres missglück-

ten Verführungsversuchs nicht mehr in ihre Nähe gekommen! Erleichterung überflutete sie, dass seine Besuche nicht wegen ihres unsäglichen Fauxpas unterbrochen worden waren, den sie begangen hatte, indem sie Daisys Begräbnismusik gespielt hatte, sondern durch Umstände, die außerhalb seiner Kontrolle lagen. Ihre Gedanken wanderten zurück zu dem Abend, an dem sie durch die Fenster des Pförtnerhauses gespäht hatte, und zu dem Eindruck, den die Räume gemacht hatten. Er hatte offenbar einige Tage vorher alles stehen und liegen lassen und war eilig abgereist. Wahrscheinlich war er am selben Abend ihres Besuchs zurückgekommen. Vielleicht war er es gewesen, der versucht hatte, sie telefonisch zu erreichen?

»Ich habe versucht, dich mehrmals von England aus telefonisch zu erreichen«, sagte er, als ob er ihre Gedanken gelesen hätte. »Und noch mal an dem Abend, an dem ich zurückgekommen bin. Doch es nahm niemand ab.« Der Landrover fuhr nun parallel zu der Grenzmauer des Geländes von Carrowcross House. Sie fuhren einige Minuten schweigend dahin, bevor das Pförtnerhaus in Sicht kam. Gabriel bog in die Einfahrt ein. Die Tore standen weit offen, als erwarteten sie ihn. Sie rumpelten die lange Auffahrt entlang und blieben vor der Vordertür stehen. Gabriel schüttelte seinen langen Wachsmantel aus und wickelte ihn ihr um die Schultern, dann öffnete er die Fahrertür und stieg aus. Bevor sie sich aus dem Sicherheitsgurt befreit hatte, hatte er die Beifahrertür geöffnet. »Jetzt renn los«, sagte er.

Sie rannten die Stufen hoch, und Deirdre hüpfte oben auf der Stelle, während Gabriel einen Bund schwerer Eisenschlüssel von seinem Gürtel löste. Er drehte einen im Schloss, stieß die Tür auf, und sie waren im Haus.

»Oh!«, brachte sie nur hervor. Sie tat ein paar Schritte über den gefliesten Boden der Eingangshalle, und ihre Sandalen hallten klappernd unter der gewölbten Decke wider, die mit kompliziertem Stuck durchzogen war. Sie blieb stehen und blickte hinauf, dabei vollführte sie eine langsame Drehung. »Oh!«, sagte sie wieder.

»Hör auf, ›Oh‹ zu sagen«, meinte Gabriel nüchtern. »Du wirst später noch jede Menge Zeit haben, das Haus zu bewundern. Im Moment will ich nur, dass du aufhörst, meinen Boden nass zu machen, und ins Bad gehst, bevor du eine Lungenentzündung bekommst. Komm mit.«

Er nahm zwei Stufen auf einmal und führte sie dann eine Galerie entlang, die die Haupthalle säumte. Ein Flur, der von der Galerie abging, führte sie an zwei Mahagonitüren vorbei. Er öffnete die zweite Tür und brachte sie in einen Raum mit einer hohen Decke, der einen nackten Holzboden, weiß gekalkte Wände und ein hohes Fenster mit einem weißen Vorhang aufwies, das sich in der Wand auf der gegenüberliegenden Seite befand. Ein viktorianisches Waschbecken stand wie ein Thron auf einem Podium am einen Ende des Zimmers, und eine riesige, schmiedeeiserne Badewanne stand stolz auf Löwentatzen in der Mitte. Ein paar Wiener Stühle bildeten das einzige Mobiliar.

Gabriel ging zum Bad und drehte die Hähne auf, so dass Wasser in die Wanne lief und Dampf in die Luft aufstieg. »Im Schrank sind Handtücher«, erklärte er. »Ich suche nach etwas zum Anziehen für dich und lasse es vor der Tür liegen.« Er drehte sich um und ging zur Tür. »Komm runter in die Bibliothek, wenn du fertig bist.« Sie hatte doch gewusst, dass es eine Bibliothek gab! »Ich mache ein Feuer an. Hast du Hunger?«

Das hatte sie. Es war an diesem Morgen keine Zeit für ein

genüssliches Frühstück im Bett gewesen. »Ja«, antwortete sie.
»Gut. Gladys hat einen Eintopf gemacht. Im Schrank gibt es auch noch Badeöl«, fügte er hinzu, während er die Tür hinter sich zuzog.
Deirdre ging zu dem Schrank, der hinter einer holzgetäfelten Tür auf der einen Seite eines eleganten, schmiedeeisernen Kamins stand. Auf dem Kamin standen Kerzenständer, und es lag eine Schachtel ungeöffneter weißer Kerzen und eine große Schachtel mit langen Streichhölzern bereit.
Sie öffnete die Tür des Schrankes und wurde empfangen von dem tröstlichen Geruch nach warmen Handtüchern und irgendeinem Kraut. Rosmarin. Eine große Flasche Badeöl stand auf einem Regal neben einem Korb voller französischer Badeseifen, und auf dem Boden des Schrankes stand eine Pappschachtel, die bis zum Rand gefüllt war mit Jif, Dettol und Bleichmittel.
Gabriel Considine schien für einen allein lebenden Mann sehr gut ausgerüstet zu sein. Diese Gladys musste sich wirklich sehr gut um ihn kümmern. Reinigungsprodukte, ein Schrank voller Toilettenartikel und Massen sauberer Handtücher und Laken. Leinenlaken. Wie ein Blitz tauchte vor ihrem geistigen Auge das Bild von Rory auf und wie er Eva gestern angesehen hatte, als sie ihre Vorliebe für Leinenlaken erwähnt hatte. Deirdre streckte die Hand aus und rieb den knotigen Stoff kenntnisreich zwischen Zeigefinger und Daumen. Eva hatte Recht gehabt. Dann nahm sie die Flasche Badeöl und wandte sich wieder der Wanne zu. Einige Tropfen des Öls trübten das Wasser und ließen den Dampf duften.
Sie löste die Riemen ihrer Sandalen und zog Kleid und Unterwäsche aus. Dann hielt sie sich vorsichtig an der

schmiedeeisernen Verzierung fest, hob das Bein über den Rand der hohen alten Badewanne und testete mit dem Zeh die Temperatur. Sie war genau richtig. Während sie sich genüsslich in das warme, seidige Wasser gleiten ließ, fragte sie sich, was Gabriel wohl für sie zum Anziehen finden würde. Einen Bademantel? Eines von seinen Hemden? Sie wusste, dass sie sich verletzlich fühlen würde, was auch immer er fände. Der Regen hatte sie buchstäblich bis auf die Haut durchnässt – sogar ihre Unterwäsche war nass. Auf keinen Fall konnte sie sie wieder anziehen. Was, wenn Gabriel so etwas wie ein Sweatshirt oder ein weites T-Shirt brachte? Sie würde sich wahnsinnig verlegen fühlen – sie wusste, dass sie dauernd am Saum zerren und sich vergewissern würde, dass sie ihre Beine aneinander drückte.

Sie konnte seine Schritte im Flur hören. Dann ertönte seine Stimme hinter der Tür. »Deirdre?«

Ihr stockte der Atem. »Ja?«, rief sie und versuchte, weltmännisch zu klingen.

»Ich hoffe, du hast nichts dagegen, etwas ziemlich Exotisches anzuziehen. Ich habe nicht gerade eine große Auswahl an Frauenkleidern, wie du dir sicher vorstellen kannst.«

»Oh. Irgendetwas reicht schon. Danke, Gabriel.«

Die Schritte verhallten in Richtung Galerie. Deirdre empfand ein bisschen Panik. *Ich hoffe, du hast nichts dagegen, etwas ziemlich Exotisches anzuziehen.* O Gott, o Gott. Was meinte er mit exotisch? War es möglich, dass er auch nur so ein trauriger Schuft war wie Jean-Claude Valentin mit einer Neigung für billige Dessous? Plötzlich hatte sie es sehr eilig, das herauszufinden.

Sie hievte sich aus der Wanne und tapste durch den Raum, dabei tropfte Wasser überall auf den Boden. Sie öffnete vorsichtig die Tür und sah in den Flur, bevor sie die Hand nach der glänzenden Tüte ausstreckte, die draußen lag, und sie ins Bad trug. Sie öffnete die Kordbänder, und was sie erblickte, als sie in die Tüte sah, raubte ihr den Atem: eine dichte Masse glatter Seide. Langsam zog sie den Stoff heraus und hängte ihn dann schnell über den Stuhl, als sie merkte, dass sie überall tropfte. Das Kleidungsstück, das sich über die geschwungene Lehne des Wiener Stuhls schlängelte, war ein kunstvoll bestickter und mit Pailletten gesäumter indischer Sari.

Sie verbrachte eine lange Zeit damit, herauszufinden, wie man den Sari trug. Rory hatte ihr einmal einfache safranfarbene Seide aus Indien mitgebracht, doch sie hatte die Kunst niemals wirklich beherrscht, und der Sari war schließlich als Gardine an ihrem Schlafzimmerfenster gelandet. Nun war sie sehr damit beschäftigt, ihn zu wickeln und zu stecken und zu drapieren, bis er einigermaßen stabil zu sitzen schien. Ungefähr zehn Minuten vergingen, bevor sie barfuß die geschwungene Freitreppe vorsichtig hinunterging. Als sie auf die unterste Stufe trat, schaute sie zum sechsten Mal nach, ob die Seide auch sicher über ihren Brüsten verknotet war.
Das knisternde Geräusch von brennenden Scheiten sagte ihr, wo sie hingehen musste. Die Bibliothek blickte durch hohe, vorhanglose Fenster hinaus auf die Terrasse hinter dem Haus. Der Regen hatte erheblich nachgelassen, und hinter den Fensterrahmen konnte sie überwucherten Rasen sehen, der sich bis hinunter zu dem mit Unkraut bewachsenen Teich erstreckte, der in einem anderen Leben ein kleiner See gewesen war. Der Garten war wild und dunkelgrün vor tropfendem Laub, und das sporadische

Geräusch des Regens, der gegen das Fenster prasselte, ließ sie schaudern und wünschen, dass sie einen gemütlichen Morgenmantel und warme Hausschuhe trüge. Von Gabriel war nichts zu sehen.

Sie betrachtete den Raum mit neugierigen Blicken. An den Wänden standen vom Boden bis zur Decke Bücherregale, doch es waren noch keine Bücher darauf. Ungefähr ein Dutzend Umzugskisten stapelte sich in einer Ecke. Im Zimmer gab es keine Möbel bis auf einen Läufer, den türkischen Teppich, den sie im Wohnzimmer des Pförtnerhauses gesehen hatte, und einen Haufen großer orientalischer Kissen vor dem Feuer, das in einem höhlenartigen Kamin brannte. Das Porträt eines hochmütig dreinblickenden Mannes mit ausgeprägten Wangenknochen starrte sie über dem Kaminsims an. Ein Considine-Vorfahre, vermutete sie und blickte in seine unergründlichen schwarzen Augen. Auf dem Boden stand auf einer Seite des Feuers ein Kupfertopf mit Eis. Daraus ragte eine Champagnerflasche, daneben standen zwei Champagnerflöten. Deirdre spürte, wie ihr Herz auf vertraute Weise zu rasen begann.

Ein Geräusch hinter ihr ließ sie sich umdrehen. Gabriel stand in der Tür; er lehnte am Rahmen und betrachtete sie mit seinen dunklen Augen. Er hatte seine nassen Kleider ausgezogen und trug nun Jeans und ein dunkelblaues Baumwollhemd, und er war barfuß. Er wandte den Blick nicht von ihr, während er entspannt zu der Stelle schritt, an der der Champagner wartete. »Tut mir Leid wegen des Topfes«, sagte er. »Ich habe es noch nicht geschafft, einen Eiskübel zu kaufen.«

»Weißt du, was, Gabriel? Das könnte ich fast überraschend finden. Du scheinst unglaublich gut ausgerüstet zu sein für einen Typen, der gerade eingezogen ist.« Ihr

lockerer Ton verriet nichts von der Nervosität, die sie empfand.
»Gladys kümmert sich um diese ganze Seite des Lebens«, erwiderte er. Natürlich. Er streckte eine Hand aus und fuhr mit dem Finger seitlich ihr Gesicht entlang. »Du siehst unglaublich schön aus, Deirdre O'Dare«, sagte er. »Ich wusste, dass der Sari dir stehen würde. Seit Daisy tot ist, hat ihn keiner mehr getragen. Es war ihr Lieblingskleidungsstück. Sie fand ihn in einem Antiquitätengeschäft in der Portobello Road. Er gehörte einer echten indischen Prinzessin.«
Deirdre schluckte. Sie war sich nicht sicher, ob sie sich geschmeichelt fühlen sollte, weil sie Daisys Sari trug, oder sauer, weil er das Bedürfnis hatte, sie mit seiner toten Frau zu vergleichen. Sie wusste wirklich nicht, was sie sagen sollte. »Hast du viele ihrer Kleider behalten?«, fragte sie, und ihre Stimme klang so beiläufig, wie sie es nur schaffte.
»Nein«, antwortete er. »Nur das. Und den Schmuck, den meine Mutter hinterlassen hat, natürlich. Es sind Familienerbstücke.« Er hob die Champagnerflasche aus ihrem Eisnest. »Hm«, machte er. »Noch nicht eisgekühlt genug. Vielleicht sollten wir erst essen? Wie hungrig bist du?«
»Ich bin richtig ausgehungert«, erwiderte Deirdre entschieden. »Ich habe heute nicht gefrühstückt.«
»Dann ist es klar«, entschied er und streckte die Hand aus. »Komm mit mir.«
Sie nahm seine Hand, und er führte sie in die Küche. Es war ein großer Raum im Souterrain des Hauses, der zum alten Stall hinausging. Es stand nicht viel in dem Raum – ein Aga, ein massiver Tisch, die Stühle, die sie im Pförtnerhaus gesehen hatte. Der Boden war aus Terra-

kottafliesen, die ein Jahrhundert von Küchenmädchenfüßen glatt gewetzt worden waren. Zwei Belfast-Spülbecken waren unter einem Fenster installiert worden, und Schränke und Regale waren in Alkoven an den Wänden eingebaut. Von dem Aga drang ein wunderbarer Geruch durch den Raum.

Gabriel nahm einen Kochhandschuh vom Haken, öffnete die Herdtür und zog einen Schmortopf heraus. »Hol Teller, ja? Und Weingläser. Sie müssten in einem der Schränke dort drüben sein.«

Deirdre begann in die Schränke zu spähen. Sie war ein wenig erstaunt, als sie entdeckte, dass sein Essservice aus der unausgegorenen Reproduktion eines Susie-Cooper-Designs bestand, die sie in einem ziemlich billigen Katalog als Sonderangebot gesehen hatte. Sie erwartete nicht gerade Sèvres-Porzellan, doch sie hatte gedacht, dass ein Mann von Wohlstand und mit Geschmack wie Gabriel Considine zu etwas Schickerem greifen würde als zu Tellern aus dem Katalog. Zumindest waren die Weingläser elegant.

»Dieser Schmortopf riecht köstlich«, stellte sie fest, während sie Teller und Gläser auf den Tisch stellte. »Kocht Gladys jeden Tag für dich?«

»An den meisten Tagen«, antwortete er. »Ich bin kein großes Ass in der Küche. Wenn Gladys nicht da ist, esse ich normalerweise im Quay Cottage.« Er holte einen zweiten Topf aus dem Ofen.

»Klingt so, als sei sie ein echter Fund.« Deirdre setzte sich an den Tisch und sah zu, wie Gabriel Reis auf die Teller löffelte.

»Das ist sie. Sie erledigt auch die meisten Einkäufe für mich.«

»Ich habe mir das schon gedacht, als ich gesehen habe,

wie gut ausgerüstet dein Badschrank ist. Ist sie auch verantwortlich für das Service aus dem Katalog?«
»Was?« Gabriel hielt inne.
»Diese Teller mit den Mohnblumen drauf.«
»Nein. Das ist Art déco.«
»Sie sind echt?«
»Ja.«
Deirdre drehte einen Teller um. *Susie Cooper Production*, las sie. *Crown Works, Burstem, England.* »Verdammt«, rief sie aus. »Sie müssen ja ein Vermögen wert sein, Gabriel! Denkst du, es ist klug, sie zu benutzen? Ich meine – solltest du sie nicht für besondere Gelegenheiten aufbewahren?«
Er lächelte sie an. »Was mich angeht, ist dies eine besondere Gelegenheit, Deirdre.« Er durchquerte das Zimmer und verschwand durch eine Tür, die von der Küche wegführte. Als er wiederkam, hielt er eine Flasche Wein in der Hand.
»Was ist dort drüben?«, fragte Deirdre in scherzhaftem Ton. »Der Weinkeller?«
»Ja.«
Sie sah ihn skeptisch an. »Meinst du das ernst?«
»Ja, wirklich«, sagte er und schenkte ihr ein belustigtes Lächeln, während er den Korken herauszog. Er goss ein, stellte den Wein auf ein altes Silbertablett und sah sie erwartungsvoll an.
Sie setzte sich mit offenem Mund an den Tisch. »Ich bin beeindruckt«, gab sie zu.
Er setzte sich ihr gegenüber hin und hob sein Glas. »Auf uns«, sagte er.
»Auf uns«, wiederholte sie. Dann lobte sie: »Oh! Ausgezeichneter Bordeaux!«
»Leider hatte ich keine Zeit, den Wein zu *chambrer*. Ich

habe nicht erwartet, eine ertrinkende junge Dame retten und dann ein Essen für sie zubereiten zu müssen.«

»Ich bin entzückt, Gabriel. Aber wie kannst du die Zeit erübrigen? Musst du nicht im Büro sein?«

»Ich habe vor, sooft wie möglich hier zu arbeiten. Ich habe eines der Gästezimmer mit einem Zeichenbrett und einem Computer ausgestattet, und ich habe alle Anrufe, die ich entgegennehmen muss, hierher umleiten lassen. Ich habe schon vor ein paar Monaten damit angefangen, als die Arbeiter mit dieser Seite des Hauses fertig waren. Ich hätte den Abrisslärm früher nicht ausgehalten.«

Deirdre bemerkte, dass er wartete, dass sie die erste Gabel von dem Eintopf aß, bevor er sich dasselbe erlaubte. Sie würde auf ihre Manieren achten müssen. »Natürlich gibt es Zeiten, wo ich im Büro in der Stadt sein muss«, fuhr er fort, »aber es ist ein echter Luxus, die Möglichkeit zu haben, zu Hause zu arbeiten. Ich kann alles in meinem eigenen Tempo machen – früh zu arbeiten anfangen und früh aufhören oder umgekehrt.«

Der Eintopf war heiß. Deirdre blies auf jeden Bissen, bevor sie sich in den Mund steckte, und achtete darauf, dass keine Sauce auf den Sari tropfte. Sie kam sich leicht blöd vor, an Gabriels Küchentisch zu sitzen und ein Ensemble zu tragen, das besser zu einem Essen im Taj Mahal gepasst hätte, obwohl sie sich inzwischen irgendwie daran gewöhnt hatte, zu jedem gesellschaftlichen Anlass die falschen Kleider zu tragen. Sie hatte das in letzter Zeit so oft getan, dass sie einen Modeartikel mit dem Titel »Die Kunst unpassender Kleidung, geschrieben von einer Expertin« hätte schreiben können.

Schweigen entstand. Deirdre blickte auf und sah, dass er sie anschaute, und sie blickte weg, da sie sich bewusst war, dass der Blick deutlich bedeutungsvoll war.

»Woran hast du gedacht? Du hast gerade sehr rätselhaft ausgesehen.«
Sie konnte ihm kaum erzählen, dass sie über etwas so wenig Ernsthaftes wie Kleider nachgedacht hatte.
»Ich habe mir gerade überlegt«, log sie, während sie mit gerunzelter Stirn die spartanisch eingerichtete Küche betrachtete, »dass du, äh …« Blitzartig kam ihr ein Gedanke. »Du solltest anfangen, auf Auktionen zu gehen, Gabriel. Dort kannst du ein paar erstaunliche Dinge wirklich billig ergattern. Jemand hat mir vor kurzem erzählt, dass immer noch eine Menge Considine-Antiquitäten im Umlauf sind. Vielleicht kannst du ja das goldgefasste Essservice deines Vorfahren wiederkriegen. Dann könntest du Susie Cooper zum Mittagessen und Teller mit deinem Wappen darauf zum Abendessen verwenden.«
Er lachte. »Das ist eine gute Idee«, stimmte er zu. »Aber ich habe keine Zeit, mich auf Auktionen herumzutreiben und zu versuchen, verlorene Erbstücke wieder aufzutreiben.«
»Wann willst du denn dieses Haus möblieren?« Sie schaufelte einen kleinen Hügel aus Reis in ihren Mund.
»Ich habe den meisten Kram in England gelagert. Ich werde alles hierher transportieren lassen müssen.«
»Nun, ich nehme an, in der Zwischenzeit hast du alles, was du brauchst. Und außerdem so geschmackvoll, wie es nur geht.«
»Dank Daisy. Alles, was du in diesem Haus siehst und das irgendeinen ästhetischen Wert hat, wurde von ihr ausgewählt.«
Sie hatte es wieder getan. Langsam hatte sie das Gefühl, als wandere sie durch ein Labyrinth, in dem alle Wege zu Daisy führten. Gott sei Dank blieb ihr die Notwendigkeit erspart, erneut das Thema wechseln zu müssen, da plötz-

lich das Telefon klingelte. Der irritierende Lärm prallte von den Wänden und der gewölbten Decke der alten Küche ab und klang völlig unpassend.

Gabriel stand schnell auf, um abzunehmen. »Ja? Nicht schon wieder. Zum Teufel.«

Deirdre drehte sich sofort zu ihm um und fragte sich, ob dies etwas mit der kleinen Rosa zu tun hätte, doch sein ziemlich ärgerliches, resigniertes Verhalten sagte ihr, dass dies nicht der Fall war.

»Deshalb bin ich letztes Mal rübergekommen. Wollen Sie mir erzählen, dass die letzte Reise Zeitverschwendung war? Das liegt in deren Verantwortungsbereich. Okay. Okay. Ja. Buchen Sie mir was, ja? Ja – das geht in Ordnung. Ja. Bis dann.« Er legte den Hörer auf und wandte sich mit düsterem Gesicht zu ihr. »Ich muss nach London«, berichtete er.

»Oh.« Deirdre war verblüfft darüber, wie niedergeschlagen sie sich fühlte. »Wann?«

»Jetzt.«

»Wann bist du zurück?«

»Wenn ich Glück habe, morgen.«

Sie setzte ein tapferes Gesicht auf. »Komm morgen Abend ins Cottage. Ich koche zu Abend«, verkündete sie mutig.

»Das würde mir gefallen.« Wieder der bedeutsame Blick. »Vielleicht schaffen wir es dann endlich, diesen Champagner auszutrinken. Bis dann wird er wirklich äußerst gekühlt sein.« Er lächelte sie an, als er durch den Raum ging. »Ich packe besser ein paar Sachen für die Übernachtung. Und du isst auf, Deirdre. Mir gefällt der Gedanke nicht, dass sich Gladys all die Mühe gemacht hat und ihr liebevoll zubereiteter Eintopf dann in den Müll wandert.« Er ging durch die Tür, und Deirdre hörte, wie seine Schritte die Treppe hinauf verklangen.

Nachdenklich sah sie auf ihren Eintopf und erkannte, dass diesmal ihr Blick echt rätselhaft war. Warum? Sie stellte sich vor, wie sie sich in ihrem Prinzessinnensari auf dem Stapel Kissen vor dem Feuer in der Bibliothek oben zurücklehnte, Champagner aus einer Kristallflöte nippte und Gabriel ihren verführerischsten Blick zuwarf, während er langsam auf sie zukam und sie aus gefährlich dunklen Augen betrachtete.

Er setzte sie am Cottage ab, so dass sie anstatt in Kissen sich in ihrem Prinzessinnensari gegen den Beifahrersitz von Gabriels Landrover zurücklehnte.
Der Regen hatte aufgehört, und eine bleiche Sonne versuchte ihr Bestes, durch die Wolken zu dringen. Als es ihr schließlich gelang, glitzerte die Landschaft, als ob jemand grüne Pailletten darüber verstreut hätte, und Regentropfen glänzten auf dem Schlehdorn.
Während sie die Landzunge entlangfuhren, grüßte Gabriel ein Mädchen, das in die entgegengesetzte Richtung ging. Lachend winkte sie ihm zu. Deirdre konnte ihre Neugierde nicht verbergen. Das Mädchen hatte goldene Haut und Haare, schräg stehende blaue Augen und eine fantastische Figur. Tatsächlich hatte sie starke Ähnlichkeit mit Gwyneth Paltrow. »Wer ist das?«, fragte sie.
»Das ist Gladys«, antwortete er.
»Das ist Gladys?«, wiederholte sie. Sie war wie vor den Kopf geschlagen. Aus irgendeinem Grund hatte sie sich Gladys als eine untersetzte Frau mittleren Alters vorgestellt.
Er lächelte sie von der Seite an. »Sie sieht klasse aus, nicht wahr?«
Deirdre zuckte die Achseln. »Sie ist okay.«
Nun lachte er laut auf. »Oh – du siehst sexy aus, wenn du

so schmollst, Deirdre!«, meinte er. »Es gibt keinen Grund, eifersüchtig zu sein. Ich war nicht mit ihr im Bett. Dafür respektiere ich sie zu sehr.«
»Vielen Dank.«
»Sei doch nicht absichtlich so begriffsstutzig. Du weißt sehr gut, warum ich mit dir ins Bett will.«
»Du bist aber mit ihr zum Abendessen gegangen, oder?«
»Ja – ins Quay Cottage, als ich sie wegen des Jobs ausgefragt habe. Woher weißt du das?«
Jetzt kam sich Deirdre wirklich dumm vor. »Oh – Eleanor hat euch hineingehen sehen«, log sie.
»Ich bin froh zu erfahren, dass ich bekannt genug bin, um in den Klatsch von Carrowcross einbezogen zu werden.« Wieder lächelte er und fuhr dann fort. »Der Grund, weshalb ich sie zum Essen ausgeführt habe, ist, dass man Respekt erntet, wenn man Leute gut behandelt, und ich wollte sichergehen, dass ich ihrer Diskretion vertrauen konnte. Nach ein, zwei Gläsern anständigen Weins findet man eine Menge über Menschen heraus. Du nicht, Deirdre?«
Ihre Gedanken wanderten zurück zu dem Abend, an dem er ihr erzählt hatte, dass er mit ihr schlafen wolle. Was hatte er gesagt? *Ich habe mit keiner Frau mehr Liebe gemacht, seit Daisy gestorben ist. Ich habe rumgevögelt, das gebe ich zu, aber ich habe mit keiner geschlafen, für die ich echte Gefühle hatte.*
»Ja«, sagte sie und erwiderte sein Lächeln. »Das tut man.«
Sie fuhren in einer Art nachdenklichem Schweigen weiter, bis sie das Tor oben an ihrer Auffahrt erreichten. Gabriel fuhr an den Rand und wandte sich zu ihr. »Ich werde dich vermissen«, sagte er. »Ich werde mein geistiges Foto hervorkramen müssen.«
Deirdre sah ihn verständnislos an.

»Erinnerst du dich? Das Foto, das ich von dir gemacht habe, damit ich das Geschäftsessen im Newport House überstand? Obwohl ich jetzt auch ein echtes habe.«
»Oh?« Sie sah noch verständnisloser drein.
»Ja. Ich habe dein Foto aus der *Irish Times* ausgeschnitten, kurz bevor ich nach England gefahren bin. Es ist schön. Fängt dich perfekt ein. Ich habe es in meine Brieftasche gesteckt.«
Das Wissen, dass Gabriel ihr Foto in seiner Brieftasche trug, erzeugte tiefe Erregung in ihr. »Oh«, sagte sie erneut, und versuchte, ihrer Stimme einen lockeren Ton zu geben. »Vielleicht solltest du mir eins von dir geben?«
Gabriel lächelte sie an. »Ich suche eines aus«, versprach er. Dann beugte er sich herüber und küsste sie zum Abschied. Es war ein leichter Kuss, der aber unendlich viele Versprechen in sich barg.
Als sie vom Landrover herunterkletterte, sagte er ihren Namen. Sie drehte sich um, und als sie sah, wie er sie anschaute, kroch sie zurück und ließ sich wieder küssen. Und wieder. Dann entzog sich Gabriel. »Ich muss los. Ich werde noch meinen Flug versäumen, wenn ich nicht aufhöre, dich zu küssen.«
Deirdre glitt vom Beifahrersitz. »Ruf mich später an!«, rief sie, als er den Landrover wendete.
Er lächelte und nickte und fuhr dann zurück auf den Weg. Deirdre lief die Einfahrt zum Cottage entlang und summte dabei eine fröhliche Melodie. Was sollte sie mit dem Rest des Tages anfangen? Sie hatte kein Drehbuch, an dem sie arbeiten konnte. Sie würde sich beruhigen – genau das. Sie würde sich zwischen den Seiten von *Sturmhöhe* verlieren und dann anfangen, den Liebesschmöker zu lesen, den sie in Westport gekauft hatte, sobald sie mit dem Brontë-Buch fertig war.

Ein Platschen in der Bucht ließ sie innehalten – doch es war kein Otter. Es war eine Schwarzkopfmöwe, die untergetaucht war. Sie sah zu, wie der Vogel mit einem sich windenden kleinen, silbrigen Fisch im Schnabel von der Wasseroberfläche aufflog.

12

Sie trat durch die Verandatür ein und betrachtete ihr kleines Haus. Es sah ein wenig schmuddelig aus und tat ihr Leid. Sie würde ein bisschen Hausarbeiten und später ein Feuer machen müssen. Ihr gefiel der Gedanke, es sich in ihrem Cottage gemütlich zu machen, ohne dass sie arbeiten musste, und mit der Aussicht auf einen neuen Mann in ihrem Leben. Und was für ein Mann! Aristokratisch, wirklich raffiniert – anders als dieser Hochstapler Jean-Claude Valentin – und sexy. Und reich. Natürlich war das eigentlich nicht wichtig. Die Tatsache, dass er reich war, spielte keine Rolle. Nun, vielleicht war es nur ein ganz winziger Bonus. Es wäre schön, in anständige Restaurants ausgeführt und verwöhnt zu werden und von Zeit zu Zeit Geschenke zu bekommen. Doch all das war wirklich nicht wichtig.

Sie trat hinaus auf die Veranda und lehnte sich an den Türrahmen, ließ ein Fantasieszenario vor ihrem geistigen Auge abrollen. Was, wenn … Was, wenn die Beziehung zu etwas Bedeutendem erblühte? Er hatte ihr schon gestanden, dass er – nun, warme Gefühle für sie hegte. Er hatte ihr gesagt, dass er seit Daisys Tod so etwas bei keiner Frau mehr empfunden hatte. Was, wenn – ein ungeheurer Gedanke – er sie bat, ihn zu heiraten? Fast errötete sie bei diesem anmaßenden Gedanken. Doch es war eine so schöne Fantasie, dass sie sich ihr einfach hingeben musste. Herrin von Carrowcross House! Hauspartys mit schönen Menschen, die die Räume betraten und sie wieder verließen, Nachmittagstees, Cocktails um sechs, Kinder, die im Garten spielten …

Stopp, bleib realistisch, bleib realistisch. Solche Dinge passieren in der wirklichen Welt nicht, Deirdre. Mit einem Seufzer erhob sie sich und streckte genüsslich ihre Glieder, genoss das Gefühl der Seide auf ihrer Schulter und dachte geistesabwesend, dass sie sich etwas Passenderes für einen ruhigen Abend zu Hause anziehen sollte.

Während sie zum Schlafzimmer ging, begann sie, an dem komplizierten Knoten herumzufummeln, den sie erfunden hatte, um den Sari an seinem Platz zu halten. Dann ließ etwas sie plötzlich stehen bleiben. Es war das Geräusch des sich öffnenden Tores. Sie erstarrte und drehte sich wieder zur Veranda um. Schritte kamen die Einfahrt herauf. Gabriel? Vielleicht hatten sich seine Pläne geändert. Vorsichtig setzte sie einen Fuß auf die oberste Stufe. Dann ertönte das Klappern des zurückgeschobenen Riegels am unteren Tor. Ihr linker Fuß gesellte sich zu dem rechten auf der Verandastufe, und sie verschränkte die Arme vor der Brust, reckte den Hals ein wenig zu einer Seite, als ob sie so besser erkennen könnte, wer um die Ecke auftauchen würde. Es war Rory.

Er blieb stehen, als er sie erblickte. »Hi«, grüßte er. Er nahm seine Sonnenbrille ab und steckte sie in die Brusttasche seiner Jacke. Es war ein Hugo-Boss-Jackett, und er hatte es erst einmal getragen, als er seinen Preis als bester Schauspieler bei der jährlichen Verleihungszeremonie in Dublin hatte abholen müssen. Um seinen Hals hing locker ein Schlips, und in der Hand hielt er eine Flasche Champagner.

»Was machst du hier?«, fragte sie. Sie rührte sich nicht, genauso wenig wie er.

»Ich bin gekommen, um mich zu verabschieden«, antwortete er. »Es ist mein letzter Abend auf der Grünen Insel, bevor ich zu den Fleischtöpfen von L. A. fliege, und ich dachte, es wäre unhöflich von mir, nicht persönlich auf Wiedersehen zu sagen.«

»Warum hast du dieses Jackett an?« Etwas anderes fiel ihr nicht ein.

»Ich führe dich zum Essen aus. Warum hast du einen Sari an?«

»Ich mache Recherchen für mein nächstes Drehbuch. Es spielt in Indien.«

»Wenn man eine dumme Frage stellt ...« bemerkte Rory.

Sie stand immer noch reglos da, als könnte sie sich nicht bewegen. »Du musst dich nicht in dein tolles Jackett werfen, um ins Quay Cottage zu gehen, Rory.«

»Ich gehe nicht mit dir ins Quay Cottage, Deirdre. Ich führe dich ins Ashford Castle aus.«

»Das ist irre. Es ist das exklusivste Lokal im ganzen County. Wie hast du es geschafft, eine Reservierung zu bekommen?« Jede Frage, die sie stellte, klang dümmer als die vorige,

»Der Assistent der Geschäftsleitung ist ein alter Freund von mir«, berichtete er. »Wir sind zusammen zur Schule gegangen.«

»Oh.« Endlich konnte sie sich bewegen. Ganz langsam setzte sie sich auf die Stufe.

»Nun? Willst du mitkommen?«

»Natürlich. Schließlich ist es Ashford Castle, nicht wahr?«

»Ich hatte gehofft, dass meine Gesellschaft ein Teil der Erklärung wäre, Deirdre, nicht nur die Örtlichkeit.« Er ging auf sie zu und lächelte. »Dieser Sari ist sehr sexy, Darling, aber ich hoffe, dass du etwas weniger Gewagtes zum Anziehen hast.«

»Ja«, erwiderte sie, »das habe ich.«

»Wie wäre es mit dem kleinen Teil, das du neulich angehabt hast?«
»Es ist nass geworden.« Tatsächlich hing es in Gabriel Considines Schrank. Doch ihr seidenes Nicole-Farhi-Teil schmachtete in ihrem Schrank dahin.
»Schade. Trotzdem vertraue ich darauf, dass du etwas anderes auftreiben wirst, das elegant ist.«
»Ich brauche zwanzig Minuten.«
»Das passt. Willst du etwas davon?« Er zeigte auf den Champagner.
»Nein. Ja. Bitte. Ich hole Gläser.« Sie stand auf und stolperte hinein. Während sie Gläser aus dem Küchenschrank holte, klingelte das Telefon auf der Veranda. Wieder rannte sie hinaus, drückte die Gläser Rory in die Hand und nahm ab. »Ja?« Sie wusste, dass sie atemlos klang.
Es war Gabriel. »Hi, Liebling«, sagte er. Es war das erste Mal, dass er den Kosenamen verwendete. »Wie geht's?«
»Gut.«
»Wie verbringst du den Nachmittag?«
»Äh, mit Lesen.«
Rory war ein Stück weggegangen und stand an der Seemauer, betrachtete die Aussicht und schälte die Folie vom Hals der Champagnerflasche.
»Du Glückliche. Mir steht etwas ziemlich Langweiliges bevor. Ich habe das Gefühl, ich werde mein geistiges Foto von dir ziemlich oft hervorholen müssen.«
Sie lachte ziemlich abgehackt. Es entstand eine Pause.
Dann: »Ich habe leider schlechte Nachrichten«, verkündete Gabriel.
»Oh?«
»Ich werde bis Samstag in London bleiben müssen.«
»Oh.«

»Kann ich später auf das Abendessen zurückkommen?«
»Ja.«
»Dann komme ich am Samstagabend vorbei, ja?«
»Ja.«
»Deirdre?«
»Ja?«
»Ich möchte, dass du den Sari behältst.«
»Oh! Ich kann doch nicht …«
»Natürlich kannst du. Hast du ihn noch an?«
»Ja.«
»Bist du darunter nackt?«
»Äh – ja.«
»Mach es noch mal für mich, ja, Liebling?«
»Äh – was genau?«
»Erinnerst du dich daran, wie ich dich schon mal angerufen und dich im Geist fotografiert habe?«
»Ja?«
»Nun, lass den Sari fallen.«
»Oh. In Ordnung.«
Es gab eine Pause. Dann fragte Gabriel: » Bist du nackt?«
»Ja.«
»Wow. Du bist schön. Ich kann es nicht erwarten, dich zu sehen.«
Deirdre gelang ein weiteres wenig überzeugendes Lachen.
»Ich komme am Samstag zu dir, ja?«
»Ja, bitte.«
»Auf Wiedersehen, Liebling.«
»Auf Wiedersehen. Danke.«
Als sie den Hörer auflegte, knallte der Korken, Rory goss den Champagner in die Gläser, die er auf der Mauer abgestellt hatte. »Komm und hol ihn dir«, sagte er über seine Schulter.

Sie gesellte sich zu ihm und nahm das Glas, das er ihr hinhielt.
»Das muss einer der einsilbigsten Anrufe gewesen sein, denen ich jemals zugehört habe«, bemerkte er. »Hat derjenige am anderen Ende aufgelegt, oder ist er einfach vor Langeweile eingeschlafen?«
Sie seufzte auf. »So trocken wie immer, Rory«, gab sie zurück.
»Ich hoffe, deine Schlagfertigkeit wird ein wenig glänzender sein, sobald wir im Schloss angekommen sind, Darling. Du wirst dir dieses Abendessen verdienen müssen – und zwar jeden exklusiven Bissen davon –, indem du dafür sorgst, dass dein Begleiter von deiner Raffinesse gefesselt, durch deinen Glanz betäubt und von deinem Schwung hingerissen ist. Denk daran, dass ich in naher Zukunft hauptsächlich mit Hollywood-Dummchen verkehren werde. Ich will meinen letzten Abend in meinem Heimatland damit verbringen, dass ich mich mit dem Witz und der Weisheit eines echten irischen Mädchens füttern lasse, bevor ich mit der Popmusik konfrontiert werde.«
Aus irgendeinem Grund trafen seine Worte sie mit einer niederschmetternden Endgültigkeit. *Sein letzter Abend in seinem Heimatland*. Sie biss sich auf die Lippe. Sie konnte spüren, wie ihr Tränen in die Augen stiegen. Sie brauchte Ablenkung und beschwor deshalb den sehr nützlichen Zaunkönig wieder hervor. »Oh – äh, schau mal, der Zaunkönig!«, rief sie aus.
Er sah in die Richtung, in die sie zeigte. »Wo?«
»Du hast ihn verpasst. Er ist gerade ins Gebüsch abgetaucht.«
»O Gott«, sagte Rory.
»Was ist los?«

»Ich merke, es wird ein sehr langer Abend werden«, meinte er.

Sie hatte geduscht und sich einparfümiert. Sie sah sich ein letztes Mal im Schrankspiegel an, atmete dann tief durch und trat hinaus in den Garten.
»Heiliger Bimbam.« Rorys Augen wanderten ihren Körper hinunter und wieder hinauf. »Wo ist das denn her?«
»Ich habe es in einem Secondhandshop in Westport gekauft«, erzählte sie.
»Nun, volle Punktzahl für Glanz. Leider bekommt Raffinesse bisher *null points*.«
»Nur wegen meines abtauchenden Zaunkönigs?«
»Ich meine mich zu erinnern, dass du mir mal erzählt hast, dass in deinen Zeugnissen immer stand ›könnte besser sein‹. Sogar einem Hollywood-Dummchen fiele etwas Besseres ein als ein ›abtauchender Zaunkönig‹, Deirdre. Zaunkönige lassen sich nieder. Zierlich.« Er stand auf und trank den Champagner. »Trink aus. Wir sollten los.«
Sie stellte ihr Glas ab und ging zum Tor.
»Willst du nicht abschließen?«, fragte er, während er ihr folgte.
Überrascht drehte sie sich zu ihm um. »Erinnerst du dich nicht mehr? Hier kümmern wir uns nie darum.«
»Lieber Gott im Himmel, was tue ich nur?«
»Was meinst du damit?«
»Warum tausche ich die Art Leben, bei dem die Leute sich nie darum kümmern müssen, abzuschließen, gegen die Art von Leben ein, bei dem die Leute wahrscheinlich mit ihrem eigenen persönlichen Sicherheitssystem verkabelt sind?«
»Du verkaufst dich, das tust du.«
»Nein, tue ich nicht. Ich gehe nie Kompromisse ein. Du

weißt, dass ich solche Spiele nicht mitspiele. Wenn ich es nicht schaffe, komme ich zurück.«
»Du weißt doch, wie das ist, Rory. Dort drüben werden sie alle ein Stück von dir haben wollen. Du bist ein Ereignis. Sie werden niemanden, der ein Ereignis ist, so leicht gehen lassen. Ohne zu kämpfen, kommst du da nicht weg.«
Schweigend gingen sie eine Weile die Auffahrt entlang. Dann: »Wo ist die Limo?«, fragte Deirdre, als sie sich dem oberen Tor näherten.
»Welche Limo?«
»Die Limo, die uns zum Schloss fahren wird?«
Rory schenkte ihr ein mitleidiges Lächeln. »Es gibt keine Limo, O'Dare. Ich fahre selbst.«
»Doch nicht in dem schrecklichen Saab?«
»Ebender.« Er öffnete das Tor und hielt es für sie auf.
»O Gott, Rory – ich kann doch nicht in Ashford Castle in einem Auto Baujahr 1974 vorfahren!« Deirdre ging um die Ecke und begutachtete entsetzt den zerbeulten orangefarbenen Saab.
»Ist schon gut, Darling. Ich werde dich in der Auffahrt absetzen, bevor dich jemand entdeckt, und du kannst den Rest zu Fuß gehen. Steig ein.«

Sie fuhren Richtung Süden nach Connemara. Die Landschaft veränderte sich, während sie die sich dahinschlängelnden Straßen entlangfuhren, wurde felsiger und karger. Die Felder durchzogen meilenlange Trockenmauern.
»Den Bauern hier muss es viel schlechter gehen als ihren Vettern weiter unten«, bemerkte Rory. »Schau doch nur mal, wie winzig manche dieser Felder sind.«
»Das sind nicht unbedingt Grenzmauern«, gab Deirdre wissend zurück. »Die Erde ist in diesem Teil des Landes so steinig, dass die Bauern die Steine zu Haufen auftür-

men. Wenn sie das nicht täten, wäre der Boden mit Steinen übersät, und das würde die Landwirtschaft unmöglich machen.«

Rory warf ihr einen neugierigen Blick zu. »Na, na, na. Vielleicht werde ich ja heute Abend doch noch etwas von dem Witz und der Weisheit eines irischen Mädchens lernen. Woher kommt denn all dieser ländliche Durchblick?«

»Du vergisst, dass ich schon seit Jahren hierher komme, Rory. Ich weiß viel über die Landschaft von Mayo. Ich habe sie immer geliebt.«

»Aber nicht als dich kennen gelernt habe. Ich musste dich praktisch an den Haaren hierher zerren, kleine Stadtpflanze. Du hast mir gesagt, es sei öde, nass und langweilig.«

»Nun, vielleicht habe ich eine Zeit lang so gedacht, aber ich bin klüger geworden, oder? Weißt du, wenn mein Job mich nicht in Dublin festhielte, glaube ich, würde ich gerne hierher ziehen.«

Rory sah sie ungläubig an. »Bring mich nicht zum Lachen, O'Dare. Was, zum Teufel, würdest du hier tun? Wie Marie-Antoinette in Versailles in deinem Schäferröckchen und mit einem goldenen Milcheimer umherwandeln?«

»Sei nicht so oberflächlich, Rory.«

»Okay – ich werde die Szene ein wenig abändern. Laura Ashley?«

Sie zog ein Gesicht. »Auf keinen Fall. Voyage. Oder Romeo Gigli.«

»Okay. Du wanderst also in deinem Garten umher mit einem Strohhut und Gartenschere und schneidest Blumen ab. Was passiert, wenn es regnet?«

»Ich ziehe mich mit meiner Katze ins Haus zurück und backe Brot.«

»Hm. Und wie willst du diese rosige Zukunft finanzie-

ren? Indem du Hummerfallen aufstellst? Oder mit Viehzucht?«
»Mir ist etwas eingefallen. Vielleicht könnte ich ein Restaurant eröffnen. Schau doch, was mit Quay Cottage passiert ist. Sie haben als winziger Laden angefangen und jetzt? Es ist eine erstaunliche Erfolgsstory.«
Rorys Ungläubigkeit wuchs. »Es tut mir Leid, Deirdre. Bitte noch mal langsam zum Mitschreiben. Sagtest du eben, du wolltest ein Restaurant eröffnen?«
»Natürlich würde ich nicht kochen – das ist selbstverständlich –, aber ich könnte jemanden finden wie Maeves Jacqueline. Viele Leute wollen in den Westen Irlands ziehen und dort ein Geschäft aufmachen.«
»Weißt du, was ich denke, was du lieber tun solltest, Darling?«
»Was?«
»Einen Gutsherrn von hier heiraten.«
Deirdre warf ihm einen scharfen Blick zu, doch er konzentrierte sich auf die Straße vor ihm.
»Da ist es«, sagte er.
»Das Schloss?«
»Ja.«
Sie reckte sich auf ihrem Sitz und konnte gerade so die Zinnen der Türme erkennen, die aus den Baumwipfeln auftauchten. »Oh«, sagte sie, und es klang enttäuscht. »Es ist wirklich nicht so groß, oder?«
Rory triumphierte.
»Was ist los?«, fragte sie.
»Der Abend fängt viel versprechend an«, erwiderte er.
»Was meinst du damit?«
»Das ist nicht das Schloss, du Esel. Es ist das Tor.«
»Gott sei Dank«, meinte Deirdre und lächelte ihn an, während sie durch die kunstvoll ziselierten, von Türmchen

gesäumten Tore fuhren. »Mir wäre der Gedanke verhasst, in so armseliger Umgebung essen zu müssen.«
Das Auto fuhr eine halbe Meile die sich windende Auffahrt entlang, immer wieder tauchte das Schloss in ihrem Blickfeld auf und verschwand wieder, wenn sie um Kurven fuhren. Deirdre klatschte in die Hände und lachte jedes Mal, wenn sie es erblickte. »Oh – das ist ein richtiges Schloss!«, rief sie aus. »Es ist schön, Rory, wie aus einem Märchen!«
»Ich wusste doch, dass du beeindruckt sein würdest, O'Dare«, gab er lakonisch zurück.
Als sie sich dem Hof vor dem Schloss näherten, drehte sich Deirdre plötzlich zu ihm um und packte ihn am Arm. »Bleib stehen! Bleib jetzt stehen!«, bat sie.
»Was ist das Problem?«
»Lass mich bitte hier raus, Rory. Hast du die Autos gesehen, die da parken? Es sind alles Mercedes und Daimlers, und sie sind alle gerade erst gebaut worden …«
Rory fuhr an den Rand. » Du bist der größte Snob, dem ich je begegnet bin«, behauptete er.
»Ich weiß«, erwiderte sie ohne eine Spur Entschuldigung in der Stimme, als sie ausstieg. »Wir können nicht alle der *Liberté-égalité-fraternité*-Moral anhängen, Rory. Denk nur, wie langweilig das Leben sonst wäre.«
»Hundert Prozent für Schwung, O'Dare«, murmelte er düster. Doch als der Saab durch den Torbogen in den Hof rumpelte, konnte Deirdre sehen, dass er lächelte.
Sie gesellte sich auf den Stufen zu ihm, und sie gingen durch eine Vordertür, an deren beiden Seiten zwei Rüstungen standen. Deirdre sah sich um und versuchte, lässig zu wirken, während Rory zum Empfang schritt. Die Wände und Decken der Lobby waren aus kunstvoll gearbeiteten Holzvertäfelungen. Überall standen Kerzen-

leuchter und echte Antiquitäten. Porträts und vergoldete Spiegel hingen an den Wänden, und Blumen in chinesischen Porzellanvasen befanden sich auf Tischchen, die auf Hochglanz poliert waren. Dieser Ort war *vornehm*.

»Deirdre?« Rory rief nach ihr, sie solle zu ihm an den Empfang kommen. »Das ist mein Freund Martin. Er hilft dabei, das Ganze zu leiten.«

»Nett, Sie kennen zu lernen, Martin.« Er war ein weltmännisch aussehender Mann Anfang dreißig mit kurzen, dunklen Haaren und einem wunderbaren Lächeln. Sie gaben sich die Hand. »Sind Sie derjenige, der seinen Einfluss geltend machte, um einen Tisch für uns zu reservieren?«

»Genau«, bestätigte Martin. »Ich schulde Rory einen Gefallen – von vor langer Zeit.« Die beiden Männer tauschten ein Lächeln aus, das man nur als verschwörerisch bezeichnen konnte. »Ich war froh, mich erkenntlich zeigen zu können. Kann ich Ihnen vor dem Abendessen einen Drink im Salon anbieten?«

Deirdre sah Rory an, der wiederum sie ansah.

»Champagner für die Dame, glaube ich, Martin«, sagte er.

»Folgt mir.«

Auf ihrem Weg in den Salon kamen sie an einem kleinen Tisch vorbei, auf dem ein Schachspiel stand. »Oh, Rory!« Deirdre zupfte ihn am Ärmel. »Lass uns spielen!«

»Du spielst Schach? Ich hätte mir nie vorstellen können, dass deine linke Gehirnhälfte dafür entwickelt genug wäre, O'Dare.«

»Mein Vater hätte ein Großmeister sein können, wenn er gewollt hätte«, gab sie schnippisch zurück.

»Okay«, erwiderte Rory gleichmütig. »Martin? Können wir unseren Champagner hier draußen trinken?«

»Sicher, Mr. McDonagh.«

»Und Sie können den Mr.-Kram lassen, Sportsfreund.«
Martin lächelte. »Sicher, Sir«, sagte er mit einem boshaften Glitzern in den Augen, bevor er zur Bar am anderen Ende des langen Salons weiterging.
Deirdre setzte sich auf den Stuhl aus Damastpolster und betrachtete das Schachbrett. »Ich nehme Weiß«, beschloss sie. »Das heißt, dass ich den ersten Zug mache.«
Rory setzte sich ihr gegenüber. »Nur Narren haben's eilig …«, meinte er.

»Schach«, sagte Deirdre selbstgefällig. Über eine Stunde war vergangen, seit sie sich hingesetzt hatten.
»Schachmatt.« Rory setzte seinen Springer.
»Wie?«, rief Deirdre aus.
»Mein Läufer zu deinem König.«
»Scheiße. Das ist ja so offensichtlich. Wie konnte es mir nur entgehen?«
»Zu viel Champagner«, stellte Rory sachlich fest. Er stand auf und streckte die Hand aus. »Darf ich dich in den Speisesaal geleiten?«, fragte er mit übertriebener Höflichkeit.
Sie nahm seine Hand, und er half ihr auf. Über das Schachbrett sahen sie einander ein, zwei Minuten abschätzend an, und dann fragte Rory: »Glaubst du, dass sie ein Vindaloo schaffen?«
»Mir würde ein Burger mit Chips gefallen.« Deirdre nahm seinen Arm, und zusammen schritten sie in Richtung des Speisesaals. »Au Backe«, sagte sie, als sie die Schwelle zu dem Raum mit der hohen Decke überschritten, der von einem riesigen, geschnitzten Mahagonikamin beherrscht wurde. Die Wände waren mit Seide bespannt und die hohen Fenster mit goldenem Damast drapiert. Karyatidenköpfe von Engeln stützten die Holzbalken der Decke, von der ein wunderbarer Kristallleuch-

ter herabhing. Die zurückhaltende Pracht des Raumes spiegelte sich in dem großen Rokokospiegel, der an der Wand am anderen Ende über einer alten Anrichte hing. Kerzen schimmerten in Leuchtern, Glas strahlte, und Leinen glänzte.

»Du wirst auf deine Manieren achten müssen, O'Dare«, sagte Rory leise, während der Kellner ihr einen Stuhl hinhielt. »Dieses Lokal ist so exklusiv, dass sie nur sieben Tische haben.«

»Ich werde auf ihnen allen tanzen«, entgegnete Deirdre. »Und mich als *pièce de résistance* vom Leuchter schwingen. Heiliger Bimbam – sieh dir nur die Aussicht an!«

Der Raum bot eine Aussicht über einen Teil des angelegten Gartens, in dessen Mitte ein Springbrunnen lag. Der Rasen erstreckte sich hinunter zu einem See, der sich bis zum Horizont ausdehnte.

»Wow, sie haben sogar einen eigenen See«, sagte Deirdre atemlos. »Mit vielen, vielen Inseln. Wäre es nicht lustig, eines Tages auf einem Boot zu picknicken?« Sobald sie das gesagt hatte, wünschte sie, sie hätte es nicht getan. Plötzlich fühlte sie sich wie erstickt. Sie wusste, dass Rory und sie das nie, niemals tun würden. Sie suchte verzweifelt nach einer Möglichkeit, das Thema zu wechseln. »Vielleicht wird Gabriels Garten auch einmal so aussehen«, sagte sie dann.

»Wer ist Gabriel?«, fragte Rory.

»Ach, nur ein Nachbar in Carrowcross.«

»Ein Nachbar von dir in Carrowcross hat einen Garten, den man bei der Chelsea-Gartenschau ausstellen könnte? Du überraschst mich.«

»Nein. Nun, ich meine – der Garten liegt seit Jahren brach. Aber mit ein bisschen Arbeit könnte er erstaunlich werden.«

»Doch nicht der Garten, den du mir mal gezeigt hast? Der mit dem verfallenden Gutshaus?«
»Genau.« Deirdre wollte auch dieses Gespräch nicht führen. Sie griff nach der Karte, doch Rory war hartnäckig.
»Du meinst, jemand renoviert es?«
»Nun – er hat es schon renoviert. Das Haus zumindest. Der Garten ist immer noch ein Chaos.«
»Wer ist der Typ? Irgendein reicher internationaler Industriemagnat?«
»Nein. Es ist Gabriel Considine. Er ist tatsächlich verwandt mit den Leuten, denen das Haus einmal gehört hat.«
»Ohne Scheiß.« Rory lehnte sich auf seinem Stuhl zurück und warf ihr einen langen, interessierten Blick zu. »Der ortsansässige Gutsherr.«
Ihre Augen senkten sich wieder auf die Karte. »Was nimmst du als Vorspeise, Rory?«
Er blickte auf das gedruckte Blatt. »Muscheln«, antwortete er kurz.
»›Cleggan-Muscheln ohne Schale, in Räucherspeck und Briesauce geschwenkt und in einem Filo-Körbchen serviert‹«, las sie laut vor. »Hm. Klingt gut. Ich glaube, ich nehme das Bouquet aus handgepflückten Blättern und Kräutern in Buttermilchdressing und präsentiert in einem Regatto-Käse-Korb.«
»Du meinst Kopfsalat«, stellte Rory fest.

Sie war hungrig gewesen, erinnerte sie sich. Nun hatte sich ihr Appetit in Luft aufgelöst. Das Essen war ausgezeichnet, doch sie schmeckte es kaum. Der Service war tadellos, doch sie nahm ihn kaum wahr. Der fantastische Palast, den dieser Speiseraum darstellte, hätte auch die RTE-Kantine sein können, so wenig Aufmerksamkeit schenkte sie ihrer Umgebung.

»Ich habe dein Drehbuch übrigens zweimal ausdrucken lassen«, erzählte Rory, während er Sahne in seinen Kaffee rührte. »Eines habe ich dir in die Post getan, und das andere habe ich zum Lesen behalten. Ich habe es gestern Nacht zu Ende gelesen.«

»Oh? Was hältst du davon?«, fragte sie, äußerlich gleichgültig, und mied seinen Blick.

»Ich halte es für verdammt gut, Deirdre.«

Sie fing an, abschätzige Geräusche von sich zu geben, doch er schnitt ihr das Wort ab.

»Ich meine es so«, sagte er. »Ich musste laut lachen.«

»Ehrlich?« Sie erlaubte sich einen Blick auf ihn.

»Ehrlich.«

»Welche Szenen?«, fragte sie mit plötzlicher Begeisterung. Mochtest du die Szene, wo sie im *curragh* stecken geblieben sind?«

»Ja«, antwortete er. »Und ich mochte die Stelle, wo sie so tut, als ob sie angelt. Und die Szene im Pub mitten im Nichts. Das war wirklich eine Eingebung.«

»Das ist uns doch mal passiert«, erinnerte sie ihn. »Ich habe mich an dieses verrückte Lokal in Queensland erinnert. Weißt du noch?«

»Ich erinnere mich«, erwiderte er. Gleichzeitig griffen sie nach ihren Kaffeetassen und lächelten sich über den Rand hinweg zu.

»Kann ich dir einen Vorschlag machen?«

Ihr Lächeln war auffordernd. »Natürlich.«

»Ich möchte ein Exemplar mit nach L. A. nehmen und es herumreichen. Ich habe ein paar nützliche Kontakte.«

»Oh …« Sie biss sich auf die Lippe und tat so, als ob sie das Muster ihrer zarten Porzellantasse studierte. Sie wusste, dass sie errötet war.

»Was denkst du, Deirdre? Lässt du mich das tun? Es ist

nämlich wichtig, Kontakte zu haben, sonst versendest du das Drehbuch, und es wird monatelang auf dem Stapel irgendeines Redakteurs dahinmodern, bevor es ganz einfach weggeschmissen wird. Höchstwahrscheinlich ungelesen.«

»Okay«, stimmte sie zweifelnd zu. »Wenn du wirklich glaubst, dass es gut genug ist, Rory.«

»Das tue ich. Und ich glaube, du solltest sofort ein neues anfangen. Es ist immer nützlich, eine Fortsetzung zu haben. Wenn sie nicht beim ersten anspringen – aus welchem Grund auch immer –, sind sie vielleicht daran interessiert, alles andere zu sehen, was du anzubieten hast.«

»Das dauert noch«, meinte sie. »Aber mach nur, wenn du glaubst, es ist es wert. Und wenn es nicht zu viel Mühe macht.«

»Du weißt, dass es das nicht tut.«

»Du warst immer ein echter Kumpel, Rory«, sagte sie und lächelte ihn erneut an. Diesmal lag nichts Schelmisches in ihrem Lächeln. Es war so ehrlich wie das, das er ihr schenkte.

»Für welches Ende bist du?«, fragte er dann. »Für das glückliche oder das traurige?«

»Das weiß ich noch nicht«, antwortete sie.

Als sie in das schmuckstückgleiche Petit Four biss, näherte sich Martin ihnen.

»Wie war Ihr Essen?«, erkundigte er sich.

»Ausgezeichnet«, antwortete Rory und trank seinen Cognac aus.

»Hm. Ausgezeichnet«, wiederholte Deirdre mit einem vagen Lächeln.

»Wie wär es mit einer Führung durch das Schloss, bevor Sie gehen?«

Deirdres Gesicht hellte sich auf. »Oh – das würde ich gerne!«, rief sie aus.
Martin führte sie nach oben zu einer Galerie aus Erinnerungsstücken und nach unten in die Kellerbar. Er führte sie durch ein Labyrinth aus Gängen, die so ausgetüftelt waren, dass man sich leicht verirren konnte. Jedes Mal, wenn Deirdre um eine Ecke bog, ließ sie ein lautes »Oh!« über ein Blumenarrangement oder ein »Ah!« über ein Porträt ertönen.
»Wow!« ließ sich Rory vernehmen, als sie an einem riesigen Gemälde vorbeikamen, auf dem eine füllige Blondine mit Flügeln dargestellt war. »Schau dir nur dieses Superweib an. Das nenne ich mir einen Engel in Positur.«
Sie blieben vor einer getäfelten Mahagonitür am Ende eines Ganges stehen, und Martin zauberte einen Schlüssel hervor. »Was ist dahinter?«, fragte Deirdre.
»Das ist die Präsidentensuite«, erklärte Martin. »Ich kann Sie einen privilegierten Blick hineinwerfen lassen. Heute Nacht wohnt hier niemand.«
Er hielt ihnen die Tür auf und trat dann zurück. »Rufen Sie mich. Ich bin am Empfang.«
Deirdre drehte sich um, um das Zimmer in Augenschein zu nehmen. Martin hatte sie in ein Wohnzimmer geführt, das als Vorraum für das Hauptschlafzimmer diente. Es gab eine Couch mit einem Marmortisch davor, einen kleinen Damensekretär, einen wunderbaren vergoldeten Spiegel über dem Kamin, alles Antiquitäten. Eine Goldbronzeuhr hier, ein eleganter Leuchter dort. Wie in einem Traum stieg sie Stufen hinauf und ging ins Schlafzimmer. Die Wände waren blassgolden, der Teppich hatte die Farbe von Bailey's Irish Cream. Am Rande ihres Blickfeldes nahm sie hinter Glas einen Bücherschrank wahr, zwei Sessel, noch einen Couchtisch mit einer Karaffe und

Gläsern. Eine Schachtel Schokolade. »O Rory, schau!« Das Briefpapier in der Mappe auf dem Sideboard trug das Wappen von Ashford Castle, und darüber war ganz diskret »wohnhaft in« gedruckt. »Vielleicht sollte ich Sophie ein paar Zeilen schreiben?«
Er lächelte sie nachsichtig an und setzte sich in einen Sessel, ein Bein über das andere gelegt. Deirdre steuerte durch eine Tür rechts und gab einen kleinen Schrei von sich. »Ich glaube es nicht! Ein begehbarer Schrank! Oh – herrlich!« Sie sah sich in dem mannshohen Spiegel und prüfte schnell ihr Aussehen.
Rory warf ihr einen belustigten Blick zu, als sie wieder auftauchte. »Was ist das nur mit den Frauen und begehbaren Schränken?«, fragte er in einem Ton völligen Unverständnisses.
Deirdre schenkte ihm einen mitleidigen Blick, als sie das Bad betrat. »Es hat keinen Sinn, zu versuchen, es zu erklären«, meinte sie, während sie die Qualität der Bademäntel überprüfte, die an der Tür hingen. Sie bestanden die Prüfung mit Auszeichnung. »Wunderbar!«, sagte sie, während sie weiterging. »Doppelte Waschbecken, Bidet, klasse Armaturen, Potpourri – oh! Schöne Vorhänge!« Weiße Spitze bauschte sich am offenen Fenster. »He – Rory!«, rief sie über ihre Schulter. »Es gibt sogar ein Telefon neben dem Klo!«
»Sie haben an alles gedacht«, bemerkte er.
Deirdre kam mit einem strahlenden Lächeln im Gesicht aus dem Badezimmer und wandte sich dem Bett zu. Es war riesig, um das Kopfende war Stoff gehüllt, drapiert und gefältelt. Die Matratze reagierte angenehm, als sie sie testete, gab weder zu viel noch zu wenig nach. Sie sah zu dem großen Fenster, das zum Garten hinausging. Undeutlich konnte sie das Rauschen des Spring-

brunnens vernehmen. »Es ist derselbe Blick wie aus dem Speisesaal«, bemerkte sie, »auf den künstlichen See hinaus.«

Rory saß ihr gegenüber und beobachtete sie. »Das ist kein künstlicher See, du Dummchen«, korrigierte er in todernstem Ton. »Das ist Lough Corrib.«

Sie saßen schweigend ein paar Minuten da und beobachteten einander. Dann fragte Rory: »Und?«

»Und was?«, gab sie nach einer winzigen Pause zurück.

»Was willst du machen? Du kannst entweder heute Nacht im Hotel bleiben. Oder ich bitte Martin, ein Auto zu organisieren, das dich nach Hause bringt.«

Aus irgendeinem Grund zögerte sie. »Ich dachte, du bringst mich nach Hause«, sagte sie leise.

»Was? Du erwartest, dass ich dich den ganzen Weg nach Carrowcross zurückfahre, bevor ich mich auf den Hundertfünfzig-Meilen-Rückweg nach Dublin mache? Das würde mir nicht im Traum einfallen, O'Dare. Der Vorteil, wenn du allein nach Hause fährst, ist, dass du eine Fahrt in einem Daimler mit Chauffeur geboten bekommst. Der Nachteil, wenn du über Nacht hier bleibst, ist, dass du entweder im Vorraum auf der Couch schlafen oder das Bett mit mir teilen musst.«

»Ich dachte, du hast gesagt, du würdest nach Dublin zurückfahren?« Die Worte klangen, als ein Geist sie gesprochen hätte.

»Nach Champagner, Margaux und Cognac? Für wie unverantwortlich hältst du mich eigentlich?«

Er ging zu dem Telefon neben dem Bett und nahm den Hörer ab. »Nun? Was soll ich Martin sagen? Soll ich ihn bitten, das Auto jetzt zu besorgen oder erst morgen früh?« Er sah auf sie herab. Sein Verhalten wirkte entspannt, doch in seinen Augen lag Wachsamkeit.

Deirdre blickte auf ihre Hände. Die Gelenke waren weiß. »Bitte ihn, bis zum Morgen zu warten«, sagte sie.
Sie hörte, wie Rory den Atem in einem ziemlich bebenden Seufzer ausstieß, und dann spürte sie seine Finger unter ihrem Kinn. Er hob ihr Gesicht so an, dass sie ihn ansehen musste. »Ich bin froh, dass du das gesagt hast, Deirdre«, gestand er.
Sie stand auf und ging zur Tür. »Wohin gehst du?«, wollte er wissen.
»Ach, ich richte die Couch im Wohnzimmer her«, antwortete sie und warf ihm einen hinterhältigen Blick zu. Dann lächelte sie ihn an und rannte zurück durchs Zimmer auf ihn zu, warf sich in seine Arme. »O Gott, o Gott – ich habe dich so furchtbar vermisst«, sagte sie an seinem Mund, während Rory McDonagh sie auf das Präsidentenbett legte.

Am nächsten Morgen – sehr früh – kam ein Kellner in ihr Zimmer und bewegte sich auf leisen Sohlen, während er ihr Frühstück herrichtete. Sie hörte, wie Rory ihm dankte und ihm ein Trinkgeld gab. Deirdre rührte sich nicht. Sie lag auf dem Bauch im Bett, das Laken über den Kopf gezogen und das Gesicht in ihr Kissen vergraben.
»Nimm dir vom Frühstück, Darling.«
»Nein«, antwortete sie mit erstickter Stimme.
Sie konnte hören, wie eingeschenkt wurde, und das Geräusch eines umrührenden Löffels, und dann saß er auf dem Bett. Er zog das Laken nach unten und strich ihr das feuchte Haar aus dem Gesicht. »Trink etwas Tee«, sagte er und streichelte ihre Stirn.
»Nein.« Sie wünschte, ihre Augen würden aufhören, Regen zu vergießen.
»Du musst aufstehen, Baby. Wir müssen gehen. Dein

Auto wartet auf dich.« Er half ihr beim Aufsitzen und hielt ihr dann die Tasse an die Lippen.
Sie trank einen Schluck und schaffte ein schwaches Danke. Dann wischte sie sich die Tränen von den Wangen und manövrierte sich aus dem Bett, dabei bemerkte sie abwesend, dass das Kissen klitschnass war. Rory hob ihr Kleid auf, das wie ein Teich aus Seide auf dem Boden lag. »Hier«, sagte er. »Arme hoch.« Er ließ das Kleid über ihre erhobenen Arme gleiten und küsste ihr Gesicht, als es aus den Falten auftauchte. Dann holte er ihre Sandalen und ließ sie sich auf der Bettkante setzen. Er ging auf die Knie und wand die Silberriemen um ihre Knöchel. Als er fertig war, schlang er die Arme um ihre Taille und legte den Kopf in ihren Schoß. So blieben sie lange Zeit sitzen. Dann stand Rory auf. »Zeit, zu gehen«, verkündete er.
Sie schritten durch die Gänge, ohne dass sie jemandem begegneten. Es war für viele Leute zu früh, um auf den Beinen zu sein. Schweigend gingen sie Hand in Hand nebeneinander her. Als sie die Lobby betraten, fing Deirdre wieder an zu weinen. Rory legte einen Arm um ihre Schultern. »Pscht, Baby. Pscht«, sagte er.
Sie legte den Kopf an seine Schulter und weinte nun ganz offen, kümmerte sich nicht darum, wer es sehen könnte. Auf den Stufen des Schlosses nahm Rory ihr Gesicht in seine Hände und küsste sie sanft. Dann ging er auf den Daimler zu, der dort wartete, und öffnete die hintere Tür. Sie fiel auf den Sitz. »Geh nicht«, bettelte sie. »Bitte geh nicht, Rory.«
Er beugte sich hinein, gab ihr einen letzten Kuss und schloss dann die Tür. Es klang, als ob sich der Deckel eines Sarges schlösse.
Als das Auto sich vom Schloss wegbewegte, nahmen Deirdres verschwollene Augen vage jemanden wahr, der

sich aus einem der oberen Fenster beugte und ihr nachwinkte, während sich ein Mund wie wild in einem grinsenden Gesicht bewegte. Es sah auf gespenstische Weise wie Sophie Burke aus.

13

Es war noch früh, als sie nach Carrowcross zurückkam. Sie ging in die Küche und setzte den Kessel auf. Im Wohnzimmer schlüpfte sie aus ihrem Seidenkleid und ließ es auf dem Boden liegen. Sie ging ins Schlafzimmer und glitt unter die Decke. Sie hörte das Wasser kochen und dass der Kessel sich selbst abschaltete, doch sie machte keine Anstalten, aus dem Bett zu steigen und Tee zu kochen. Sie lag im Bett und betrachtete den Teich aus Sonnenlicht auf dem Boden, der sich langsam durchs Zimmer bewegte.

Dann fing das Zittern an. Sie rollte sich zusammen, schlang die Arme um sich, um sich warm zu halten. Doch sie konnte das Zittern nicht beherrschen und fühlte sich, als ob eine Riesenhand sie gepackt hätte und nun gnadenlos schüttelte. Ihre Augen brannten, ihre Beine fühlten sich an, als ob sie gerade einen Marathonlauf beendet hätte, und in ihrer Brust spürte sie einen stechenden Schmerz. Sie kroch aus dem Bett und zog sich Hosen, ein T-Shirt und einen Pullover an, und dann ging sie wieder ins Bett. Doch das Zittern wurde schlimmer. Sie konnte sich selbst wie in weiter Ferne wimmern hören, und sie wusste, dass sie aufstehen und aus dem Bad Paracetamol holen sollte, doch sie konnte die Energie nicht aufbringen. Stattdessen glitt sie in einen unangenehmen, schweren Schlaf voller Träume.

Sie wanderte durch die Flure von Ashford Castle und suchte nach jemandem. Doch es war ja gar nicht Ashford Castle – es war Gabriels Haus, und Inigo Jones, sein schwarzer Labrador, lief vor ihr her und trug etwas in seinem Maul. Entsetzt erkannte sie, dass das Bündel, das er trug, das Baby Dorcas war; doch das Baby schien völlig zufrieden zu sein. Die Kleine gurgelte Deirdre an und lächelte. Deirdre streckte eine Hand aus, um Dorcas aus dem Hundemaul zu ziehen, doch Inigo Jones wich zurück und rannte dann den Flur zur Bibliothek hinunter. Darin spielte jemand Klavier, doch als sie den Raum betrat, stand kein Klavier darin, nur ein großes Bett, um dessen Kopfende Stoff gehüllt, drapiert und gefältelt war. Schweren Schrittes ging zu dem Bett und sagte immer wieder einen Namen – sie konnte nicht hören, welcher es war. Eine Gestalt saß mit dem Rücken zu ihr auf der Tagesdecke, und ihr Herz raste, als ihr klar wurde, dass dies nicht derjenige war, nach dem sie suchte. »Wer bist du?«, fragte sie. Derjenige auf dem Bett drehte sich um. »Du kannst mich doch nicht schon vergessen haben. Ich bin Sophie Burke«, sagte sie mit einem unheilvollen Lächeln. Deirdre wachte auf und warf sich auf der Matratze von einer Seite auf die andere. Das Laken war schweißnass, und sie fühlte sich, als ob jemand mit einer Käsereibe über ihren Hals gefahren wäre. Sie brannte innerlich. Sie warf das Bettzeug von sich und zerrte mit unsicheren Fingern an den Ärmeln ihres Pullovers. O Gott – es wäre leichter, sich aus einer Zwangsjacke zu befreien als aus dieser Masse erstickender Wolle. Dann traf kalte Luft auf ihre Haut, und sie konnte spüren, wie der Schweiß sofort trocknete. Es war stockdunkel.

Nackt stolperte sie ins Bad und trank direkt vom Hahn; sie spürte, wie ihr aus jeder Pore der Schweiß ausbrach, während sie das Wasser schluckte. Sie trank so viel, dass sie spürte, wie sich ihr Bauch ausdehnte. Als sie nicht mehr konnte, nahm sie ein Handtuch vom Halter und

hielt es unter das kalte Wasser. Dann wrang sie es wieder aus und rieb sich damit ab; sie zitterte, als der feuchte Stoff ihre Haut berührte. In einer Schublade lag Paracetamol. Sie schluckte zwei Pillen und schlurfte wie eine alte Frau zu dem Schrank, um saubere Laken zu finden.
Im Schlafzimmer wechselte sie mühsam die Bettwäsche. Jede Bewegung kostete Kraft. Als sie fertig war, ließ sie die alten Laken auf dem Boden liegen. Dann kroch sie in die Küche, goss Wasser in eine Karaffe und holte ein Glas aus dem Schrank. Es fiel ihr aus der Hand und zerschellte am Boden. Sie machte sich nicht die Mühe, es aufzuheben – holte ein anderes und schlich wieder ins Schlafzimmer. Jedes Nervenende ihres Körpers kam ihr wie bloßgelegt vor. Sie stellte die Karaffe auf den Tisch neben dem Bett, legte sich hin und zog das saubere Laken über sich. Als sie wieder anfing zu zittern, griff sie nach dem Oberbett und wickelte sich darin ein. Bei dem Geräusch des Meeres schlief sie ein.
Sie schlief unruhig, war sich nicht wirklich sicher, was Traum war und was Wirklichkeit. Mehrmals wachte sie bei dem Lärm eines Telefons auf, das immer wieder geklingelt hatte. Einmal nahm sie rechtzeitig ab, um zu hören, wie die Stimme eines Vermittlers sie fragte, ob sie ein R-Gespräch aus L. A. annehmen wolle. »Ja«, antwortete sie und weinte vor Erleichterung. »Ja, bitte.« Dann lachte jemand unangenehm rau auf, das Telefon zerschmolz in ihrer Hand, und sie tauchte mit tränennassem Gesicht aus ihrem Traum auf.
Nächtliche Laute drangen aus der Dunkelheit vor ihrem Fenster; die Geräusche einer Natur voller Zähne und Klauen. Rascheln, Schreie, Flügelschlagen – passende Klangeffekte für ihre ständigen Albträume.
Dann ertönte in der Ferne Hundegebell. Sie erwachte,

überrascht, wie leicht sich ihre Glieder anfühlten, von dem Sonnenschein, der das Zimmer durchflutete, und sie erkannte, dass das Bellen echt war. Vorsichtig bewegte sie den Kopf auf dem Kissen. Da war kein Schmerz, nur ein wenig Steifheit. Die Uhr auf dem Nachttisch zeigte halb sechs an. Sie war eineinhalb Tage im Bett gewesen.

Ihr Mund war so ausgetrocknet, dass er schmerzte. Deirdre stützte sich auf einen Ellbogen, goss Wasser in das Glas neben ihrem Bett und nippte daran, bis es leer war. Dann wickelte sie sich in ihr Laken, glitt vorsichtig aus dem Bett und ging zur Tür wie jemand, der gerade das Laufen lernte. Sie holte ihre Zahnbürste aus dem Bad – mied dabei so ihr Spiegelbild in dem Spiegel über dem Becken –, schleppte sich dann hinaus auf die Veranda und putzte sich die Zähne mit so viel Energie, wie sie aufbringen konnte.

Sie setzte sich auf eine Stufe und blinzelte in die Sonne über der Bucht. Sie versuchte sich zu strecken und zuckte zusammen. Sie hatte von einer Vierundzwanzig-Stunden-Grippe gehört, sie aber noch nie erlebt.

Inigo Jones lief in genau dem Moment an der Veranda vorbei, als sie das Geräusch des Riegels am Tor hörte. Sie versuchte aufzustehen – sie wollte ins Haus laufen und sich verstecken. Sie konnte sich nicht so erwischen lassen. Sie wusste, wie sie aussah – wie eine ausgewrungene, zerzauste Hexe. Doch sie wusste auch, dass die plötzliche Anstrengung des Aufstehens sie schwindlig machen würde. Sie saß einfach da, während die Zahnbürste aus ihrem Mund herausschaute, und wartete, dass Gabriel sie fand.

Er bog um die Ecke und blieb wie angewurzelt stehen, als er sie erblickte. »Mein Gott – du siehst miserabel aus«, sagte er und kam mit sorgenvollem Blick auf sie zu.

»Ich war krank«, erwiderte sie durch die Borsten ihrer Zahnbürste hindurch.
»O verdammt, Deirdre – du armes Ding!« Er setzte sich neben sie und nahm ihr Gesicht in seine Hände. Dann zog er ihr die Zahnbrüste aus dem Mund und küsste sie leicht. »Du schmeckst nach Pfefferminze«, bemerkte er. »Was ist mit dir passiert?«
»Ich weiß nicht. Irgendein schrecklicher Vierundzwanzig-Stunden-Virus. Ich muss mir die Erkältung an dem Morgen geholt haben, als ich in den Regen gekommen bin.«
»Du musst lernen, besser auf dich aufzupassen, Deirdre O'Dare.« Er zog das Laken höher über ihre Schulter und schlang dann einen Arm um sie und küsste sie auf die Stirn. »Du kommst mit mir nach Hause. Ich werde dich ins Bett stecken und dich mit Hühnerbrühe füttern, bis es dir besser geht.«
»Aber ich hasse Hühnerbrühe. Kann ich nicht stattdessen Meeresfrüchtesuppe haben?«
»Sicher. Ich rufe in Quay Cottage an und schau, ob sie etwas für uns in eine Feldflasche abfüllen können.« Er stand auf und streckte die Hand aus, um ihr aufzuhelfen. »Du siehst aus wie jemand aus einem griechischen Mythos«, meinte er und schlang einen Arm um sie, während sie die Verandastufen erklommen. Deirdres Laken schleifte hinter ihr her wie eine Schleppe.
»Athene, Göttin der Weisheit?«
Er drückte einen Kuss auf ihre nackte Schulter. »Nein. Aphrodite, Göttin der Liebe.«
»Kann ich auch Pudding haben?«, fragte sie. »Ich sterbe vor Hunger.«
»Du bist ein unverwüstliches Wesen«, sagte er und lächelte sie an.
»Ja. Ich weiß.« Sie schenkte ihm ein müdes Lächeln.

Jemand hat mir neulich genau dasselbe gesagt. Ich falle immer wieder auf die Füße.«

Kaum eine Stunde später befand sie sich wieder in Gabriel Considines Bad. Diesmal ließ er einen dicken Bademantel für sie vor der Tür. Sie wickelte sich darin ein und stieg wie auf Watte zur Bibliothek hinunter. Die Kissen lagen immer noch vor dem brennenden Feuer, doch statt Champagner in einem Topf voller Eis stand dort eine Feldflasche mit Suppe.

»Aus dem Quay Cottage«, erklärte Gabriel. Er saß am Klavier und spielte müßig eine Melodie. »Dieses Outfit steht dir aber wirklich.« Er stand auf und kam ihr entgegen.

»Dank dir«, erwiderte Deirdre. »Danke, dass du dich um mich kümmerst.«

Er bot ihr seinen Arm, und sie stützte sich darauf, als er sie zu dem Berg aus Kissen geleitete. »Ich dachte, es wäre für dich hier bequemer«, sagte er. »Es gibt ein Problem mit dem Aga, und die Küche ist ein bisschen unaufgeräumt.«

Sie ließ sich vorsichtig auf den Kissen nieder. »Willst du nichts?«, fragte sie, während sie zusah, wie er Suppe in eine große Schale goss.

»Ich habe im Flugzeug zu Mittag gegessen«, erklärte er. »Sie haben mich auf einen früheren Flug gebucht. Ich habe versucht, dich anzurufen, um es dir mitzuteilen.«

»Wann hast du angerufen?«

»Gegen zehn Uhr am Donnerstagabend. Ich habe es seitdem immer wieder probiert. Natürlich habe ich keine Antwort bekommen. Du branntest ja vor Fieber.«

O Gott. Um zehn Uhr am Donnerstagabend hatte sie Rory McDonagh in der Präsidentensuite in Ashford Castle geliebt. Und um elf und um Mitternacht und bis in die frü-

hen Morgenstunden, bevor Rory nach Dublin und zu seinem Flug nach L. A. fahren musste.
»Also habe ich beschlossen, mit meinem zollfreien Champagner direkt vom Flughafen ins Cottage zu kommen.«
»Oh, mein Lieber. Und hier bin ich nun und trinke stattdessen Suppe.« Sie zog eine entschuldigende Grimasse.
»Wie fühlst du dich jetzt?«, fragte er.
»Nach dem Bad besser, danke. Noch ein bisschen schwach.«
»Müde?«
»Eigentlich nicht. Ich habe bis halb drei heute Nachmittag geschlafen. Wie spät ist es jetzt?«
Er sah auf seine Uhr. »Fast fünf«, antwortete er. Er setzte sich neben sie. »Du siehst schrecklich süß in diesem Bademantel aus, Deirdre. Wie ein verlorenes kleines Mädchen.« Er nahm ihr Gesicht in seine Hände und sah sie eine Ewigkeit an, bevor er sich herunterbeugte, zwischen ihre offenen Lippen atmete und mit der Zunge so sanft die Unterlippe entlangfuhr, dass sie hätte meinen können, ein Geist berührte sie. Dann setzte er sich wieder auf. »Iss deine Suppe«, befahl er.
Sie aß den Rest der Suppe, und als sie fertig war, nahm Gabriel ihr die Schale aus den willenlosen Fingern und stellte sie auf den Boden. »Braves Mädchen«, lobte er, strich ihr Haar aus dem Gesicht zurück und ließ seine Hände auf ihre Schultern gleiten. Dann packte er den Frotteestoff und schob ihn über ihre Arme hinunter, so dass ihre Brüste nackt waren. »Lieber Gott«, sagte er und sah ihr mit Ehrfurcht in die Augen. Er zog erst ihren linken, dann ihren rechten Arm aus dem Ärmel. Dann legte er sie zurück auf die Kissen, bevor er seinen Mund auf ihre Brust senkte. Er küsste erst ihre linke, dann ihre rechte Brust und dann ihren Mund. Ihre Zunge traf

seine – wie ein Schmetterlingshauch –, und einen langen Augenblick bewegten sie sich kaum, Lippe streifte Lippe, beide atmeten stoßweise. Deirdre war sich seiner schwarzen Augen intensiv bewusst, die in ihre starrten, ebenso wie seiner Hände, die sich langsam ihren Körper hinunterbewegten.

Als seine Zunge seinen Händen zu folgen begann, spürte sie, wie sie automatisch reagierte und jede Zone ihres Körpers aufblühte. Sie drückte den Rücken durch, streckte ihre Beine und erlaubte ihm alles. Seine Lippen und seine Zunge waren satinweich und unwiderstehlich hartnäckig. Sie fühlte sich so köstlich, dass es schien, als ob sie sich unter seiner Berührung auflöste wie fein gemahlener Zucker. Ein leiser Schrei entschlüpfte ihr, und dann begann das vertraute brandende Gefühl – und plötzlich wollte sie aufhören. Es kam ihr irgendwie nicht richtig vor, dass sie in vollen Zügen die Liebe genoss so kurz, nachdem sie so wunderbar von einem anderen Mann geliebt worden war. »Nein«, flüsterte sie und presste die Handflächen gegen seine seidenweichen schwarzen Haare. »Nein, Gabriel. Noch nicht.«

Doch er achtete nicht auf sie. Er trieb sie weiter auf ihren Höhepunkt zu, bis sie sich süßer als Schokolade fühlte, die in seinem Mund zerschmolz. Als er schließlich mit seiner Zunge wieder ihren Körper nach oben entlangfuhr, waren ihre Glieder so schlaff wie die einer Stoffpuppe.

Das Kondom steckte in seiner Hüfttasche. Er war wunderbar. Er war erfahren, er war gründlich, er war fantasievoll. Er war der zweitbeste Liebhaber, den sie jemals gehabt hatte. Als er sich schließlich seinen eigenen Höhepunkt in ihr gestattete, zeigte sie jenes einzigartige, beseligte Lächeln, das sich nur einstellt, nachdem man sich wirklich ausgezeichnetem Sex oder wirklich ausgezeichnetem Hasch hingegeben hat.

»Nun. Das war das Warten wert«, sagte Gabriel schließlich. »Jetzt begreife ich erst wirklich den Reiz verspäteter Belohnung.« Deirdre zitterte ein wenig. Tatsächlich war es ein sexueller *frisson*, doch Gabriel deutete ihn falsch. Er zog ihr wieder den Bademantel über die Schultern und nahm sie dann in seine Arme. »Es tut mir Leid«, sagte er. »Ich hätte warten sollen, bis Sie wieder völlig wiederhergestellt sind, Ms. O'Dare. Aber wir wurden in unseren Versuchen, ins Bett zu kommen, in diesem Stadium so oft abgelenkt, dass ich einfach nicht widerstehen konnte.« Er küsste sie leicht auf die Stirn, stand auf und streckte dann eine Hand aus. »Komm. Ich stecke dich ins Bett.«

»Aber es ist noch nicht mal sechs Uhr!«

»Das ist mir egal. Ich will nicht dafür verantwortlich sein, dass du einen Rückfall bekommst. Diese ganzen Aktivitäten können deinen Gesundheitszustand nicht gerade verbessert haben.« Er lächelte sie an. »Kranke sollten verhätschelt und nicht geschändet werden.«

»Ich fühle mich verhätschelt«, gab sie zurück und ließ sich hochziehen und küssen. »O Gabriel – du küsst wunderschön. Kommst du mit mir ins Bett?« Plötzlich bemerkte sie, dass sie ein Gähnen nicht unterdrücken konnte. »Wir könnten doch nur kuscheln?«

»Nein«, erwiderte er. »Ich will, dass du dich ausruhst. Schau dich an – gähnst dir die Seele aus dem Leib.« Er führte sie durch den Flur und die Treppe hoch.

»Wann bekomme ich eine Führung?«, wollte sie wissen.

»Lass uns sehen, wie du dich morgen fühlst. Ich bringe dir Frühstück ans Bett, und wenn du wie ein braves Mädchen deinen ganzen gesunden Porridge aufisst, erlaube ich dir vielleicht, eine Zeit lang aufzustehen.«

»Aber ich hasse Porridge!«
»Gut. Wie wäre es dann mit Bagels und Sahnekäse? Und es liegt ein ausgezeichneter Räucherlachs im Kühlschrank.«
»Hast du keine Pop Tarts?« Ihr war nach Trostnahrung.
»Pop Tarts? Davon habe ich noch nie gehört.«
Deirdre gähnte wieder. »Sie sind verdammt praktisch.«
Sie hatten die Tür ein wenig weiter entfernt von dem Flur, der zum Bad führte, erreicht. Gabriel hielt ihr die Tür auf.
»Oh – cool!«, staunte sie. »Ein Himmelbett!«
»Zieh deinen Bademantel aus«, ordnete Gabriel an. »Geh ins Bett.« Er zog knotige Leinenlaken zurück, und sie glitt lächelnd dazwischen. Gabriel strich ihr übers Haar. »Schlaf gut, Deirdre. Ich sehe dich am Morgen.« Dann küsste er sie kurz auf die Lippen und verließ das Zimmer.
Ihr Lächeln verblasste, nachdem sich die Tür hinter ihm schloss. Lange, lange Zeit lag sie nur da und starrte blind zu dem Baldachin des Himmelbettes über ihr. Dann kniff sie die Augen zu und versuchte Gabriels Anweisungen zu befolgen.

Am nächsten Morgen erwachte sie bei dem Duft von Pop Tarts. »Wie hasst du das geschafft?«, fragte sie schläfrig, während Gabriel die Kissen hinter ihr ausklopfte.
»Ich habe sie entdeckt, als ich die Sonntagszeitungen gekauft habe«, antwortete er. »Sie sind ziemlich ekelhaft, wenn du nichts dagegen hast.«
»Ich weiß«, gab sie zu. »Aber sie machen irgendwie süchtig. Wie spät ist es?«
»Halb zehn.«
»Wow. Ich hab wirklich den Geist aufgegeben, oder?« Sie biss von einem Pop Tart ab. Er hatte sogar den richti-

gen Geschmack gefunden: Erdbeere, die sie am liebsten mochte.
»Deine Augen sind noch ganz verschlafen.« Gabriel wischte mit dem Daumen verschmierten Zuckerguss von ihrem Mund. »Verdammt, siehst du sexy aus, Deirdre. Ganz verstrubbelt und mit geschwollenen Lippen.«
Sie sah ihn an. Dann sagte sie, während sie das Tablett wegschob: »Es tut mir Leid, Gabriel. Du hättest dir nicht die Mühe machen sollen, Pop Tarts zu kaufen. Mir ist nicht mehr danach.«
Er hob das Tablett hoch und stellte es auf dem Boden neben dem Bett ab. »Wonach ist dir denn dann?«, fragte er.
»Nach dir«, antwortete sie. Sie streckte die Hand aus und öffnete einen Knopf an seinem Hemd. Noch einen. Und noch einen. Ihre Finger glitten unter die sauber riechende Baumwolle und zeichneten eine Linie hinunter zu den Muskeln seines Bauches. Als sie ihre Handflächen über die Hüftknochen gleiten ließ, steckte sie den Daumen unter die Taille seiner Jeans und machte geschickt den Metallknopf auf.
»Was machst du denn da?«, fragte Gabriel, der sich neben sie auf das Bett legte.
»Ich lerne gerade die körperliche Geografie deines Körpers kennen«, gab sie zurück. Sie schob seine Jeans über seine Schenkel und Waden nach unten und fuhr über die Wölbung seiner Füße, während der grobe Stoff zerknüllt zu Boden fiel. Wie in Zeitlupe folgte sein Hemd. Sein schwarzes Haar war ihm aus dem Gesicht gefallen und ließ jeden Umriss erkennen. Mit dem Zeigefinger ihrer rechten Hand zeichnete sie die klare Linie seines Kiefers nach; mit dem Zeigefinger der Linken fuhr sie über die gekrümmte Linie der Narbe an seinem Wangenknochen.

»Wie hast du die Narbe bekommen?«, fragte sie. Das hatte sie schon immer wissen wollen.

»Ein Unfall beim Kricket.«

»Oh.« Aus irgendeinem Grund war sie ein bisschen enttäuscht. Insgeheim hatte sie gehofft, es gäbe eine etwas romantischere Erklärung dafür.

Er betrachtete sie unentwegt, während sie mit der Erforschung seines Körpers fortfuhr. Sie nahm den dunklen Wasserfall seiner Haare in die Hand und schlang ihn sich um die Finger. Sie fuhr mit dem Daumen die Linie seiner Lippen entlang. Sie glättete seine schwarzen Augenbrauen, nahm sein rechtes Ohrläppchen zwischen die Zähne und biss sanft zu. Sie mied das linke. Sie wollte nicht die Geschichte hören, die zu dem Ohrring dort gehörte. Es war eine Art Hieroglyphe, und sie war sicher, dass sie eine besondere Bedeutung hatte. Sie wollte nicht riskieren, wieder das Wort mit D zu hören.

Mit dem Ballen einer Hand fuhr sie sein Schlüsselbein entlang und über sein Brustbein und ließ dann die andere Hand über seine Rippen und hinunter über die Wölbung seines Bauches gleiten, bis sie sie auf seiner Scham ruhen ließ. Dann begann sie das dichte schwarze Gewirr seines Schamhaars mit den Fingern zu erforschen, während sie ihre Augen auf seine gerichtet hielt. Sie sah, wie sie über den erweiterten Pupillen schmäler wurden und so schwärzer aussahen denn je.

»Wie erbaulich ist denn deine Geografiestunde?«, erkundigte er sich.

»Sie ist äußerst erbaulich«, antwortete sie und lächelte ihn an.

»Nun. Vielleicht interessiert es dich ja, zu erfahren, dass, während du deine Geografiestunde äußerst erbaulich findest, Deirdre, ich sie äußerst stimulierend finde.«

Sie sah hinunter, hob überrascht eine Augenbraue und lächelte wieder. »Oh! Ja, das tust du!«, bestätigte sie.

»Wie oft haben wir uns jetzt geliebt?«, fragte sie gegen vier Uhr.
»Ich habe aufgehört zu zählen«, erwiderte Gabriel. Er sah zu, als sie sich hinkniete und die Quasten loshakte, die die gerüschten Vorhänge des Himmelbettes hielten.
»Es ist, als ob man Familie spielte, als man noch klein war«, sagte sie und lächelte ihn an, während sie die Vorhänge rund um das Bett zuzog. »Hast du das jemals getan? Alle Tagesdecken von den Betten genommen und sie über ein paar zusammengeschobene Tische drapiert? Ich habe immer alle meine Puppen darunter aufgestellt und sie ausgeschimpft, wenn sie das scheußliche Essen nicht wollten, das ich ihnen servierte.«
»Tut mir Leid, dass ich so stereotyp war, aber ich hatte es mehr mit Meccano.«
»Ich würde das liebend gerne in einer stürmischen Nacht machen«, sagte sie. »Mit dir hier hereinsteigen und mich mit einem gewagten Buch und einer Schachtel Schokolade hinkuscheln und dem Geräusch des Regens draußen lauschen.«
Er sah sie skeptisch an. »Vergiss das mit dem Buch, Deirdre«, meinte er. »Ich glaube nicht, dass du und Stephen King passende Bettgefährten abgeben würden.«
»Wenn ich gewagt sage, meine ich nicht gewagt im Sinne von Stephen King. Hast du jemals Anaïs Nin gelesen?«
»Nein. Ich habe aber gehört, ihre Tagebücher sind ziemlich heftig.«
»Vergiss die Tagebücher. Ich lese dir ihre Kurzgeschichten vor. Mit Vergnügen.«
»Das glaube ich dir aufs Wort.« Er leckte ihr den Mund ab.

»Schokolade ist keine schlechte Idee. Vielleicht sollten wir es heute Nacht machen?«
»O ja, bitte! Wir könnten Godivas holen.« Deirdre glitt unter den Laken hervor und ging hinüber zum Fenster. »Wir werden das mit dem Regen ebenfalls vergessen müssen«, stellte sie fest. »Es ist keine Wolke am Himmel.« Eine verhangene Sonne fand ihren Weg durch die Fenster. »Deine Fenster müssen geputzt werden, Gabriel.«
»Ich werde es Gladys gegenüber erwähnen.«
Deirdre sah hinunter in den Garten. Der Regen hatte ihn so grün gewaschen wie – wie was? Smaragde? Jade? Rory McDonaghs Augen? *Geh weg, Rory. Wie kannst du es wagen, hier einzudringen*? »Da ist eine Katze im Garten«, bemerkte sie.
»Tinkerbell«, sagte Gabriel. »Ich bin froh, dass sie nach Hause gekommen ist. Ich habe sie nicht mehr gesehen, seit ich nach London gefahren bin.«
Tinkerbell. Daisys Katze.
»Daisy würde mir nie verzeihen, wenn ihr irgendetwas passiert wäre.« Gabriel kam zu ihr ans Fenster.
Deirdre biss sich auf die Lippe. »Oh – Scheiße, Gabriel. Es tut mir Leid. Wenn ich dich wieder an Daisy erinnert habe. Ich scheine …«
»Sieh mich an, Deirdre.« Sie stand mit dem Rücken zu ihm, und er legte seine Hände auf ihre Schultern und drehte sie zu sich um. »Schau mich an«, wiederholte er. Mit Mühe hob sie den Blick und sah ihn an. »Womit haben wir den größten Teil des Tages verbracht?«
»Was meinst du damit?«
»Was haben wir im Bett gemacht? Was haben wir gestern Nachmittag in der Bibliothek gemacht?«
»Wir haben uns geliebt.«
»Sag es noch mal.«

»Wir haben uns geliebt.«
»Ja. Das haben wir doch, oder? Wir haben nicht nur gevögelt. Nicht in der Bibliothek und auch nicht heute im Bett. *Wir haben uns geliebt.*«
Sie stellte die Verbindung her. Was hatte Gabriel zu ihr an jenem Abend gesagt, als sie ihre gegenseitige sexuelle Anziehungskraft erkannt hatten? *Ich habe mit keiner Frau mehr Liebe gemacht, seit Daisy gestorben ist. Ich habe rumgevögelt, das gebe ich zu, aber ich habe mit keiner geschlafen, für die ich echte Gefühle hatte.*
Mit ernstem Blick sah sie ihn an. »Das war wirklich so?«
»Das war wirklich so.«
Da legte Deirdre ihm die Arme um den Hals und den Kopf an seine Schulter. »O Gabriel«, sagte sie, »ich bin so froh.«

Nach dem Abendessen führte er sie durch das Haus. Im Souterrain gab es neben der großen Küche und dem Weinkeller noch eine Waschküche und ein Labyrinth aus Vorratskammern. Dieses Stockwerk beherbergte außerdem noch einen unmöblierten Raum, der bis jetzt keinem besonderen Zweck diente. »Ich weiß nicht, was das werden wird«, meinte Gabriel. »Ich denke, ich könnte meinen Gymnastikraum dort einrichten. Es ist einer jener nicht näher definierten Räume, die Makler als ›Familienräume‹ bezeichnen.«
Im nächsten Stockwerk führten fünf Empfangsräume in die große Eingangshalle. Die Bibliothek hatte sie bereits besichtigt. Die vier übrigen Zimmer, durch die er sie führte, waren das Esszimmer, das Wohnzimmer, das Morgenzimmer und – hier fiel sie fast in Ohnmacht – der Billardsalon.
»Es steht«, erklärte Gabriel, »und du wirst dich freuen, es

zu hören, ein echtes Considine-Familienerbstück in diesem Raum.«

»Oh? Lass mich raten!« Sie blickte durch den Raum. »Ist es der Leuchter?«

»Nein.«

»Das kleine Sofa?«

»Nein.«

»Die Büste dieser Lady, die so großzügig ihre Brust zeigt?«

»Nein.«

»Der Billardtisch?«

»Ja.«

»O Gabriel! Wirklich? Du meinst, deine Vorfahren haben an diesem Tisch Billard gespielt?«

»Ja. Er wurde ausgerechnet bei einem Friseur in Nord-Mayo entdeckt. Es hat ein kleines Vermögen gekostet, ihn wieder restaurieren zu lassen.« Sie gingen zu dem Tisch, und Gabriel hob eine Ecke des weißen Lakens hoch, das ihn schützte, und zog es weg. Das Laken glitt zu Boden und enthüllte eine Fläche aus leuchtend grünem Boi. Deirdre strich mit der Hand über den weichen Filz des Tisches und über die polierten Mahagoniseiten. Sie nahm einen Queue und versuchte übungsweise ein paar Stöße mit einer imaginären Billardkugel.

»Kannst du spielen?«, fragte Gabriel.

»Schlecht«, antwortete sie. Rory hatte einmal versucht, es ihr beizubringen, doch er hatte aufgegeben, entnervt über ihren Mangel an Hand-Augen-Koordination. »Willst du ein Spiel machen?«

»Ich glaube, ich werde dieses Vergnügen unter ›aufgeschobene Belohnungen‹ abspeichern.« Er beugte sich vor und küsste sie, und dann nahm er sie in seine Arme.

»Oh! Ich liebe es, von Männerarmen umfangen zu wer-

den«, stellte sie fest. »Das gibt mir das Gefühl, winzig und weiblich zu sein.«
»*Männer*arme?« Er hob eine Augenbraue und setzte sie dann auf der Filzoberfläche ab.
»Nun. *Deine* Arme«, korrigierte sie sich.
»Lässt du dich gerne auf Billardtischen lieben?«, wollte er wissen.
»O ja! Das ist mein absoluter Lieblingszeitvertreib. Das letzte Mal war es ein bisschen peinlich, weil ich ein Kleid aus Kunstseide trug, und die Elektrizität, die dadurch erzeugt wurde, war wirklich erschreckend. Doch das Mal davor hat Spaß gemacht. Und das Mal davor …«
»Weißt du, was, Deirdre? Ich habe den Verdacht, dass ich aus deinem äußerst sexy Mund eine Ansammlung von Märchen höre.« Er glitt neben sie auf den Tisch und beugte sich über sie. »Komm her«, sagte er. »Ich kann deinen Märchen ein anderes Mal lauschen, im Augenblick fällt mir etwas viel Sinnvolleres ein, was du mit deinen Lippen machen könntest.«
»Nun?«, fragte sie. »Was?«
»Küss mich«, befahl er.
»Ist das alles?« Deirdre nahm seinen Kopf zwischen ihre Hände und sah ihn lachend an.
»Als Vorspeise wird es genügen«, meinte Gabriel.
»Manchmal fange ich gerne gleich mit dem Hauptgericht an.«
»Du«, sagte er und fuhr mit dem Finger ihre Wirbelsäule entlang, »bist ein Vielfraß.«
»Ich weiß«, entgegnete sie selig. »Und ich habe mich noch nie so zufrieden gefühlt.«

Die nächsten Tage verbrachte sie »zur Genesung« in Gabriels Haus. Sie fühlte sich noch ein wenig müde und schlief viel, doch sonst war offenbar alles in Ordnung mit ihr. Gladys kam jeden zweiten Tag und kochte für sie beide, und an manchen Abenden fuhr Gabriel zum Quay Cottage und brachte etwas zu essen mit. Deirdre entwickelte einen Heißhunger auf Räucherlachs und Cremekäsebeignets.

Gladys war eine Offenbarung. Sie sah nicht nur hinreißend aus, sie war auch unglaublich tüchtig und unglaublich nüchtern. Sie kochte, putzte und erledigte Gabriels Wäsche. Manchmal besuchte sie Deirdre im Schlafzimmer, mit Teebechern und Zwieback.

»Wie bist du nur so beneidenswert organisiert geworden?«, fragte Deirdre eines Nachmittags. Sie saß im Bett, gegen einen Berg Kissen gelehnt, und Gladys saß im Schneidersitz am anderen Ende des riesigen Himmelbettes.

»Das habe ich von meiner Mutter. Sie ist ein Organisationsgenie. Sie hat sogar ein Buch darüber geschrieben.«

»Oh? Wie heißt es? Vielleicht sollte ich es mir kaufen.«

»*Weg mit dem Müll.* Ich leihe dir ein Exemplar, wenn du willst. Du kannst es hier nicht kaufen, es ist nur in Australien erhältlich.«

»Warum Australien?«

»Da leben meine Eltern. Sie sind vor fünf Jahren dorthin gezogen.«

»Ich dachte, es sei praktisch unmöglich, ein Visum zu bekommen?«

»Mein Dad wurde von seiner Firma unterstützt. Er forscht vor der Küste für Esso.« Gladys trank ihren Tee aus und begann, die gebrauchten Becher und Teller auf ein Tablett zu stapeln. »Gut«, sagte sie. »Genug der Schlamperei. Ich mache mich besser wieder an die Arbeit. Verdammt – schau dir nur die Fenster an, sie sind dreckig! Ich muss mich mal dranmachen.« Sie ging hinüber zu dem großen Erkerfenster, das zum Garten hinausführte, und strich mit dem Finger über die Scheibe. »Langsam gerate ich in Verzug. Ich habe eine Liste mit Erledigungen, die so lang wie dein Arm ist.«

»Du arbeitest wirklich schwer, nicht wahr, Gladys?«

»Mir gefällt es. Ich bin gerne beschäftigt. Und Gabriel ist ein großzügiger Arbeitgeber. Er hat vorgeschlagen, ich solle jeden Tag kommen, sobald die Maler und Innenarchitekten hier sind und die Möbel aus England gekommen sind.«

»Dann wärst du also eine Vollzeithaushälterin?«

»Er braucht jemanden, der ein Auge auf seinen Stundenplan hat und diese Seite seines Lebens organisiert und sich außerdem ums Haus kümmert. Er hat immer mehr zu tun.«

»Hast du eine Sekretärinnenausbildung?«

»Nein. Aber ich könnte es lernen.«

»Gott. Du gibst mir das Gefühl, völlig unzulänglich zu sein, Gladys.«

»Sei nicht dumm. Wir haben unsere Begabungen auf unterschiedlichen Gebieten. Ich könnte nicht Texte auswendig lernen, wie du es tust, und ich könnte kein Drehbuch schreiben, und wenn mir jemand eine Million Dollar dafür böte.«

»Keiner hat für meines eine Million Dollar geboten.«

»Noch nicht«; gab Gladys zurück.

Während sie sich erholte, arbeitete Gabriel jeden Tag zu Hause, und jeden Tag sagte Deirdre, sie würde aufstehen und sich nützlich machen. Doch er bestand darauf, dass sie die Dinge ruhig anging. »Ich weiß genau, was du für ein Mensch bist«, behauptete er. »Du bist der Typ, der sich so im Bett langweilt, dass er aufsteht und unnötig herumkramt und der dann am Ende mit einem Rückfall wieder auf der Nase liegt.« Er hatte Recht. Im Bett bleiben zu müssen langweilte sie tödlich, außer wenn Gabriel neben ihr war. Er hatte ganz offensichtlich nichts dagegen, wenn sie sich der körperlichen Anstrengung der Liebe hingab.

Er brachte ihr Stapel teurer Zeitschriften und Bände leichter Sommerlektüre, die sie innerhalb von Stunden durchgelesen hatte. Er begriff, das sie sich ernsthaft langweilte, als er eines Tages ins Schlafzimmer kam und entdeckte, wie sie einen Bart und eine Brille auf ein Bild von Claudia Schiffer malte. »Bring mir meinen Laptop«, sagte sie und sah ihn mit flehendem Blick an. »Ich habe eine Idee für ein neues Drehbuch, und ich kann im Bett daran arbeiten. Ich werde verrückt, wenn ich noch einen Tag damit zubringen muss, mir Supermodels anzuschauen, die mich von den Seiten der Hochglanzmagazine spöttisch ansehen.«

»In Ordnung«, stimmte er zu. »Ich hole ihn heute Nachmittag aus dem Cottage.«

Als er zurückkam, setzte er sich auf den Bettrand und reichte ihr das Telefon. »Jemand hat versucht, dich zu erreichen. Dringend«, fügte er hinzu.

»Oh?« Sie fühlte, wie sich etwas in ihrer Magengrube umdrehte. »Wer?«

»Deine Agentin«, antwortete er. »Das Telefon hat geklingelt, als ich gerade gehen wollte. Sie hat gesagt, sie habe seit Montagmorgen versucht, dich zu erreichen.«

»Oh.« Sie sah hinab auf das Telefon auf ihrem Schoß.

»Na, willst du sie nicht zurückrufen?«

»Ja.« Deirdre wählte ohne große Begeisterung die Nummer.

»Kopf hoch, Liebling. Vielleicht will dich Mr. Spielberg.«

Gabriel warf ihr ein Lächeln zu, während er durch die Tür verschwand.
»Hi, Deirdre. Endlich«, sagte Sally, als die Sekretärin sie durchgestellt hatte. »Ich höre, dir ging es nicht gut?«
»Ich bin mehr oder weniger wiederhergestellt. Aber ich hatte einen ekelhaften Anfall von einer Vierundzwanzig-Stunden-Grippe.«
»Vielleicht wird das hier ja dein Herz erfreuen. Die BBC ist an dir interessiert.«
»Oh? Wofür?«
»Sie machen ein Casting für ein Zwei-Stunden-Drama: *Clarissa d'Arcy*. Ein Kostümstück und eine tolle Rolle. Kannst du es schaffen, herzukommen, um sie zu treffen?«
»Sicher.«
»Dein – äh – Freund, derjenige, der den Hörer im Cottage abgenommen hat, sagt, der Arzt habe angeordnet, dass du im Bett bleiben sollst?«
Deirdre war erstaunt. »So schlecht geht es mir nicht, Sally. Wirklich.« Das sah Gabriel ähnlich, so zu übertreiben. Es lag etwas Rührendes in dieser überbeschützerischen Art von ihm. »Ich werde ohne Probleme nach Dublin kommen können, solange ich es nicht übertreibe. Wann wollen sie die Kandidaten sehen?«
»Anfang nächster Woche. Montag oder Dienstag.«
»Wie wär's mit Dienstag? Ich fahre mit dem Zug am Montagabend. Der wird weniger voll sein als der Sonntagszug.«
»Wunderbar. Ich melde dich für halb eins am Dienstag an. Oh – und, Deirdre?«
»Ja?«
»Du müsstest vielleicht eine Freundin für ein paar Tage um ein Bett bitten, bevor du wieder in dein ländliches Idyll fährst.«

»Oh? Warum?«
»Noch jemand hat nach dir gesucht.«
»Wer denn?«
»Heeney Holidays«, antwortete Sally.
»O Scheiße«, war Deirdres einzige Reaktion.

»Ich habe diese Werbung heute im Radio gehört«, sagte Gabriel, als sie ihm erzählte, warum sie nach Dublin zurückmusste. »Ich hoffe, du hast nichts dagegen, wenn ich das sage, aber sie ist wirklich scheußlich.«
»Ich weiß«, seufzte sie.
»Musst du wirklich deshalb zurück?«
»Janine Heeney wird ausrasten, wenn ich nicht auftauche. Dann ist da noch das Vorspielen bei der BBC. Sie rufen nicht gerade oft an.«
Sie saßen mit einer Flasche Champagner und einem Picknick aus Räucherlachs und Nussbrot vor dem Feuer in der Bibliothek. Gladys war es gelungen, endlich einen Sektkübel aufzutreiben.
»Und Heeney Holidays zahlt die Rechnungen, Gabriel. Nun, manche jedenfalls.« Sie seufzte wieder. »Zur Hölle. Die Schauspielerei ist so verdammt unsicher. Vielleicht sollte ich es ganz aufgeben und mir regelmäßige Arbeit mit Aussicht auf eine Rente suchen. Manchmal glaube ich, ich sehne mich mehr nach Sicherheit als nach allem anderen. Es ist erschreckend, nicht zu wissen, woher der nächste Job kommt.«
»Du hast doch noch die Seifenoper«, tröstete er sie. »Obwohl ich irgendwo gelesen habe, dass sie in Schwierigkeiten stecke. Gab es nicht ein großes Fragezeichen, ob es sie nächste Saison noch gäbe?«
»Oh – das passiert jedes Jahr«, tat sie seinen Einwand ab. »Manchmal glaube ich, sie inszenieren das absichtlich,

damit sich die Schauspieler unsicher fühlen und es nicht wagen, um eine Gagenerhöhung zu bitten. Würde mich wirklich nicht wundern.«

»Nun. Das ist doch eine ziemlich sichere Sache für dich, oder?«

»Auf jeden Fall für das nächste Jahr.« Sally hatte ihr erzählt, dass ihr Vertrag für die nächste Saison durch war. Man hatte ihr unbedeutend weniger Folgen angeboten als üblich, was Deirdre beruhigend fand. »Vielleicht entscheiden sie sich, mich unter eine Dampfwalze geraten zu lassen.«

Er schenkte ihr ein und sagte: »Iss auf. Wir müssen dich aufpäppeln für deine Reise nach Dublin. Du kannst doch nicht zum Vorsprechen für eine Kostümrolle gehen und aussehen wie jemand, der in einer Zeitschleife stecken geblieben ist, in der es schick war, wie eine Heroinsüchtige daherzukommen.«

»Tue ich das?«

»Du siehst wirklich ein bisschen spitz um die Nase aus.«

Mit Vergnügen gehorchte sie ihm.

Im Laufe des Abends und während es draußen dunkel wurde, veränderte sich das Wetter erneut. Leichter Regen prasselte gegen die Fenster, und das Geräusch von Ästen, die im Wind rauschten, drang vom Garten herein. Gabriel ging zum Fenster und schaute hinaus. »Ich werde Gladys Vorhänge für diese Fenster besorgen lassen müssen«, sagte er. »Verdammt blöd. Vielleicht kann ich warten, bis der übrige Kram aus England kommt, Gladys hat schon genug zu tun.« Dann drehte er sich um und sah sie an; sie lehnte sich in ihren Kissen zurück. »Du siehst aus wie eine Odaliske«, stellte er fest.

»Eine Odaliske? Ist das nicht so ein monolithisches, phallusförmiges Steinding?«

Er lachte. »Nein, Deirdre. Das ist ein Obelisk. Eine Odaliske ist eine Sexsklavin im Harem eines Sultans.«
Sie lächelte. »Und ich nehme an, du siehst ein bisschen aus wie ein Sultan«, entgegnete sie liebevoll. »Dunkel und geheimnisumwoben. Weißt du, als ich dich das erste Mal gesehen habe, habe ich dich einfach für Furcht erregend gehalten.«
»Als wir auf der Straße aneinander vorbeigegangen sind?«
»Ja.«
»Hast du deshalb so getan, als seist du eine deutsche Touristin, und bist meilenweit an deiner Abbiegung vorbeigeradelt?«
»Ja«, gestand sie.
Wieder lachte er. »Ich habe mir schon so was gedacht, als ich dich an jenem Abend im Quay Cottage getroffen habe. Du entscheidest dich nie für den leichten Weg, oder, Deirdre?«
Sie wandte das Gesicht ab, als ob sie geschlagen worden wäre. Rory hatte ihr einmal das Gleiche vorgeworfen und sogar dieselben Worte gebraucht. *Schuft*.
»Geht es dir gut?« Gabriel war auf sie zugegangen und sah sie genau an.
»Ja.« Ihr gelang ein leeres Lächeln. »Es hat mich nur plötzlich gezwickt. Das ist alles.« Es war keine Lüge.
»Vielleicht bekommst du einen Rückfall«, sagte er und setzte sich zu ihr auf die Kissen.
»O nein, Gabriel, mir geht es gut. Ehrlich. Offenbar kann ich nur einfach dieses Müdigkeitsgefühl nicht abschütteln, das ist alles.« Dann beugte sie sich zu ihm vor und gab ihm einen langen Kuss. »Aber ich glaube, ich sollte jetzt wieder ins Bett.«
»Bist du erschöpft?«

»Im Gegenteil. Ich merke gerade, dass ich einen plötzlichen Anfall von Energie verspüre.«
»Warum dann wieder ins Bett gehen?«
»Ich will, dass du mich noch mal liebst«, sagte sie.

Sie gaben sich unter dem Baldachin des Himmelbettes dem süßesten Vorspiel hin, das man sich vorstellen konnte, bevor sie beide gleichzeitig von der Lust wie von einer unwiderstehlichen Macht erfasst wurden. Deirdres Hände flogen Gabriels Rücken hinauf bis zu seinem Nacken. Sie zog seinen Kopf zu sich herunter und küsste ihn heftig. Er erwiderte ihren Kuss mit einer Leidenschaft, die so intensiv war, dass sie fast brutal wirkte. Seine Hände waren auf ihren Brüsten, ihrem Bauch, ihrem Hintern, zwischen ihren Schenkeln.
Sie nahm ihm das Kondom ab und zog ihm ein neues über, und dann schlang sie ihre Hüften um seine und bestieg ihn. Langsam begann sie, stimmte ihren Rhythmus auf seinen ab, wusste intuitiv, wann sie schneller werden und wann sie sich zurückhalten musste. Als er in ihr kam, gestattete sie sich den Orgasmus, den sie sich verweigert hatte, seit sie mit dem Sex angefangen hatten, und sie kamen zusammen und sahen sich dabei in die Augen.
Erschöpft lagen sie da. Gabriels Orgasmus war in seiner Intensität fast schockierend gewesen. Er atmete immer noch schwer und betrachtete ihr Gesicht aus halb geschlossenen Augen. Dann plötzlich stand er auf und schritt durch das Zimmer zu einer Kommode. Er zog eine Schublade auf und nahm etwas heraus; den Bruchteil einer Sekunde verharrte er, bevor er zurück zum Bett schlenderte und auf sie herabblickte. Er bückte sich, um sie zu küssen, und sie spürte, wie seine Finger ihre Ohrläppchen liebkosten. Sie hielt den Atem an. Als er zurück-

trat, wogen ihre Ohrläppchen schwer mit dem Schmuck, den er darangehängt hatte. Sie hob eine Hand und betastete die Ohrringe.
»Was ist das?«, fragte sie.
»Sie haben meiner Mutter gehört. Schau dich an.«
Der einzige Spiegel im Zimmer war aus hohem Chevalglas. Deirdre stieg aus dem Bett und bewegte sich auf ziemlich wackligen Beinen durch den Raum. Gabriel folgte ihr und hob ihren Vorhang aus Haaren, so dass die winzigen grünen Tropfen sichtbar wurden, die an ihren Ohren hingen.
»Smaragde?«, fragte sie mit einer seltsamen Stimme.
»Smaragde«, bestätigte er.
»Echte?«
»Echte.«
»Warte mal, Gabriel.« Ihre verwirrten Augen begegneten seinem Blick im Spiegel. »Du willst mir diese Ohrringe doch wohl nicht *schenken*, oder?«
»Nein«, antwortete er. »Ich *überreiche* sie dir. Das ist unendlich bedeutsamer.«
»Du meinst, damit ich sie behalte?«
»Genau«, erwiderte er und fuhr mit einem Kuss über ihren Nacken und mit einer Hand über ihre rechte Brust. »Ich kann mir keine schönere Kulisse für diese Schmuckstücke vorstellen, mein Liebling. Außer du lässt dir deine Nippel piercen.«
Deirdre lächelte ungläubig, streckte den Arm aus und presste Gabriel Considines Mund fest auf ihren.

Am Montagabend setzte er sie in den Zug und küsste sie zum Abschied so gründlich, dass sie in Ohnmacht fallen wollte. »Viel Glück beim Vorsprechen«, sagte er. »Trag deine Smaragde. Meine Mutter hat immer behauptet, dass sie ihr erstaunlich viel Glück brächten. Ruf mich an, wenn du bereit bist, zurückzukommen, und dann hole ich dich am Bahnhof ab. Pass auf dich auf und nimm weiter die Vitamine.«

»Ja, ja, ja«, antwortete sie brav auf all seine Ermahnungen. Als der Zug dann langsam aus dem Bahnhof hinausfuhr, lief er neben her, bis er rennen musste, um Schritt zu halten, und dann blieb er stehen und sah zu, während sie auf den Gleisen fortgetragen wurde.

Deirdre winkte, bis er nicht mehr zu sehen war, dann setzte sie sich hin und studierte die Seiten des *Clarissa d'Arcy*-Skripts, das Sally ihr auf Gabriels Gerät gefaxt hatte. Ihre Agentin hatte Recht gehabt – es war wirklich eine tolle Rolle. Sie hatte Glück, dass sie durch die vor ihr liegende Zugfahrt Muße hatte – sie würde den Dialog locker intus haben, wenn sie Dublin erreicht hatten. Sie betastete die Glück bringenden Smaragde an ihren Ohren und hoffte, dass Gabriels Mutter Recht hatte. Sie hätte ihn fragen sollen, ob sie versichert waren. Es wäre unverantwortlich von ihr, sie zu tragen, falls sie es nicht wären.

Am Dienstag, nach dem Vorsprechen, rief Sally Deirdre in Barts Wohnung an, wo sie übernachtet hatte, und erzählte ihr, es hätte Rückrufe gegeben. Sie wollten sie am Freitag noch mal sehen. Sie erzählte ihr auch, dass sie die Heeney-Holidays-Werbung verloren habe.

»Tut mir Leid, Deirdre. Sie haben gestern angerufen, um zu sagen, dass Janine Heeney außer sich sei, weil sie dich nicht hatten erreichen können. Sie haben sich für eine andere Stimme entschieden.«

»Mist. Das war ein netter Verdienst, Sally. Trotzdem kann ich nicht sagen, dass es mir Leid tut. Ich habe diese Aufnahmen wirklich gehasst.«

»Wenn dich die BBC will, wirst du dir keine Sorgen über den Verlust von Heeney Holidays machen müssen. Du wirst finanziell ausgesorgt haben, bis es im August mit der Seifenoper weitergeht. Übrigens, wie geht's dir gesundheitlich?«

»Okay. Ich fühle mich aber immer noch müde. Dieser Anfall hat mich wirklich ganz schön umgehauen.«

»Pass bloß auf dich auf. Im Moment geht ein ekelhafter Virus um, und wenn du keine Abwehrkräfte hast, bist du ein wandelndes Angriffsziel für ihn.«

»Mach dir keine Sorgen, Sally. Gabriel hat mir einen Haufen Vitamine besorgt.«

»Gabriel. Der Mensch, der sich um dich gekümmert hat?«

»Ja.«

»Er war am Telefon sehr charmant zu mir. Woher ist er gekommen?«

»Ich weiß nicht. Vom Himmel.«

Sally lachte. »Sieht so aus, als ob du dir einen Schutzengel aufgegabelt hättest, Deirdre.«

»Was meinst du damit?«

»Den Engel Gabriel.«

Sobald sie den Hörer aufgelegt hatte, hob sie wieder ab und wählte seine Nummer.

»Ich bin nicht sicher, wann ich wieder da sein werde«, sagte sie. »Man hat mich angerufen, ich soll am Freitag noch mal kommen.«

»Wann wirst du es voraussichtlich erfahren?«

»Ziemlich bald. Sie müssen die Rolle offenbar schnell besetzen. Man hat sie sitzen lassen.«

»Und wann wirst du zu drehen anfangen, wenn du sie bekommst?«

»In drei Wochen. Ich werde meine Wohnung wieder brauchen.«

»So schnell? Nun. Es sieht so aus, als ob die Ohrringe funktionierten«, sagte er.
»Sieht so aus. Übrigens, Gabriel, sie sind doch versichert, oder?«
»Gott, ja«, antwortete er. Seinem Ton entnahm sie, dass er sie nicht aus dem Haus gelassen hätte, wenn sie nicht versichert gewesen wären. Es gab ihr ein leicht unbehagliches Gefühl, sich vorzustellen, was sie wohl wert sein mochten.

Am Freitagabend tanzte Deirdre mit einer Flasche Champagner in Barts Wohnung.
»Hi«, grüßte er. »Feiern wir?«
»Absolut. Ich habe die BBC-Rolle bekommen.«
»Hey! Gut gemacht! Wann hast du es erfahren?«
»Heute Nachmittag.« Sie folgte ihm durch die Küche, setzte sich an den Tisch und schlang die Arme um ihren Körper. »Ich bin auf meinem Weg aus der Stadt bei Sally vorbeigegangen.«
»Wie sieht's mit dem Geld aus? Die BBC ist nicht gerade bekannt für fürstliche Entlohnung.«
»Ich bin glücklich mit dem, was ich kriege. Und es ist eine tolle Sache. Mein Bekanntheitsgrad wird in die Höhe schnellen.« Der Champagnerkorken flutschte heraus, und Betty Grable sprang mit einem empörten Maunzer aus ihrem Körbchen, in dem sie gedöst hatte. »Hurra!«, rief Deirdre. »Das beste Geräusch der Welt! Ich gewöhne mich langsam daran«, fügte sie in einem bestürzten Ton hinzu.
»Oh? Mit wem hast du denn in letzter Zeit Champagner geschlürft?«
»Nun, da war diese katastrophale Episode mit Jean-Claude Valentin ...«
»Der mit den *Skandalösen Slips*?«

»Genau der. Und dann habe ich einiges aus Evas Minibar weggeputzt ...«
»Die Lavery? Du warst in Galway?«
»Hm-mh.«
»Wie geht es meiner Lieblingsgöttin?«
»Göttlich wie immer. Und dann war da ...« Sie hielt sich gerade noch zurück, um nicht Rorys Namen auszusprechen. »Dann war da Gabriel«, sagte sie. Aus irgendeinem Grund hatte sie es aufgeschoben, Bart von Gabriel zu erzählen. Sie war in dieser Sache ein bisschen schüchtern.
»Wer ist Gabriel?«
Sie informierte ihn.
»Er hat dir die geschenkt?«, fragte Bart, als sie fertig war, und löste einen der Smaragde von ihrem Ohr. »Sind sie echt?«
Deirdre nickte. »Sie haben seiner Mutter gehört.«
»Heiliger Bimbam! Ich habe geglaubt, es seien Jahrmarktsimitationen. Sie müssen ein Vermögen wert sein!«
»Meinst du wirklich?«
»Nun, ich bin kein Experte, aber man muss eindeutig von fünfstelligen Summen reden. Dieser Gabriel muss wirklich Knete haben.«
»Das nehme ich an. Ich habe nie wirklich darüber nachgedacht.« Tatsächlich hatte sie schon darüber nachgedacht. Mehr als einmal.
»Und du bist zu ihm gezogen?«
»Na ja. Nicht wirklich. Ich meine – man kann es nicht einziehen nennen. Ich bin nur zur Genesung hingegangen.«
»Aber du wirst ihn wieder sehen?«
»Ja.« Sie überlegte eine Minute. »Ich weiß aber nicht, wann. Diese BBC-Sache wird mich bis August beschäftigen. Ich nehme an, ich fahre an den Wochenenden nach

Carrowcross. Und ich weiß, dass er manchmal geschäftlich nach Dublin kommt.«
»Geschäftlich«, meinte Bart. »Wow. Ein Mensch aus dem richtigen Leben. Warum ist er so interessiert an einer verrückten Träumerin wie dir?«
»Das weiß ich eigentlich nicht«, gab Deirdre zu. »Ich bin gut beim Sex.«
»Das habe ich von McDonagh entnommen.«
Sie setzte sich kerzengerade auf und funkelte Bart an. »Was? Wie kann er es wagen, über unser Sexleben zu sprechen?«
»Du hast nicht zugehört, Deirdre. Ich habe das Wort *entnommen* verwendet. Ich rede über den Ausdruck, den sein Gesicht annahm, wenn er dich ansah.«
»Was meinst du damit?«
»Nun, um es einfach auszudrücken, aus seinem Blick wurde eindeutig klar, dass das Tier mit den zwei Rücken, das ihr zusammen fabriziert habt, einen ernst zu nehmenden Stammbaum hatte. Er musste nicht darüber reden. Diese Art Kerl ist er nicht.«
Deirdre spürte, wie sie rot wurde. Sie sah auf die Uhr. »Oh, stell das Radio an!«, forderte sie ihn auf.
»Was? Warum?«
»Es gibt eine Sendung über das Austrocknen von Mauern in Gaeltacht.«
»Warum, zum Teufel, willst du so eine Sendung hören?«
»Das ist Gabriels Hobby.«
»Heiliger Bimbam«, sagte Bart wieder, streckte die Hand aus und drehte den Schalter am Radio.
»Hier kommt die Sonne!« Eine muntere, begeisterte Stimme schrie sie aus dem Studio an. »Ja! Sie sind endlich bereit für den lang ersehnten Urlaub! Sie wissen, Sie verdienen ihn, Ihr Chef weiß, Sie haben ihn sich verdient – und

wir von Heeney Holidays wissen genau, wohin wir Sie bringen können!« Bart und Deirdre sahen sich an. Ihre Münder hatten sie vor Verblüffung weit aufgerissen.
»Das ist Sophie«, stellte Bart fest.
Deirdre nickte und legte einen Finger an die Lippen. Langsam breitete sich ein Lächeln über ihr Gesicht aus, während sie der Werbung lauschte.
»Schlagen Sie unseren *erstaunlichen* Farbprospekt auf und verirren Sie sich im Land Ihrer Wahl – natürlich auf die schönstmögliche Art und Weise! Unsere Angebote auf dem Kontinent werden Sie verblüffen! Faszinierendes Frankreich, sensationelles Spanien, interessantes Italien – sie alle finden Sie auf den Seiten unseres *fantastischen* Prospektes! Sie werden glauben, Sie *träumen*, wenn Sie die Sommersonderangebote sehen, die wir für Sie zusammengestellt haben! Ob Sie sich fürs Nachtleben interessieren, fürs Einkaufen, für Abenteuer oder sportliche Aktivitäten oder einfach Sonne, See und Sand – was immer Sie wollen, Sie werden es finden – auf den Seiten eines Heeney-Holidays-Prospektes! Schöne Ferien! Schöne Heeney-Holiday-Ferien!« Die französische Akkordeonmusik, die im Hintergrund spielte, kam zu einem schmissigen, schwungvollen Ende, und Sophie hielt endlich den Mund.
»Hey! Die neue Stimme von Heeney Holidays hat gesprochen!«, sagte Bart.
Deirdre schüttelte den Kopf in verblüffter Bewunderung. »Wow«, meinte sie. »Sophie ist in meiner Wertschätzung gestiegen. Was für eine erstaunliche Leistung! Sie klang so begeistert, dass ich sofort losrennen und ein Exemplar dieses fantastischen Prospektes holen wollte!«
»Deine *bête noire* Janine Heeney hat sich hier aber wirklich selbst übertroffen, Deirdre«, stellte Bart fest. »Ich habe

ganz plötzlich den überwältigenden Drang – wie hat Sophie es beschrieben? –, das interessante Italien zu besuchen. Und dann noch dieser neue Schlusstext! ›Schöne Ferien! Schöne Heeney-Holidays-Ferien!‹«

»Mann! Janine muss einen ganzen Tag kreativer Angst verbreitet haben, bis so was herausgekommen ist.«

Bart schenkte neuen Champagner ein. »Auf eine wunderbare neue Partnerschaft. Janine Heeney und Sopie Burke«, sagte er.

»Vielleicht sollten sie zusammen einen Heeney-Urlaub machen. Sie würden sich köstlich amüsieren.« Deirdre trank einen Schluck Champagner, und Bart tat es ihr gleich.

»Heeney Holidays wären für Sophie ein bisschen billig«, wandte er ein und lehnte sich auf seinem Stuhl zurück. »Sie verbringt vierzehn Tage mit ihrem Dad auf einer großen Irland-Tour. Offensichtlich besuchen sie die schicksten Landhotels und wohnen jede Nacht in einem anderen, nur damit sie sagen können, sie sind da gewesen.«

»Oh? Von wem hast du das?«

»Ich habe letzte Woche Cressida getroffen.«

Deirdre sah ihn nachdenklich an. »Warum amüsieren sich Leute wie Sophie nur so gut?«, fragte sie. »Warum können wir nicht reich sein, Bart, und uns teure Urlaube leisten und Jahrgangschampagner trinken und zu Rennen gehen und Daddy dazu bringen, dass er uns kleine Renaults kauft?«

»Du klingst bitter und verdreht.«

»Ich weiß. Aber es muss schön sein, reich zu sein.«

»Ich weiß nicht. Wir armen Leute wissen gute Zeiten umso mehr zu schätzen, wenn wir sie haben. Reiche Leute werden doch ganz blasiert von all dem Mist.«

»Wirklich?«

»Ja. Sie sitzen herum, trinken Champagner und vergessen ganz, dass sie in Chanel herausgeputzt sind oder dass sie auf einem Louis-Quinze-Stuhl sitzen oder dass ein Fragonard an der Wand über ihrem Kopf hängt. Oder dass an ihren Ohren Smaragde im Wert von Tausenden Pfund hängen.«

Deirdre lachte. »*Touché*«, sagte sie. Dann: »Oh! Hier ist es!« Sie streckte die Hand aus und stellte das Radio lauter.

»Ich wusste nicht, dass du so begeistert von Dudelmusik bist, Deirdre.«

»Das bin ich auch nicht«, widersprach sie. »Das ist die Einleitung zu meiner Sendung.«

»Trockenmauern haben eine lange und faszinierende Geschichte in diesem Land«, begann der Sprecher.

»O Scheiße«, sagte Bart und griff nach der Flasche. »Weißt du, was du bist, Deirdre?«

»Was?«

»Ein Rätsel.«

»Oh, gut. Das ist viel romantischer, als wenn du mich eine verrückte Träumerin nennst wie vorhin. Jetzt halt den Mund und hör zu.«

»Die Trockenmauern der Aran Islands haben eine besonders interessante Geschichte«, ertönte die Stimme aus dem Radio.

Bart seufzte. »Und du bist draufgeknallt«, sagte er.

»Was meinst du?«

»Du bist nicht nur eine rätselhafte Träumerin, Deirdre. Du bist auf eine Trockenmauer geknallt.«

Er schenkte sich sein Glas neu ein und verschwand durch die Küchentür. Innerhalb von Sekunden schmetterte Radiohead im Wohnzimmer.

14

Deirdre fuhr nicht zurück nach Carrowcross. Es hatte wirklich wenig Sinn. Das Projekt, mit dem Gabriel beschäftigt war, führte ihn jede Woche nach London, und sie wollte nicht so viel Zeit allein verbringen, nun, da sie ihr Drehbuch fertig hatte. Außerdem war der Mieter, dem sie ihre Wohnung überlassen hatte, ausgezogen, und sie hatte diese Einkommensquelle nun auch nicht mehr. Ihre Finanzlage würde ein wenig riskant sein, bis das BBC-Geld fließen würde.
Es kam ihr absurd vor, dass sie unterwürfig in der Bank anrufen sollte, wenn sie gleichzeitig Smaragde im Wert von Tausenden von Pfund an den Ohren trug. Sie hatte sich angewöhnt, die Ohrringe regelmäßig zu tragen. Sie waren nicht so wahnsinnig auffällig, dass man sie nicht jeden Tag tragen konnte, und sie wusste, dass keiner, der sie sähe, glauben würde, dass sie echt waren. Es kam ihr irgendwie cool vor, ausgebleichte Hosen und T-Shirts und dazu echte Smaragde zu tragen.
An den Tagen, an denen Gabriel nach London musste, legte er Wert darauf, die Nacht davor mit ihr zu verbringen. Er brachte ihr ihren Laptop und die anderen wenigen Habseligkeiten, die sie in Carrowcross gelassen hatte, und führte sie zum Essen in Restaurants aus, die sie sich nicht leisten konnte. Sie liebte es, wenn die Frauen ihn beobachteten, wenn er einen Raum betrat.
Bart hatte den Moment gefürchtet, in dem er ihn kennen lernen würde. »Ich fühle mich unbehaglich bei rei-

chen Leuten«, gestand er, als Deirdre ihn eines Abends zu einem Drink einlud. Gabriel war mit einer Flasche Champagner aufgetaucht, und Deirdre hatte vorgeschlagen, dass sie sie zusammen mit ihrem Nachbarn tranken.

»O bitte, Bart. Du wirst ihn wirklich mögen. Er ist nämlich gar nicht wie ein reicher Mann. Er ist wirklich nett.«

»Okay«, seufzte Bart. »Ich nehme an, wir werden die ganze Nacht Barockmusik lauschen müssen. Ich habe bemerkt, dass du in letzter Zeit eine Menge klassischen Quatsch gespielt hast.«

Viel später, nachdem der Champagner ausgetrunken war und viele Buds aus dem Kühlschrank hervorgeholt worden waren, wandte Gabriel sich an Deirdre. »Hast du etwas dagegen, wenn wir etwas anderes hören?«, fragte er sie. »Diese Harfenmusik geht mir langsam auf die Nerven.«

»Danke, dass ich nicht der Einzige bin«, sagte Bart. »Es ist auch auf mein Hirn gegangen.«

»Spießer«, meinte Deirdre hochnäsig. »Was soll ich sonst auflegen? Mozart?«

»Hast du was von Radiohead?«, fragte Gabriel.

»*Ich* habe was!« Bart sprang grinsend auf. »Gib mir zwei Minuten.«

»Was hast du?«

»Alles«, antwortete Bart und stürzte zur Tür.

»Hast du auch den Gig am Point?«

»Total verdammt irre, nicht wahr?«

Gabriel breitete die Hände in einer bedauernden Geste aus. »Ich hab's leider nicht geschafft.«

»Ich habe eine Schwarzpressung davon. Du kannst sie hören.« Bart verschwand durch die Tür. Sie konnten hören, wie er in seinem besten Radiohead-Bass sang, während er zu seiner Wohnung lief.

Deirdre warf Gabriel einen trüben Blick zu. »Ich hasse Radiohead«, sagte sie.
»Tut mir Leid. Wir hören später Mozart, das verspreche ich dir«, entgegnete er.
»Diese sexy Arien?«
»Sicher.«
»Und liebst du mich dabei?«
»Mit größtem Vergnügen.« Gabriels dunkler Blick war so bedeutungsvoll, dass ihr trüber Gesichtsausdruck einem Lächeln der Vorfreude Platz machte.
Aus der Nachbarwohnung konnten sie Bart hören, der in seinem CD-Ständer wühlte. Er sang den einzigen Radiohead-Song, dem Deirdre jemals richtig zugehört hatte. Sie legte den Kopf bei einer Liedzeile schief. »Hör zu«, sagte sie und stimmte in Barts schaurigen Gesang ein. »Das hast du nun davon, Gabriel. Ein hübsches Haus.«
»Hübsch ist kaum das richtige Wort für Carrowcross House, Deirdre.«
»Na gut, großartig. *So ein großartiges Haus. Und so ein großartiger Garten*«, sang sie. »Nur dass der Garten noch nicht wirklich großartig ist, oder?«
»Das kommt noch«, erwiderte Gabriel.

In der Woche, bevor sie mit den Dreharbeiten anfangen sollte, war sie sehr beschäftigt. Sie hatte Kostümproben, einen Fototermin und eine medizinische Untersuchung. Die medizinische Untersuchung war Standard für jeden, der eine wichtige Rolle in einem Fernsehfilm ergattert hatte. Deirdre war ziemlich froh, die Gelegenheit zu haben, sich von einem Arzt untersuchen zu lassen. Sie fühlte sich immer noch ein bisschen schlapp trotz all der Vitamine, die sie in sich hineinschaufelte.
Der Arzt machte die üblichen Dinge, klopfte auf ihr Knie

wegen der Reflexe, maß ihren Blutdruck und entnahm eine Urinprobe. Als er mit der Untersuchung fertig war, lehnte er sich zurück und betrachtete sie ernst. »Nun«, sagte er, »die BBC wird für Sie sehr viel mehr Versicherung herausrücken müssen, als sie vielleicht erwartet hat.«

Deirdre spürte ein Stechen der Angst. »Hat es etwas mit der schrecklichen Vierundzwanzig-Stunden-Grippe zu tun, von der ich Ihnen erzählt habe?«

»Nein, nein«, beruhigte sie der Arzt. »Sie sind nicht krank, Ms. O'Dare. Sie sind schwanger.«

Schweigend saßen sie da.

»Es besteht kein Zweifel, dass ich Recht habe. Ihre Periode ist doch einmal ausgefallen, oder?«

Deirdre konnte nicht denken. Ihr Hirn war wie betäubt.

»Wann war Ihre letzte Periode, Ms. O'Dare?«

Sie wünschte, er würde aufhören, sie Ms. O'Dare zu nennen. »O Gott«, sagte sie. »O Gott, ich weiß nicht. Meine Regel war immer völlig unregelmäßig. O Gott.«

»Haben Sie aufgepasst?«

»O ja!«, antwortete sie erleichtert. Der Arzt musste sich täuschen. Sie konnte nicht schwanger sein. Gabriel benutzte immer ein Kondom. Und Rory auch – tatsächlich mehr als eines – in jener Nacht, die sie mit ihm in Ashford verbracht hatte. »O ja – ich habe immer aufgepasst. Immer.«

»Was für eine Verhütungsmethode haben Sie benutzt?«

»Kondome.«

»Zusammen mit einem Spermen abtötenden Mittel?«

»Ein Spermen abtötendes Mittel?« Sie kannte niemanden, der sich um so was scherte. Der Gedanke war völlig abwegig. »Nein.«

»Dann waren Sie nicht vorsichtig genug. Kein Verhütungsmittel kann hundertprozentigen Schutz garantieren. Kondome ohne Spermen abtötendes Mittel haben ungefähr eine fünfundneunzigprozentige Sicherheit. Es ist ein kleines Risiko, aber es besteht.«

»Ich verstehe.« Sie biss sich auf die Lippe und blickte auf ihre Hände mit den weißen Knöcheln, die in ihrem Schoß lagen. »Wie – wie schwanger bin ich?«

»Ungefähr fünfte Woche.« Er stand auf. Das Zeichen, dass sie gehen musste. »Ich schlage vor, dass Sie zu Ihrem Gynäkologen gehen«, sagte er. »Er oder sie wird Sie über Kliniken, Kinderärzte und die Veränderungen beraten, die Ihr Körper durchmachen wird. Herzlichen Glückwunsch, Ms. O'Dare.« Er sprach in seine Sprechanlage. »Der Nächste bitte. Eine Ms.« – er sah auf die Liste auf seinem Schreibtisch – »Burke.«

Deirdre verließ die Praxis innerlich aufgewühlt. Sie war ungefähr in der fünften Woche schwanger. Vor fünf Wochen hatte sie zum ersten Mal mit Gabriel geschlafen. Und keine zwei Nächte vorher mit Rory. Sie hatte keine Ahnung, wer der Vater des Kindes war, das sie in sich trug.

Wie eine Schlafwandlerin ging sie zur Bushaltestelle. Wie konnte das passieren? Wie konnte so ein groteskes Szenario nur entstehen? Wie würden ihre Eltern reagieren? Wen konnte sie um Hilfe bitten? Wer kannte sich in diesen Dingen aus? Wen konnte sie bitten, sie nach England zu einer Abtreibung zu begleiten?

Eine Abtreibung. O Gott. Sie konnte den Arzt, bei dem sie gerade gewesen war, nicht nach einer Abtreibung fragen. Er hatte nicht mal angedeutet, dass dies eine Möglichkeit sein könnte – er hatte ihr nur gesagt, sie solle zu ihrem Frauenarzt gehen. Sie hatte einen plötzlichen Panikanfall und zwang sich dann zur Ruhe. Sie musste es ja nicht gleich tun. Sie könnte es nächsten Monat machen lassen. Oder übernächsten …

Sie hatte also noch Spielraum. Ruhig, ruhig. Geh die Dinge etwas langsamer an, Deirdre, sagte sie sich. Warum war sie automatisch zu dem Schluss gekommen, dass eine Abtreibung die einzige Lösung für ihre verzwickte Lage wäre? Sie zwang sich, nachzudenken. Wollte sie wirklich ein Kind? Der Gedanke, Gabriels Kind abzutreiben, war ihr zuwider. Er hatte schon ein ungeborenes Baby verloren. Doch was, wenn es nicht Gabriels Kind war? Was, wenn es Rorys war?

Sie fing an zu weinen. O Gott, o Gott. Sie konnte auch Rorys Kind nicht abtreiben. Rory und sie hatten nie über die Möglichkeit geredet, Kinder zu haben – sie wusste nicht mal, wie er dazu stand –, aber sie wusste, sie konnte das Baby nicht abtreiben, das sie vielleicht in Ashford Castle gezeugt hatten.

Vielleicht hatte sie deshalb in letzter Zeit von Babys geträumt – mehr als einmal. Sie hatte es der Tatsache angelastet, dass sie so viel Zeit mit Dorcas verbracht hatte, doch jetzt erkannte sie, dass ihr Unterbewusstsein wohl versucht hatte, ihr etwas zu sagen – sie zu warnen. Es hatte versucht, sie auch wegen etwas anderem zu warnen, wusste sie. Was? Da hatte es einen Traum gegeben, in dem sie Gabriels Hund einen Gang entlang gefolgt war. In diesem Traum war noch jemand anderer gewesen – nicht nur Dorcas.

Der Gedanke an Dorcas erinnerte sie daran, wie sehr sich Eva nach ihrem Baby gesehnt hatte. Sie erinnerte sich an Evas Gesichtsausdruck an dem Tag, an dem sie ihr erzählt hatte, dass sie schwanger sei. Wie sehr hatte sie dieses Baby gewollt! Sie und David hatten sich so sehr bemüht, gemeinsam ein Kind zu zeugen. Und die verdammte Deirdre O'Dare hatte empfangen, ohne sich auch nur die Zeit zu nehmen, sich zu fragen, ob es passieren könnte oder nicht.

Ein Bus kam. Sie wischte ihre Tränen weg. Sie würde Maeve um Rat fragen. Dann fiel ihr ein, dass Maeve ja gar nicht mehr da war. Bart? Nein, nein – das konnte sie nicht. Sie konnte niemanden wissen lassen, dass das Erschreckendste in der Büchse der Pandora, die sie geöffnet hatte, die Identität des Vaters war. Bart würde annehmen, es sei Gabriels Baby. Und Gabriel würde das auch. Niemand würde jemals ahnen, dass es ein Fragezeichen hinter der Vaterschaft dieses Kindes gab. Außer natürlich Rory. Und ...

Genau in diesem Moment fuhr ein roter Renault Clio neben der Bushaltestelle vor. Andrew Lloyd-Webber dröhnte in den Wagen. »Hi, Deirdre«, sagte Sophie Burke. »Ich habe dich ja ewig nicht gesehen. Seit jenem Morgen nicht mehr, an dem ich dich entdeckt habe, wie du Ashford Castle zusammen mit Rory McDonagh verlassen hast.«

O Gott, o Gott! Sophie. Es war *Sophie* in ihrem Traum gewesen! Ein anderes albtraumhaftes Bild tauchte nun mit blendender Klarheit vor ihrem geistigen Auge auf – das Bild der Schauspielerin, die sich aus einem Fenster im oberen Stock von Ashford Castle lehnte und wie ein Scheusal auf sie herabgrinste. Auch dieses Bild hatte sie in ihr Unterbewusstsein verdrängt – es in ihrem Kopf ausradiert. Jedes Mal, wenn es vor ihrem geistigen Auge vorbeigeschwebt war, hatte sie angenommen, es sei nur Teil der Halluzinationen gewesen, als sie krank war.

»Lass mich dich mitnehmen«, schlug Sophie vor. Sophie nahm gerne Leute in ihrem hübschen kleinen Auto mit. »Wohin willst du?«

Deirdre überlegte rasch. Der Gedanke, neben Sophie zu sitzen, während sie mit ihrer Fahrerei angab und bei Andrew Lloyd-Webber mitsang, reizte sie ungefähr so viel, wie sich die Zähne ohne Betäubungsmittel aufbohren zu lassen, und sie wusste, dass sie all ihre diplomatischen Künste aufbringen müsste, um diese schreckliche Situation zu ertragen. Sie glitt auf den Beifahrersitz und fühlte sich wie die Schlange im Garten Eden. Das Einzige, was sie tun könnte, wäre, die Situation so gut wie möglich zu ihrem eigenen Besten zu manipulieren.
»Danke, Sophie. Ich will nach Hause. Lass mich einfach in der Nähe der Innenstadt raus.«
»Okay. Ich fahre in die Grafton Street. Ich habe eine Einladung zu dem Vorverkauf von Brown Thomas. Willst du mitkommen?«
»Nein, danke.Mir geht's nicht so toll. Ich hätte Schwierigkeiten mit den Menschenmassen.«
Sophie warf ihr einen vergnügten Blick zu. »Hm. Du siehst tatsächlich ein bisschen spitz um die Nase aus. Ich komme gerade selbst vom Arzt. Er sagt, ich bin in perfekter körperlicher Verfassung. Lalala … la la la la lah lah lah«, trällerte sie, während sie durch den Verkehr chauffierte.
Nun, Deirdre. Tu nichts, was du hinterher bereuen müsstest, warnte sie sich. Deirdre zwang sich zu einem Lächeln. »Ich habe dich neulich im Radio gehört, für die Heeney-Holidays-Werbung?«
»O ja«, erwiderte Sophie unbekümmert. » Du hast doch auch diese Werbesendung gemacht, oder?«
»Ja, aber ich kann verstehen, warum sie beschlossen haben, es mit dir zu versuchen. Du bist viel besser als ich. Dir ist es gelungen, die harte Verkaufstour, hinter der Janine her war, mit einer wirklich entspannten Vorführung

zu kombinieren. Janine hat immer gesagt, ich klänge, als ob ich mit einem Expresszug in die Ferien führe!« Es gelang ihr tatsächlich ein kleines Lachen.

Sie bemerkte, dass Sophie sie eher misstrauisch ansah. Vielleicht übertrieb sie ein bisschen?

»Nun, Janine und ich kommen wunderbar miteinander zurecht.«

»Das überrascht mich nicht«, entgegnete Deirdre so unaufrichtig, wie sie konnte.

»Ich finde ihre Anweisungen wirklich hilfreich. Und sie ist auch auf anderen Gebieten ein Genie. Sie schreibt nämlich die Hälfte dieser Werbeaufnahmen selbst. Manchmal frage ich mich, warum sie überhaupt einen Autor dafür braucht.«

»Ha, ha, ha«, lachte Deirdre pflichtschuldigst.

»Obwohl«, Sophie bekam einen vertraulichen Tonfall, »ich sagen muss, dass ich mir nichts Schlimmeres vorstellen kann, als so einen Urlaub zu machen. Magaluf, Benidorm – igitt! Selbst Teile der Riviera sind inzwischen gewöhnlich geworden.«

»Ich höre, du hast vor kurzem eine Tour durch die großen irischen Landhotels gemacht?«

»Ja, mit meinem Dad. Wir haben an dem Morgen angefangen, als ich dich und Rory sah. Es ist ein schönes Hotel, nicht wahr? Wir haben natürlich in den De-Luxe-Zimmern gewohnt. Ich nehme an, dass die Standardzimmer nicht ganz so beeindruckend sind.«

Deirdre konnte nicht widerstehen. »Tatsächlich haben wir in der Präsidentensuite übernachtet.«

»Oh?« Sophie klang piepsig. »Lah lah … la la la la lah. Natürlich – Rory spielt ja nun demnächst in der Oberliga, oder? Er kann es sich leisten, ein bisschen was hinzulegen.«

»Ja. Im Augenblick ist er in L. A.«
»Nun, es ist schön, dass ihr beide wieder zusammengekommen seid, bevor er erneut wegmusste.«
Es war Zeit. Deirdre sog den Atem ein und sagte dann: »Tatsächlich, Sophie, sind wir das nicht.«
»Was meinst du damit?«
»Wir sind nicht wieder zusammen.«
»Du erwartest doch nicht, dass ich dir glaube, dass ihr die Nacht in der Präsidentensuite in getrennten Betten verbracht habt?«
»Nun – nein. Natürlich nicht. Wir haben nur die Nacht zusammen verbracht wegen – nun, sagen wir, wir haben es um der alten Zeiten willen getan, wenn du weißt, was ich meine.« Oh, verdammt. Was für ein grauenhaft schlechter Text! »Siehst du, ich habe jetzt eine andere Beziehung und ...« Ihre Stimme verebbte.
Sophie sah sie durchtrieben an. »Also. Im Grunde versuchst du mir zu sagen, dass es dir lieber wäre, wenn niemand von eurer kleinen Affäre in Ashford wüsste?«
»Ja«, antwortete Deirdre kläglich.
»In Ordnung.« Deirdre blickte Sophie erstaunt an. Warum war sie so schnell einverstanden? »Ich will nicht, dass zwischen uns irgendwelche Bitterkeit herrscht, da wir doch bald wieder zusammenarbeiten werden.«
»Bald? Aber *Ardmore Grove* geht doch erst wieder im August los.«
»Ich rede nicht von *Ardmore Grove*, Deirdre. Ich rede von *Clarissa d'Arcy.*«
»Die BBC-Sache? Machst du da mit?«
»Ja. Ich komme gerade von meiner medizinischen Untersuchung. Hat es dir niemand erzählt? Ich spiele deine beste Freundin. Oh – ich liebe dieses Lied. Lah la lah, la la la la la ...«

Die nächsten Wochen waren die Hölle. Deirdre verbrachte Tag für Tag damit, mit Sophie durch Parks und anmutige Gutshäuser zu wandern und Geheimnisse mit ihrer *besten Freundin* zu teilen. Im Drehbuch redeten sie sich ständig mit »Schwester« an, und der Regisseur gab ihnen Anweisungen, sich häufig auf die Wange zu küssen, mädchenhaft zu kichern und einander unterzuhaken. Sie hatte noch nie in ihrem Leben so hart gearbeitet.

Deirdre hatte niemandem von ihrer Schwangerschaft erzählt. Sie behielt das Wissen für sich und pendelte zwischen Unentschlossenheit und Sicherheit hin und her. Mitten in der Nacht wachte sie auf und schwor, dass sie sich am nächsten Tag Rat wegen einer Abtreibung holen würde; am nächsten Morgen schob sie es jedoch wieder auf. Dann dachte sie daran, was für ein Albtraum das Leben als allein Erziehende sein würde – ihre Cousine Nuala war allein erziehende Mutter und führte ein echt hartes Leben in einer winzigen Wohnung in Clapham. Wie sollte sie es mit einem Baby in ihrer eigenen Wohnung schaffen? Sie hatte nicht mal eine Waschmaschine.

Sie litt außerdem an schlimmer morgendlicher Übelkeit. Die frühen Auftritte am Drehort waren besonders ekelhaft. Die Mannschaft bediente sich an Gebratenem vom Versorgungswagen, und der Geruch verursachte Deirdre noch mehr Ekel. »Kater«, sagte sie eines Morgens zu Sophie, als sie mitbekam, wie die andere Schauspielerin sie neugierig beäugte.

Gabriel besuchte sie fast jede Woche. Sie waren sich immer näher gekommen, und jedes Mal, wenn sie ihn sah, geriet sie in Versuchung, mit ihrem Geheimnis herauszuplatzen. Doch eine Stimme in ihrem Kopf warnte sie davor. Wenn sie Gabriel von dem Baby erzählte, wüsste sie, dass ein Abbruch für sie nicht mehr in Frage käme.

Eines Tages kam er, als er mit dem Flugzeug in Dublin auf Besuch war, um sie vom Drehort abzuholen. Er fuhr den Aston, den er in der Stadt benutzte, und Deirdre bemerkte, dass Sophies Gesichtsausdruck starr wurde von der Anstrengung, unbeeindruckt zu schauen. »Ist das deine neue bessere Hälfte?«, fragte sie mit einem kleinen Gähnen, als ob es sie wirklich wenig interessierte. Sie warteten darauf, dass der Regieassistent sie entließ.

»Ja. Er heißt Gabriel Considine.«

»Considine? Ich nehme nicht an, dass er zu den Buckinghamshire-Considines gehört?«

»Doch. Das tut er.«

Sophie konnte nicht mehr uninteressiert klingen. »Wo hast du ihn kennen gelernt?«

»In Carrowcross. Nicht weit weg von Westport. Er hat dort ein Haus.«

»Oh?« Sophie studierte eingehend ihre Nägel. »Ein großes Haus?«

»Ja. Er hat es restauriert.«

»Nun, Deirdre«, sagte Sophie mit einem katzenhaften Lächeln. »Ich kann verstehen, warum du nicht willst, dass Gabriel Considine etwas über deine Affäre mit deinem Ex herausfindet.«

Deirdre hätte ihr fast gesagt, sie solle sich zum Teufel scheren. Stattdessen sagte sie: »Danke, dass du den Mund hältst, Sophie. Ich weiß das zu schätzen.«

»Szene im Kasten«, verkündete der Regieassistent.

Deirdre gab Gabriel ein Okay-Zeichen. »Fünf Minuten«, formte sie mit ihren Lippen, während sie und Sophie in Richtung Garderobe gingen, um ihre viktorianischen Kostüme loszuwerden.

»Was für eine Erleichterung.« Deirdre ließ ihr Korsett zu Boden gleiten und trat heraus. »Es ist gut, dass wir nur noch zwei Wochen Dreharbeiten haben. Dieses Korsett wird bald nicht mehr in meine Nähe kommen.«

»Warum? Hast du zugenommen?«, spottete Sophie ein wenig und ließ den Blick über Deirdres halb bekleideten Körper wandern.

Zu spät erkannte Deirdre, was sie gesagt hatte. Sophie passte ihren Gesichtsausdruck an. »Du bist doch nicht schwanger?«, fragte sie in einem scherzhaften Ton. Dann verschwand das Lächeln langsam aus ihrem Gesicht. »Oh. Du bist schwanger.« Da war kein Fragezeichen, und Deirdre wusste, dass es absolut keinen Sinn hatte, zu leugnen. Wenn sie es täte, würde Sophie einfach in wenigen Stunden mit den Buschtrommeln anfangen, und bevor der Tag vorüber wäre, wäre jeder Schauspielerpub in der Stadt von Spekulationen summen. »Du bist schwanger«, wiederholte Sophie. »Kein Wunder, dass du so furchtbar ausgesehen hast. Wessen ...?« Sogar Sophie Burke besaß nicht die Frechheit, diese Frage auszusprechen.

Deirdre sah sie an. »Hör zu, Sophie. Ich werde etwas zutiefst Unangenehmes tun müssen.« Sie atmete tief ein und verschränkte die Arme, dabei sah sie der anderen Schauspielerin direkt in die Augen. »Ich will nicht, dass dies bekannt wird, bis ich bereit bin, damit umzugehen, klar? Also: Wenn du dich zurückhältst, über die Vaterschaft meines Babys zu spekulieren, werde ich davon Abstand nehmen, Ben zuzutragen, dass du mit Bart Walsh im Bett warst.« Sophie erbleichte und stammelte irgendetwas. »Es hat keinen Sinn, es zu leugnen, Sophie, genauso wie es keinen Sinn hat, zu leugnen, dass ich eine Nacht mit Rory im Ashford Castle verbracht habe. Wir stecken beide tief drin, und die einzige Möglichkeit, wie wir beide aus dieser brenzligen Lage wieder herauskommen, ist, dass wir so tun, als ob wir nicht wüssten, was wir voneinander wissen.« Deirdre bebte. »Das ist wirklich nicht mein Stil, Sophie. Ich mag mich selber nicht, weil ich dir das antue, aber du hast mich in eine äußerst peinliche Lage gebracht, und ich sehe wirklich nicht, dass ich eine andere Wahl hätte. Was sagst du dazu?«

Es herrschte Schweigen. Deirdre bemerkte, dass Sophie ebenfalls bebte. Sie blickte hinunter auf den Boden, wo sie aus ihrem viktorianischen Pantoffel heraus- und wieder hineinschlüpfte. Dann sah sie wieder auf zu Deirdre. »Okay«, stimmte sie zu. »Okay. Abgemacht.« Sie biss sich auf die Lippe. »Ben und ich haben beschlossen, dass es Zeit ist, sich zu verloben«, fügte sie hinzu. »Wir wollten es am Wochenende verkünden.«

Zum ersten Mal in ihrem Leben lächelten sich die beiden Schauspielerinnen in ziemlich vorsichtigem Einvernehmen an.

»Ich schwöre, dass ich niemals einer Menschenseele ein Sterbenswörtchen verraten werde«, sagte Deirdre. »Du kannst mir vertrauen. Ich halte meine Versprechen, Sophie.«

»Ich schwöre, dass *ich* niemals einer Menschenseele ein Sterbenswörtchen verraten werde«, erwiderte Sophie. »Ich weiß, wir hatten unsere Zusammenstöße und dass du nicht viel Grund hast, mich zu mögen. Ich will ganz ehrlich sein: Ich habe dich auch nie gemocht. Aber in dieser Sache werde ich mein Wort halten. Es steht für uns beide zu viel auf dem Spiel, nicht wahr?« Sophie streckte die Hand aus, die Deirdre ergriff. Dann küssten sie sich ziemlich verlegen gegenseitig auf die Wange.

»Viel Glück bei deiner Verlobungsparty«, wünschte Deirdre.

»Danke«, antwortete Sophie. »Viel Glück mit deinem Baby. Äh, wann wirst du es ihm sagen?«

Deirdre wusste, dass sie sich entschieden hatte. Sie war Sophie fast dankbar, weil sie sie dazu gezwungen hatte.
»Bald«, erwiderte sie. »Es ist allmählich Zeit, dass er es erfährt. Ich habe nächste Woche ein paar Tage frei. Dann fahre ich nach Carrowcross und sage es ihm.«
»Was machst du wegen *Ardmore Grove*? Ich soll doch eigentlich in der Serie schwanger werden und nicht du!«
Deirdre zuckte die Achseln. »Ich weiß nicht. Um die Wahrheit zu sagen, ich habe über die Situation noch nicht viel nachgedacht. Bis jetzt habe ich es vermieden.« Sie lachte ziemlich wehmütig. »In gewisser Weise ist es vielleicht nicht so schlecht, dass du mich erwischt hast. Das bedeutet, dass ich mich endlich mit den Dingen konfrontieren muss. Ich rufe meine Agentin an, sobald ich es Gabriel erzählt habe, und frage sie um Rat.«
»Bist du glücklich, Deirdre?«
Deirdre warf Sophie Burke einen nachdenklichen Blick zu.
»Ja«, sagte sie. »Ja, Sophie. Das bin ich.«
In dem Moment klopfte es an der Tür. »Sophie?«, rief die Stimme eines Boten. »Ben ist hier.«
»Danke«, erwiderte Sophie. »Sagst du ihm, dass ich auf dem Weg bin?« Sie stieß ihre Satinpantoffeln weg und schlüpfte in ihre eleganten Jimmy-Choo-Schuhe. »Bis morgen«, verabschiedete sie sich und legte leicht die Hand auf Deirdres Schulter, während sie zur Tür ging. »Pass auf dich auf, Deirdre.«
Sie klang tatsächlich so, als ob sie es auch meinte.

Ein paar Tage später rief Deirdre bei Gabriel an. »Kann ich an diesem Wochenende zu dir kommen? Ich bekomme Entzugserscheinungen.«
»Von mir oder von Carrowcross?«

»Beides. Ich habe Anfang der Woche zwei Tage frei. Ich muss erst am Dienstagabend wieder in der Stadt sein. Das bedeutet vier Tage. Wir können die ganze Zeit im Bett verbringen.«

»Ich könnte etwas körperliche Betätigung brauchen. Ich habe die ganze Woche über computererzeugten Grafiken gebrütet.«

»Du bekommst alle körperliche Betätigung, die du brauchst, im Bett mit mir, Gabriel.«

»Das weiß ich, Liebling«, sagte er. »Aber ich sehne mich nach frischer Luft. Pack deine Wanderstiefel ein. Wir klettern auf den Croagh Patrick.«

»Oh.«

»Was ist los? Gefällt dir die Idee nicht?«

»Oh, doch – ja. Es ist nur ...« Wie ein Bild aus einem Traum kam die Erinnerung wieder, an Rory und sie, wie sie durch Wolken stiegen. »Es ist nur, dass – ich habe es noch nie gemacht.«

»Nie?« Gabriel klang ungläubig. »Dann steht dir ein Erlebnis bevor. Es ist einer der bemerkenswertesten Ausblicke, die du jemals sehen wirst.«

»Das habe ich gehört.«

»Drück die Daumen, dass das Wetter mitmacht. Es hat nicht sehr viel Sinn, auf den Berg zu klettern, wenn es bewölkt ist.«

Als sie das Gespräch beendet hatten, legte Deirdre den Hörer auf, barg ihr Gesicht in den Händen und weinte.

Am Samstagabend zogen sie und Gabriel die Vorhänge des Himmelbetts zu, aßen Schokolade und liebten sich, während der Regen gegen das Fenster prasselte. Deirdre las ihm Anaïs Nin vor, doch von dem Baby sagte sie nichts. Sonntagnacht legten sie Kissen vor das Feuer in der Bibliothek, tranken Wein und liebten sich, während draußen ein Sturm tobte. Immer noch sagte Deirdre nichts von dem Baby. Montagabend zündeten sie Kerzen im Bad an, ließen Wasser in die Wanne laufen und sahen zu, wie Bäche aus Regen an dem großen, mit Musselin verhangenen Fenster herunterliefen, bevor sie sich in dem duftenden Wasser liebten. Deirdre schwor sich, dass sie ihm am nächsten Tag von dem Baby erzählen würde.

Am Dienstagmorgen erwachten sie unter blauem Himmel; er war irgendwie verheißungsvoll babyblau. Deirdre lief zum Schlafzimmerfenster, um die Wolken zu zählen. Es waren zwei, und sie glitten beide heiter über den Horizont.

»Zieh deine Wanderstiefel an«, forderte Gabriel sie auf.

Deirdre sah ihn zweifelnd an. »Werden wir Zeit haben, um vor sechs Uhr bis ganz nach oben zu steigen und wieder zurück? Ich muss heute Abend meinen Zug erwischen, erinnerst du dich?«

»Ach komm, Liebes. Wo ist dein Pioniergeist? Schließlich klettern wir nicht auf den Everest. Wir werden in drei Stunden oben und wieder unten sein.«

Gabriel packte einen Rucksack mit Obst, Wasser und seiner Kamera, und sie fuhren im Landrover los. »Du bist heute sehr still«, bemerkte er beim Fahren.

»Ich weiß.« Sie sah ihn zerknirscht an. »Irgendwie graut es mir davor, in die Stadt zurückzufahren. Ich weiß, es sind nur noch weniger als vierzehn Tage, bis *Clarissa d'Arcy* fertig ist, aber sobald das im Kasten ist, bin ich wieder in der Seifenoper. Ich werde keinen Raum mehr zum Atmen haben.« Der Gedanke, wieder zu *Ardmore Grove* zurückzugehen, verursachte ihr ein unangenehmes Gefühl im Magen. Sie würde ihnen bald mitteilen *müssen*, dass sie schwanger war. Der Text für die nächste Saison war sicher inzwischen schon fertig geschrieben, und in ein paar Monaten würde man ihr die Schwangerschaft bereits ansehen. Sie würden eine Möglichkeit finden müssen, ihre Schwangerschaft in die Serie zu schreiben. Oder sie würden eine Möglichkeit finden müssen, sie hinauszuschreiben, wenn ihr Zustand zu offensichtlich würde.

Sie hatten den Fuß des Berges erreicht. Gabriel parkte das Auto auf dem Besucherparkplatz. Es waren nicht zu viele andere Autos da.

»Ungewöhnlich um diese Jahreszeit, nicht wahr?«, bemerkte Deirdre. »Ich dachte, Horden von Touristen würden sich an Seilen hochhangeln.«

»Die hat wahrscheinlich das schlechte Wetter abgeschreckt. Später werden wohl mehr Leute kommen. Wir haben Glück. Wir haben den Berg praktisch für uns allein.« Er lächelte sie an und streckte eine Hand aus. »Lass uns losgehen.«

Das erste Stück des Anstiegs war nicht zu schwer. Eine Art Pfad war von Tausenden und Abertausenden von Pilgern ausgetreten worden, die den Weg zur Spitze des heiligen Berges jedes Jahr am letzten Julisonntag antraten. Manche stiegen barfuß auf, damit ihre Buße härter wurde. Ihre Füße würden nach dem Aufstieg zerfetzt und blutig sein. Sie hatte gehört, dass einige Leute den Aufstieg sogar auf den Knien machten. Sie hatte diesen Drang zur Selbstgeißelung nie verstanden. Sie wusste, dass der Aufstieg auch mit Wanderstiefeln schwer genug war.

Im Laufe des Anstiegs wurde der Berg störrisch. Es war, als ob er entschlossen wäre, sicherzustellen, dass keiner den Gipfel erreichte. Der vergleichsweise glatte Weg war mit Steinen bedeckt, die sich unter ihren Schritten lösten.

Deirdres Herz setzte aus, als sie einen Felsen sah, der den Berg hinunterrollte.
Manchmal war es leichter, seitlich wie ein Krebs zu klettern als geradeaus. Die Neigung war so steil geworden, dass sie das Gefühl hatte, als ob sie an einer Klippe hinge, und sie hatte den Verdacht, dass nur ein falsch gesetzter Schritt dazu führen könnte, dass sie in die Tiefe stürzte. Sie sah nicht mehr nach unten. Gabriel ging vor ihr. Sie wollte ihn rufen, ihn fragen, wie weit sie noch gehen müssten, doch sie hatte nicht genug Luft. Sie sah hoch, um zu schätzen, wie weit sie noch klettern müssten. Der Berg war wie eine Felskugel: Es war unmöglich, die Entfernung abzuschätzen. Deirdre stieg und stieg, bis es ihr so vorkam, dass das Ende des Weges nur einige Meter vor ihr läge. Doch jedes Mal, wenn sie aufsah, war der Horizont immer noch nicht näher. Jetzt wusste sie, wie sich Reisende in der Wüste fühlen mussten, wenn sie eine Fata Morgana erblickten. Auf diesem Berg gibt es keinen Gipfel, dachte sie plötzlich.
Gerade als sie glaubte, sie könnte nicht weiterklettern, stand sie auf einmal wie auf dem Dach der Welt. Die Clew Bay glitzerte tief unter ihr wie blaue Seide, die mit Grün versetzt war. Jede schmuckstückähnliche Insel war von goldenem Sand gesäumt und vermittelte den Eindruck von großen Smaragden in einer vierundzwanzigkarätigen Einfassung. Gabriel wartete auf sie. Er legte den Arm um ihre Schultern, und sie schlenderten zum Rand des Berges. Deirdre war noch zu erschöpft, um zu reden. Gabriel schüttelte den Rucksack von seinem Rücken, öffnete ihn und reichte ihr eine große Flasche Volvic. Durstig trank sie und gab sie ihm dann lächelnd zurück.
»Na, das war, verdammt noch mal, ein Albtraum«, stellte sie fest.

Er erwiderte ihr Lächeln. »Ich weiß«, antwortete er. »Aber du kannst nicht behaupten, dass es das nicht wert ist.«

Sie setzten sich am Fuß einer kleinen weißen Kirche hin, die auf dem Gipfel kauerte. Vom Cottage in Carrowcross sah diese Kirche nicht größer als ein Pickel aus. Sie ließ ihren Blick über die Bucht wandern, und schließlich gelang es ihr, ihr Haus an der Küste weit unten ausfindig zu machen: ein winziger weißer Fleck vor all dem Grün. Dahinter zeigte ihr ein größerer grüner Strich, wo Gabriels Haus in seinem Nest aus hohen Bäumen lag. Direkt unter ihnen verlor sich Bartra Strand im Meer. Es sah aus, als ob jemand unbekümmert einen goldenen Samt durch das türkisfarbene Wasser gezogen und ihn dann dort liegen gelassen hätte. Lange Zeit saßen sie schweigend da. Deirdre erinnerte sich an die Worte von Thackeray, und sie spürte einen Kloß im Hals: *Es ist ein Ereignis im Leben, diesen Ort gesehen zu haben, so schön ist er und so anders als alle anderen Schönheiten, die mir bekannt sind.*

Sie wusste, es war Zeit, es Gabriel zu sagen. Sie drehte sich zu ihm um und holte tief Luft. »Gabriel«, sagte sie, »ich bin schwanger.«

Er sah sie unverwandt an, und seine Augen wirkten sehr schwarz. Sie wollte wegsehen, weggehen, doch sie konnte sich das nicht gestatten. »Wie kann das sein?«, fragte er schließlich.

»Ein Unfall. Ich bin völlig zufällig schwanger. Ich habe nie gedacht, dass es passieren könnte.«

»Ich auch nicht«, erwiderte er mit einer seltsamen Stimme. Er wandte den Blick ab von ihr, und sie sah, wie sich seine Brust hob und dann mit einem Seufzer wieder senkte.

»Sie sind, wenn man dem Arzt glaubt, nur zu fünfundneunzig Prozent zuverlässig.«
Mit einem völlig verwirrten Gesichtsausdruck wandte er sich ihr wieder zu. »Entschuldigung? Was ist nur zu fünfundneunzig Prozent zuverlässig?«
»Kondome. Der Arzt hat gesagt, man sollte sie immer zusammen mit einem Spermien abtötenden Mittel benutzen.«
»Oh.«
»Die Sache ist die, Gabriel – ich weiß wirklich nicht, wie ich es sagen soll – aber es besteht die Möglichkeit … O Scheiße.« Sie konnte ihn nicht anschauen und barg ihr Gesicht in den Händen. »Es besteht eine Möglichkeit, dass es nicht dein Baby ist.«
Es entstand eine Pause. Die Pause dehnte sich in der Stille. Dann sagte er: »Erklär mir das.«
»Oh, es tut mir Leid. Es tut mir so Leid. Es ist passiert, bevor wir wirklich sicher waren, was unsere Beziehung bedeutet, Gabriel. Ich – ich bin mit jemandem – aus meiner Vergangenheit ins Bett gegangen. Es war eine einmalige Angelegenheit.«
»Ein One-Night-Stand?«
Wie konnte sie das, was in jener Nacht zwischen ihr und Rory geschehen war, als One-Night-Stand bezeichnen? Das wäre so, als ob man die Beziehung zwischen Cathy und Heathcliff als einen kleinen Flirt bezeichnete. Doch das konnte sie Gabriel nicht sagen. Stattdessen sagte sie ja. Sie konnte ihn immer noch nicht anschauen.
»Hattet ihr ungeschützten Sex?«
»Nein.«
»Ein nicht einwandfreies Kondom?«
»Vielleicht. Man kann es einfach nicht sagen. O Gott – ich komme mir so *billig* vor …«

»Sag das nicht.« Gabriel streckte eine Hand aus und ergriff ihre. »An dir ist nichts Billiges, Deirdre O'Dare. Ich will nicht, dass du das von dir selbst behauptest.«
Sie sah ihn zum ersten Mal an, seit sie ihm erzählt hatte, dass er vielleicht nicht der Vater des Babys war. Mit einem nicht zu deutenden Ausdruck in den Augen erwiderte er ihren Blick. Dann fragte er: »Deirdre?«
»Ja?« Ihr Haar bewegte sich in einer leichten Brise.
Gabriel strich ihr eine Strähne von der Wange. »Willst du mich heiraten?«, fragte er.
Noch einmal sah sie in sein Gesicht, dann auf seine Hände, die zwischen seinen Schenkeln hingen. An seinem Daumen war ein kleiner Schnitt. Sie sah auf seine staubigen Stiefel und auf den grauen Boden. Ihre Augen wanderten weiter, wo der graue Boden lila und dann grün wurde und dann in das ruhige blaue Wasser der Clew Bay verlief.
»Ich kann dich nicht heiraten, Gabriel«, sagte sie schließlich. In ihrer Kehle steckte ein großer Kloß.
»Oh?« Seine Stimme klang vernünftig. »Warum das?«
Sie spürte, wie der Kloß in ihrer Kehle wuchs, bis es ihr vorkam, als ob sie nie mehr ein Wort hervorbringen könnte. Tränen standen in ihren Augen. Gabriel hielt sie an sich gedrückt und strich ihr über das Haar. Eine lange Zeit verging. Dann fragte er wieder: »Warum hast du gesagt, dass du mich nicht heiraten könntest, Deirdre?«
Sie sah auf zu ihm, und in ihren Augen lag Verzweiflung.
»Nun, wegen des Babys«, antwortete sie.
»Ich hätte geglaubt«, gab er zurück, »dass die meisten Frauen das als einen sehr guten Grund ansehen würden, zu heiraten. Außerdem, was, wenn es mein Baby ist?«
Eine dicke Träne lief ihre Wange hinunter. »O Gabriel. Was, wenn nicht?«

»Es ist egal. Glaube mir. In meinen Augen wird es mein Baby sein. Und wenn es in meinen Augen mein Baby ist, dann wird es auch in den Augen der Welt mein Baby sein.«

»Willst du mir sagen, dass es dir egal ist, ob du der Vater eines Kindes bist, das vielleicht nicht deines ist?«

»Ja«, antwortete er. »Ja, es ist mir egal.«

»Aber ich habe gedacht – ich meine – ich dachte, die meisten Männer könnten den Gedanken nicht ertragen, dass …«

»Ich bin nicht wie die meisten Männer.« Natürlich nicht. »Und du bist nicht wie die meisten Frauen. Die meisten Frauen wären nicht so aufrichtig gewesen wie du, wenn sie sich in einer ähnlichen Zwangslage befunden hätten.«

»Eine ähnliche Zwangslage? Wie könnte es eine ähnliche Zwangslage wie diese geben? Es ist die bizarrste Zwangslage, in der ich mich jemals befunden habe!« Deirdre wischte sich die Tränen aus den Augen.

»Ich stelle mir vor, dass es sehr viel weniger unüblich ist, als du denken magst. Erinnerst du dich an die alte Binsenwahrheit: Nur ein weiser Mann kennt seinen eigenen Vater.«

»Oder eine weise Frau.« Sie blickte auf die Bucht unter sich. Wieder eine lange Pause. Dann wandte sie sich wieder an ihn. »*Ich* werde es aber wissen, Gabriel.«

»Wirklich? Wenn das Baby wie eine Miniausgabe von dir aussieht, wirst du es vielleicht nicht mit Sicherheit erraten können.«

»Nein, das nehme ich nicht an.« Nachdenklich sah sie ihn an. »Und wenn es wie du aussieht, dann werden wir wissen …«

»Deirdre. Begreif es. Mir ist es egal, wem das Kind ähnlich

sieht. Mir ist es egal, wessen Kind es ist. Ich werde keinen DNS-Test fordern. Ich will nur, dass, falls du den Verdacht hast, dass es nicht meines ist, du niemals jemandem von dem richtigen Vater erzählst.«

»Dich eingeschlossen?«

»Mich eingeschlossen.«

Sie saß da und fühlte den Wind in ihren Haaren. In der Luft lag ein schwacher Geruch nach Rosmarin. Rosmarin?, dachte sie dümmlich. An diesem kargen Ort wuchs kein Rosmarin. Und dann erkannte sie, dass es Gabriels Geruch war. Eine Möwe segelte Meter unter ihnen vorbei. Sie erinnerte sich daran, was Sophie vor einer Woche zu ihr gesagt hatte. Eine Woche! Es kam ihr vor, als ob ein Jahrhundert seit dem Vorfall in der Garderobe vergangen wär. *Bist du glücklich*?, hatte Sophie gefragt. Und Deirdre hatte mit Ja geantwortet. »Könnten wir noch ein Baby machen, Gabriel?«, fragte sie. »Wenn dieses geboren ist.«

Er stand auf und sah hinaus auf die Bucht. Sie konnte sein Gesicht nicht sehen. »Jetzt ist nur wichtig, dass das Kind, das du in dir hast, hundertprozentig gesund ist«, sagte er. Er hob den Rucksack hoch und holte einen Apfel heraus. »Hier«, sagte er. »Iss den sofort. Du solltest viel Obst essen. Du musst etwas an deinen scheußlichen Essgewohnheiten ändern, Liebes. Du isst jetzt für zwei.«

»Ja, nicht wahr?« Sie sah mit leuchtenden Augen zu ihm auf. »Weißt du, was, Gabriel? Ich bin sehr glücklich.«

»Ich freue mich, das zu hören«, sagte er. »Ich könnte glücklicher sein.«

»Oh! Was ist los?«

»Du hast meine Frage immer noch nicht beantwortet.«

»Welche Frage?«

»Du meinst, du erinnerst dich nicht? Ich selber habe es für

eine ziemlich bedeutsame Frage gehalten. Ich habe dich vor fünf Minuten gebeten, mich zu heiraten.«

»Oh! O ja.«

»Meinst du ›O ja, ich erinnere mich‹ oder ›O ja, ich werde dich heiraten‹?«

»Beides. Beides!« Sie bedeckte sein Gesicht mit Küssen.

Gabriel stand auf und hielt ihr die Hand hin. »Du wirst im Schneckentempo hinunterklettern, Ms. Zukünftige Considine. Oder willst du deinen Namen behalten?«

»Oh. Ich glaube, ich behalte besser meinen Namen, wenn du nichts dagegen hast«, antwortete sie, während sie seine Hand nahm und aufstand. »Deirdre Considine klingt noch dämlicher als Deirdre O'Dare. Wenn auch erwachsener. Die Leute könnten denken, dass sie mich nun als jemanden behandeln müssten, der sich gut aufs wirkliche Leben versteht.«

»Ich denke, du bist heute Morgen wirklich gut mit dem wirklichen Leben umgegangen«, stellte er fest. »Vorsicht! Du bist fast über diesen Stein gestolpert. Jetzt – geh vorsichtig den Abhang hinab!« Er nahm sie am Ellbogen, um sie zu stützen. »Lieber Gott, Deirdre. Wie konntest du mir das antun?«

»Was denn?«

»Den Patrick Croagh hinaufzuklettern, und mir dann auf dem Gipfel mitzuteilen, dass du schwanger bist. Wann ist es übrigens so weit?«

»Anfang Februar«, erwiderte sie.

»Dann wird er Wassermann. Das Heraufdämmern eines neuen Zeitalters.«

»Woher weißt du, dass es ein Junge wird?«

»Intuition«, gab er zurück. »Pass auf den Stein auf.«

Sie ergriff seine Hand und hielt sie fest. »Ich liebe dich, Gabriel«, sagte sie.

»Ich dich auch«, erwiderte er und küsste ihren Hals, bevor er ihr durch Zeichen zu verstehen gab, weiterzugehen.
Während Gabriel seine zukünftige Frau den felsigen Abhang vorausgehen ließ, drehte sie sich um und sah, dass er seine Kamera aus der Tasche genommen hatte.
»Oh, mach jetzt kein Foto von mir, Gabriel«, flehte sie ihn an. »Ich muss doch schrecklich aussehen – tränenverschmiert und voller Rotz.«
»Ich mach kein Foto von dir«, widersprach er.
»Oh?« Sie sah sich um, um zu schauen, ob es irgendwas Interessantes gab, das er fotografierte. Da war wirklich nichts – nur die felsige Landschaft.
»Ich mache das erste Foto von unserem Baby.«
Man hörte ein Klicken und ein Surren, und Gabriel Considine senkte die Kamera. Er lächelte.

Als er sie an diesem Abend zum Zug brachte, war sie nervös wie ein aufgescheuchtes Pony. Sie war so euphorisch, als sie aus dem Landrover sprang, dass sie auf dem Parkplatz herumtanzte und es ihr egal war, dass die Leute sie anstarrten. Sie nahm Gabriels Arm, gerade als er etwas aus seiner Tasche holte. »Immer mit der Ruhe«, mahnte er. »Fast habe ich das hier fallen lassen.« Er nahm ihre linke Hand in seine. Dann steckte er ihr einen Ring an den Ringfinger. Sie sah ihn an. Es war ein Smaragdcabochon. Ein großer. »Mein Vater hat ihn für meine Mutter zu ihren Ohrringen gekauft«, erklärte er. »Smaragde waren der Schmuck meiner Mutter. Ich freue mich, dass es auch deiner ist.«
Durch einen Tränenschleier sah sie den Ring an. »Zum Teufel«, sagte sie. »Ich werde nie, nie mehr wieder sagen können, dass ich mich billig fühle, nicht wahr? Keiner, der

so einen Ring trägt, könnte sich billig fühlen. Ich fühle mich wie eine Million Dollar.«

»Du bist«, entgegnete er, »kostbarer als eine Million Dollar. Unendlich kostbarer.«

Auf dem Bahnsteig nahm Gabriel Considine Deirdres O'Dares Gesicht in seine Hände und küsste sie wortlos.

15

Am nächsten Tag rief sie ihre Mutter an, bevor sie zur Arbeit ging.

»O mein Gott«, sagte Rosaleen. »Ich werde Großmutter.«

»Und ich habe mich Hals über Kopf verliebt, Mum«, sang Deirdre ins Telefon. »Ich tue das Richtige. Glaube mir.«

Ihre Mutter hatte Probleme, alles zu verstehen. »Und du wirst in Carrowcross House leben?«

»Ja. Du solltest es sehen. Es ist unglaublich. Wir werden dort wahrscheinlich den Empfang abhalten.«

»Wird es eine große Hochzeit werden, Deirdre?«

»Nein. Wir wollen es ganz einfach halten. Nur die Familie und ein paar Freunde.«

»Hast du Gabriels Familie schon kennen gelernt?«

»Noch nicht. Ich will aber unbedingt, dass du *ihn* kennen lernst, Mum. Er will dich und Dad das nächste Mal, wenn er in Dublin ist, zum Essen ausführen.«

»Da zahlen wir wohl besser die Rechnung.«

»Das wird er nicht zulassen. Ich kenne ihn.«

»Wir müssen es tun, Deirdre. Wir schulden ihm immer noch etwas für die Arbeit, die er mit unserer Grenzmauer hatte.«

Als Deirdre später am Drehort ankam, fand sie eine Gruppe von Filmleuten vor, die sich um Sophie scharten, die mit einem diamantenen Verlobungsring angab. Alle machten »ah« und »oh« und gratulierten ihr wie verrückt. Das war peinlich. Die Entente cordiale zwischen den beiden Schauspielerinnen war noch ein zartes Pflänzchen, und Deirdre war sich nicht sicher, ob sie mit der Ankündigung ihrer eigenen Verlobung nicht ihre frühere Feindin in den Hintergrund drängte. Vielleicht wäre es besser, den Mund zu halten, den Ring abzunehmen – der sich an ihrem Finger immer noch komisch anfühlte – und ihn in ihrer Brieftasche zu verstauen?

Doch die Frage wurde für sie entschieden. »Deirdre!«, sagte der erste Assistent, als er sie am Rande der Gruppe erblickte. »Die hier sind für dich gekommen!« Er lief die Stufen zu einem Wohnwagen hoch und erschien wieder mit einem Riesenstrauß weißer Rosen. Es waren Vendellas.

»Wow!« Plötzlich wurde die Aufmerksamkeit *en masse* von Sophie abgelenkt. »Da bist du wohl das braunäugige Mädchen von jemandem«, ertönte eine Stimme aus der kleinen Menge, die sich um sie versammelte. Diese Worte hatte sie schon mal gehört. Genau das hatte der Fahrer des Blumenladens an dem Tag gesagt, an dem er Rorys Geburtstagsrosen angeliefert hatte. »Von wem sind sie?«, fragte eine andere Stimme, während sie den kleinen weißen Umschlag aus dem Cellophan löste, mit dem die Blumen umwickelt waren. Sie ließ ihn fallen, bückte sich dann und hob ihn mit ungeschickten Fingern wieder auf. Sie zog eine kleine Karte heraus, die mit der sorgfältigen blauen Kugelschreiberschrift eines Floristen bedeckt war, und überflog sie: *PS. Ich liebe Euch beide*, las sie. Dann seufzte sie erleichtert tief auf und lachte. »Sie sind von Gabriel«, erklärte sie.

»Wer ist Gabriel?«, ertönte eine neugierige Stimme.

»Er ist mein Verlobter«, antwortete Deirdre und achtete darauf, Sophie nicht anzusehen.

»Was? Erzähl mir nicht, dass du dich am Wochenende auch verlobt hast?«, fragte jemand ungläubig.

Deirdre lächelte. »Das habe ich.«
»Lass uns den Ring sehen!«
Sie streckte die linke Hand aus.
»Verdammte Scheiße! Ich habe noch nie so einen perfekten Smaragd gesehen!«
»Hey! Der ist ja noch größer als Sophies!«
Endlich gestattete sich Deirdre, Sophies feindseligen grünen Augen zu begegnen. Sie zog eine fast unmerkliche entschuldigende Schnute, bevor sie ihre Aufmerksamkeit wieder den verblüfften Leuten zuwandte, die ihren Ring bewunderten. Doch Sophie konnte ihre Neugierde nicht lange zügeln. Innerhalb von dreißig Sekunden hatte sie sich durch die Menge geschlängelt, die Deirdre umringte. Sie wartete, bis alle weg waren, bevor sie eine Meinung äußerte. »Mm. Nicht schlecht«, sagte sie.
»Warte, bis du die Ohrringe siehst«, hätte Deirdre fast gesagt, hielt sich aber zurück. Sie wollte nicht, dass dieser wacklige Waffenstillstand in die Brüche ging.
»Hast du es ihm gesagt?«, fragte Sophie direkt und ohne eine Spur von Zimperlichkeit.
»Ja.«
»Was hat er gesagt?«
Deirdre zeigte Sophie die Karte des Floristen, und die andere Schauspielerin gestattete sich ein spöttisches Lächeln. »Süß. Du hast Glück, Deirdre.« Deirdre wusste, dass Sophie es ehrlich meinte, einfach weil sie sich sonst immer so bemühte, Deirdre O'Dare gegenüber eine Haltung völliger Gleichgültigkeit an den Tag zu legen. Früher wäre sie nicht fähig dazu gewesen, den Ring eines Blickes zu würdigen oder auch nur ein geringes Interesse an Deirdres Angelegenheiten aufzubringen.
Es war ein seltsames Gefühl, gegenüber Sophie mit offenen Karten zu spielen. Bis jetzt hatte es in ihrer Beziehung

so wenig Aufrichtigkeit gegeben, dass es fast so war, als ob sie ihre Rüstungen abgelegt hätten und nun nackt herumliefen. Es war kein besonders schönes Gefühl, doch die Rüstungen waren so schwer geworden, dass es eine Erleichterung war, sie loszuwerden.
»Sie haben übrigens den Zeitplan geändert«, sagte Sophie und schenkte ihre Aufmerksamkeit nun statt Deirdres Ring ihrem eigenen. Deirdre erging sich wie aufs Stichwort in Lobhudeleien. Nun war sie an der Reihe mit dem Bewundern, und sie tat es – so hoffte sie – mit genügendem Überschwang.
»Was machen wir stattdessen?«, fragte Deirdre, als sie das Gefühl hatte, dass sie sich genug »geblendet durch Sophies Verlobungsring« gezeigt hatte. »Wir sollten doch heute diese Szene auf dem Pferd drehen, oder? Ich hoffe, die fällt aus. Ich bin gestern auf den Croagh Patrick geklettert, und ich glaube nicht, dass ich die Kraft habe, eine Katze zu treten, geschweige denn, ein Riesentier von einem Pferd.«
»Sie ist abgesagt worden. Das Pferd hat eine Kolik bekommen oder so. Wir drehen stattdessen die Szene, in der wir im Garten Blumen pflücken und sie einander ins Haar stecken.«
»Meinst du die, in der ich dir anvertraue, dass ich ein Kind von dem örtlichen Gutsbesitzer bekomme?«, fragte Deirdre ein wenig desinteressiert.
»Ja. Und ich erzähle dir, dass ich mich mit meiner alten Liebe verlobt habe.«
Sie tauschten einen Blick. »Nun, du weißt doch, was man sagt, Sophie, oder?«
»Was denn?«
»Die Wahrheit ist seltsamer als jede Erfindung«, antwortete Deirdre.

Und die zwei Schauspielerinnen wandten sich gleichzeitig ab und gingen zum Schminkwagen.

Später an diesem Tag rief Deirdre Sally Ruane an. »Sally? Ich habe Neuigkeiten für dich. Ich werde heiraten.«
Am anderen Ende der Leitung spürte man ein leichtes Zögern. »Heiraten? Lass mich raten. Den Erzengel Gabriel?«
»Ja.«
Sally atmete vor Erleichterung auf. »Puh. Bin ich froh, dass ich es richtig geraten habe. Herzlichen Glückwunsch, Deirdre.«
»Danke, Sally. Ich bin wahnsinnig glücklich.«
Sie konnte das Lächeln in Sallys Stimme hören. »Gut.«
»Ich erwarte ein Kind.«
Noch eine Pause. Dann: »Wow!«, machte Sally. »Das passiert alles sehr schnell. Ich habe Schwierigkeiten, alles zu verdauen. Wichtige Dinge zuerst. Weiß die BBC, dass du schwanger bist?«
»Die Produzenten müssen es wissen. Der Arzt, der meine medizinische Untersuchung vorgenommen hat, hat mir erzählt, dass sie für mich Extrageld für die Versicherung rausrücken müssen. Ich habe es eine Zeit lang geheim gehalten, aber bald werden es alle wissen.«
»Wann ist es so weit?«
»Anfang Februar.«
»Wann ist die Hochzeit?
»Nun, wir müssen dem Staat drei Monate Zeit lassen, es wird also irgendwann im Oktober sein. Je schneller, desto besser. Ich will eine Feier im Freien haben, und das Wetter kann um die Zeit unsicher sein.«
»Oder unglaublich schön. Erinnerst du dich an den Altweibersommer, den wir letztes Jahr hatten? Wo plant ihr, sie abzuhalten?«

»Die Ziviltrauung wird im Standesamt von Castlebar sein. Und den Segen bekommen wir von Gabriels Bruder in der Murrisk Abbey in der Clew Bay. Kennst du das? Es ist eine schöne Ruine.«
»Sie wurde von den O'Malleys erbaut, nicht wahr?«
»Ja. Man sagt, dass Grace dort geheiratet hat.«
»Warum hält Gabriels Bruder die Trauung ab?«
»Er ist Franziskanermönch.«
»Du bist eine unverbesserliche Romantikerin, liebe Deirdre. Wirklich unverbesserlich.«
»Ich weiß.« Sie lachte ins Telefon. »Nun zum Geschäft. Was soll ich wegen der Seifenoper tun?«
»Sie werden nicht gerade begeistert darüber sein, dass du schwanger bist. Wann wird man es sehen?«
»Ungefähr Anfang Oktober.«
»Habe ich deine Erlaubnis, sie gleich anzurufen und sie über alles zu informieren?«
»Absolut.«
»Gut. Sie werden ein paar Wochen brauchen, um die Geschichte neu zusammenzufügen. Wie sieht es aus in Bezug auf eine Fortsetzung?«
»Ich passe mich mit Freuden allem an, was sie wollen, wenn ich kann, Sally, doch im Oktober werde ich in der Wildnis von Mayo leben, deshalb wird es ein Problem werden, hin- und herzufahren. Vielleicht wollen sie mich nicht mehr haben.«
»Hast du ein Problem damit?«
»Nein. Gar kein Problem. Um die Wahrheit zu sagen, bin ich Amber ein wenig leid geworden. Wenn sie sich einen aufregenden Tod für sie ausdenken könnten, wäre ich sehr glücklich.«
»Du bist dir absolut sicher, Deirdre? Willst du vierundzwanzig Stunden haben, um darüber nachzudenken?«

»Nein, nein, nein. Ich bin mir absolut sicher. Ich bin eine sehr glückliche Frau.«
»Du klingst auch so«, erwiderte Sally.

An diesem Abend erzählte sie es Bart. Für den Bruchteil einer Sekunde dachte sie, er sähe unsicher aus. Dann gab er ihr einen schmatzenden Kuss auf die Lippen. »Er ist ein guter Typ«, meinte er. »Jeder, der Radiohead mag, ist für mich okay. Ich hoffe, du wirst sehr glücklich.«
Sie rief alle ihre Freunde an, darunter Eleanor und Maeve in Stratford. Alle waren zuerst verblüfft von der Nachricht, dass Deirdre O'Dare in den Landadel einheiratete. Ihr Vater war von den Neuigkeiten ziemlich aus der Fassung geraten. Um ihm zu beweisen, dass Gabriel ehrbar, zuverlässig und ein absolut toller Fang war, reservierte Deirdre einen Tisch für vier Personen in einen malaiischen Restaurant in Temple Bar. Deirdre konnte erkennen, dass Rosaleen sofort hin und weg war. Sie begann sofort zu flirten, doch Deirdre hatte nichts dagegen. Rory und ihre Mutter hatten ununterbrochen miteinander geflirtet, deshalb war sie daran gewöhnt. Den größten Teil des Abends verbrachte sie damit, mit ihrem Vater zu sprechen – etwas, was sie lange nicht mehr getan hatte. Er war nicht gerade das redseligste Wesen auf der Erde, doch er machte deutlich, dass er sie vermissen würde.
»Aber ich lebe doch nun schon seit Jahren nicht mehr zu Hause, Dad. Es macht doch wohl kaum einen Unterschied, ob ich in Dublin oder Mayo wohne.«
»Ich weiß, Deirdre. Aber wenigstens kannst du, wenn du in Dublin bist, in den DART steigen und in vierzig Minuten bei uns sein, wenn du dich verwöhnen lassen willst. Westport ist weit weg. Es wird keine Möglichkeit geben,

heim zu Mummy und Dad zu rennen, wenn etwas schief läuft, wie du es immer getan hast.«
»Wenn etwas schief läuft? Die Möglichkeit gibt es nicht. Außerdem ist Gabriel wunderbar im Verwöhnen.«
»Trotzdem. Mir gefällt der Gedanke, dass dein alter, langweiliger Vater dich von Zeit zu Zeit zu Gesicht bekommen wird. Ich werde es vermissen, dich zu verwöhnen, und deine Mutter auch. Du bist schließlich unser kleines Mädchen.«
»Ich weiß. Aber da ist das Cottage in Carrowcross. Jedes Mal, wenn ihr nach Westen kommt, werden wir praktisch Nachbarn sein! Du musst dir keine Sorgen machen, Dad. Und denke nur – du wirst babysitten können!«
Jack lächelte. »Ich bin ein bisschen aus der Übung.« Der Kellner räumte Teller ab, und Jack lächelte wieder, als er sah, wie der junge Kerl seine Tochter anschaute. »Verdammt. Ich habe dich gerade ein kleines Mädchen genannt. Ein bisschen unpassend. Du bist richtig erwachsen geworden, Deirdre.«
Sie beugte sich vor und küsste ihn auf die Wange, und Jack sah verlegen drein, wie immer, wenn ihm die Worte im Halse stecken blieben. Er räusperte sich und sagte dann: »Du hast keine Sorgen wegen des Babys, Deirdre? Alles in Ordnung?«
»Alles okay. Gabriel hat mir einen erstklassigen Geburtshelfer verschafft. Ich nehme aber an, dass meine Sorgen anfangen, sobald es geboren ist. Und dann muss ich noch die Kleinkindphase und die Pubertät überstehen. Ach, Dad! Wann hört man auf, sich Sorgen um sie machen?«
»Nie«, antwortete Jack.

Die nächsten Monate waren verrückt.
Die BBC-Serie war abgedreht, und Deirdre kehrte direkt

zurück zu *Ardmore Grove*. Der leitende Produzent hatte zugestimmt, sie aus der Serie herauszuschreiben, und dem Drehbuchautor fiel eine wunderbare Todesszene für sie ein. Es war ihr Schwanengesang als Schauspielerin, erkannte sie, auf jeden Fall für ein paar Jahre. Ihre Mutter hatte sie gewarnt, sie würde vielleicht ihre Arbeit vermissen, doch Deirdre wehrte dies ab.

»Ich will mich mindestens zwei Jahre lang dem Baby widmen«, sagte sie. »Vielleicht werde ich dann daran denken, wieder zu arbeiten, aber in der Zwischenzeit habe ich noch eine Menge von Ideen für Drehbücher. Ich kann mir kein idyllischeres Leben vorstellen, als im Westen von Irland zu leben mit einem wunderbaren Ehemann und einem kleinen Baby und einem kleinen Laptop, auf dem ich arbeite, wenn mir danach ist, ein bisschen zu schreiben.«

Deirdre teilte ihre Zeit zwischen Dublin und Mayo auf. Sie fuhr die Strecke so oft, dass sie allmählich die Kontrolleure im Zug beim Namen kannte. An ihrem letzten Tag in der Seifenoper versammelte sich die Besetzung im Pub, um ihr zum Abschied einen Drink auszugeben. Sie gestattete sich zwei Gläser Guinness und blieb dann beim Wasser. Es war Ende September, und allmählich konnte man es sehen. Sie liebte es, wie ihr Bauch größer geworden war, und sie liebte die kleinen flatternden Bewegungen, die sie in sich spürte. Ihre Morgenübelkeit hatte aufgehört, und sie wusste, dass sie wundervoll aussah. Sie hatte jenen Glanz der Schwangeren, von dem sie oft gelesen und bei anderen Frauen ab und zu gesehen hatte.

Jean-Claude Valentin blieb an ihrem Tisch stehen. Sie hatte sehr wenig mit ihm zu tun gehabt, seit die Seifenoper zu Ende war – tatsächlich gingen sie sich aus dem Weg. »Ich hoffe, du hast nichts dagegen, wenn ich eine persön-

liche Bemerkung mache, Deirdre. Du siehst sehr, sehr schön aus. Dein Verlobter ist ein glücklicher Mann.«
Sie lächelte ihn an. Sie fühlte sich zu gut, um schnippisch zu ihm zu sein, und außerdem war der Vorfall im Hotelzimmer rückblickend noch witziger geworden. Sie dachte, dass sie ihn vielleicht für eines ihrer Drehbücher verwenden könnte. »Danke, Jean-Claude«, sagte sie.
»Für dich.« Er legte ein in Geschenkpapier eingewickeltes Paket auf den Tisch vor sie. »Für deine Hochzeitsnacht.«
»Oh. Hm. Vielen Dank. Soll ich es jetzt aufmachen?«
»Warum nicht?«
Sie löste das Band von dem Papier und war plötzlich ein wenig ängstlich. Sie erinnerte sich an das letzte Mal, als sie ein Geschenk von Jean-Claude Valentin ausgepackt hatte. Was, wenn dies jene billige »Hochzeitsnacht«-Ausstattung wäre, die im Katalog der *Skandalösen Slips* zu sehen gewesen war – die mit dem dünnen Brautrock aus Nylon, der einen Schlitz bis zum Schritt hatte? Jean-Claude hatte doch sicher genug Verstand, um sie nicht vor ihren Freunden so in Verlegenheit zu bringen?
Als sie das Geschenkpapier entfernte, erkannte sie, dass ein Stück weißer Spitze aus dem Seidenpapier herauslugte. Sie sah entsetzt zu ihm auf. Sofort begriff er die Verbindung. »Nein, nein! Keine Angst, Deirdre«, stammelte er und sah genauso entsetzt aus, wie sie war. »Bitte – lass mich.« Jean-Claude beugte sich vor und zog die Schichten aus Seidenpapier weg. Darunter lag ein Kissen, auf das blassrosafarbene Rosen gestickt waren. »Viktorianisch«, erklärte Jean-Claude mit offensichtlichem Stolz auf seinen guten Geschmack. »Und das Kissen ist aus feinsten Gänsedaunen.«
»Danke, Jean-Claude. Es ist schön. Ich bin wirklich gerührt, dass du mir so ein bedeutsames Geschenk machst.«

Sie war wirklich gerührt. Offenbar hatte er sich riesig angestrengt, um etwas für sie zu finden, das die Schäbigkeit seines ersten Geschenks ausgleichen konnte. Sie stand auf und küsste ihn auf die Wange.

Er lächelte sie an. »Ich kann nicht die Hand aufs Herz legen und sagen *Je ne regrette rien*, aber ich kann versuchen, meine vergangenen Fehler ein bisschen wieder gutzumachen. Ich wünsche dir alles Gute, Deirdre.«

»Danke, Jean-Claude. Es ist ein wunderschönes Geschenk.« Und sie küsste ihn auf die Wange, bevor sie sich wieder zwischen Sophie und Cressida setzte. Sophie durchblätterte eine Hochglanzzeitschrift für Bräute, auf der eine strahlende Dame abgebildet war, die auf der Stirn einen weißen Baiser trug.

»Hm«, bemerkte sie. »Das wird nützlich sein.«

»Was liest du da?«, fragte Deirdre faul.

»Das ist ein Hochzeitsplaner. Schau nur, er zählt die Tage bis zur Hochzeit. ›Sechs bis acht Monate‹«, las sie vor. »›Nun ist es Zeit für Dich und Deinen Verlobten, sich hinzusetzen und das Budget festzulegen, eine Gästeliste aufzustellen, sich für eine Speisenfolge zu entscheiden, die Flitterwochen zu buchen und über die Ausstattung Eures neuen Hauses nachzudenken.‹ Natürlich hast du keine Zeit, all das zu machen, Deirdre.« Sie blätterte um. »Sieh mal – fünf Monate, vier, drei, zwei, ein Monat – ah, hier bist du. Vierzehn Tage vorher: ›Stelle die Sitzordnung auf; buche den Besuch bei Deiner Kosmetikerin für Dein Hochzeits-Make-up und sprich mit ihr darüber, was Du tragen wirst; mach eine Generalprobe bei Deinem Friseur; pass auf, dass Dein *trousseau* vollständig ist …‹«

Was für ein *trousseau*?, dachte Deirdre.

Sophie tönte weiter. »›Und hast Du an die Unterbringung für Deine Gäste von außerhalb gedacht?‹«

O Scheiße, dachte Deirdre. Das hatte sie nicht, doch sie hoffte, dass Gladys es getan hatte.
»Das ist wirklich nützlich«, wiederholte Sophie. »Es gibt einen Extrateil über die Sitzordnung an deinem Hochzeitstag. Soll ich ihn dir borgen, Deirdre?«
»Nein, danke. Wir haben kein konventionelles Essen.«
»Oh? Also nur ein Buffet?«
Nur ein Buffet! »Tatsächlich macht Maeves Partnerin Jacqueline das Catering, also kann ich mir vorstellen, dass es ziemlich verschwenderisch wird.«
»Oh, schau! Was für ein wunderbares Kleid«, bemerkte Sophie, die noch ein Wesen mit einem Baiser studierte, das über die glänzenden Seiten lief. »Obwohl ich mir bei dem Ausschnitt nicht sicher bin. Und sie sollte ihre Oberarme bedecken«, fügte sie noch hinzu. Dann legte sie die Zeitschrift hin. »Was wirst du anziehen, Deirdre?«, fragte sie. Es war offensichtlich gewesen, dass sie Deirdre diese Frage schon seit Wochen stellen wollte und dass sie entzückt war, dass sich nun endlich die Gelegenheit ergeben hatte.
»Nun, es ist speziell für mich angefertigt worden. Von Marc O'Neill.«
»Oh?«, meinte Sophie und versuchte, nicht beeindruckt zu klingen.
»Wow!«, ließ sich Cressida vernehmen. »Wie ist es?«
»Nun, du kennst doch das Botticelli-Gemälde *Primavera*?«
Sophie antwortete unverbindlich »Hm«, und Cressida fragte: »Ist das das mit den drei Grazien und Cupido und Aphrodite, auf dem jemand Blumen streut?«
»Genau«, erwiderte Deirdre.
»Lass mich raten,« fiel Sophie ein. »Du verkleidest dich als eine der drei Grazien, weil Grace O'Malley in der Murrisk Abbey geheiratet hat.«

Cressida sah Sophie merkwürdig. »Sie kann sich nicht als Grazie verkleiden, Sophie.«
»Warum nicht?«
»Weil sie keine Kleider anhaben. Nun, nur völlig durchsichtige Schleier.«
»O ja. Das habe ich vergessen«, beeilte sich Sophie zu versichern. »In dem Fall nehme ich an, dass du dich als Aphrodite verkleidest, Deirdre?«
»Ja. Ich hatte gestern die letzte Anprobe.«
»Oh! Wie sieht es aus?« Cressida beugte sich interessiert vor, während sich Sophie zurücklehnte und weiter ihre Brautzeitschrift durchblätterte.
»Es ist wunderschön. Es ist aus elfenbeinfarbener Seide – die schwere glatte Art – und darüber liegt ein Mantel aus durchsichtiger Seide. Es ist eigentlich ganz einfach, am Mieder mit Goldfaden bestickt, und geht mir bis zu den Knöcheln. Außerdem habe ich noch so ein Cape.«
»Dieselbe Farbe?«
»Nein. Altrosa.«
»Ich hätte gedacht, dass du dich für etwas entscheidest, was an der Taille herabfällt«, bemerkte Sophie. »Um zu verstecken, dass du etwas dicker geworden bist.«
»Tatsächlich wollten wir beide etwas, was meinen Bauch betont«, erwiderte Deirdre. »Und die Seide tut genau das – sie legt sich über die Wölbung.«
»Wie bei Aphrodite auf dem Bild«, fiel Cressida ein. »Sie ist schwanger, nicht wahr?«
»Ja.«
»Was für eine schöne Idee! Ist dir das eingefallen oder Marc?«
»Keinem von uns beiden. Gabriel hat es vorgeschlagen.«
»Der Erzengel Gabriel«, sagte Cressida. »Gott – ich bin so eifersüchtig auf dich, Deirdre. Und auf dich natürlich

auch, Sophie«, fügte sie hastig hinzu. »Wie wird dein Kleid aussehen?«
»Ich habe es noch nicht. Ich stehe nicht so unter Druck wie Deirdre. Ich werde das nächste Mal, wenn ich in London bin, der Brautabteilung von Harrods einen Besuch abstatten und ein bisschen stöbern. Ich habe ein Budget von vier- bis fünftausend.«
»Heiliger Bimbam. Ist das Diadem da mit drin?«, fragte Cressida.
»Natürlich nicht.« Sophie warf ihr einen vernichtenden Blick zu.
»Ich leihe mir das, das meine Schwestern auf ihrer Hochzeit getragen haben. Es ist eine Art Familientradition.«
»Oh? Wir alt ist das Diadem?,« wollte Deirdre wissen.
»Nun, meine eine Schwester hat letztes Jahr geheiratet und die andere vor zwei Jahren.«
»Ja?«
»Also ist das Diadem zwei Jahre alt.«
Cressida und Deirdre bemühten sich, einander nicht anzusehen. »Ah«, machten sie einstimmig.

Es sah so aus, als ob die Hochzeit schwieriger zu organisieren sein würde, als Deirdre ursprünglich geplant hatte. Gabriel hatte nicht nur die unmittelbare Familie und Freunde eingeladen, sondern auch Cousins, Tanten und Onkels. Deirdre konnte sich immer schon schlecht an Namen und Gesichter erinnern, und sie fand diesen plötzlichen Aufmarsch von Leuten in ihrer ruhigen Landidylle ziemlich erschreckend. »Oh, ich stimme absolut zu«, sagte sie zu einer Cousine, deren Namen sie vergessen hatte, und: »Keine Sorge, ich organisiere das gleich für dich«, zu einer ältlichen Tante, die den Tee nicht mochte, den Deirdre servierte, und auf Earl Grey bestand.

»Haben wir welchen?«, fragte sie Gladys, während sie die Schränke in der Küche durchwühlte.
»Ja, ich habe dafür gesorgt, dass welcher da ist. Ich habe schon befürchtet, dass jemand danach fragen würde.«
Deirdre dankte Gott für Gladys. Sie hatte den Monat vor der Hochzeit den ganzen Tag im Haus gearbeitet, und sie war eine unschätzbare Hilfe gewesen. Deirdre hatte nur vierzehn Tage Zeit, um alles zu schaffen – sie hatte bis zur letzten Septemberwoche an der Seifenoper gearbeitet, doch wenn sie frei hatte, war sie nach Carrowcross gerast, um mit allen Entwicklungen Schritt zu halten.
Mit *allen* Entwicklungen! Jedes Mal, wenn sie hinfuhr, schien es eine Million weitere zu geben. In so gut wie jedem Zimmer waren Maler und Tapezierer. Gabriel hatte sie gebeten, diese zu überwachen, doch es war einfach keine Zeit gewesen, deshalb hatte sie die Aufgabe einem Innenarchitekten übergeben. Die Möbel, die in London gelagert gewesen waren, waren angekommen. Manche der größeren Stücke gefielen Deirdre nicht sehr, doch sie konnte sich nicht beschweren. Sie hatte keinen Penny für den Kram bezahlt.
»Erinnerst du dich, wie romantisch es war, durch dieses Haus zu streifen, als wir noch keine Möbel hatten?«, fragte sie Gabriel eines Abends. Sie fand es schwer zu glauben, dass sie einmal glücklich in einer Bibliothek ohne Bücher, einem Esszimmer ohne Esstisch und einem Bad ohne Dusche gewohnt hatten. Sie hörten Musik in der Bibliothek. Auf den Regalen standen nun ein ledergebundener Band neben dem anderen, und der Raum war voll von jenen Sesseln, wie man sie in einem Herrenclub in London erwartete.
»Das war zu der Zeit, als ich ein begehrter Witwer war«, sagte er und küsste sie aufs Ohr. »Ich muss meiner Familie

beweisen, dass ich mich gut um die Mutter der zukünftigen Considine-Generationen kümmern kann.«

»Ich bin sicher, das wissen sie noch von – du weißt schon – von dem ersten Mal, als du verheiratet warst. Sie wissen, dass du dich gut um Daisy gekümmert hast.« Sie fand es immer noch schwer, den Namen auszusprechen.

Er legte einen Finger auf ihren Mund. »Deirdre, bitte – erwähne Daisy vor keinem Mitglied meiner Familie. Ich bin über ihren Tod hinweg, das weißt du. Ich bin darüber hinweg, seit wir uns das erste Mal geliebt haben.« Er nahm seinen Finger weg und küsste sie sanft. »Aber ich bin nicht sicher, dass mein Vater es ist. Siehst du, er war …« Stirnrunzelnd brach er ab. »Ach, zum Teufel. Ich wollte das wirklich nicht vor der Hochzeit zur Sprache bringen, falls es dir nahe geht, aber mein Vater war – nun, sagen wir, er hat Daisy sehr gemocht.«

»O Gott. O Gott, es tut mir Leid, Gabriel. Ich werde kein Sterbenswörtchen sagen.« Sie stieß einen schweren Seufzer aus und wünschte sofort, sie hätte es nicht getan, dann stand sie auf und hätte sich ohrfeigen können. »Verdammt! Es ist irgendwie komisch, die zweite Frau zu sein. Was passiert, wenn ich Daisys Platz nicht so gut ausfüllen kann? Wird es dann irgendwelche Abneigung gegen mich geben, was meinst du?«

»Großer Gott – nein. Sie werden dich lieben. Und selbst wenn es irgendwelche Bitterkeit geben sollte, es ist ja nicht so, dass wir aufeinander hocken. Sobald die Hochzeit vorbei ist, werden sie abhauen und es dir überlassen, dein Baby zu bekommen.«

»Gabriel?« Flehend sah sie ihn an. »Sie sehen mich doch nicht nur als wandelnden Brutkasten, oder? Sie wissen doch, dass ich eine berufstätige Mutter sein will?«

»Aber du hast doch deinen Job aufgegeben, Liebes. Du

planst doch nicht, weiterzuspielen, sobald das Baby geboren ist, oder?«
»Nein, nein – natürlich nicht. Das kommt nicht in Frage, das weiß ich.«
»Nun, woher kommt denn der ganze Kram mit der berufstätigen Mutter?«
»Nun, ich werde bald ein neues Drehbuch anfangen, und ich habe vor, daran weiterzuarbeiten, nachdem das Baby auf der Welt ist. Das macht aus mir doch eine berufstätige Mutter, nicht wahr?«
Er zuckte die Achseln. »Wenn du unbedingt willst, Liebes. Aber es ist nicht so, dass richtige Arbeit ...«
»Das *ist* richtige Arbeit, Gabriel! Ich will nicht, dass du mich behandelst, als wäre es nur eine Art Hobby, das ich mir erlaube, so wie du dir das Ausbessern von Mauern erlaubst ...«
Die Art, wie er sie ansah, ließ sie im Satz innehalten. Als er sprach, war seine Stimme sehr ruhig und sehr beherrscht. »Das ist kein Hobby, Deirdre, und ich gebe auch keiner Laune nach. Ich glaube, ich habe es dir schon mal gesagt – es ist meine Therapie. Ich arbeite sehr, sehr schwer, Liebes. Du wirst mir vielleicht von Zeit zu Zeit erlauben, mich so auszuarbeiten, wie ich es will.«
»Es tut mir Leid! Ich weiß, dass du schwer arbeitest. Es ist nur so, dass ich das Gefühl habe, dass mir auch ein bisschen Respekt für die Arbeit zukommt, die ich tue.«
»Und du bekommst diesen Respekt, Deirdre. Muttersein ist schwere Arbeit, dessen bin ich mir bewusst. Du bist nicht die Einzige, die Elternzeitschriften gelesen hat.«
»Aber ich rede doch nicht vom Muttersein! Ich rede von ...«
»Leg doch neue Musik auf, ja, Deirdre?«
Sie verstummte und sah ihn entsetzt an. Sie hatten ihren

ersten ernsthaften Streit nur einige Tage vor ihrer Hochzeit!
»O mein Gott«, sagte sie.
»Lass uns dieses Gespräch aufhören, bevor wir uns in immer kleiner werdenden Kreisen bewegen.«
»Liebes, es tut mir Leid!« Tränen stiegen in Deirdres Augen auf, und sie biss sich auf die Lippe. »Oh, das ist furchtbar!« Sie nahm sein Gesicht in ihre Hände und küsste ihn. »Das müssen die Nerven sein, das ist alles. Es waren ein paar albtraumhafte Monate, und meine Hormone spielen verrückt.«
»Natürlich tun sie das«, entgegnete Gabriel und erwiderte ihren Kuss. »Und natürlich ist das Drehbuchschreiben ein richtiger Job. Aber es wäre wahrscheinlich nicht besonders schlau, das meinem Vater gegenüber zu erwähnen. Er denkt, dass alles, was mit Schreiben zu tun hat, ziemlich dilettantisch ist – außer natürlich, man schreibt für den *Spectator.*«
Deirdre lachte und ging zu dem CD-Ständer. »Wonach ist dir jetzt?«, fragte sie. »Ich sage dir was – als besonderes Geschenk erlaube ich dir, Radiohead zu hören.«
»Ich habe nichts von Radiohead«, meinte Gabriel. »Ich hasse diese Band.«
Deirdre blieb wie angewurzelt stehen. »Aber du hast Bart doch erzählt, dass du sie liebst«, sagte sie.
»Ich war nur nett. Du hast mir ganz früh in unserer Beziehung mal erzählt, dass der einzige Nachteil an deiner Wohnung in Dublin sei, dass du einen Nachbar hättest, der eine Neigung für Radiohead hat. Ich habe zwei und zwei zusammengezählt und kam zu dem Schluss, es müsse Bart sein.«
»Aber warum hast du gelogen?«
»Ich würde das keine Lüge nennen, Deirdre. Mehr ein

strategischer Schachzug. Ich wollte, dass dein Freund mich mag.«

»Oh.«

»Und das hat er getan, und dir gefiel es, dass er mich mochte. Also habe ich alle nur glücklich gemacht. Wer immer gesagt hat: ›Man kann manche Leute manchmal zum Narren halten, aber man kann nicht alle Leute immer zum Narren halten‹, hat ziemlich daneben gelegen. Man kann verdammt gut alle Leute die ganze Zeit zum Narren halten, wenn man hart genug daran arbeitet.« Er lächelte sie an, »Bach«, sagte er. »Dann komm her und küss mich wieder.«

Der Tag vor der Hochzeit verging mit dem Transport von Gabriels Familie. Diejenigen, die noch nicht angekommen waren, mussten vom Flughafen Knock abgeholt und mit Mittagessen versorgt werden, bevor man sie weiter ins Newport House verfrachtete, in dem man ein halbes Dutzend Zimmer für sie gebucht hatte. Deirdre hatte vorgeschlagen, dass ein paar in Carrowcross House wohnen sollten, und war froh, als Gabriel sich dagegen entschieden hatte.

»Du hast schon genug am Hals, ohne dass meine Familie Forderungen an dich stellt«, hatte er gesagt. »Außerdem ist noch keines der Gästezimmer richtig eingerichtet. Ich will dir nicht die zusätzliche Arbeit zumuten, Möbel aufzutreiben. Du würdest dich nur für das Erstbeste entscheiden, was du siehst, und es für den Rest deines Lebens jedes Mal bereuen, wenn du ein Gästezimmer betrittst und dich einem monströsen Vorhang gegenüber siehst, dessen Anblick du nicht ertragen kannst.«

Deirdre erzählte ihm lieber nicht, dass sie bereits jetzt der Meinung sei, dass einige der größeren Stücke eigentlich nicht ihrem Geschmack entsprachen. Es war nicht fair ihm gegenüber. Gabriel hatte von Anfang an betont, dass er kein Interesse an Malen, Tapezieren und der kosmetischen Seite hatte, die die Ausstattung eines Hauses mit sich brachte. Ihn interessierte vor allem das Äußere von Gebäuden.

Nach einem Tag, an dem sie nur gelächelt hatte, charmant gewesen war und Earl Grey, Gin und Tonicwasser serviert hatte, brauchte Deirdre eine Pause. Sie hatte Gabriels Vater besonders anstrengend gefunden, da er halb taub war. »Dein irischer Akzent macht es nicht gerade leichter, meine Liebe«, hatte er zu ihr gesagt. Deirdre hatte sich bemüht, vornehmer zu klingen, doch es schien nichts zu nützen. Sie war erleichtert, als sie schließlich auf den Stufen vor dem Haus stand und den Autos nachwinkte, die die Auffahrt hinunterfuhren.

»Braves Mädchen«, lobte Gabriel und drehte sich zu ihr um. »Das hast du wunderbar gemacht. Was hältst du von meiner Schwester?«

»Sie ist reizend.«

»Sie erinnert sich an dich von jenem Abend im Quay Cottage. Sie hat mir gesagt, dass sie meinte, du hättest Klasse.«

»Ich kann ihr nicht das Wasser reichen, Gabriel.« Deirdre setzte sich auf eine Stufe. »Es ist schade, dass sie beschlossen hat, die Kinder nicht mitzubringen. Sie hätten Brautjungfern sein können.«

»Es ist doch eigentlich keine Hochzeit mit Brautjungfern, oder?«

»Nein«, stimmte sie zu. »Tatsächlich bin ich froh, dass wir uns dagegen entschieden haben, alles zu sehr zu verkomplizieren. Sophies Hochzeit wird so sorgfältig geplant wie eine militärische Operation. Sie hat sechs Brautjungfern

und eine Ehrendame und zwei Blumenmädchen.« Deirdre konnte kaum glauben, dass Sophie Burke morgen zu ihrer Hochzeit kommen sollte.
»Was ist der Unterschied zwischen einer Brautjungfer und einem Blumenmädchen?«
»Keine Ahnung.«
Es entstand eine Pause. Dann fragte Gabriel: »Was hältst du von Hugo?«
Hugo war Gabriels Bruder. »Oh, er ist super, Gabriel. Ich bin so froh, dass er die Trauung vornehmen wird. Seine Seele leuchtet aus seinen Augen.« Gabriels Bruder, der Franziskanermönch, besaß die gütigsten Augen, die sie jemals gesehen hatte. Er war außerdem ungeheuer attraktiv, was sie bei einem Mann der Kirche ziemlich bestürzend fand.
»Und was hältst du von meinem Vater?«
Sie hielt inne. »Nun, er wirkt wie ein sehr, hm – was ist das richtige Wort? Ein sehr …«
»Er ist ein zorniger alter Mann«, vollendete Gabriel den Satz. »Du brauchst nicht höflich zu sein, Deirdre. Er war mal sehr charmant, doch die Fähigkeit hat er verloren. Als meine Mutter starb, wurde er über Nacht verbittert. Du warst wunderbar zu ihm. Unglaublich diplomatisch. Das muss harte Arbeit gewesen sein.«
Sie lächelte zu ihm auf. »Ja, es war nicht leicht«, gab sie zu. Dann streckte sie sich und rieb die Muskeln über ihren Hüften. Ihr Rücken bereitete ihr manchmal Probleme, vor allem wenn sie viel gestanden war. »Weißt du, was mir jetzt wahnsinnig gut tun würde?«, fragte sie.
»Was?«
»Ein Spaziergang zur Landspitze.«
»Dann tu das.« Er sah auf die Uhr. »Ich werde nicht mit dir kommen. Ich muss noch ein paar dringende geschäftliche

Anrufe erledigen. Ich muss sie jetzt schaffen, sonst habe ich vierzehn Tage lang nicht mehr die Möglichkeit dazu.« Sie hatten für ihre Flitterwochen ein Haus in Südfrankreich gemietet. »Du hast doch nichts dagegen, oder?«
»Nein, habe ich nicht.«
Tatsächlich war ihr die Möglichkeit, nach dem Trubel am Nachmittag etwas Zeit für sich allein zu haben, sehr willkommen. Die Aussicht auf den nächsten Tag wurde allmählich etwas erschreckend. Sie ging die Auffahrt entlang und nahm eine Abkürzung, verließ den Garten durch die Lücke in der Mauer, wie sie es als Kind getan hatte. Dann überquerte sie die Landbrücke und ging hinüber zur Landspitze, wo sie sich hinsetzte und die würzige Seeluft einatmete.
Das Baby bewegte sich, und sie stellte sich vor, wie es in seiner warmen Blase in der Flüssigkeit schwebte, berauscht von dem Sauerstoff, der von der atlantischen Brise in sein Blut floss. Unter Deirdre lagen die beiden Cottages – das ihrer Familie und das von Eleanor. Eleanor war jetzt in ihrem Garten, doch sie war zu sehr in ihre Tätigkeit vertieft, um Deirdre winken zu sehen. Sie drehte sich um und sah hinunter auf Carrowcross Cottage. Seit ihrer Krankheit war sie nur einmal dort gewesen, um es abzuschließen. Jetzt merkte sie in einem Anfall von Sehnsucht, dass sie wahrscheinlich nie mehr darin wohnen würde.
Sie musste sich von dem kleinen Haus verabschieden, wo sie die Affäre mit dem Mann begonnen hatte, der morgen ihr Ehemann werden würde. Man stelle sich nur vor, er wäre niemals gekommen, um die Grenzmauer zu reparieren! Es war unwahrscheinlich, dass sie ihm dann jemals begegnet wäre. Sie würde nie wieder in ihrer Wohnung in Dublin leben, jeden Tag durch den schmutzigen Verkehr

zur Arbeit radeln, sich darüber Sorgen machen, wie viele Teile der Seifenoper sie noch absolvieren müsste, um ihr überzogenes Konto zu decken, nie mehr Janine Heeneys boshafter Stimme zuhören, die ihr genau sagte, wie der Text von Heeney Holidays in der Hölle zu lesen sei.

Spontan lief sie den Hügel hinunter, genoss das frühlingshafte Gefühl des Rasens unter ihren Füßen und den Wind in ihren Haaren. Auf halber Strecke rutschte sie aus und fiel hin. Den Rest des Weges war sie vorsichtig. Gabriel ermahnte sie immer, dass sie dazu neige, ständig herumzuwirbeln, anstatt alles etwas ruhiger anzugehen.

Sie erreichte das Tor und sprang darüber. Gabriel hatte Recht. Sie sollte daran denken, dass sie nun für zwei Leben verantwortlich war. Das untere Tor würde sie öffnen. Der Riegel glitt knarzend zurück. Er fing an zu rosten. Seit Monaten war keiner mehr hier gewesen. Die Grenzmauer war immer noch unvollendet. Deirdre fragte sich vage, wann Gabriel es schaffen würde, wieder daran zu arbeiten.

Plötzlich stimmte das Rotkehlchen seinen Warnruf an und beschimpfte sie aus seinem Busch. Sie wanderte weiter in den Garten hinein und stand mehrere Minuten an der Seemauer und betrachtete die Bucht. Keine Ottern kamen. Dann wandte sie sich zum Cottage um. Es war schade, dass sie den Schlüssel nicht mitgebracht hatte. Ihre Mutter und ihr Vater würden morgen dort wohnen. Sie hätte für sie lüften können.

Durch die Glastüren der Veranda konnte sie etwas auf dem Boden liegen sehen. Sie stieg die Stufen hoch und sah darauf hinunter. Es war ein Luftpostumschlag mit einer amerikanischen Briefmarke. Er war in Rory McDonaghs unordentlicher Handschrift an sie gerichtet. Sie hörte auf zu atmen, stand da und starrte ihn an, ihre Handflächen

gegen das Glas gepresst. Sie hatte keinen Schlüssel. Sie konnte den Brief nicht erreichen. Was sollte sie tun?
Nach ein paar stoßweisen Atemzügen bekam sie wieder Luft. Plötzlich war ihr schwindlig, und sie setzte sich auf die Stufe und legte den Kopf in die Hände. Vielleicht hatte er auch versucht, sie telefonisch zu erreichen? Sie erinnerte sich an die vielen Male, als sie das durchdringende Klingeln des Telefons gehört hatte und sie im Fieberwahn gelegen und zu krank gewesen war, um abzuheben. Gabriel hatte gesagt, er habe angerufen, doch die Anrufe konnten nicht alle von ihm gewesen sein. Ja. Es wurde immer klarer für sie, dass Rory versucht hatte, sie ebenfalls telefonisch zu erreichen. O Gott! Wie konnte er ihr das antun? Ihr am Abend vor ihrer Hochzeit zu schreiben? Hatte er es erfahren? Versuchte er in letzter Minute, sie dazu zu bringen, ihre Meinung zu ändern?
Vielleicht hatte er beschlossen, sie zu bitten, zu ihm nach L. A. zu kommen! Sie erinnerte sich, wie erschöpft er ausgesehen hatte, als er sie vor Ashford Castle in den Daimler gesetzt hatte. Vielleicht waren sie wirklich füreinander bestimmt wie Cathy und Heathcliff. Die Tatsache, dass sie ihrem Instinkt gefolgt war und heute Abend das Cottage besuchte, war ein Zeichen. Es war nicht zu spät. Aber wann war der Brief gekommen? Sie schielte durch die Scheibe. Sie konnte das Datum auf der Briefmarke nicht erkennen. Vielleicht lag er schon seit Wochen dort. Sie wusste nur eines: Sie musste noch vor dem Morgen den Brief lesen.
Plötzlich kam ihr eine Idee. Sie lief hinunter zu der Scheune am Fuße des Gartens und riss die Tür auf. Das Holz hatte sich ausgedehnt, und die Tür klemmte im Rahmen. Drinnen herrschte das übliche Durcheinander aus Sommerhauskram – Liegestühle, verrostende Farbdosen,

Eimer und Schaufeln, die dort lagen, seit sie ein Kind gewesen war, ihr Rad, das sie nicht mehr mit nach Dublin genommen hatte. Endlich fand sie, wonach sie suchte, unter einem Windschutz aus Leinen – eine verschimmelte Pappschachtel mit altem Werkzeug. Deirdre wühlte darin herum, wählte einen langen Schraubenzieher aus und ging damit zurück zur Veranda hinauf. Sie hockte sich hin, schob die Klinge unter die Tür und hob vorsichtig die Ecken des Briefumschlags an; so schob sie ihn langsam zu dem Schlitz zwischen Tür und Boden. Es schien eine Ewigkeit zu dauern, doch ihre Geduld wurde belohnt. Der Umschlag bewegte sich auf sie zu. Sie war froh, dass es ein Luftpostbrief war. Alles, was dicker war, hätte nicht durch die schmale Spalte gepasst. Ein Hauch von blassblauem Papier zeigte sich auf ihrer Seite der Tür. Noch ein sanfter Ruck mit dem Meißel würde es gelingen lassen – sie würde den Brief herausziehen können.
Da hörte sie das Quietschen des rostigen Riegels am Gartentor. Sie warf den Meißel in ein Gebüsch und setzte sich mit dem Rücken zur Verandatür.
»Dachte ich mir's doch, dass ich dich hier finden würde«, meinte Gabriel, als er um die Ecke bog. »Abschied von den Kindheitserinnerungen?«
Deirdre nickte. Sie vertraute ihrer Stimme nicht. Sie wusste, dass sie puterrot im Gesicht geworden war.
»Irgendein Zeichen von den Ottern?«
Sie schüttelte den Kopf.
»Schade. Es wäre schön, sie am Abend vor unserer Hochzeit da draußen zu sehen. Irgendwie ein Vorzeichen.« Er bückte sich und küsste sie. »Du schmeckst nach Salz«, stellte er fest. Dann streckte er eine Hand aus und half ihr von der Stufe hoch. »Zeit, nach Hause zu gehen, Liebes. Es wird kalt.«

Gabriel legte den rechten Arm um ihre Schultern und führte seine Braut aus dem Garten und durch das Tor. Der Riegel fiel mit dem harten, knirschenden Geräusch von rostigem Metall ins Schloss.

Später an diesem Abend lag sie mit brennenden Augen neben ihm in dem Himmelbett. Sie konnte nicht schlafen. Ständig dachte sie an den blassblauen Umschlag, der auf dem Boden des Cottage auf der anderen Seite der Halbinsel lag. Sie musste wissen, was dieser Brief enthielt. Sie drehte den Kopf und sah Gabriel an. Er hatte einen Arm über seinen Kopf gelegt, und sein Atem ging gleichmäßig. Sie glitt aus dem Bett und durchquerte lautlos den Raum, öffnete und schloss die Tür mit geschickten Fingern. Unten schlüpfte sie in eine Barbourjacke und in ihre Gummistiefel, setzte sich außerdem noch eine Tweedmütze auf den Kopf und ergriff eine Taschenlampe. Draußen war es kalt und stockdunkel. Heute Nacht schienen weder Mond noch Sterne. Sie war froh, dass noch kein Kies auf der Auffahrt lag. Ihre Schritte zu den großen Toren des Hauses wurden von Unkraut und Moos gedämpft.
Sobald sie auf der Straße war, knipste sie die Taschenlampe an und lief los. Nachtwesen riefen nach ihr, und sie war sich der gelegentlichen Geräusche in den Gräben neben der Straße bewusst. Der Strahl ihrer Lampe prallte von Hecken ab, während sie rannte, und erleuchtete blass skeletthafte Dornenbüsche.
Sie übersprang beide Tore. Der Brief lag noch dort, und eine blassblaue Ecke lugte unter der Tür hervor. Sie grub einen Fingernagel in den Rand und zog den Umschlag vorsichtig heraus. Sie leuchtete mit der Taschenlampe auf die Briefmarke und konnte gerade noch den Stempel erkennen. Er war verschmiert, doch es war deutlich, dass

der Brief seit August dort lag. Sie widerstand der Versuchung, ihn aufzureißen und ihn gleich dort im Schein der Taschenlampe zu lesen. Sie musste zurück – die Dämmerung bahnte sich bereits am Horizont ihren Weg. Irgendwo draußen in der Bucht kreischte ein Reiher und ließ sie zusammenzucken. Sie stopfte den Brief in die Tasche ihrer Barbourjacke und machte sich auf wackligen Beinen auf den Rückweg nach Carrowcross House.

Sie war völlig außer Atem, als sie die Hintertür erreichte, durch die sie gekommen war. Sie schaltete das Licht ein, schenkte sich ein Glas Wasser ein und setzte sich an den Küchentisch. Dann holte sie den Brief aus dem Umschlag.

> Ich erinnere mich an Dich, wie Du Dich wie eine Prinzessin splitterfasernackt auf einem Bett in einem Schloss zurücklehnst. Du sahst wirklich so aus, O'Dare. Ich hätte wissen sollen, dass Du Dich auf die lohnendste Rolle Deiner Karriere vorbereitest. Die Dame des Hauses: die Schlossherrin, nichts weniger als das. Wie schlau von mir, das vorauszusagen! Maeve erzählt mir, dass Du den Gutsherrn der Gegend heiratest. Gut gemacht! Ich habe das Gefühl, dass er Dich mit Schmuck überhäufen und Dich in einer Weise unterhalten wird, an die Du Dich – daran habe ich keinen Zweifel – ziemlich schnell gewöhnen wirst. Ich meine es auch so, wenn ich Dir viel Glück und Freude in Deinem neuen Leben wünsche, und ich bin sicher, das Du besagtem Gutsherrn viele kleine Prinzen und Prinzessinnen bescheren wirst in guter alter aristokratischer Tradition. In der Zwischenzeit hüte ich wie einen Schatz die Erinnerung an das

Mädchen, das ich liebte, wie es an einem thaumturgischen (schau im Wörterbuch nach, Dummkopf!) Aprilabend eine Prinzessin in einem Märchenschloss spielte.
In Liebe, Rx.

Das Mädchen, das ich liebte. Deirdre blieb am Küchentisch sitzen und blickte auf Rorys Gekritzel auf der blassblauen Seite. Es war keine Empfängeradresse oben in der rechten Ecke angegeben und auch keine Telefonnummer. Sie stand auf, holte eine Schachtel Streichhölzer aus einer Schublade und ging dann zum Spülbecken. Das erste Streichholz zündete nicht. Das zweite brannte ab, doch nur eine Ecke des Papiers fing Feuer. Beim dritten Versuch ging das blaue Papier in Flammen auf. Sie hielt es über die Spüle und ließ es brennen, sah zu, wie der Brief sich in ihren Fingern krümmte. Dann drehte sie den Wasserhahn auf und spülte die verkohlten Reste den Abfluss hinunter.

Bevor sie wieder ins Bett neben Gabriel glitt, zog sie die Vorhänge vor dem Fenster zurück. Eine Amsel hatte angefangen zu singen, und eine blasse Dämmerung zeigte sich im Osten. Auf der anderen Seite der Welt von Rory. Sie erinnerte sich an die dumme Postkarte, die er an ihrem Geburtstag geschrieben hatte und auf der »Wilder Westen« gestanden hatte. Nun ja. Er konnte den Rest seines Lebens damit verbringen, sich seinem Lieblingszeitvertreib in den Wildweststaaten von Amerika hinzugeben.

Sie wandte sich vom Fenster ab und bemerkte, dass das filmreife Frühmorgenlicht in die Ecke des Schlafzimmers zu dringen begann, in der ein schwerer viktorianischer Schrank stand. Ihr Renaissance-Hochzeitskleid hing wie der Geist einer lang verstorbenen Braut an der Tür.

16

Abgesehen von Trauzeugen, die sie willkürlich ausgewählt hatten, waren sie beide allein im Standesamt von Castlebar. Das Ganze war eine Routineprozedur, der Beamte, der sie traute, freundlich und gut gelaunt.

Danach fuhr Gabriel nach Murrisk Abbey, die am Fuß des Croagh Patrick lag, um sich der Hochzeitsgesellschaft anzuschließen, die sich mittags unter einem schweren grauen Himmel versammelt hatte. Dichte Wolken hingen über dem Berg wie die Bettdecke eines Riesen. Deirdre stieg aus dem Landrover und schritt am Arm ihres frisch gebackenen Ehemanns das Schiff der verfallenen Abtei hinauf wie in einem Traum. Unter den relativ fremden Gesichtern der Familie Considine befanden sich ihre eigenen Lieben, die alle lächelten. Ihre Mutter und ihr Vater, die an diesem Morgen gekommen waren. Maeve, die extra aus Stratford hergeflogen war, dann noch Jacqueline Mercier, Maeves Partnerin. Sie waren schon in der Morgendämmerung erschienen, hatte sich mit Gladys angefreundet und einen Zauberstab über der Speisetafel geschwungen. Sophie Burke und Cressida und ihre alten Freundinnen vom College waren da, und Sally Ruane, Eleanor Devereux, elegant in grauer Seide, Gladys, die immer noch ein Lächeln zustande brachte, obwohl sie schon seit fünf Uhr auf den Beinen war. Bart, um dessen Hals Kopfhörer hingen. David Lawless, der genauso sexy und undurchschaubar aussah wie eh und je. Eva mit Dorcas an der Brust.

Als Hugo dem Paar seinen Segen gegeben hatte, trat Eva vor. Deirdre hatte sie gebeten, etwas Schönes auszuwählen, was sie bei der Feier lesen sollte. Stille trat ein, als die Schauspielerin sich räusperte und mit jener schmerzhaft schönen und völlig einzigartigen Stimme zu sprechen begann.
Deirdre hielt den Blick gesenkt. Sie schaffte es nicht, Eva anzusehen, die oben im Schiff stand und auf die Braut hinunterblickte, mit strahlendem Gesicht und Dorcas auf der Hüfte. Deirdres Kehle schnürte sich immer mehr zusammen, während sie zuhörte, und als die Schauspielerin fertig war, schimmerten Tränen in ihren Augen. Da drehte sich Gabriel zu ihr um, legte einen Finger unter ihr Kinn und hob ihr Gesicht zu seinem. Sie lächelte ihn an, und als sich das Paar küsste, brach die Versammlung in spontanen Applaus aus, gerade als der Regen vom Berg herunterwehte.

Dies war Carrowcross, wie es sich Deirdre immer vorgestellt hatte. Da waren Frauen in schönen Kleidern, die durch die Räume schwebten, und elegant gekleidete Männer, die an riesigen Kaminen lehnten. Das Einzige, was fehlte, waren die Kinder, die sie sich vorgestellt hatte, die die hohen Glastüren aufstießen, um lachend und rufend in den Garten hinauszutollen. Doch in den nächsten Jahren würde es Kinder geben – ihre und Gabriels. Sie spürte, wie sich das Baby in ihr bewegte, legte eine Hand auf die glatte, schwere Seide über ihrem Bauch und lächelte.
Ein Kellner bot ihr ein Glas Champagner an, und sie nahm dankend an, froh, dass sie endlich feiern konnte. Allmählich wurde sie schrecklich müde, und sie wusste, es war nicht nur wegen ihrer Schwangerschaft. Was für

ein verrückter Impuls hatte sie dazu getrieben, sich mitten in der Nacht in Carrowcross herumzutreiben, um einen Brief von einem früheren Lover zu holen? Was, wenn Gabriel aufgewacht wäre und gemerkt hätte, dass sie fort war? Was, wenn er nachgeforscht hätte – wenn er hinausgegangen wäre und sie entdeckt hätte, wie sie am Abend vor ihrer Hochzeit die Landstraßen entlanggelaufen war und dabei nichts als eine Barbourjacke, Gummistiefel und eine Tweedmütze getragen hatte? Er hätte seinen Sternen gedankt, dass er gerade noch rechtzeitig herausgefunden hatte, dass seine Zukünftige genauso meschugge war wie die erste Mrs. Rochester.

»Du siehst so schön aus.« Eva stand neben ihr ohne die allgegenwärtige Dorcas, die hinter den Vorhängen des Himmelbetts oben schlief.

»Danke.« Deirdre drehte sich mit glänzenden Augen zu ihrer Freundin um. »Und auch vielen Dank, dass du dieses schöne Stück in Murrisk gelesen hast. Woraus war das?«

»Dante. Aus der *Göttlichen Komödie.* Ist es nicht außergewöhnlich?« Eva griff nach einem Wachtelei und biss hinein. »David ließ sich, nicht lange nachdem wir geheiratet hatten, zu einer eigenen Version inspirieren, speziell für mich. Es ist ein Text, der gewaltige, Leben umspannende Richtungswechsel heraufbeschwört, und deshalb hatte ich das Gefühl, er sei heute für dich geeignet. Dein Leben wird anders werden, Deirdre, nicht wahr?«

»Ja«, gab Deirdre zu. »Das stimmt. Glaubst du, ich sollte Angst haben?«

»Nein, nein, nein! Öffne dich der Veränderung! Veränderung ist etwas Positives! Routine ist schrecklich und tödlich langweilig.«

David gesellte sich zu ihnen und küsste Deirdre, und sie errötete wie immer, wenn David ihr seine Aufmerksamkeit schenkte. »Die Welt ist klein«, stellte er fest. »Ich kenne deine Schwägerin.«

»Sarah?«

»Ja. Sie ist die Chefin eines der Opernensembles, für die ich Regie führe.«

»Wo ist sie?«, fragte Eva und sah sich in der Bibliothek um.

»Dort drüben.« Er hob eine Hand in Richtung Sarah, die auf der anderen Seite des Raumes am Piano stand und Notenblätter durchblätterte. Sie stellte die Musik zurück auf den Mahagoniständer, als sie David erblickte, und kam durch das Zimmer auf sie zu. Wieder war Deirdre gefesselt von ihrer bemerkenswerten Schönheit.

»Was für eine außergewöhnlich gut aussehende Familie«, bemerkte Eva und senkte dabei nicht die Stimme wie sonst immer. »Dieser Bruder Mönch ist umwerfend. Was für eine schreckliche Verschwendung.«

»Was denn?«, fragte Deirdre, die hoffte, dass, wenn sie leise sprach, Eva ebenfalls die Stimme senken würde. Ohne Erfolg.

»Dass er keinen Sex haben darf. Er hätte Tausende von Frauen glücklich machen können.«

Im Lauf der Party begann Deirdres Rücken zu schmerzen. Sie stahl sich Dorcas von Bart, der mit seinen Kopfhörern dem Kind Radiohead vorspielte, und setzte sich auf die Couch in der Bibliothek; mit interessiertem Blick sah sie auf ihre Gäste und erzählte Dorcas Geschichten über sie. Dorcas schien sich vor allem über Sophie zu amüsieren, die herumging, als ob sie den Ort abschätzte, verstohlene Blicke auf die Antiquitäten warf und im Kopf rechnete.

Mehrmals hatte Deirdre beobachten können, wie sie Gegenstände in die Hand nahm und Gütestempel und Signaturen untersuchte, wie sie aus Zimmern kam, in denen sie wirklich nichts zu suchen hatte, und schwache Entschuldigungen stammelte wie : »Oh – ich dachte, dies sei das Bad! Mir war nicht klar, dass es dein Schlafzimmer ist, Deirdre …«

»Das ist es auch nicht«, hatte Deirdre erwidert. »Es ist Gladys' Zimmer.«

»Wer ist Gladys?«

»Meine Haushälterin. Sie wird einziehen, sobald das Baby geboren ist, um mir zu helfen. Das ist mein Zimmer.«

Deirdre konnte nicht widerstehen. Sie stieß die Schlafzimmertür auf und ließ Sophie hineinschauen.

»Oh. Sehr. Ähm. Nett.« Sophie war mit der Lässigkeit einer Holzpuppe in die Mitte des Raums getreten. Wirklich verraten tat sie sich durch das erstickter als sonst klingende Timbre ihrer Stimme, das Timbre, das sie immer dann annahm, wenn sie so tat, als hätte sie kein Problem mit irgendetwas. »Ich habe schon daran gedacht, mir genauso ein Himmelbett anfertigen lasen«, brachte sie mühevoll hervor. »Vielleicht könntest du mir eine Telefonnummer geben?«

»Geht leider nicht. Derjenige, der es gemacht hat, ist tot.«

»Oh. Schade. Wie hieß er?«

»Ähm. Chippendale.«

Sophie erstarrte noch mehr.

Jetzt redete sie mit Lord Considine, wahrscheinlich langweilte sie ihn zu Tode mit Einzelheiten ihres Stammbaums. Gabriels Vater hatte den ganzen Tag damit verbracht, seinen jüngsten Sohn bemüht zu missachten. Er war sogar so weit gegangen, die Grabsteine in der Abtei zu studieren, anstatt Hugo zu lauschen, als er den

Segen sprach. Deirdre war froh, dass Gabriels Familie jenseits des Wassers lebte. Sie glaubte nicht, dass sie das komplizierte, diplomatische Auf-Zehenspitzen-Gehen beherrschen könnte, das jedes Mal, wenn sie auf ein Familienmitglied träfe, nötig wäre.

Sarah kam herüber und setzte sich neben Deirdre. »Wie fühlst du dich?«, fragte sie.

»Gut. Ein bisschen müde.«

»Das überrascht mich nicht. Ich fand meine Schwangerschaften anstrengend.«

»Es ist doch seltsam, oder – wie unterschiedlich die Schwangerschaften bei den Frauen sind? Ich erinnere mich, dass Eva während ihrer vor Energie überschäumte. Die ersten drei Monate waren furchtbar für mich – ich habe unter chronischer Morgenübelkeit gelitten. Wie hat sich Daisy gefühlt?«

»Wie meinst du das?«

»Nun, hatte Daisy morgendliche Übelkeit?«

»Daisy?« Auf Sarahs Gesicht lag ein seltsamer Ausdruck. Zu spät erinnerte sich Deirdre daran, dass Gabriel sie ausdrücklich gebeten hatte, Daisys Name in der Familie nicht zu erwähnen. »Daisy hatte nie morgendliche Übelkeit, weil Daisy niemals schwanger war. Das war die Tragödie ihres Lebens. Sie wollte Kinder – mehr als jede andere Frau, die ich je getroffen habe. Gabriel auch. Du hast ihn unglaublich glücklich gemacht, Deirdre.«

In dem Moment tauchte Gabriel vor ihnen auf. »Gib mir sofort das Baby«, sagte er und nahm Dorcas seiner Frau ab. Dorcas lächelte gehorsam und zeigte ihm ihre Grübchen. »Du«, sagte er zu ihr, »bist genauso eine schamlose Flirterin wie deine Mutter.« Dann sah er auf Deirdre hinab und lächelte. »Pass auf mit dem Champagner, ja?«, riet er ihr.

Viel später gingen die letzten Gäste. Diejenigen, die es sich leisten konnten, wohnten im Newport House, und alle anderen waren in Bed and Breakfasts in Westport untergebracht. Deirdre fühlte sich merkwürdig getröstet von dem Wissen, dass ihre Mutter und ihr Vater im Cottage gleich hinter der Landspitze wohnten.

Im Schlafzimmer zog sie ihr Botticelli-Kleid aus und hängte es in den Schrank; dabei fragte sie sich, ob sie es jemals wieder tragen würde. Ihr Gepäck stand neben der Tür. Morgen würde ein langer Tag werden. Die Aussicht auf eine Reise weckte in Deirdre normalerweise eine erregende Vorfreude, doch sie war so müde, dass der Gedanke, sich den ganzen Tag an Flughäfen aufhalten zu müssen, sie mit dumpfem Grauen erfüllte.

Gabriel lag gegen die Kissen gelehnt und sah sie an. »Komm her«, forderte er sie auf und streckte die Hand aus. Sie kroch aufs Bett und schmiegte sich in seine Armbeuge. Eine Zeit lang lagen sie schweigend da, Gabriel malte müßig Kreise auf Deirdres runden Bauch. »Er schläft«, sagte er. »Er ist auch müde – erschöpft von all der Aufregung wegen der Hochzeit seiner Mutter und seines Vaters.«

Sie lächelte. Dann fragte sie: »Gabriel? Ich muss dich etwas ziemlich Komisches fragen.«

»Ja? Was denn?«

»Ich weiß, du hast mich gebeten, in Gegenwart deiner Familie Daisy nie zu erwähnen, aber ich habe mit Sarah über Schwangerschaften geredet, und da ist es mir herausgerutscht.«

Der Arm um ihre Schulter wurde steif. »Was ›ist herausgerutscht‹?«, fragte er. Die Art, wie er an die Worte Gänsefüßchen setzte, bereitete ihr plötzlich Unbehagen.

»Na, ich habe nur zufällig Daisys Schwangerschaft erwähnt, und da hat Sarah etwas – nun – Seltsames gesagt. Sie hat mir erzählt, Daisy sei nie schwanger gewesen. Sie sagte, sie habe es sich mehr als alles andere gewünscht, doch dass sie niemals schwanger geworden sei.«

Es dauerte eine Ewigkeit, bis er antwortete. »Ich verstehe«, sagte er dann nur.

»Also – war Daisy nun schwanger, Gabriel?«, drängte Deirdre und fühlte sich immer unsicherer. »Es tut mir Leid – ich weiß, es muss dir wehtun, darüber zu reden, aber ...«

»Hör mir zu, Liebes.« Gabriel richtete sich langsam auf und sah sie mit ernstem Blick an. »Ich muss dir etwas sagen. Keiner weiß das. Keiner in meiner Familie. Keiner auf der Welt außer einem Spezialisten in der Harley Street. Ich habe ein Problem. Ich habe ein Fruchtbarkeitsproblem.«

»Was – was meinst du damit?«

»Ich bin unfruchtbar.«

Sie fühlte sich wie betäubt und war verwirrt. »Ich verstehe nicht.«

»Zum Teufel.« Gabriel barg sein Gesicht in den Händen und sog die Luft ein. Dann enthüllte er sein Gesicht und sah sie wieder an. »Wirst du mir zuhören, Deirdre? Willst du versuchen zu verstehen, was ich in den letzten Jahren durchgemacht habe?«

Sie nickte.

»Ich bin durch die Hölle gegangen«, erzählte er. »Es war eine Tortur für mich.« Er nahm ihre Hände in seine. Seine Spannung war spürbar. »Daisy – Daisy und ich konnten nicht begreifen, warum sie nicht schwanger wurde. Wir haben es versucht von dem Tag an, an dem wir geheiratet haben. Nach einem Jahr ging sie zum Arzt und fand heraus, dass es nicht ihr Problem war. Es war meines. Ich

kann keine Babys machen. Ich werde nie ein eigenes Kind haben.«
Sie blickte ihn aus riesigen Augen an. »Du meinst«, setzte sie dann an, »du meinst, dass dieses Baby eindeutig …«
Er beugte sich herüber und legte einen Finger an ihre Lippen. »Das Baby ist von mir«, sagte er. »Wenn wir es oft genug sagen, werden wir es glauben, Liebes. Dieses Baby ist von mir.«
Sie spürte, wie sich das Baby in ihr bewegte. Rorys Baby. Tränen begannen ihr über die Wangen zu laufen.
»Bitte weine nicht, Deirdre. Du darfst nicht zulassen, dass dies für uns einen Unterschied macht. Ich habe dir an jenem Tag auf dem Berg gesagt, dass dieses Baby mein Baby ist. Und wenn er in meinen Augen mein Baby ist, ist es das auch in den Augen der Welt. Kein Mensch wird dies jemals anzweifeln. Er wird den Considine-Titel erben. Ich gebe dir mein Wort darauf.«
Der Considine-Titel? Deirdre hatte so selten über den Titel nachgedacht, dass sie fast überrascht über den Bezug war.
»Mir ist der Titel egal, Gabriel. Er bedeutet mir nichts. Es ist nur …«
»Sag das nicht. Sag das nie über das Erbe unseres Sohnes.«
Deirdre erschrak fast über seinen eindringlichen Ton. Er hatte wohl die Angst in ihren Augen gesehen, denn sofort wurde sein Gesichtsausdruck weicher. »Ich weiß, dass es für dich schwer zu verstehen ist«, meinte er. »Es ist so etwas Englisches … das ganze Verständnis von Blutlinien und Erbe. Deshalb war die Erkenntnis, dass ich niemals ein Kind zeugen könnte, für mich ein Schock. Stell dir vor, wie mein Vater empfinden würde, wenn er wüsste, dass der Considine-Titel mit ihm ausstirbt!«
Deirdres Hirn begann wieder zu arbeiten. Natürlich!

Gabriel war der Stabträger für die nächste Considine-Generation! Ihm oblag es, den Erben und Nachfolger zu liefern. Nur dass es nie einen Nachfolger geben würde, erkannte sie, da sie und Gabriel kein weiteres Kind mehr bekommen könnten. Ungläubig starrte sie ihn an. O Gott – was passierte da?

»Ich hatte mich damit abgefunden, dass ich niemals einen Sohn haben würde«, fuhr Gabriel fort. »Ich wollte es meiner Familie erst mitteilen, nachdem mein Vater tot wäre. Ich hatte die feste Absicht, es ihnen dann zu erzählen, so dass wir unter uns das ganze Gewirr der Erbschaftsgesetze entflechten könnten. Doch solange mein Vater lebt, muss ich ihm zugestehen, Hoffnung auf die Zukunft zu haben. Kannst du das verstehen?« Er lächelte sie an und legte eine Hand auf ihren Bauch. »Du bist diese Zukunft, Deirdre. Du bist die Zukunft meines Vaters und auch meine.«

Plötzlich wurde sie wütend. »Du Schuft!«, schrie sie. »Du verdammter Schuft! Du hast mich nicht um meinetwillen geheiratet! Du hast mich wegen des Babys geheiratet!« Sie stieß die Tagesdecke auf eine Seite des Bettes und ließ sich von der Matratze gleiten. In ihrer Eile, von ihm wegzukommen, kam sie unglücklich auf und zerrte sich den Knöchel. Ihr war es egal. Sie humpelte zum Schrank und begann wild nach etwas zu wühlen, das sie anziehen könnte.

»Was machst du da?« Er stand neben ihr.

»Ich ziehe mich an.« Sie zog ein Leinenhemd über und knöpfte es verkehrt zu.

»Warum?«

»Ich gehe. Ich gehe weg.« Das Bild von Carrowcross House schob sich vor ihr geistiges Auge, und weinend brach sie zusammen. »Ich will meine Mutter!«, schrie sie.

Dann gaben die Knie unter ihr nach, und sie fiel schluchzend auf den Boden.
Gabriel nahm sie in die Arme. »Pscht, pscht, Liebes. Na, na. Beruhige dich.« Er strich ihr übers Haar. »Ich liebe dich. Wirklich. Wie kannst du nur denken, dass ich es nicht tue? Wie kannst du denken, dass ich dich nur wegen des Babys geheiratet habe? Ich liebe *dich*, Deirdre O'Dare. Ich glaube, ich habe dich von dem ersten Augenblick an geliebt, da ich gesehen habe, als du so fleißig durch Carrowcross gestrampelt bist und so getan hast, als seist du Deutsche.«
Sie merkte, dass sie ein Geräusch von sich gab, das halb ein Schluchzen, halb ein Lachen war.
»Und der Tag auf dem Berg, als ich dir den Antrag gemacht habe? Ich hatte bereits beschlossen, dass ich dich heiraten würde. Ich habe den Verlobungsring am selben Tag von der Bank geholt, als ich die Ohrringe meiner Mutter geholt habe. Ich habe nicht früher um deine Hand angehalten, weil ich sicher sein musste, dass du annehmen würdest – dass du es genauso wolltest wie ich. Glaubst du mir?«
Sie sah lange in seine schwarzen Augen, bevor sie nickte. Sie glaubte ihm. »Es tut mir Leid, dass ich an dir gezweifelt habe, Gabriel. Es ist nur so, dass es mir berechnend vorgekommen ist.«
»Ich kann verstehen, warum du das vielleicht denkst. Natürlich kann ich das. Ich denke, es war Schicksal. Du und ich und das Baby. Es gibt ein Wort dafür. Wenn man zufällig den richtigen Menschen findet. Was ist das für eins?«
»Vorbestimmung«, sagte sie müde.
»Ich wusste, ich konnte darauf zählen, dass dir das einfallen würde.« Er stand auf. »Komm wieder ins Bett, Liebes. Du zitterst ja.«
Sie ließ sich in das Himmelbett zurückbegleiten. Er steck-

te die Kaschmirdecken um sie herum fest. Sie waren ein Hochzeitsgeschenk von Sarah gewesen. Etwas anderes nagte noch an Deirdre, eine letzte Frage. Sarah hatte gesagt – natürlich! Die Frage nach Daisys Schwangerschaft hatte diese ganze verwirrende Büchse der Pandora geöffnet!

»Gabriel?«, fragte sie. »Du hast nie meine erste Frage beantwortet. Warum hast du mir erzählt, dass Daisy schwanger gewesen ist?«

»Weil sie schwanger *war*«, antwortete er. »Sie war schwanger durch künstliche Befruchtung. Spendersperma. Wir hatten gerade herausgefunden, dass die Behandlung erfolgreich war.«

»O Gott! Wie furchtbar.«

Er drehte ihr den Kopf zu, und sie sah eine einzelne Träne über sein Gesicht rollen. »Wenn es einen Himmel gibt, Deirdre«, meinte er, »dann ist Daisy mit ihrem Baby dort. Ich hab dir schon mal gesagt – wenn du dir etwas oft genug vorsagst, kannst du dafür sorgen, dass es passiert. Du kannst es glauben. Ich glaube an Daisys Himmel.«

Deirdre streckte die Hand aus und wischte die Träne von seiner Wange. »Keine Tränen um Daisy«, sagte sie. »Das hast du mal zu mir gesagt.«

Er lächelte und nahm sie in die Arme. Als sie dalag und auf den Schlaf wartete, spürte sie, wie das Baby strampelte. »Das Baby ist aufgewacht«, flüsterte sie.

»Wir dürfen nicht zulassen, dass so was wieder geschieht«, entschied Gabriel. »Es kann seiner emotionalen Gesundheit nicht gut getan haben.«

»Nein«, stimmte sie zu und sah ihn dabei nicht an. Sie wusste, dass es ein großes Thema gab, das sie beide mieden.

Was, wenn das Baby ein Mädchen wäre?

Ihre Flitterwochen in Frankreich waren faul und ereignislos – genau das, was sie beide nach dem Trubel der letzten Wochen brauchten. Sie aßen und tranken, schwammen und liebten sich.
Es war ein echter Luxus, sich zu lieben, ohne Kondome benutzen zu müssen. Deirdre erkannte, dass sie sich nie mehr um diesen schrecklichen Kondomkram kümmern müsste. Es war eine Erleichterung. Rory hatte darauf bestanden, dass sie nach einigen riskanten Situationen die Pille danach nahm. Im Licht der Ereignisse kam ihr das nun ziemlich ironisch vor.
»Warum hast du sie benutzt, wenn du doch wusstest, dass du ins Leere schießt?«, fragte sie Gabriel eines Tages, nachdem sie sich im Swimmingpool der Villa geliebt hatten, die sie gemietet hatten. »Ins Leere schießen« – mit diesen Worten beschrieb er selbst seine Unfruchtbarkeit. Nun, da es heraus war, konnten sie locker und entspannt darüber reden. Es war kein Tabu mehr.
Er warf ihr einen ungläubigen Blick zu. »Weil ich ein verantwortungsvoller Mann der neunziger Jahre bin, Deirdre. Ich habe dir doch gesagt, ich habe mit vielen Frauen geschlafen, bevor ich dir begegnet bin. Ich renne nicht herum und verbreite unangenehme Krankheiten.«
»O ja«, antwortete sie entschuldigend. »Ich vergaß. Die erste Sorge der meisten Frauen ist es, eine Schwangerschaft zu verhüten.«
Manchmal dachte sie mit Sehnsucht an die Babys, die sie nie haben würde, und dann gewann eine pragmatische Seite in ihr die Oberhand, und sie fragte sich, ob es so nicht am besten sei. Sie wusste, dass manche Frauen zur Vollzeitmutter wurden, wenn sie mehr als ein Kind hatten, und etwas sagte ihr, dass sie nicht sehr gut darin wäre.

Auch war Eva ehrlich genug gewesen, ihr über die Schattenseite der Mutterschaft Auskunft zu geben. »Es ist verdammt harte Arbeit«, hatte sie gesagt. »Vor allem wenn du auch noch einen Job hast. Berufstätige Mütter sind Märtyrer – und ich gehöre zu den Glücklichen, die sich ein Kindermädchen leisten können.«
Manchmal fragte sie sich, was herausgekommen wäre, wenn sie nicht jenes Gespräch mit Sarah geführt hätte – wenn sie nie Gabriels Geheimnis entdeckt hätte –, und dann fühlte sie sich unbehaglich. Sie hätte vielleicht für den Rest ihres Leben geglaubt, dass ihr Kind von Gabriel und nicht von Rory sei. Und nun würde Lord Considine für den Rest seines Lebens im Paradies der Narren leben und glauben, dass sein Enkel seine Blutlinie fortführte. Nun, warum nicht, wenn es ihn glücklich machte? Gabriel hatte an dem Tag, an dem er ihr den Antrag gemacht hatte, gesagt, dass es in den Augen der Welt sein Kind sein würde, und sie nahm an, dass es so wäre. Und dann erinnerte sie sich an etwas anderes, das er einmal gesagt hatte: *Man kann verdammt gut alle Leute die ganze Zeit zum Narren halten, wenn man hart genug daran arbeitet.*

Es war seltsam, wieder in unbeständiges Wetter zurückzukommen nach den wunderbaren vierzehn Tagen in Südfrankreich, wo es manchmal am Abend noch warm genug war, um im Freien zu essen. Deirdre packte ihre leichten Sommerkleider weg und fand sich damit ab, in weiten Jogginghosen und sackartigen Hemden schwerfällig auszusehen. Und in Pullovern. Die Temperaturen waren in den Keller gefallen, und es war problematisch, das Haus zu heizen. Überall zog es. Deirdre gewöhnte sich an, entweder ein Feuer in der Bibliothek anzuzünden oder mit ihrem Laptop in der Küche zu arbeiten, in der ein Aga eine wunderbar tröstliche Wärme ausstrahlte. Das zweite Drehbuch machte gute Fortschritte. Sie hatte mehr Selbstvertrauen und arbeitete schnell. Sie achtete nicht auf das nachsichtige kleine Lächeln, das sie ab und zu auf Gabriels Lippen bemerkte, wenn er sie über der Tastatur antraf. »Musst du so schwer arbeiten, Liebes?«, fragte er dann. »Warum die Eile?«

»Ich will damit fertig sein, bevor das Baby kommt«, antwortete sie. »Es ist wichtig für mich, Gabriel – ich weiß einfach, dass, wenn ich nicht dranbleibe, ich es in die Schublade stecke und nie wieder einen Blick darauf werfe.«

Also arbeitete sie jeden Tag, umschlich ihr Drehbuch wie ein Terrier, bis sie das Gefühl hatte, es war bereit, ausgedruckt zu werden. An dem Tag, an dem sie es fertig hatte, ließ sie es mit einer Nachricht auf Gabriels Schreibtisch, in der stand: *Ich bin zu verlegen, um es Dir persönlich zu überreichen. Bitte lies es und sag mir, was Du davon hältst. Deine Dich liebende Frau Deirdre.* Dann machte sie einen langen Spaziergang. Sie schritt die ganze Halbinsel ab und ging bei Eleanor zum Tee vorbei, da sie sich schuldig fühlte, weil sie sie so lange nicht mehr besucht hatte.

Eleanor war schlecht gelaunt wegen des Wetters. »Das ist es jetzt«, sagte sie. »Wir müssen die Luken zwischen jetzt und April schließen. Nach November gehe ich selten aus dem Haus.«

»Mir macht der Wind nichts aus«, entgegnete Deirdre. »Solange ich gut eingepackt bin. Er fegt alle Spinnweben aus meinem Hirn. Es ist irgendwie aufmunternd.«

»Ich bin zu schwach, um an windigen Tagen auszugehen«, erwiderte Eleanor. »Aber ich weiß, was du meinst. Eigentlich kann ich vor allem den Regen nicht ertragen.

Manchmal regnet und regnet es tagelang, ohne aufzuhören.«
Als Deirdre Eleanors Cottage verließ, regnete es auf der anderen Seite der Bucht. Sie hörte es, bevor sie es fühlte; der Regen machte kleine, platschende Geräusche auf dem Meer und dellte die flache zinnfarbene Oberfläche des Wassers ein. Er holte sie ein, als sie die Landzunge überquerte, und sie war froh, die Lichter von Gabriels Landrover zu sehen, der auf sie zukam.
Er fuhr an den Rand und öffnete die Beifahrertür für sie. »Das wird zur Gewohnheit«, stellte er fest, als sie einstieg. »Dich vor den Fluten zu retten.«
»Tut mir Leid«, sagte sie und schüttelte Tropfen aus ihrem Haar. Dann beugte sie sich zu ihm und küsste ihn, »Nun?«
»Nun was?«
»Hast du eine Möglichkeit gehabt, dir mein Drehbuch anzusehen?«
Es entstand eine winzige Pause, und dann antwortete Gabriel: »Ja. das hatte ich.«
»Was hältst du davon?«
Er gab ein unverbindliches Geräusch von sich.
»Es hat dir nicht gefallen?«
»Nun, es ist wirklich nicht mein Ding.«
»Was meinst du damit?« Sie wusste, dass sie anfing, gereizt zu klingen.
»Du hast doch nichts dagegen, wenn ich völlig aufrichtig zu dir bin, Deirdre?«
Natürlich hatte sie etwas dagegen! »Nein«, antwortete sie mit sorgloser Stimme. »Ich habe nichts dagegen.«
»Ich fand es ein bisschen jugendlich.«
»Hm – mh?«
»Ich meine – auf welche Altersgruppe zielt es?«

»Ich weiß nicht«, gab sie zu. »Fünfzehn plus, nehme ich an.«
»Nun, du kennst mich. Ich gehe nicht oft ins Kino. Ich bin wirklich nicht in der Lage, es zu beurteilen. Du würdest es als einen Screwballfilm bezeichnen, oder?«
»Das sollte es sein, ja.« Sie konnte die Verletzung nicht aus ihrer Stimme heraushalten.
Gabriel drehte sich mit Sorge im Blick zu ihr um. »Oh, zur Hölle, Liebes. Es tut mir Leid. Ich will nicht negativ sein – es ist nur, dass ich gesehen habe, wie hart du daran gearbeitet hast, und ich fände es scheußlich, mir vorzustellen, wie enttäuscht du wärst, wenn du herausfändest, dass du deine Zeit verschwendet hast.«
»Es ist okay«, sagte sie dumpf. »Du hast Recht. Es war eine dumme Idee. Ich weiß nicht, wie ich darauf gekommen bin, dass ich das Talent zur Drehbuchautorin hätte. Es war verdammt anmaßend von mir.«
»Nein, sag das nicht. Viele Schauspieler experimentieren doch mit Schreiben, oder? Es war sicherlich einen Versuch wert, und du hast ein gutes Ohr für Dialoge. Du darfst nicht zu hart mit dir sein.«
Der Regen fiel nun stetig, während der Landrover die Biegung zur Auffahrt hinauffuhr.
»Was soll ich stattdessen tun?«, fragte Deirdre und sah hinaus auf die tropfenden Bäume. »Es wird ein langer Winter. Ich werde mir etwas einfallen lassen, um mich zu amüsieren.«
»Warum verbringst du nicht die Zeit damit, zu Versteigerungen zu gehen?«, schlug Gabriel vor. »Erinnerst du dich, dass du das mal gesagt hast? Dass du gerne Versteigerungen nach Considine-Erbstücken durchforsten möchtest? Du könntest Kurse in Restaurierung belegen.«

Es schien ihr eine ebenso gute Möglichkeit wie alle anderen zu sein. Deirdre seufzte. »Ja, vielleicht mache ich das. Ich gehe morgen in die Bibliothek und schaue, was angeboten wird.«

Die Broschüre, die aufzeigte, welche Abendkurse verfügbar waren, öffnete sich bei Blumenarrangements. Deirdre lachte hohl. Es wurde jedoch keine schlechte Auswahl angeboten. Kochen: Sie fühlte sich schuldig, weil sie Gabriel nichts Anständiges vorsetzen konnte. Er kochte nie, doch Gladys organisierte die meisten Mahlzeiten, oder sie aßen auswärts. Man musste Gabriels Kunden umschmeicheln, und er ermutigte sie, mitzukommen. Sie war von Vorteil, behauptete er, da sie jung und schön und so etwas wie eine Berühmtheit sei. Ihr Leinwandtod in *Ardmore Grove* zu Herbstanfang hatte einen großen Eindruck auf die Fernsehzuschauer im ganzen Land gemacht. Einer von Gabriels Kunden hatte, als er ihr vorgestellt wurde, gesagt: »Es ist ein Vergnügen, Sie kennen zu lernen, Mrs. Considine. Oder soll ich Sie Amber nennen? *Ardmore Groves* ›heiße Verführerin‹, nicht wahr? Ha, ha, ha!« Er hatte beim Abendessen neben ihr gesessen und ihr den ganzen Abend Zweideutiges zugeflüstert und dabei seinen Blick auf ihren Ausschnitt geheftet.

»Ich weiß, es ist anstrengend für dich, Liebes«, hatte Gabriel später zugegeben. »Aber ich bin dir wirklich dankbar für deine Mitarbeit. Es hat keinen Sinn, diese Burschen zu verärgern.«

Sie blätterte weiter durch die Broschüre. Restaurierung, Bienenzüchten, Kleiderschneidern, Karate – Drehbuchschreiben.

Ohne zu zögern, holte Deirdre ihr Filofax heraus und kritzelte zwei Telefonnummern hinein. Innerhalb einer Stunde hatte sie sich in zwei Abendkursen pro Woche eingeschrieben. »Zwei?«, meinte Gabriel. »Du bist ja wirklich eifrig. Du wirst bald dein eigenes Antiquitätengeschäft führen!«

Also verbrachte Deirdre ihre Dienstagabende mit ein paar Damen in Gucci-Schuhen und lernte etwas über französische Politur, Intarsien und Signaturen. Man hatte sie gebeten, ein paar Stücke mitzubringen, an denen sie arbeiten konnte (»Sie haben doch nichts dagegen, sich die Hände ein bisschen schmutzig zu machen, oder?«, hatte die Dame, die den Kurs leitete, munter gefragt, als sie sich eingetragen hatte), und sie fand einen kleinen Queen-Anne-Tisch in einem Trödelladen, der abgebeizt und poliert werden musste, und einen heruntergekommenen Schemel. Sie war beinahe ohnmächtig geworden, als der Händler ihr erzählt hatte, wie viel es sie kosten würde. Was für eine Branche, hatte sie gedacht, während sie einen Scheck von ihrem gemeinsamen Konto ausstellte. Die Damen im Kurs bemühten sich sehr, freundlich zu ihr zu sein, weil sie die Neue war. Sie hatten von Frühherbst an alle Kurse jede Woche besucht. »Es würde vielleicht Spaß machen, einen eigenen Dekostoff zu machen, um den kleinen Schemel neu zu beziehen«, sagte eine. »Vielleicht sollten Sie auch in Dekorationskurse gehen? Dann hätten Sie ein entzückendes Familienerbstück.«

Und an den Donnerstagabenden hing sie mit einer ganz besonderen Schar von Leuten herum und lernte alles über Plots, Schnitte und Dialoge. »Was hast du heute Abend gelernt?«, fragte Gabriel sie, wenn sie nach Hause kam. Deirdre musste immer erst nachdenken, bevor sie sagte: »Oh – wie man Perlstickerei wiederherstellt«, anstatt:

»Oh – alles über dramatische Auflösungen.« Sie gewöhnte sich an, die *Antiques Roadshow* und Sendungen über Möbelrestauration aufzunehmen, doch sie sah sie sich nie an.

Deirdre O'Dare hatte zu viel an ihrem Laptop zu tun.

17

Sie verbrachten Weihnachten und Neujahr in dem großen Haus – nur sie beide allein. Gabriels Schwester hatte vorgeschlagen, sie könnten zu ihr kommen – sie würde eine Weihnachtsfeier für die Familie gestalten –, doch Deirdre hatte geäußert, dass sie lieber in Carrowcross bleiben würde. »Es wird die einzige Möglichkeit sein, die wir je haben, Weihnachten als Paar zu verbringen«, hatte sie gesagt. »Außerdem fände ich die Fahrt dorthin ziemlich anstrengend, Gabriel.«

Deirdre war nun fast im achten Monat schwanger und fühlte sich ziemlich beschissen. Ständig hatte sie Rückenschmerzen, und sie bekam nun auch noch Sodbrennen. Ihr ungeduldiger Wunsch, dass das Ganze vorüber sein möge, bereitete ihr nachts Schwierigkeiten zu schlafen, und sie lag wach neben einem schlummernden Gabriel und stellte sich Fragen über die Geburt und das Baby, das sie in wenigen Wochen in den Armen halten würde.

Rorys Baby. Sie hatte mit aller Macht versucht, den Gedanken zu verdrängen, sobald sie es erfahren hatte, doch das hatte sich als unmöglich erwiesen. *Wenn du dir etwas oft genug vorsagst, kannst du dafür sorgen, dass es passiert. Du kannst es glauben.* Sie erinnerte sich an die Aufrichtigkeit, mit der Gabriel diese Worte in ihrer Hochzeitsnacht ausgesprochen hatte. Es hatte nicht geklappt. Sie verbrachte Stunden unter dem Baldachin des Himmelbetts damit, sich vorzustellen, wie das Baby wohl aussehen würde. Würde es ihre haselnussbraunen Augen haben

oder Rorys grüne? Hätte es ihre kastanienbraunen Haare oder Rorys blonde?
Es war auf jeden Fall groß. Der Gynäkologe hatte ihr bei ihrer letzten Untersuchung gesagt, dass ihr Baby wahrscheinlich ungefähr acht Pfund wiegen würde. Er hatte ihr auch gesagt, dass er auf dem Ultraschall erkennen könne, welches Geschlecht der Fötus habe, wenn sie es wissen wolle. Sie hatte abgelehnt.
Mitte Januar wurde Gabriel geschäftlich nach London gerufen. »Wenn etwas passieren sollte«, sagte er, »irgendetwas, lass es mich gleich wissen. Ich will um keinen Preis die Geburt meines Jungen verpassen.«
Deirdre fuhr zum Flughafen nach Knock, damit sie so etwas zu tun hatte. Allmählich hätte sie vor Langeweile schreien können. Sie hatte sogar begonnen, die Aufnahmen anzuschauen, die sie von der *Antiques Roadshow* gemacht hatte und die sie tatsächlich recht unterhaltsam fand. Ihr gefiel die Art, wie die Teilnehmer versuchten so auszusehen, als seien sie auch nicht im Entferntesten daran interessiert, wie viel ihr altes Stück einbringen könnte, und der Ausdruck tiefer Enttäuschung, den sie nicht verhehlen konnten, wenn man ihnen mitteilte, dass das Stück vielleicht »vierzig oder fünfzig Pfund wert sei« statt der vier- oder fünftausend, die sie erhofft hatten. *Blind Date* war noch eine Sendung, die sie wieder entdeckt hatte. Rory hatte sich immer über sie lustig gemacht, wenn sie sie angeschaut hatte.
Sie küsste Gabriel in der Abflughalle zum Abschied und ging zum Zeitschriftenladen. Zeitschriften waren so ziemlich der einzige Lesestoff, auf den sie sich zurzeit konzentrieren konnte. Sie gönnte sich *House and Garden, Tatler, Harpers* und *Hello!* und ging zur Kasse, um zu zahlen. Auf dem Weg dahin glitten ihr die Hochglanzmaga-

zine aus den Armen und fielen zu Boden, wobei die Seiten aufschlugen. Sie bückte sich mühevoll, um sie aufzuheben.

»Hübscher Hintern.«

Sie sah auf und hatte eine bissige Bemerkung auf den Lippen für den Kerl, der für den Kommentar verantwortlich war. Doch es fiel ihr nichts ein. Rory McDonagh stand da und sah auf sie herab. Zitternd atmete sie ein und stand dann ganz, ganz langsam auf, während sie beobachtete, wie Rory ihren Zustand verarbeitete. Er hatte die Luft fast so zittrig eingesogen wie sie und ließ sie dann mit einem leisen Pfeifen wieder heraus. »Wow«, sagte er. »Eine Prinzessin. Oder ein Prinz?«

»Ein Prinz«, erwiderte sie. »Glaube ich.« Beinahe hätte sie gesagt: »Hoffe ich.«

»Wann ist es soweit?«

»Anfang Februar.«

»Nun ja.«

Ein langes Schweigen. Deirdre brach es. »Was machst du hier?«, fragte sie.

»Dauernd stellst du mir diese Frage, O'Dare. Ich bin wegen Neujahr zurückgekommen. Um die Familie in Galway zu besuchen. Was machst du hier?«

»Ich habe meinen Mann ins Flugzeug gesetzt.«

»Den Gutsherrn der Gegend.« Rory lächelte sie aus schmalen Augen an. »Wie treu ergeben ist er?«

Ihr gelang ebenfalls ein Lächeln. »Er ist äußerst treu ergeben.«

»Hey! Du weißt, was das bedeutet.«

»Natürlich«, gab sie so locker zurück, wie sie konnte. »Es bedeutet ›äußerste Zuneigung für seine Gattin‹.«

»Und wie treu ergeben bist du?«

»Du meinst, wie gut bei den ehelichen Pflichten?«

»Hm.«
»Bei manchen besser als bei anderen.«
»Das kann ich mich vorstellen.« Wieder lächelte er sie an. »Du siehst verdammt klasse aus, O'Dare. Komm und trink was mit mir. Ich habe massenhaft Zeit und brauche jemanden, der mich unterhält. Ich habe gerade gehört, dass mein Flug sich zum dritten Mal verspätet hat.«
»Ich kann nichts trinken«, sagte sie. Sie konnte nicht mit Rory etwas trinken gehen.
»Warum nicht?«
»Wegen – wegen des Babys.«
»Ach komm, nimm's locker. Ein Glas Guinness wird ihm kein Fötusalkoholsyndrom bescheren.« Er bückte sich und hob die heruntergefallenen Zeitschriften auf. »Oh, sage ich da«, kommentierte er. »*House and Garden, Tatler* und *Harpers*. Bist ein wenig abgestiegen mit *Hello!*, nicht wahr, Liebling? Haben wir eine kleine *nostalgie de la boue* verspürt, nicht wahr, als wir dies da aus dem Regal genommen haben?«
»Ach, halt die Klappe, Rory«, sagte sie und entriss ihm die Zeitschriften. »Und was liest du zurzeit? *Variety*?«
»Tatsächlich habe ich dein Drehbuch noch mal gelesen.«
»Oh?« Sie warf ihm einen argwöhnischen Blick zu. »Warum?«
»Weil ich ein Exemplar an einen befreundeten Drehbuchautor weitergegeben habe. Er hält es wirklich für sehr gut.«
Sie spürte, wie sie errötete, als sie der Kassiererin eine Menge Geld für die Zeitschriften überreichte. »Ehrlich, Rory?«
»Ehrlich. Er wiederum hat es an jemanden anders weitergegeben, so dass es sich nun seinen Weg die glitzernde Karriereleiter hinaufbahnt, Liebling. Sei nur gewarnt –

der ganze Prozess dauert ewig, also rechne nicht zu bald damit. Es könnte ein ganzes Jahr dauern, bis du etwas Definitives hörst. Aber es ist ein sehr positiver Start.«

»Danke, Rory, dass du es an den Richtigen weitergegeben hast.«

»Gerne, Liebling.« Er steuerte sie in Richtung Bar. Deirdre bemerkte, dass die Leute ihn mehr ansahen als sie. Sie war daran gewöhnt, die Aufmerksamkeit von Fremden zu erregen – wegen *Ardmore Grove*, doch Rory bekam intensive Blicke zugeworfen, obwohl nichts in seinem Verhalten darauf hinwies, dass er sich dessen bewusst war. Es kam ihr irgendwie seltsam vor – als ob sie mit einem Weltstar ginge. Seine Kudos in L. A. gingen wohl ernsthaft in die Höhe. Sie hatte sein Foto von Zeit zu Zeit in Klatschspalten gesehen, und sie wusste, dass ein neuer Film, in dem er mitgespielt hatte, gut lief, doch nichts hatte sie auf dies hier vorbereitet. Der Film war im Multiplex in Castlebar gelaufen. Sie hatte ihn nicht gesehen. »Guinness?«, fragte er, als sie die Theke erreichten.

Sie nickte. »Ein Glas bitte.«

Sie trugen ihre Gläser an einen Ecktisch. Deirdre zog ihren Mantel aus und wünschte sich dann, sie hätte es nicht getan. Er hatte geholfen, ihren Bauch zu verhüllen.

»Wie ist es gelaufen?«, fragte Rory.

»Die Schwangerschaft? Die Ehe?«

»Beides.«

»Gut.« Deirdre nippte an ihrem Guinness. Sie wollte nicht mehr sagen. Sie wollte mit Rory über beides nicht reden. Sie dachte, dass sie vielleicht weinen müsste, wenn sie es täte.

Rory streckte eine Hand aus, als ob er die Wölbung ihres Bauches berühren wollte, und zögerte dann. »Hast du was dagegen?«, fragte er.

»Nein«, antwortete sie und sah auf seine Hand. »Ich habe nichts dagegen.«
Sobald Rorys Hand Kontakt mit Deirdres Bauch hatte, strampelte das Baby. Rory sah sie an, als hätte er einen Schlag abbekommen. »Mein Gott«, stieß er hervor. »Das ist das erste Mal, dass ich so was gefühlt habe.« Das Baby bewegte sich wieder, während Rory mit beiden Händen über ihren Bauch strich. Es fühlte sich schockierend erotisch an. »Wow«, meinte er. »Das ist verblüffend.«
O Gott. Sie würde gleich weinen. Sie musste gehen. Sie konnte mit dieser Situation wirklich nicht umgehen. Deirdre stand unbeholfen auf und setzte sich dann wieder hin; dabei sah sie ihn erschreckt an. »Au«, hauchte sie.
»Was ist los?«, fragte er.
»Ein Schmerz.«
»Ein Wehenschmerz?«
»Ich weiß nicht. Au«, sagte sie wieder.
»O Gott, Deirdre. Bist du in Ordnung?«
»Ja. Ich meine, ich weiß nicht.«
»Oh, Scheiße, O'Dare, sag mir nicht, dass du jetzt Wehen bekommst. Ich hätte mir denken können, dass so etwas passieren würde, als ich dich getroffen habe.«
Der Ausdruck in seinen Augen strafte die Leichtigkeit seines Tons Lügen. Er kniete jetzt neben ihr, sah sie an, und sie blickte weg. Sie wollte nicht sehen, was sie in seinen Augen sah. Sie konnte nicht damit umgehen. Sie hatte das schreckliche Gefühl, dass da in den grünen Tiefen Liebe sein könnte, genauso wie Sorge. Sie krümmte sich und wollte aufheulen; doch diesmal war es kein körperlicher Schmerz.
»Scheiße, Deirdre. Was soll ich tun? Ich bin in solchen Situationen nutzlos.«
Sie auch, doch sie konnte es sich nicht erlauben, die

Beherrschung zu verlieren. Sie atmete tief durch, richtete sich auf und holte ein Handy aus ihrer Tasche. »Ich rufe meinen Arzt an«, beschloss sie und versuchte die Situation in den Griff zu kriegen. Dann: »Verdammt. Die Batterie ist leer. Wo ist ein öffentliches Telefon?« Sie stand auf und setzte sich gleich wieder hin. »Au, au, au!«

»Dein Arzt wird am Telefon nichts tun können«, meinte Rory. »In welches Krankenhaus willst du gehen?«

»Castlebar General.« Irgendwann hatte Deirdre einmal eine Hausgeburt erwähnt, doch Gabriel hatte auf die Risiken hingewiesen, falls etwas schief gehen sollte. »Denk doch nur, Deirdre, wenn du einen Kaiserschnitt brauchen solltest. Das Krankenhaus hat die nötige Ausrüstung, falls es keine normale Geburt wird.« Sie hatte es eingesehen und sich seinen Wünschen gebeugt. Sie war auch insgeheim froh, dass sie im Krankenhaus die Möglichkeit einer Epiduralanästhesie haben würde. Sie war sich nicht sicher, wie tapfer sie wäre.

»Lass uns hinfahren.«

»Wie?«

»Mit dem Taxi. Oder glaubst du, du möchtest lieber eine Ambulanz?«

»Nein. Au.«

»Bist du sicher?«

»Ganz sicher.« Das Letzte, was sie wollte, war, in einem Notarztwagen mit heulenden Sirenen im Krankenhaus von Castlebar anzukommen und dann festzustellen, dass es nur falscher Alarm war.

»Okay. Gehen wir.« Er stand auf und schlang seine Tasche über die Schulter.

»Aber Rory – dein Flug!«

»Der kann warten. Ich habe lange genug auf *ihn* gewartet.«

»Aber – denk doch, Rory. Ernsthaft. Du wirst deinen Anschlussflug versäumen!«
»Deine Besorgnis ist äußerst rührend, meine Liebe, aber verschwende sie nicht an mich. Du bist diejenige, an die du denken solltest.«
»Aber – au – dein Gepäck wird verloren gehen. Was …«
»Mehr habe ich nicht, Deirdre«, erwiderte er und zeigte auf die Tasche an seiner Schulter. » Du kennst mich doch. Ich reise immer mit leichtem Gepäck.«
»Aber – aber …« O Gott, o Gott! Rory war der letzte Mensch auf der Welt, der sie ins Krankenhaus fahren sollte.
»Hör auf mit deinen langweiligen Abers. Es ist wichtiger, dich ins Krankenhaus zu kriegen. Außerdem hat mir so ein Barmherziger-Samariter-Dienst immer schon gefallen. Los komm.«
Er zog sie hoch, und zusammen gingen sie zum Ausgang, Deirdre stützte sich schwer auf seinen Arm. Die Leute schenkten ihnen ein gerührtes Lächeln oder starrten sie an, während sie durch die Halle schritten. Verdammt noch mal, dachte Deirdre. Sie dachten offenbar, dass Rory der Vater sei. Was er auch war. Au. Das war der Stoff, aus dem Albträume sind. Wann würde sie aufwachen? O Gott – Gabriel. Sie musste ihm mitteilen, was los war. Doch sie würde eine Ewigkeit nicht mit ihm reden können – er würde sein Handy im Flugzeug abgeschaltet haben.
»Rory?«, fragte sie. »Hast du ein Handy?«
»Leider«, gab er ziemlich betreten zurück.
»Hah! Du hast gesagt, du würdest nie eines haben. Ich hab dir doch gesagt, dass du dich verkaufen würdest.«
»Willst du damit andeuten, dass, nur weil ich ein Handy habe, ich mich verkauft habe? Du musst ja reden, wenn es ums Sich-Verkaufen geht, O'Dare. Du bist doch diejenige,

die den Gutsherrn geheiratet hat. Es würde mich nicht überraschen, wenn du angefangen hättest mit Blumenarrangieren und Kaffeetrinken am Morgen und dem Unterhalten von Geschäftskunden und dem ganzen treu ergebenen Scheiß.«

»Au«, machte Deirdre. »Halt die Klappe, Rory, und gib mir dein Handy.« Verlegen wandte er sich ab, während er ihr eines der technisch raffiniertesten Handys reichte, die sie jemals gesehen hatte. Mitleidig zog sie eine Augenbraue hoch. »Egal, was du übers Blumenarrangieren denkst, McDonagh. Sieht so aus, als ob du dich zu den Jungs mit dem Spielzeug gesellt hast.«

Sie gab Gabriels Nummer ein und wartete auf das Piepsen. Dann hinterließ sie ihm eine Nachricht. »Hi, Liebster. Du wirst kehrtmachen und direkt nach Hause kommen müssen. Oder besser, direkt ins Krankenhaus. Sieht so aus, als ob das frohe Ereignis ein bisschen verfrüht eintreten wird. Der Junge ist auf dem Weg. Ich telefoniere vom Handy eines Freundes, deshalb ruf mich unter dieser Nummer an, sobald du dein Telefon eingeschaltet hast.« Sie legte die Hand über das Handy und flüsterte: »Wie ist die Nummer, Rory?«

Zu ihrem Entsetzen nahm er ihr das Handy weg und diktierte die Nummer ins Netz. Dann gab er es ihr mit einem verwirrten Gesichtsausdruck zurück und fragte sich offensichtlich, warum sie so verdattert aussah. »Hm. Das war Rory McDonagh«, sprach sie ins Handy. »Er ist – hm – er ist – der Freund, über dessen Telefon du mich erreichen kannst. Au. Bis bald, Liebster. Sei so schnell, wie du kannst.« Sie schaltete das Telefon ab. »Danke«, sagte sie und gab es Rory zurück.

»Dein Taxi wartet«, sagte er und zeigte auf die schäbige Karre, die gerade vor den Schiebetüren vorgefahren war

und eine Frau mit drei Kindern ausspuckte. »Für eine Prinzessin eigentlich nicht passend, oder?«
»Auf jeden Fall besser als dein verdammter Saab«, erwiderte sie.
»Du solltest sehen, was ich in L. A. fahre.«
»Was, Rory? Lass mich raten! Einen Porsche? Einen Alfa Romeo? Nein – einen Jaguar!«
Sein Blick war so mitleidig wie der, den sie ihm zugeworfen hatte, als sie sein Telefon gesehen hatte. »Wie lange kennst du mich nun, Deirdre? Ich gebe nicht an. Ich fahre eine klassische Norton.«
»Eine Norton? Eins von diesen schrecklichen alten, kaputten Motorrädern?«
»Auf der kann man am besten reiten. Abgesehen von dem Ritt auf dir natürlich, O'Dare. Du warst immer ziemlich besonders.«
Sie boxte ihn mit dem Ellbogen in die Seite. Dann stieß das Baby zu, und gleichzeitig krümmte sie sich. »Au, au, au!«, schrie sie.

Als sie im Krankenhaus ankamen, nannte jemand Rory »Mr. O'Dare«, und Deirdre zuckte zusammen. Sie war erleichtert, dass sie ihren eigenen Namen behalten hatte. Es wäre noch schrecklicher gewesen, wenn sie ihn »Mr. Considine« genannt hätten.
»Du erwartest doch wohl nicht, dass ich mit dir in den Kreißsaal komme, oder?«, fragte er, während er die Tür zum Wartezimmer öffnete.
»Guter Gott, nein. Du hättest doch keine Ahnung.«
»Wie wird der Gutsherr damit fertig werden? Oder ist er mit dir zu Kursen in Geburtsvorbereitung gegangen?«
»Ja. Er weiß, was er zu erwarten hat. O Gott – da ist die furchtbare Moira. Es sieht so aus, als ob ich mit ihr durch

die Gänge laufen werde. Sie gehört zu den langweiligsten Menschen, denen ich je begegnet bin.«

»Was meinst du damit: durch die Gänge laufen?«

»Sie halten einen gerne so lange wie möglich auf den Beinen. Offenbar bewirkt das eine aktivere Geburt.«

»Zum Teufel mit all dem aktiven Laufscheiß«, fluchte Rory. »Ich würde mir die Epiduralspritze geben lassen und wegrennen, wenn ich du wäre.« Er küsste sie auf die Wange. »Ich informiere dich, sobald ich etwas von dem Herrn Considine höre«, versprach er ihr. »In der Zwischenzeit blättere ich in *House and Garden* und dem *Tatler* und *Harpers* und *Hello!*. Brauch nicht zu lange, ja, Liebling? Ich habe nämlich eine ziemlich niedrige Langweileschwelle, wie du weißt.«

»Sehr witzig, Rory.« Sie drehte sich um, um der Schwester zu folgen, die sie auf die Entbindungsstation bringen sollte; dabei bemerkte sie, wie das Mädchen dauernd verstohlene und beeindruckte Blicke auf den Filmstar warf. Er lehnte an einer Säule im Wartezimmer und beobachtete sie. »Auf Wiedersehen, Rory. Danke«, sagte sie.

»Viel Glück, Süße.« Er grüßte sie mit einer Geste seiner Hand, an die sie sich so gut erinnerte.

Deirdre ging weiter den Flur entlang. »Der Vater?«, fragte die Schwester.

»Nein«, antwortete Deirdre. »Er ist – äh. Er ist nur ein Freund.«

Als Gabriel eintraf, waren die Wehen weit fortgeschritten, und sie hing an einer Epiduralanästhesie. Sie konnte erkennen, dass Gabriel ein wenig enttäuscht war. Er hatte gehofft, sie würde eine völlig natürliche Entbindung haben können, ohne jeden medizinischen Eingriff. Zwischen den Wehen informierte er sie über seine abrupte Umkehr

am Flughafen Heathrow. »Ich habe sofort die Handynummer angerufen und mit deinem Freund gesprochen. Verdammt anständig von ihm, zu warten, bis ich hergekommen bin.«
»Ist er weg?«
»Ja. Ich habe den Kopf in den Wartesaal gesteckt, um ihm zu danken, bevor ich hergekommen bin.«
»Au.« Deirdre war erschreckt darüber, wie traurig sie sich bei dieser Nachricht fühlte. Eine Wehe packte sie. »O Scheiße! Das ist furchtbar!«
»Keine Sorge, Liebes. Du hast es fast geschafft.«
»Jetzt pressen!«, sagte der Doktor.
»Pressen, Liebes! Braves Mädchen«, lobte Gabriel. »Denk an deine Atmung.«
Deirdre versuchte, sich an das Atmen zu erinnern, das sie in ihrem Geburtsvorbereitungskurs gelernt hatte, doch es fiel ihr nicht ein.
»Und noch mal«, sagte der Arzt. »Einen Moment ausruhen. Und wieder pressen. Es kommt jetzt schnell.«
Sie fühlte sich wie eine Frucht, die man in zwei Hälften gespalten hatte.
»Ausgezeichnet, Liebes. Das machst du wunderbar«, sagte Gabriel. »Wow, ich kann seinen Kopf sehen!«
»Was für eine Haarfarbe hat er? Au!«
»Ich weiß nicht. Es ist zu nass, um es zu erkennen.« Dann: »Sein Kopf – sein ganzer Kopf ist draußen!«, rief Gabriel. »Er dreht seinen Kopf! Das ist das Verblüffendste, was ich jemals gesehen habe!«
»Möchten Sie sich ein wenig aufsetzen, Ms. O'Dare?«, fragte der Arzt. »Einen Blick darauf werfen?«
»O Gott, nein!« Die Aussicht, nach unten zu schauen und zu sehen, wie ein menschlicher Kopf aus ihr herausragte, erfüllte sie mit Entsetzen. »Au, au, au!«

»Er ist draußen!«, schrie Gabriel. »Oh, gut gemacht, Liebes – du schlaues Ding!«
Der Arzt hielt das Baby in die Höhe. »Gut gemacht, Ms. O'Dare«, sagte er. »Sie haben ein schönes Mädchen.«
Deirdre blickte auf zu dem Wesen, das er hielt. »Oh«, meinte sie nur. »O nein!« Ihre Hände flogen zu ihrem Gesicht. »O nein – schau dir mein kleines Mädchen an! Sie ist so schön!«
Deirdres Tochter betrachtete den Raum aus heiteren schieferblauen Augen. Ihr unsteter Blick fiel auf ihre Mutter, und Deirdre dachte, sie habe noch nie einen Ausdruck von so unendlicher Weisheit auf einem menschlichen Gesicht gesehen.
Der Arzt legte ihr das Baby auf den Bauch, und Deirdre sah sie lange und immer wieder an. Ich bin verliebt, dachte sie. Ich bin völlig und bis über beide Ohren verliebt. Dann hob sie den Kopf, um Gabriel anzusehen, doch er war fort. Die Tür des Kreißsaales schwang hinter ihm zu.

»Es tut mir Leid«, sagte er später. »Es tut mir so Leid, Liebes. Bitte hasse mich nicht.«
»Ich hasse dich nicht, Gabriel.« Sie saß gegen einen Stapel Kissen gelehnt und hatte ihr Kind an der Brust, fühlte sich völlig ausgelaugt. Glücklicherweise hatte es nur wenig Überredungskunst gebraucht, bis das Baby angedockt hatte.
»Es ist meine eigene Schuld, ich hätte dem Fötus nie ein Geschlecht zuschreiben sollen. Es tut mir Leid. Ich war so völlig besessen von dem Gedanken an einen Sohn.«
»Ich weiß.«
Gabriel sah hinab auf das kleine Wesen, das hartnäckig an Deirdres Nippel saugte. »Sie ist schön.«

»Ja, das ist sie.«
»Wie sollen wir sie nennen?« Ihr Sohn hätte Henry heißen sollen, nach Gabriels Vater. »Sarah, nach meiner Mutter?«
»Nein. Ich will, dass sie einen irischen Namen bekommt.« Sie konnte an seinem Gesichtsausdruck erkennen, dass er nicht gerade begeistert von der Idee war. »Deirdre?«, fragte er. »Sollen wir sie Deirdre nennen, nach dir?«
Deirdre von den Sorgen. »Nein. Ich habe meinen Namen immer gehasst. Ich will sie Aoife nennen.«
»Noch mal?«
»Aoife. Der irische Name für Eva. Es wird *Oephe* ausgesprochen, aber man schreibt es A-O-I-F-E.«
»Oh. Aoife.« Sanft legte er eine Hand auf den Kopf des Babys. »Gut, gut. Wie geht es dir? Es ist ein Vergnügen, dich kennen zu lernen, Aoife Considine.«
Aoife McDonagh. Sie verdrängte den Gedanken. »Aoife war eine irische Prinzessin aus der Mythologie«, erklärte sie. »Eine Kriegerprinzessin. Und Eva hat Dorcas einen irischen zweiten Namen – Daíre – gegeben, nach mir. Ich möchte mein Baby nach Eva nennen.«
»Schön.« Gabriel wurde plötzlich geschäftig. Er fing an, auf seinem elektronischen Organizer herumzudrücken. »Ich gehe besser und erledige ein paar Anrufe«, sagte er. »Schau nur, wie lang diese Liste ist! In ein paar Stunden wird dieses Zimmer voller Blumen sein.« Er beugte sich herab und küsste sie auf die Stirn. »Versuch, ein wenig zu schlafen«, riet er ihr.
»Ich bin komischerweise gar nicht müde. Nur ausgelaugt.«
»Nun, du hast genug Zeitschriften, um dich zu amüsieren, bis ich wieder da bin.« Die Zeitschriften, die sie am Flughafen gekauft hatte, waren von einer Schwester im Zimmer gelassen worden. »Ich rufe erst deine Mutter an.«

»Gabriel?«, sagte sie plötzlich. »Bitte ermutige nicht zu viele Leute zum Anrufen. Mir ist nicht danach, mit jemandem zu reden.« Tatsächlich fürchtete sie sich richtig davor, mit Gabriels Vater zu sprechen.

»Okay.« Er küsste sie noch einmal und verschwand durch die Tür.

Deirdre saß da und starrte Aoife lange an. Sie war eingedöst. Ganz vorsichtig löste sie den Nippel aus dem winzigen Rosenknospenmund und schlüpfte aus dem Bett. Sie legte das Baby in die Wiege neben dem Bett und streckte sich probeweise, zuckte aber sofort zusammen. Als sie sich wieder zwischen die Laken legte, bemerkte sie, dass jemand ihr *Hello!* auf der Kinoseite geknickt und etwas darauf gekritzelt hatte. Das war ja ganz schön frech von der Schwester, dachte sie, ihre Zeitschriften zu verunstalten, bevor sie auch nur die Möglichkeit gehabt hatte, sie zu lesen!

Sie nahm die Zeitschrift und sah auf das Foto, um das jemand einen Kreis gemalt hatte. Es war ein Foto von Rory, der gerade mit einer Schönheit am Arm aus dem Lokal in L. A. kam. Die Schönheit lächelte in die Kamera. Rory funkelte sie unter einem Groucho-Marx-Bart und einer Brille an, die er selbst gemalt hatte. Auf dem Graffiti dazu stand: *Dachte, ich mach das besser, bevor Du es machst … Ruf mich unter der Nummer an und lass mich wissen, wie es Mutter und Kind geht, ja?* Die Nummer, die er an den Rand gekritzelt hatte, sah aus, als ob es dieselbe Handynummer wäre, die er auf Gabriels Voice-Mail gesprochen hatte.

Sie betrachtete die Nummer. Dann sah sie Aoife an. Dann griff sie zum Telefon.

Es dauerte eine Ewigkeit, bis er abnahm. »Hi«, sagte er dann.

»Hi.«
»Es tut mir Leid, können Sie ein bisschen lauter sprechen? Es ist verdammt laut hier. Eine Schar Nonnen ist gerade angekommen, und sie sind wirklich in Partystimmung.« Sie hob die Stimme. »Hi, Rory – hier ist Deirdre.«
»Süße! Wie geht es dir?«
»Okay. Ich habe deine Nachricht in der *Hello!* bekommen. Bist du noch am Flughafen?«
»Ich hätte wissen sollen, dass du als Erstes, nachdem du Stunden im Kreißsaal verbracht hast, *Hello!* aufschlagen würdest. Ja. Ich bin immer noch an dem verflixten Flughafen. Ich habe verdammt viel Mühe gehabt, um einen Flug zu kriegen. Was hast du gekriegt?«
»Ein Mädchen. O Rory – du hättest dir nicht solche Mühe machen sollen. Ich habe wirklich Schuldgefühle, weil du immer noch am Flughafen rumhängst, wo du doch inzwischen schon halb über dem Atlantik sein solltest.«
»Halt den Mund, O'Dare. Du weißt, ich konnte es noch nie ertragen, Zielscheibe deiner Schuldgefühle zu sein. Wie ist sie?«
»Mein Baby?«
»Nein. Die Schwester, die sich um dich kümmert.«
»Oh. Nun, sie ist sehr nett. Sie ist auch sehr sexy, Rory. Sie würde dir gefallen. Sie heißt Fiona und ist …«
»Lass das, O'Dare! Sag mir sofort, wie sie ist.«
»Sie ist schön.«
Eine Pause. Dann sagte Rory: »Das glaube ich.« Sie konnte das Lächeln in seiner Stimme hören. »Sieht sie aus wie du?«
»Nein.«
»Sie kommt also nach dem Gutsherrn?«
»Nein.«
»Nach wem dann?«

»Sie sieht weder aus wie ich noch wie Gabriel.«
»Ein Wechselbalg!«
»Ein äußerst schöner Wechselbalg.«
»Welche Augenfarbe hat sie?«
»Das ist noch zu früh. Ich werde es erst in ungefähr sechs Wochen wissen. Im Moment sind sie schieferblau.«
»Und ihre Haare?«
»Ich habe das Gefühl, dass sie blond wird.«
»Kein Scheiß, O'Dare. Wer in deiner Familie hat blondes Haar?«
»Meine Großmutter mütterlicherseits«, log sie.
»War *sie* eine Schönheit?«
»Ja.«
»Nun – dein Mädchen hat gute Gene, Deirdre. Stillst du sie?«
»Ja.«
»Wow. Au.«
»Du klingst wie ich, als ich in den Wehen lag.«
»War es hart?«
»Sagen wir, es ist höchst unwahrscheinlich, dass ich das jemals wieder über mich ergehen lasse.« Sie hätte obendrein noch ein hohles Lachen hinzufügen können.
»Dann triffst du besser die nötigen Vorsichtsmaßnahmen, Baby.«
»Ja«, antwortete sie.
In dem Schweigen, das zwischen ihnen entstand, konnte Deirdre im Hintergrund die Ankündigungen auf dem Flughafen hören. Dann sprach Rory endlich: »Gut. Mein Flug wird endlich aufgerufen. Ich begebe mich besser zur Abflughalle.«
Sie schluckte schwer. »Okay.«
»Wir bleiben in Kontakt, Deirdre.«
»Ja.«

»Und ich lasse dich wissen, wenn etwas mit deinem Drehbuch passiert.«
»Ich werde nicht darauf warten.«
»Vernünftiges Mädchen. Aber gib die Hoffnung nicht auf.«
»Das werde ich nicht. Auf Wiedersehen, Rory.«
»Auf Wiedersehen, Süße. Pass auf dich auf.« Das sagten die Leute immer zu ihr. Ein Klicken und dann Stille. O Gott. O Gott. Oh, Gott im Himmel, bitte hilf mir, betete sie, während in ihr die Gefühle aufwallten. Ihr Herz tat ihr jetzt weh, genauso wie andere Teile von ihr, die so hart gekämpft hatten, um Rory McDonaghs Baby in diese Welt zu pressen. Er wäre so stolz gewesen, wenn er gesehen hätte, wie schwer sie gearbeitet hatte!
Deirdre legte den Hörer hin, gerade als Gabriel zurück ins Zimmer kam. »Ich habe mit deiner Mutter gesprochen«, berichtete er. »Sie sagt, sie ruft dich an – hey! Was ist denn los, Liebes?«
Gabriel nahm seine Frau in die Arme. Tränen strömten ihr übers Gesicht. »Nichts«, schluchzte sie.
»Wie kannst du sagen, dass nichts los ist?«, ermahnte er sie. »Schau dich doch an, Liebes! Du hast großen Kummer! Was ist los?«
»Wochenbettdepression«, schluchzte sie. »Das muss es sein. Wir haben das doch im Geburtsvorbereitungskurs gelernt, erinnerst du dich?«
»Ach, mein Engel.« Gabriel wiegte sie in seinen Armen. »Du bist schlimm dran, nicht wahr?«
»Ich höre bald auf«, sagte sie. »Ich weine nie lange.« Sie ergriff den Rand des Lakens und wischte sich damit die Augen ab.
»Ich laufe runter zum Krankenhausladen und kaufe ein paar Papiertaschentücher«, sagte Gabriel. Er war der ein-

zige Mensch, den Deirdre kannte, der Tempos Papiertaschentücher nannte. Sie sah hinab auf das Laken. Es war ganz nass. Die Zeitschrift *Hello!* lag immer noch auf der Decke. Rory sah zu ihr auf, lächerlich in seiner Groucho-Marx-Verkleidung. Sie fragte sich plötzlich, was Gabriel täte, wenn sie ganz beiläufig auf das Foto zeigen und sagen würde: »Übrigens, das ist Aoifes echter Vater.« Sie fing an zu lachen.

»Geht es dir gut, Liebes?« Gabriel sah besorgt aus.

»Ja«, brachte sie heraus. »Ja. Jetzt geht es mir gut, wirklich.« Noch ein Lachen brach aus ihr hervor.

»Guter Gott«, meinte Gabriel und sah verblüfft drein. »Wie war das noch mal mit Sonne und Regen?«

»Du gewöhnst dich besser daran, Liebster«, sagte sie. »Mein Körper wird wie die Büchse der Pandora sein mit all den Hormonen, die darin aufsteigen.«

»Pandora! Das ist ein schöner Name.«

»Nein«, sagte Deirdre entschlossen. »O schau! Sie wacht auf. Bring sie mir, Gabriel, ja? Ich versuche, sie noch mal zu stillen.«

Als Gabriel das Baby vorsichtig in Deirdres Arme legte, klingelte das Telefon neben ihrem Bett. Es war ihre Mutter. »Wie geht es meiner Tochter? Und wie geht es meiner Enkelin?«

»Sie ist schön«, antwortete Deirdre und blickte hinab auf Rory McDonaghs Baby. »Sie ist Aoife.«

18

Nach der Geburt fühlte sich Deirdre absolut nicht gesellig. Sie war verpflichtet, routinemäßig Gabriels Kunden zu umschmeicheln, doch sie war nicht in der Lage, Aoifes Taufe zu organisieren, bis das Baby neun Monate alt war. Sarah kam zu dem Anlass und Gabriels Bruder Hugo, doch sein Vater lehnte die Einladung ab, behauptete, es gehe ihm nicht gut genug, um reisen zu können. Gabriel hatte vorgeschlagen, Sarah zu Aoifes Patin zu machen, doch Deirdre bestand darauf, das Maeve und Bart sich die Ehre teilten, als Paten von Aoife Considine bestimmt zu werden. Sie wollte ihr Baby mit den Menschen umgeben, denen sie am meisten auf der Welt vertraute. Sie hatte gehofft, dass Eva ebenfalls Patin werden könnte, doch die Schauspielerin arbeitete in der Sahara an irgendeinem Kunstfilm, und es hatte sich als unmöglich erwiesen, mit ihr Kontakt aufzunehmen.

»Mach dir keine Sorgen wegen Daddys Nichterscheinen«, sagte Sarah nach der Feier. Sie tranken Tee auf dem Rasen von Carrowcross House. Gabriel hatte ihn in seiner ursprünglichen Form neu anlegen lassen, und er sah fantastisch aus. Obwohl es Herbstmitte war, war es ein schöner Tag. Der milde Sonnenschein schien alles und alle, die er berührte, zu vergolden. Sarahs Kinder liefen hin und her durch die Glastüren, und die Gäste standen alle mit Susie-Cooper-Teetassen herum und sahen elegant, glücklich und entspannt aus. Alle hätten direkt aus einer Werbung für Ralph Lauren stammen können, was zurzeit

Deirdres bevorzugtes Label war. »Daddy ist furchtbar eigensinnig, weißt du«, fuhr Sarah fort. »Er wird nach einer Weile nachgeben, und wenn du einen Sohn und Erben hervorbringst, wird er dich mit Aufmerksamkeit nahezu überschütten.«

Oh, dachte Deirdre. Vielleicht war es ganz gut, dass sie nie den Sohn und Erben hervorbringen würde. »Was, wenn ich keine Kinder mehr bekomme?«, fragte sie vorsichtig.

Aoife sah aus hellen, smaragdblauen Augen zu ihr auf. Sie ließ einen plötzlichen Schrei los, und Deirdre gab ihr gehorsam eine Brustwarze.

»Du wirst Massen davon haben, daran habe ich keinen Zweifel«, erwiderte Sarah locker und strich Aoife über die Wange. »Schau dir nur dieses gesunde Wesen an, das dir da gelungen ist. Und übrigens, glaub nicht an das alte Ammenmärchen, dass du nicht empfangen kannst, während du stillst. Das ist mir passiert. Ich war mit meinem zweiten Kind schwanger, noch bevor ich das erste abgestillt hatte.«

»Nun, es besteht keine große Möglichkeit, das mir dasselbe passiert«, erwiderte Deirdre.

»Oh?«

»Nun – ich, ähm – wir sind wirklich vorsichtig, was Geburtenkontrolle angeht. Ich bin im Augenblick einfach noch nicht bereit für ein weiteres Baby.«

Tatsächlich liebten sie sich zurzeit so gut wie gar nicht mehr. Sie empfand selten das Bedürfnis, und sie hatte den Verdacht, dass Gabriel sie seit der Geburt für körperlich ziemlich unattraktiv hielt. Sie wusste, sie sollte sich mehr um ihr Äußeres kümmern, doch sie war so beschäftigt mit dem Baby, dass es schwer war, Zeit dafür zu finden. Gladys war ein Traum und sorgte sich für sie um tausend Dinge, doch Gladys konnte Aoife nicht stillen, die am zweiten Tag ihres Lebens von Dorcas Lavery-Lawless gelernt zu haben schien, dass die Mutter es ihr erlauben würde, das ganze Leben an ihrer Brustwarze zu verbringen, wenn sie nur fordernd genug wäre. Eva hatte Deirdre schon zwei Tage nach Aoifes Geburt besucht, weil sie nach L. A. flog, um wieder eine berufstätige Mutter zu sein. »Dein Mutterschaftsurlaub hat ja nicht lange gedauert, Eva«, hatte Deirdre bemerkt. »Ich weiß, Liebes«, erwiderte Eva mit einem ziemlich schuldbewussten Lachen. »Um die Wahrheit zu sagen, habe ich mich ein ganz klein wenig zu langweilen angefangen und wurde wirklich richtig eifersüchtig auf David, weil er ständig auf Achse war; als dann also das Filmangebot kam, das ich nicht ablehnen konnte, habe ich auch nicht abgelehnt. Ich liebe meinen Liebling Dorcas wie wahnsinnig, aber eine Frau braucht manchmal etwas mehr in ihrem Leben, wie ich entdeckt habe.«

Deirdre begriff allmählich, dass etwas Wahres daran war. Nach einem inneren Kampf hatte sie ihr Drehbuchschreiben aufgegeben. Es war einfach zu schwierig, sich darauf zu konzentrieren. Es war so viel leichter, geistlose Dinge zu erledigen, wie zu tapezieren oder ab und zu Möbel abzuschleifen in der wenigen freien Zeit, die sie hatte, während Aoife schlief – was nicht oft der Fall war. Sie war ein außergewöhnlich munteres, aufgewecktes Kind, und sie entwickelte einen boshaften Sinn für Humor. Deirdre erinnerte sich daran, wie Rory einmal auf Dorcas' boshaften Sinn für Humor angespielt hatte. Nun hatte er eine Tochter mit einem boshaften Zug, von der er nichts wusste. Es war wirklich ironisch, dachte sie. Und dann traf sie ein anderer Gedanke. Es war nicht ironisch. Es war schrecklich, schrecklich traurig. Es war höchst unwahrscheinlich, dass Rory seine Tochter jemals kennen lernen würde.

»Ich würde sagen, das musst du auch tun. Ich meine, wegen der Verhütung aufpassen.« Deirdre bemerkte, dass Sarah immer noch redete. »Ich erinnere mich, dass Daisy einmal sagte, dass sie noch nie jemanden mit einem so ausgeprägten Sexualtrieb begegnet sei wie meinem Bruder. »Oh.« Sie sah Deirdre entschuldigend an. »Ich hoffe, du hast nichts dagegen, wenn ich Daisy einfach so erwähne? Ich weiß, es ist immer schwer für eine zweite Ehefrau, den Namen der ersten zu hören.«

»Nein.« Deirdre hatte wirklich nichts dagegen. Sie wusste, dass Gabriel gesagt hatte, er sei über die Tragödie des Todes seiner ersten Frau hinweg, doch verständlicherweise war Daisy nicht oft ein Gesprächsthema. »Wie war sie denn? Ich habe nie auch nur ein Foto von ihr gesehen. Gabriel ist zu rücksichtsvoll, um Fotos von Daisy aufzustellen.« Er hatte aber nichts dagegen, die anderen Mitglieder seiner Familie zu zeigen. Die Wände des Hauses waren bedeckt mit Porträts seiner Vorfahren, und der Sims des Kamins in der Bibliothek wurde kaum je abgestaubt, weil Gladys das für zu aufwändig hielt. Er stand voll mit gerahmten Fotos von Gabriels Eltern und Geschwistern in jedem vorstellbaren Stadium ihres Lebens und ihrer Entwicklung. Komischerweise gab es nicht so viele Fotos von ihr und Aoife – nur das Original des Fotos, das er aus der *Irish Times* ausgeschnitten hatte und das sie für ihn hatte rahmen lassen, ein offizielles von ihnen dreien zusammen kurz nach Aoifes Geburt und das Foto, das er von ihr auf dem Croagh Patrick gemacht hatte an dem Tag, als sie ihm erzählt hatte, dass sie schwanger sei. An dem Tag, an dem er um ihre Hand angehalten hatte.

»Man muss sagen, dass Daisy ziemlich klasse aussah«, sagte Sarah schließlich. Sie hatte offenbar überlegt, wie viel sie über Daisy erzählen durfte und wie viel sie zurückhalten sollte. »Die Art Mädchen, die in der Schule am beliebtesten ist. Du hättest sie gemocht – und sie hätte dich geliebt. Sie war fasziniert vom Schauspielen und von Schauspielerinnen, hat immer gesagt, dass sie das auch getan hätte, wenn sie nicht Gabriel geheiratet hätte.«

»Sie hat nie gearbeitet, oder?«

»Nicht wirklich. Sie spielte mit dem Gedanken, Montessori-Lehrerin zu werden, und sie hat einen Kochkurs gemacht mit der Aussicht, vielleicht eines Tages ein Restaurant aufzumachen, doch sie hat das nie umgesetzt. In vielerlei Hinsicht war sie ein sehr altmodisches Mädchen. Eine Hausfrau würdest du sie wohl nennen. Und sie hatte ein tolles Auge für Antiquitäten. Sie holte wirklich schrecklich aussehende Stücke aus Trödelläden heraus und verwandelte sie.«

O Gott, dachte Deirdre. Daisy war all das, was ich niemals sein könnte. Kein Wunder, dass Gabriels Vater nicht zur Taufe kommen wollte. Er konnte den Gedanken an ein zweites Treffen mit diesem Klotz von einer Schwiegertochter nicht ertragen, die nicht einmal so etwas wie das Geschlecht seines Enkels richtig hinbekommen konnte.

Deirdre stand auf. »Kann ich dir noch etwas Tee bringen, Sarah?«, fragte sie.

»Ja, bitte. Ich nehme Aoife so lange. Oh, und könntest du mir eines von diesen kleinen Vol-au-Vents bringen?« Deirdre übergab das Baby, und Aoife drückte ihr Missfallen über die Übergabe mit einem lauten Quietschen aus.

»Natürlich«, erwiderte Deirdre.

»Könntest du auch zwei bringen? Ich weiß, sie richten Unheil bei meiner Figur an, doch sie sind absolut köstlich. Hast du sie gemacht?«

»Nein«, sagte Deirdre kläglich. »Gladys.«

Später an diesem Nachmittag überließ sie Aoife Gladys und ging mit Maeve und einer Flasche Jahrgangs-Veuve-Cliquot in die Bibliothek, Maeve wanderte in dem Raum umher und betrachtete ihn.

»Der Sekretär ist neu, nicht wahr? Nun, alt-neu, wenn du weißt, was ich meine. Und diese Chaiselongue. Wow, Deirdre – dieser Raum sieht wirklich toll aus.« Maeve drehte sich wieder zu Deirdre um, als sie den Champagnerkorken knallen hörte, und reichte ihr ihr Glas. »Du übrigens auch. Ganz Dame des Hauses.«

Deirdre war in Kaschmir und Wolle von Ralph Lauren gekleidet. Es war ein Ensemble, das sie zuletzt im Newport House bei einem Abendessen mit einem von Gabriels Kunden getragen hatte, und sie fühlte sich darin sehr erwachsen. Die Leute schienen sie ernster zu nehmen, wenn sie es anhatte. Es war auch so schön geschnitten, dass es die ziemlich stämmigen Umrisse ihrer Hüften und Schenkel verbarg. Nun betrachtete sie mit einem Hauch von Neid Maeves anmutige Formen, die lockere, fließende Seide trug. Sie hatte sich nicht wirklich gut in den Kleidern gefühlt, die sie gekauft hatte, seit sie verheiratet war. Sie wünschte sich plötzlich, sie würde ihr schönes Nicole-Farhi-Kleid tragen statt diese Parodie eines Erwachsenen-Ensembles. Sie kam sich im Moment nicht gerade sehr erwachsen vor, nur unbehaglich, und es war viel zu heiß bei diesem ungewöhnlich warmen Wetter.

Maeve setzte sich auf die Chaiselongue und legte die Füße auf den kleinen Schemel, den Deirdre aufgepolstert hatte, als sie ihren Möbelrestaurierungskurs gemacht hatte. Sie hatte einen Stoff dafür erfunden, wie es ihr die Frauen in ihrem Kurs empfohlen hatten.

»Woher kommt all der Kram hier?«, wollte Maeve wissen.

»Hat Gabriel seit der Hochzeit noch mehr Möbel aus England kommen lassen?«
»Nein«, antwortete Deirdre und setzte sich ihrer Freundin gegenüber auf einen Kaminstuhl. »Ich habe nach Stücken gestöbert, die mir gefallen. Gabriels Sachen sind schön, doch manche sind für meinen Geschmack zu monumental. Ich habe einiges restauriert, nichts Großes. Ich bin nicht sehr gut darin, aber es hat mir die Zeit vertrieben, als ich schwanger war. Ich habe an dem Stoff für diesen Schemel gearbeitet. Es ist eine Reproduktion eines Designs von Charles Rennie Machintosh.«
»Du hast das gemacht?« Maeve klang so überrascht, dass es wenig schmeichelhaft wirkte.
»Ja. Schau nicht zu genau hin. Du wirst all die Fehler entdecken.«
»Na ja. Du bist tatsächlich domestiziert worden. Wo ist denn dein rebellischer Zug geblieben, O'Dare?«
»Ich weiß nicht. Ich bin im letzten Jahr viel klüger geworden, Maeve. Ich glaube, ich habe endlich meine Prioritäten richtig gesetzt.«
»Wirklich?« Maeve sah sie neugierig an.
»Ja. Ich meine, Gabriels Arbeit hat zum Beispiel Priorität. Eine Zeit lang war ich stur und hab darauf bestanden, dass mein Schreiben so wichtig sei wie seine Architektur, und dann sind mir die Augen geöffnet worden. Gabriel bezahlt die Rechnungen, ich nicht. Außerdem ist Aoife mehr oder weniger ein Ganztagsjob.« Deirdre stand auf und ging zum Fenster. Draußen konnte sie Gladys mit Aoife auf der Hüfte sehen, die einen Teller mit Vol-au-Vents herumreichte. Ihre Mutter sprach mit Gabriel und lachte über etwas, das er gerade sagte. Ihr Vater machte mit Eleanor an seinem Arm einen Rundgang in dem neu angelegten Garten. Bart stand auf der

Treppe, ganz ins Gespräch mit Hugo vertieft, der ziemlich verwirrt aussah. Als Bart anfing, Luftgitarre zu spielen, begriff Deirdre, warum. »Mit meiner Drehbuchkarriere stand ich auf verlorenem Posten. Ich war eine verrückte Spinnerin, als ich dachte, ich könnte es als Autorin jemals schaffen.«

»Das hat Rory aber nicht gesagt.«

»Was?« Deirdre fuhr am Fenster herum.

»Das hat Rory aber nicht gesagt. Er war sehr beeindruckt von dem, was du geschrieben hast.«

»Ist er aus L. A. zurück?«

»Nein.« Maeve beobachtete Deirdre aufmerksam. »Aber wir sind in Kontakt. Waren wir immer.«

»Wann hat er dir von meinem Drehbuch erzählt?« Deirdre versuchte ihr Bestes, um beiläufig zu klingen, doch sie erkannte, dass Maeve nicht überzeugt war. Sie wünschte sich manchmal, dass Maeve nicht so schlau wäre, sie nicht so einfach durchschauen könnte.

»Ungefähr vor einem Jahr. Er hat es in L. A. herumgereicht, weißt du, und versucht, Leute dafür zu interessieren. Er hat mir erzählt, dass der größte Nachteil bis jetzt gewesen sei, dass du eine Frau bist. Sie glauben dort drüben offenbar nicht, dass Frauen Drehbücher schreiben können. Es ist eine strikte Männerdomäne. Sie nehmen an, dass an allen weiblichen Drehbuchschreibern Schauspielerinnen verloren gegangen sind.«

»Hah!«, sagte Deirdre mit hohler Betonung. »Genau das bin ich. An mir ist eine Schauspielerin verloren gegangen, eine Drehbuchschreiberin, eine Ehefrau und eine Mutter. Ich krieg nicht mal das Hausfrausein richtig hin, Maeve. Ich bin eine Versagerin.«

»Was ist los?«, fragte Bart, der in den Raum kam und direkt auf den CD-Ständer zusteuerte. »Hey – cool. Alle

CDs sind alphabetisch geordnet. P, Q, R. Kein Radiohead? Ich dachte, Gabriel sei ein Fan.«
»Nein, er hasst sie«, erwiderte Deirdre, ohne nachzudenken.
»Oh? Er hat doch gesagt, er sei begeistert von ihnen. Wir sind die halbe Nacht aufgeblieben und haben Radiohead gehört damals bei dir, erinnerst du dich?«
»Ähem.« Es gab keinen Ausweg. »Er hat es nur gesagt, weil er höflich sein wollte.«
Bart warf ihr einen erstaunten Blick zu. »Komisch«, meinte er.
Maeve hob nachdenklich eine Augenbraue,. »Komisch«, bestätigte sie. »Oder aber er ist unglaublich versiert im Umgang mit Leuten.«
»Das ist er«, stimmte Deirdre zu. Sie war mehrmals bei Essen mit Kunden Zeugin von Gabriels Fähigkeiten im Umgang mit Leuten gewesen.
»Ihr Schufte«, stellte Bart fest. »Ihr habt eine ganze Flasche Champagner hier hereingeschmuggelt. Bring was rein, Mrs. Considine, ja?«
»Nenn mich nicht so, Bart!« Sie stürzte sich mit blitzenden Augen auf ihn. »Ich bin Deirdre O'Dare, ja?«
»Okay, okay«, gab er zurück und breitete seine Hände in einer versöhnlichen Geste aus. Deirdre fing gerade noch den verwirrten Blick auf, den er Maeve zuwarf. »Tut mir Leid, Deirdre.«
»Scheiße. Es tut mir auch Leid, Bart. Es war irgendwie ein ziemlich stressiger Tag, weißt du?« Sie kippte den Champagner in ihrem Glas herunter und griff nach der Flasche. »Nachschub für alle«, sagte sie und goss lässig Champagner in die Kristallflöten. »Verdammt, lasst uns betrinken. Und ich ziehe diesen Kram aus. Ich komme mir darin wie eine Mumie vor.«

Eine Stunde später schlenderte Gabriel in die Bibliothek und fand seine Frau im Schneidersitz auf dem Fußboden vor; sie trug Schlabberhosen und ein T-Shirt und brüllte vor Lachen über einen von Barts schmutzigen Witzen.
»Oh«, machte sie und zog eine entschuldigende Grimasse angesichts seines unsicheren Gesichtsausdrucks. »Komm doch zu uns auf ein Glas Champagner, Liebling.« Sie hielt die Flasche schräg in eine freie Flöte und sah noch entschuldigender drein. »Oh«, machte sie wieder. »Sie ist leer.«
»Zeit, zu gehen«, sagte Bart, der den düsteren Blick in Gabriels Gesicht richtig deutete. Er packte Maeves Hand, und dann schlüpften beide aus der Bibliothek, bevor der Sturm losbrechen konnte.

Nach der Taufe und dem darauf folgenden Riesenkrach war sich Deirdre nicht sicher, ob das Leben noch viel schlimmer werden könnte, doch tatsächlich konnte es das. Eine Woche später, Deirdre saß vor einem Becher Tee in der Küche, erklärte Gladys, dass sie kündige.
»Aber warum, Gladys? Bist du hier nicht glücklich?«
»O doch, das bin ich, Deirdre. Du und Gabriel, ihr wart fantastisch – das meine ich wirklich so. Ihr habt mich wirklich gut behandelt, und das Gehalt ist mehr als fair. Es ist nur so, dass ich mir etwas Wind um die Nase wehen lassen muss, weißt du, was ich meine? Ich habe schon seit einer Ewigkeit darüber nachgedacht und habe dann zu mir gesagt: Hör auf, darüber nachzudenken, Mädchen, tu es! Und ich tue es!«
»Was tust du?«
»Ich mache eine Reise um die Welt, Deirdre. Ich nehme mir ein Jahr Zeit, um all die Orte zu besuchen, die ich schon immer sehen wollte – jeden einzelnen Kontinent!«

»Ach, du Glückliche, Gladys! Ich hab das auch mal gemacht – na ja, nicht für ein ganzes Jahr, aber für ein paar Monate.« Sie und Rory hatten den Sommer aufgeteilt zwischen Südamerika und Australien.
»*Du* hast das gemacht?« Gladys sah sie neugierig an.
»Ja.« Deirdre gab ein kleines, wenig überzeugendes Lachen von sich. »Warum ist das so schwer zu glauben?«
»Ich weiß nicht. Es ist komisch. Es ist nur so, dass du nicht wie der Typ aussiehst, der mit dem Rucksack um die Welt reist.«
»Nun, früher war ich so ein Typ.« Sie seufzte tief auf. »Ach, zur Hölle, Gladys! Wie soll ich es ohne dich nur schaffen?«
»Keine Sorge. Du wirst jemanden finden. Und was immer du machst, führe sie aus ins Quay Cottage, wenn du dich für die Richtige entscheiden willst. Das war eine glänzende Idee von Gabriel. Danach habe ich ihn gleich gemocht.«
Gladys hatte Recht. Gabriel war glänzend darin, Leute dazu zu bringen, ihn zu mögen. Er war glänzend darin, die Leute dahin zu bringen, zu tun, was er wollte. Er war, erkannte sie, ein glänzender Manipulierer. Wie hatte sie das bisher nicht erkennen können?
Ein Gedanke kam ihr in den Sinn. Es war ein so verstörender Gedanke, dass sie ihn selten dachte, doch in den letzten Monaten war er ihr immer öfter durch den Kopf gegangen. Ihre Gedanken wanderten zurück zu ihrer Hochzeitsnacht: die Nacht, in der sie Gabriel beschuldigt hatte, sie nur geheiratet zu haben, weil sie schwanger war und nicht weil er sie liebte. Er hatte sie beruhigt und sie daran erinnert, dass er ihren Verlobungsring am selben Tag von der Bank abgeholt habe, an dem er auch die Smaragdohrringe geholt habe, und das sei Wochen vorher gewesen.

Doch Deirdre wusste nun, dass er sämtliche Considine-Erbstücke in einem Safe in seinem Arbeitszimmer aufbewahrte. Ein Besuch bei der Bank wäre gar nicht nötig gewesen. War es möglich, dass er in seinem Arbeitszimmer gewesen war, kurz bevor er sie am selben Nachmittag zum Zug begleitet hatte? An jenem himmelblauen Nachmittag, an dem sie so glücklich gewesen war, dass sie Tanzschritte auf dem Bahnsteig vollführt hatte, kurz bevor er ihr den Ring an den Finger steckte …

»Geht es dir gut, Deirdre?«, fragte Gladys.

»Ja. Ja – mir geht es gut. Warum fragst du?«

»Du hast einen Moment etwas eigenartig ausgesehen, das ist alles,« antwortete Gladys. Ein plötzliches Quäken ertönte von dem Baby auf der Küchentheke. »Oh – oh. Der Krake erwacht.« Gladys trank den Rest von ihrem Tee aus und stand auf. »Ich fahre sie jetzt ein bisschen aus, wenn du magst. Ich werde sie wie verrückt vermissen. Ich möchte wirklich wissen, wie sie sich in einem Jahr entwickelt haben wird, wenn ich zurückkomme.«

Es war nicht leicht, einen Ersatz für Gladys zu finden. Sie war ein echter Schatz gewesen. Da Deirdre den Gedanken hasste, das Haus mit einer Fremden zu teilen, befragte sie ein Dutzend Frauen aus der Gegend mit der Absicht, sie von neun bis fünf täglich einzustellen, doch keine von ihnen war passend. Manche waren nicht bereit, auf ein Kind aufzupassen, manche waren nicht bereit, zu kochen, wieder andere waren nicht bereit, Hausarbeit zu machen, und andere hatten eine unzuverlässige Art. Eine Frau hatte so ausgesehen, als ob sie die Voraussetzungen erfüllte, doch Gabriel war dagegen gewesen, sie einzustellen. »Sie ist zu alt«, beschloss er. »Du brauchst jemanden mit sehr viel Energie, um dieses Haus zu führen.«

Carrowcross House sah allmählich schon etwas vernachlässigt aus, als Deirdre verzweifelt sagte: »Bitte such du jemanden, Gabriel, ja? Ich bin schlecht, was Leute befragen angeht. Ich weiß nie, was ich fragen soll, und komme mir immer wie eine Hochstaplerin vor. Diese Mrs. Tuohy hat mich letzte Woche angerufen, um zu fragen, ob ich sie einstelle, und ich musste lügen und sagen, wir hätten jemand anderen gefunden. Ich habe mich schrecklich dabei gefühlt. Bitte mach du es für mich.«

»In Ordnung«, stimmte er zu. »Ich werde morgen eine Vermittlungsagentur anrufen. Sie sollten doch eigentlich passende Kandidatinnen parat haben.«

Das hatten sie auch. Tatsächlich hatten sie mehrere. Der einzige Haken an der Sache war, dass sie niemanden finden konnten, der in einem Zehn-Meilen-Umkreis von Carrowcross wohnte, und keine war bereit, weiter zu fahren.

»Du darfst nicht mehr so wählerisch sein, Deirdre«, sagte Gabriel. »Du musst dich damit abfinden, eine Haushälterin zu haben, die bei uns wohnt. Das kann doch nicht so schwer sein. Wo liegt dein Problem?«

»O Gabriel – was, wenn ich nicht mit ihr auskomme? Ich könnte den Gedanken nicht ertragen, jeden Abend in meinem eigenen Heim herumzuschleichen und zu versuchen, ihr aus dem Weg zu gehen.«

Gabriel seufzte. »Du benimmst dich wie eine verwöhnte Göre, weißt du das?« Er klang ernsthaft ärgerlich. »Stell dir vor, wie viele Frauen auf der Welt davon träumen, in einem schönen Haus mit einer ständigen Hilfe zu leben. Komm endlich zu dir, Deirdre. Es ist, verdammt noch mal, Zeit, dich zusammenzureißen.«

Komm endlich zu dir. Er hatte Recht. Sie lebte im Haus ihrer Träume und meckerte auch noch daran herum Es war

Zeit, zu sich zu kommen. Es war Zeit, erwachsen zu werden.
Also machte sich Deirdre O'Dare daran, sich zusammenzureißen.

Gladys hatte ihr ein Exemplar des Buchs ihrer Mutter geliehen: *Weg mit dem Müll.* Sie las es von vorn bis hinten durch, doch es half nicht wirklich. Es war voll praktischer Tipps für Dinge, wie man Backwaren aufbewahrte oder Socken paarweise zusammenhielt und Listen mit persönlichen Bedürfnissen aufstellte. Die Aussicht darauf, farblich abgestimmte Ordner zu führen für alles von Filmen, die entwickelt werden mussten, über Fragen an Versicherungsagenten bis dazu, Buch zu führen über Weihnachtsgeschenke, die man verschenkt und erhalten hatte, ließ sie nahezu hyperventilieren. Also legte sie das Buch zur Seite und probierte eine andere Möglichkeit, sich zusammenzureißen. Sie ging zum Turnen und begann zum ersten Mal in ihrem Leben eine Diät, sie umschmeichelte Gabriels Kunden, sie ging wieder in den Kurs für die Restaurierung alter Möbel (zugegebenermaßen hörte sie nach dem zweiten Mal wieder auf), und sie lernte ein Dutzend grundlegender Rezepte. Sie zog jedoch den Schlussstrich, als Gabriel vorschlug, dass sie einige Frauen seiner Kunden morgens zum Kaffee einladen solle. »O bitte, nein, Gabriel!«, flehte sie. »Bitte zwing mich nicht dazu! Ich werde stattdessen ein neues Rezept lernen, ich verspreche es dir!« Sie strengte sich wahnsinnig an, neuen Schwung in ihr Sexualleben zu bringen, doch nichts funktionierte. Er vögelte sie ab und zu, doch sie wusste, sie hätte irgendeine Frau sein können. Sie liebten sich nie mehr, und ihre Versuche, ihn zu verführen, waren ziemlich erbärmlich, und sie überlegte, ob sie nicht

Jean-Claude Valentins Geschenk damals, vor langer Zeit, hätte annehmen sollen.
Wenigstens hatte sie jetzt jemanden, der ihr im Haus half. Gabriel hatte eine Hand voll möglicher Haushälterinnen befragt und eine namens Tabitha Palmer ausgewählt. Tabitha war dreiundzwanzig und schäumte über vor Energie. Sie war so tüchtig wie Gladys und genauso fröhlich. Doch da war noch etwas an ihr, etwas, das Deirdre nicht gefiel. Sie versuchte, ihre irrationale Antipathie dem Mädchen gegenüber zu analysieren. Sie wusste nur, dass sie instinktiv argwöhnte, dass hinter Tabithas strahlender, lächelnder Art die Antipathie auf Gegenseitigkeit beruhte.
An einem besonders katastrophalen Abend unter dem Baldachin des Himmelbetts, als wieder einmal ein Verführungsversuch kläglich gescheitert war, war sie eingeschlafen und hatte von Bart und Maeve geträumt und von der armen Betty Grable, die unter Tränen der Nachbarin anvertraut worden war, als sie aus der Wohnung in Dublin ausgezogen war. Sie hatte Betty Grable nicht nach Carrowcross House mitnehmen wollen. Irgendwie hatte sie den Eindruck, dass sie und Tinkerbell nicht miteinander auskommen würden. Und dann hatte sie von Rory geträumt. Sie erwachte weinend und weinte noch heftiger, als sie sich daran erinnerte, dass an diesem Tag ein Abendessen organisiert werden musste. Gabriel lud die wichtigsten und einflussreichsten Kunden nach Carrowcross House ein. Sie würden zwischen acht und halb neun kommen, und es gab eine Menge zu tun. Sie schleppte sich aus dem Bett und steuerte die Küche an, um Kaffee für Gabriel aufzusetzen, nur um zu entdecken, dass Tabitha das bereits getan hatte.
Um elf Uhr saß sie im Morgenzimmer und schaute ihre

Einkaufsliste durch, als es an der Tür klingelte. Sie sah auf die Uhr. Der Cateringservice – endlich. Sie waren fast eine Stunde zu spät. Sie ging durch den Flur, zupfte an einem Blumenarrangement, während sie an einem ihrer jüngsten Errungenschaften vorbeiging – einer Rokokokonsole –, und machte sich bereit, die unzuverlässigen Caterer auszuschimpfen. Vor der Tür stand Gladys.

»Hi!«, grüßte sie. »Ich habe es am Seiteneingang probiert, aber der war verschlossen.«

»Gladys! Oh – es ist so schön, dich zu sehen!« Deirdre umarmte sie fest. »Wow – du siehst wunderbar aus! Komm rein.«

Gladys war gebräunt und sah fit und blonder denn je aus. »Wann habt ihr denn angefangen, hier die Türen zu verschließen?«, fragte sie, als sie in den Flur trat. »Dir war das doch immer egal.«

»Gabriel ist es endlich gelungen, es in mich einzuhämmern Es hat genug recycelte Considine-Erbstücke gegeben, ohne dass ich dafür verantwortlich sein soll, dass bei Versteigerungen überall im Land wieder neue auftauchen. Tabitha!«, rief sie die Treppe hinunter. »Würden Sie etwas dagegen haben, noch eine Tasse zu bringen und vielleicht auch noch ein paar Kekse?«

»Kein Problem!« Die Stimme der Haushälterin schwebte fröhlich aus dem Keller herauf.

»Danke, Tabitha!«

»Ich nehme an, Tabitha ist meine Nachfolgerin?« Gladys folgte Deirdre durch das Morgenzimmer. »Hey, hier sieht es ja gut aus!«

Deirdre dankte mit einem Lächeln für das Kompliment. Der Raum sah wirklich schön aus. Sie hatte ihn erst vor kurzem renovieren lassen, obwohl er es nicht gebraucht hätte. Sonnenschein flutete durch die hohen Fenster he-

rein, Teezubehör stand säuberlich auf dem Teetisch, und teure Kunstbücher lagen nebeneinander auf der polierten Mahagoniplatte des Couchtisches.
»Wir haben lange suchen müssen, um einen Ersatz zu finden, der es mit dir aufnehmen konnte«, erzählte Deirdre, während sie ein Kissen aufplusterte.
»Nun, offensichtlich hast du viel Respekt vor ihr. Du hast mich nie gefragt, ob ich ›etwas dagegen hätte‹, eine Tasse zu bringen. Wenn ich es mir recht überlege, haben wir immer aus Bechern in der Küche getrunken.«
Eine lächelnde Tabitha kam durch die Tür mit einer Tasse, einer Untertasse und einem Teller Kekse, gefolgt von Aoife mit einem silbernen Teelöffel.
»Aoife! Schau nur, du kannst ja laufen!« Gladys lief durch den Raum und nahm Aoife in ihre Arme. Aoife konnte sich zwar nach all den Monaten nicht mehr an Gladys erinnern, doch sie lachte trotzdem.
»Tabitha, das ist Gladys.«
Die beiden Mädchen schüttelten einander die Hand. »Freut mich, dich kennen zu lernen«, sagte Tabitha und schob den Vorhang ihres glatten schwarzen Bobschnittes hinter ein Ohr. »Ich habe viel über dich gehört. Es war ganz schön hart, nach dir zu kommen!«
»Danke.« Gladys nahm Tasse und Untertasse von der Haushälterin entgegen und lächelte Aoife an, die ihr mit dem Löffel auf den Kopf schlug.
»Sind Sie mit der Liste fertig, Mrs. Considine?«
»Deirdre«, verbesserte sie sie und kam sich dumm vor, weil Tabitha sie vor Gladys Mrs. Considine genannt hatte. Tabitha zog eine entschuldigende Grimasse. »Tut mir Leid. Schon wieder.« Sie wandte sich an Gladys. »Ich habe meine letzte Arbeitgeberin immer Mrs. O'Donnell genannt, und es ist schwer, sich das abzugewöhnen.«

Deirdre war froh, dass sie die Sache erklärt hatte. Sie hasste es wirklich, wenn Tabitha sie Mrs. Considine nannte, doch als sie es gegenüber Gabriel erwähnt hatte, hatte der nur mit den Achseln gezuckt. »Das ist ein Zeichen von Respekt. Ich glaube, es ist eine Überraschung, wenn einem heutzutage Respekt erwiesen wird.«

»Du scheinst nichts dagegen zu haben, dass sie dich Gabriel nennt«, hatte sie eisig erwidert.

»Wenn Sie mit der Liste fertig sind, gehe ich jetzt in die Stadt«, sagte Tabitha. »Die Caterer brauchen ein paar Dinge, die fehlen, und ich muss Staubsaugerbeutel für den Hoover kaufen und Ihr Kleid in der Reinigung abholen. Ich nehme Aoife mit.«

»O nein, lass Aoife hier!«, rief Gladys. »Ich habe sie eine Ewigkeit nicht gesehen.«

Tabitha sah Deirdre an, und diese nickte. »Es war mir nicht klar, dass die Caterer schon hier sind«, meinte sie. »Ich habe sie nicht klingeln hören.«

»O ja – sie sind schon seit fast einer Stunde da«, gab Tabitha zurück. »Sie sind gekommen, als Sie unter der Dusche waren.« Sie nahm Deirdre die Liste ab und überflog sie, während sie zur Tür ging. »Sie haben den VSOP vergessen«, mahnte sie. »Wir haben fast keinen mehr. Gabriel würde es doch nie verzeihen, wenn wir seinen Gästen einen minderwertigen Brandy anbieten müssten, nicht wahr?«, fragte sie mit einer spöttisch scheltenden Stimme und drohte zum Spaß mit dem Zeigefinger. »Bis später!«, fügte sie munter hinzu, bevor sie durch die Tür verschwand. Sie konnten sie singen hören, als sie wieder nach unten ging.

Deirdres steifes Lächeln entspannte sich allmählich. Sie setzte sich an den Tisch und schenkte Tee ein. »So«, sagte sie, »du hast es also kein ganzes Jahr in der Wildnis ausge-

halten, Gladys? Es ist erst sechs Monate her, seit du weg bist. Warum hast du abgekürzt?«
»Nun, das habe ich eigentlich nicht getan. Ich bin nur kurz wieder hier, um mich von meinen Freunden zu verabschieden. Ich gehe für immer nach Australien.«
»Oh!«
»Ich habe mich in das Land verliebt.«
»Da kann ich dich nur beneiden.« Ein Bild von Rory und ihr bei Ayer's Rock blitzte in ihrem Kopf auf. »Was wirst du dort machen?«, fragte Deirdre. »Pass auf, Aoife!« Aoife zog sich an der gestärkten weißen Tischdecke hoch.
»Kellnern, bis ich etwas Dauerhaftes finde. Ich habe es allerdings nicht besonders eilig, etwas Dauerhaftes zu finden. Ich werde ernsthaft ein wenig herumgammeln. Oh, Deirdre, du solltest das Great Barrier Reef sehen!«
Sie hatte es einmal gesehen. »Was ist mit dem Visum?«
»Das ist cool. Mum und Dad sind eingebürgert.«
»Ach, wie ich dich beneide, Gladys!«
»Du? Mich beneiden? Ich habe allen Grund, dich zu beneiden. Schau nur, was du hast!« Gladys Geste umschloss den Raum um sie herum in all seinem wiederhergestellten Glanz.
»Ich weiß. Ich sollte mich nicht beklagen.«
Es gab eine Pause. Gladys trank einen Schluck Tee. »Wie macht sich die Neue?«, fragte sie und beobachtete Deirdre über den Tassenrand.
Deirdre seufzte. »Sie ist unglaublich tüchtig«, antwortete sie.
»Warum dann der große Seufzer?«
»Ich weiß nicht. Da ist einfach etwas an ihr …«
»Unverträglichkeit von Persönlichkeiten?«
»Nein, nein. Sie ist tatsächlich eine tolle Persönlichkeit

– sehr freundlich und so. Hör damit auf, Aoife.« Aoife stopfte sich gerade eine Ecke des Tischtuchs in den Mund.
»Du bist nicht glücklich, Deirdre, oder?«
Deirdre sah in Gladys' ehrliche blaue Augen. »Warum sagst du das?«, fragte sie dann.
»Du hast dich verändert.«
Aoife griff nach den Scones. »Pass auf, Aoife. Du schmierst Marmelade auf die Tischdecke«, mahnte Deirdre. Aoife warf prompt ein Scone auf den Teppich, auf dem es mit der Marmelade nach unten landete. »Oh, du ungeschicktes Ding! Was habe ich dir gesagt, Aoife? Warum machst du nie, was man dir sagt?«
Plötzlich merkte Deirdre, dass sie mit der Faust auf den Tisch schlug. Aoife sah ihre Mutter erstaunt an und brach in Tränen aus.
»Siehst du, was ich meine?«, fragte Gladys.
Deirdre barg ihr Gesicht in den Händen. »Oh, Gladys! Was soll ich nur tun? Ich glaube, Gabriel vögelt Tabitha.«
Endlich war es heraus. Das war der Grund, warum Deirdre, nie, niemals das Mädchen würde mögen können, und das Gefühl hatte wie eine Spinne seit Wochen in der dunkelsten Ecke ihres Kopfes gelauert.
Pause. Dann fragte Gladys: »Deirdre?«
Deirdre hob den Kopf.
»Da ist etwas, das ich dir sagen sollte. Vielleicht hätte ich damals ehrlich zu dir sein sollen, aber ich wollte dich wirklich nicht verletzen.« Gladys atmete tief durch. »Einer der Gründe, warum ich beschlossen habe, meinen Job hier zu kündigen, war, dass Gabriel versucht hat – nun ja, er hat angefangen, mich zu begrapschen.«
»O Gott.«
Also stimmte es. Gabriel vögelte die neue Haushälterin.

Sie vögelte er nicht, denn sie hatten seit Wochen keinen Sex mehr gehabt.
Es herrschte ein langes Schweigen, während dem Aoife vorsichtig den geschliffenen Kristalldeckel von Tabithas hausgemachter Himbeermarmelade anhob und damit zum Couchtisch torkelte.
»Ich habe ihm immer wieder gesagt, dass er mich mal könne, doch er war ziemlich hartnäckig. Da habe ich beschlossen, zu kündigen. Es tut mir wirklich Leid.«
»Sag das nicht, Gladys!« Deirdre sah ihre Freundin und Exhaushälterin flehend an. »Dir muss nichts Leid tun. Du hast nichts falsch gemacht.«
»Ich meine, es tut mir Leid, dass ich es sein musste, die es dir erzählt.«
Wieder entstand eine lange Pause. Dann sagte Deirdre: »Ich bin froh, dass du es mir erzählt hast. Es macht keinen Spaß, die betrogene Ehefrau zu sein.«
Gladys sah hinüber zu Aoife. »Oh – oh«, sagte sie. »Aoife schmiert Marmelade über den ganzen Teppich.«
»Das ist mir egal«, erwiderte Deirdre dumpf. »Ich habe diesen Teppich immer gehasst.«
»Es ist verrückt, nicht wahr?«, meinte Gladys und sah Deirdre mit einem verblüfften Gesichtsausdruck an. »Dass Gabriel herumvögelt, obwohl er so eine tolle Frau hat? Ich konnte es beim ersten Mal, als er Annäherungsversuche bei mir gemacht hat, gar nicht glauben. Er war mir immer so nett vorgekommen.«
Nicht mehr, dachte Deirdre, während sie zusah, wie Himbeermarmelade über den Teppich geschmiert wurde. Kein Mr.-Netter-Kerl mehr.

Deirdre spielte mit dem Gedanken, sich zu betrinken und beim Abendessen in Schlabberhosen und bauchfreiem

Top aufzutauchen, verwarf ihn dann jedoch wieder. Vielleicht – nur vielleicht – war ihr Verdacht wegen Gabriel und Tabitha ja wirklich nur ein Verdacht? Nur ein Verdacht. Vielleicht wurde sie obendrein auch noch langsam paranoid. Sie dachte an all die Bücher, die sie gelesen hatte, und die Filme, die sie gesehen hatte, in denen Ehefrauen in verschachtelten Häusern verrückt werden. Sie wollte nicht auf der Couch eines Psychiaters enden wie Millionen anderer neurotischer Mitglieder der plaudernden Klassen. Zum Teufel, sie hatte sich überhaupt nie träumen lassen, als ein Mitglied der plaudernden Klassen zu enden.

Also verwarf sie – so anziehend sie ihn auch fand – den Gedanken, Gabriels Einladung aufzumischen, und bot sogar ihre Wange für den flüchtigen Kuss dar, den er ihr immer gab, wenn er seine Arbeit beendet hatte. Was für eine Leistung!, dachte sie. Was für eine Kämpferin Deirdre O'Dare doch ist!

»Wie läuft's?«, fragte er im Schlafzimmer, als er den Verschluss ihrer Smaragdkette zumachte. Es war zehn vor acht.

»Gut«, antwortete sie heiter. »Tabitha hat alles im Griff.« Tabitha kam mit Deirdres Kleid in einer Reinigungstüte ins Schlafzimmer. »Nicht wahr, Tabitha?«

»Ganz bestimmt.« Die Haushälterin schenkte beiden ein warmes Lächeln. »Ich habe sogar daran gedacht, die Oscar-Verleihung aufzunehmen.«

Deirdre sah von ihrem Schmuckkästchen auf, ein Smaragdohrring verharrte auf halbem Weg zu ihrem Ohrläppchen. »Die Oscar-Verleihung? Das hatte ich völlig vergessen.« Die ganze Panik wegen des Abendessens hatte die Oscars aus ihrem Kopf verdrängt – und dabei hatte sie sich die Zeremonie so gerne anschauen wollen. Rory war als bester Nebendarsteller für *Grace* nominiert worden. »Achten Sie darauf, dass Sie das Band beschriften, ja, Tabitha?«

»Sicher. Ich klebe ein Etikett drauf.« Sie wusste, sie würde das Band sorgfältig verstaut im Videoständer im Familienzimmer vorfinden, und Tabithas säuberliche Handschrift wäre darauf zu lesen. Deirdre nahm ständig Sendungen auf und wusste dann nicht, auf welchem Band was war, da sie sich nicht darum gekümmert hatte, es zu beschriften. Sie hatte einmal mit *Blind Date* etwas anderes überspielt, und Gabriel hatte eine ganze Woche geschäumt. Als sie ihren Ohrring an ihrem Ohrläppchen befestigte, fing sie Gabriels sexy Lächeln im Spiegel auf. Doch er lächelte nicht sie an. Er lächelte Tabitha an.

Das Abendessen verlief glatt. Die Gäste beglückwünschten sie alle zu ihrem Catering, ihrem schönen Haus, ihrem schönen Kleid und ihrem schönen Kind, das ihre schöne Haushälterin Punkt halb acht ins Bett scheuchte.

Danach saß sie neben ihrem schönen Mann in der Bibliothek und nippte am Remy Martin VSOP. Sie hatte ziemlich viel getrunken, und er auch. Das war ungewöhnlich für Gabriel, der normalerweise sehr auf seinen Alkoholkonsum achtete, wenn wichtige Geschäftsleute unterhalten werden mussten. Sie nahm an, er könne es sich erlauben, nachsichtig zu sein, wenn er nicht Auto fuhr.

»Du hast heute Abend äußerst elegant ausgesehen, Liebes.« Es war lange her, dass er sie mit diesem Kosenamen angeredet hatte. »Und auch sehr sexy.« Er warf ihr einen Schlafzimmerblick zu. Vielleicht wollte er sie endlich lieben!

Sie erwiderte sein Lächeln. Sie wusste, dass sie in ihrem tief ausgeschnittenen, rückenfreien Etuikleid verführerisch aussah. Und ihre Figur war wieder so wie vor Aoifes Geburt. Als sie ihre Beine unter sich zog, sah sie, wie seine Augen zu dem Schlitz in ihrem Kleid wanderten, der diskret einen Teil ihres Schenkels sehen ließ. Sie bewegte sich ein wenig, so dass noch mehr Zentimeter frei lagen. Das war besser! Das ähnelte mehr dem, wie es einmal gewesen war, bevor Aoife geboren worden war, bevor all ihre Probleme begonnen hatten. So hatte sie es sich erträumt, als sie noch ein kleines Mädchen gewesen war. Dass sie sich auf einer Couch vor einem Holzfeuer zurücklehnen würde, im wiederhergestellten Glanz von Carrowcross House und mit einem gut aussehenden Ehemann. Einem schönen Prinzen.

Er sah heute Abend unglaublich attraktiv aus. Da er sich sein schönes schwarzes Haar ganz kurz hatte schneiden lassen, waren vorteilhaft die edlen Konturen seines Gesichts zu erkennen.

Sie war zuerst entsetzt gewesen, als er mit kurzem Haar nach Haus gekommen war, doch Gabriel hatte ihr erzählt, dass er bei Kunden Irritation wegen seiner Länge gespürt habe. Er befürchtete, dass es zu unkonventionell für ihren Geschmack sein könnte. Deirdre enthielt sich jeden Kommentars darüber, dass der Ohrring, den er immer noch an seinem linken Ohrläppchen trug, vielleicht auch zu unkonventionell für ihren Geschmack sein könnte.

Gabriel schenkte ihr noch ein bedeutsames Lächeln. Zur Hölle, vielleicht hatte ihr ihre Fantasie mal wieder einen Streich gespielt. Wie hatte Bart sie einmal genannt? Eine verrückte Träumerin. Vielleicht gab es vor ihrer Nase gar keine heimliche Affäre zwischen ihrem Mann und ihrer Haushälterin.

»Wo hast du dieses Kleid her?«, fragte Gabriel. »Ich erinnere mich nicht, es schon mal gesehen zu haben.«

»Von Harvey Nicks, als wir zuletzt in London waren. Ich habe es nur einmal getragen, an dem Abend, als du es nicht zum Essen bei den Jones geschafft hast.«
»O ja. Ich erinnere mich, wie du von dort nach Hause gekommen bist. Du warst ein bisschen betrunken, wie ich mich erinnere. Hast wie verrückt gelacht über einen Witz, den Barry erzählt hat.«
»Habe ich das?« Deirdre konnte sich nicht erinnern, dass sie jemals gehört hätte, wie Barry Jones irgendeinen Witz erzählt hatte, außer ein paar ziemlich sexistische, die sie nie auch nur im Entferntesten witzig gefunden hatte.
»Ja. Er hat einen irren Sinn für Humor, der Barry.«
»Wirklich?« Vielleicht hatte sie es falsch verstanden.
»Danke, dass du so schwer daran gearbeitet hast, dass der Abend ein Erfolg geworden ist, Liebes«, fuhr Gabriel glatt fort.
Schon wieder »Liebes«!
»Ich glaube, alle waren hinreichend beeindruckt. Vor allem Barry. Ihr beiden kommt wirklich gut miteinander aus, nicht wahr?«
Deirdre hatte bemerkt, dass Barry Jones »aus Versehen« bei mehr als einer Gelegenheit mit ihr körperlichen Kontakt aufgenommen hatte.
»Nun, ich …«
Er ließ sie nicht weitersprechen. »Er findet dich offenbar sehr attraktiv.«
Deirdre trank einen Schluck Brandy. Ihr gefiel nicht, was sie da zu hören bekam.
»Du bist ein schlaues Mädchen, Deirdre. Du könntest Barry Jones jederzeit haben.«
»Ich will Barry Jones nicht, Gabriel!«
»Aber du willst doch noch ein Baby, nicht wahr? Ich erinnere mich, dass du das an dem Tag gesagt hast, als ich dir

auf dem Croagh Patrick den Heiratsantrag gemacht habe. Du hast darüber geredet, dass wir nach Aoife noch ein Baby machen würden. Leider kann ich dir dabei nicht behilflich sein. Aber ich bin sicher, Barry täte es mit Freuden. Er sieht doch gut aus, oder nicht? Ihr würdet zusammen schöne Babys machen.«

»Was?«

»Du hast gehört, was ich gesagt habe, Deirdre.«

Sie fühlte sich, als ob er sie ins Gesicht geschlagen hätte. Sie wurde puterrot und dann kreidebleich. »O mein Gott«, sagte sie und stand zitternd auf. »Was willst du damit sagen, Gabriel?«

»Nur eine Bemerkung, Liebes. Es ist nicht das erste Mal, dass mir das in den Sinn gekommen ist.«

»Du hast etwas über Babys gesagt. Ich verstehe nicht ganz. Bin ich blöd, oder ...« Sie konnte nicht weitersprechen.

Gabriel zuckte die Achseln.

Deirdre wurde plötzlich schlecht. »O Gott, Gabriel. Ich habe es doch falsch verstanden, oder? Sag mir, dass ich es falsch verstanden habe. Ich kann nicht glauben, was du da vorschlägst!«

»Mir war nicht bewusst, dass ich irgendetwas *vorgeschlagen* habe, Deirdre. Wie ich schon festgestellt habe, es war nur eine *Bemerkung*.«

In ihrem Kopf begann sich alles zu drehen. Natürlich war sie dumm. War sie schon jemals etwas anderes gewesen? O Gott, o Gott – was hatte sie sich nur selbst angetan? Warum war ihr Märchen nur so schief gelaufen? Wo war ihr Happy End?

Schon als diese Fragen auf sie einstürmten, wusste sie, dass sie die Antworten kannte. Sie hatte sich reinlegen lassen, das hatte sie getan. Sie war überzeugt gewesen, dass

sie geliebt wurde. Sie war überzeugt gewesen, dass sie geschätzt wurde. Sie war überzeugt gewesen, dass sie gebraucht wurde. Und sie, sie *war* all dies gewesen – bis zu dem Tag, an dem Aoife geboren wurde. An dem Tag hatte Gabriel Considine keinen Grund mehr gehabt, sie zu lieben oder zu schätzen, und er hatte sie nicht mehr gebraucht. Wie grotesk – zu denken, dass jemand sie aus einer Notwendigkeit heraus geliebt hatte! Dass jemand einen Grund brauchte, sie zu lieben! Es gab nur einen Menschen auf der Welt, der sie für das geliebt hatte, was sie war, und sie hatte diese Liebe an dem Tag geopfert, an dem sie den Mann geheiratet hatte, der ihr nun gegenübersaß. Den Mann, der sie genommen und zu etwas geformt hatte, was sie nicht war. Warum hatte er das getan? Sie erinnerte sich daran, was er einmal zu ihr gesagt hatte, vor ungefähr zwei Jahren, als sie ihn gefragt hatte, ob er ehrgeizig sei. *Ich bin mit Leidenschaft bei meiner Arbeit – ich bin leidenschaftlich, was schöne Gebäude angeht.* Gabriel Considine war seine Arbeit wichtiger als sie. Ihm war sein Haus wichtiger als sie. Und ganz sicher war ihm sein Erbe wichtiger als sie.
Gabriel sagte: »Doch ich denke, du wirst zugeben, dass dies eine Bemerkung ist, die äußerst positive Auswirkungen auf uns beide hätte, wenn man danach handelte.«
Als sie ihre Stimme schließlich wieder fand, klang sie, als ob sie vom Ende eines sehr langen Tunnels käme, dabei wusste sie, dass sie schrie. »Du willst, das ich mit deinem Freund *ficke,* Gabriel? Du willst, dass ich ein Kind von Barry Jones bekomme? Du willst, das ich deinen Erben austrage? Ja, bist du denn, verdammt noch mal, von allen guten Geistern verlassen?«
»Beherrsch dich, Liebes«, sagte Gabriel mit einer Stimme, die erschreckend ruhig klang. »Du überreagierst, dabei ist

das doch schließlich nur eine rein pragmatische Lösung für eine immer schwierigere Situation. Wir können uns doch wie Erwachsene benehmen.«

Deirdre bebte. Wenn dies Erwachsensein bedeutete, dann würde sie lieber für immer ein kleines Kind bleiben.

»Wir wissen beide, das unsere Ehe am Rande des Zusammenbruchs steht«, fuhr er fort. »Es ist einfach nicht mehr dasselbe, seit deine Tochter geboren wurde.« *Deine* Tochter. Nicht *unsere* Tochter. »Wir brauchen einen Sohn. Ich bin bereit, jede Indiskretion zu übersehen, zu der du dich vielleicht versucht fühlen magst, wenn das bedeutet, diese Ehe zu retten.«

»Diese Ehe zu retten!« Deirdres Augen waren vor Schock und Schmerz geweitet. »Du meinst, wenn das bedeutet, den Scheiß-Considine-Titel davor zu bewahren, aus Burke's Peerage ausradiert zu werden! Du Heuchler, Gabriel! Du verdammter Scheißheuchler!«

»Deirdre, du siehst dies nicht aus dem richtigen Blickwinkel. Wenn ...«

Sie stürzte sich auf ihn. »Der richtige Blickwinkel? Dann sag mir doch – was ist der richtige Blickwinkel? Du denkst, es sei richtig, deine Frau loszuschicken, um für dich herumzuhuren? Lieber Gott! Ich habe immer gedacht, ich hätte einen Gentleman geheiratet, Gabriel. Du bist kein Gentleman, du bist ein verdammter, mieser kleiner Zuhälter.«

»Wie kannst du es wagen, mich so zu nennen«, gab er zurück. Er stand auf, und sein Gesicht war weiß. »Wie kannst du es wagen, mich einen miesen kleinen Zuhälter zu nennen? Wie kannst du es wagen, dich auf eine moralisch höhere Stufe zu stellen! Du, deren Baby das Nebenprodukt eines kaputten Kondoms bei einem One-Night-Stand ist!«

Sie fühlte sich, als habe man ihr ein Messer gleichzeitig ins Herz und in die Eingeweide gestoßen. Sie schleuderte ihm das Brandyglas an den Kopf, doch er duckte sich rechtzeitig, und es prallte vom Kaminsims ab und landete auf dem Boden.
»Du benimmst dich wie ein Fischweib, Liebes«, stellte er wieder fest. Er trank sein Glas aus und stellte es ab. »Ich gehe ins Bett.« Er ging auf die Tür zu.
»In wessen Bett?«
Er blieb stehen und drehte sich langsam wieder zu ihr um.
»Was hast du gesagt?«, fragte er.
Nun war es an Deirdre zu sagen: »Du hast mich gehört.« Ihre Stimme war nun so ruhig wie seine. »Ich habe gefragt, in wessen Bett? Du musst mich nicht mehr anlügen, Gabriel. Ich weiß, dass du Tabitha vögelst.«
»Ich habe sie nicht gevögelt, Deirdre«, gab er zurück. »Ich habe mit ihr Liebe gemacht. Und weißt du, warum? Ich habe mit diesem süßen Mädchen Liebe gemacht, weil sie eine Million Mal näher an meinem Ideal ist, als du es jemals sein wirst.« Er steckte seine Hand in die Innenseite seiner Jacke und zog ein kleines Foto in einem Medaillon heraus. »Willst du sehen, wie die ideale Frau aussieht, Deirdre?«, fuhr er fort. Er öffnete die Brieftasche und hielt sie ihr hin. Sie wollte nicht hinsehen, doch ein furchtbarer Drang zwang sie, sich auf das Foto vor ihren Augen zu konzentrieren. Sie nahm das Bild eines lachenden Mädchens Anfang zwanzig wahr. Es war in einem unbeobachteten Moment aufgenommen, und das Mädchen wandte sich mit einem sorglosen Gesichtsausdruck der Kamera zu, der Wind hob die glänzenden schwarzen Flügel ihres Louise-Brooks-Pagenschnitts an.
»Daisy«, riet Deirdre.
»Daisy«, wiederholte Gabriel. Dann schloss er das Me-

daillon mit einem kaum hörbaren Klicken und verließ die Bibliothek.

Am nächsten Morgen, als Deirdre erwachte, fand sie sich auf der Couch im Familienzimmer mit einer halb leeren Brandyflasche neben sich und dem laufenden Fernseher wieder. Warum lief der Fernseher? Sie bemühte sich, sich zu erinnern. Natürlich. Sie hatte gestern Abend das Video von der Oscar-Verleihung in den Recorder gesteckt, nachdem Gabriel ins Bett gegangen war, und dann hatte sie sich auf den VSOP gestürzt. Mit der Zunge fuhr sie über ihre ausgetrockneten Lippen. Wer hatte gewonnen? Sie erinnerte sich nicht, und es war auch egal. Das Einzige, was wichtig war, war, dass Rory bei der Verleihung mit einer schönen Frau am Arm aufgetaucht war, und es war nicht dieselbe Schönheit, die auf dem Foto in *Hello!* zu sehen gewesen war.

Das Band war wohl bis zum Anfang zurückgespult. Sie nahm die Fernbedienung, die neben ihren Schuhen auf dem Boden lag, und drückte auf Play. Sie drückte auf den Knopf für stumm und spulte dann vor. All die Hauptpersonen aus Hollywood boten sich den Kameras dar. Dann erblickte sie ihn. Sie drückte auf Pause und dann wieder auf Play. Rory schlenderte mit einer Blondine am Arm über den Teppich. Die Blonde sah mit Bambi-Augen in die Kamera; Rory achtete nicht darauf. Dann musste jemand seinen Namen gerufen haben, denn auf halbem Weg über den Teppich drehte er sich um. Die Kamera zoomte auf Nahaufnahme. Deirdre drückte wieder auf Pause. Rory sah sie vom Bildschirm direkt an. Sein Gesichtsausdruck war ungeschützt. Da war kein Zahnpastalächeln für die Traumfabrikbrigade. Er sah nur unglaublich einsam aus. Sie wollte um ihn weinen. Sie wollte sogar um Gabriel weinen.

In dem Augenblick ging die Tür auf, und Tabitha kam mit Aoife herein. »Hallo, Liebling«, sagte Deirdre und streckte ihrer Tochter ihre Arme entgegen. »Komm und drücke mich zur Begrüßung.« Aoife taumelte auf wackligen Beinen auf sie zu und ließ sich umarmen. Dann drehte sie sich zum Bildschirm um. »Das da ist dein Daddy«, flüsterte ihr Deirdre ins Ohr. »Er geht gerade zu einer wichtigen Feier für Schauspieler.« Sie stand auf. Ihr Kopf drehte sich, ihr Körper tat ihr weh. Die Smaragde an ihren Ohren fühlten sich so schwer an wie Bleikugeln.
Sie hob die Hand und löste den rechten, dann den linken. Sie ging zu dem Rosenholzschreibtisch, der Daisy gehört hatte, und legte sie nebeneinander auf die polierte Oberfläche. Dann löste sie die Kette von ihrem Hals und legte sie neben die Ohrringe. Sie rieb ihre Schultern und ihren Nacken. Es fühlte sich an, als ob sie von Ketten befreit worden wäre.
Es gab nur noch ein Letztes zu tun. Deirdre nahm den Ring ab, den Gabriel ihr auf dem Bahnsteig des Bahnhofs in Westport an den Finger gesteckt hatte, und dann nahm sie den Ehering ab, der er ihr in Murrisk Abbey an denselben Finger gesteckt hatte.
»Tabitha?«, fragte sie müde.
»Ja, Mrs. Considine? O Gott – es tut mir Leid! Ich meine – ja, Deirdre.«
»Könntest du Aoife fünfzehn Minuten lang unterhalten?«
»Sicher«, lautete die muntere Antwort. »Immer mit Vergnügen zu Ihren Diensten.«
Darauf wette ich, dachte Deirdre düster, während sie die Treppe hochstieg.
Im Schlafzimmer kämpfte sie sich aus ihrem Designerkleid und hängte es in den Schrank. Dann duschte sie rasch und zog ihre Jeans und einen Pullover an. Ihr alter

Rucksack lag hinten im Schrank. Sie stopfte ein paar Kleidungsstücke hinein und ging dann ins Kinderzimmer und packte so viele Babykleidung dazu, wie hineinpassten, sowie Aoifes Windeltasche und ihre Lieblingsbücher und den Teddy. Tabitha kam mit Aoife auf der Hüfte ins Kinderzimmer, als Deirdre gerade den Riemen zuschnürte. Die Haushälterin sah sie unsicher an. »Fahren Sie irgendwohin?«, fragte sie.
»Ja«, kam die brüske Antwort.
Tabitha hielt es offenbar für besser, sie nicht auszufragen. Aoife wurde von Tabithas Hüfte auf Deirdres gesetzt, und dann verließ Deirdre ohne ein weiteres Wort das Kinderzimmer.
Als sie durch die Eingangshalle ging, kam Gabriel aus der Bibliothek. »Wo gehst du hin?«, fragte er tonlos.
»Nach Hause«, antwortete Deirdre.

Da lag Carrowcross Cottage eingebettet in seiner grünen Mulde am Fuß der Auffahrt, umgeben von blühender rosa Weigelie und alten Kiefern. Es war Flut, und die Oberfläche des Wassers war bedeckt von aufmüpfigen weißen Pferden, die beständig von der steifen Brise gepeitscht wurden, die von jenseits der felsigen Landspitze kam. Weiße Wolken jagten über einen unglaublich blauen Himmel und trieben auf den lilafarbenen Berg zu. Deirdres Herz begann zu singen. Sie lief mit Aoife auf der Hüfte, und das Baby lachte laut bei jedem Stolperschritt, den sie machte.
Sie hängte den Rucksack an das Tor und ging zur Seemauer. Gabriel hatte die Grenzmauer nie fertig repariert. Er hatte nie die Zeit dazu gefunden. Schließlich hatte ihre Mutter jemand anderen organisieren müssen, der es erledigte.

»Schau dir unsere Aussicht an, Aoife!«, sagte sie. »Schau dir nur all die Schönheit an!« Aoife nieste, und Deirdre lachte. »Die Luft, die du gerade ausgeniest hast, kam direkt vom Atlantik, hatschi! O schau! Meine Ottern!«
Sie zeigte dorthin, wo die Tiere auf den Felsen drüben bei Maura's-Island sich neckten. Das Skelett der ausgebrannten Scheune war zu einer moosgrünen Decke zusammengesunken. Lange Zeit stand sie da, schaukelte das Baby auf ihrer Hüfte und dachte immer wieder dasselbe: Was soll ich jetzt tun? Was soll ich jetzt tun? Wo kann ich hingehen? Was werde ich sein? *Wer* werde ich sein?
Sie merkte, dass Aoife sich unbehaglich wand. Deirdre setzte das Baby ab und ging zum Cottage; in ihrer Jeans fischte sie nach dem Schlüssel. Sie trat durch die Verandatür ein und schlenderte durch alle Räume und öffnete die Fenster. Zum Mittagessen würde es Tomatensuppe aus der Dose und alte Haferkekse geben. Sie würde Eleanor anrufen und sehen, ob sie später am Tag eine Mitfahrgelegenheit in die Stadt bekommen könnte, um Vorräte zu kaufen. *Sie* würde vielleicht mit alten Haferkeksen überleben können, doch Aoife nicht. Sie stutzte bei der Vorstellung, Eleanor ihre Lage erklären zu müssen, und dann stutzte sie noch einmal. Sie würde ihre Eltern anrufen müssen.

Sie kamen am nächsten Tag. Mutter und Tochter blieben die halbe Nacht auf und redeten. Rosaleen war entsetzt, als sie von Gabriels Verhalten erfuhr. »Ich komme mir vor, als sei ich betrogen worden«, klagte sie. »Ich habe meinen Schwiegersohn sehr gemocht und ihn für einen charmanten Mann gehalten.«
»Das ist er auch«, entgegnete Deirdre. »Er kann mit seinem Charme Vögel von den sprichwörtlichen Bäumen

zaubern.« Sie saßen mit einer Flasche guten Claret vor dem Feuer im Cottage. »Es ist nicht alles seine Schuld, Mum. Wir haben nie richtig zusammengepasst. Ich hätte von Anfang wissen sollen, dass ich in seine Fassade verliebt war, in die ganze Idee von Carrowcross House, in all den romantischen, rosa gefärbten Kram. Und Gabriel wollte jemanden, den er zu einer Trophäe formen konnte. Dass ich aus sehr viel widerstandsfähigerem Stoff gemacht bin, als er ursprünglich geglaubt hatte, ist nicht seine Schuld.«

Schweigen entstand, das Deirdre mit einem Seufzer brach. »Armer Gabriel«, meinte sie. »Er wird für den Rest seines Lebens von Daisys Geist heimgesucht werden. Er tut mir fast genauso Leid wie ich mir selber.«

»Du siehst nicht so aus, als ob du dir sehr Leid tust.«

»Nein. Ich glaube, das tue ich auch nicht. Weil ich weiß, dass ich das Richtige getan habe, Mum.«

»Was wirst du wegen Aoife machen?«, fragte ihre Mutter.

»Ich will das Sorgerecht«, antwortete Deirdre ohne Zögern.

»Das hast du sehr bestimmt gesagt.«

»Ich meine es auch so. Ich will nichts anderes von ihm. Er kann seinen Schmuck, sein Geld und seine Möbel behalten, aber ich will das alleinige Sorgerecht für Aoife.«

»Was, wenn er um sie kämpft, meine Liebe?«

»Das wird er nicht«, gab Deirdre zurück.

Sie beschloss, ein paar Wochen im Cottage zu bleiben. Sie wollte eine Zeit lang allein mit Aoife sein, bis sie wusste, was sie mit dem Rest ihres Lebens anfangen sollte. Sie machte sich Sorgen um die Finanzen, doch als ihr ihre Bankauszüge von Carrowcross House nachgeschickt wurden, sah sie mit Verblüffung, dass diese außer-

ordentlich ausgeglichen waren. Am selben Tag ging sie die Auffahrt hinauf und fand den Landrover mit einer Nachricht an der Windschutzscheibe. Sie war von Gabriel. *Wir können uns genauso gut wie zivilisierte Leute benehmen, Deirdre,* las sie. *Während Du im Cottage wohnst, kannst Du den Landrover behalten. Ich habe Fonds auf Dein Konto überschrieben und werde dies weiter tun, bis wir alles geklärt haben. Ich denke, ich werde in der nahen Zukunft von Deinem Anwalt hören. Ich werde nichts anfechten. Wir haben beide einen Fehler gemacht. Ich bedaure jede Verletzung, die ich Dir zugefügt habe. Ich habe Dich einmal geliebt. Küsse Aoife von mir. Gabriel.*
Der Brief zerrte an ihrem Herzen, doch sie weinte nicht.

Ungefähr zehn Tage später kam sie von einem Einkaufstrip mit Aoife zurück und fand einen Umschlag auf dem Boden der Veranda vor – einen Luftpostumschlag mit einer US-Briefmarke, an sie adressiert in Rory McDonaghs unordentlicher Schrift. Sie blieb wie angewurzelt stehen. Dann schloss sie die Tür mit überraschend ruhigen Fingern auf, setzte sich auf die Stufen und öffnete den Brief.

O Süße, es tut mir so Leid. Ich habe von Maeve von dem Zerwürfnis erfahren. Was soll ich sagen? Wir machen alle Fehler. Ich habe Millionen gemacht, und einer davon war, dass ich Dir nicht in der Minute geschrieben habe, als ich hörte, dass Du jemand anderen heiratest, und dass ich nicht gesagt habe: Halt! Tu's nicht!
Wenn es Dir ein Trost ist, so glaube ich, ich habe eine Agentin für Dich gefunden. Vielleicht könntest Du nach L. A. kommen, um sie kennen zu lernen? Sie ist im Moment sehr aktuell, und sie denkt, sie könnte die großen Jungs überreden, eine Dame in ihren Reihen aufzunehmen. Aber ich weiß nicht, wie Deine

Zukunftspläne aussehen. Vielleicht hast Du ganz andere Dinge vor? Egal, Du bist willkommen, hier zu bleiben, bis Du alles geklärt hast – natürlich nur, wenn Du es willst. Und selbstverständlich ist Dein kleines Mädchen auch mehr als willkommen. Wenn Du jetzt also wirkliches Leben haben willst, wo Deine Märchenseifenblase zerplatzt ist (warte mal – Hollywood? Wirkliches Leben? Ist das nicht ein Oxymoron, O'Dare?), komm und erobere diese Stadt im Sturm. Oh – nur eine Bitte noch. Fang bloß nicht an, Dich wie eine Powerfrau anzuziehen. Manche Frauen hier sind schrecklich unsexy.
In Liebe, Rx.

Deirdre blickte dorthin, wo Aoife im Gras saß und selig an Gänseblümchen kaute. »Hey, Süße!«, rief sie zu ihr hinüber und lachte unter Tränen. »Wie wär's, wenn du deinen Daddy kennen lernst?«
Aoife erwiderte ihr Lächeln und winkte mit einer Faust voll Gänseblümchen zurück.

Fünf Wochen später befand sich Deirdre irgendwo über der irischen Küste in einem Jumbojet, der nach Westen flog. Aoife saß festgeschnallt neben ihr und leckte an den Rescue-Tropfen, die ihre Mutter ihr auf die Lippen geschmiert hatte; dabei sprach sie in fließender Kleinkindersprache mit sich selbst. Ab und zu lachte sie entzückt, als ob einer ihrer Witze sie besonders amüsierte.
Deirdre fragte sich, was unter den Wolken unter ihr lag. Ihres Wissens hätten sie gerade über Carrowcross, Croagh Patrick oder Murrisk fliegen können, wo sie vor eineinhalb Jahren getraut worden war. Sie erinnerte sich an die Tränen, die sie vergossen hatte, als Gabriel den Ring an ihren Finger gesteckt hatte; die Tränen, die durch Evas Vortrag des Dante-Textes hervorgerufen worden waren. Als

sie nun aus dem Fenster in das unendliche Blau des Horizonts blickte, hörte sie noch einmal die unvergleichliche Stimme der Schauspielerin.

Sie sah hinunter auf den Brief mit den Eselsohren, der in ihrem Schoß lag, und ihr Blick fiel auf das Postskriptum. *Ich werde Dich am Flughafen abholen,* las sie. *Bitte vergiss nicht, Hafner's Würste und den BH mit den Spitzenträgern mitzubringen, den ich Dir vor einer Ewigkeit gekauft habe. Das war immer mein Lieblingsstück. Man konnte ihn immer am leichtesten ausziehen.*

In Liebe wie immer, Rx.